Cheio de Charme

Marian Keyes

✳✳✳

MELANCIA

FÉRIAS!

SUSHI

Casório?!

É Agora... ou Nunca

LOS ANGELES

Um Bestseller

pra chamar de meu

Tem Alguém Aí?

Cheio de Charme

A Estrela Mais Brilhante do Céu

Cheio de Charme

Marian Keyes

4ª edição

Tradução
MARIA CLARA MATTOS

Copyright © Marian Keyes, 2008
Título original: *This Charming Man*

Capa e ilustração: Carolina Vaz

Editoração: DFL

Texto revisado segundo o novo
Acordo Ortográfico da Língua Portuguesa

2012
Impresso no Brasil
Printed in Brazil

CIP-Brasil. Catalogação na fonte
Sindicato Nacional dos Editores de Livros, RJ

K55c 4ª ed.	Keyes, Marian, 1963- Cheio de Charme/Marian Keyes; tradução Maria Clara Mattos. – 4ª ed. – Rio de Janeiro: Bertrand Brasil, 2012. 784p.
	Tradução de: This charming man ISBN 978-85-286-1467-1
	1. Romance irlandês. I. Mattos, Maria Clara. II. Título.
10-5551	CDD – 828.99153 CDU – 821.111(415)-3

Todos os direitos reservados pela
EDITORA BERTRAND BRASIL LTDA.
Rua Argentina, 171 – 2º andar – São Cristóvão
20921-380 – Rio de Janeiro – RJ
Tel.: (0xx21) 2585-2070 – Fax: (0xx21) 2585-2087

Não é permitida a reprodução total ou parcial desta obra, por quaisquer meios, sem a prévia autorização por escrito da Editora.

Atendimento e venda direta ao leitor:
mdireto@record.com.br ou (21) 2585-2002

Para Caitríona Keys, a pessoa mais engraçada que conheço

AGRADECIMENTOS

Este livro levou um tempo vergonhosamente longo para ser escrito, e minha memória recente também não é mais a mesma — aparentemente, é isso que acontece quando se está a caminho da menopausa (não *na* menopausa, devo salientar; ainda estou a décadas da menopausa; quando chegar lá, serei digna novamente e voltarei a ganhar no jogo Mastermind) —, portanto é bem possível que alguém que tenha me ajudado de maneira inestimável nos primórdios da criação deste livro seja esquecido. Se você é essa pessoa, mil perdões.

Muito obrigada, minha extraordinária e visionária editora, Louise Moore, e obrigada a todos da equipe de Michael Joseph, pela amizade, pelo entusiasmo e pelo trabalho árduo em nome dos meus livros. Sou uma abençoada entre os autores.

Também gostaria de agradecer ao legendário Jonathan Lloyd e a todos da Curtis Brown, pelo apoio irrestrito. Nós — Louise, Jonathan e eu — trabalhamos juntos há onze anos e tem sido uma jornada incrível.

Obrigada, Bob Holt, que, juntamente com os filhos, Bobby, Billy e Jamie Holt, doou uma fortuna ao Bobby Moore Fund for Cancer Research UK, para que sua mulher, Marylin Holt, aparecesse como personagem neste livro.

Também agradeço a Angus Sprott, pela soma similar doada à Breast Cancer Campaign, para que seu nome fosse citado como personagem.

Como em todos os meus outros livros, várias pessoas serviram de cobaias, lendo as páginas à medida que eu as ia escrevendo, sugerindo mudanças e melhorias. Sim, muitas melhorias. Apesar de eu, talvez, ter reclamado na hora, gostaria de reforçar minha grande gratidão a esse serviço. Obrigada, Chris Baines, Suzanne Benson, Jenny Boland, Ailish Connolly, Debbie Deegan, Susan Dillon, Caron Freeborn, Gai Griffin, Gwen Hollingsworth,

Cathy Kelly, Mamãe Keyes, Ljiljana Keys, Rita-Anne Keys, Eileen Prendergast, Kate Thompson e Louise Voss.

Um agradecimento especial a AnneMarie Scanlon, que me ajudou com a pesquisa e corajosamente pediu respostas a perguntas que eu tinha dificuldade de fazer. Um agradecimento especial extra à minha irmã, Caitríona Keys, por me presentear com tantas histórias e frases engraçadas ao longo dos anos, as quais venho roubando desavergonhadamente. Numa tentativa atrasada de dar crédito a todas as suas contribuições, este livro é dedicado a ela.

Como sempre, obrigada, meu querido Tony; sem você, nada disso seria possível.

Uma rápida explicação: parte deste livro tem como cenário o mundo dividido, nada atraente, da política irlandesa, e tomei a liberdade de mudar os nomes dos dois maiores partidos políticos da Irlanda — de Fianna Fáil e Fine Gael para Nationalist Party of Ireland (Partido Nacionalista da Irlanda) e Christian Progressives (Cristãos Progressistas). Essa não foi uma tentativa de evitar um processo por difamação — eu realmente acho os políticos irlandeses tão terríveis quanto aparecem nas páginas do livro, *piores*, para dizer o mínimo —, mas simplesmente uma tentativa de facilitar a pronúncia, a compreensão etc. de leitores não irlandeses. E também a sigla TD (Teachta Dála) indica um membro do Parlamento irlandês (chamado de Dáil). (E fica na Leinster House.) (Finalmente, a maioria dos governos irlandeses são aliados.) (Essa é, provavelmente, toda a explicação necessária.)

Enquanto escrevia este livro, precisei fazer uma tonelada de pesquisas, coisa que realmente detesto, mas as pessoas foram incrivelmente generosas oferecendo-me seu tempo e muita paciência. Se houver algum engano, ele é apenas meu. Obrigada, Martina Devlin, Mary O'Sullivan, Madeleine Keane, Barry Andrews TD (viu que agora você sabe o que TD quer dizer?!); todos da LHW Property Finance (especialmente Niall Coughlan); Ben Power, "Amanda", "Chloe", Natalie e todas as meninas.

Obrigada, Andrew Fitzsimons, pela palavra "fabulizar".

Obrigada a todos do Women's Aid, tanto do escritório irlandês quanto do inglês. E, finalmente, obrigada a todos os sobreviventes de violência doméstica que — anonimamente — me contaram o que lhes aconteceu. Ao escrever este livro, minha humilde intenção foi a de honrar suas histórias.

O quê?! Você também? Pensei que eu era o único.

C. S. Lewis

"Todo mundo se lembra de onde estava no dia da notícia do casamento do Paddy de Courcy. Fui uma das primeiras a saber, já que estava trabalhando no jornal quando a fofoca chegou, via David Thornberry, correspondente político (e homem mais alto de Dublin), dizendo que o solteirão De Courcy estava pendurando as chuteiras. Fiquei surpresa. Quer dizer, todo mundo ficou. Mas eu fiquei surpresa e mais um pouco, e isso antes mesmo de saber quem era a sortuda. Mas não podia demonstrar meu desapontamento. Não que alguém fosse perceber. Eu podia cair dura no meio da rua e as pessoas continuariam me pedindo carona até a estação. É assim a vida quando você é a parte saudável de uma dupla de gêmeos. De qualquer maneira, Jacinta Kinsella (chefe) precisava de uma notinha rápida sobre o noivado, portanto eu tive de colocar meus sentimentos de lado e ser profissional."
Grace Gildee

"Teria sido simpático você me perguntar primeiro."
Alicia Thornton

"Eu estava on-line, conferindo o leilão virtual de uma bolsa de coruja (uma Stella McCartney, não era uma bolsa de "coruja" qualquer) para uma cliente que tinha uma festa beneficente quando vi a manchete. **De Courcy vai se Casar**. Pensei que era boato. A mídia sempre inventa coisas e celulite em mulheres que não têm celulite e vice-versa. Quando descobri que era verdade, fiquei chocada. Na verdade, achei que estava tendo um ataque cardíaco. Teria chamado uma ambulância, mas não conseguia lembrar o telefone: 999. Só me vinha 666. O número da besta."
Fionnola "Lola" Daly

*

"Não se atreva a ser feliz, seu cafajeste. Foi isso que pensei quando soube. Não se atreva a ser feliz"
Marnie Hunter

DE COURCY VAI SE CASAR

Mulheres em toda parte usarão fitas pretas nos braços depois da notícia de que o político solteiro mais cobiçado da Irlanda, Paddy "Imprevisível" de Courcy, vai pendurar as chuteiras e sossegar. Ao longo da última década, De Courcy, figura popular em salões VIP da noite de Dublin, e muitas vezes comparado fisicamente a JohnJohn Kennedy, se relacionou com muitas mulheres glamourosas, incluindo a modelo que virou atriz Zara Kaletsky e a alpinista que escalou o Everest Selma Teeley, mas, até agora, não havia mostrado nenhum sinal de interesse por um compromisso permanente.

Pouco se sabe sobre a mulher que conquistou seu coração conhecidamente incorrigível, uma tal Alicia Thornton, mas ela certamente não é modelo ou alpinista — a única escalada em que parece interessada é a social. A Srta. Thornton (35), supostamente viúva, trabalha para uma imobiliária conhecida, mas planeja deixar o emprego logo depois do casamento para "dedicar-se" à carreira política ascendente do marido. Como esposa do ambicioso e famoso "Imprevisível", ela terá o trabalho perfeito.

De Courcy (37) é o líder da bancada do Nova Irlanda, partido fundado há três anos por Dee Rossini e outros desafetos das práticas de corrupção e coronelismo prevalecentes no cenário político da Irlanda parlamentarista democrática. Contrariamente à crença popular, De Courcy não é um dos membros fundadores do partido, mas filiou-se oito meses depois de sua criação, quando ficou claro que era um projeto viável.

Lola

Dia Zero. Segunda-feira, 25 de agosto, 14h25
Pior dia da minha vida. Quando me livrei das garras da primeira onda de choque, não consegui deixar de perceber que Paddy não tinha me ligado. Mau sinal. Eu era namorada dele, a mídia estava alardeando um casamento com outra mulher, e ele não me ligava. Péssimo sinal.

Liguei pro celular pessoal dele. Não o pessoal, que todo mundo sabia, mas o pessoal-pessoal que só eu e o personal trainer dele temos. Tocou quatro vezes e depois foi pra caixa postal, e aí eu tive certeza de que era verdade.

Fim do mundo.

Telefonei pro escritório, pra casa, continuei tentando o celular, deixei cinquenta e um recados — contados.

18h01
O telefone tocou — era ele!
Ele disse: — Você viu o jornal de hoje?
— On-line — respondi. — Eu nunca leio jornal. (Algo nem um pouco relevante, mas as pessoas dizem as coisas mais estranhas quando estão em choque.)
— Desculpa você ficar sabendo desse jeito. Queria te contar, mas algum jornalista...
— O quê? Então é verdade? — gritei.
— Desculpa, Lola. Não achei que você levasse a gente tão a sério. A nossa história era só diversão.
— Diversão? *Diversão*?
— É, a gente só estava saindo há alguns meses.

— Alguns? Dezesseis. Dezesseis meses, Paddy. Isso é bastante tempo. Você vai mesmo casar com essa mulher?
— Vou.
— Por quê? É amor?
— Claro. Não casaria se não fosse amor.
— Mas eu achei que você me amava.
Com a voz triste, ele disse: — Nunca te prometi nada, Lola. Mas você é incrível, uma mulher incrível. Uma em um milhão. Se cuida.
— Espera. Não desliga. Eu preciso te ver, Paddy, por favor, cinco minutinhos. (Dignidade zero, mas não consegui me conter. Terrivelmente confusa.)
— Faz um esforço pra não ficar com raiva de mim — disse ele. — Eu sempre vou pensar em você com carinho, em você e no tempo que a gente ficou junto. E não se esquece de..
— De quê? — Engasguei, desesperada para ouvir alguma coisa que me tirasse daquele limite horrível, daquela dor insuportável.
— De não falar com a imprensa.

18h05 até meia-noite
Liguei pra todo mundo. Inclusive para ele. Perdi a conta de quantas vezes, mas foram muitas. Pode ter certeza disso. Números de dois, talvez três dígitos.
O telefone também estava quente de tantas ligações recebidas. Bridie, Treese e Jem — amigos verdadeiros — ofereceram conforto, mesmo não gostando do Paddy. (Nunca admitiram isso pra mim, mas eu sabia.) Também telefonaram vários falsos amigos — curiosos de plantão! —, só pra dar uma zoada. Apanhado dos pontos principais: "É verdade que Paddy de Courcy vai casar, mas não é com você? Coitadinha. Que horrível! Realmente horrível pra você. Tão huMILhante. Tão MORTificante. Tão VERGOnhoso! Tão..."
Mantive a dignidade. Disse: — Obrigada pelo carinho. Preciso desligar agora.
Bridie veio me ver em pessoa. — Você não foi feita pra ser mulher de político — disse ela. — Suas roupas são muito modernas e você tem mechas roxas no cabelo.

— Bordô, por favor — reclamei. — Roxo me faz parecer uma... adolescente.

— Ele era muito controlador — disse ela. — A gente nunca conseguia ver você. Principalmente nos últimos meses.

— A gente estava apaixonado! Você sabe como é quando a gente tá apaixonado.

Bridie tinha se casado no ano anterior, mas ela não é do tipo sentimental. — Apaixonada, tudo bem, mas nem por isso precisa viver grudada no outro. Você furava com a gente toda hora.

— O tempo do Paddy é precioso! Ele é um homem ocupado! Eu tinha que me encaixar onde dava!

— E outra coisa — disse Bridie. — Você nunca lê o jornal, você não sabe nada sobre o cenário político.

— Eu podia ter aprendido — disse. — Eu podia ter mudado!

Terça-feira, 26 de agosto

Parece que o país inteiro tá olhando pra mim, apontando e rindo. Contei para todos os amigos e vários clientes sobre o Paddy e agora eles sabem que ele vai casar com outra.

Meu equilíbrio está destroçado. Numa sessão de fotos em Wicklow Hills, pro catálogo da Harvey Nichols Christmas, passei um vestido incrível de seda cor de ostra da Chloé (sabe de qual estou falando?) com o ferro muito quente e queimei a preciosidade! Marca de queimado em formato de ferro de passar roupa no vestido ícone de 2.035 euros (peça de varejo). Destruído. O vestido que era para ser o protagonista das fotos. Sorte não terem me cobrado o valor (nem me prendido, mas as duas coisas poderiam acontecer, pensando bem).

Nkechi insistiu em assumir o controle — ela é uma excelente assistente, tão excelente que todo mundo pensa que é minha chefe —, porque minhas mãos tremiam, minha concentração estava em frangalhos e toda hora eu ia vomitar no banheiro.

E pior: os intestinos parecendo geleia. Sem mais detalhes.

20h30 – 0h34
Bridie e Treese me visitaram em casa e me impediram, fisicamente, de ir até o apartamento de Paddy e exigir uma audiência com ele.

3h00
Acordei e pensei: Agora eu vou! Depois, percebi que Treese estava na cama, ao meu lado. Pior, acordada e pronta pra briga.

Quarta-feira, 27 de agosto, 11h05
Pensamento constante na minha cabeça: ele vai casar com outra mulher. Depois, a cada uma hora, eu pensava: O quê? Como assim *vai casar com outra mulher?* Como se eu estivesse descobrindo *naquele momento,* e SIMPLESMENTE NÃO PUDESSE ACREDITAR. Depois, fico com vontade de ligar pra ele, de tentar fazer com que mude de ideia, mas ele nunca atende.

Depois, a caraminhola recomeça, depois vem a surpresa, depois eu tenho que ligar pra ele, depois nenhuma resposta – de novo, de novo e de novo.

Vi a foto da tal e tão falada Alicia Thornton. (No jornaleiro, comprando um Crunchie, vi a fotografia na primeira página do *Independent.*) O fotógrafo clicou o momento em que ela saía do escritório. Difícil ter certeza, mas parecia que estava vestindo Louise Kennedy. Isso diz tudo. Segurança. Elegante, mas segura.

Me dei conta de que reconhecia Alicia Thornton – ela já tinha saído quatro vezes com Paddy nas páginas brilhantes das colunas sociais nos últimos meses. As manchetes sempre diziam: "Paddy de Courcy e acompanhante." Quando a terceira foto apareceu, reuni coragem suficiente pra questioná-lo. Ele me acusou de não confiar nele e disse que ela era uma amiga da família. Acreditei. Mas que família? Ele não tem família!

12h11
Telefonema de Bridie: — A gente vai sair hoje à noite.
— Não — gemi. — Não posso encarar o mundo!
— Pode, pode sim. Cabeça erguida!
Bridie é muito mandona. Conhecida como Sargento pelos mais próximos e mais queridos.
— Bridie, eu tô em frangalhos. Tremendo e tudo. Não posso ir a lugar nenhum. Pelo amor de Deus.
Ela não desistiu: — É pro seu bem. A gente vai cuidar de você.
— Você não pode vir aqui?
— Não.
Longa, longa pausa. Inútil tentar lutar contra a Bridie. Ela é a pessoa mais determinada que já conheci.
Suspirei. Perguntei: — Quem vai?
— Nós quatro. Você, eu, Treese, Jem...
— Até o Jem? Ele conseguiu alforria da Claudia?
Claudia é a noiva do Jem. Muito possessiva, apesar de ser linda e magra.
— Conseguiu, ele conseguiu alforria da Claudia — disse Bridie. — Eu dei um jeito nela.
Bridie e Claudia compartilhavam total antipatia.
Jem era muito amigo meu, da Bridie e da Treese, mas, muito estranhamente, não era gay. Nem mesmo metrossexual. (Uma vez até comprou um jeans da Mark & Spencer. Não viu nada de errado, até eu avisar, gentilmente, que aquilo era um erro.) A gente morava na mesma rua quando era adolescente, ele e eu. Ligados por pontos de ônibus gelados no inverno, manhãs de chuva e casacos impermeáveis, no caminho pra faculdade. Ele, para ser um engenheiro crânio, eu, para conseguir um diploma de moda. (Só pra deixar registrado, meu casaco impermeável era de vinil azul metálico.)

20h35
Café Albatross.
Pernas tremendo. Quase caí na escada de entrada do restaurante. Tropecei nos três últimos degraus e quase fiz uma *entrée triomphal* deslizando pelo salão de joelhos, feito o Chuck Berry. Pior, nem liguei. Eu não poderia ser mais motivo de piada do que já era. Bridie e Treese estavam me esperando.

Bridie — como sempre — exibia um visual absolutamente esquisito. O cabelo liso e louro-avermelhado num coque de vovó, um macacão verde assustador — pescando siri, todo torto, com jóqueis pequenininhos bordados. O gosto mais bizarro sempre foi característica dela — desde o primeiro dia de colégio, aos quatro anos, quando insistiu em usar uma meia-calça da cor de sangue pisado. Mas ela nunca esteve nem aí.

Treese, captadora de recursos de uma grande instituição de caridade, era muito mais chique. Cabelo louro em ondas iguais às das deusas do cinema dos anos quarenta, vestia um conjunto de vestido com blazer impressionante. (Da Whistles, mas, na Treese, você podia confundir com um Prada.) A gente pensa que para trabalhar numa instituição de caridade tem que vestir roupa bege, de juta, casaco com capuz, mas isso é um engano. Treese trabalha numa instituição de ajuda aos países em desenvolvimento (não é Terceiro Mundo, não se pode mais dizer isso, não é politicamente correto). Às vezes ela tem reuniões com ministros para pedir dinheiro, outras vezes vai até Haia pedir dinheiro à União Europeia.

Perguntei: — Cadê o Jem?

Tinha certeza de que ele tinha cancelado, porque era muito raro nós quatro conseguirmos sair juntos, mesmo quando combinávamos com semanas de antecedência, quanto mais quando era uma questão de horas, como era o caso. (Tive que admitir que nos últimos meses eu era a pior de todas.)

— Lá vem ele! — disse Bridie.

Jem, apressado, pasta, capa de chuva, rosto redondo e agradável.

Vinho pedido. Bebemos na sequência. As línguas ficaram mais frouxas. Como eu disse, sempre suspeitei que meus amigos não gostavam do Paddy. Mas agora que ele me envergonhara publicamente, podiam falar sem pudores.

— Nunca confiei nele – disse Jem. — Ele é sedutor demais.

— *Sedutor demais?* – disse eu. — Como é que você pode dizer que alguém é sedutor demais? Sedutor é uma coisa ótima. Que nem sorvete. Não existe sedutor demais.

— Existe – retrucou Jem. — Você devora uma caixa de sorvete de chocolate, uma caixa de sorvete de amora, depois fica enjoado.

— Eu não – disse. — De qualquer jeito, eu me lembro dessa noite, e foi o baseado, não o sorvete, que te deixou enjoado.

— Ele era bonito demais – disse Bridie.

Mais uma vez expressei incredulidade: — *Bonito demais?* Como pode isso? É impossível. É contra as leis da física. Ou de alguma outra coisa. Leis de território, talvez.

Eu tinha sido insultada? — Você tá querendo dizer que ele era bonito demais pra mim?

— Não! – gritaram todos. — Claro que não!

— Você é linda e perfeita – disse Jem. — Linda! Tão linda quanto ele.

— Mais! – exclamou Treese.

— É, mais – repetiu Bridie. — Só que diferente. Ele é muito óbvio. A gente olha pra ele e pensa: moreno alto, bonito e sensual. Perfeito demais. Mas, quando é você, a gente pensa: lá vai uma garota linda, estatura mediana, superfeminina, cabelo castanho bem cortado, com um pouco de roxo...

— Bordô, por favor!

— E uma pele ótima, considerando que você não fuma. Um brilho no olho – nos dois olhos, na verdade – e um nariz pequeno, muito simétrico. — (Bridie estava convencida de que o nariz dela apontava para a esquerda. Tinha inveja de todos os narizes apontados precisamente para cima.) — Quanto mais a gente olha pra você, Lola, mais atraente você fica. Quanto mais a gente olha pro Paddy de Courcy, menos atraente ele é. Esqueci alguma coisa? – perguntou a Jem e a Treese.

— O sorriso dela ilumina o rosto todo – disse Jem.

— Isso – disse Bridie. — Seu sorriso acende seu rosto. O mesmo não acontece com ele.

— O sorriso do Paddy de Courcy é falso. Que nem o do Coringa do Batman.

— Isso! Que nem o do Coringa do Batman!

Protestei: — Ele não tem nada a ver com o Coringa do Batman!

— Tem sim. Ele É o Coringa do Batman. — Bridie foi taxativa.

21h55
O celular de Bridie tocou. Ela olhou para o número no visor e disse: — Tenho que atender essa ligação.

Levantou-se para sair, mas protestamos: — Fique, fique.

Queríamos ouvir. Era seu chefe (banqueiro importante). Parecia que queria ir para Milão e que Bridie reservasse seu voo e hotel. Bridie sacou uma agenda enorme da bolsa. (Bolsa muito maneira, por sinal. Mulberry. Por que uma bolsa maneira e roupas bisonhas? Não faz sentido.)

— Não – disse ela para o chefe. — O senhor não pode ir para Milão. Amanhã é aniversário de sua mulher. Não, não vou reservar voo nenhum para o senhor. Isso mesmo, recusando. Você ainda vai me agradecer por isso. Estou te mantendo longe de um divórcio litigioso.

Ouviu um pouco mais e então deu um sorriso debochado: — Me demitir? Não seja besta! – Desligou. — Onde estávamos?

— Bridie – Treese parecia nervosa –, não está certo que você recuse reservar voos pra Milão para seu próprio chefe. Vai que é importante.

— Cale-se – Bridie a dispensou com um floreio de mão. — Sei de tudo o que está acontecendo. A situação em Milão não requer a presença dele. Suspeito que esteja de olho numa mocinha italiana. Não vou facilitar essa paquera.

22h43
Sobremesas. Eu pedi torta de banana. Melada, com gosto de folha molhada. Cuspi na colher e enrolei as bananas no guardanapo. Bridie experimentou minha torta. Disse que não estava melada. Nem com gosto de folha molhada. Treese provou. Disse que não estava melada. Jem provou. Disse que não estava melada. Comeu toda. Em compensação, me ofereceu uma barra de chocolate gelada. Mas parecia um

toucinho com aromatizante de chocolate. Bridie experimentou. Disse que não tinha gosto de toucinho com aromatizante de chocolate. Chocolate sim, toucinho não. Treese concordou. Jem também.

Bridie me ofereceu sua torta de maçã, mas a massa tinha gosto de cartolina úmida, e os pedaços de maçã pareciam umas coisas mortas. Os outros não concordaram.

Treese não me ofereceu a sobremesa dela porque não tinha nada pra oferecer — antigamente ela era gordinha, e agora tentava ficar longe de açúcar. Tudo bem comer a sobremesa dos outros, mas não pedir uma pra ela mesma.

O exagero dela estava quase completamente sob controle agora, mas sempre era possível a pessoa estar num dia ruim. Por exemplo, se ficasse estressada no trabalho, depois de ter um orçamento de latrinas em Addis Abba recusado pela União Europeia, podia comer até vinte barrinhas de Mars de uma vez só. (Talvez até mais, mas a mulher da loja do lado do escritório dela se recusava a vender. Dizia pra Treese: "Você já comeu o suficiente, amor." Como se fosse um dono de bar cuidadoso. "Você fez aquele esforço todo pra emagrecer, Tresse, não vai querer ficar uma porquinha de novo. Pensa naquele seu marido bacana. Ele não te conheceu quando você era gorducha, conheceu?")

Resolvi desistir das sobremesas e pedi uma taça de vinho do Porto.

— Tem gosto de quê? — perguntou Bridie. — Couro podre? Olho de larva de mosca?

— Álcool — disse eu. — Tem gosto de álcool.

Depois do Porto, tomei um amaretto. Depois do amaretto, tomei um Cointreau.

23h30

Me preparei pra ser obrigada a ir a uma boate, para lá também manter a "cabeça erguida".

Mas não! Nenhuma menção à boate. Papo de táxis e trabalho no dia seguinte de manhã. Todo mundo ia voltar pros seus amores — Bridie se casou no ano passado, Tresse este ano, Jem morava com Claudia, a possessiva. Pra que sair pra comer bife se você tem um hambúrguer em casa?

Jem me deixou em casa de táxi e insistiu que, na hora em que eu quisesse sair com ele e Claudia, eu era bem-vinda. Ele é um amor, o Jem. Uma pessoa muito, muito gentil.

Mas estava mentindo, claro. A Claudia não gosta de mim. Não tanto quanto não gosta da Bridie, mas mesmo assim...

(Desvio rápido. Lembra que eles me disseram que o Paddy era bonito demais pra mim? Bem, o mesmo podia ser dito sobre a Claudia e o Jem. Claudia é "pernocuda" – palavra linda, tão anos sessenta –, bronzeada, loura, os peitos turbinados. É a única pessoa que conheço que realmente colocou silicone. Pra ser honesta, eles não são grotescamente grandes, mesmo assim, não tem como não notar. Também suspeito que tenha colocado megahair – numa semana a gente se encontra e ela está com o cabelo no ombro; na outra, vinte centímetros mais comprido. Mas talvez tome muito selênio, só isso.

Ela parece uma modelo. Na verdade, foi modelo. Mais ou menos. Ficava sentada no capô dos carros, de biquíni. Também tentou ser cantora – fez teste pra You're A Star (reality show de televisão). Tentou ser dançarina. (Em outro reality show de tevê.) Também tentou ser atriz. (Gastou uma pequena fortuna em fotos, mas foi descartada porque era péssima.) Também houve um rumor de que foi vista num teste pro Big Brother, mas ela nega.

Mas não vou julgar. Meu Deus, eu mesma só dei certo na carreira depois de mil erros e acertos, depois de ter falhado em todo o resto. Parabéns pra Claudia, pelo espírito aventureiro.

O único motivo de eu não gostar da Claudia é ela não ser agradável. Mal se dá ao trabalho de falar comigo, com a Tresse e, especialmente, com a Bridie. A linguagem corporal dela sempre diz: Não SUPORTO andar com vocês, suas chatas. Preferia mil vezes estar cheirando cocaína na coxa de um qualquer numa boate.

Ela se comporta como se a gente fosse roubar o Jem de debaixo da saia dela, se tivesse a mínima chance. Mas não tem com que se preocupar. Nenhuma de nós é a fim do Jem. Todas já demos uns amassos nele na adolescência. O rosto dele não era tão redondo e confiável na época. Tinha um quê de devasso.

Se você quer minha opinião sincera, às vezes acho que a Claudia nem gosta do Jem. Trata o cara feito idiota, um cachorro vira-lata, que come os sapatos e rasga travesseiros de penas de ganso se não for rigorosamente vigiado.

Jem é uma pessoa adorável, adorável. Merece uma namorada adorável, adorável.

Última informação. O Jem ganha superbem. (Não quero dizer nada com isso. Apenas uma observação.)

23h48
Entrei no meu cubículo. Olhei pra minha vida que não significava nada e pensei: estou completamente só. E vai ser assim pro resto da vida.

Não é uma questão de autopiedade. Estou simplesmente encarando os fatos.

Quinta-feira, 28 de agosto, 9h00
O telefone tocou. Uma voz feminina muito amigável disse: — Lola, oi.

Cautelosamente, eu disse: — Oi.

Como pode ser cliente, tenho sempre que fingir que sei quem tá falando e jamais devo dizer "quem fala?" Elas gostam de pensar que são únicas. (Não é assim com todo mundo?)

— Lola, oi! — A voz feminina foi em frente. — Meu nome é Grace. Grace Gildee. Queria saber se a gente poderia bater um papo.

— Lógico — disse. (Porque achei que era uma mulher querendo consultoria de estilo.)

— Sobre um grande amigo meu — disse ela. — Acho que você também conhece. Paddy de Courcy?

— Claro — respondi, me perguntando o que significava aquilo tudo. De repente, me dei conta! Ah, não... — Você é jornalista?

— Isso! — respondeu ela, como se fosse tranquilo. — Adoraria conversar com você sobre sua relação com Paddy.

Mas Paddy tinha dito: nada de falar com a imprensa.

— Logicamente a gente vai te recompensar — disse a mulher. — Fiquei sabendo que você perdeu alguns clientes recentemente. Dinheiro pode ser uma coisa útil.

O quê? Perdi alguns clientes? Isso é novidade pra mim.

Ela disse: — É sua chance de dar sua versão da história. Sei que você se sentiu terrivelmente traída por ele.

— Não, eu...

Fiquei com medo. Realmente com medo. Não queria a história sobre meu relacionamento com Paddy nos jornais. Não devia nem mesmo ter admitido conhecer o Paddy.

— Não quero falar sobre isso!

Ela disse: — Mas você teve um relacionamento com Paddy?

— Não, eu, é... sem comentários.

Nunca imaginei ter uma conversa na qual usaria as palavras "sem comentários".

— Vou tomar isso como um sim — disse a tal da Grace. E riu.

— Não! — disse. — Não é um sim. Eu preciso desligar, agora.

— Se você mudar de ideia — disse ela —, me liga. Grace Gildee. Escrevo pro *Spokesman*. A gente pode fazer uma matéria ótima.

9h23

Ligação de Marcia Fitzgibbons, *boss* da indústria e cliente importante.

— Lola — disse ela —, ouvi dizer que você estava cheirando na sessão de fotos da Harvey Nichols.

— Cheirando? — perguntei, esganiçada.

— Tendo crises de abstinência — disse ela.

— Do que você tá falando?

— Fiquei sabendo que você estava péssima, tremendo toda — disse ela. — Suando, vomitando, incapaz de passar um ferro sem destruir o vestido.

— Não, não — insisti. — Marcia, quer dizer, Sra. Fitzgibbons, eu não estava cheirando. O que aconteceu foi que meu coração estava partido. Paddy de Courcy é meu namorado, mas ele vai casar com outra.

— É isso que você anda dizendo para as pessoas, eu sei. Mas Paddy de Courcy, seu namorado? Não seja ridícula! Você tem cabelo roxo!

— Bordô — protestei. — Bordô!

— Não posso mais trabalhar com você — disse ela. — Minha política com drogados é de tolerância zero. Você é ótima estilista, mas regras são regras.

Por isso, ela era a *boss*, suponho.

Maiores tentativas de me defender se comprovaram inúteis, já que ela desligou na minha cara. Tempo, afinal, é dinheiro.

9h26

Sinto muita falta da minha mãe. Ia ser muito bom se ela estivesse comigo agora. Me lembrei de quando ela estava morrendo — apesar de, na época, não saber que era isso que estava acontecendo, ninguém me disse, eu só achava que ela precisava de muito descanso. De tarde, quando eu voltava do colégio, deitava ao lado dela na cama, ainda de uniforme, a gente dava as mãos e assistia às reprises de *EastEnders*. Adoraria fazer isso agora, deitar na cama ao lado dela, ficar de mãos dadas e dormir pra sempre.

Se pelo menos eu tivesse uma família grande que me rodeasse e dissesse "A gente te ama. Mesmo você não sabendo nada sobre os temas da atualidade".

Mas eu estava sozinha no mundo. Lola, a pequena órfã. O que era uma coisa terrível de se dizer, já que meu pai ainda era vivo. Poderia ter ido visitar o papai em Birmingham. Mas sabia que isso não seria duradouro. Seria como depois da morte da mamãe, nós dois convivendo numa casa em silêncio, sem saber usar a máquina de lavar ou assar um frango, os dois tomando antidepressivos.

Apesar de ter consciência de que era um exercício sem sentido, liguei pra ele.

— Oi, pai, meu namorado vai casar com outra mulher.

— O cafajeste!

Depois suspirou longa e pesadamente, e disse: — Eu só quero que você seja feliz, Lola. Se você for feliz, eu fico feliz.

Me arrependi de ter ligado. Tinha deixado meu pai triste, ele leva tudo tão a sério. E só de ouvir a voz dele, tão obviamente *deprimida*... quer dizer, eu sofro de depressão também, mas não fico remoendo isso.

Ele também era mentiroso. Não ficaria feliz se eu ficasse feliz. A única coisa que o faria feliz seria ter a mamãe de volta.

— E como vai Birmingham? — perguntei.

Pelo menos segui em frente com minha vida, depois da morte da mamãe. Pelo menos não me mudei pra Birmingham; nem era Birmingham em si, que tem boas lojas, inclusive uma Harvey Nichols, mas o subúrbio de Birmingham, lugar onde nada acontece. Ele estava com muita pressa de se mudar. Assim que fiz vinte e um, fugiu feito ladrão, dizendo que o irmão mais velho precisava dele; mas suspeitei que tinha se mudado porque a gente achava muito difícil viver juntos. (Na verdade, eu andava considerando a possibilidade de me mudar para Nova York, mas ele me livrou do incômodo.)

— Birminghan vai muito bem — disse ele.

— Que bom! Bem, eu tenho que desligar então... — disse. — Eu te amo, papai.

— Boa menina — disse ele. — Isso mesmo.

— E você também me ama, papai.

18h01
Contra todos os meus instintos, assisto ao noticiário, na esperança de ver a cobertura dos acontecimentos na câmara e poder dar uma espiadinha no Paddy. Tenho que aturar notícias terríveis, terríveis, sobre dezessete nigerianos sendo deportados, apesar de terem filhos irlandeses; nações europeias despejando suas montanhas de lixo no Terceiro Mundo (sim, eles disseram "Terceiro Mundo", não "países em desenvolvimento").

Continuei esperando a matéria da câmara, fotos de homens gordos, de bochechas vermelhas, sujeitos com cara de corrupto numa sala de carpete azul, gritando uns com os outros. Mas nada disso aconteceu.

Só bem depois me lembrei de que eram férias de verão e de que eles não voltariam a se reunir em plenário (seja lá o nome que for) até duas semanas antes do Natal. Quando entrariam em recesso para as festas. Preguiçosos.

Antes de desligar a televisão, me chamou a atenção o fato de as estradas de Cavan pra Dublin estarem fechadas, por causa de um acidente com um caminhão carregado com seis mil galinhas. A tela ficou cheia de galinhas. Me perguntei se meu sofrimento estaria me fazendo ter alucinações. Galinhas são uma alucinação engraçada, no entanto. Olhei pro outro lado, apertei bem os olhos, abri novamente, olhei mais uma vez pra tela, e ela *ainda* estava cheia de galinhas. Gangues de galinhas saqueadoras a caminho da estrada, grande parte desaparecendo nas colinas em busca de liberdade, algumas pessoas aproveitando pra roubar as pobres, carregando as bichinhas pelas pernas, um homem com microfone tentando falar com a câmera, mas coberto até os joelhos por um mar de penas coloridas.

18h55
Não consigo parar de telefonar pro Paddy. É uma espécie de obsessão compulsiva. Tipo lavar as mãos o tempo todo. Ou comer nozes. Quando começo, não consigo parar.

Ele nunca atende e não liga de volta. Eu sabia que estava me rebaixando, mas não conseguia evitar. Desejava Paddy. Ansiava por ele.

Se eu pudesse falar com ele! Talvez nem tentasse fazer com que mudasse de ideia, mas podia ter respostas para algumas perguntas. Por exemplo, por que ele fez eu me sentir tão especial? Por que era tão possessivo comigo se tinha outra mulher o tempo todo?

Eu tinha uma sensação terrível de que a culpa era minha. Como eu podia ter acreditado que um homem lindo e carismático como o Paddy levaria uma pessoa feito eu a sério?

Me senti tão, tão estúpida. E, na verdade, eu não era estúpida. *Tola*, talvez, mas não estúpida. Faz uma grande diferença. Só porque amo roupas e moda, isso não significa que eu seja burra. Posso não saber quem é o presidente da Bolívia, mas tenho inteligência emocional. Pelo menos pensei que tivesse. Sempre dei ótimos conselhos sobre a vida das outras pessoas. (Só quando me pedem. Não sem convite. Isso seria rude.) Mas obviamente eu não tinha esse direito. Bobagem de criança.

Sexta-feira, 29 de agosto
A pior semana da minha vida continua sem trégua.

Numa sessão de fotos da autora Petra McGillis, atravessei o estúdio aos tropeços carregando três malas pesadíssimas com roupas que levei de acordo com as especificações de Petra, mas, quando retirei as peças, ela exclamou, indignada: — Eu disse nada de cores! Pedi tons neutros, pastéis, caramelo, bege, esse tipo de coisa! — Olhou para uma mulher, que mais tarde descobri ser sua editora, e disse: — Gwendoline, em que você está tentando me transformar? NÃO sou uma autora psicótica verde-pistache!

A pobre editora insistiu que não estava tentando transformar a autora em nada, certamente não numa psicótica verde-pistache. Disse que Petra tinha falado com a estilista (eu) e feito seus pedidos sem a interferência de ninguém.

Petra insistiu: — Mas eu disse nada de cores! Fui bastante específica. Nunca uso cor! Sou uma escritora séria!

De repente, todo mundo estava olhando pra mim — o fotógrafo, a maquiadora, o diretor de arte, o responsável pelo bufê, o carteiro que entregava um pacote. É culpa dela, todos me acusavam com os olhos. Aquela estilista. Ela acha que Petra McGillis é uma pessoa verde-pistache.

E tinham razão de me acusar. Eu não podia culpar Nkechi. Eu mesma atendi o telefonema e, quando Petra disse "Nada de cores!", meu cérebro de geleia deve ter registrado "Eu amo cores!".

Isso nunca tinha acontecido comigo antes. Normalmente eu era tão boa em canalizar os pedidos dos clientes que eles tentavam roubar os adereços depois das fotos e acabavam me colocando em situações delicadas com o pessoal da imprensa.

— Vou vestir a minha roupa velha mesmo — disse Petra, seca e gelada.

A talentosa Nkechi deu mil telefonemas, tentou encontrar uma solução de emergência, peças de roupa em tons neutros, mas ninguém estava disponível.

Pelo menos ela tentou, todos os rostos diziam em silêncio. Aquela Nkechi é uma simples assistente, mas mostrou mais competência que a própria estilista.

Eu devia ter ido embora ali mesmo, já que não tinha mais utilidade pra ninguém. Mas, até o final da sessão (durante mais três horas), fiquei lá, sorrindo amigavelmente, tentando manter o tremor nos meus lábios sob controle. De vez em quando, eu ajeitava a gola de Petra, fingindo que a minha existência fazia algum sentido, mas foi um desastre, um terrível, terrível desastre.

Levei muito tempo construindo minha carreira. Tudo isso para ser destruída, em questão de dias, por causa de Paddy de Courcy?

Mas isso não importava. Meu único interesse era ter o Paddy de volta. Ou, caso minhas tentativas falhassem, suportar o resto da vida sem ele. É, eu parecia um tipinho gótico exagerado, mas, falando sério, se você conhecesse o Paddy... Ao vivo, ele era tão mais lindo e carismático que na tevê. Fazia você se sentir como se fosse a única pessoa no mundo, e tinha um cheirinho tão bom que, depois que a gente se encontrou pela primeira vez, comprei a loção pós-barba dele (Baldessini), e, apesar de ele adicionar um ingrediente pessoal De Courcy ao perfume, uma cafungada era o bastante para me desnortear, como se eu pudesse desmaiar a qualquer momento.

15h15
Outro telefonema daquela jornalista, Grace Gildee. Insistente. Como ela conseguiu meu número, pra começo de conversa? E como podia saber que Marcia Fitzbbons ia me detonar? Na verdade, pensei em perguntar para ela quem mais ia me detonar, mas desisti.

Depois de muitos rodeios (da minha parte), ela me ofereceu cinco mil pela história. Bastante dinheiro. Consultoria de estilo era um negócio incerto. Você podia ter doze trabalhos numa semana e nenhum o resto do mês. Mas não fiquei tentada.

Mesmo assim — eu não era uma imbecil completa, apesar de me sentir assim —, liguei pro Paddy e deixei um recado: "Uma jornalista chamada Grace Gildee me ofereceu uma grana alta para eu falar do nosso relacionamento. O que eu faço?"

Ele ligou de volta tão rápido que eu mal tinha desligado.

— Nem pense nisso — disse ele. — Sou uma pessoa pública. Tenho uma carreira.

Sempre ele e a carreira dele.

— Eu também tenho uma carreira, sabia? — fiz questão de lembrar — E ela tá indo pro fundo do poço por causa do meu coração partido.

— Não deixe isso acontecer — disse ele, gentil. — Eu não valho isso tudo.

— Ela me ofereceu cinco mil.

— Lola — A voz dele era persuasiva. — Não vale a pena vender sua alma por dinheiro, você não é desse tipo. Eu e você, a gente teve bons momentos juntos. Vamos preservar a lembrança disso. E você sabe que, se precisar de alguma coisa, eu te ajudo.

Eu não sabia o que dizer. Apesar de se comportar como um amigo presente, estaria ele, na verdade, me oferecendo dinheiro pra eu ficar de boca calada?

— Tem muita coisa que eu posso contar pra Grace — disse, corajosa.

Agora a voz dele era diferente. Baixa, fria: — Como o quê, por exemplo?

Com menos confiança, eu disse: — ... As... as coisas que você comprou pra mim. As nossas brincadeirinhas...

— Vou deixar uma coisa bem clara, Lola. — Tons gelados do Ártico. — Você não vai falar com ninguém, principalmente com essa tal. — Depois, ele disse: — Preciso desligar. Tô no meio de uma coisa. Se cuida.

20h30
Uma noite com Bridie e Treese na casa enorme da Treese em Howth. O novo marido da Treese, Vincent, não estava. Fiquei secretamente satisfeita. Nunca me sentia bem-vinda quando ele estava lá. Sempre parece que ele está pensando: O que essas estranhas estão fazendo na minha casa?

Ele nunca se mistura. Entra na sala, diz oi, mas só porque quer perguntar pra Treese onde ela guardou a roupa limpa; depois sai pra fazer alguma coisa mais importante que perder tempo com as amigas da mulher.

Chama Treese pelo nome, Teresa, como se não tivesse casado com nossa amiga, mas com uma mulher totalmente diferente.

Ele é um tanto velho. Treze anos mais velho que a Treese. Segundo casamento. A primeira mulher e os três filhos estão guardados em algum lugar. Ele é todo importante na liga irlandesa de rúgbi. Na verdade, já jogou pela Irlanda e sabe tudo de tudo. Não tem como discutir com Vincent. Ele diz uma frase e encerra a conversa.

Tem o físico de um jogador de rúgbi — músculos, medidas, coxas tão grandes que anda meio de lado, de um jeito esquisito, como se tivesse acabado de descer do cavalo. Muitas mulheres — obviamente Treese também, ela casou com o homem, afinal de contas — acham isso atraente. Eu não. Ele tem uma bunda muito grande e... ampla. Come quantidades fenomenais e pesa milhões de quilos, mas — gosto de ser justa — não é gordo. Só... compacto. Muito denso, como se tivesse passado um bom tempo vivendo num buraco negro. O pescoço é da circunferência de um barril e ele tem a cabeça absurdamente grande. Também tem cabelo comprido. Eca!

21h15
A comida estava deliciosa. Treese fez um curso de culinária clássica francesa para que pudesse preparar o tipo de comida que os companheiros de rúgbi do Vincent apreciavam. Comi duas garfadas, então meu estômago se contraiu numa pequena noz e fiquei com gosto de vômito na boca.

Bridie estava mais uma vez usando aquele macacão verde peculiar. Ainda que eu estivesse obcecada com minha dor e comigo mesma, não conseguia parar de olhar aquele troço. Como antes, estava todo torto, pescando siri e com aqueles jóqueis bordados. Do que se tratava aquilo?

Fiquei me perguntando se devia mencionar alguma coisa. Mas ela gostava do macacão. Devia gostar. De outra forma, por que estaria usando? Então, por que acabar com sua alegria?

23h59
Muitas garrafas de vinho depois, apesar de nenhuma delas ter sido retirada da prateleira de baixo, já que são as especiais de Vincent e ele ficaria irritado se nós as bebêssemos.

— Dorme aqui — me disse Treese.

Treese tinha quatro quartos de hóspede.

— Você tem uma vida de sonho — falou Bridie. — Marido rico, casa incrível, roupas maravilhosas...

— E a primeira mulher sempre pedindo dinheiro! E os enteados pestinhas me enlouquecendo. E uma preocupação terrível...

— Com o quê?

— Que minha compulsão por comida volte e eu infle até virar um balão, tenha que ser arrancada de casa, depois de quebrarem as paredes, levada num caminhão, e o Vincent deixe de me amar.

— Ele nunca vai deixar de te amar! Não importa o que aconteça!

Mas, num cantinho secreto do coração, onde guardo meus pensamentos mais sombrios, eu não tinha certeza. Vincent não havia dispensado a primeira mulher e os filhos pra se juntar com Jabba the Hutt.

0h27

Empacotada na cama do quarto de hóspedes número um. O travesseiro mais macio em que já deitei a cabeça; cama magnífica, entalhada, antiguidade francesa; cadeiras com brocado e pés de quartzo; espelhos de murano; cortinas pesadas de tecido luxuoso; e o tipo de papel de parede que a gente só vê em hotel.

— Olha só, Treese — eu disse. — O carpete é da mesma cor do seu cabelo! Lindo, lindo, tudo lindo...

Pensando bem, eu estava bastante bêbada.

— Dorme bem — disse Treese. — Não deixa as minhocas da sua cabeça te perturbarem, nem acorda às quatro e trinta e seis da madrugada pra fugir e ir jogar pedras na janela da casa do Paddy, gritando atrocidades sobre a Alicia Thornton.

4h36

Acordo. Decido fugir e ir jogar pedras na janela da casa do Paddy, gritando atrocidades sobre a Alicia Thornton ("A mãe da Alicia Thornton chupa o padre da paróquia dela! Alicia Thornton não lava as partes íntimas! O pai da Alicia Thornton faz crueldades com o labrador da família!"). Mas, quando abri a porta da frente da casa da Treese, o alarme disparou, as luzes de emergência acenderam e ouvi o distante latido de cães. Estava meio que esperando que um helicóptero aparecesse quando Treese desceu correndo a escada, vestida com um *négligé* (camisola) de seda marfim e penhoar combinando, as luzes de emergência prateando o *coiffeur* (cabelo) lustroso dela.

Calmamente, ela chamou a minha atenção: — Você prometeu. Agora tá ferrada. Pode voltar pra cama!

Fiquei roxa.

Treese reprogramou o alarme, depois deslizou escadaria acima.

Sábado, 30 de agosto, 12h10
Em casa.

Bridie ligou. Depois de um interrogatório sobre meu bem-estar, um silêncio estranho ecoou. Eu, quase arrancando os cabelos.

Então ela perguntou: — Você gostou do macacão verde que usei na noite de quarta e ontem?

Eu não podia responder "Não, é a coisa mais estranha que vi nos últimos tempos".

Disse: — Adorei! — Depois: — É... novo?

— É. — Ela parecia quase envergonhada. Depois deixou escapar, como se fosse um grande e excitante segredo: — Moschino!

Moschino!

Pensei que ela tivesse comprado aquilo numa megapromoção de um asilo de loucos! Ainda bem que não disse nada.

Apesar de que não diria. Não é meu feitio. Minha mãe sempre dizia que, se não fosse possível fazer nenhum comentário positivo, melhor não falar nada.

— Onde você comprou, Bridie? — Eu me perguntava como, com meu conhecimento enciclopédico de peças de vestuário, nunca tinha deparado com aquele item.

— No eBay.

Gente! Provavelmente falso!

— Custou uma fortuna, Lola. Mas ele vale. Vale, não vale?

— Ah, claro, claro, vale! Os jóqueis são muito... modernos.

— Percebi que você prestou atenção.

Ah, claro, prestei toda a atenção.

Domingo, 31 de agosto
Matérias sobre Paddy em todos os jornais. Comprei vários. (Fiquei surpresa como os jornais são mais baratos em comparação com as revistas. Incrível. Engraçado as coisas que você aprende quando sua vida tá em pedaços.) Os artigos não diziam muita coisa, na verdade. Só que ele era um felizardo, garoto-propaganda da política irlandesa

Não havia menção a mim em nenhuma matéria. Eu devia ter sentido alívio — pelo menos, Paddy não ia ficar aborrecido —, mas, em vez disso, me senti vazia, como se não existisse.

Segunda-feira, 1º de setembro, 10h07
Telefonema da revista *Tatler* cancelando um trabalho na próxima semana. A mensagem era clara: ninguém gosta de uma consultora de estilo que destrói as coleções. As notícias se espalham.

10h22
O celular tocou. Pensei ter reconhecido o número, mas não tive certeza, depois me dei conta de que era aquela jornalista, Grace Gildee, de novo. Me acossando! Não atendi, mas ouvi o recado. Ela insistia num encontro cara a cara e ofereceu mais dinheiro. Sete mil. Riu e me acusou de me fazer de difícil. Mas eu não estava me fazendo de difícil. Só queria ser deixada em paz.

Terça-feira, 2 de setembro
Pior dos golpes até hoje. Alicia Thornton na capa da *VIP*, com a manchete: "Como conquistei o coração do Imprevisível".

O jornaleiro, simpático, me deu um copo d'água e me deixou sentar um pouco no banquinho, até minha tonteira passar.

Doze páginas de fotos. Paddy de maquiagem. Pó à base de silicone, primer à base de silicone, de modo que parecia de plástico, um boneco Ken.

Eu não sabia quem tinha produzido as fotos, mas o briefing era bastante definido. Alicia (alta, magra, cabelo louro em cachos, quase um cavalo, mas não no bom sentido, não como Sarah Jessica Parker, mais pra Celine Dion. Um relincho!), de vestido e blazer creme Chanel. Paddy de terno de estadista (Zegna? Ford? Não conseguia ter certeza), sentado a uma escrivaninha de mogno, segurando uma caneta de prata como se estivesse prestes a assinar um acordo importante, Alicia de pé atrás dele, a mão no ombro de Paddy, pose de esposa que apoia. Depois, os dois em roupas de festa. Ele de black-tie, ela com um longo tomara que caia MaxMara vermelho. Vermelho não é a cor dela. Também deixava à mostra um chumaço do pelo crescendo debaixo do braço.

O pior de tudo, Paddy e Alicia de jeans combinando, camisa polo de gola pra cima, pulôveres amarrados em volta do pescoço, SEGURANDO RAQUETES DE TÊNIS! Como num catálogo barato enviado pelo correio.

Essas fotos conseguiram, apesar de Paddy ser o homem mais lindo na Terra, fazer com que ele parecesse um modelo decadente.

A entrevista dizia que eles se conheciam desde a adolescência, mas se relacionavam romanticamente, "sem compromisso", havia sete meses. Sete meses! Eu vinha me relacionando com ele "sem compromisso" pelos últimos dezesseis meses! Não é de estranhar que falasse em "sem compromisso" comigo. Dizia que minha vida ia ser um inferno se eu aparecesse ao lado dele nos eventos oficiais e tapetes vermelhos. A imprensa me perturbaria e eu seria obrigada a estar linda e maquiada o tempo todo, até dormindo, para evitar fotos com a legenda "A namorada feiosa e cheia de espinhas de Paddy". (Durante o verão, fizeram menção a mim em duas colunas de fofocas, mas a assessoria de imprensa do Paddy respondeu que eu estava ajudando com o guarda-roupa dele, e todo mundo pareceu acreditar.) Honestamente, achei que ele estava pensando no meu bem. Em vez disso, ele impedia que Alicia, sua "amiga de alma" (foi isso que ele disse na entrevista), descobrisse minha existência.

Burra, não?

Terça-feira, mais tarde

A sessão VIP de fotos foi o golpe final. Passei dias analisando as ditas-cujas. O que essa Alicia Thornton tem que eu não tenho? Passava as páginas, estudava as fotografias dos dois, procurando pistas. De novo e de novo. Tentando acreditar que aquilo era real. Mas acabei olhando tanto pra ele que ele não parecia mais ele, exatamente como quando você se olha no espelho durante muito tempo e sua imagem fica estranha, quase assustadora.

Terça-feira, mais tarde ainda
Raiva. Pensamentos sombrios, amargos. Tomada de sentimentos ruins. Sem ar. De repente, joguei a revista *VIP* no chão e pensei: mereço respostas!

Fui até o apartamento do Paddy e toquei a campainha. Toquei, toquei, toquei, toquei e toquei. Nada aconteceu, mas decidi: que se dane, vou ficar aqui e esperar ele voltar. Mesmo que tenha que esperar vários dias. Semanas até. Em algum momento, ele vai ter que voltar pra casa.

Pensamentos obscuros me deram força e eu sentia que podia esperar pra sempre. Se fosse preciso.

Fiz planos. Liguei pra Bridie e pedi que trouxesse um saco de dormir e sanduíches. Também uma garrafa térmica de sopa. "Mas não quero minestrone", exigi. "Nada com caroços."

— O quê? — perguntou, incrédula. — Você tá *acampada do lado de fora da casa do De Courcy?*

— E você precisa fazer drama de tudo? — eu disse. — Só tô esperando ele chegar. Mas isso pode demorar alguns dias. Então, como eu falei: saco de dormir, sanduíches e sopa. Ah, e não esquece: nada com caroços.

Ficou resmungando e dizendo que não sabia por que ainda se preocupava comigo, e eu acabei desligando. Dai-me paciência!

O tempo foi passando. Os pensamentos obscuros me mantendo focada. Não estava nem aí pro desconforto, pro frio e pra vontade de ir ao banheiro. Como se eu fosse uma monja budista.

Toda hora eu tocava a campainha, mais para ter o que fazer do que qualquer outra coisa. Depois me dei conta de que os pensamentos obscuros deviam ter cedido um pouco, porque comecei a achar aquilo tudo bem chato. Liguei de novo pra Bridie. Perguntei: — Você poderia trazer a *InStyle* nova, um livro de sudoku e a biografia da Diana Vreeland?

— Não! — disse ela. — Lola, por favor, sai daí. Você perdeu a noção.

— Pelo contrário — eu disse. — Nunca estive tão sã em minha vida!

— Lola, você tá perseguindo o cara. Ele é uma pessoa pública, você pode arrumar a maior confusão! Pode...

Tive que desligar de novo. Não gosto de ser rude, mas não tinha escolha.

Fiquei entretida tocando a campainha do Paddy mais algumas vezes, depois meu celular tocou. Era Bridie! Ela estava no portão! Não conseguia entrar porque não tinha a senha!

— Você trouxe o saco de dormir? — perguntei. — E a garrafa térmica com sopa?

— Não.

— O Barry tá com você? (Barry era o marido dela.)

— Tá. O Barry tá aqui do meu lado. Você gosta do Barry, não gosta?

Gosto, mas fiquei imaginando ela e o Barry me arrastando pro carro deles e me levando embora. Isso não.

— Lola, por favor, deixa a gente entrar.

— Não — disse eu. — Desculpa.

Depois desliguei o celular.

Continuei tocando a campainha, sem esperar nenhum resultado, quando, de repente, a silhueta de um homem apareceu atrás da porta de vidro texturizado.

Era ele! Era ele! Estava ali o tempo todo! Fiquei aliviada, excitada — depois, pensamentos terríveis me ocorreram: por que não tinha vindo antes? Por que queria me humilhar ainda mais?

Mas não era ele, era John Espanhol, o motorista. Eu conhecia bem o cara porque às vezes ele me buscava e me levava para encontrar o Paddy. Apesar de ser sempre educado comigo, eu tinha medo dele. Era um tipo grandão, musculoso, parecia que podia quebrar um pescoço em dois, como se fosse uma asa de frango com molho barbecue.

— John Espanhol — supliquei —, preciso falar com o Paddy. Me deixa entrar, tô implorando.

Ele balançou a cabeça e resmungou: — Vai pra casa, Lola.

— Ela tá aí com ele? — perguntei.

John Espanhol era um mestre da discrição (e não era espanhol) Tudo o que ele me disse foi: — Vamos, Lola, eu te deixo em casa.

— Ela tá aí!

Gentilmente, quase com carinho, ele me afastou da porta e depois me encaminhou até o carro do Paddy, um Saab.

— Pode deixar — eu disse, bufando. — Eu tô de carro. Eu mesma me levo pra casa.

— Boa sorte, Lola — disse ele, de forma definitiva.

Seu jeito de falar comigo me encorajou a fazer a pergunta que sempre quis fazer.

— Aliás — eu disse —, sempre me perguntei... Por que te chamam de John Espanhol se você não é espanhol?

Por um segundo, achei que ele fosse dar um passo à frente e me atacar com um golpe de caratê, depois pareceu se acalmar. — Basta olhar pra mim. — Apontou pro próprio cabelo, crespo e louro, depois pras sardas do rosto. — Já viu alguém com menos cara de espanhol?

— Ah — entendi. — Ironia?

— Talvez sarcasmo. Nunca sei direito a diferença.

Terça-feira à noite, mais tarde ainda
Foi isso, fui expulsa da porta da casa do Paddy, como um mendigo fedorento.

A sanidade me voltou como um balde de água fria e fiquei escandalizada com meu próprio comportamento. Eu tinha agido como uma doente mental. *Doida*. Perseguindo o Paddy. Isso mesmo, a Bridie tinha razão. *Perseguindo o cara.*

E fiquei chocada com a maneira como tratei minha amiga. Pedindo uma garrafa térmica de sopa. Onde ela ia arrumar sopa? Depois me recusei a dizer qual era a senha do portão do prédio e desliguei na cara dela. Bridie era uma amiga dedicada!

Percebi como estava louca, e o pior de tudo — no meu transe lunático, tinha certeza de que estava completamente sã. O golpe final.

Eu não podia continuar assim, sem comer, sem dormir, completamente despirocada no trabalho, tratando meus amigos como empregados, dirigindo pela cidade sem rumo e sem atenção...

Fui até a casa da Bridie. Ela estava de pijama e ficou feliz de me ver.

Pedi desculpas sem parar, por causa da história do saco de dormir e tal, depois pela parte da senha do portão.

— Aceito — disse Bridie. — Aceito. E agora?

— Tomei uma decisão — eu disse. — Decidi empacotar minhas coisas e me mudar pro fim do mundo. Para um lugar sem lembranças do Paddy. Você tem um globo, não tem?

— É... tenho...

(Da época das aulas de geografia do colégio. Ela nunca joga nada fora.)

No globo da Bridie, o fim do mundo (da Irlanda) era a Nova Zelândia. Tudo bem. Nova Zelândia era bom. Tinha achado um cenário ótimo. Podia fazer um tour do *Senhor dos Anéis*.

Mas Bridie era a voz da razão: — É caro ir pra Nova Zelândia — disse ela. — E também é muito longe.

— Mas é exatamente esse o ponto — falei. — Tenho que ir pra bem longe daqui, para não dar de cara com uma foto da Alicia toda vez que for comprar um chocolate, nem ouvir falar em Paddy no noticiário, mesmo que eu não assista ao noticiário... Meu Deus, isso é tão deprimente, fora a história das galinhas, você viu?

— Que tal a cabana do tio Tom? — sugeriu Barry. Barry também estava de pijama.

A cabana do tio Tom era a casa de campo que o tio da Bridie, Tom, tinha em County Clare. Eu já tinha ido lá no fim de semana da despedida de solteira da Treese. Várias coisas foram quebradas. (Não quebradas por mim, exatamente, mas por várias de nós.)

— Lá é longe — disse Barry.

— Não tem televisão! — acrescentou Bridie. — Mas, se você começar a enlouquecer sozinha, chega em casa em três horas, já que abriram o atalho da estrada de Kildare.

(O atalho da estrada de Kildare foi a melhor coisa que já aconteceu pra família enorme da Bridie, já que vários parentes moram em Dublin, mas amam a cabana do tio Tom. Poupa quarenta e cinco minutos de viagem, diz o pai da Bridie. Mas e eu com isso? Tenho trinta e um anos; se eu não me matar, é possível que eu viva mais quarenta anos. Posso passar esse tempo todo no trânsito do lado de fora de Kildare e não vai fazer a menor diferença.)

— Obrigada pela oferta — agradeci —, mas não posso ficar na cabana do tio Tom para sempre. Alguém da sua família pode querer ir pra lá.

— Ninguém vai querer, o verão já tá acabando. Olha só — disse ela —, você tá com o coração partido e acha que nunca vai superar isso. Mas o fato é que você vai, e vai se arrepender se resolver se mudar pra Nova Zelândia e jogar toda a sua vida aqui fora. Por que não passar umas semanas em Clare, para se recuperar? Você pode pedir pra Nkechi segurar as pontas no trabalho. Como anda sua agenda? Muito cheia?

— Não. — Não só porque os trabalhos vêm sendo cancelados, mas também por causa da época do ano. Eu já tinha terminado os guarda-roupas de outono/inverno das clientes particulares — mulheres ricas, ocupadas, que não tinham tempo para fazer compras, mas precisavam de um visual estiloso, profissional, elegante. A próxima época conturbada seria a das festas de Natal, que começava logo depois do Halloween. Não havia necessidade de começar nada nas próximas duas semanas. Quer dizer, sempre há trabalho a ser feito. Eu podia levar clientes da Brown Thomas, da Costume e de outras lojas boas para almoçar, para que eles reservassem os melhores vestidos pra mim e não para outras estilistas. É um negócio de matar ou morrer esse mundo da moda. Realmente selvagem. São poucas as boas roupas e a competição é feroz. As pessoas não se dão conta. Acham que é uma coisa divertida, de mulherzinha, sair se enfiando no meio de trajes caros, fazer todo mundo ficar com um look fabuloso. Bem longe disso.

Bridie disse: — E, quando você voltar, se as coisas ainda estiverem péssimas, aí sim você vai pra Nova Zelândia.

— Sei quando estão rindo de mim, Bridie. Mas a graça vai ficar em outro lugar quando eu estiver morando numa casa linda em Rotorua. De qualquer maneira, aceito sua oferta carinhosa.

Ainda mais tarde
Voltando pra casa.

De repente, me dei conta de que o pijama da Bridie não era de fato um pijama, mas uma calça estranha de ficar em casa. Pedido de catálogo. Eu podia jurar. Em circunstâncias normais, o choque teria me feito perder o controle do carro e bater num poste. Do jeito que as coisas estavam, eu andava bastante perturbada. Já, já ela estaria vestindo aquilo em público. Precisava ser contida. Barry devia dizer alguma coisa, mas agora me lembrava de que ele também estava vestindo uma igual. Era ele quem permitia. Ela nunca procuraria ajuda se ele a encorajasse.

Quarta-feira, 3 de setembro, 10h00
Fui pro meu "escritório" (Martine's Pâtisserie). Teria ficado trabalhando em casa, mas minha casa era muito pequena. É esse o preço de morar na cidade grande. (Outro preço são os homens bêbados brigando à sua janela às quatro da manhã.)

Pedi um chocolate quente e uma torta de damasco. Gosto tanto de torta de damasco que tenho que me controlar. Posso comer dez de uma vez, uma atrás da outra. Mas hoje o glacê me pareceu nojento e parecia que o damasco estava me olhando com cara de mau. Fui obrigada a afastar o doce. Tomei um gole do chocolate quente e quis vomitar imediatamente.

O sino tocou. Chegada de Nkechi. Todo mundo olhou. Muita coisa pra ver. Nigeriana, postura perfeita, tranças descendo pelas costas, pernas muito compridas e um bumbum de resposta empoleirado em cima delas. Nkechi nunca tentava esconder o bumbum. Tinha orgulho dele. Isso era fascinante pra mim. A vida das meninas irlandesas era uma busca constante por métodos para disfarçar o bumbum e por roupas para diminuir o bumbum. A gente aprende muito com outras culturas.

Nkechi, apesar de jovem (vinte e três), é um gênio. Como no caso Rosalind Croft (mulher do megamilionário Maxwell Croft), no dia de um jantar beneficente na Mansion House. O decote do vestido dela era tão moderno que ninguém da joalheria conseguia arrumar nada que combinasse com ele. A gente tentou tudo. Um pesadelo! A Sra. Croft estava prestes a cancelar tudo, quando Nkechi disse: — Já sei! — E sacudiu a echarpe, a própria echarpe (comprada num bazar de caridade por três euros), enrolou em volta do pescoço da Sra. Croft e salvou o dia.

— Nkechi — falei. — Vou tirar umas semanas de folga na cabana do tio Tom.

Nkechi conhece o lugar. Esteve lá na despedida de solteira da Treese. Agora, me lembrando disso, ela quebrou a torradeira, tentando colocar um *bagel* inteiro lá dentro. Espetáculo impressionante. Fumaça preta começou a sair da lateral da torradeira, depois veio uma labareda enorme. Ela também quebrou um golfinho de cerâmica que estava na família da Bridie há trinta e oito anos. Estava dançando bêbada e fez um passo muito arrojado que lançou o golfinho no ar, como se fosse uma bola de rúgbi em direção ao bar, atingiu a parede e se despedaçou. Mas era uma despedida de solteira, essas coisas acontecem. Pelo menos ninguém foi parar no hospital. Não como na despedida de solteira da Bridie.

Eu disse: — Sei que parece meio dramático fazer as malas desse jeito, mas realmente, Nkechi, eu tô num estado... não consigo trabalhar, não consigo dormir, meu aparelho digestivo tá em frangalhos.

Ela disse: — Acho boa ideia. Sai de circulação um tempo, antes que você manche ainda mais a sua reputação.

Na sequência, um silêncio esquisito.

Só uma coisinha sobre a Nkechi: ela é uma estilista excelente, realmente excelente, mas um pouco fraca na parte de proteger as pessoas. Parte do trabalho de uma estilista é impedir que o cliente saia na rua parecendo maluco. É nosso dever *protegê-lo* dos comentários maldosos dos colunistas de fofocas. Se a cliente tem um pescoço de uva-passa, a gente disfarça com decotes mais longilíneos. Se tem joelhos que parecem de cachorro de caça, a gente sugere um traje mais comprido. Sutilmente. Gentilmente.

Mas a Nkechi nem sempre é tão diplomática como eu gostaria. Por exemplo, quando vestiu SarahJane Hutchinson. Pobre da mulher! O marido tinha se mandado com um garoto asiático. Humilhação pública. Era o primeiro evento de caridade em que ela comparecia como mulher largada, então era importante que parecesse bem e se sentisse bem. Experimentou um vestido tomara que caia preto muito bonito do Matthew Williamson, mas era óbvio que não ia funcionar. Tudo pra baixo. Eu estava prestes a sugerir, com muito tato, um Roland Mouret (dava muito mais suporte, tinha um corpete escondido por dentro) quando Nkechi gritou: — Você não pode sair com essas pelancas debaixo do braço aparecendo! Você precisa de mangas, amiga!

Eu disse: — Nkechi, gostaria que você assumisse enquanto eu estivesse fora.

— Claro — respondeu. — Assumo. Tudo bem.

Tentei engolir minha ansiedade. Estava tudo sob controle. Nkechi faria isso muito bem.

Possivelmente bem demais até.

Não gostei da maneira como disse "assumo".

— Nkechi — digo —, você é um gênio. Vai ser uma consultora brilhante, possivelmente a melhor de nós. Mas, no momento, basta manter as coisas caminhando. Por favor, não passe por cima de mim enquanto eu estiver fora. Por favor, não faça as coisas da sua cabeça. Por favor, não se aproveite dos meus clientes mais ricos. Seja minha amiga. E não esqueça: seu nome significa "leal" na sua língua, o Iorubá.

10h47
Andando deprimida para casa pra fazer as malas, vejo alguém esperando do lado de fora do meu prédio. Uma mulher. Alta, de jeans, botas, capuz, cabelo louro, curto e espetado. Encostada na grade, fumando. Dois homens passam por ela e dizem alguma coisa. A resposta chega para mim trazida pelo vento: *Vão à merda!*

Quem era ela? Mais um problema? Depois me dei conta! Era a tal jornalista, Grace Gildee! Eu estava sendo imprensada na porta de casa, como... como se fosse uma chefona do tráfico ou... ou... pedófila!

Parei. Pra onde eu devia ir? Fugir, fugir! Mas fugir pra onde? Eu tinha todo o direito de ir pro meu apartamento. Afinal, eu morava ali.

Tarde demais! Ela já tinha me visto!

— Lola? — Sorrindo, sorrindo, rapidamente apagando o cigarro com um movimento ágil de tornozelo.

— Oi!

Ela estendeu a mão. — Grace Gildee. É um prazer conhecer você.

Sua mão, suave, quente, afável, na minha, antes que eu pudesse impedir.

— Não — disse eu, puxando a mão. — Me deixa em paz. Não vou falar com você.

— Por quê? — perguntou.

Ignorei a pergunta e procurei minha chave dentro da bolsa. Minha intenção era não fazer contato do tipo olho no olho. No entanto, contra minha vontade, me vi olhando diretamente pro rosto dela.

De perto, deu para ver que ela não estava usando maquiagem. Coisa incomum. Mas ela não precisava. Era muito atraente, de um jeito meio desleixado. Olhos cor de amêndoa e uma cascata de sardas no nariz. O tipo de mulher que pode ficar sem xampu e não ter problema algum em lavar o cabelo com sabonete líquido. Eficiente numa emergência, imaginei.

— Lola — disse ela —, você pode confiar em mim.

— Você pode confiar em mim! — exclamei. — Você é muito clichê.

De qualquer maneira, ela tinha alguma coisa. Era persuasiva.

Com voz suave, disse: — Você realmente *pode* confiar em mim. Não sou como os outros jornalistas. Eu sei como ele é.

Parei de girar a mão dentro das profundezas da bolsa em busca das chaves. Estava hipnotizada. Como se ela fosse uma cobra.

— Conheço o Paddy da vida inteira — disse ela.

De repente, fiquei com vontade de colocar minha cabeça no ombro dela e soluçar, deixar que afagasse meu cabelo.

Mas era isso que ela queria. É isso que todos eles fazem, os jornalistas. Fingem que são seus amigos. Como quando a SarahJane Hutchinson foi entrevistada no Baile para Crianças em Situação de Risco. A jornalista foi toda amável, perguntou onde a SarahJane tinha conseguido aquele vestido maravilhoso. E as joias incríveis. E quem tinha feito o penteado. *Pode confiar em mim, confiar em mim, confiar em mim.* Depois, a manchete foi:

Coroa vestida de thuthuca

Pobre mulher de quarenta e tal, esposa recém-abandonada, será que enlouqueceu? Anda por aí vestindo as roupas de adolescente da filha. Uma tentativa de resgatar a juventude perdida? Ou de resgatar o marido perdido? Não importa, meus caros. De um jeito ou de outro, não está dando certo.

Minha mão agarrou o chaveiro. Graças a Deus! Eu tinha que entrar em casa. Tinha que fugir dessa Grace Gildee.

17h17
Chegada em Knockavoy! A cabana do tio Tom fica no campo, não muito longe da periferia da cidade.

Desci a rua estreita e esburacada, estacionei no pátio de cascalho em frente à porta da frente.

Casinha de campo coberta de limo. Paredes grossas e encaroçadas. Janelas pequenas. Portas vermelhas de trinco. Parapeitos grandes. Um charme.

Saltei do carro e quase fui arrastada pelo vento. Me imaginei sendo levada, girando bem alto no céu, cruzando a baía, depois sendo despejada numa tumba de água nas ondas do Atlântico. Aí Paddy ia ficar arrependido. Lastimaria ter sequer ouvido falar em Alicia Thornton.

Vai em frente, vento, implorei. *Me leva!*

Fiquei de pé, os olhos absolutamente fechados, os braços convidativamente abertos, mas nada aconteceu. Irritante.

Empurrada pelo vento, fui indo em direção à porta. O ar estava tomado de sal marinho. Meu cabelo ia ficar um horror. Apesar de ter muito orgulho das minhas mechas bordô, tenho que admitir que elas deixam o cabelo com uma tendência ao ressecamento e às pontas quebradiças. Tomara que na farmácia local tenha algum condicionador de tratamento profundo. Droga! Tomara que exista uma farmácia. Da outra visita, só me lembro de bares, e de uma boate tão absurdamente péssima que chegava a ser hilária.

Destranquei a porta linda e vermelha, e a força do vento fez com que ela batesse contra a parede com um estrondo assustador. Arrastei as malas pelo piso de lajotas. Eu estava tendo alucinações ou a casa ainda tinha cheiro de fumaça da torradeira quebrada, apesar de já terem se passado meses desde a despedida de solteira?

A sala de estar era grande: sofás, tapetes e uma lareira de frente para cadeiras de balanço. As janelas dos fundos davam pro campo; depois, a uns cem metros de distância, vinha o Atlântico. Na verdade, tô inventando essa parte, não faço a menor ideia da distância até o mar. Só os homens sabem coisas desse tipo. "Meio quilômetro." "Cinquenta metros." Indicações de caminho, informações desse gênero. Eu podia olhar para uma mulher e dizer: — Tamanho trinta e seis.

— Ou: — Vamos tentar um número maior. — Mas não faço ideia de quão longe da cabana do tio Tom o mar fica, só sei que não quero andar até lá de salto alto.

Na cozinha, marcas de queimado na parede atrás da torradeira (nova), uma mesa com toalha estampada de cerejas, seis cadeiras de madeira, armários amarelos, como de uma cozinha dos anos cinquenta, e um jogo de louça antigo, descasado, muitas das peças com estampa floral. As janelas da cozinha davam pro mar. Fechei o olho esquerdo e olhei pra paisagem. Nem assim consegui ter ideia da distância.

Meu celular tocou. Bridie. — Como foi a viagem?

— Boa; ótima — respondi. Difícil ser entusiástica.

— Quanto tempo levou?

Eu não lembrava. Não tinha prestado atenção. Mas ela tinha me dito o tempo que levava, então eu disse, de cabeça: — Duas horas e quarenta.

Ela assobiou: — Nossa, rápido! Tenho que desligar. Preciso contar isso pro papai. Ele fez em duas horas e cinquenta em julho, mas eram cinco e meia da manhã. Vai ficar arrasado de ter sido batido. Principalmente por uma mulher.

— Então não conta — pedi. — Pra que deixar o velho chateado? Já tem chateação demais no mundo.

17h30
Três quartos no andar de cima. Escolhi o de tamanho médio. Não estava tão pra cima assim pra ficar com o maior, mas a autoestima não estava tão lá embaixo para me dirigir automaticamente pro menor. (Bom sinal.) Cama de casal, mas muito estreita. Como as pessoas faziam antigamente? Eu não era exatamente gorda (apesar de que adoraria ter um quadril muito, muito menor), mas naquele colchão só tinha lugar pra mim. O espaldar era de ferro e, à primeira vista, a colcha parecia de patchwork, isso me encantou. Depois olhei mais de perto. Nada de patchwork. Imitação de patchwork que custa dez mil-réis numa lojinha de quinta. Mesmo assim, parecia coisa boa a distância.

As paredes eram brancas e encaroçadas, como as de baixo, e a moldura das duas janelas pequenas, também vermelha. Animador. Cortinas estampadas de flores. Aconchegante.

Abri a mala. Choque. As roupas eram a prova do meu estado mental alterado. Nada prático. Nenhum jeans. Nenhuma bota. Idiota! Aquilo ali era o campo! Ia precisar de um guarda-roupa rural. Em vez disso, tinha levado vestidos, lantejoulas, boá de plumas! Pra onde eu achei que estava indo? A única coisa que talvez fosse útil era um par de botinas de borracha. Tinha importância elas serem rosa? Eram menos práticas por causa disso?

Pendurei minhas nada práticas roupas no guarda-roupa de mogno. Entalhado. Curvo. Espelho mofado na porta. Parecia antiguidade. Custaria uma pequena fortuna em Dublin.

18h23
De volta lá embaixo, reparei numa televisão no canto da sala! Um tanto irritada com Bridie, liguei pra ela.
— Tem uma televisão aqui! Você disse que não tinha televisão!
— Não é uma televisão — disse ela.
— Tem cara de televisão!
Preocupada, tive que agachar e me aproximar para ter certeza. Será que eu andava tão desnorteada que tinha confundido outra coisa com um aparelho de tevê? Um micro-ondas, quem sabe?
— É — disse ela. — É fisicamente uma televisão, mas não tem antena, não pega.
— Então, pra que serve?
— Você pode ver um DVD.
— Onde vou arrumar um DVD?
— Na locadora.
— Tô a quilômetros de uma locadora.
— Não tá, não. No supermercado da rua principal tem uma porção. Só lançamento.
— Tá bom. Então... é... alguma novidade?
Eu quis dizer: alguma novidade do Paddy?
— Você só tá fora há algumas horas — respondeu ela.
Mas detectei hesitação na resposta. — Sei que tem novidade — gemi. — Fala, por favor!

— Não — disse ela. — Você se afastou pra fugir das notícias.

— Por favor, me conta. Agora que eu tenho certeza de que tem novidade, preciso saber. Vou morrer se não souber. Não vou perguntar de novo, mas preciso saber agora.

Ela suspirou. Disse: — Tudo bem. Vi no jornal da noite. Data marcada. O casamento vai ser em março. Recepção no K Club.

Dois pensamentos. Primeiro: março ainda está muito, muito longe. Ele pode mudar de ideia. E segundo: K Club? Só quem gosta de cavalo faz recepção de casamento no K Club. Ele não é do tipo que gosta de cavalo. Ela é?

Bridie disse: — Bem, ela parece um. Um cavalo, eu quis dizer.

Bridie, amiga fiel.

— Mas não acho que ela é do tipo que gosta de cavalo.

Eu disse: — Todo mundo sabe que não é chique fazer uma recepção de casamento no K Club se você não é do tipo que gosta de cavalo.

— É cafona — disse Bridie.

— É, é cafona.

18h37

Cidadezinha simpática. Um monte de gente andando pelas ruas. Várias coisas acontecendo. Muito mais do que eu lembrava. Hotel, um (pequeno). Pubs, vários. Supermercado, um. Lojas, uma. (Horrível — produtos chineses, capas de *tweed*, chapéus de crochê. Voltada pra turistas.) Loja de pescaria, uma. Loja de surf, duas! Cibercafé, um. (É, eu sei. Inesperado.) Camelô, vendendo todo tipo de bugiganga, artigos marinhos, romances de Jackie Collins, lembranças e cinzeiros em forma de vaso sanitário com os dizeres: "Despeje seus restos cansados" (criminoso!), um.

Decisão. Jantaria num pub. Não tinha com quem conversar, mas tinha uma revista para esconder o rosto. Todos os pubs anunciavam ter comida, então resolvi escolher um ao léu, e torcer para não ser o lugar que nos barrou a entrada na despedida de solteira da Treese.

(Despedidas de solteiro deviam ser proibidas. Você tem o dever de se comportar de maneira atroz, depois morre de vergonha. Não me lembro muito da despedida de Treese, a não ser que nós dez — na verdade, só oito, já que a Treese tinha apagado na cabana e não foi pra cidade, e a Jill ficou caída no banheiro do pub – nos jogamos em cima do barman, dizendo: – Ai, gostosão, você me deixa louca! – E outras coisas do gênero. Tenho uma vaga lembrança do cara implorando: "Por favor, meninas. Chega. Isso é um pub de família! Tô pedindo com jeitinho." Lembro que ele parecia a um passo das lágrimas.

Abri a porta de um lugar chamado Dungeon e um monte de homens mal-encarados olhou para mim como se fossem criaturas perturbadas. Ligeira impressão de olhos vermelhos, queixos pontudos e cheiro de enxofre. Feito no clipe de *Bohemian Rhapsody*, do Queen. Me recolhi.

No pub seguinte, o Oak, muita luz, poltronas estofadas, famílias comendo nuggets. Mais seguro. Ninguém me encarou.

Sentei, o garçom se aproximou e perguntou: – Já decidiu?

Me dei conta de que talvez ele não fosse irlandês – não tinha sotaque irlandês, a pele era morena, cabelo e olhos pretos feito passas (na verdade, falar assim faz parecer que eles eram pequenos e enrugados, o que não é nem um pouco o caso. Eram olhos escuros e grandes. Se é pra comparar com alguma fruta seca, a melhor descrição seriam olhos de ameixa. Mas não poderia dizer isso, já que as ameixas têm péssima conotação, lembram velhos em asilos, comendo ameixas cozidas e tomando gemada, pra manter a "regularidade". Mas, uma vez que pensei isso, não conseguia parar de martelar: Olhos de Ameixa. Até mesmo Bom e Velho Olhos de Ameixa).

Perguntei pra ele: – Qual é a sopa do dia?
– Cogumelo.
– Tem caroço?
– Não.
– Tudo bem. E uma taça de vinho.
– Merlot?
– Grand.

20h25
Terminei meu jantar. (Depois da sopa do dia, comi o cheesecake do dia – morango.) Fiquei em pé, do lado de fora do Oak, pensando no que fazer na sequência.

Podia dar uma caminhada. A noite estava bonita e clara, a praia, linda, era logo ali. Tirar a teia de aranha, como as pessoas costumam

Marian Keyes

dizer. (Na verdade, não gosto dessa expressão, me faz pensar em aranhas. Não vou mais repetir.) Ou eu podia pegar um DVD. Isso, decidi. Ia pegar um DVD.

20h29
Supermercado.
　Variedade enorme de DVDs. Garoto e garota atrás do balcão (nomes nos crachás: Kelly e Brandon) tentaram me ajudar.
　— *Penetras Bons de Bico* é legal — disse Kelly. Garota gordinha. Parece que não nega um pacote de batata frita. (Pensando bem, quem nega?) Cabelo liso escorrido com mechas louras. Calça tipo moletom rosa, bem baixa. Dois centímetros de barriga aparecendo na linha da cintura. Piercing dourado no umbigo, unha francesinha. Cafona; mesmo assim, admirei a autoconfiança.
　— *Penetras Bons de Bico*, não — falei.
　— Gostei das suas mechas.
　— Obrigada...
　— Você mesma fez?
　— Não. É... não. Fiz no salão.
　— Gostei do seu casaco. De onde é? Topshop?
　— Não... peguei no trabalho.
　— Onde você trabalha?
　— Sou autônoma.
　— Quanto foi?
　— ... é, comprei na liquidação.
　— Quanto era antes da liquidação?
　— Não sei direito.
　Sabia totalmente, mas era caro. Fiquei com vergonha de dizer o preço.
　— Cala a boca — disse Brandon. Como Kelly, ele obviamente também se preocupava com a aparência. Colares, anéis, cabelo louro com corte moderno, mechas superamarelas, provavelmente resultado de uma tentativa caseira, mas aplaudi o esforço.
　— Que tal *O Senhor dos Anéis*? — sugeriu. — A gente tem uma versão estendida.

— Não. O filme é bom, não tô dizendo que não é, mas...
— Em que clima você tá?
— Precisando me animar.
— Por quê? — perguntou Kelly.
Caraca, que intrometida!
— Tô meio... mal — eu disse, de repente me dando conta de que estava louca pra falar do Paddy. — Meu namorado vai casar com outra.
— Ok — disse Kelly, estranhamente se recusando a morder a isca. — Que tal *Sintonia de Amor*? Bem água com açúcar.
Frustrada! Eu não queria discutir preço de roupa, mas queria liberar uma enxurrada de informação sobre o Paddy.
— Ou então *Um Dia Especial*. Também é bem mulherzinha. Dá pra chorar bem.
— Não! — disse Brandon. — Leva um filme de vingança. *Kill Bill*. *Perseguidor Implacável*.
— *Perseguidor Implacável* — gemi. — Perfeito!

23h08
Perseguidor Implacável é um filme maravilhoso! Era exatamente o que eu queria. Tem uma parte grande da vingança dele.
A certa altura, tirei os olhos do Clint Eastwood, olhei pela janela dos fundos da cabana do tio Tom e, por um segundo, achei que tinha uma pílula de complexo vitamínico enorme no céu. Laranja-vivo, efervescente, enchendo o céu de vitamina C. O pôr do sol! De repente fiquei feliz de ter ido parar naquele lugar. Tinha aprendido a apreciar a beleza da natureza.
Noite linda. Pensei sem parar no Paddy, mas só peguei o telefone para ligar pra ele quatro vezes.

23h31
Hora de dormir. Com medo de não conseguir, tomei dois calmantes e apaguei a luz.

23h32
Acendi a luz. Tomei metade de um Zimovane (remédio pra dormir pancadão, química pura, e não uma porcaria falsa de ervas). Seria terrível não conseguir dormir. Não valia a pena arriscar. Apaguei a luz.

23h33
Acendi a luz. Tomei outra metade do Zimovane. Não podia não dormir. Apaguei a luz. Puxei a colcha de patchwork falso até o queixo e enfiei a cara no travesseiro. Agora que estava dopada até a raiz do cabelo, estava louca pra curtir uma noite incrível de sono.

23h34
Muito silêncio no campo. Bom. Calmo.

23h35
Confortante. Nada sinistro.

23h36
Calmo. Nem um pouco sinistro.

23h37
É sinistro! Muito quieto aqui! Ameaçador. Como se os campos planejassem armar a tocaia enquanto eu dormisse! Acendo as luzes de novo. O coração aos pulos. Precisava de alguma coisa pra ler, mas morria de medo de ir ao andar de baixo pegar minha *InStyle*. A estante do quarto só tinha livros de antigamente. Thrillers de alguém chamado Margery Allingham. Peguei *The Fashion for Shrouds*, porque era sobre a moda nos anos trinta. Apesar de o livro estar um tanto úmido, gostei bastante. Todo mundo na história usava chapéu. Ninguém mais usa chapéu. Trágico. A marcha da modernidade.

Quinta-feira, 4 de setembro, 9h07
Acordada pelo silêncio. É muito perturbador. Nunca pensei que sentiria falta de homens bêbados grunhindo e brigando embaixo da minha janela. A vida é cheia de surpresas.

O colchão parece lotado de bolas de tênis. De que jeito as pessoas viviam antigamente? Outro sistema de valores. Comunidade, chapéus, crianças indo sozinhas pra escola. Nenhum valor atribuído a colchões sofisticados, bons lençóis, travesseiros confortáveis.

Rolo na cama, pego a revista *VIP* e olho, pela milionésima vez, pro Paddy, sorrindo, de raquete de tênis na mão, e fico impressionada com sua aparência equilibrada. Droga, se pelo menos eles soubessem...

Uma viagem ao país da memória

Ano passado, domingo de abril tempestuoso e frio. Fui visitar o túmulo da minha mãe. Agachada, conversando com ela, contei como o trabalho estava indo, como estava o papai — na verdade, só mesmo um apanhado geral. O engraçado é que, no meio do meu relato, quando contava que ainda estava sem namorado, desde que tinha dado uma banana pro Melachy, porque ele queria que eu emagrecesse (fotógrafo, muito tempo na companhia de modelos), percebi que alguém olhava pra mim, algumas fileiras de túmulos mais adiante. Um homem. Não era meu tipo. Muito adulto. Alto. Sóbrio, terno, sobretudo azul-marinho, suéter de cashmere (olhei muito rápido), carregado de narcisos muito amarelos. Cabelo escuro, um pouco bufante (mas isso podia ser o resultado de um dia de vento).

Imediatamente, me senti invadida. Quer dizer, eu estava no cemitério. Se não podia falar com minha mãe morta ali, onde então?

— Mãe — disse eu —, tem um cara me observando falar com você. Que grosso!

Na minha cabeça, a voz respondeu: — Talvez ele não esteja olhando pra você. Talvez esteja olhando pro vazio. Dá uma chance pro ser humano.

Olhei de novo. Definitivamente, ele estava me observando e pude ver rapidamente o suor lambendo o cabelo escuro e liso dele, resultado de uma cena de sexo selvagem comigo.

Que sacrilégio! No cemitério. Mas acho que faz sentido — sexo e morte.

— E aí? — perguntou minha mãe.

— É... tudo bem...

Finalmente, eu disse tchau para ela e andei em direção à saída. Teria de passar pelo Homem de Sobretudo pra pegar o caminho principal e, apesar de normalmente não ser do tipo que desafia as pessoas, estava na defensiva por causa da minha mãe morta. Quando cheguei perto do sujeito, parei e disse: — Só estava conversando com uma pedra de mármore porque não tenho escolha. Preferia que ela estivesse viva, entendeu?

— Sua mãe?

— É.

— Eu também.

De repente, não estava mais me sentindo invadida, mas triste. Triste por nós dois.

— Não tive a intenção de te deixar constrangida — disse ele.

— Mas deixou.

Ele tinha enchido o túmulo da mãe de narcisos e, não sei por que, isso me tocou. Um homem como ele poderia (julgando pela qualidade do sobretudo) ter comprado um buquê de flores exóticas, orquídeas, lírios, qualquer coisa do gênero, mas narciso é uma flor humilde.

Ele disse: — Achei... legal... você conseguir falar com tanta liberdade... — Fez uma pausa, olhou pra baixo, depois pra cima de novo e os olhos azuis dele me causaram um impacto enorme. Ele disse: — Fiquei com inveja de você.

11h08

Abri a porta da frente e respirei fundo o ar do campo. Cheiro de cocô de vaca. Cinco vacas marrons e brancas no pasto ali perto abanavam o rabo, preguiçosas, pra mim. E me acusavam.

Fui até os fundos da casa e lá estava o Atlântico selvagem. Ondas e espuma branca, o sol brilhando. Cheiro de ozônio, de sal e tudo o mais. Olhei pra natureza, pra beleza daquilo tudo, e pensci: como eu sinto falta das lojas.

Isso não era bom. Tinha sido um erro vir pra cá. Ninguém pra conversar, nenhuma televisão pra assistir. Muito tempo vazio pra pensar no Paddy.

Devia ter ido para algum lugar excitante, tipo Nova York, cheia de distração. Mas os hotéis em Nova York são caros. A cabana do tio Tom é de graça.

Mandei uma mensagem de texto pra Bridie:

Mt sozinha. Acho q volto p ksa.

Resposta:

Primeiro dia sempre + difícil. Aguenta firme!

11h40

Manhã inteira ligando para as clientes, explicando que eu estaria "fora de circulação" por duas semanas. Elas estariam em "boas mãos" com Nkechi. Algumas, felizes com isso. Outras, nem tanto. Medo da Nkechi. SarahJane Hutchinson se recusa terminantemente a tratar qualquer coisa com ela.

Fui até a cidade. Podia ir dirigindo, mas eram só cinco minutos de caminhada. Uma vergonha ir de carro. Também me lembrei do que minha terapeuta costumava dizer depois que mamãe morreu. A melhor maneira de afastar a depressão é sair por aí, dar uma andada e espairecer. Na verdade, isso é meio engraçado. Porque, quando você tá deprimida, a *última* coisa que quer fazer é sair por aí e dar uma andada. Antidepressivo é muito melhor.

11h42
Coisa mais estranha. Linda, na verdade. Caminhando em direção à cidade com botas de cano curto, me aproximando da cabana vizinha, vi pela janelinha lateral, logo debaixo do telhado, alguma coisa brilhando.

Parei. Meneei a cabeça. Por causa da posição da janela – quase toda virada pro mar –, era pouco provável que alguém passando na rua pudesse dar uma espiada ali. (Difícil descrever. Não sou boa pra coisas desse tipo. Descrições normalmente masculinas.) Eu estava num ângulo específico da rua e tive sorte.

Na sequência, vi uma mulher de vestido de noiva rodopiando e rodopiando! Suave, glamouroso, de cetim branco, corpete justo, saia godê, nada cafona, mas fazendo um A exagerado, se é que você consegue visualizar. Como um cone. Tinha quase certeza de que era um Vera Wang. Imagem hipnotizante. Apesar das circunstâncias pessoais trágicas, não consegui não ficar feliz por ela, pela beleza e felicidade evidentes daquela mulher.

Luvas brancas até o cotovelo. Gargantilha de strass elaboradíssima – provavelmente Swarovski, mas não dava para ter certeza àquela distância. Cabelo escuro incrível, grosso, longo e sedoso, balançando enquanto ela rodopiava, uma tiara perfeita no topo da cabeça.

Foi até a janela, balbuciando palavras – provavelmente ensaiando os votos –, falando sozinha, fofocando consigo mesma, depois fez o que as pessoas fazem nos filmes quando se dão conta, subitamente, de que estão em cima de um crocodilo. Congelou, deslizou os olhos bem devagar, até chegar ao ponto onde eu estava, em pé na rua, olhando para ela, como uma suplicante. Apesar de estar a uma distância muito grande para ser possível dizer se a gargantilha era Swarovski ou não, era inegável o choque, até mesmo o horror, no rosto dela. Saiu correndo de perto da janela, como se tivesse rodinhas nos pés. Por quê? Qual era o grande segredo?

Fiquei plantada no mesmo lugar, na dúvida se ela reapareceria, até que um fazendeiro dirigindo um trator que soltava uma fumaça demoniacamente negra gritou: – Sai do meio do caminho, baranga! – E tentou me fazer dar o fora da estrada.

11h49
Cibercafé.
Tenho um BlackBerry, nenhuma necessidade real de ir a um cibercafé, mas, honestamente, queria um motivo para conversar com alguém

Lá dentro estava uma garota, fumando um cigarro, sentada num banquinho, as pernas cruzadas elegantemente. Cabelo preto muito curto, como o da Jean Seberg em *Acossado*. Poucos rostos vão bem com um corte de cabelo tão radical. Sobrancelhas bonitas e pontiagudas. Batom vermelho-escuro. Opaco. Escolha interessante nesses tempos tão cheios de brilhos.

Eu disse: — É... oi.

— Oi.

Ela só podia ser francesa. Isso ou *cockney*.

Roupa simples, mas bonita. Camisa polo preta, saia preta e branca, quase um cogumelo, mas ajustando na última hora. Cinto largo apertado na cintura. Sapatilha preta. Sem sal, mas chique. As francesas simplesmente têm estilo. Assim como os irlandeses são bons de piada e ficam cheios de sardas verdes, em vez de bronzeados.

Perguntei. — Posso usar a internet?

— *Certainement* — respondeu. — Pode ficar à vontade.

Perguntei: — Você é daqui? (Sabia que não. Era só um pretexto para conversar.)

— *Non. De France.*

Agora entendi por que a garota da locadora era tão atirada. A única maneira de se divertir aqui é bisbilhotar a vida dos outros.

Disse: — Eu amo a França! Aliás, *j'aime* France!

Esperei que pudéssemos conversar sobre as lojas de Paris. Mas ela não era de Paris. Era de um lugar chamado Beaune. Nunca ouvi falar, mas ela parecia orgulhosa. É assim que são os franceses. Têm orgulho de serem franceses, de fumarem Gauloise e são ótimos fazendo greve. Às vezes, o país inteiro entra em greve.

Me apresentei. Esperando não ter parecido muito desesperada.

Ela disse: — *Bonjour, Lola. Je m'apelle Cecile.*

Perguntei: — Por que você veio morar aqui, Cecile?

Razão? Um homem.

— Estou completamente apaixonada. Surfista
— Qual é o nome?
— Zoran.
— Irlandês? — Pensei: Não pode ser.
— Não. Sérvio. Vive aqui, agora.

Só um e-mail interessante. Da Nkechi. Ela tinha persuadido uma mulher que importa Roberto Cavalli na Irlanda a vender exclusivamente pra "gente". Notícia excelente, na verdade. Todas as irlandesas loucas por Cavalli vão ter que se vestir comigo — ou com "a gente", como Nkechi disse, infelizmente. Inferno. Um dia longe e ela já está conquistando o mundo.

12h16
Oak.
Mesmo barman da noite passada. Velho e bom Olhos de Ameixa. Perguntei pra ele: — Qual é a sopa do dia?
— Cogumelo.
— Ok. E um café.
— Com leite? Cappuccino? Espresso?
— É... com leite.
— De soja? Desnatado?
Não esperava tantas possibilidades.
Quando dei por mim, estava perguntando: — De onde você é?
Inferno! Tinha virado o tipo de pessoa irritante que puxa conversa com qualquer um que encontra, e eu não sou assim. Em Dublin, é fundamental falar com o mínimo de pessoas possível. Principalmente quando se está comprando coisas. Já notou como as vendedoras aprendem que devem dizer palavras de validação da compra quando estão embrulhando as peças? Dizem: "Linda essa cor!" Ou: "Esplêndida, não é?" Sempre me vejo querendo responder: — Na verdade, não concordo. Detesto essa cor. É uma das que menos gosto.
Quer dizer, provavelmente não compraria se não gostasse!
Mas só estão trabalhando. Não é culpa delas.
— Do Egito — disse Velho e Bom Olhos de Ameixa.

Egito! Multinacional! É como o elenco de *Lost* em pleno Knockavoy!
— Você tá bem longe de casa! — Pensando: Que coisa mais idiota de dizer. Parece coisa do lobo mau da Chapeuzinho Vermelho.
Depois eu digo: — Você deve sentir falta do calor. — Pensando: Isso também é uma coisa muito idiota de dizer, e aposto que todo mundo diz.
— É — concordou. — É o que todo mundo diz. Mas tem coisas mais importantes na vida que a temperatura.
— Tipo o quê? — De repente curiosa.
Ele riu. — Tipo três refeições por dia. Tipo estar livre de perseguição política. Tipo oportunidade de sustentar sua família.
— Certo — digo. — Entendi.
Me senti um pouco melhor. Tinha me conectado com outro ser humano.
A sensação foi interrompida por um homem nos fundos do bar — criatura bêbada e desgrenhada — que gritava: — Osama! Chega de papo! Cadê minha cerveja?
Perguntei: — Seu nome é Osama?
Pensando: Jesus! Essa seria uma barreira difícil de romper. Ainda pior que Velho e Bom Olhos de Ameixa. Explicada a parte da perseguição política!
— Não. É Ibrahim. Osama é o apelido que o pessoal daqui me deu.

Final da tarde
Voltei pra casa pela orla. Passei por uma casa velha, peculiar. As casas dos dois lados tinham sido modernizadas — janelas de PVC, pintura fresca —, mas aquela em especial estava envelhecida e meio abandonada. A tinta azul desbotada da porta da frente quase que inteiramente descascada. Me lembrei de quando fiz peeling. No parapeito, anêmonas, pedrinhas, areia, trepadeiras. Sem cortinas, então pude ver um pouco o lado de dentro. Redes de pesca pendiam do teto, além de conchas, estrelas do mar, pedaços de madeira, como se fossem esculturas. Nome da casa: "O Recife."
Lugar mágico. Queria entrar ali.

18h03
O celular tocou. Reconheci o número: Grace Gildee, jornalista carismática. Ela estava me perseguindo! Joguei o celular na bolsa como se fosse uma coisa pelando. Me deixa em paz, me deixa em paz, me deixa em paz! Dez segundos depois, dois bipes de recado. Me deixa em paz, me deixa em paz, me deixa em paz!

Apaguei a mensagem sem escutar. Medo. Obviamente, ninguém pode fazer a outra pessoa falar se a outra pessoa não quer. Mesmo assim, fiquei com medo. Grace Gildee é persuasiva, insistente, determinada. Também — provavelmente — legal.

20h08
Delicatéssen-jornaleiro-locadora de DVD.

Brandon e Kelly a postos novamente. Por recomendação de Brandon, peguei *O Poderoso Chefão*. Kelly tentou me empurrar *Starsky & Hutch — Justiça em dobro*. Ela disse: — Dois gatos desses, você vai esquecer seu cara que vai casar com outra em dois tempos. E ele te contou pessoalmente?

Ela estava louca pra saber, e eu louca pra contar. Assim que falei o nome Paddy de Courcy, ela gritou: — Conheço esse nome! Político, não é? Já vi em algum lugar! Na *VIP*! Pega lá! — Ela indicou a prateleira de revistas pro Brandon. — Pega lá, pega lá!

Devorou as fotos. Fez vários comentários. Disse que o Paddy era "lindo para um homem mais velho" e que a Alicia "não fedia nem cheirava". Brandon disse que Alicia era xexelenta, expressão ainda não ouvida por mim. Aprendi que queria dizer mais ou menos a mesma coisa que *não fede nem cheira*. Aumentando o vocabulário. Os dois ficaram muito impressionados de saber que meu ex-namorado estava numa revista de celebridades, mesmo que fosse uma revista de celebridades irlandesas.

— Saiu alguma coisa dele na *Heat*? Ou na *Grazia*?
— Não.
— Ah, claro, deixa pra lá. E você não sabia nada da outra mulher? Nada, NADA?

Balancei a cabeça negativamente.

— Eu teria matado o cara — disse ela, impressionada. — Com minhas próprias mãos.

— Bastava você sentar em cima dele — disse Brandon, inesperadamente venenoso. — Só isso. Pouquíssimos homens sobreviveriam à sua buzanfa.

Ela respondeu com a boca cheia: — E você, basta respirar no cangote de alguém!

Revisei minha primeira impressão de que Brandon e Kelly eram namorados. Irmão e irmã, mais provável.

— E agora você tá aqui na cabana do Tom Twoomey pra cuidar do coração partido.

— Aqui rola bastante isso — disse Brandon. — Mulheres. Chegando aqui. De coração partido. Não sei por quê. Talvez achem que as ondas consertam tudo. Andam pela praia vinte vezes por dia. Quase sempre vão explorar as dunas. Não sabem que pertencem ao clube de golfe. De repente, estão no meio do décimo primeiro buraco, as bolas raspando a cabeça delas. São escoltadas pra fora. Normalmente bem chateadas.

— Muito chateadas.

Uma pausa estranha se instalou. Depois, os dois caíram na gargalhada.

— Desculpe — disse Brandon. — É que... é que...

— Acham que estão vivendo um momento comovente, emocionante — disse Kelly, o rosto contorcido de tanto rir. — Comungando com a natureza e tal... e, de repente... quase são decapitadas por uma bola de golfe...

— Não tenho nenhuma intenção de andar por nenhuma praia, nem de explorar nenhuma duna — disse, fria.

Não é bacana rir de um coração partido.

Pararam de rir abruptamente. Pigarrearam. Kelly disse: — Você podia tentar pintar. Pra tirar esse sofrimento todo de dentro do corpo.

— É?

— É. Acontece à beça. As pessoas pintam.

— Ou escrevem poesia — se meteu Brandon.

— Ou fazem cerâmica.

— Mas, na maioria das vezes, é pintura mesmo. Vamos encarar os fatos, é melhor que esfaquear o cara com uma faca de pão. — Brandon olhou significativamente para Kelly.

— O quê? — Ela se virou e gritou na cara dele: — Aquilo foi um ACIDENTE!

Depois, pra mim: — A gente tem lápis de cera e blocos de desenho, mas, se você preferir tinta mesmo, tem uma loja em Ennistymon. (Ennistymon é a cidade mais próxima.)

Nenhuma intenção de começar a pintar.

Nem de escrever poesia.

Nem de fazer cerâmica.

As coisas já estavam ruins o bastante.

23h59

O Poderoso Chefão é um filme maravilhoso. Simplesmente cheio de horror e vingança. E o Al Pacino é bem desejável. Bom sinal. Durante a noite toda, só peguei o telefone para ligar pro Paddy três vezes. Ou triplamente, se você preferir. Gosto dessa palavra. Passei a usar depois de um livro da Margery Allingham.

0h37

"Ligada", como dizem no livro da Margery Allingham. Palavra estranha. Mas muitas outras palavras e expressões são estranhas, se a gente pensar a respeito. "Não se atreva a ir lá!", essa é uma expressão muito esquisita, a menos que você esteja falando do Afeganistão, ou de um shopping center no fim de semana, duas semanas antes do Natal.

2h01

Acordei num pulo, pavor total. Tentada pela terrível compulsão de entrar no carro, dirigir até Dublin, encontrar o Paddy e implorar pra ele ficar comigo. Comecei a colocar as coisas na mala. O coração aos pulos. A boca seca. Pesadelo acordada. Ele ia casar com outra? Mas isso não podia ser!

Devia tomar banho? Não. Devia me vestir? Não. Não, sim. E se eu realmente encontrasse com ele? Não podia parecer uma fugitiva de hospício, de pijama. Que roupa eu devia colocar? Não conseguia decidir. Não conseguia decidir. Zonza por causa do sonífero. Os pensamentos indo rápido demais. Passavam correndo antes que eu pudesse agarrar um.

Joguei a primeira mala pela escada. Preciso pegar minhas coisas no banheiro. Não. Vou deixar tudo. E daí? São só coisas. Abri a porta da frente, a noite estava fria, joguei a bagagem na mala do carro, voltei em casa pra pegar a outra.

Mas, quando arrastava a segunda mala pela escada, meu coração desacelerou. Os pensamentos se organizaram. Percebi a loucura. Não fazia sentido ir para Dublin. Ele não ia querer me ver. Esse era o plano dele o tempo todo e era muito difícil que tivesse mudado de ideia.

Sentei no degrau da escadinha da frente e encarei a escuridão. Sabia que havia campos por ali, mas não via nada.

Viagem ao país da memória

O engraçado é que quando vi Paddy de Courcy pela primeira vez, no cemitério, não achei que podia acabar me apaixonando por ele. Nem um pouco meu tipo. Meu namorado anterior, Malachy, o fotógrafo, era muito diferente. Pequeno, engomadinho, um sedutor de olhos brilhantes. Amava as mulheres, as mulheres o amavam de volta. Seduziu modelos, como Zara Kaletsky, a fazerem poses malucas pra ele. (Na verdade, foi assim que conheci Malachy. Eu era a estilista da Zara antes de ela ir embora da Irlanda do nada. Ela juntou a gente.)

Malachy não tinha muito pelo. Mas, como eu tinha sido esbofeteada pelos ventos gelados naquele dia do cemitério, podia afirmar só de olhar pro sobretudo do Paddy de Courcy que ele era bem peludo no peito. Captando sinais subliminares. Ligeira barba por fazer. Costas das mãos salpicadas de pelos escuros. (Não como um King Kong — uma cobertura suave.) Um peito liso e imberbe não combinaria.

Ele perguntou: — Você vem muito aqui?

Eu disse: — Se venho muito aqui? — Eu avaliava os túmulos de mármore espichando o olhar pra todos os lados. Pode-se encontrar um homem em qualquer lugar. — Mais ou menos uma vez por mês.

— Isso não é muito ortodoxo... — disse ele. — Cemitério, essas coisas... Eu posso voltar no mês que vem, na esperança de te encontrar, ou... você tomaria um chocolate quente agora?

Inteligente. Chocolate quente era a única coisa — a única coisa — que eu teria aceitado. Seguro. Totalmente diferente de ele ter me convidado para um drinque. Ou um chá. Bebida alcoólica — vulgar. Chá — bundão com fixação na mãe.

Fomos a um bar do outro lado da rua (Gravediggers Arms), tomei chocolate quente com marshmallows e pensei em mães mortas.

Ele disse: — Toda vez que alguma coisa boa acontece comigo, quero contar pra ela, e toda vez que alguma coisa ruim acontece, quero que ela me ajude.

Eu sabia exatamente como ele se sentia. Nós dois tínhamos quinze anos quando nossas mães morreram. Era bom — um alívio e tanto, na verdade — conhecer alguém que tivesse perdido a mãe na mesma idade que eu. Me abri, comparei sentimentos, estava atraída pelo cara, mas não sentia desejo por ele. Na verdade, sentia quase como se estivesse fazendo um favor, ouvindo-o falar da mãe.

Ele disse: — Provavelmente a pergunta é de mau gosto, levando em conta o lugar onde a gente se conheceu, mas há alguma chance de eu ver você de novo? Prometo não falar da minha mãe morta na próxima vez.

Me encolhi na cadeira. Assaltada pela imagem dele em cima de mim, nu, cheio de cabelo no peito, de pau duro. Senti um aperto na boca do estômago. Excitada? Provavelmente não. Talvez fosse enjoo. Ele não era meu tipo. Pensei que parecia muito velho, além de (fútil, fútil, eu sei) não ter gostado da roupa que usava. Muito arrumadinho, muito seguro. Mas por que não tentar?

Anotei meu telefone num ingresso de cinema do tempo do onça.

Ele olhou pro papel. Disse: — *Missão Impossível?* Bom?

— Você não viu?

— Nunca tenho tempo de ir ao cinema.

— Por que não?
— Sou político. Líder do Nova Irlanda. Trabalho full-time.

Achei melhor perguntar o nome dele — é isso que a pessoa tem que fazer quando o outro é escritor, ator ou, isso, político. É quase como se pedissem pra você perguntar.

— Paddy de Courcy.

Fiz um gesto afirmativo e disse "Hummm", para disfarçar o fato de nunca ter ouvido falar.

Ele me observou entrando no meu carro vermelho, admiração nos olhos. Olhei para ele pelo espelho retrovisor. Mesmo a distância, deu para ver o azul dos olhos. Lentes de contato coloridas? Não. Lentes de contato coloridas deixam os olhos esquisitos, meio parados, com cara de morto. Quem usa parece meio Alien. Às vezes, tenho clientes que querem usar numa noite importante. ("Queria olhos verdes hoje à noite.") Sempre digo para não usarem. É cafona. Muito... Mariah Carey.

Me perguntei se Paddy de Courcy ia ligar. Não tinha certeza. Suspeitei que talvez fosse casado. Eu tinha um Mini Cooper vermelho, ele tinha um Saab azul-marinho. Eu usava blazer moderno, de gola larga, corte reto, e ele usava sobretudo azul-marinho. Eu tinha um jeito de Louise Brooks e mechas bordô, ele tinha cabelo armado e engomado.

Não procurei informações sobre ele no Google. Era esse o tamanho da minha falta de interesse.

No dia seguinte, de manhã cedo, meu celular tocou. Não reconheci o número, mas atendi porque podia ser uma cliente nova. Uma mulher disse: — Aqui é do escritório do Paddy de Courcy. O Sr. De Courcy quer saber se você estaria livre hoje à noite. Ele pode buscá-la às sete. Preciso do seu endereço, por favor.

Fiquei chocada, em silêncio. Depois, ri. Disse: — Não.

— Não o quê?

— Não, não vou dar meu endereço. Quem ele pensa que é?

Foi a vez da mulher ficar chocada. Disse: — Paddy de Courcy!

— Se o Sr. De Courcy quer marcar um encontro comigo, ele mesmo pode pegar o telefone e me ligar pessoalmente.

— Sim... mas, Srta. Daly, o Sr. De Courcy é muito ocupado..

Entendo de gente ocupada. A maioria das minhas clientes é bastante ocupada, e normalmente os assistentes das clientes, em vez das clientes em si, me ligam para marcar um encontro. Mas isso era trabalho. O caso agora não era trabalho.

— Preciso desligar agora — falei. — Obrigada. Um prazer falar com você. Tchau. (Não custa nada ser educada. E, também, talvez ela pudesse querer uma consultoria de estilo no futuro.)

Não fiquei nem indignada. Simplesmente me dei conta de que estava certa, de que ele não era meu tipo. Talvez algumas pessoas vivam assim, pedindo aos assistentes que marquem encontros românticos. Talvez isso seja considerado absolutamente normal em certos círculos.

Não esperei que ele me ligasse de novo e realmente não me importei com isso. Quando penso agora no risco que corri, sinto calor e calafrios ao mesmo tempo. Poderia despreocupadamente ter jogado tudo fora. Antes mesmo de começar. Depois me dei conta de que estava tudo terminado de qualquer maneira, e talvez eu estivesse melhor se tivesse me poupado da dor. Mas não conseguia imaginar não ter tido Paddy na minha vida. Foi a experiência mais intensa de todas. O homem mais intenso. Mais lindo, mais sexy.

De qualquer jeito, alguns minutos depois, ele *ligou*. Rindo. Pedindo desculpas por ser um imbecil arrogante.

Eu disse: — Vocês, políticos, perderam completamente a noção da realidade? (Tom leve. Gracinha.)

— Não.

— Jura? Então, me diz o preço do leite. (Uma vez, por acidente, eu vi um programa em que o ministro de alguma coisa morreu de vergonha por não saber isso. Na verdade, fiquei quase com pena dele. Eu mesma não tinha certeza do preço. Mas poderia dizer o valor exato de uma *coleção inteira da Chloé*. Preço cheio, com desconto e liquidação total. Cada um tem seu talento.)

Paddy de Courcy disse: — Não sei. Não tomo leite.

— Por quê? Muito ocupado?

Ele riu. A gracinha ia bem.

Eu disse: — Não toma leite com cereal?

— Não como cereal.

— O que você come no café da manhã?

Pausa. Depois ele disse: — Quer descobrir?

Cafona. Lembrei do topete bufante. Não queria mais fazer gracinha.

— Desculpe — disse ele. Pareceu modesto, depois perguntou: — Você está livre hoje à noite?

— Não. (Estava, mas fala sério...)

— E amanhã... ah, não, não posso amanhã. Quarta. Só um minuto — disse ele, depois chamou alguém: — Stephanie, você consegue me livrar do encontro com os brasileiros na quinta? Depois, voltou ao telefone: — Quinta?

— Vou olhar minha agenda. — Olhei, depois disse: — Tudo bem, quinta-feira à noite.

— Então, quinta — disse ele. — Eu te pego. Sete?

Que mania de sete! Por que tão cedo?

— Vou reservar nossa mesa em alguns lugares e você escolhe.

Me controlei, já que ele estava no comando, depois... sei lá... parei de me controlar, essa é a melhor maneira de descrever o que fiz.

— Só mais uma coisa — eu disse. — Você é casado?

— Por quê? É uma oferta?

Mais cafonice. Perguntei: — Sim ou não? Casado ou não?

— Não.

— Ótimo.

— Estou realmente ansioso pra ver você — falou.

— ... É, eu também.

Mas eu não tinha certeza se estava. E, quando entrei no carro, e ele era o Sr. Adulto, de terno e pasta, pensei: Ah, não, que erro. O estômago deu aquela revirada, aquela espécie de enjoo bateu de novo. E, claro, as coisas ficaram piores. Mas depois... sem roupa... tudo mudou. Comecei a realmente gostar do rapaz. Nunca me arrependi.

Sexta-feira, 5 de setembro, 12h19

Acordei. Tinha voltado pra cama por volta das seis da manhã, quando o sol já estava nascendo.

Não estava mais com aquele desespero louco de saudade do Paddy. Simplesmente me senti sem valor nenhum. Eu não era boa o suficiente pra ele. Não era boa o suficiente pra ninguém.

13h53
Fui até a cidade. A brisa marinha pairando no ar, fazendo gato-sapato do meu cabelo.

Quando cheguei naquele lugar especial na curva da estrada, parei e olhei para aquela janela da cabana vizinha, na esperança de ver a mulher de vestido de noiva. Intrigada. Na verdade, louca de curiosidade. Mas não vi nem sinal dela.

14h01
Oak
Sopa do dia, cogumelo. Comecei a me perguntar se tinha sopa de algum outro tipo. Cheesecake do dia, morango. Mesma pergunta.

15h05
Cibercafé.
Pensei em navegar por alguns sites legais. Net-a-porter. LaRedoute. Olhar coisas bonitas talvez devolvesse o brilho ao mundo. Mas o cibercafé estava fechado! Um garrancho escrito a mão dizia: "Saí pra almoçar." Irritada. Esses franceses e as horas de almoço! Dei meia-volta na direção de casa. Decidi ir pela orla e pegar um pouco da energia da casa mágica, e quem eu vejo, do lado de fora da casa mágica? Simplesmente, a Cecile! Presa pelos joelhos, pendurada de cabeça pra baixo na balaustrada, olhando as ondas, rindo com três surfistas com roupa de neoprene.

A saia nos ombros por causa da gravidade. Calcinha à mostra. Bonitinha. De algodão. Branca com florzinhas e renda vermelhas. Bom pra ela ser tão desinibida. Na verdade, não... não é uma coisa boa de verdade. Eu estava desconfortável com o exibicionismo dela... a gente não tá na Côte d'Azur.

Semicírculo de surfistas. Impressão de areia molhada, pés grandes e descalços, cabelo emaranhado de sal, pranchas, roupas de neoprene desabotoadas, peitos lisos e nus, pequenas argolas douradas nas sobrancelhas masculinas. Não conseguiria diferenciar um do outro, eram só um aglomerado de gostosuras jovens e másculas.

— Cecile? — chamei.
— Oui.
— Você tá na hora de almoço?
— Oui.
— Que horas acaba?

Mesmo de cabeça pra baixo, ela conseauiu dar de ombros de maneira totalmente esnobe e francesa — Não sei dizer. — Riu e olhou atrevidamente para um dos surfistas.

A porta da casa mágica estava entreaberta. Dava para ver um pouco do chão de madeira desbotada, da pintura branca descamada, do corrimão *démodé* da escada que levava ao quarto mágico.

Cecile ia pra casa mágica transar com um dos surfistas. Angústia terrível. Ciúme. Solidão. Pelas coisas perdidas e as que nunca tive. Desejei ser jovem. Desejei ser bonita. Desejei ser francesa.

19h57
Tentei pubs alternativos ao Oak. Não podia encarar mais uma tigela de sopa de cogumelo. Também não queria ficar muito dependente do Oak. Ele podia pegar fogo ou qualquer coisa assim, e como é que eu ficaria? Basta examinar o que aconteceu na última vez que fiquei dependente de alguma coisa (Paddy).

Espiei um pub de golfe, chamado Hole in One, ou qualquer outro trocadilho referente ao golfe. Não consegui entrar. Lotado de homens (e uma ou duas mulheres que deveriam pensar melhor no que estavam fazendo) trocando insultos sobre quem tinha jogado pior. (Você sabe como os homens são. Só conseguem fazer amizade se forem sacanas uns com os outros.) Barulho. Muitos gritos. Como os políticos no plenário. E tão malvestidos! Suéteres amarelos. Polainas. Viseiras! Veja você. Nada disso é útil, não na Irlanda, não tem sol suficiente. É... é... é mau gosto por opção.

Tentei o Butterly's. Lugar bem pequeno. Do tamanho de uma sala de espera. Piso de tábua corrida, balcão de madeira crua, três bancos altos. Pequena tevê numa prateleira alta. Mulher sorridente do outro lado do balcão, olhar picante como mostarda. (Frase de Margery Allingham.) Fora ela, o lugar estava vazio. Quis ir embora, dizendo: — Desculpinha, pensei que era uma farmácia! Me enganei! — Mas sou muito educada. Fui aos saltitos, como uma atleta de salto com vara, e sentei minha pessoa no banquinho alto. (Não suporto bancos altos, são tão desconfortáveis. Altos demais, pra começo de conversa, sem lugar onde se segurar, sem lugar pra apoiar as costas, sem lugar pra colocar os pés. Você fica quase à deriva. Barrinhas de cereal, lá vamos nós! Por que fui escolher começar o dia me equilibrando em cima de um banco alto, quando podia estar sentada numa cadeira normal? E por que logo no café da manhã?)

O Butterly's era o pub mais esquisito que eu já tinha frequentado, com a seleção mais estranha de drinques — todos pareciam licores doces e melados. Também vendia várias outras coisas; por exemplo: sopa de ervilha em lata, caixas de fósforo, pacotes de mingau instantâneo. Parecia coisa de criança brincando de loja. (Ao mesmo tempo, podia ser útil. Numa noite, a pessoa já no meio de uma taça de vinho tinto de repente fica morrendo de vontade de tomar um mingau, e isso é coisa que precisa de gratificação imediata.) (Sarcástica.)

A senhora era a própria Sra. Butterly. É bom estar num estabelecimento gerenciado pela dona. Era extremamente comunicativa. Disse que o bar era seu quintal e que só abria quando queria companhia, fechava de novo quando seu desejo era ficar só.

Apesar de minhas expectativas não serem altas, perguntei: — Você tem comida?

Apontou para a estranha coletânea atrás do balcão do bar.

— Eu quis dizer pra comer agora.

Tive um medo horrível de que ela se oferecesse para esquentar uma lata de sopa de ervilha. Só de olhar pra lata tive vontade de me matar.

— Posso fazer um sanduíche pra você. Vou ver o que tem na geladeira.

Desapareceu num outro cômodo, imaginei que fosse a cozinha. Voltou com presunto fatiado entre duas fatias de pão branco. Era uma imagem estranha, meio retrô. Quando terminei, ela fez um chá para nós duas e apareceu com um pacote de biscoitos de aveia.

Tentei pedir uma taça de vinho tinto, mas ela disse: — Não trabalho com vinho. Que tal um licor Tia Maria? Ou, o que é isso? Cointreau?

A coisa mais próxima de uma bebida normal era um troço tipo Campari. Não tinha gelo, então tomei uma dose com um pouco do Sprite mais sem gás da minha vida. De uma garrafa de dois litros que devia estar na prateleira há uns sessenta anos. Nenhuma bolhinha de gás sobrando na garrafa inteira.

Convenci a Sra. Butterly a tomar um drinque comigo. Convite aceito.

Revisei minha impressão inicial. A Sra. Butterly me envolveu numa teia de charme. Gostei, gostei bastante. A melhor parte do pub inteiro era o letreiro de neon verde que dizia: "Não fazemos despedidas de solteiro!"

Uma despedida de solteiro não se encaixava ali! Seria recusada em partes. Uma delegação de dois ou três seria barrada, eles sairiam e deixariam a próxima leva entrar para ser também rejeitada.

Quando eu estava indo embora, a Sra. Butterly se recusou a receber pela comida. Disse: — Você só comeu uns biscoitos, pelo amor de Deus!

— Mas, Sra. Butterly, o sanduíche...

— Só duas fatias de pão, pelo amor de Deus!

Gentil. Muito gentil.

Mas não podia tocar um negócio.

21h59
Locadora de DVD.
Queria perguntar sobre a história da Kelly e da faca de pão, mas a loja estava lotada. Muita gente visitando. Turistas de fim de semana, as sacolas cheias de pizza congelada e cerveja. Fiquei chateada com a presença desses intrusos, como se eu morasse ali.

Brandon estava distraído, mas recomendou *Os Bons Companheiros*.

0h57
Gostei de *Os Bons Companheiros*, não vou dizer que não. Não quero ser implicante. Muita violência, mas não existe *vingança* como aquela.

1h01
Realização. Por que me senti tão confortada no pub da Sra. Butterly? Foi o Sprite sem gás. Sprite sem gás é bebida de convalescente. Minha mãe costumava me dar quando eu estava doente. Esquentava pra tirar o gás, para não irritar minha garganta inflamada. Sprite sem gás faz com que eu me sinta amada. Como não tem ninguém pra fazer isso, farei eu mesma

Sábado, 6 de setembro, 8h01
Acordada pela porta da frente da cabana vizinha batendo. Pulei da cama e entrei no outro quarto pra espiar pela janela, na esperança de ver a garota do vestido de noiva em roupas normais. Mas não tinha nenhuma garota, só o namorado – noivo, imagino –, sozinho. Estudei o cara. Interessada em que tipo de homem tinha conquistado a beldade vestida de Vera Wang. Olhando rápido, não era exatamente bem-apanhado. Ia precisar de um corte de cabelo antes do casamento. Roupas do tipo de quem gosta da vida ao ar livre: jeans e um casacão de lã azul-marinho perfeito pro polo Norte. O calçado, no entanto, era interessante: tênis cinza-chumbo – entre os fashionistas, cinza-chumbo é conhecido como o "preto pra quem gosta de arriscar". Entrou no carro – não consegui ter certeza de que carro era –, bateu a porta, foi embora.

  Voltei pra cama.

13h10
Cidade cheia. Turistas. Céu azul, sol brilhando, calor, temperatura bastante agradável pra setembro, fora o vento destruidor de cabelos que nunca parava

Minha atenção foi atraída para uma mulher na praia, caminhando sozinha. Já tinha meio que reparado nela nos dias anteriores, e sabia que era uma das pintoras, ceramistas ou poetas de coração partido. Mesmo a distância, dava pra ver que a expressão era rígida, do jeito que são os rostos de quem teve uma desilusão. O que acontece quando a pessoa é rejeitada por alguém que ama que tranca os músculos do rosto? Uma enzima especial? (Possível descoberta científica. Sabe por que os rejeitados não sorriem? Todo mundo diz que não têm por que sorrir. Mas talvez isso seja o efeito de uma enzima especial, o que significa que *não podem* sorrir. Esse é o tipo de descoberta que ganha prêmios.)

20h10
Locadora de DVD.
Brandon recomendou *Kill Bill*, vol. 1. Excelente. Vingança — 10 contra 10.

Domingo, 7 de setembro

Velho e Bom Olhos de Ameixa é muçulmano! Não sei por que fiquei tão surpresa. Ele é egípcio, e parece que o país tem uma população muçulmana bem grande.

Falou casualmente sobre rezar em direção a Meca e perguntei:
— Você é muçulmano?

E ele respondeu: — Sou.

Nada demais, mas fiquei repentinamente desconfortável de pedir um vinho pra ele. Com a sensação de que pode pensar: Prostituta imunda. Prostituta dos infiéis.

Também fiquei com vergonha das minhas mechas bordô. Não apenas eu ando de cabelo à mostra, mas também chamo atenção para ele com mechas incríveis. Olhos de Ameixa é bastante amigável — parece um rapaz adorável, na verdade —, mas tenho medo de ser um falsário e ficar pensando coisas terríveis sobre mim. Talvez até murmure coisas. Como isto:

— Oi, Ibrahim.

— Ah, oi, Lola. Prostituta imunda dos infiéis. Tudo bem?

— Tudo. E você?

— Tudo ótimo. Considerando que eu vou pro céu e você não tem a menor chance. O que vai querer hoje?

— Uma taça de Merlot, por favor, Ibrahim.

(Sorriso enorme.) — Taça de Merlot pra Lola. *Prostituta ocidental imunda. Você vai queimar no inferno, sua vadia alcoólatra, comedora de carne de porco, descrente de cabelo de fora.* Trago num minuto.

Sou racista? Ou só tô dizendo o que todo mundo pensa? Da mesma forma como todo mundo acha que todo irlandês é homem-bomba do IRA. — Oi, Paddy, claro, entra e toma uma xícara de chá. Conta, você era bom em química no colégio?

Não quero ser racista. Mas é inegável o choque dos sistemas de valores. Eu gosto de Merlot. Os muçulmanos desaprovam o Merlot. Não recusaria trabalho a uma pessoa só porque não gosta de Merlot. Não recusaria a cidadania a essa pessoa. Mas quero *gostar* de Merlot. Não quero ter medo de queimar no mármore do inferno se tomar uma taça no almoço.

É melhor admitir para mim mesma que o Ibrahim me deixa desconfortável? Ou melhor fingir que tudo bem, não tem nenhuma diferença entre a gente? Qual é a melhor maneira de lidar com uma sociedade multicultural? A bunda grande da Nkechi, o Armagedom do Ibrahim. Ideia mais arrogante. Caramba, eu sei lá. Muito cansativa toda essa maldita história.

14h38

Cecile assumiu a butique além do cibercafé! Aparentemente, agora que a temporada terminou oficialmente, a dona da loja (que também é dona do cibercafé, que, não quero ser implicante, não é na verdade um café, já que não se pode comprar nada pra comer nem pra beber) foi passar um mês em Puerto Banus e deixou Cecile gerenciando os dois estabelecimentos sozinha. Ou *não* gerenciando. Eu queria entrar na internet, mas a tabuleta na porta dizia: "Na Monique's." E a tabuleta na porta da Monique's dizia: "No almoço."

Entre os dois empregos da Cecile e o estilo europeu das pausas para o almoço, a pergunta é se alguém em Knockavoy consegue mandar algum e-mail.

Viagem ao país da memória

Lembrando meu primeiro encontro com Paddy. Fui buscada em casa por um carro dirigido por John Espanhol. Paddy, no banco de trás, de terno. Pasta aberta no colo.

— O que você quer fazer? — perguntou. — Tá com fome?

— Não, na verdade, não. Tá um pouco cedo. (Eram só sete da noite. Extraordinariamente cedo para um encontro amoroso.)

— Ok — disse ele. — Vamos ao shopping.

— Fazer o quê?

— Comprar roupa.

— Pra mim ou pra você?

Fiquei me perguntando se ele queria uma consultoria minha por um preço camarada. Na verdade, de graça.

— Pra você.

Não sabia o que dizer. Encontro amoroso mais esquisito. Normalmente não consigo levar homens para fazer compras comigo, nem por amor nem por dinheiro. Também tinha a suspeita esquisita de que essas não seriam compras normais.

Próximo passo, John Espanhol abre a porta do carro, Paddy coloca o braço nas minhas costas, dirige meus passos, entramos por uma porta escura, discreta, tapete fofinho, uma voz amigável de mulher nos dá as boas-vindas, diz pra gente ficar à vontade para olhar. Achei que conhecia todas as lojas de Dublin. Estava errada. Pontos de luz iluminando pequenas peças brilhantes. Olhar mais atento. Vibrador. Venda preta de cetim. Artigos de sadomasoquismo. As coisinhas de ônix que pensei serem abotoaduras mais tarde me dei conta de que eram estimuladores de mamilo.

Calcinhas, sutiãs, cintas-liga, cetim, seda, rendas, couro, corpetes pretos, vermelhos, rosa, brancos, azuis, cor da pele, estampados...

Tentando me comportar como uma mulher do mundo — já tinha estado naquele tipo de loja; afinal, já preparara duas despedidas de solteira, obviamente não num lugar daquele nível —, tenho que confessar que fiquei bastante desconfortável. Ansiosa. Muito. Nada do que eu esperava de um primeiro encontro.

Fui até as lingeries. Esperei levar choquinhos elétricos dos tecidos, mas a qualidade era boa. Seda pura, cetim, rendas. Na verdade, "peças" adoráveis, como se diz no mundo da moda (quando digo isso pareço tranquila, mas pode acreditar, não estava nem um pouco tranquila na hora). Conjunto azul-escuro com borboletas bordadas, aplicações de plumas e strass. Calcinhas de seda com bolinhas pretas e lacinhos nas laterais. Conjunto rosa-bebê enfeitado com rosas cor-de-rosa — não bordadas, rosas de verdade — no bojo do sutiã e na altura do púbis. Ficaria terrível por baixo da roupa. Tudo encaroçado.

Surpresa ao ver uma calcinha preta, simples. Nada de extraordinário. Quando me dei conta de que não tinha fundo, era aberta, dei um pulo como se tivesse me queimado. Mesma coisa com o sutiã meia-taça, bojo pequeno. Tão pequeno, tão pequeno que mal cobriria os mamilos! Depois percebi — ora essa! —, era exatamente esse o ponto.

Ao meu lado, Paddy disse: — Você quer experimentar alguma coisa?

Congelei. Estômago revirado. Ele era um pervertido. Pervertido excêntrico. Me tratando como objeto sexual. Que diabos eu estava fazendo ali?

Mas o que esperar de um homem escolhido no cemitério? Dificilmente me levaria pra comer pizza e ver um filme do Ben Stiller.

— Lola, você tá bem? Tudo bem pra você esse programa? — Ele me investigou com aqueles olhos azuis. Expressão simpática, quer dizer, simpatiquinha. Uma pitada de desafio também.

Sustentei o olhar. Aquela era a hora, pensei, de decidir confiar nele ou dar no pé. Equilíbrio na corda bamba. Olhei pra porta. Podia simplesmente sair. Sem problemas. Nunca mais veria aquele cara. Fala sério, uma sex shop! No primeiro encontro! Eu estava apavorada...

... mas um tanto excitada. Tipo, o que eu estaria perdendo...?

Olhei profundamente os olhos azuis, até mesmo ergui o queixo numa atitude ligeiramente desafiadora e disse: — Tudo bem...

A assistente veio ajudar. Meio mamãe. Olhou pro meu peito: — M?

— ... É...

— De quais você gostou?

— Daqueles – disse, apontando pro conjunto mais lindo, mais pudico que consegui enxergar. (Azul-bebê, não muito decotado, bastante cobertura na região do púbis.)

— E talvez aqueles. – Paddy sugeriu, indicando modelos mais ousados e apetitosos.

— Talvez não – respondi.

— Ora, por que não tentar? – disse a mulher-mamãe, levando uma montanha de lingeries pro provador. – O que você tem a perder?

Provador enorme. Quase do tamanho do meu quarto. Iluminação em tons de rosa, cadeira de brocado, papel de parede com motivos chineses e florezinhas vermelhas – e uma grade de ferro na parede, como num confessionário... pra que servia aquilo?

— Você quer que seu amigo espere na antessala? – perguntou mulher-mamãe.

— An... tessala?

— Isso, ali.

Ela indicou um cômodo menor ao lado do provador, com uma poltrona e uma grade de ferro. A mesma grade do provador.

— Para ele ficar vendo você – disse mulher-mamãe.

Caramba! Paddy de Courcy ia sentar numa poltrona pra me ver experimentando lingeries! De onde me observaria tirando a roupa e me veria nua, como num show de voyeurismo cafona. Passada. A indecisão congelada parecia durar décadas. Depois me entreguei. Tá no inferno, abraça o capeta.

Razões:

1) Estava depilada até o caroço. O único cabelo abaixo da cintura era uma nesga de pelos pubianos que lembrava o bigode de Hitler.
2) A iluminação rosada favorecia.
3) Não queria parecer pudica.
4) Estava inegavelmente excitada. Em conflito, mas excitada.

Enquanto tirava a roupa, espremia minha pessoa contra a parede, fora do alcance da grade. Não tinha certeza do que fazer. Muito tímida para dançar, também não havia música. Considerei a possibilidade de desfilar, mas fiquei paralisada de medo de parecer um animal de zoológico — um leão, talvez — acuado. Talvez eu começasse a balançar a cabeça e a rugir.

Mas, uma vez calçada com uma mule branca de plumas, vestindo um conjunto de calcinha e sutiã preto que absolutamente me favorecia, virei outra pessoa. Fingi que Paddy de Courcy não estava sentado no cômodo ao lado me observando do seu lugar privilegiado. Fingi que estava sozinha. (Mas, se estivesse sozinha, nunca inclinaria o tronco pra frente nem rebolaria a ponto de sacolejar os peitos dentro do sutiã. Nunca lamberia o dedo e esfregaria os mamilos para que eles se destacassem como faróis acesos, e depois me admiraria no espelho. Provavelmente, quando estivesse experimentando a calcinha, não me preocuparia em passar as mãos pra cima e pra baixo sobre o púbis, conferindo o ajuste da peça ao corpo.)

Com prazer, vesti o outro conjunto, tirando lentamente o sutiã, deslizando as alças pelos braços, como se tivesse todo o tempo do mundo. Depois, o conjuntinho de cetim cor-de-rosa estilo anos cinquenta. O sutiã apertava e suspendia os seios — se eu me inclinasse, dava pra ver os mamilos. A cinta-liga ia da cintura até o comecinho da coxa, e me deixava com um corpitcho de violão. O brilho rosado do tecido fazia com que minhas pernas parecessem cremosas e sedosas, e sentei na cadeira de brocado, gostando do contato do estofado rústico com a pele do meu bumbum nu. Vesti as meias de seda bem lentamente e as prendi na liga.

Cada vez mais consciente da presença dele atrás da grade, me observando.

Sexy. Ai, tão sexy!

De vez em quando, a mulher-mamãe enfiava a cabeça na porta com mais cabides. — Este corpete vazado é uma graça — disse, melancólica. — Fica lindo com botas de salto alto.

Ou: — Você quer experimentar o macacão de mulher-gato de látex? Tenho um vermelho do seu número. Fica lindo com botas de salto alto.

Cheio de Charme

Queria que ela fosse embora. Estava atrapalhando o clima. Muito excitada. Mas excitada com minha própria pessoa? Louca? Experimentei o sutiã de tecido translúcido, em camadas, como pétalas de rosa. Abri o botão pequenininho de pérola na parte da frente e fui tirando pétala por pétala. Não sabia quando ia chegar à última. Uma revelação tanto pra ele quanto pra mim. Quando finalmente cheguei, exclamei — Ohhh! — e olhei diretamente para ele. Vi os olhos do Paddy no quarto escuro, brilhando pra mim, e pronto. Fui tomada por um desejo insuportável e encerrei abruptamente a sessão. Me vesti, os dedos tremendo, me perguntando quanto mais ia demorar para eu transar com ele.

Quando saí do provador, Paddy perguntou: — De quais você gostou? Balancei rapidamente a cabeça. Preços fora do meu padrão.

— Eu pago — disse ele.

— Não! — Me senti uma vadia, amante, prostituta, todas essas coisas.

— Eu insisto.

— Você insiste?

— Por favor — disse ele. — Eu pago. O beneficiado serei eu.

— Você tá tirando conclusões precipitadas.

Ele ficou mortificado. Passado. Pediu um milhão de desculpas. Pareceu sincero. Ofereceu-se novamente para comprar as lingeries. — Pra você — disse ele. — Não pra mim. Que tal?

Ainda me senti desconfortável. Parecia errado. Não gostei. Mas, num mix estranho e confuso de sentimentos, também gostei.

Permiti.

Mais tarde (na cama, enfim), eu disse para ele: — Você se arriscou muito. E se eu ficasse ofendida?

— Aí você não seria a garota que pensei que era.

— E que tipo de garota é esse?

— Do tipo pervertida.

Não tinha certeza se eu era, sempre suspeitei que estava mais pra pudica, mas gostei de ele dizer isso.

Segunda-feira, 8 de setembro

Sorte! Casualidade! Às 19h25 entrei no pub da Sra. Butterly para tomar um Sprite sem gás curativo e ela disse: — Você se importa se eu ligar a tevê?

Próximo passo, sintonizou em *Coronation Street*! Meu programa favorito! Quando acabou, às 20h, mudou pra *Holby City*. Seriado de hospital. Nunca tinha visto, mas me preparei para amar.

Uma verdadeira orgia de seriados, engolidos confortavelmente com Sprite sem gás. Amei. Alguém poderia jurar que eu não via tevê há meses!

A Sra. Butterly disse que tinha gostado de mim e me convidou pra ver séries sempre que eu quisesse. Depois pediu para eu ir embora, pois queria dormir.

— Mais alguma coisa que eu possa fazer por você, Lola, antes de fechar?

Tomada por uma onda de boa vontade, eu disse: — Ah, claro, vou levar uma caixa de mingau.

21h03

Andei meio sem rumo pela cidade, carregando meu mingau, depois sentei num muro de frente pro mar. Já estava em Knockavoy há quase uma semana e não tinha posto os pés na praia. Tinha orgulho disso. Mantive a personalidade.

Um homem passeando com o cachorro passou por mim e disse: — Boa noite. Isso sim é um pôr do sol.

Respondi: — Boa noite. É mesmo.

Não estava prestando atenção, mas agora que tinha reparado, o sol dava aquele show incrível, parecia o tal tablete de vitamina C eferv·scente gigante. O céu todo laranja. Sustentando o sistema imunológico.

Caramba! Acabei de perceber. Lá vinha a mulher que eu tinha visto andando sozinha pela praia, na minha direção. Pele acinzentada, olhos fundos, moleton cobrindo o corpo macilento. Já devia estar em Knockavoy há algum tempo, pela condição do cabelo.

Meu instinto foi sair correndo. Mas ela estava perto demais. Nossos olhares se encontraram. Ela se aproximou de mim. Princípio de pânico.

Parou e tentou puxar conversa sobre o pôr do sol: — Lindo, né?

— ... É...

Eu não tinha noção exata do que dizer. Não sou boa nesse tipo de assunto — pôr do sol, natureza etc. Agora, se for pra falar de um terninho branco Stella McCartney...

— ... É... Tenho que ir agora.

Suspeitei que Kelly e Brandon tinham contado minha história para ela, e suspeitei que estivesse me sondando para ingressar na gangue das Mulheres de Coração Partido. Não queria entrar para esse clube. Tudo bem fazerem suas pinturas, suas cerâmicas, suas poesias. Mas isso não era pra mim.

Ainda que eu nunca mais vá amar alguém, não quero ficar amarga. Ou criativa.

Meio da noite

Acordada por... alguma coisa. O que era? Percebi um brilho avermelhado do lado de fora da janela. O sol nascendo? Instintivamente, soube que era cedo demais pra isso. Por um segundo, pensei que o grande astro podia ter decidido colocar a cabeça pra fora no horizonte para dar um bis do pôr do sol, já que as pessoas gostaram tanto da primeira vez.

Olhei pra fora. Atrás da casa, e também meio que atrás da cabana vizinha, um semicírculo vermelho. Chamas. Fogo. Incêndio!

Devia ter ligado pro corpo de bombeiros, mas, em vez disso, resolvi investigar por conta própria. Abelhuda. Essa é a prova do perigo de não ter a distração da televisão! Nunca "investigaria" nada em Dublin.

Botinas, casacão de lã por cima do pijama. Lanterna. Lá fora, no frio da noite.

Passei por baixo da cerca de arame farpado e adentrei o campo. A lua refletida no mar era enorme, iluminava tudo. A grama com cheiro bom de noite. Vacas dormindo.

Não era um incêndio descontrolado. Só uma fogueira. Não havia ninguém ali. Muito estranho. Me aproximei. Choque repentino. O fogo era alimentado por roupas. Vestido de tule preto, tafetá azul, tudo derretendo junto. Depois, que horror! Cetim branco! O vestido de casamento! O vestido de casamento, não! Tentei puxar a peça pra fora das chamas, mas uma chuva de fagulhas caiu em cima de mim, e o calor ficou forte demais.

Estressada. Dói em mim ver roupas sofrendo abuso. (Sim! Também me dói ver crianças e animais sofrendo abuso! Claro! Não sou um ser humano totalmente vazio, que só se importa com moda. Me PREOCUPO MUITO com as crianças e os animais, tanto que tenho que mudar de canal quando passam comerciais muito tristes.)

Pensei: quando belos quadros são atacados por um louco com uma faca, todo mundo se impressiona. Peritos vão à tevê falar do assunto. Mas se uma roupa perfeita — que não deixa de ser uma obra de arte — é destruída, ninguém protesta em rede nacional. Isso é discriminação. Só porque uma roupa perfeita é coisa de menina, enquanto quadros são coisa séria, coisa de homem, mesmo quando o pintor é mulher.

Som de passos se aproximando. Medo. Quem vinha? A silhueta apareceu aos poucos, iluminada pela luz das chamas. Era o noivo desleixado, carregando um amontoado de roupas. Era a luz do fogo que fazia os olhos dele brilharem ou ele estava — que horror — *chorando?*

Alertei-o quanto à minha presença, pigarreando. — Oi.

— Jesus Cristo! — Ele quase deixou cair a trouxa. — De onde você saiu?

— Desculpe — falei. — Mas vi o fogo. Fiquei preocupada, achei que fosse um incêndio.

Ele me encarou. Pensativo. Estampada no rosto cansado, a pergunta: Se um homem não pode queimar um amontoado de roupas incríveis no meio da noite, quando é que pode fazer isso?

— Tô passando um tempo na cabana do Tom Twoomey. Meu nome é Lola Daly.

Pausa nada amigável. — Rossa Considine. Não quis te assustar. Devia ter avisado, mas foi uma coisa de momento...

Desculpa tímida.

— Que foi que aconteceu? — perguntei. — Vi uma mulher... de vestido de noi...

— Foi embora. — O tom era brusco.

— Ela vai... voltar? (Pergunta estúpida, não era muito provável, já que o vestido de noiva estava sendo queimado.)

Fez que não com a cabeça. Escureceu. — Não. Não vai voltar.

Pausa estranha. Sacudiu as roupas. Claramente doido para ver aquilo tudo pegando fogo.

— Bem, vou voltar pra cama, então.

— Ok. Boa noite.

Cruzei de volta o gramado. Outras pessoas também vivem tragédias. Pobre homem.

Mas não custava nada ser civilizado.

Terça-feira, 9 de setembro, 8h00

Acordada pelo som de porta batendo (não a minha). Saltei da cama e fui para o quarto da frente. Olhei pela janela. Lá estava o Incendiário, com seu tênis cinza-chumbo, indo trabalhar. Nenhuma marca que indicasse o fogo provocado horas antes.

Ainda não consigo identificar a marca do carro dele.

18h47

Kelly e Brandon SÃO namorada e namorado! Podia jurar que se odiavam! Juntei coragem pra perguntar o que tinha acontecido no episódio com a faca de pão.

Eles tinham transado, Kelly disse, depois brigaram. Brandon ficou deitado no sofá com o pinto de fora, em repouso pós-coito.

Perguntei: — Sofá de quem?

— Dos meus pais — respondeu.

— E onde eles estavam?

— Na poltrona ao lado do sofá, vendo *Winning Streak*.

— Jura?

— Te peguei! Não! Estavam lá em cima, na cama, dormindo, onde mais? Dificilmente eu estaria transando se estivessem na sala. Se me pegassem, meu pai MATAVA o Brandon. Voltando, peguei a faca na cozinha, de brincadeira, e fingi que ia cortar fora o pinto do Brandon.

E ela fez isso.

— Mas tropecei quando entrei na sala e, acidentalmente, cortei uma lasquinha. *Lasquinha*. Ele ficou ALUCINADO, disse que ia sangrar até morrer, ia gangrenar e perder o pau, queria chamar uma ambulância. Eu não conseguia parar de rir. Coloquei um band-aid da Barbie nele. Meu Deus, foi hilário.

— Pensando agora, acho que deve ter sido mesmo — disse Brandon, rindo.

Amor jovem. Invejo a felicidade descomplicada dos dois.

Quarta-feira, 10 de setembro, 13h28
Oak.
— Oi, Ibrahim.
— E aí, Lola. Prostituta imunda dos infiéis.

Não consigo parar de pensar nisso. Velho e Bom Olhos de Ameixa é tão legal. Bonito, olhos vivos, homem agradável. Cortês, animado, comunicativo sem ser agressivo. Mas realmente deve desaprovar meu comportamento. Sou um monte de coisas que os muçulmanos detestam. Sou uma mulher independente(zinha). Rosto, cabelo e, às vezes, pernas à mostra. Que bebe álcool. E gosta de petiscos com sabor de bacon. É obrigação dele me desaprovar.

20h15
Três mulheres entram no pub da Sra. Butterfly enquanto a gente assiste a *East Enders*. Sem desgrudar da tela, a Sra. B. diz: — Já fechou.

— ... Mas...

— Isso, já fechou. Boa noite.

— ... Ah, então, tudo bem .
— Qual é o sentido   diz ela - de ter seu próprio pub se você não exercita um pouquinho de poder de vez em quando?

21h08
Sol se pondo. Voltando a pé pra casa depois da orgia de seriados no pub da Sra. Butterly. Carro do Incendiário estacionado na porta de casa. Pé ante pé pela rua estreita para chegar mais perto. Carro desconhecido. Prius. Mas o que eu sei do assunto? Ahá, claro! Carro ecologicamente correto. Movido a eletricidade.
Que pessoa de valor ele era!

Quinta-feira, 11 de setembro, 13h01
Cibercafé.
Alguém conversando com Cecile. Um homem. Parei involuntariamente à porta. Lindo de morrer, beleza internacional   cabelo comprido, louro, cheio de sal, bronzeado dourado, uma daquelas bocas especiais, que nem a do Steve Tyler (quando jovem), do Mick Jagger (também quando jovem).
Estava espalhado em duas cadeiras. Relaxado. O tipo de homem que faz as pessoas pararem pra olhar. Um deus.
Fiquei ligeiramente desconfortável, como se estivesse interrompendo alguma coisa.
— Oi, Cecile. Tudo bem?
— *Bien*, Lola. Puxando o diabo pelo rabo. — Seja lá qual for o significado disso. — Lola, esse é o Jake, amigo meu.
Ele olhou pra mim com aqueles olhos prateados — e eu corei! Era simplesmente demais. Tão sexy, ele era quase um selvagem. Como se tivesse sido criado por uma matilha de lobos lindos.
Fez um gesto com a cabeça e disse: — Lola.
— Jake – respondi.
Pergunta: Quando os pais dão um nome tipo Jake para um filho, como sabem que ele crescerá sensual daquele jeito? Natureza ou

criação? Se alguém tem um nome entediante e comum, feito Brian ou Nigel, vai virar uma pessoa entediante e comum? Se tem nome de herói sensual, tipo Lance ou — como é o caso — Jake, acha que tem um dever a cumprir?

Ele murmurou, a voz grave e profunda: — Vou nessa, Cecile.

Depois, me cumprimentou novamente, com um gesto de cabeça: — Bom te conhecer, Lola.

— ... Idem... Jake. — E corei pela segunda vez! O sangue mal tinha ido embora do meu rosto e voltou quase imediatamente.

Deixei uns minutos se passarem depois que ele saiu. Não queria parecer ávida demais.

— ... Então, Cecile... é esse o seu namorado? Por quem você tá loucamente apaixonada?

— O Jake? Não! Meu amor do coração é o Zoran. O Jake é amigo do Zoran.

— De onde o Jake é? Também é sérvio?

— Jake? Não, de Cork.

— Quer dizer que é irlandês?

— Tão irlandês quanto a cerveja Guinness.

Inesperado.

Sexta-feira, 12 de setembro, 13h45
Nova sopa do dia no Oak! Legumes. Muitas pelotas, muitos caroços, não consigo engolir. No mais, nada demais.

16h33
Grace Gildee ligou de novo! Pensei que ela havia perdido o interesse em mim. Não atendi, é claro, e juntei cada milímetro de coragem para escutar o recado:

— Oi, Lola, sou eu de novo, Grace Gildee. Quero saber se você mudou de ideia sobre a entrevista. Pode confiar em mim, conheço o Paddy há muito tempo. (Risos.) Conheço os podres que ele esconde!

Se é assim, ela pode fazer uma entrevista consigo mesma!

18h04
Caio em depressão. Por que eu não era boa o bastante pro Paddy? Era porque não mostrava o devido interesse pelo trabalho dele?

Ele costumava ir pra minha casa, se jogar no sofá, de mau humor, e reclamar, cheio de amargura, do ministro de alguma coisa fazendo alguma coisa que não devia. Falava e falava, e no final dizia: — Você não tem noção do que eu tô falando, né?

— Não.

Achava que era disso que ele gostava em mim.

Achava que eu era o escape de tudo aquilo.

E, também, o quanto ele sabia sobre as túnicas de Roland Mouret?

Mas é óbvio, pensando no assunto, que eu devia ter massageado as têmporas dele e planejado com ele a queda do ministro da Saúde, ou o comprometimento do primeiro-ministro em situação sexual desabonadora com um rebanho de cabras.

O engraçado é que durante minha vida toda meu maior medo sempre foi o de ser abandonada, e isso continua acontecendo. Quando era criança, costumava dizer pra minha mãe e pro meu pai: — Será que a gente pode morrer ao mesmo tempo? — Minha mãe prometeu que sim. Mas ela era uma mentirosa. Foi na frente, morreu quando eu tinha quinze anos. Mas, justiça seja feita, não foi culpa dela. Uma semana antes de morrer, deixou escapar: — Meu coração está aos pedaços por ter de deixar você, Lola. Odeio a ideia de não estar aqui quando você crescer. Odeio não poder te ver e odeio não saber o que vai acontecer na sua vida.

Aí me dei conta de que ela estava para ir embora. Ninguém tinha me dito nada.

19h12
Buscando conforto, liguei pro meu pai.

Ele perguntou: — Você ainda está abalada por causa daquele imbecil?

— Tô.

— Deixa eu te ensinar uma coisa, Lola. Nunca se pode acreditar num político.

— Obrigada, pai. Beijo.

Segunda-feira, 15 de setembro, 12h12
Cibercafé.
— Oi, Cecile. Tudo bem?
— *Bien*, Lola. Torcendo o rabo do porco.
— ... Sei...
Ela fica usando esses cumprimentos rurais irlandeses bizarros — tipo "Pura gasolina, com a graça de Deus", "Beleza de Creusa, sim senhor!".
Nem eu sei o que querem dizer, e eu *sou* irlandesa!
— Ah, Lola, você tem um rádio-mirador.
— Um rádio-mirador?
— Isso. Um homem que te radiomira.
— Ah! Um admirador! Não! Jura?
— Meu amigo Jake. Ele disse que te achou uma graça.
Jake? O deus? Não! Não pode ser. Ele pode ter qualquer uma! É só escolher.
Cecile encolheu os ombros. — Você é uma mulher mais velha. Ele gosta de mulheres mais velhas.
— Quanto mais velha? Eu tenho trinta e três.
— Ele tem vinte e cinco. Também já transou com todas as mulheres de Knockavoy. Você é "carne nova".
Inferno! Tem alguma coisa pra vender? Não deixe a tarefa nas mãos da Cecile.
Arrasada, fui checar meus e-mails. Mas Cecile não tinha terminado.
— Lola — disse ela —, o que eu digo pra ele?
O que você diz pra ele? A gente voltou pro colégio? Meu amigo tá a fim da sua amiga?
Assim como veio, a onda de indignação foi embora.
— Nada — disse eu. — Até porque eu tô voltando pra Dublin na quarta-feira.

20h16
Dois homens tentaram tomar um drinque no pub da Sra. Butterly.
Ela disse: — Tá fechado.
— Mas a gente tá aberto.
Tipinho insistente.

Ela disse: — Isso é uma despedida de solteiro?
— Não.
— Vocês são holandeses?
— Não.
— Golfistas?
— ... É... isso...
— Não posso atender vocês. Golfistas não podem entrar aqui. Já tive muitos problemas com gente do seu tipo antes.
— Você tá se recusando a atender a gente?
— Isso.
— ... Mas...
— Ordens da gerência. A menos que vocês queiram alguma coisa pra levar. Uma lata de sopa de ervilha? Caixa de fósforo?

Terça-feira, 16 de setembro
Pronta pra voltar para Dublin. Era como se eu estivesse ali de férias — nos primeiros dias, pura angústia. Depois fui me acalmando, depois gostando. Estabeleci uma rotina, os dias começaram a passar mais rápido, até completarem o ciclo de volta ao começo, pura angústia.

A agonia em relação ao Paddy se estabilizou. Eu não tinha mais curiosidade nem desespero para ver a cara dele, nem mesmo (que raro) indignação por ele ter me descartado com tanta facilidade.

Não estava curada, claro. De certa forma, me sentia pior. Quando eu estava completamente emaranhada em esperança e choque, sentimentos ruins e avassaladores, não conseguia ver o quadro por inteiro.

Sensação esmagadora de que agora não tenho valor nenhum. Perdi totalmente a confiança.

Também uma sensação terrível de solidão. Paddy era meu grande amor e eu nunca mais ia encontrar outra pessoa. Sei que todo mundo diz isso quando tá de coração partido, e as pessoas rolam os olhos quando veem autopiedade em exposição, dizendo: — Larga de ser boba! — Mas ele era um homem espetacular. Único. Nunca conheci alguém como ele. Nunca vou conhecer.

Era esse meu fardo. Aceito. Meu trabalho vai me salvar. Pretendo devotar o resto da vida em serviços missionários — fazendo mulheres irlandesas parecerem espetaculares por um preço bastante razoável.

Quarta-feira, 17 de setembro 10h13 – 11h53
Despedidas.
Visitei todos os meus amigos de Knockavoy – Velho e Bom Olhos de Ameixa, a Sra. Butterly, Kelly e Brandon, Cecile.

— Isso, *oui*, tchau, indo embora de Knockavoy, voltando pra cidade, adorei, isso, obrigada, você também, foi um prazer, se você for a Dublin... Não, não tenho planos de voltar. Beijo, me liga.

11h55
Subi a colina, vendo Knockavoy ficar cada vez menor no espelho retrovisor, e me perguntei quando – e se – voltaria algum dia.

18h30
Casa.
Mal consegui entrar no apartamento. Abarrotado de malas, sacolas e roupas. Nenhuma delas minha. Nkechi andava ocupada. Pegando um monte de trabalho. Levando tudo pra minha casa.

O telefone tocou. Bridie. — Quanto tempo de viagem?

Eu disse: — Três horas e vinte. (Mas não fazia a menor ideia, na verdade.)

— Entendi – disse ela. — Jogou na cara. Menor tempo de viagem, três horas e vinte e sete minutos.

Ouvi barulho de teclas, como se ela estivesse digitando alguma coisa.

— Bridie, você tá anotando isso?

— Tô. Tenho gráficos, tabelas, estatísticas. Incrível esse software. Mil maneiras de colocar os dados.

Quinta-feira, 18 de setembro, 9h00
Pâtisserie da Martine.
Animação matutina. Novo começo. Encontro com Nkechi no "escritório". Como sempre, Nkechi atrasada.

9h15
Nkechi entra, tranças amarradas no topo da cabeça. Pescoço nu bem torneado. Muito elegante. Anda feito uma rainha. Requebra preguiçosamente os quadris até sentar na cadeira. Pergunta: — Boas férias?
— Boas, boas — respondo, sem ênfase. Querendo dizer que aquela história dos diabos é agora passado. (Margery Allingham.) De volta ao meu velho e eficiente eu.
— Então! — digo, tentando parecer dinâmica. Até bato as mãos, demonstrando entusiasmo. — O que anda acontecendo por aqui?
Nkechi confere o BlackBerry. — Hoje à noite, Rosalind Croft. Jantar de gala na casa dela. Conferência na Irlanda neste momento, tema: dívida mundial, África... — Balançou a mão — ... esse tipo de coisa. Muita gente famosa por aqui. Kofi Annan, o presidente da África do Sul... — Mais um aceno de mão — esse tipo de gente. Todos os bambambans convidados pro jantar nos Croft. Ela anda ensandecida. Me ligou no meio da noite, queria um vestido Versace que viu na *Vogue* americana. Não consegui a porcaria da roupa, era uma criação especial para um desfile. Ela me disse para ir pra Miami atrás do vestido. Consegui convencê-la de que não era uma boa ideia, então reduzimos as opções para três. Balenciaga, Chanel, Prorsum Burberry. Todos vindos de Londres. Sapatos combinando, joias etc., tudo guardado no seu apartamento, pronto pra usar.
— Ok.
— Amanhã, sessão de fotos de esqui pra *Woman's World*. A baboseira comum das matérias de inverno. Botas de pelo, protetores de orelha, suéteres. No dia seguinte, vestido de gala pra Tess Bickers.
— Quem?
— Cliente nova. Mulher de empresário. Muito brilho. Quer renovar o armário para a temporada de festas. Pediu dezoito trajes. Imagino que vá ficar com a maioria.

— Você tem andado muito ocupada, Nkechi. Pode deixar que assumo o evento da Sra. Croft de hoje à noite.
— Mas...
— Você está trabalhando demais, Nkechi. Tira a noite de folga.
Hora de assumir o controle. De mostrar quem é a chefa.
Ela não queria aceitar. Tinha forjado uma "relação especial" com Rosalind Croft desde que salvou a pelanca da mulher com uma echarpe de brechó. A Sra. Croft é muito poderosa. Sabe quem tá na moda e quem tá pra ser decapitado. Pessoa útil de se ter ao lado.
Repeti: — Sério, Nkechi, pode deixar por minha conta.
— ... Tudo bem, então. Ela quer que você chegue na casa dela às seis e meia. Na verdade, quer que eu chegue na casa dela às seis e meia, mas se você insiste...
Nkechi exalava ressentimento. "Botando banca", ela diria. Via de regra, não se deve saborear desagrados, mas é imperativo reconquistar a vantagem.

17h08
Terminando encontro informal com cliente da Brown Thomas.
Melhor eu me apressar. Ainda tenho que pegar a roupa da Sra. Croft e partir para estar em Killiney às seis e meia. Me arrastando o dia todo. Ainda na velocidade de Knockavoy. "Velocidade" é a palavra errada. "Vagarosidade" seria mais apropriado.

17h15
Esbarrando pela South William Street, tentando abrir caminho entre as pessoas. Carro em fila dupla. Atrapalhando o trânsito. Eu já sabia antes de saber. Sabe como é? Talvez inconscientemente eu tivesse reconhecido o carro, ou algo assim, porque uma sensação desconfortável, angustiante, tomou conta de mim, antes de saber exatamente por quê.
Era o Paddy. Ajudando uma mulher — a cara-de-cavalo, quem mais? — a entrar no carro em fila dupla. Solícito.
Parei e observei. Chocada com a cena. Eu costumava ser a mulher no banco de trás daquele carro. Mas tinha sido chutada pra escan-

teio, como se fosse um vestido vermelho barato com um furo de cigarro no mamilo.

Prova viva da minha insignificância.

Eu sabia que ia vomitar. Deus Todo-poderoso, *tudo o que peço é para não permitir que eu faça isso na rua.*

17h18
Hogan's Public House.
Me arrastei pro banheiro feminino como um marinheiro em terra firme, pontinhos pretos dançando diante dos olhos. Por pouco. Vomitei na pia. Caí de joelhos. Sussurrei "Desculpe" para duas enojadas meninas passando gloss em frente ao espelho. As duas, depois que se deram conta de que eu não estava completamente bêbada, foram bastante gentis. Me deram lenço de papel, um chiclete, e disseram: — Homem é tudo igual.

Ficaram comigo até minhas pernas pararem de tremer e eu ser capaz de sustentar o peso do meu corpo, depois me acompanharam até a rua e me ajudaram a pegar um táxi. Solidariedade de estranhos. Antes de ir embora, falei da liquidação secreta no ateliê da Lainey Keogh.

17h47
Meu apartamento.
Entrei correndo. Escovei os dentes. Arrumei tudo na velocidade da luz e corri de volta pro táxi.

O motorista olhou para a mala e perguntou: — Fugindo na madruga?

— Desculpe, não entendi.

— Minha mulher me deixou. Cheguei em casa um dia e ela tinha levado tudo. Não posso ser cúmplice de uma mulher que faz a mesma coisa.

— Ah, não, não, é só trabalho. — Depois acrescentei: — Desculpe pelo inconveniente.

18h05
Trânsito horrível. Hora do rush. Presa entre um homem num Nissan Sunny (na frente), um homem num Toyota Corolla (atrás), um homem num Corsa (ao lado) e um homem num Skoda Skoda (acho que só tem um modelo) (de frente, indo na direção oposta).

18h13
Não saí do lugar nos últimos dez minutos. Vou chegar atrasada. Possivelmente muito atrasada. Nunca me atraso.
　Considerando a possibilidade de abrir a janela e puxar conversa com o cara do Corsa. Talvez ajude a diminuir a ansiedade.
　Cometi o erro de dividir minha dor com o motorista do táxi. Ele despreza o Paddy. Diz que ele é "cruel". Apesar de o motorista ser uma criatura amarga — nunca perdoou a mulher e jurou nunca mais confiar em alguém do sexo feminino mais do que em gozo de puta —, acho que concordo com ele.

18h28
Tráfego ainda terrível. Oficialmente quase atrasada. Não devia ter saído depois das 5h30. A visão do Paddy com a mulher-cavalo me desviou dos meus planos. Se não tivesse tido que me enfiar num bar pra *chamar o raul* e me recompor, estaria tudo bem. Não SUPORTO me atrasar.

18h35
Oficialmente atrasada e nem perto de Killiney. Mordendo as mãos de ansiedade.

18h48
Marcas de dentes na mão.

19h03
Mão sangrando.

19h14
Chegada! Passo pelo portão eletrônico, caminho iluminado por archotes acesos. Porta da frente aberta, empregada enlouquecida: — Rápido, rápido. A Sra. Croft tá tendo um ataque de pelancas!

Atividade total, canapés, equipe uniformizada, taças de champanhe brilhando.

Subo as escadas correndo, arrastando uma mala, a empregada e um funcionário não identificado atrás de mim com o resto das coisas. Sra. Croft de robe de seda, de frente pro espelho no quarto de vestir, puro desagrado. Cabeleireiro de um lado pro outro, rolinhos de cabelo nas mãos. Me vê. Exclama: — Graças a Deus! Que foi que te atrasou desse jeito?

Arfo: — Mil desculpas, Sra. Croft. Mil desculpas. O trânsito estava insuportável.

— Cadê a Nkechi?
— Ela não vem. Folga. Eu vim no lugar dela.
— Ah...

Abro as malas, as nécessaires. Enquanto isso, a empregada e o funcionário não identificado penduram as coisas nos cabides.

— O que é isso? — A Sra. Croft pega um suéter de lã branca.
— ... Eu... é...
— E isso: gorro de crochê listrado.

Eu, passada. Problema de vista? Depois, apavorada, entendi. Que horror, que horror, que horror. Um calor percorreu meu corpo e o vômito voltou à garganta pela segunda vez naquela noite. Aquilo não podia estar acontecendo. Realmente não podia.

Eu tinha levado as roupas erradas.

Não tinha percebido até agora, mas Nkechi etiquetara as malas. Aquela dizia claramente: Fotos de esqui.

— Onde estão meus vestidos? — A Sra. Croft procurava nas malas e cada vez surgia um casaco de pelos com capuz novo.

— Só tem casaco de neve — disse o cabeleireiro.

O frisson tomou conta do resto da equipe. Casacos de neve! Mas onde estavam os vestidos de alta-costura da Sra. Croft? Os que tinham vindo especialmente de Londres?

A Sra. Croft me segurou pelos ombros, parecia uma alma penada do inferno. — Onde estão meus vestidos? — implorou.

— Tá tudo bem — eu disse, a voz fraca e aguda, tremendo. — Tá tudo bem. Só preciso dar um telefonema rapidinho.

— Quer dizer que não estão aqui?

— Ainda não.

— Jesus! Meu Deus! O que aconteceu? Você trouxe as roupas erradas?

— Um equívoco, Sra. Croft. Mil perdões. Vai dar tudo certo.

Tentei manter a calma, porque, de nós duas, ela era a mais provável de cair num surto de histeria do tipo que requer tapas na cara e um "Recomponha-se!".

— Onde estão meus vestidos?

— No meu apartamento.

— E onde é isso?

— Na cidade.

— NA CIDADE? Mas são quilômetros de distância!

Alguém disse: — Tráfego impossível. Três horas pra chegar lá.

Eu mal conseguia segurar o telefone, minha mão encharcada de suor.

— Nkechi? — Minha voz tremia. — Nkechi, aconteceu uma coisa terrível, eu trouxe as roupas erradas pra Sra. Croft.

Silêncio reprovador longuíssimo.

Um ouvido no celular, o outro ouvindo a empregada dizer: — Talvez a gente pudesse pedir o helicóptero do Bono emprestado.

Nkechi falou, finalmente: — Já tô indo praí.

Desliguei o telefone. Em tom de euforia histérica, disse: — Nkechi tá vindo pra cá! A mala certa vai chegar a qualquer momento.

— Meus convidados também! — A Sra. Croft se levantou e começou a arfar: — O Bono está vindo! O Bill Clinton está vindo! Para minha casa! E eu não tenho o que vestir!

Dificuldade de respirar. Começou a bater no próprio peito com os punhos cerrados.

— Um saco de papel! — gritaram. — Alguém traz um saco de papel! A Sra. Croft está hiperventilando!

O saco de papel apareceu, e a Sra. Croft enfiou o rosto nele como se fosse uma focinheira, inspirou e expirou.

— Isso mesmo — disse a empregada. — Inspira, expira, inspira, expira. Facinho.

A Sra. Croft se sentou, colocou a cabeça entre os joelhos, levantou o rosto, ficou de pé, virou pra gente e gritou: — Meu Deus, meu Deus! O Maxwell vai me matar!

19h32
Uma voz de homem adentrou o quarto de vestir: — Onde foi que minha mulher se meteu?

Ah, não! Maxwell Croft, não!

Sim. De smoking e gravata-borboleta. Tampinha. Peito enorme. Parecia estar sempre de mau humor.

Olhou para Sra. Croft. Falou feito um trovão: — O que tá acontecendo por aqui? Por que você ainda não se vestiu?

Segurou o pulso dela e puxou a mulher pra fora do quarto; os dois entraram na suíte do casal.

Eu, o cabeleireiro, a empregada e o funcionário não identificado olhando pro chão, tentando fingir que nada de terrível estava acontecendo.

Maxwell Croft ordenou em voz ameaçadora: — Que merda é essa? Como assim os vestidos não chegaram? Por que você não contrata alguém confiável? Sua imprestável...

A Sra. Croft tentou se desculpar: — Desculpe, Maxie, mil perdões.

Mas o Sr. Croft não estava escutando, falava por cima dela: — Você sabe quem está lá embaixo? Bill Clinton. A porcaria do Bill Clinton. Macho Alfa dos Machos Alfa. E você está me fazendo passar por idiota. Você devia estar lá EMBAIXO, é a anfitriã dessa porcaria!

— Vou colocar outro vestido — falou a Sra. Croft, nervosa.

— Não, você não vai. Usar um vestido velho pro Bill Clinton? O que quer que as pessoas pensem de mim? Que não posso pagar um vestido novo de alta-costura pra minha mulher? Ah, muito obrigado, Rosalind. Essa é ótima.

Depois, silêncio, e o cabeleireiro sussurrou: — Ele foi embora? — Bateu nas minhas costas e disse: — Vai lá dar uma olhada.

Espiei pela fresta da porta, e fiquei surpresa de ver os dois lá, num abraço estranho. Depois entendi. Que horror! O Sr. Croft torcendo o pulso da Sra. Croft com as duas mãos, do jeito das queimaduras chinesas, torcendo uma mão pra cada lado! (Digressão rápida: na era do politicamente correto, a gente pode dizer queimadura "chinesa"?) Puxava e torcia a pele da pobre Sra. Croft. Ela miou de dor. Depois, o Sr. Croft deixou ela se soltar e deu um empurrão firme pra ela sair do quarto.

19h43
Esperando a Nkechi. A Sra. Croft tentando disfarçadamente esfregar o punho machucado, a gente fingindo não notar. "Queimadura" feia. Um bracelete perfeito de pontinhos vermelhos, vasinhos estourados. Conspiração silenciosa. Apesar dos outros não terem visto nada, era como se soubessem. Aquilo acontecia sempre?

A Sra. Croft começou a chorar baixinho.

19h51
A espera era insuportável e sem-fim.

Telefonei pra Nkechi: — Onde você está?

— Chegando em dois minutos.

— Chegando em dois minutos? COMO?

Dois minutos depois
Nkechi chegou como se fosse um anjo salvador. As pessoas quase caíram de joelhos e começaram a se benzer. Adentrou a casa e foi direto lá pra cima, chegou acompanhada de outra nigeriana, a prima Abibi.

Perguntei: — Como conseguiu chegar aqui tão rápido?

— Transporte público. Trem — disse ela. — Luas, depois Dart. Abibi me pegou na estação de Killiney.

Aquilo causou comoção. Trem! Que inteligência! Transporte público. Como se ela tivesse dito: — Um anjo desceu do céu e me trouxe voando por cima do engarrafamento.

Nkechi tomou as rédeas imediatamente. Como se fosse uma paramédica, gestos rápidos e eficientes, ordens diretas. (Pressão seis por nove e... DESFIBRILADOR!)

Olhou para o penteado da Sra. Croft e disse: — O Balenciaga.

Estalou os dedos pra Abibi e repetiu: — O Balenciaga.

Eu lamentei: — Mas o Chanel...

— Não dá tempo! — Nkechi cuspiu as palavras. — A Sra. Croft ia precisar mudar o penteado se fosse vestir o Chanel

Claro que ela estava certa.

— Você! — Nkechi bateu na mala e estalou os dedos pra mim... Pra mim! — A roupa de baixo — disse. — Escolhe.

— Você! — Estalou os dedos pra Abibi. — Joias. Eu vejo os sapatos.

Como se fosse um assalto.

— Rápido! — disse Nkechi pra mim. — Não posso fazer nada antes dela vestir a lingerie!

Os dedos tremendo, escolhi uma lingerie no meio de uma orgia delas. Meio de vovó, eu sei, mas boa lingerie é o segredo para a aparência ficar sensacional num vestido de alta-costura. Lingerie esconde-banha, sua fiel aliada. Uma calcinha que vai desde debaixo do busto até os joelhos. Verdade. De tecido grosso, quase sem elasticidade. É terrível a guerra na hora de ir ao banheiro, mas vale o esforço.

Anágua também. Uma gargalhada especial reservada pra anágua. Piada antiga, mas uma anágua realmente esconde um monte de coisas.

Joguei a calcinha pra Nkechi, e ela agarrou a peça como uma profissional, depois ajudou a Sra. Croft a se vestir. O vestido entrou pela cabeça e foi ajustado ao corpo. Magnífico. Seda marfim, inspiração de túnica romana. Um dos ombros descoberto e, do outro, dobras suaves estavam presas por um broche. Um cinto bem fino na cintura e uma pequena cauda tocando o chão.

Diante da beleza do traje, todo mundo suspirou: — Ah!

Como elfos, rodeávamos a Sra. Croft, Nkechi com os sapatos, Abibi colocando o colar no pescoço dela, o cabeleireiro ajeitando os cachos rebeldes, eu ajeitando a alça do sutiã para que não ficasse visível. Então, ela estava pronta.

— Vai! Vai, vai, vai!

20h18
No táxi, de volta pra cidade. Humor bastante prejudicado. A Sra. Croft nunca mais me chamaria.

Mas talvez chamasse a Nkechi.

Sexta-feira, 19 de setembro, 8h30
Pâtisserie da Martine.
Nkechi já está lá. Me afundei na cadeira. Disse: — Desculpe por ontem à noite.

— Ontem à noite? Aquilo podia ter causado um incidente internacional. E se meu celular estivesse desligado? E se eu não tivesse como levar o vestido a tempo? E se a Sra. Croft não pudesse ser anfitriã do jantar? Kofi Annan e todas aquelas figuras podiam pensar que era pouco-caso! Humilhação! Um insulto em nome do povo irlandês. O acordo podia ter ido por água abaixo.

— Realmente acho que você tá exagerando.

— A questão, Lola, é que você não tá em condições de voltar. — Ela colocou as mãos espalmadas na mesa. — Olha só, Lola, eu tenho uma... proposta.

Péssima sensação de afogamento.

— Você, Lola, sempre foi boa comigo. Me paga bem. Sempre foi responsável. Aprendi muito sendo sua assistente. Mas, enquanto você tá sofrendo as dores de um coração partido, tá fora de controle.

— Isso só aconteceu, na verdade, porque vi o Paddy ontem!

— Dublin é uma cidade pequena — disse ela. — Periga você encontrar com ele a qualquer momento. E pode esculhambar outro trabalho. Se continuar assim, Lola, vai acabar sem cliente nenhum.

— Não é verdade! Cometi um erro!

— Um erro *terrível*. De qualquer jeito, não foi só um. Foram vários.

Ela fez uma expressão um pouco envergonhada. Disse: — Olha só, Lola, sempre quis abrir um negócio meu, você sabe disso.

Não sabia. Suspeitava. Sabia que ela era ambiciosa. Mas nunca tinha articulado esse pensamento de fato. De qualquer maneira, fiz um gesto discreto de concordância.

— Minha proposta é assumir seus clientes até o fim do ano.

Hein?

— Mantenho seu negócio firme, de pé. No fim do ano, abro minha empresa. Os clientes que quiserem vir comigo passam a ser meus. Os que quiserem ficar com você, ficam. A lista aumenta o tempo todo. Vai ter gente suficiente pra nós duas. As duas vão sair ganhando.

Fiquei passada. Sem fala. Consegui gaguejar: — E nesse meio-tempo eu faço o quê?

— Sai de circulação um pouco. Viaja. Volta pra cabana do tio Tom, se quiser. Mas... — Nkechi levantou o dedo — não conta pra ninguém que você tá indo pro campo, as pessoas vão te achar uma derrotada. Diz que vai fazer um trabalho em Nova York. Uma pesquisa. Vai tentar descobrir novos estilistas. Ok?

Concordei.

— Agora, dindin. — Ela esfregou os dedos, o gesto internacional que significa "dinheiro". — Obviamente ando fazendo serviço de estilista sênior e salvando seu negócio. Também tenho que pagar a Abibi. Preciso de mais grana no bolso. Rabisquei alguns números.

Bloco de notas jogado sobre a mesa. Tudo detalhado para mim. Nkechi é uma garota esperta.

Joguei o bloco de volta pra ela. Disse: — Tudo bem.

— Tudo bem? — Parecia que ela estava esperando uma briga.

Mas eu estava derrotada. Destruída.

— Tudo bem. Tudo bem. Tudo bem pra tudo. Bem, então é melhor a gente ir indo.

— Pra onde?

— Pra sessão de fotos de esqui.

— Você não vai, Lola. Lembra?

— Ah, é, lembrei.

9h50
Voltando pra casa a pé.
Só tinham se passado vinte minutos desde meu encontro com Nkechi. Pouco tempo para uma vida ser totalmente feita em pedaços.

Lembrei-me de outra época terrível da minha vida. Vinte e um anos. Mãe morta, pai em Birmingham, o namorado de dois anos da faculdade resolve se mandar pra Nova York para trabalhar na Bolsa. (O que aconteceu foi que acabou viciado em cocaína e voltou pra Irlanda vários anos depois, desgraçado e pobre, o que, se eu tivesse ficado sabendo, teria sido um bálsamo para dor, mas, na época, tudo o que eu sabia era que tinha sido abandonada.) A única coisa acontecendo comigo era meu trabalho. Eu trabalhava com Freddie A, estilista top de linha. Mas, depois de três semanas, ele olhou pra mim e disse, na lata: — Lola, você é boa, mas não o suficiente.

Confirmou o que eu já suspeitava a meu respeito. Tinha medo de ir trabalhar e cometer um erro irreparável. Tinha um sonho recorrente de um desfile prestes a começar sem nenhuma roupa pronta. Eu costurando freneticamente num galpão enorme, cheio de rolos de tecido e modelos de sutiã e calcinha implorando pelos modelitos.

— Sr. A, vou trabalhar mais, eu juro!

— Não é uma questão de trabalhar mais, Lola. É uma questão de talento. E você não tem o suficiente.

Ele fez o máximo pra ser gentil, mas foi um golpe devastador. Eu sempre amei, amei roupa. Fazia modelinhos para bonecas quando tinha doze anos. Minhas amigas Bridie, Treese, Sybil O'Sullivan (não sou mais amiga dela, a gente teve uma briga pavorosa, não lembro mais o motivo, mas a regra é que devemos detestar a mulher; se alguma de nós encontrar com ela, deve dizer: "Ela realmente está largada. Ficou enorme de gorda e o cabelo tá sararár") me pediam pra encurtar as saias e coisas do gênero. Desde criança, tenho a ambição de ser estilista.

Agora, admito, não sou talentosa o bastante.

A última corda que me segurava se foi. Me senti um fracasso total.

(Tudo se encaixou no final, eu acho. Voltei a tomar antidepressivos e a fazer análise. Enquanto me perguntava o que fazer da vida, acabei acidentalmente virando estilista. Como sabia mil coisas sobre roupas, de vez em quando descolava um trabalho de assistente em alguma sessão de fotos. Trabalhei duro. Tirava o máximo de cada oportunidade. Passava horas me concentrando, me concentrando, me concentrando. De que maneira posso fazer esse modelito ficar mais original? Mais bonito? Escalada lenta. Pouca grana. Incerteza. Nenhuma segurança de emprego. Mas as pessoas começaram a falar de mim. Uma menção ou outra. Estranho: "Lola Daly é boa." Como as pessoas falam da Nkechi agora.)

19h01

— O melhor é você voltar pra Knockavoy, só por um tempo — disse Treese.

— É, a melhor coisa é você voltar pra Knockavoy — corroborou Jem.

— Mas como é que ela vai se sustentar? (Bridie, boa pegada pras coisas práticas.)

Eu disse: — Já trabalhei em pubs. Sou capaz de servir um drinque, de recolher copos. Ou não dou pra nada além de faxineira de hotel?

— Quanto tempo você acha que vai ficar por lá? — perguntou Treese.

— Pra sempre — respondi. Depois: — Não sei; na verdade, vamos ver como a banda toca.

22h56

Palavras de despedida da Treese: — Esquece o Paddy de Courcy — aconselhou. — Não vale destruir sua vida por ele. Até o Vincent não gosta dele.

Fechei a porta, depois pensei: o que ela quis dizer com *até o Vincent*? Como se o Vincent fosse um homem bom como o Nelson Mandela, que vê bondade em todo mundo!

Paddy e Vincent só se encontraram uma vez e foi uma noite indescritivelmente chocante.

Treese deu um jantar pra mim, pra Bridie, pro Jem e os respectivos parceiros. Coisa de gente grande. Assim que chegamos, o Vincent tomou o Paddy como seu objeto de interesse. Achei que ele estava sendo bacana porque o Paddy era novo na turma, mas eu devia ter tido mais malícia.

Sem perguntar o que Paddy queria beber, Vincent deu uma taça com um pingo de vinho tinto pra ele. — O que você acha desse vinho?

Com aquele rosto redondo, o cabelo comprido e o pescoço do tamanho da minha cintura, Vincent parecia um ser do mal. Principalmente comparado à beleza sexy do Paddy.

Paddy cheirou a bebida, girou a taça, tomou um gole, mais um, bochechou sonoramente, como a gente faz com higienizador bucal, depois engoliu.

— Excelente — disse ele. — Excelente.

O Jem e o Barry da Bridie assistiram à cena, cheios de expectativa, como filhotes de cachorro esperando uma palavra amável do dono, mas não lhes fora oferecido aquele vinho tinto especial. (Nem à Bridie, nem à Treese, nem à Claudia, nem a mim, mas era bobagem até mesmo pensar nisso. Vincent é um homem que gosta da companhia de um macho.)

— O que é? — perguntou Vincent pro Paddy. Desafio.

— Vinho? — retrucou Paddy, rindo. Na esperança de disfarçar charmosamente que não fazia ideia.

— Que tipo de vinho? — perguntou Vincent, impaciente.

— Tinto?

— Você tá expondo sua ignorância, meu amigo — disse Vincent bem alto, pra todo mundo ouvir.

Jem e Barry de repente ficam aliviados de ninguém ter oferecido o vinho pra eles.

— É um Côtes de Alguma Coisa — gabou-se Vincent. — 1902, da adega de um Conde Fulano Não Sei Quem. Paguei... (mencionou uma soma extorsiva de dinheiro) por ele num leilão. Bati o Bono. Única caixa na Irlanda.

Vincent ficou feliz. Um a zero em cima do Paddy, e a noite mal havia começado.

Ficou fazendo isso o tempo inteiro. Assim que a primeira investida estava encerrada, ele disse, provocativo: — Seu tão amado partido Nova Irlanda nunca vai ganhar uma eleição enquanto uma mulher for a líder.

— Isso nunca deteve os Tories com a Margareth Thatcher — disse Paddy educadamente.

— Isso foi na Inglaterra, meu amigo. Acho que você vai descobrir que a Irlanda é um pouquinho mais conservadora.

— Não mais...

— Não delira! As mulheres na Irlanda nunca vão votar numa mulher! Se votarem em alguém — e elas não votam —, vai ser num homem.

Paddy disse: — A gente já teve duas presidentes mulheres.

— Presidentes! — Vincent riu falsamente. — Apertos de mãos com diplomatas chineses. Mas, primeira-ministra, poder de verdade? Não numa mulher.

Foi horrível. O resto de nós suando de tensão. Paddy tendo que ser agradável, porque: a) era político e tinha que ser agradável com todo mundo para que votassem nele, b) era um convidado.

Treese não estava lá pra segurar a onda do marido. Estava na cozinha tirando das embalagens a refeição que tinha pedido (isso foi antes de ela fazer o curso de culinária), e enfiando na boca montes de chocolate da caixa que Jem tinha levado, escondida. Ela voltou, corada de culpa, com gim-tônica. Perguntou: — Vincent, você pode mudar o CD?

— Claro, amor. — Depois, *In The Air Tonight* tomou conta do ambiente.

Vincent voltou pra mesa, e Paddy estava rindo efusivamente. Mas era uma alegria falsa. Ele disse pro Vincent: — Phil Collins? Está revelando sua idade, meu amigo. Por que não colocar um Cliff Richard, já que você tá na função?

— Qual é o problema do Phil Collins?

— Ele é péssimo.

Mas Vincent não era do tipo que se acovardava. Discursou: — Phil Collins é um tremendo ar-tis-ta (falou "artista" separando as sílabas). Tem mais de um disco campeão de vendas em trinta e dois países... não dá pra discutir com os fatos.

— Isso só significa que existe muita gente pronta pra consumir porcaria.

— É, você deve saber como é isso.

Clima terrível. Eu estava desesperada para ir embora. Mas a espera foi longa. Muitas rodadas. Treese tinha preparado uma noite fina. Tira-gostos. Drinques. Minissobremesas antes das verdadeiras.

A certa altura, pensei com meus botões: Ah! Agora entendi — morri e fui pro inferno. Vou ficar presa aqui pra sempre, meu namorado vai continuar sendo insultado, o ar vai continuar envenenado de hostilidade.

Quando descobri que era o inferno, e não a vida real, até me animei. Depois... Café Blue Mountain. *Petits-fours*. Final à vista!

Relaxei cedo demais. Momento bem perigoso. Vincent disse pra Treese: — Vamos comer aquele chocolate que o Jim trouxe. (O Vincent sempre chamava o Jem de Jim. Ele sabia o nome certo, só fazia isso pra ser desagradável.)

— Não! — dissemos Bridie, Treese, Jem e eu juntos. Até a Claudia se juntou ao grupo, pela primeira vez aliada a nós. — Barriga cheia — a gente gritou. — Nada de chocolate!

— Vomito só de ver um — disse Bridie.

— Eu também vomito.

A gente sabia que Treese devia ter comido quase tudo.

— Pega lá — disse Vincent pra Treese.

— Eu pego — disse eu. Então, simplesmente peguei minha jaqueta e o casaco do Paddy. Não aguentava mais. — Foi uma noite maravilhosa — disse, meio histérica, até mesmo pra mim mesma. — Mas tá tarde. Preciso ir mesmo. Vamos, Paddy!

Paddy, todo sorrisos até o último tchau antes da porta ser fechada atrás da gente. Depois, mudança súbita. Costas rígidas, foi andando na minha frente até o carro. Entrou e bateu a porta como se não tivesse geladeira em casa. Entrei ao lado dele. Ansiosa. A gente se afastou debaixo de uma chuva de pedrinhas e cascalhos do chão. (John Espanhol em rara noite de folga.) Paddy dirigiu em silêncio, olhando pra frente, sem se virar uma vez.

— Descul... — comecei

Mas ele me cortou. Cuspiu as palavras em voz baixa, cheio de fúria: — Nunca mais faça isso comigo.

Domingo, 21 de setembro

De volta a Knockavoy. Cumprimento os velhos amigos: — Oi, isso, *oui*, tô de volta. Inesperado, né? Hahahaha, isso, a vida é cheia de surpresas.

Mortificada.

Segunda-feira, 22 de setembro, 15h17
Atrás de trabalho em hotéis e similares. Escolhi hotéis pra começar. Mas estavam fechando no final do mês. Me convidaram a voltar em abril, quando iam reabrir. Nada bom pra mim, mas gostei da atitude positiva: nota sete pela cortesia.

15h30
Hole in One. O pub de golfistas. O gerente foi quase perverso. – Estamos em setembro – reforçou. – Final de temporada. A gente tá demitindo pessoas, não contratando – disse, desdenhoso. Nota dois em amabilidade.

15h37
O Oak. Velho e Bom Olhos de Ameixa, direto, mas simpático. Só tinha trabalho pra ele. Mesmo assim, nota nove pela gentileza.

15h43
Larica da Sra. McGrory. Cheia de surfistas jovens comendo comida de café da manhã o dia inteiro. (Dei uma olhada rápida, nenhum sinal do Deus do Amor.) Um sujeito, meio abobado, disse que talvez tivessem um trabalho. Me fez esperar quinze minutos, enquanto ia chamar alguém chamada Mika, mas Mika mandou dizer que não tinha nada até maio. Mesmo assim, nota sete pelo esforço.

16h03
O Dungeon. Lugar escuro, sem charme, frequentado por bêbados. Todos homens, que gargalharam com crueldade quando perguntei sobre trabalho, depois se ofereceram para me pagar um drinque. Quase recusei, depois aceitei. Por que não? Sentei no banco alto com

três caras que depois descobri serem conhecidos coletivamente como Os Biriteiros.

Começaram imediatamente a me bombardear com perguntas pessoais. Qual era meu nome? O que eu estava fazendo em Knockavoy?

Fiz a tímida um tempinho, mas quando deixei escapar a história do Paddy, eles admitiram que já sabiam. Não existem segredos numa cidade desse tamanho. O entrevistador principal, um homem animado chamado de Chefe, cheio de veias estouradas e uma cabeça tomada de cachos grisalhos, feito um Art Garfunkel dos pobres. Era pai da Kelly da locadora de DVD. Kelly tinha contado tudo pra ele.

— Eu estava morto de curiosidade de te conhecer — disse. — Fico com pena por você ter sofrido, mas que péssima escolha. O que você esperava de um Cristão Progressista?

— O Paddy de Courcy não é Cristão Progressista. Na verdade, é membro do Nova Irlanda.

— Ele era do outro partido antes. Sempre vai ser um Cristão Progressista. Isso não se apaga.

— Ah, não se apaga mesmo — concordou o homem ao lado dele. Gordo, cabeça raspada, camiseta de uma promoção de rádio, nome: Moss (Musgo).

— A borracha que poderia apagar as marcas de um Cristão Progressista ainda não foi inventada — disse um terceiro homem, baixinho, intenso, fedorento, um indivíduo de terno preto surrado.

— A pessoa vai feder a Cristão Progressista até morrer.

— Vai pra tumba como Cristão Progressista.

O Chefe disse: — As coisas seriam bem diferentes se Paddy de Courcy tivesse sido do Partido Nacionalista da Irlanda.

Concordância em coro: — Ele não teria te decepcionado se fosse Nacionalista. Partido Nacionalista da Irlanda igual a homem fiel.

Suspeitei que eram apoiadores do PNI (apelido: "Peninhas").

— Mas o Partido Nacionalista da Irlanda é corrupto, não é? — Repetindo o pouco que eu tinha aprendido com o Paddy.

— Ah, tá. Corrupto! Essa é boa. Não se faz nada neste país sem um pouco de corrupção. É isso que mantém a roda girando.

Eu tinha mais uma gotinha de informação sobre eles. — Ouvi dizer que Teddy Taft — *líder dos Peninhas e primeiro-ministro do país* — não troca de cueca todo dia. Paddy disse que ele faz aquela coisa de lado A, lado B.

— Não chama os caras de "Peninhas" — me advertiu o Chefe, descendo do banco. — É um desrespeito!

Os três desceram dos bancos.

— Viva Valera! — gritaram e levantaram os copos. — Viva Valera!

(De Valera, ex-presidente da Irlanda, morto há pelo menos trinta anos. Os irlandeses têm boa memória.)

Depois descobri que faziam esse ritual de "Viva Valera" todos os dias por volta das quatro e meia da tarde.

Um pequeno tumulto se seguiu. Um homem nos fundos do bar desceu do banco e se aproximou lentamente. Meus três novos amigos se cutucaram. Riram entredentes: — Olha só quem vem vindo.

O novato estendeu o dedo trêmulo. Com uma voz esquisita, também trêmula, anunciou: — De Valera é filho ilegítimo da prostituta espanhola-mór!

Era? Espanhol? Não sabia. Mas o nome até que entregava um pouco.

Mais insultos na sequência:

— Seu vira-casaca imundo!

— Seu libertário porco!

Muita antipatia. Razão? Os avós lutaram em lados opostos na Guerra Civil.

Mais alguns insultos foram lançados, depois o recém-chegado voltou pro seu lugar, e o Chefe disse pro barman: — Leva um drinque pra ele por nossa conta.

Enquanto isso, outra dose apareceu na minha frente. Não tinha planejado ficar, mas a bebida estava ali...

— Conta mais — ordenou o Chefe, os olhos brilhando e o rosto corado por causa do álcool.

E, na verdade, era um alívio enorme poder falar, cuspir tudo de dentro de mim. Mais uma bebida apareceu. Expliquei qual era minha situação financeira. Eles não gostaram do quadro que pintei da Nkechi.

— O que é seu é meu e o que é meu é meu também — disse o baixinho moreno e fedorento, com jeito de grande sábio.

(Eles chamavam o baixinho moreno e fedorento de Mestre. Não porque fosse bom em misticismo ou em artes marciais, mas porque já tinha sido professor sênior num colégio de meninos.)

O Chefe gritou: — Mas por que você tá procurando trabalho? Você pode pedir seguro-desemprego!

Ideia nova pra mim. É verdade, já tinha me mantido com seguro-desemprego por um período curto de horror, dez anos antes, depois de ser demitida de uma loja por não ter alcançado a meta mínima, e antes de começar a trabalhar como consultora de estilo. Mas já ganhava meu próprio dinheiro há muito tempo agora. Tinha esquecido que existem coisas do tipo ser sustentada pelo governo.

— Você tá procurando emprego — disse o Chefe —, mas não tem emprego. Por que não pedir pro Estado?

Sob o efeito da bebida: — Isso! — concordei. — Por que *não*?

— Você trabalhou duro, não é? Pagou seus impostos?

— Ah, não — disse Musgo. — Deixa ela em paz.

— Na verdade, eu *paguei* os impostos.

— Pagou? — Ficaram chocados, depois escandalizados. Insistiram em me pagar outro drinque, por causa da novidade.

Consenso geral: — Você *merece* seguro-desemprego.

— A gente vai resolver isso amanhã. Vamos te buscar de van.

Certo! Ótimo! Excelente ideia!

Terça-feira, 23 de setembro, 8h30
Acordei! Barulho! O que era? Deitada na cama dura, escutando. Alguma coisa se mexendo no andar de baixo. Uma pessoa. Não, pessoas! Vozes.

Estava sendo roubada!

Pavor. Não podia acreditar no que estava acontecendo. Mais barulho. Parecia, na verdade... uma chaleira no fogo. Ladrões fazendo chá? Incomum. Murmúrio de vozes novamente, seguido do barulhinho da colher mexendo o açúcar na xícara. Depois, goles, goladas. Eu realmente ouvi! Alguém dando goladas no chá é o pior barulho que existe. Me enlouquece de ódio.

Coloquei um moletom por cima do pijama. Encontrei o Chefe e o Musgo sentados à mesa da cozinha bebendo chá — não, dando goladas. — Ah, olha ela aí.

— Tem chá pronto — disse Musgo. — Aceita uma xícara?

Tudo voltando à minha mente. Novos amigos. Viagem a Ennistymon para dar entrada no seguro-desemprego.

Pareciam ainda mais detonados na luz imperdoável do dia. O cabelo estilo Art Garfunkel não via uma escova desde 2003; a camiseta de promoção de rádio do Musgo nada limpa. Mas ficaram felizes quando me viram. Sorrisos.

Perguntei: — Cadê o outro? O baixinho? O Mestre?

— Não vem. Problema nas costas. Aposentado por invalidez.

Não tinha percebido nada de errado com as costas dele na noite anterior. Incerteza quanto ao calibre moral dos meus novos amigos.

— ... Vou me vestir.

9h51
Ennistymon.
Não muito maior que Knockavoy, mas uma cidade de verdade, não um lugar turístico. Loja vendendo ração de animais e insumos, outra que parecia vender cordas. Surpresa, muitas farmácias. As pessoas em Ennistymon têm uma tendência maior a doenças? (Amo farmácia, talvez eu desse uma olhadinha rápida.)

Debaixo da nuvem de poeira que vinha dos pneus da van, a gente estacionou numa vaga para deficientes em frente ao escritório do seguro-desemprego. O Chefe deu a volta no carro pelo chão imundo, apareceu com um adesivo de deficiente e colou no painel.

Eu não queria ir naquele escritório. Tudo tinha feito muito sentido na noite anterior, quando eu estava bêbada. Mas eu estava sóbria agora.

Não que estivesse acima de pedir seguro-desemprego. Não era isso. Só estava pensando no desgaste que viria depois.

Pedir seguro-desemprego era como *Os Doze Trabalhos de Hércules*. Devia ser simples — eu tinha pagado impostos, perdido o emprego, tinha tentado arrumar outro, sem sucesso, estava dura. Mas era uma corrida de obstáculos. Preencher um formulário. Preencher outro formulário. Apresentar as contas do último ano, as deste, contas de luz, gás etc., provar que era cidadã irlandesa, carta do último empregador...

Se, por um esforço monumental, eu conseguisse arrumar tudo, ainda assim não seria o suficiente. Mais pedidos, mais desafios. Foto do meu primeiro bicho de estimação. Três trufas brancas. O autógrafo do Tom Cruise. Primeira gravação de "Lily the Pink". Garrafa de uma edição limitada de Vanilla Tango (tarefa enganosa, já que Vanilla Tango só foi produzida em lata). Ilustração em carvão da bunda do Zidane. Xilogravura do Santo Graal. Se eu fizesse tudo isso, depois receberia uma carta dizendo: "Você não tem direito a seguro-desemprego nenhum, nunca vai ter direito, mas se conseguir dez gramas de pó de chifre de unicórnio numa caixinha bonita, podemos ver se conseguimos fazer algum pagamento pequeno."

Se as pessoas recebem dinheiro do Estado, não é porque têm direito. É um prêmio pela tenacidade, pela teimosia, por aguentar os absurdos kafkianos dos pedidos sem explodir nem gritar: ENFIA ESSA PORCARIA DE PAGAMENTO VOCÊ SABE ONDE! PREFIRO PASSAR FOME!

10h45
Como esperado, eles me deram pouca corda. (Na verdade, o que isso quer dizer?)

— Você é requerente nova?

— Isso.

— Você precisa das tributações!

— Ok, posso ter as tributações?

— Você não pode simplesmente entrar aqui esperando tributos. Precisa marcar hora.

— Ok, posso marcar uma hora?

(Não teria me incomodado em fazer isso não fosse Chefe e Musgo me rodeando e dizendo: "Vai em frente, Lola. Você tem DIREITO, Lola.")
— Na verdade, eu tenho uma hora livre agora de manhã.
— Que horas?
— Agora...

10h46
Sala deprimente nos fundos, com o assessor. Não quero ser indelicada, mas dava para entender por que ele não era o atendente da entrada. Era todo... pontiagudo. Parecia uma raposa. Traços afiados inquisitivos, o nariz, o queixo. Tinha cores de raposa também, cabelo avermelhado num rabo de cavalo que descia até a nuca. Óculos específicos de interrogador. Aqueles de armação fina prateada, que brilha de um jeito que deixa o outro desconfortável. Armação Prateada da Suspeita.

— Estilista, consultora de estilo? — perguntou, cheio de desprezo. — Que tipo de trabalho é esse?
— Pesquiso roupas pra pessoas.
— Pesquisa? — perguntou, fazendo graça da palavra. — O que isso significa?
— Eu... encontro... roupas para pessoas. Se alguém tem que ir a um evento de gala, peço aos designers para mandarem uma seleção de vestidos. Ou, se a pessoa é muito ocupada, seleciono as coisas e ela experimenta sem ter que sair rodando as lojas.

Ele me olhou esquisito.
— Olha só — disse eu, na defensiva. — Sei que é um trabalho sem grande valor. Não é a mesma coisa que ser enfermeira ou... ou... voluntária em Bangladesh. Mas existe uma demanda pra isso, e alguém tem que fazer o serviço. Eu gosto, e é melhor que seja eu.
— Não tem muita procura por esse tipo de coisa aqui.
— Eu sei. É por isso que estou aqui. Procurei emprego em todos os bares de Knockavoy, mas é final de estação, não tem nada.

Ele perguntou: — Por que você veio pra Knockavoy?

— Motivos pessoais — respondi, tentando manter o equilíbrio da voz. O lábio começou a tremer loucamente, como se tentasse passar uma mensagem em código Morse.

— Você precisa se esforçar mais! Aqui não existe segredo.

— Ok — disse eu, cuspindo tudo. — Meu namorado vai se casar com outra mulher. O choque teve um efeito péssimo. Comecei a esculhambar todo trabalho que pegava. Fui meio que exilada pra cá, para ver se superava, antes de destruir completamente meu negócio. Tenho que pagar minha assistente e a prima dela enquanto estou fora. Não sobrou um centavo pra mim.

— Tudo bem — disse ele, anotando tudo. — A gente entra em contato.

Me perguntei de que maneira bloqueariam minha requisição. Quase curiosa. Seria porque eu era autônoma? Ou porque deveria ter dado entrada em Dublin? Ou era uma questão de saúde, e não de desemprego em si, e eu devia ter entrado com um pedido por incapacidade? Ah, eu conhecia todos os truques.

19h22

A caminho do pub da Sra. Butterly para assistir seriados, passei pelo Dungeon. Ouvi: — Ei, Lola! — Três ansiosos: Musgo, Chefe e Mestre. Estavam me esperando.

Gritei da rua: — Vou assistir a *Coronation Street* com a Sra. Butterly.

— Vem aqui tomar uma!

— Rapidinho!

— Passo aí na volta, quando todas as séries acabarem.

Eles pareceram bem desapontados.

19h57

Enquanto esperava *East Enders* começar, eu disse: — Sra. Butterly, sabe a cabana do lado da minha?

— Do Rossa Considine? Ótimo rapaz. Que é que tem ele?

— Você sabia que ele ia se casar?

— Com quem?

— Não vai mais, mas ele ia...

— Não, não ia! – A Sra. Butterly foi bastante categórica. – Ele tem andado solto por aí durante os últimos oito meses, desde que destruiu o coração da Gillian Kilbert. Moça bacana, mas muito feia.

— ... Tá, mas...

Vacilei. Devia perguntar sobre a mulher de vestido de noiva? Vacilei mais um tempinho, depois me enchi de vacilar. Limita o potencial de diversão, a vacilação. (Acho que eu nunca teria a vacilação como um hobby. Imagina colocar isso numa lista para possíveis encontros amorosos. Ou num formulário de emprego. "Liste seus interesses." "Moda. Filmes de Billy Wilder. Ioga. Vacilação.")

De qualquer maneira, eu estava divagando (na verdade, uma coisa de que realmente gosto). *East Enders* ia começar e a Sra. Butterly era idosa. Deixei o mistério da mulher de Rossa Considine pra lá.

21h40
Dungeon.
Fui recebida como uma rainha de baile. Um banco alto e limpo foi providenciado, drinques apareceram na minha frente, KitKat também. Fiquei sabendo que o Dungeon comportava não só uma facção dos Biriteiros, mas duas. Inimigos mortais. O canto da outra facção tinha um cachorro. O do Chefe me tinha.

Eu disse: — Me fala do casal que mora do meu lado.

— Não tem casal – disse o Chefe. – Só um homem. Rossa Considine. Cavalheiro solitário.

— Não tem nada demais nisso – Mestre fez o aparte. – Não é como no passado, quando, se o cara não tivesse uma mulher, todo mundo dizia que era florzinha. Problema sociológico.

— Mas o Rossa Considine não tinha uma namorada? – perguntei. – Até umas semanas atrás? Eles iam casar.

Risadas que queriam dizer que eu não podia estar mais errada, nem se quisesse.

— Mas... — protestei. — Eu vi uma mulher na casa.
— Um cara tem direito a uma diversão de vez em quando!
— Como era a mulher? — perguntou o Mestre. — Era baixinha, meio alourada, parecia um ratinho? Gillian Kilbert. Todos os Kilbert têm essa cara-de-rato. Vem do lado do pai.

Considerei. — Não — respondi. — Nada de rato na cara dela. Estava vestida de noiva. Na janela do andar de cima, olhando lá pra baixo, pra mim.

Os três homens trocaram olhares alarmados. Mestre ficou lívido, nem uma gota de sangue sequer na rede de veias do rosto dele. Depois viraram os olhos esbugalhados pra mim.

— Por que... por que vocês estão me olhando assim?
Não disseram nada. Só continuaram olhando.
— Você tem visões — disse o Mestre.
— Como assim? Você tá dizendo, você acha... a mulher que vi era... um fantasma?

Estremeci involuntariamente. Me lembrei do vestido branco e do cabelo escuro. Depois, me toquei. O vestido que o Incendiário jogou na fogueira não era um vestido-fantasma. Mas por algum motivo não queria falar sobre isso com os Biriteiros. Achei que era... sei lá... coisa do Incendiário.

O Mestre franziu as sobrancelhas. — A mulher parecia de alguma maneira a Nossa Senhora?

— Que senhora? Quem?
— A MÃE DE DEUS. Você são todos pagãos em Dublin.
— Não, não tinha nada de mãe de Deus — respondi.
— Pensa melhor — disse ele. — Roupa azul? Auréola? Bebê no colo?
— Não. Eu tenho certeza. — Eu sabia aonde a cabeça do Chefe queria chegar com aquilo. Tentando me fazer ter uma visão da Virgem pra lançar Knockavoy como novo ponto turístico pros católicos.

— Para com isso — aconselhou o Mestre. — Não tinha nenhuma testemunha. Roma nunca ia comprar essa história.

— Bando de chatos — murmurou o Chefe. — De qualquer jeito, o Rossa Considine é um cara legal, fora a parte de escalar montanhas pendurado em cordas. Trabalha pro Departamento de Meio Ambiente. Tem

qualquer coisa a ver com esse negócio de reciclagem. Um trabalho oficial. Lembro do tempo em que as pessoas tinham emprego oficial. No banco. Na Previdência. Agora tudo é webdesigner e... e... terapeuta de comportamento cognitivo e isso aí que você faz. Estilista. Coisas sem utilidade, sem sentido, uns trabalhos que não querem dizer nada.

Não disse uma palavra. Mas me senti afrontada. Fiquei com vontade de dizer *pelo menos eu tenho um trabalho!* Não sou feito vocês, três desempregados cachaceiros.

Depois me lembrei de que, na verdade, eu *não tinha emprego*.

Súbita mudança de humor. Um dos Biriteiros disse: — Recita alguma coisa, Mestre!

Parecia que o Mestre sabia trechos enormes de poemas horríveis. Sem precisar de mais encorajamento, pigarreou, revirou os olhos como quem puxa pela memória e "recitou" alguma coisa que se chamava "O Olho Verde do Pequeno Deus Amarelo".

Levou um tempo muito acima do limite.

Quarta-feira, 24 de setembro, 8h01

Acordada pela porta da rua batendo (não a minha). Pulei da cama e fui pro quarto da frente para ver o Incendiário Considine sair para trabalhar.

Tudo aquilo era muito estranho. O Incendiário Considine ter uma mulher em casa, tudo bem. Mas uma mulher vestida de noiva? E ninguém na cidade sabia que ele ia casar? Depois o cara queima o vestido numa fogueira?

Pensamento selvagem — será que ele tinha raptado e matado a mulher? Mas isso era absurdo. Se tivesse raptado a mulher, ela não estaria rodopiando com um vestido Vera Wang. Quando me viu na rua, teria escancarado a janela e gritado: "Socorro! Fui sequestrada por um maníaco selvagem do Departamento do Meio Ambiente!"

Mistério. Mistério inegável.

Quinta-feira, 25 de setembro, 11h27
Celular tocou. Número local. Era o cara com pinta de raposa. (Não pinta atrativa de raposa, em outro sentido. Meio do mal, se você quiser chamar assim.) Ele queria me ver.

— Que tipo de papelada você quer que eu leve? — perguntei.

— Nada, quero te ver fora do horário de trabalho — disse ele.

O raposão do seguro-desemprego estava a fim de mim! Inferno! Eu ia ter que transar com o cara se quisesse algum reembolso!

Depois de pensar sobre o assunto, descobri que não dava a mínima. Desde que pudesse ficar ali.

— Olha só, Sr. Seguro-Desemprego...

— Noel, pode me chamar de Noel.

Noel do reembolso. Ok, seria fácil de lembrar.

— Noel — disse eu —, acabei de sair de um relacionamento, não tô em condições de...

— Não é por isso que quero te encontrar.

— Não?

— Explico quando a gente se vir. Enquanto isso, a palavra-chave é discrição. A gente não pode se encontrar em Ennistymon. As paredes aqui têm ouvidos.

— Você pode vir a Knockavoy.

— Não.

— As paredes daqui também têm ouvidos?

Estava sendo sarcástica, mas ele disse simplesmente: — Positivo e operante.

Positivo e operante? Pelo amor de Deus!

Ele perguntou: — Você conhece Miltown Malbay?

Miltown Malbay, próxima cidade litorânea depois de Knockavoy.

— Me encontra amanhã às dez da noite, no Lenihan, em Miltown Malbay. Não telefona para este número.

Desligou.

Sexta-feira, 26 de setembro, 8h08
Acordada por uma buzina. Tirei minha pessoa da cama, fui pro quarto da frente e olhei pela janela. Uma porcaria de carro sujo tentando dar

a partida na porta da cabana ao lado. Homens dentro. Não consegui ver direito, porque as janelas estavam imundas de lama, mas a impressão era de uma turma de machos machistas.

Barulho de porta da frente batendo. Rossa Considine apareceu de botas, mochila e barba feita. Um rolo de corda pendurado no ombro, pequenos objetos de metal pendurados nela.

Foi na direção da lata-velha e disse bom-dia com algum cumprimento bem masculino. (Algo do tipo "Não esperava que as meninas saíssem da cama tão cedo, depois da quantidade de álcool ingerido ontem à noite". Não captei totalmente o que disse, mas adivinhei a mensagem pelo tom.)

De repente, como se intuísse que estava sendo observado, girou a cabeça por cima do ombro, cheio de coisas, pra olhar para a janela da cabana do tio Tom. Tentei sair do campo de visão com um movimento rápido. Mas era tarde demais. Ele já tinha me visto. Rossa Considine deu um risinho tipo "Te peguei, sua bisbilhoteira", acenou sarcasticamente, abriu a porta do carro, entrou e foi embora debaixo de uma nuvem de poeira.

22h12
Leniham, Miltown Malbay.
Noel do Seguro-Desemprego estava sentado nos fundos, um joelho pontiagudo cruzado sobre o outro joelho pontiagudo, os cotovelos pontiagudos na mesa. Olhou em volta e me proporcionou uma visão de 180 graus das suas feições de raposa. Se batesse com a cabeça em alguém, podia ferir a pessoa terrivelmente.

Levantou, fez sinal para que eu fosse até os fundos e sussurrou: — Alguém viu você entrar?

— Não sei. Você não me disse pra entrar na encolha.

— Eu sei, mas isso é ultraconfidencial.

Esperei.

— É sobre seu trabalho — disse ele. — Estilista. Você já ajudou alguém a encontrar roupas de tamanhos difíceis?

Era isso?

— Claro — disse eu. — Na verdade, é minha especialidade. Trabalhei para a mulher de um banqueiro que tinha um sem-número de jantares para ir, mas, por incrível que pareça, para uma mulher de banqueiro, ela vestia cinquenta. Raramente elas são tão grandes.

— E acessórios?

— Faço tudo. Sapato, bolsa, bijuteria, roupas íntimas.

— Tenho uma amiga, sabe — disse ele. Parecia nervoso. De repente se abriu, quase angustiado: — Olha só, eu sou casado! E tenho uma amiga.

— Uma amiga do sexo feminino?

Ele fez que sim.

Casado e com uma amiga? Isso serve pra mostrar que aparência não é tudo. Talvez ele conte piada muito bem.

— Minha amiga... Quero comprar umas coisas legais pra ela. Mas ela não consegue bons sapatos do tamanho que calça. Você podia me dar uma ajuda?

— Com certeza. Qual é o tamanho?

Depois de uma pausa incrivelmente longa, ele disse: — Quarenta e seis.

Quarenta e seis! Quarenta e seis é ENORME! A maioria dos homens não calça quarenta e seis.

— É bem grande, mas vou ver o que posso fazer.

— E roupa?

— Qual é o tamanho?

Ele me olhou. Olhou, olhou e olhou.

— Que foi? — perguntei. Estava começando a me assustar.

Respirou fundo, com uma força anormal, como se tivesse tomado uma decisão, depois disse: — Olha só. — Expressão de desgosto extremo. — Você consegue guardar um segredo?

— Meu Deus — gemeu ele escondendo o rosto nas mãos. — Meu Deus.

Olhou para ela e, surpreendentemente, o rosto dele estava encharcado de lágrimas. — Me desculpe, mil perdões. Você é a melhor coisa da minha vida, a única coisa boa. Desculpe, pelo amor de Deus, diz que você me perdoa. Isso nunca mais vai acontecer. Não sei o que me deu. Estresse no trabalho, venho me esfalfando há anos, mas descontar em você, de todas as pessoas...

Caiu num pranto de sacudir os ombros. — Que espécie de animal eu sou? — gemeu.

— Tudo bem. — Ela tocou nele com dedos vacilantes. Não suportava ver o homem tão derrubado.

— Obrigado! Meu Deus, obrigado! — Ele a puxou para si e beijou-a com força, e, apesar dos lábios dele serem grosseiros, ela deixou.

Grace

Papai abriu a porta da frente e perguntou: — O que aconteceu com seu rosto? — Depois olhou por cima do meu ombro e, num reflexo automático para se certificar de que eu não tinha roubado a vaga dele, disse: — O que aconteceu com seu carro? Não consigo ver onde está.

— É porque não está aqui. — Desci a escada até a cozinha atrás dele. — Enquanto a gente conversa, meu carro está na estrada para Tallaght, feito churrasquinho.

— Roubado?

— Não, fui eu mesma, ontem à noite. Não tinha nada de bom para assistir na televisão. *Claro que foi roubado!*

— Ah, meu anjo, meu anjo. "As tristezas não andam como espias, mas sempre em batalhões." — É o que meu pai sempre diz. Isso porque é um intelectual. — Hamlet. Ato IV, cena 5 — me informou.

— Cadê mamãe?

— Com Bid. — Bid é irmã da minha mãe, e mora com meus pais desde antes de eu nascer. — Sua mãe foi acompanhá-la na quimioterapia.

Me contorci. Ela sabia que tinha câncer de pulmão há dez dias. Difícil se acostumar com uma coisa dessas.

— Meu Deus, está gelado aqui. — Mesmo no verão, dentro daquela casa sempre faz um frio enorme. O lugar é grande e antigo, não tem sistema de aquecimento central.

Na cozinha, grudei no aquecedor a gás. Teria sentado em cima dele se não corresse o risco de queimar a bunda. (Um aquecedor desses em plena cidade!)

— Você quer saber que outras coisas ruins andam acontecendo? — perguntou meu pai.

— Quer dizer que tem mais?

Eu sabia como ele se sentia. Eu mesma não conseguia imaginar a vida sem nicotina.

— Sua mãe falou que a gente tem que parar de fumar. Todos nós temos que parar. — E me encarou para dar mais ênfase ao argumento. — Não é só a Bid. Todo mundo aqui em casa. E você sabe como eu adoro meu cigarrinho — acrescentou com certa melancolia.

Olhei pela janela, perdida em pensamentos sobre cigarros. No quintal atrás da casa, Bingo perseguia uma abelha. Pulava e dava voltas, tropeçava nas próprias patas, as orelhas balançando, tudo isso por causa de um inseto. Parecia que tinha ficado maluco.

Papai me flagrou olhando para o cachorro. — Ele dá trabalho, mas a gente ama o Bingo.

— Eu sei, eu também. E já tem um tempo que ele não foge. — Pelo menos não que eu tivesse ficado sabendo ou sido encarregada de procurar.

— Nossa, que machucado feio — disse papai. — Andou brigando em bar novamente?

Estalei a língua. O ferimento já estava quase sumindo, e eu cansada de falar sobre o assunto. — É uma história tão idiota...

— Espera. — Ele pareceu repentinamente perceber alguma coisa. — Grace! Você voltou a crescer?

— O quê? Não! — Tenho um metro e setenta e cinco, mas eles me fazem sentir como se eu fosse um poste.

— Você deve ter crescido! Olha só, a gente está da mesma altura, você e eu! E isso nunca aconteceu. Olha só! — Ele me pediu para ficar de pé ao lado dele e fez uma linha com a mão, do topo da cabeça dele até o topo da minha. — Olha só isso!

Ele tinha razão.

— Pai, continuo do mesmo tamanho. Não sei nem o que dizer. Você é que deve ter encolhido.

— Porcaria de velhice. É tão pouco digna. Coisas ruins, pesares etc.

Meu pai era um homem longilíneo, olhos vivos e nariz grande. Por causa do nariz e dos cigarros, poderia passar por francês. Nas férias, uma vez na Itália, outra na Bulgária, as pessoas pensaram que fosse realmente francês, e ele não conseguiu disfarçar o orgulho. Acha os franceses os seres mais civilizados do mundo. Ele ama, ama Sartre. Também é fã de Thierry Henri.

Ouvimos o barulho da porta da frente se abrindo e fechando. Tia Bid tinha chegado em casa.

— A gente está na cozinha — avisou papai.

Desceram a escada, tirando as luvas, desabotoando os casacos e reclamando do tamanho minúsculo das moedas de dez centavos (obviamente continuavam uma conversa começada no carro). Eram muito parecidas: as duas eram pequenas, mas tia Bid estava quase careca, e sua pele da cor de urina.

— Bid...? — perguntei, sem esperanças.

— Estou ótima, ótima... — Tentou afastar minha preocupação. — Mas não tente me abraçar, porque senão eu vomito.

— Grace! — Minha mãe ficou feliz de me ver. — Não vi seu carro lá fora. — Franziu o cenho. — O que aconteceu com seu rosto?

— O carro dela foi roubado e pegou fogo na estrada de Tallaght. — disse papai. — E eu estou encolhendo.

— Ah, não! Ah, Grace! — Mamãe ficou arrasada. — "As tristezas não andam como espias, mas sempre em batalhões." Hamlet, Ato IV, cena 5. (Minha mãe também é intelectual.) — Passou a mão no meu rosto carinhosamente. — O que foi isso aqui? Com certeza não é coisa do Damien.

Tive de rir.

— Damien é um rapaz bonito — gemeu tia Bid.

— O que isso tem a ver?

— Nada. Só fiz um comentário. Não ligue para o que eu falo, não estou nos meus melhores dias. — Todos nós nos apressamos em ajudá-la a sentar numa cadeira, e ela continuou o discurso inesperado: — Sempre gostei de homem de corpo bonito. Eu diria que Damien, nu, tem um belo par de coxas. Tem? — perguntou quando eu não respondi. Estava muito chocada para responder. Coxas nuas! Será que o câncer tinha se espalhado pelo cérebro dela?

— Hummm, é, acho que sim.

— E temperamental, claro; não existe nada mais sedutor que um homem temperamental; inteligência, sensibilidade e um pouco de mistério.

Nesse caso, ela estava errada. Sobre as coxas eu podia até concordar, mas não sobre a sedução de um homem temperamental. Não que Damien fosse exatamente algum Heathcliff de *O Morro dos Ventos Uivantes*.

— Se algum dia o Damien me bater — Tentei assumir o controle da conversa —, devolvo a pancada na hora, e ele sabe disso.

— Amada, se algum dia ele tocar em você, pode saber que aqui sempre vai ter uma cama disponível. — Mamãe adora uma boa causa.

— Obrigada, mãe, mas esse frio daqui me mataria.

Mamãe e Bid herdaram a casa quando Padraig, o tio-avô delas — o único membro da família que "se fez sozinho" —, bateu as botas. O número 39 da Yeoman Road era um deleite de preservação histórica: cômodos de pé-direito alto, cenário ideal para o ar frio circular em correntes geladas; janelas originais de vidro e madeira, que cortesmente permitiam a entrada de todas as correntes de ar e chacoalhavam como um faqueiro toda vez que passava um caminhão.

Todos os outros moradores da Yeoman Road — ginecologistas e corretores bem-sucedidos — haviam comprado sua casa com o próprio dinheiro. E, verdade seja dita, gastaram muito para reformar o sistema de aquecimento e a cozinha planejada, além de laquear as portas da frente para que brilhassem, confiantes como o sorriso de um político.

Desafiantes desprezíveis da nobreza estabelecida, minha mãe e meu pai nunca foram convidados a participar da Associação de Moradores da Yeoman Road, porque, em geral, as reuniões eram sobre eles e sobre o fato de não terem refeito a pintura da fachada da casa nos últimos catorze anos.

— Bid, quer uma xícara de chá? — Papai posava com a chaleira na mão.

Bid fez um gesto negativo. — Acho que vou subir um pouco para vomitar.

— Boa garota.

Assim que a pobre da Bid saiu da cozinha, fui até mamãe. — O que ela anda tomando? As coisas que falou do Damien...

Mamãe balançou a cabeça, triste. — Anda lendo muitos romances água com açúcar. Fica muito enjoada para se concentrar em qualquer outra coisa. Esses livros são um veneno. Açúcar refinado para o cérebro.

— Papai falou que você está tentando parar de fumar.

— É. A gente precisa de um ambiente saudável para a Bid. Na verdade, Grace, se ela soubesse que *você* também está tentando parar, ficaria muito satisfeita.

— É...

— Você devia pedir o mesmo para o Damien.

— Nossa, não sei se consigo isso...

— Solidariedade! Tenta, ele morre de medo de você.

— Morre nada, mãe.

— Me conta o que aconteceu com seu carro.

Suspirei. — Não tem muita coisa para contar. O carro estava estacionado na frente da minha casa ontem, quando fui dormir. Hoje de manhã não estava mais. Liguei para a polícia e eles encontraram o carro todo queimado na estrada de Tallaght. Acontece. Chatíssimo.

— Você tinha seguro? — perguntou minha mãe, instigando a ladainha do meu pai.

— Seguro? — gritou ele. — Como se fizesse alguma diferença. Se você prestar atenção naquela parte das letrinhas minúsculas do contrato, Grace, não me surpreenderia se lá estivesse escrito que você tem cobertura para tudo, *menos* carburação na estrada de Tallaght numa quinta-feira no final de setembro. Quadrilha de bandidos, essas seguradoras. Grandes empresas fazendo o cidadão de refém, apavorando o povo com a desgraça, arrancando milhões por ano do salário das pessoas, sem nenhuma intenção de honrar sua parte no trato...

Meu pai parecia ter aquele discurso pronto há algum tempo, então respondi à minha mãe: — Eu tinha seguro, mas, como o papai diz, eles sempre conseguem algum artifício para não pagar o suficiente. — Uma dor de perda percorreu meu corpo. — Eu amava aquele carro... Era moderno, sexy, só meu. O primeiro carro zero que tive na vida, e só tinha quatro meses. Vou ter que conseguir um empréstimo ou algo do gênero.

Isso fez com que papai parasse de reclamar no ato. Tanto ele quanto mamãe disseram rapidamente, até com alguma ansiedade: — "Não peças nem dês emprestado a ninguém, pois emprestar faz perder ao mesmo tempo o dinheiro e o amigo, e pedir emprestado embota o fio da economia." (Hamlet, Ato I, cena 3).

Balancei a cabeça. — Não vou pedir nada a vocês.

— Melhor assim. A gente não tem mesmo onde cair morto — disse papai.

— Tenho que ir.

— Para onde?

— Cabeleireiro. Pintar o cabelo.

Minha mãe desaprovava. O cabelo dela era uma cuia grisalha, que ela mesma cortava com tesourinha de unha. Até o papai tinha mais cuidado com a aparência. Aos sessenta e nove anos, ele ainda tinha o cabelo cheio, prateado, e ia ao barbeiro todo mês para manter o estilo anos cinquenta.

Durante uma pausa silenciosa, ouvimos tia Bid vomitar as tripas no (único) banheiro, no andar de cima.

Minha mãe inquiriu: — Você faz ideia de quanto as mulheres irlandesas gastam por ano com o cabelo? Esse dinheiro podia ser gasto com...

— Por favor, mãe, só vou fazer umas mechas. — Dei uma conferida no meu visual, da calça preta de alfaiataria às botas sem salto. — E eu não tenho nada de Barbie!

No cabeleireiro, meu rosto machucado causou comoção.

— Você deve ter realmente irritado o cidadão — disse Carol. — Que foi? Queimou o jantar dele? Esqueceu de lavar as meias?

Pensei em minha mãe e quis dizer alguma coisa forte, tipo: "Violência doméstica não é brincadeira", mas fiquei de boca calada. Ninguém de bom-senso briga com o cabeleireiro.

— Eu sou jornalista — disse. — Faz parte do show.

— Você? Você escreve sobre amamentação e adolescentes bêbados. Não é repórter policial.

Carol me conhecia bem. Eu pintava o cabelo com ela havia anos. Ela não tinha criatividade alguma, nem eu. Tudo o que eu queria era clarear minha raiz cor de burro quando foge. Não queria mechas incríveis nem nada sofisticado, e, por sorte, ela não sabia mesmo fazer nada disso. Era um acordo que funcionava para nós duas.

— Conta o que aconteceu — disse ela.

— Você não vai acreditar.

— Conta mesmo assim.

— Caí no meio da rua. Tropecei numa pedra da calçada, do lado de fora da Trinity, e caí de cara no chão. Todo mundo que estava no ponto de ônibus viu. Muita gente riu.

Carol pensou que eu estava suportando, então deixou a tinta na minha cabeça tempo demais, até queimar o couro cabeludo. Quando saí, na hora do rush, tive que lutar com centenas de adolescentes para entrar no ônibus e, quando não consegui, porque o ônibus estava lotado, fiquei deprimida. Eu estava triste por causa da tia Bid — apesar de ela ser uma chata de galocha —, triste por causa do meu carro e morta de medo de ter que parar de fumar.

Também estava irritada porque, na confusão, tentando entrar no ônibus, um dos adolescentes beliscou meu bumbum e não fui capaz de identificar o culpado para poder "discutir" o assunto com ele.

Apesar de montes deles terem entrado no ônibus — no *meu* ônibus, para sentar no *meu* lugar —, ainda havia um bocado deles no ponto. Encarei-os com amargura, balançando suas mochilas e compartilhando um cigarro. Odiava garotos adolescentes, concluí. Simplesmente os odiava. Odiava as espinhas, a agressividade e a diferença de tamanho. O que eu quero dizer é: basta olhar para eles! Alguns são miniaturas de um metro e sessenta, outros são monumentos de idiotia e falta de modos, braços balançando até o chão. E andam todos juntos como se fossem uma gangue ridícula de gente que não combina.

Meu olhar desconsolado foi parar num amontoado de meninas que, disfarçadamente, observavam os garotos, escondidas sob sombras cintilantes, e concluí que também detestava essas adolescentes. As risadas exageradas e aquele perfume de morango falso do brilho labial, camadas e mais camadas de gloss literalmente pingando, depois de proporcionar o devido efeito aumentativo dos lábios. Também me irritava a maneira como me desprezavam por me considerarem uma anciã (aos trinta e cinco anos), além de não usar salto alto nem maquiagem suficiente. *Se algum dia eu ficar igual a ela, me matem.* Uma vez literalmente ouvi uma delas dizer isso! (O que foi uma injustiça, porque eu tinha acabado de passar quarenta e nove horas num lugar congelante, lamacento, sem banheiro nem cafeteira, tentando fechar uma matéria. É por isso que não trabalho mais com hardnews. É muito tempo perdido em lugares terríveis, debaixo de chuva, dia e noite.)

Para aliviar meu sofrimento, mandei uma mensagem de texto para o Damien:

Vc vai cozinhar hj à noite?

N. Vc vai?

Suspirei. Guardei o telefone no bolso. A gente ia ter que jantar no indiano.

Outro ônibus apareceu na esquina e a multidão se amontoou à frente. Deus, como isso era estressante! Travei o maxilar, cheia de determinação. Entraria naquele ônibus, Deus era testemunha. (Na verdade, Ele provavelmente não era. Não de acordo com as cartas dos leitores, que diziam que eu ia queimar no fogo do inferno.) E se algum daqueles idiotas cheios de espinhas tentasse me impedir, ia levar uma cotovelada no baço. Acham que podem beliscar meu bumbum e tudo bem? Mas se pensam que podem fazer isso uma segunda vez, cuidado comigo!

Dessa vez, eu entrei. Consegui até sentar, e tentei relaxar lendo Dennis Lehane, mas a viagem não acabava nunca, a população intei-

ra da Irlanda saltava e subia em cada ponto, e volta e meia eu baixava o livro e bufava, para demonstrar o quanto estava puta.

O ponto positivo era que, pelo menos, eu teria assunto para a coluna da semana seguinte. Não é todo dia que seu carro é roubado e queimado e, mesmo não sendo nada pessoal — pelo menos eu esperava que não fosse... ofendi uma ou outra pessoa ao longo dos anos, mas será que a esse ponto? —, ainda estava um tanto paranoica, como se o mundo não fosse um lugar legal, o que é claro que é verdade, mas na maior parte do tempo isso não me incomodava.

Eu estava com fome e não sabia como tinha deixado isso acontecer. Morria de medo de ficar muito tempo sem comer, e acreditava em alimentação preventiva, em comer mesmo sem fome, só para evitar que isso acontecesse.

Meu bolso começou a vibrar e, quando peguei o celular, quase dei uma cotovelada na mulher do meu lado.

— Você não vai gostar nada disso. — Era uma das subeditoras, Hannah "Chatinha" Lime. — O chefe não vai publicar sua coluna. Achou que não é controversa o suficiente. Olha só, sou apenas a mensageira, tá? Você consegue escrever outra coisa?

— Quando? — Eu sabia a resposta, estava apenas me fazendo de sonsa.

— Na próxima meia hora.

Fechei o telefone com força, e minha mão latejou de dor. Sempre esquecia que isso podia acontecer, e me lembrava da pior maneira possível. Agindo com mais cuidado, delicadamente retirei meu laptop da bolsa, me desculpei com a pobre da mulher ao meu lado por invadir mais uma vez seu espaço com meu cotovelo, e comecei a digitar.

Ele queria controvérsia? Aí vai a controvérsia.

Eram dez para as oito quando cheguei em casa. Minha casa era um sobrado de tijolinhos no "subúrbio cobiçado de Donnybrook". (As aspas são do corretor de imóveis.) Uma casa bonita, muito charmosa, construção original. *Extremamente* pequena.

Claro que não era exatamente no coração de Donnybrook, porque, se fosse, teria custado uma pequena fortuna e não seria tão longe do ponto de ônibus em frente à Farmácia Donnybrook. Na verdade, nenhuma das lojas da vizinhança tinha Donnybrook no nome. O que não era bom sinal. Talvez a gente nem mesmo morasse em Donnybrook. Talvez o corretor tivesse nos enganado e morássemos, na verdade, em Renelagh, que não chegava aos pés de Donnybrook.

Damien — aquele de corpo forte e coxas nuas — estava de pé, diante da bancada da cozinha, o jornal aberto à sua frente, colorindo de preto os dentes de uma fotografia do Bono. Parecia exausto.

— Finalmente! — disse ele. Fez uma careta, fazia isso toda vez que olhava para o ferimento no meu rosto. — Ia te mandar uma mensagem agora. Por que demorou tanto?

— A porcaria do ônibus. — Joguei minha bolsa no chão e comecei a desabotoar o casaco. — Dez minutos em cada ponto.

— Desculpe não ter conseguido falar com você o dia todo — disse ele. — Rolou um pequeno escândalo na câmara e foi a maior correria.

Dispensei as desculpas. Damien também era jornalista, correspondente político do *Press*. Eu conhecia os prazos apertados.

— E o que a seguradora disse? — perguntou.

— Há! Você vai amar isso. Se meu carro tivesse sido danificado, eu teria direito a um carro reserva enquanto o meu estivesse no conserto. Mas, como deu perda total, não tem carro reserva. Acredita? Passei a manhã inteira discutindo com eles, nem fui trabalhar. Jacinta não ficou nada feliz...

— A Jacinta nunca fica feliz.

— *Depois*, fugi para pintar o cabelo.

— Ficou ótimo — disse.

Eu ri.

— Quanto tempo até liberarem a grana para comprar outro carro?

— Sei tanto quanto você. E seja lá qual for o valor que eles vão autorizar, não vai ser suficiente para comprar um novo. — Tirei minhas botas, desanimada.

— Não, não tira as botas — disse ele. — Coloca o casaco, vamos lá no indiano pedir alguma coisa para viagem. — Ele me abraçou. — Grace, a gente vai fazer as contas e ver se consegue um empréstimo para você comprar um carro novo logo, logo. Até lá, eu posso levar você para o trabalho de moto.

Damien era impaciente demais pra dirigir. Em vez disso, atravessava os engarrafamentos de Dublin numa Kawasaki preta e prata. (Mamãe chama aquilo de kamikaze. Fica preocupada.)

— Mas você ia ter que desviar do seu caminho.

O *Press* ficava numa zona industrial na M50, lugar onde é possível comprar oitocentos scanners, mas não encontrar um mísero sanduíche, e o escritório do *Spokesman's* ficava no centro da cidade.

— Tudo bem. Você vale o esforço. E como vai a Bid?

— Mal. Do nada, ela começou a falar que você, pelado, devia ter um belo par de coxas.

— Jesus! Como foi que o assunto chegou a isso?

— Ela falou assim, do nada.

Damien ficou em silêncio, inatingível por alguns instantes. Depois, riu. — Meu Deus! Bem, e como vai a quimioterapia?

— Ela está com uma cara péssima. Cor de manteiga.

— Manteiga? Mas manteiga tem uma cor legal. — Pensou sobre isso. — Talvez não em um ser humano.

Quase oito meses antes, Bid tinha ido ao médico porque sua tosse incessante estava infernizando meu pai. O médico pediu que fizesse uma broncoscopia, mas ela não conseguiu marcar o exame nos sete meses seguintes. Quando finalmente conseguiu, o câncer foi diagnosticado imediatamente. Em seguida, ela operou e um tumor de dez centímetros foi retirado do pulmão esquerdo, mas os nódulos linfáticos deram positivo para "metástase". Tradução: o câncer tinha se espalhado pelos nódulos linfáticos. (Fui momentaneamente enganada pela palavra "positivo", achando que significava uma coisa boa.) Para tratar os nódulos linfáticos, ela passaria por seis rodadas agressivas de quimioterapia, a intervalos de quatro semanas. Só saberíamos se ficaria bem ou não em fevereiro. Se tivesse feito a broncoscopia logo que foi ao médico, o câncer não teria se espalhado e ela já estaria melhor.

— Pobre Bid... — disse Damien.

— Ah... escuta — Decidi fazer uma tentativa. — Fico contente que você se solidarize, porque tenho uma coisa para te dizer e acho que você não vai gostar. Minha mãe e meu pai resolveram parar de fumar. E eu e você também vamos.

Ele me encarou.

— Em solidariedade. — Me apressei em dizer.

— Solidariedade — murmurou ele. — Com a Bid. É como se eu tivesse uma segunda sogra. Sou o homem menos sortudo do planeta.

De vez em quando Damien e eu falávamos sobre parar de fumar. Normalmente quando estávamos duros e um de nós levantava a lebre da fortuna que gastávamos com o vício. A gente chegava à conclusão de que parar era a coisa certa, mas raramente se fazia alguma coisa a respeito.

— Fiquei preocupado com a Bid — disse ele. — *Preciso* de um cigarro.

— Boa tentativa. Tenta outra.

— Grace, se a gente vai parar de fumar, vai ter que ser um esforço conjunto.

— A gente podia voltar a correr. A gente até que foi muito bem durante um tempo.

— No verão é fácil.

A gente corria bem. Durante os meses de maio e junho nós dois acordávamos de manhã cedinho, roupas combinando, saíamos para correr como um casal de comercial. Eu costumava observar nossa rotina de fora e ficava maravilhada com o quanto éramos convincentes. Às vezes, eu sorria para pessoas que voltavam para casa com o jornal. Uma ou outra vez, até acenei para o leiteiro. Ele nunca retribuiu o cumprimento, só ficava olhando desconfiado para a gente, imaginando se, de alguma maneira, estávamos gozando da cara dele. Ao longo das semanas, fomos aumentando a distância percorrida, nosso progresso era visível. Depois, em julho, saímos de férias, comemos e bebemos até morrer, e nunca mais voltamos à atividade.

— Só de falar em parar me dá ainda mais vontade de fumar. — Damien pegou seu maço de cigarros como as beatas católicas pegam seus rosários. — Vamos fumar um cigarro.

Fomos para o jardim atrás da casa e fumamos cigarros que pareciam ainda mais deliciosos que de costume.

Damien soltou uma longa baforada de fumaça e seus olhos se estreitaram. Ele disse: — Você estava falando sério?

— Minha mãe me encheu de culpa — respondi. — Ela é mestre nisso. Se a Bid não ficar boa e eu não tiver parado de fumar, vou achar que a culpa é minha. E sua também, Damien Stapleton. — Acrescentei: — Assassino.

— Dá só uma olhada nisso. — Damien pegou o controle remoto.

— No quê?

— Você vai ver.

A tela ficou azul, depois ganhou vida. Um jovem estava saindo de uma casa que parecia ser de subúrbio. Cabelo castanho não muito curto, mais para comprido, exalando sexo, caminhava com certa ginga, demonstrando muita confiança em si mesmo. — Meu Deus! — gritei. — Que idade você tinha?

— Vinte, pelo que me lembro.

Na tela, Damien parou e encostou num carro, olhou diretamente para a câmera e sorriu lentamente. — Você está me filmando?

— Isso — uma garota respondeu. — Fala alguma coisa.

— Tipo o quê? — Damien riu, meio de lado, meio sem graça, mais do que sensual.

Meu Deus, pensei. Dezesseis anos atrás. Metade de uma vida.

— Diz alguma coisa profunda — pediu a voz da garota.

O rapaz de vinte anos, Damien, encolheu os ombros. — Cuidado com o que você sonha.

— É essa sua mensagem para o mundo?

— O trabalho é o ópio da classe festeira! — Fez uma saudação de punho cerrado. — Poder pro povo.

— Obrigada, Damien Stapleton.
A tela ficou azul novamente. Fim.
— Onde você encontrou isso?
— Juno.
— ... *Juno*?
A ex-mulher.

Para ser honesta, a história provavelmente é menos dramática do que parece. Eles só ficaram casados três anos, dos vinte e dois aos vinte e cinco. (Sim, tinham a mesma idade, eram amigos de colégio.) Era o típico relacionamento dos vinte e poucos anos que todo mundo tem, a única diferença é que cometeram o erro de se casar.

Tudo igual, mas... a gente podia muito bem passar sem essa invasão do passado; ainda era tempo de recuperação desde a última briga.

— Juno? — repeti. — Que história é essa?
— Ela está passando todos os vídeos de família para DVD, e deu de cara com esse. Mandou para a mamãe, e mamãe mandou pra mim. — Acrescentou: — E avisou que de onde saiu esse tem mais.

Fazia dez anos que eu fora apresentada ao Damien numa press-trip a Phuket, Tailândia, quando eu escrevia uma coluna de turismo no *Times*. Damien não devia estar lá; ele era um correspondente político sério, não tinha nada a ver com viagens a uma ilha paradisíaca, mas andava duro e desesperado por um descanso, e o editor ficou com pena dele.

Reparei nele já no aeroporto, na fila do check-in. Estava no meio de vários outros jornalistas, mas, de alguma maneira, parecia à margem e, juro por Deus, me senti como se tivesse levado uma pancada na cabeça.

Alguma coisa nele, uma confiança, uma independência, me fascinou.

Imediatamente, tive certeza de que era exigente. Jogo duro, até. Eu sabia que teria de cortar um dobrado. Até aquele momento, eu não compreendia mulheres tão pouco confiantes que só se apaixonavam por homens emocionalmente indisponíveis. Bastava olhar para mim.

Mas não pude evitar. Olhei para aquele homem — fosse ele quem fosse — e pensei: quero *você*. Tudo aquilo me deixou meio apavorada.

Imprensei minha amiga Triona (jornalista do *Independent*) e perguntei: — Aquele cara ali...?

— Damien Stapleton, do *Tribune*?

— É. Você conhece?

— Conheço. O que é... o quê? Ah, não, Grace, não.

Fiquei surpresa. Pensei que todas as outras mulheres corriam atrás dele também, e que eu teria uma bela batalha pela frente.

— Ele não é nem um pouco seu tipo. — Triona parecia alarmada. — É muito... com ele você nunca sabe onde está pisando.

Mal escutei o que ela disse. Estava prestando atenção em detalhes, numa camada nova de atrativos. Tinha um corpo lindo. Parecia poderoso. E, apesar de não ser o que se pode chamar de alto, era alto o *bastante* — ou seja, tão alto quanto eu. (Talvez um ou dois centímetros mais alto que eu.)

— Ele não tem senso de humor — me alertou Triona, a pior coisa que se pode dizer de um irlandês.

Mas eu o fiz rir.

Em cada viagem de ônibus e cada jantar turístico em Phuket, dava um jeito de sentar ao lado de Damien Stapleton. Mesmo quando tínhamos dias "livres", eu colava nele na piscina. Mas, se ficava impressionado de me ver aparecer onde quer que estivesse, nunca comentou.

Esse era o problema — ele não falava quase nada. Era eu quem puxava todas as conversas, tirando da manga minhas melhores histórias e piadas. Muitas vezes, ele parecia confuso — às vezes até mesmo incomodado —, mas seus olhos nunca abandonavam meu rosto, e, se eu dizia alguma coisa com a qual ele concordava, fazia um gesto positivo e sorria, ou mesmo ria de leve. Tomei isso como encorajamento suficiente para seguir adiante.

Todos os outros jornalistas imploravam: — Grace, será que é possível deixar o pobre coitado em paz? Você anda apavorando o cidadão.

Até o Dickie McGuinness, da editoria policial do *Times* — e que passava tanto tempo tratando com criminosos que acabou desenvolvendo uma personalidade ameaçadora —, sussurrou um aviso intimidante. — Conselho sábio, Grace. Os homens gostam de caçar a presa.

— Não — disse eu, beligerante. — Os homens são preguiçosos e escolhem o caminho que oferece menos resistência. E pode parar de olhar para mim como se fosse me pregar na parede. Você nem devia estar nessa viagem, você é jornalista policial.

— Eu precisava de... férias. — Carregou a palavra de significado.

— Obrigada pelo conselho, Dickie... Não, porcaria nenhuma, não agradeço nada. E não adianta vir ditar mais nenhuma regra, porque não vou engolir.

A verdade é que eu não conseguia me afastar do Damien — o que me chocou, para ser honesta —, e volta e meia eu descolava uma informação que me convencia de que éramos perfeitos um para o outro. Por exemplo, ele não gostava de rabanete (eu também não), nem de viagens de barco pelo rio Shannon (eu também não). Ele gostava de suspenses (eu também) e de ficar acordado até tarde, assistindo a reprises de programas ruins dos anos oitenta, tipo *Magnum* e *A Supermáquina* (eu também). Ele achava as viagens de fim de semana para o campo um porre. (Mais uma vez, eu também, e ninguém mais achava. Todo mundo gostava.)

Em busca de aconselhamento, liguei para minha irmã gêmea, Marnie. Ela sempre lia livros de autoajuda sobre relacionamentos. Cheia de sabedoria, essa minha irmã. E, também, não riria de mim.

— Quero que você me descreva *tudo* — pediu. — O que achou dele à primeira vista, o que você estava vestindo...

Era um prazer falar dele e falei e falei. Terminei com: — Me diz, o que devo fazer?

— Eu? — disse Marnie. — Não sou nenhum bom exemplo de como conquistar um homem.

— Você tem um monte.

— Nunca consigo ficar muito tempo com eles. Sou muito temperamental.

Triste, mas verdadeiro. Marnie era muito intuitiva, mas isso só parecia funcionar com os outros; era incapaz de usar sua análise afiada para arrumar as coisas na própria vida. Seus relacionamentos quase sempre acabavam em desastre. Mas, diferentemente de mim, pessoa capaz de se apaixonar uma vez por década, Marnie se lançava em grandes paixões a cada quinzena. Na verdade, nossa atitude em relação a romances era semelhante à nossa saúde: Marnie pegava qualquer virose do momento, mas se recuperava rápido; eu, por outro lado, quase nunca ficava doente, mas, quando ficava, transformava um simples resfriado em bronquite, amigdalite e, num dezembro inesquecível, febre aftosa (não é tão engraçado quanto parece).

— Qual é a gravidade? — perguntou Marnie.

— Pneumonia. Nos dois pulmões. Água na pleura... e, possivelmente, tuberculose.

— Isso é mau... mas, me arriscando a parecer a mamãe, Grace, o melhor conselho que posso te dar é: seja você mesma. Ninguém é melhor que você.

— Ah, para com isso, vai...

— É verdade! Você sabe exatamente quem é, não engole sapo de ninguém, pode distinguir as pessoas com facilidade, sabe contar uma boa história, não se importa de ser pega desprevenida...

— Mas será que eu devia estar jogando? Fingindo que não gosto dele? Ai, Marnie, acho isso tudo tão idiota. Se um homem gosta de uma mulher, ele manda flores para ela...

— Você não ia querer receber flores. Ia rir disso.

Ela estava *absolutamente* certa. Era exatamente o que eu faria.

— Ou ele simplesmente pega o telefone e chama a mulher para sair. Por que as mulheres não podem fazer o mesmo? Por que a gente tem que fingir o oposto do que sente? É só mais uma maneira de sabotar as mulheres.

— Você está tentando ver se o tema para uma coluna emplaca comigo?

— Não. Não. Não. — Na verdade, talvez. Falei, com desânimo: — Ele é divorciado.

— E daí? Todo mundo tem passado.

Normalmente, viagens de imprensa eram uma pegação geral, mas eu me comportei de maneira impecável. Se não pudesse ter Damien, não queria mais ninguém.

No aeroporto, na fila do táxi, não me surpreendi por ele não pedir meu telefone. E não pedi o dele, porque, depois de dez dias sem chegar a lugar algum, já tinha captado a mensagem.

Eu sabia como era difícil decidir não se importar com alguém simplesmente porque esse alguém não liga para você. Não dá para desplugar o coração do objeto de interesse. Mas eu era uma pessoa pragmática e fiz o possível. Então, Damien não estava interessado, mas havia outros. (Não eram milhares, não estou dizendo isso, mas uma ou outra possibilidade.) Dei uma chance para o Scott Holmes, um cara animado que trabalhava para o *Sunday Globe*. Mas, apesar de todo o esforço — e realmente tentei gostar dele —, o máximo que consegui sentir foi uma coceirinha.

Rumores ocasionais sobre Damien chegaram a mim — de que ele estava voltando para a mulher, de que tinha sido visto entrando num taxi à noite com Marcella Kennedy, do *Sunday Independent*...

De vez em quando, eu até esbarrava com ele (apesar da minha determinação em esquecer aquele amor, fiquei amiga de pessoas do *Tribune* e cheguei até a me encabeçar numa reunião de lançamento de um manifesto político) e ele sempre parecia feliz em me ver. Bem, não exatamente feliz — não como um cocker spaniel quando o dono chega em casa —, mas respondia às minhas perguntas sem relutância evidente.

Na festa de aniversário de trinta anos da Lucinda Bree, o cenário parecia o mesmo. Era tarde da noite e eu já estava me sentindo meio bêbada, um pouco perigosa e um pouco irritada, apesar de não ser culpa dele o fato de não querer nada comigo.

— E aí, Grace? Como vai?

Até o jeito de ele dizer meu nome doía.

— Irritada. Por que tudo é tão mais fácil para um homem?

— É? Você acha?

— Homem pode fazer pipi em pé. — Depois, partindo do geral para o particular: — E, quando o cara está a fim de alguém, basta lançar uma cantada fajuta.

— Tipo o quê?

— Tipo... se eu disser que você tem um corpo bonito, você vai pensar que estou dando em cima de você?

— Claro — respondeu.

— Claro o quê?

— Claro que vou pensar.

Fiquei passada por alguns segundos. — Vai?

— Vou. Achei que você nunca fosse dizer nada.

Fiquei passada de novo.

— Por que eu diria? Você é o homem.

— Grace Gildee, não sabia que você era uma romântica à moda antiga.

— Não sou.

— Foi o que pensei.

— Mas se você estivesse... interessado... você *está* interessado, não está? Eu não estou fazendo papel de idiota, estou?

— Não.

— Não?

— Não, você não está fazendo papel de idiota. Eu estou interessado.

Isso está realmente acontecendo?

— Então, por que você não me deu uma pista?

— ... Eu não tinha certeza. Você é muito legal comigo, mas é assim com todo mundo... ando fora do jogo há algum tempo.

Eu não conseguia acreditar que ele estava dizendo aquelas coisas. Era como se a minha vida real estivesse se misturando à minha fantasia. Cada palavra que eu já tinha desejado que ele dissesse estava saindo daquela boca.

— Você é tão cheia de vida — disse ele. — Achei que eu nunca fosse ser suficiente para você. Deslumbrante.

— O quê?

— Esse foi o nome que dei para você. Deslumbrante Gildee. Porque você me deslumbra.

Ele tinha um nome para mim?

Trecho da coluna de Grace Gildee, *Ela é Sugarfree*, sábado, 27 de setembro.

Detesto garotos adolescentes. Detesto as espinhas, os maus modos e, acima de tudo, a maneira como imaginam que o bumbum de uma mulher está ali para ser beliscado. Cada bunda é uma oportunidade.

E, francamente, são desagradáveis de ver. Assim que chegasse a puberdade, todos os garotos deveriam ser encarcerados num galpão até os dezoito anos. Nossas ruas ficariam mais limpas.

Enquanto estiverem por lá, devem se esquecer das leituras de revistas pornográficas e histórias picantes. Devem ser submetidos a uma dieta rica em literatura feminista, desde Germaine Greer a Julie Burchill. Quando libertados, estarão maduros, sem espinhas e informados em relação às mulheres. Quem sabe até terão algum respeito por nós?

Amarga, eu sei, mas eles me pagam pela controvérsia.

— Se espreme aí — gritou Damien por cima do ombro.
— O quê?
— As pernas! — Levantou o visor do capacete. — Espreme as pernas na moto.

Entendi o motivo. Íamos passar por um espaço mínimo entre uma van e um ônibus. — Respira fundo! — gritou.

A viagem até o trabalho na traseira da moto dele era animada. No mau sentido. Damien via tudo como um desafio, quase como um teste. Nenhum espaço era apertado demais, nenhum sinal amarelo demais, nenhum engarrafamento impossível de ser vencido por uma série de ziguezagues. Se ele tivesse a chance de voar por cima de dezoito ônibus para ganhar alguns segundos, não desperdiçaria a oportunidade.

Talvez não tivesse excitação suficiente na vida.

Encostou na porta do *Spokesman* e tirou o capacete para me dar um beijo. O estilo motoqueiro, o tremor da moto entre minhas pernas, tudo era bem sexy...

— Fica firme.

Eu não estava falando sobre o resto do caminho. Estava falando sobre uma coisa muito mais intimidadora — nossa decisão de parar de fumar. Minha mãe flagrara Bid fumando escondida no banheiro e soltando a fumaça pela janela "como uma adolescente!", ela me contou no telefonema. "O último trago." Depois colocou Bid no telefone, e eu me vi dizendo para ela que, se eu podia largar o cigarro, ela também podia.

— E o Damien também — dissera minha mãe.

— O Damien também — dissera eu, relutante, enquanto Damien enfiava a cabeça nas mãos e gemia "Não!".

— Fica firme — repetiu ele, sardônico.

— Damien, você não está perdendo um...

— Amigo — disse ele.

— Hábito. Mas ganhando um corpo mais saudável.

Não respondeu. Simplesmente colocou o capacete e deu meia-volta com a moto, como um gato balançando o rabo.

Não ia dar certo. Damien me levar de moto para o trabalho. Para fazer meu serviço direito, eu precisava de um carro. Não só para me levar para os lugares, mas como guarda-roupas. Na mala do outro carro, eu tinha roupas para todas as situações. Para persuadir uma mulher bacana, classe média, a falar sobre a morte do filho, eu precisava de um terninho arrumado, claro, sapatos de salto baixo, até de um colar de pérolas. Para ficar ao ar livre, num estaleiro gelado, esperando para descobrir se o pescador de uma traineira virada tinha morrido ou não, era preciso luvas, botas e um impermeável (minha arma secreta). Para matérias sobre drogas, eu tinha modelitos modernos.

Yusuf se adiantou para abrir a porta de vidro. Não era coisa comum, mas ele tinha uma pergunta. Já estava rindo, os dentes branquíssimos brilhando no rosto escuro. — Era você na moto?

Fiz um gesto positivo. Não fazia sentido mentir, ainda que eu quisesse, porque estava carregando um capacete. Ele lançou um olhar animado para a Sra. Farrell, recepcionista e pessoa mais poderosa do *Spokesman*. Pior infortúnio para alguém era cair no desgosto da mulher. Melhor pedir demissão. Ela era capaz de segurar as ligações da sua mãe no leito de morte, dar "acidentalmente" o endereço da sua casa para algum maníaco obsessivo, ou "esquecer" de avisar que o rim que você estava esperando para ser transplantado havia aparecido. Até o Poderoso Chefão (Cole Brien, o editor) tinha muito cuidado para tratar com ela.

— Que foi que aconteceu com seu carro? — perguntou ela.

— Roubaram. Queimaram. — Mais uma vez, não fazia sentido mentir. Dickie McGuinness, da editoria de crimes, conseguiria a informação nos arquivos da polícia em segundos. (Dickie e eu parecíamos sempre acabar trabalhando no mesmo lugar. Já havíamos sido colegas no *Times*; quando saí de lá para o *Independent*, ele me seguiu um mês depois; então ele foi para o *Spokesman* e, em seis meses, me ofereceram um emprego aqui.)

— Isso é terrível. — Depois, Yusuf e a Sra. Farrell caíram na gargalhada.

Quando Yusuf veio trabalhar aqui, era um homem delicado, um somaliano gentil. Depois, foi infectado pela Sra. Farrell e pela ética do *Spokesman*. Era terrível, agora. Terrível como todos nós.

A Sra. Farrell dava vários telefonemas. Parecia uma reprise da penúltima sexta-feira, quando o ferimento no meu rosto causou o mesmo tipo de reação. Ela tinha ficado contentíssima de contar minha história para todo mundo. Seria tolice imaginar que o caso do roubo do carro permaneceria em segredo, e agora eu estava diante de um dia cheio de gracinhas, com todo tipo de presentes deixados na minha mesa: caixas de fósforos, carrinhos queimados, um folheto indicando os pontos e os horários dos ônibus...

— Bom dia, *Sugarfree*.

Me chamam de *Sugarfree* porque tenho fama de ser amarga. (Mas se eu fosse homem, seria conhecida como uma pessoa direta.) E *Sugarfree* também rima com Gildee. Todo mundo do *Spokesman* tem um apelido descritivo que rima com o sobrenome. Por exemplo, Hannah Lime sempre reclama do atraso das revisões e nunca sai para beber com a gente nas sextas-feiras. "Hannah Lime, a que deprime." (Hannah sabe disso. Todo mundo conhece o próprio apelido. O ambiente de um jornal é cruel, porém franco.)

Na editoria de comportamento, os telefones já estavam tocando e quase todo mundo já estava na sala. Fora Casey Kaplan, claro. Ele faz o próprio horário. Segunda, nove da manhã? Casey estava provavelmente bebendo Jack Daniels e Coca-Cola com Bono. Cumprimentei Lorraine, Joanne, Tara e Clare — a equipe da editoria era basicamente feminina; os horários eram mais regulares que os da editoria de hardnews, o que facilitava a vida de quem tinha filhos. Como eu era a única que não tinha nenhum, era enviada para cobrir as matérias mais imprevisíveis, sem garantia de terminar o serviço às cinco em ponto.

Na mesa ao lado da minha, TC Scanlan digitava em alta velocidade. Sendo uma criatura tão estranha ao lugar, um homem no meio da editoria de comportamento, era o alvo de qualquer comentário sexista, e o preferido era: "Ele faz pipi sentado." (Como eu disse, uma redação de jornal é um lugar cruel.)

— Que pena, a história do seu carro — disse ele. — Sabe, eu estava aqui *me perguntando* o que você estava aprontando na sexta, todos aqueles telefonemas apressados! — Abriu um sorriso, agora que ele já sabia. Ficou de pé, remexeu os bolsos da calça, pegou algumas moedas. — Toma, um euro e vinte. Pro ônibus.

O telefone tocou e a secretária eletrônica atendeu — a gente nunca atendia. — Leitores irados, fora de controle — disse ele. — Sua coluna sobre os adolescentes. É quase pior do que a que você escreveu sobre não querer ter filhos.

É. Me dei conta de que tinha passado dos limites quando ouvi a mensagem da minha mãe no sábado de manhã. O *Spokesman* não é sua leitura habitual, ela é uma mulher do *Guardian*, mas gosta de ficar de olho no que ando escrevendo.

— Grace — disse ela —, a sua coluna... você está indo longe demais! É verdade, também não suporto os meninos dessa idade. São tão... bem... *sebentos*. Não é só a pele, sabe, eles realmente não têm culpa, são os hormônios. Mas colocam produtos nos cabelos que fazem com que fiquem mais... bem... *sebentos* é a única palavra que me vem à mente, ou, então, simplesmente ficam semanas sem lavar o cabelo. Mas você não pode fazer piada disso, nem se estiver falando de garotos adolescentes. — Acrescentou: — Mas gostei da ideia da literatura feminista.

— Alguma ameaça de morte? — perguntei a TC.

— Só as de sempre.

— Ótimo, ótimo.

Dizem que a gente nunca esquece a primeira vez: o primeiro amor, o primeiro carro, a primeira ameaça de morte. Há uns três anos, eu tinha acabado de começar no *Spokesman*, fiz uma matéria controversa sobre a tirania da amamentação. Na manhã seguinte, um recado me esperava na secretária eletrônica: "Vou te matar, Grace Gildee, sua vaca feminista. Conheço seu rosto e sei onde você mora." Apesar da falta de originalidade do texto, tremi feito criança. Nunca havia sido ameaçada de morte. Nem no começo da minha carreira, quando trabalhava na editoria de polícia do *Times*.

Sempre me imaginei uma guerreira, mas fiquei absolutamente apavorada. E isso me fez pensar em como seria capaz de suportar um lugar como a Argélia. Lá, se você escreve uma matéria dizendo que o novo corte de cabelo do presidente faz com que ele fique a cara do Elton John, pode esperar que seu carro vire uma bola de fogo assim que você colocar a chave na ignição.

Contei para o TC sobre a mensagem, que contou para a Jacinta Kinsella, que ouviu os dois primeiros segundos da história, depois disse, exasperada: — Ah, aquele bobinho. O Sr. Eu Sei Onde Você Mora. Achei que a gente já tinha se livrado dele. — Apagou o recado sem pena. — "Eu conheço seu rosto?" Basta olhar para sua foto na coluna, pelo amor de Deus!

— Então, você acha que não preciso me preocupar?

— Claro que não — disse, impaciente. Estava de saída para o almoço. (10h35 da manhã.)

Hoje em dia, recebo ameaças de morte regularmente. (Basta ligar para a central, quem atende ao telefone é a Sra. Farrell, e dizer:

"Quero ameaçar de morte Grace Gildee", e ela passa a ligação.) Tenho cinco ou seis ameaçadores regulares. Mas nenhum deles cumpriu sua promessa; portanto, relaxei e me convenci de que cão que ladra não morde.

— O que você tem para mim, Grace?
— Bom dia, para você também — respondi.

Era Jacinta Kinsella, carregando uma das suas cinco bolsas Birkin. O marido dava uma de presente cada vez que ela paria, e, para ser honesta, eu preferiria carregar minhas coisas numa sacola plástica cheirando a curry, se esse fosse o preço. A bolsa de hoje era preta, para combinar com o humor dela. Sempre que aparecia com a amarela, o ambiente todo ficava animado. Isso significava que ela, provavelmente, compraria sorvetes para nós.

Muito glamourosa a Jacinta. Secava aquele cabelo de asa de corvo todo dia de manhã e se vestia como se fosse a uma corrida de cavalos. Sempre que era preciso cobrir um enterro, Jacinta era a enviada, porque tinha o melhor casaco.

— Deixa eu pegar minhas anotações — disse eu.

Jacinta é chefe de redação e eu sou redatora-chefe, e nós temos um bom relacionamento. Bem, *bonzinho* — se ela não fizesse tanto barulho sobre meu desejo de ter o trabalho dela, e, claro, se eu não rezasse todo dia para ela se aposentar cedo, ou ser chamada para ser chefe de outro jornal...

Volta e meia, algum babado estoura e o Poderoso Chefão tenta se livrar dela, mas Jacinta recorre ao sindicato como Jackson Pollock recorria às latas de tinta. Basicamente, não existe como se livrar dela. (Sua rima é: "Jacinta Kinsella, ninguém ganha dela.")

— Jacinta — chamou TC. — Recado do Casey. Ele está cobrindo uma história mega, abre aspas, que vai abalar o seu mundinho, fecha aspas.

— Ele disse isso, de verdade? — gritei. — "Que vai abalar o seu mundinho"?

— A que horas ele chega? — perguntou Jacinta, imediatamente.

TC balançou a cabeça, melancólico. — Por que você pergunta isso para mim? Não sou ninguém.

Jacinta estava de saco cheio de Casey. Não tinha controle algum. O Poderoso Chefão trouxera o cara do *Sunday Globe* para "dar uma apimentada no *Spokesman*", depois o empurrou para Jacinta: — Mais um homem para sua editoria.

O Poderoso Chefão ficou igual pinto no lixo com a aquisição: Casey tinha feito fama com grandes entrevistas, era uma espécie de celebridade no ramo. Os perfis que fazia eram informais e variavam entre duas versões: a primeira, uma desconstrução impiedosa (realmente divertida) de algum famoso: sua estupidez insípida, os pedidos bizarros que fazia para a própria equipe e sua decadência física sem maquiagem.

A segunda versão, um relato em tempo real sobre uma maratona de dezoito horas ao lado de uma banda de rock ou estrela de cinema, enquanto rodavam a cidade de bar em bar, até, finalmente, descansarem num quarto luxuoso de hotel decorado com sacolés de cocaína e sanduíches comidos pela metade.

Eu detestava o trabalho dele. Era autorreferente e egoísta. Mas eu não podia dizer isso, porque todo mundo pensaria que eu estava com inveja. E estava.

— *Sugarfree*? Pausa para o cigarro? Vai abalar o seu mundinho.

— Você dá crédito para esse idiota? — Peguei um pacote de chiclete Nicorette. Acreditava em me armar do maior número possível de artigos antifumo. — De qualquer maneira, más notícias, TC. Eu estou parando.

— De novo? Boa sorte — disse ele. — Não posso falar nada. Já parei milhares de vezes.

Nostálgica, acariciei meu pacote de chiclete e observei TC e os fumantes caminharem até a saída de incêndio. Não era só a nicotina que eu desejava, era o contato humano. As melhores conversas que tive foram durante cigarros. Fumantes são como uma sociedade secreta, e, mesmo quando — como acontece nos bares — somos colocados em currais para fumantes, como intocáveis, o cigarro promove a camaradagem e a intimidade. Eu já tinha parado antes, então, esse sentimento — uma tristeza profunda, como se um grande amigo tivesse se mudado para a Austrália — era familiar, o que não tornava as coisas mais fáceis.

Dezenove novos e-mails desde a última checagem — menos de uma hora antes. Press release atrás de press release de escritórios de RP, todos atrás de cobertura: churrascos, eventos beneficentes, um relatório sobre incontinência, um livro de receitas de um chef famoso, uma newsletter do Movimento da Mulher...

Alguma coisa que me desse substância para trabalhar? Enquanto eu rolava o scroll, uma matéria sobre aumento peniano chamou minha atenção. Aquilo podia dar caldo.

Depois, vi uma coisa que fez meu coração bater mais rápido: Madonna estava vindo para a Irlanda fazer três shows. Mas toda a mídia estaria implorando por ela — o que fazia de mim alguém diferente? Eu simplesmente sabia que podia fazer um bom trabalho. Melhor do que qualquer outra pessoa.

Abandonei tudo para compor um argumento perfeito e mandar para o assessor de imprensa da Madonna — tentando soar ao mesmo tempo temerosa, inteligente e divertida —, portanto dando início ao processo de cortejar uma diva.

Estava voltando depois de comprar um saquinho de balinhas sortidas, um pastel de queijo e dois pacotes de biscoito — já tinha comido uma barra de cereais subindo as escadas, fazendo tudo para apaziguar a dor de descer do Monte Nicotina — quando fui engolfada pela correria da reunião de pauta. Todos os chefes de departamento se moviam, como um único corpo, em direção à sala do editor. ("Coleman Brien. Temos medo demais dele para rimar.")

Jacinta veio para cima de mim. — Grace, aonde você foi?

Indiquei meu suprimento.

— Olha só, não posso participar da reunião.

Ela sempre tinha um motivo. Levar uma das suas crianças ao dentista, ou ao nutricionista, ou à EuroDisney...

— Ok. Qual dessas eu sugiro?

Ela passou os olhos nas minhas anotações. — Lifting de olhos na hora do almoço. Câncer de mama. Obesidade infantil.

Abri o saquinho de balas e enfiei um punhado de cor escura na boca. Não podia levar o pacote para a reunião, porque o Poderoso Chefão ficava louco com barulho de pacotes sendo abertos.

Entrei na sala, a reunião já começada; Jonno Fido, de hardnews, estava falando dos grandes acontecimentos do dia. Encostei no armário, mais ou menos escutando enquanto mascava silenciosamente. Delícia docinha. Depois... não! Um gosto amargo. Peguei um amarelo! Como isso pôde ter acontecido? Ele devia estar ali, escondido, misturado aos vermelhos e pretos.

Não podia cuspir e gritar, como teria feito em casa, "Amarelo, amarelo! Abortar missão!" Tinha que continuar mastigando até o gosto se dissolver.

Jonno terminou; notícias internacionais vieram em seguida, depois esporte e crimes, toneladas de esporte e crimes.

— Política?

David Thornberry se endireitou na cadeira. — A história de Dee Rossini não tem fim. Na sexta, os jornais noticiaram que ela teve sua casa pintada de graça. — Eu estava por dentro disso. Era o miniescândalo que prendera Damien no trabalho. Parei minha reclamação mental sobre balinhas amarelas e sua ameaça inerente, e comecei a prestar atenção de verdade. Dee Rossini era ministra da Educação e líder do Nova Irlanda, partido do Paddy.

— Os fatos foram aparecendo ao longo do fim de semana. Rossini mandou um cheque para a empresa de decoração em novembro, eles não descontaram. Mas deixaram vazar outra história. Uma exclusiva. No casamento da filha, o hotel não foi pago. Dei uma pesquisada: o hotel é do Grupo Mannix. — Fez uma pausa dramática. — O mesmo grupo que é dono da R&D Decoradores, a empresa que pintou a casa de graça. Obviamente, ela está recebendo favores deles. — A implicação era que, como ministra da Educação, Dee Rossini tinha o poder de deliberar contratos de construção de escolas, e o Grupo Mannix estava prestando servicinhos em troca de futuras comissões. Se fosse verdade, seria um dano terrível para a imagem do Nova Irlanda.

— Talvez ela tenha caído numa armadilha? — disse o Poderoso Chefão. Ele era fã do Nova Irlanda. — Devagar com a louça.

— E se ela estiver na jogada e ficar parecendo que a gente acobertou a história? — David ficou furioso. Estava vendo seu grande furo ir por água abaixo. — Se a gente não der, alguém vai fazer isso no nosso lugar. Minha fonte vai levar essa história para outro.

— Estou dizendo para você pegar leve — repetiu o Poderoso Chefão. Ele tinha uma voz grave, profunda, fazia as janelas vibrarem.

— Se a gente pegar leve, todo mundo vai ter a notícia amanhã e a gente vai ficar com cara de imbecil, por desprezar uma história suja dessas. E isso não faz os Nacionalistas ficarem mal, em coalizão com os bandidos?

— Dee Rossini não é bandida. E, se o Partido Nacional da Irlanda tivesse objeção a bandidos no poder, todos os membros teriam que se afastar.

— Pelo amor...

— Encerrado — disse o Poderoso Chefão. — Comportamento? Ele olhou em volta, procurando Jacinta, e eu levantei a mão. — Ela pede desculpas...

— Qual é a pauta?

— Lifting de olhos na hora do almoço?

— Jacinta Kinsella não vai fazer nenhum lifting na hora do almoço. Próxima!

— Câncer de mama. O relatório acabou de chegar. A Irlanda tem a maior porcentagem de resultados negativos falsos, mais alta até do que a média da União Europeia.

— Mais alguma coisa?

— Obesidade infantil. Novos números, a coisa está piorando.

— Não, não, não. Estou cheio até o pote dessa historinha. Playstation, junkfood, gordura trans. Fica com câncer de mama.

Ótimo. Essa era a que eu queria fazer.

Meu telefone tocou. — Desculpe. — Diferentemente do resto do mundo, o telefone tocar no meio de uma reunião de pauta não é o maior dos pecados, porque as manchetes de hardnews e de polícia precisavam estar constantemente acessíveis à equipe na rua.

Olhei para o número no visor e achei que estava vendo coisas. Que será que ele quer?

Rapidamente, desliguei.

Seguindo: — Suplemento de sábado?

Era da alçada do Desmond Hume, um homem baixinho, pedante, que tinha um papo absurdamente tedioso. ("Desmond Hume, enche o saco de qualquer um".) Ele balançou a cabeça em negativa. A semana tinha acabado de começar.

— Coluna social?

Declan O'Dal disse: — Aqui. — Ele não era, na verdade, o colunista social. O verdadeiro — "Roger McEliz, nunca feliz" — estava em casa, provavelmente com a cabeça enterrada no vaso, vomitando o próprio fígado. (O velho conflito do ovo e da galinha: o que veio primeiro: o colunista social ou o problema de alcoolismo?)

"Declan O'Dal, sempre se dá mal" é um pobre coitado que tem que ralar o coco para montar uma página a partir dos cacos que consegue decifrar das anotações de McEliz pós-porre. O'Dal só consegue ser o colunista social oficial, frequentando lançamentos e festas, nos períodos em que McEliz está encarcerado numa clínica de reabilitação, duas vezes por ano.

— A prometida de Paddy de Courcy foi vista experimentando vestidos de noiva.

— Fotos?

— Sim.

Não duvido. Sem nicotina, eu me sentia mais impaciente do que o normal. — De fonte anônima? — perguntei. — Aposto que eles estão atrás de dinheiro.

Era óbvio que as fotos vinham da assessoria de imprensa do Nova Irlanda. Quando pequenos escândalos rondavam Dee Rossini, fotografias da noiva radiante de Paddy de Courcy em renda branca poderiam, de alguma maneira, ter um efeito neutralizante.

Voltávamos para nossa mesa, quando o Poderoso Chefão me chamou: — Ah, *Sugarfree?*

Jesus Cristo, o que ele quer comigo? Uma coluna elogiando a delicatéssen da nora? Uma nota de duzentas palavras sobre o novo corte de cabelo do neto?

— Toma. — Ele me passou uma moeda. — Para o ônibus. Fiquei sabendo do seu carro. Quatro meses de uso? Seu primeiro zero quilômetro? — Louco de vontade de rir.

— Muito engraçado — disse eu. Quer dizer, eu *tive* que dizer. Depois: — *Cinquenta centavos?*

— Não dá?

— Não. Um euro e vinte.

— Tudo isso? — Ele começou a sacudir moedas no bolso da calça e eu me afastei.

— Não, Sr. Brian. Falando sério, não precisa.

Ele me deu um euro. — Fica com o troco. Pensando bem... — Ele fez uma pausa para aproveitar o próprio riso — guarda para a passagem de amanhã.

David Thornberry estava bufando de ódio. Eu, a vinte mesas de distância, conseguia escutar. — Você acredita no velho desgraçado? Não se segura uma história só porque você gosta da pessoa implicada nela. Não é assim que se dirige um jornal.

Mas ele estava errado. Jornais sempre apoiaram os amigos e bateram nos inimigos. Jornalistas já levaram para o túmulo histórias que poderiam derrubar governos se reveladas, e pessoas absolutamente inocentes foram demitidas do trabalho e expulsas do país só porque a mídia decidiu que estava na hora de uma caça às bruxas.

— Alguém tem o celular do Paddy de Courcy? — perguntou David.

— No banco de dados.

— Estou falando o número pessoal.

Baixei a cabeça. Eu deveria desistir — que diferença faria? Nunca mais falaria com ele —, mas...

Jacinta ainda não tinha voltado. Tentei recrutar o TC, mas ele estava trabalhando em outra coisa, então, tentei passar a bola para Lorraine: — Relatório incrível esse — disse eu. — Milhares de números. Traduz para o inglês, por favor? E será que você poderia fazer uma nota rápida de quatrocentas palavras sobre metástase de câncer de mama? Quanto tempo leva, resposta ao tratamento etc...

Depois, usei o telefone para tentar encontrar mulheres que receberam diagnóstico negativo de câncer de mama, quando, na verdade, estavam doentes. Liguei para a Sociedade Irlandesa do Câncer, o St. Luke's Cancer Hospital e quatro clínicas especializadas — todos muito gentis —, deixei meu telefone, e disseram que veriam se encontravam uma paciente disposta a dar entrevista.

— Hoje — enfatizei. — É para o jornal de amanhã.

Tentei grupos de apoio na internet, mas também não tive sorte. Depois, liguei para Bid, na esperança de que uma companheira de quimioterapia tivesse câncer de mama, mas, negativo. Intestino, ela podia me arrumar alguém. Próstata, ovário e, claro, pulmão. Nenhuma mama.

— Ih, aí vem ele — murmurou TC. — Segura, peão.

A estrutura molecular do ar sofreu uma mudança: ao meio-dia e trinta e sete, Casey Kaplan finalmente apareceu para trabalhar. Entrou com pose: calça de couro preta, apertada o suficiente para que o mundo soubesse que ele ajeitava o dito-cujo para a esquerda, camisa preta com costura branca aparente, uma jaquetinha de couro marrom franjada, cordão de couro e bota de cano longo pintada à mão.

Apontou para mim. — Recado do Dan Spencil. — Um músico que entrevistei. Uma entrevista difícil de conseguir, fiquei numa queda de braço com a assessoria de imprensa dele durante semanas, e lá estava Casey Kaplan se comportando como se tivesse passado o final de semana com o cara. — Ele disse que você arrebenta.

— Que amor — disse eu, com leveza. — Ele também.

— Jacinta está por aí? — debruçou-se sobre minha mesa.
Fiz um clima para olhar para ele. — Não.
— Cadê ela?
— Fora.
— Você está ocupada?
— Estou.
Ele riu. Zombando da minha disciplina? — Boa garota.
Sem dar importância, se afastou e voltei a me concentrar, tentando me lembrar de pessoas com quem conversei em festas, encontrei em eventos. Teria alguém, alguma vez, mencionado ser enfermeiro de hospital de oncologia, ou talvez que a irmã tinha câncer de mama? Mas, apesar da variedade da minha lista de contatos, a categoria "câncer de mama" estava em branco. Com amargura, culpei a falta de nicotina no meu corpo. Aposto que, se eu fumasse um cigarrinho, ia me animar e lembrar de alguma coisa.
Como última alternativa, golpe sujo, eu poderia usar os testemunhos de sites da internet, mas isso não funcionaria. Eu precisava de "cor" — descrição de coisas, como a casa do doente ("cortinas florais, bancada da lareira cheia de fotografias da família tiradas em tempos felizes").
Tamborilei com a caneta na mesa. Queria fazer isso bem. Queria fazer todas as minhas matérias bem, uma abordagem descuidada e mesquinha da saúde feminina às vezes me dava vontade de chorar de frustração. Se um número tão alto de falsos resultados negativos tivesse acontecido em casos de câncer de testículo — câncer de homem —, teria sido um pandemônio.
— Para com essa caneta! — gritou TC.
Eu podia, simplesmente, brotar numa clínica, sair andando pelos corredores, fazendo perguntas a moribundos, até encontrar uma mulher para entrevistar, mas eu ainda tinha algum escrúpulo.
Liguei meu celular e esperei pelo sinal de mensagem de voz, mas não ouvi nada. Ele não tinha deixado recado.
— Vou sair para cobrir uma história. — Rapidamente, cliquei minha caneta umas nove ou dez vezes no ouvido do TC, depois saí da sala.

* * *

— Biópsias? — murmurei para a recepcionista.

— Esquerda, esquerda novamente, na porta dupla, ali onde tem um crucifixo.

Entrei na sala de espera, sentei e folheei revistas, para minha surpresa, bastante recentes. Fiquei pensando em como agir. Precisava ter acesso aos históricos dos pacientes, e não poderia fazer isso sem a ajuda de alguém que trabalhasse ali. De preferência, alguém que odiasse o emprego.

A atendente atrás da mesa de recepção digitava, absolutamente concentrada. Alguém que dá valor ao trabalho. Nada útil para mim.

Um bom jornalista é um misto de paciência e agressividade. Agora eu precisava ser paciente. Observei e esperei, observei e esperei, tamborilando os dedos no meu próprio joelho.

Era um lugar movimentado. Pessoas chegando e fornecendo detalhes para a garota concentrada, sentando-se e então sendo chamadas por enfermeiros. Com o pretexto de ir ao banheiro, dei uma circulada e, discretamente, enfiei a cabeça em diversas portas, mas, além de assustar um homem que estava fazendo um exame de toque, não vi nada que me interessasse. Voltei e sentei. Senti uma pontada no estômago ao me dar conta da verdade. Não ia acontecer, eu ia voltar de mãos vazias.

Detestava falhar, me sentia uma porcaria, e não existe criatura mais deplorável do que um jornalista sem história. Uma ideia maluca me passou pela cabeça. Eu podia simplesmente inventar! Basear a história na tia Bid! E nas coisas da internet!

Tão rápido quanto veio, a ideia se dissolveu porque me dei conta de que seria demitida, e ninguém mais me daria emprego.

Eu ia ter que engolir. Não era frequente eu não conseguir fechar uma matéria. Depois me lembrei — meu calcanhar de aquiles, a pedra no meu sapato — da porcaria da Lola Daly. De como todo mundo tinha rido de mim. Uma estilista melosa de cabelo roxo que eu não tinha sido capaz de fazer falar sobre o ex-namorado.

Mas, diferentemente de Lola Daly, essa história tinha importância. Todas aquelas pobres mulheres achavam estar saudáveis enquanto a doença avançava desenfreadamente; elas mereciam um espaço. Sem falar na oportunidade de envergonhar a Secretaria de Saúde para garantir que isso não voltasse a acontecer.

Eu estava tão *down* que quase não percebi a mulher que passou ao meu lado bufando. Ela falava sozinha, como o Coelho Branco, e irradiava ressentimento.

Entrou na sala ao lado e bateu a porta, mas não antes de elevar a voz queixosa: — Quantas vezes...

Obrigada, Senhor!

Reapareceu, minutos depois, e voltou bufando pelo corredor. Fui atrás dela. Quando ela parou e abriu uma porta, eu me pronunciei. Já tinha sido paciente tempo demais, era hora de ser agressiva.

— Com licença — disse eu.

Ela se virou, o rosto hostil. — Que foi?

Definitivamente, não parecia muito amigável.

Abri o maior sorriso que consegui. — Oi! Meu nome é Grace Gildee. Será que a gente pode conversar um minutinho sobre resultados de biópsias?

— Não tenho nada a ver com biópsia. Atravesse o corredor e fale com a recepcionista. — Virou-se e já estava dentro da sala quando eu disse:

— Na verdade, talvez seja melhor que você não tenha nada a ver com biópsia.

— Por quê? — Agora estava interessada.

— Estou me perguntando se você pode me ajudar. — Sorri até meu rosto rachar.

As emoções eram transparentes no rosto dela. Confusão. Curiosidade. Astúcia. Compreensão. Um *slideshow*. — Você é jornalista? Isso tem a ver com o relatório?

— Exatamente! — Outro sorriso enorme. Descobri com a experiência que, quando você tenta persuadir uma pessoa a fazer alguma coisa por baixo dos panos, se mantiver o sorriso, ela fica confusa e acha que não está fazendo nada de errado.

Esse era o momento. Ou chamaria a segurança ou toparia me ajudar. Parecia paralisada pela indecisão.

— Só preciso de alguns nomes e endereços — falei como quem não quer nada. — Ninguém nunca vai saber que foi você.

Ainda assim, ela hesitou. Gostaria que seus empregadores se dessem mal, mas, claramente, não era da sua natureza ajudar ninguém.

— A clínica ficaria em maus lençóis? — perguntou ela.

— Ficaria — disse eu, com prazer. — Certamente. Preciso de alguns nomes e endereços. Três, no máximo. Definitivamente, não mais de quatro. E o ideal é que fossem de Dublin.

— Não é muito o que você está pedindo.

Ignorei a súbita irritação causada pela vontade de fumar, e tentei mais uma tacada: — Basta me dar o nome de cinco mulheres de Dublin que receberam resultados negativos falsos. Você estaria me fazendo um favor gigantesco.

Ela mordeu o lábio e pensou no assunto. — Não é minha área, mas vou tentar. Me espera no estacionamento. Tem uma estátua branca. Jesus no colo da mãe sofredora. Te encontro lá.

Eu queria perguntar quanto tempo demoraria, mas tive a sensação de que não seria uma boa tática. Ela poderia mudar de ideia de uma hora para outra.

Me sentei ao lado da mãe sofredora e esperei. E esperei. E esperei. E desejei ter um cigarro. Um jornalista realmente precisa fumar. Quando não se tem muito o que fazer, de que outra maneira passar o tempo? E depois que você consegue sua história, então tem que escrever contra o tempo; aí também precisa de cigarros para ajudar nessa tarefa.

Mas, de uma maneira perversa, a persistência apelava: purificação.

Mais tempo se passou, e a queimação no estômago começou novamente. Será que o Coelho Branco tinha perdido a fibra? Será que estava me enganando? Nunca se sabe, com esse tipo de gente. Vasculhei minha bolsa em busca de um Zotan (remédio para estômagos que estão cogitando criar uma úlcera) e tomei um.

Comecei a pensar novamente sobre a possibilidade de ir embora sem a história. Cheguei a visualizar alguns detalhes — as risadas de desdém, a fúria de Jacinta, a raiva do Poderoso Chefão, por causa do buraco no jornal —, quando a mulher apareceu na minha frente. Enfiou uma folha de papel na minha mão e disse: — Você não recebeu isso de mim. — E desapareceu.

— Mil vezes obrigada! — Seis nomes e endereços. Ponto para ela. Escolhi o endereço mais próximo, chamei um táxi e liguei para o jornal para pedir um fotógrafo.

Saltei em frente à casa. ("Uma casa geminada, com um jardim muito bem cuidado.") Uma adolescente abriu a porta. ("Tinta fresca, dobradiças novas.") Ativei meus músculos sorridentes. Era a situação exata para estar usando meu terninho e um colar de pérolas. — Olá! Posso falar com sua mãe?

— Ela está na cama.

— Meu nome é Grace. Sou do *Spokesman*. Sei que sua mãe está muito doente, mas queria saber se poderia dar uma palavra rápida com ela. Só alguns minutos.

O rosto dela não se alterou. — Vou perguntar. — Entrou rapidamente, depois voltou. — Ela perguntou sobre o que é.

Gentilmente, eu disse: — Sobre o resultado da biópsia. O que dizia que estava tudo bem com ela.

O rosto da menina estremeceu, um movimento tão discreto que mal podia ser percebido. Voltou para dentro e, quando reapareceu, disse: — Ela falou para você entrar.

Subi a escada estreita ("carpete bege, gravuras de Jack Vettriano") e entrei no quarto dos fundos. As cortinas estavam fechadas e o ambiente cheirava a doença. A criatura na cama parecia exausta e amarelada. A mulher estava morrendo.

— Sra. Singer. — Avancei lentamente em sua direção. — Mil perdões pela abordagem repentina. — Expliquei sobre a reportagem. — Queria saber se a senhora gostaria de contar sua história.

Ela não reagiu, depois sussurrou: — Tudo bem.

Jesus Cristo, aquilo era uma tragédia. Ela encontrou um caroço no seio — uma bomba-relógio para qualquer mulher —, e quando a biópsia teve resultado negativo o alívio foi tão grande que a família inteira saiu de férias. No entanto, seis semanas depois, ela começou a sentir dores nos ossos e a ter suadouros noturnos que encharcavam a cama. Fez uma bateria de exames, mas o câncer de mama tinha sido descartado por causa do resultado da biópsia. Pediu outra biópsia, porque suspeitava, com a intuição que as pessoas costumam ter em relação ao próprio corpo, que esse era o problema, e foi ignorada. Quando descobriu o segundo caroço, a doença já havia se alastrado para os nódulos linfáticos. Então a bombardearam com quimioterapia — assim como estavam fazendo com Bid —, mas era tarde demais. *Game over*.

As pontas dos meus dedos formigavam de medo. E se também fosse tarde demais para Bid?

A voz da Sra. Singer estava tão frágil, por causa da quimioterapia, que o gravador não conseguia registrar. Eu anotava tudo no caderno, tentando não perder nenhuma informação, quando ouvimos um estrondo na escada. A garota que abrira a porta para mim entrou correndo no quarto e reclamou: — Mãe, a Susan não quer descascar as batatas.

— Você se importaria de fazer isso, Nicola, meu amor?

— Mas eu já tive que enfiar a mão dentro da galinha. Que é muito pior!

Nicola desceu correndo as escadas, e ouvimos a gritaria lá embaixo.

— Me preocupo com essas meninas — disse a Sra. Singer. — Elas só têm catorze e quinze anos. É uma péssima idade para serem deixadas.

Concordei. Nunca chorei numa reportagem e, ao longo dos anos, me treinei para agir assim. Mas, às vezes, sinto uma pressão na testa, que vai descendo pelo nariz, acompanhada por uma onda de tristeza profunda. Eu estava tendo isso agora.

Nicola voltou. — Tem um homem na porta. Disse que é fotógrafo.

— Sra. Singer — Jesus, isso era forçar demais a barra. — Eu devia ter comentado que ele ia chegar.

— Estou muito feia para uma foto.

Era justamente esse o ponto.

— Susan e eu podíamos maquiar você! — disse Nicola. — E a gente pode entrar na foto também?

Esperamos vinte minutos enquanto Nicola e Susan passavam toneladas de maquiagem, e a foto — duas garotas jovens e saudáveis, uma de cada lado da mãe moribunda — teria partido o coração de qualquer um.

Keith Christie, o fotógrafo, estava de carro. Fomos até o endereço seguinte da lista, e o marido da doente botou a gente para correr. — Urubus desgraçados — gritou enquanto Keith manobrava o carro.

— Para onde agora? — perguntou Keith.

— Booterstown.

Meu telefone tocou. Papai, desesperado: — Bingo fugiu. Culpa do carteiro. Viu a porta da frente aberta, viu a oportunidade. E não deixou escapar. Espírito indomável. Foi visto em Killiney. Você precisa vir.

— Pai, estou no meio de uma matéria.

— Mas sua mãe não sabe usar o binóculo.

— Ué, então deixa ela ir dirigindo.

— Os reflexos dela são muito lentos. Se eu digo "esquerda", quero dizer "esquerda, agora!", e não "esquerda daqui a dez minutos".

— Pai, estou *trabalhando*. — Não podia passar o resto da tarde dando voltas de carro, binóculo colado no rosto, vasculhando a vizinhança atrás do Bingo. — Boa sorte, espero que vocês encontrem o cachorro.

Fechei meu telefone.

— Foi o cachorro? — perguntou Keith. — Fugiu de novo?

Fiz que sim.

— Se ele quer tanto fugir — disse Keith —, talvez vocês devessem deixar.

— Talvez — suspirei.

— Ok, chegamos. Você vai lá e fala, eu fico com o motor ligado, caso eles resolvam encrencar.

Dessa vez nos deixaram entrar e, apesar de a mulher ter por volta de cinquenta anos, mais ou menos dez a mais do que a Sra. Singer, sua história era tão sombria quanto.

Em silêncio, Keith e eu voltamos para o escritório: eu, para escrever a matéria, ele, para revelar as fotografias.

Apesar de estar calejada pelos anos de exposição às histórias mais comoventes que se possa imaginar, ter estado tão perto da morte tinha me deixado deprimida. Pensei em Bid. Ela que não morresse.

Jesus, eu adoraria um cigarro.

Quando subi para a redação, ouvi gargalhadas e um ou dois gritinhos. Abri a porta. Várias pessoas juntas lendo uma folha de papel. Alguém recitava uma frase em voz alta, e mais uma rodada de gargalhadas efusivas.

— Grace, Grace, vem aqui dar uma olhada nisso — disse uma voz galhofeira.

— O que é? — Me aproximei, louca de curiosidade. Depois, parei. Já imaginava o que era. — Ha-ha-ha — disse eu.

Era uma cópia do relatório sobre meu carro roubado. Dickie McGuinness tinha acessado os arquivos da polícia e mandado e-mails para a equipe inteira. Para que a diversão fosse maior, certas frases estavam grifadas: "... carro com quatro meses de uso...", "... embebido em petróleo e incendiado...", "... nada resta, exceto a lataria...".

O que quero saber é: por que os nadadores molengas usam a raia do meio se existe um espaço ótimo para nadarem como se fossem motoristas de domingo? E por que os tipos agressivos entram na raia do meio para intimidar todo mundo, se podem ficar entre os seus na raia de velocidade?

Já é difícil o suficiente para mim chegar perto da piscina, seria muito bom sentir que o esforço valeu a pena.

Eu trabalhara até tarde. Na maioria dos dias, não tinha a oportunidade de fazer do mundo um lugar melhor, e a matéria do câncer de mama precisava da pegada certa. Tinha de ser comovente mas não sensacionalista, emocionante mas não dilacerante a ponto de as pessoas não conseguirem ler. Era um desafio, e, assim que eu terminasse, ia querer beber. Mas, como era uma segunda-feira, ninguém ia para o Dinnegans. Em vez disso — com muita relutância, posso afirmar —, optei por dar uma nadada saudável, desestressante, mas havia tanta gente na piscina nadando na velocidade errada que eu estava mais aborrecida quando saí do que quando entrei na água.

E não sei qual é o problema dos vestiários, mas nunca consigo ficar completamente seca depois de nadar. Minhas coxas continuam úmidas por dentro e, se eu estiver de jeans justo (para ser honesta, quase nunca), é um parto puxar a calça até a cintura.

Lá fora — o vento entrando na minha calça e congelando minhas pernas úmidas —, a ideia de pegar um ônibus era demais. Todas as paradas iam me fazer lembrar os momentos de sofrimento na piscina. Portanto, fui andando, formulando o plano ambicioso de fazer isso todos os dias, até resolver o problema do carro. O que talvez combatesse o inevitável ganho de peso de parar de fumar.

No caminho, escutei meus recados. Um do papai. Bingo fora capturado e devolvido à custódia. — Não graças a você — completou.

— Se manca — falei —, eu estava *trabalhando*.

Depois liguei para o Damien e contei para ele a história da Sra. Singer. — Fiquei tão mal.

— Isso é bom — disse Damien. — Você não é tão insensível a ponto de não se importar.

— Obrigada. Aproveita a noite sem mim.

As noites de segunda-feira eram do Damien com os amigos. Ele bebia uísque, jogava pôquer e se permitia a tão aclamada necessidade do "próprio espaço".

— Vou chegar tarde — disse ele.

— Pode chegar tão tarde quanto quiser.

— Sarcasmo, Grace? Por que você reclama tanto dessa minha única noite?

Ele gostava de se comportar como se eu me ressentisse de cada segundo que ele passava com os amigos, e eu ficava feliz de deixá-lo acreditar nisso. Um homem precisa de seus tormentos.

* * *

Entrei na casa vazia — gostava de ter aquele espaço só para mim — e fui até a cozinha, atrás de comida. Passara o dia todo comendo, devia parar agora, mas sabia que isso não aconteceria. Diferente do que eu costumava fazer, liguei a tevê da sala no noticiário, e, quando ouvi "... Paddy de Courcy...", corri para assistir ao jornal. Na tela, Paddy cruzava um corredor, num terno azul-marinho, aparentemente caríssimo. Uma mulher com cara de eficiente, carregando uma pasta, andava atrás dele, e um repórter se equilibrava ao lado, com passos indignamente desleixados, segurando um microfone à frente da linda boca do Paddy, tentando pegar alguma pérola de sabedoria que ele pudesse deixar escapar. Paddy sorria. Paddy sempre sorria. A não ser quando acontecia alguma tragédia e sua expressão, apropriadamente, nublava.

Estava respondendo a perguntas sobre Rossini: — Dee é transparente como a luz do dia — disse. — Ela tem todo o meu apoio e o respaldo integral do partido.

O telefone tocou e dei um pulo, culpada.

Podia ser Damien. Às vezes, entre o quarto e o quinto drinque, ele ficava sentimental.

— Grace?
— Marnie!
— Rápido! — disse ela. — Liga a Sky.

Peguei o controle remoto e me flagrei assistindo a um programa sobre um homem que ensinara seu macaco de estimação a tricotar. Era realmente incrível. O macaco — Ginger — segurava as agulhas com as mãozinhas e, desajeitadamente, fazia uma echarpe vermelha. O homem disse que, quando a peça ficasse pronta, o próximo passo de Ginger seriam sapatinhos de bebê. Eu assistia de Dublin, e Marnie de Londres, as duas às gargalhadas.

— Meu Deus, isso é fantástico — disse Marnie. — Eu precisava disso.

Senti um aperto no coração. Sempre me preocupava com ela, recentemente mais do que nunca.

Queria que ela fosse feliz, acima de tudo, mas ela nunca parecia satisfeita. Não completamente. Mesmo nos dias mais alegres da sua vida — o nascimento de Daisy e de Verity —, parecia se apegar a um pequeno frasco de melancolia.

— O que há de novo? — perguntei.

— Não consigo parar de pensar na Bid — disse ela. — Falei com ela ontem, me pareceu bem... Como você acha que está de verdade?

— Difícil dizer. A gente não vai saber até terminar a sexta sessão de quimio.

— Bem, vou poder ver isso de perto daqui a três dias. — Assim que Marnie soube do diagnóstico, agendou alguns dias de folga no trabalho. Viria de Londres na quinta-feira, com as meninas e o marido, Nick.

— Vou direto para a casa da mamãe, assim que sair do trabalho — disse eu.

— Como vai o trabalho, aliás? — Tinha contado para ela sobre minhas inseguranças em relação a Kaplan. Ela era a única pessoa, fora Damien, em quem eu confiava.

De nós duas, Marnie era a mais inteligente, mas, por alguma razão, acabara corretora de financiamentos, enquanto eu, às vezes, fazia o perfil de celebridades.

Mas nunca sugeriu que eu tivesse ficado com alguma parcela da sua sorte.

— Deixa eu adivinhar — disse ela. — Mandaram você cobrir uma corrida de trator enquanto Casey Kaplan entrevistava o papa, Johnny Depp... diz aí mais um nome.

— J.D. Salinger; ele não dá entrevista há uns cem anos.

— Achei que tivesse morrido.

— Caramba, talvez ele tenha morrido.

— Bem, se morreu, seria um tremendo golpe. Espera, tenho uma melhor. Marilyn Monroe fez contato do além e disse que vai dar uma única entrevista e insiste que seja para o Kaplan.

Eu já estava indo para a cama com meu Michael Connolly quando o telefone tocou novamente.

— Alô, Grace, aqui é Manus Gildee, seu pai.

— Oi, pai. — Ele ia começar a se desculpar. Uma introdução formal sempre precedia humildemente o assunto, como se ele quisesse afastar a culpa.

— Eu acho que te devo desculpas. Sua mãe disse que fui duro com você mais cedo, na história do Bingo. É a falta do cigarro, Grace. Acho quase impossível viver sem ele. Você me perdoa?

— Está perdoado.

— E, também, sua mãe quer saber a que horas você vai buscar Marnie e companhia no aeroporto na quinta.

— Eu?

— Quem mais?

— Ah... você?

— Eu não quero ir — balbuciou ele. — Verity vomitou no carro da última vez. O tapete ainda está com cheiro de podre. O Bingo não gosta.

— Pai, eu nem tenho carro no momento.

Resmungos de "Que inferno" chegaram a mim. — Ainda queimado, né?

— É, pai, ainda queimado.

— Deixa eu te contar como anda minha vida. As pessoas me perguntam: "Tem planos para a noite, Manus? Teatro? Um show? Um jantar com amigos?" E respondo: "O plano é não fumar. Desde a hora que termino o jantar até a hora de ir dormir, sem cigarro. Isso já é em si um programa."

Deus, só fazia um dia. Como ele ficaria depois de uma semana sem nicotina?

— Então, você vai ao aeroporto, pai?

— Sem cigarro, me sinto, como é que vou dizer... *incompleto*?

— Você vai buscar a Marnie no aeroporto?

— Como é mesmo a fala daquele filme idiota que a Marnie me obrigou a assistir? — Ele estalou os dedos. — Isso, acho que é isso: "Ele me completa."

— Isso quer dizer...

— Vou, vou — me interrompeu, irritado. — Vou buscar a Marnie no aeroporto.

* * *

Eu estava quase dormindo quando ouvi o barulho da porta da frente bater, seguido do som da pasta sendo jogada debaixo da mesa do hall. Damien estava de volta.

— Grace. — Ele subiu as escadas. — Você está acordada?

— Agora estou. E aí? Fala rápido, tenho que acordar daqui a quatro horas para ir pra Londres.

— Tudo bem. Será que a gente devia ter um filho?

— Agora? — Olhei para ele, especulando.

Damien riu e sentou na cama para tirar as botas.

— Por que isso agora? — perguntei. Ele normalmente sugeria o tema quando estava insatisfeito com a vida. E, quando não eram filhos, era a ideia de que a gente devia abandonar o emprego, vender a casa e viajar. — Alguém do pôquer acabou de ter neném?

— Foi. O Sean. E todo mundo no trabalho já tem filhos.

— Jesus Cristo, Damien! Um filho não é um carro de aluguel.

— Ah, eu sei, eu sei... mas se você ouvisse os caras se gabando de ter que levantar três vezes no meio da noite por causa do bebê.

— Jura? — Bocejei. Só de pensar em amamentar três vezes durante a noite me deixava de mau humor.

— Quatro deles acabaram de ter filho, e, todo dia de manhã, chegam contando alguma coisa. É uma competição para ver quem dorme menos. Angus Sprott não dorme desde julho, mas sou *eu* quem fica bocejando, e fico me sentindo... de fora, como se fosse um covarde... por causa das minhas sete horas de sono.

— A grama do vizinho é sempre mais verde.

— Diz mais alguma coisa.

— Você seria um péssimo pai, seu humor varia muito.

Ele pareceu sossegar com isso. — Seria, não seria?

— Nossa, e como. E, se a gente tivesse um bebê, teria que vender a casa. É muito pequena. A gente teria que se mudar para longe, comprar alguma coisa na planta, num condomínio com vinte mil casas iguais.

— Talvez a gente não deva ter um filho — disse Damien. — Foi um momento de loucura. Passou.

— Talvez a gente não deva.

Eu não queria filhos. E, de todas as coisas vergonhosas que uma mulher poderia assumir — aumento de seios, transar com o pai do namorado —, essa era o maior tabu.

Já lera muitas revistas para esperar que, chegando aos trinta, meus hormônios perderiam o controle e eu seria tomada por um desejo incontrolável de engravidar. Ficava animada com a ideia — mas isso simplesmente não aconteceu. Marnie, por outro lado, sempre *amou* crianças, e não podia esperar para ter as próprias. Às vezes eu me perguntava se tinha acontecido um terremoto no útero e ela ficara com minha parcela de desejo de ter filhos.

Estranhamente — ou não, não sei dizer —, eu simpatizava com mulheres que não podiam engravidar, porque sabia como era ser incapaz de controlar o próprio corpo. Eu queria *querer* ficar grávida e nunca consegui.

Damien era mais vago que eu. Se fosse pressionado, murmuraria alguma coisa do tipo o mundo já tem gente demais. Mas eu suspeitava que o motivo real era a família dele. Isso é difícil de entender para quem nunca passou algum tempo com eles, porque são pessoas adoráveis. São mesmo, não estou sendo apenas educada. São amorosos, delicados, inteligentes. Inteligentes. Principalmente inteligentes. E é aí que começa o problema. Damien tem dois irmãos e duas irmãs: um irmão e uma irmã mais velhos que ele; o outro casal, mais jovem. Ele é o filho do meio. E, dos quatro irmãos, três — Brian, Hugh e Christine — são cirurgiões. Na verdade, o pai do Damien, Brian Pai, também é cirurgião. (Outra informação que você pode achar relevante: a mãe do Damien se chama Christine. Em outras palavras, o Sr. e a Sra. Stapleton deram seus nomes aos filhos mais velhos, o que já diz bastante, se você realmente pensar sobre o assunto.)

A única filha que não era cirurgiã — fora o Damien — era Deirdre. E isso porque tinha o próprio e bem-sucedido negócio: uma empresa de decoração de quartos infantis. Começara como um hobby praticado com os próprios filhos, mas conseguira criar ambientes tão mágicos e incríveis que todo mundo começou a pedir que fizesse o quarto dos seus filhos, e, antes mesmo de se dar conta, Deirdre tinha um empreendimento de sucesso nas mãos. Não que se gabe disso. Nenhum deles se gaba, jamais. (Informação adicional: apesar de sua graciosidade, Bid odeia os Stapleton. Ela diz: "Eles te enfeitiçaram.")

De qualquer maneira, em qualquer outra família, Damien seria considerado um gênio. Mas não entre os Stapleton. Damien uma vez me confessou que se sente um simples agregado, não um membro da família, com todos os direitos e privilégios, e eu acho que o motivo real de ele não querer filhos não tem nada a ver com a lotação do planeta, mas com o fato de não querer que ninguém se sinta de fora, como ele se sente.

(Informação adicional: nunca digo nada disso para o Damien. Ele não acredita em psicologia barata. Eu também não...)

Escrevi algumas colunas sobre mulheres como eu, mas choveram reprovações e toneladas de cartas dizendo que eu "não era normal", que eu era "uma aberração", "uma feminista louca".

Fui informada (na maioria das vezes por homens, como se *eles* pudessem saber) de que no dia em que eu entrasse na menopausa seria tomada pela perda, e seria tarde demais para desfazer minha escolha "egoísta".

O que era injusto, porque eu não julgava as pessoas que tinham filhos, apesar de virarem — em nome das criaturas — os criadores mais egoístas da face da Terra.

E eu com isso se o bebê preferia purê de berinjela ou de abobrinha? Mas mantinha a expressão interessada e seguia com o assunto, conversando sobre purês de cenoura, de batata e — este, sim, controverso — de galinha.

Eu reclamava quando abriam a janela para o "bebê" (quente como a Tailândia, debaixo de uma pilha de mantinhas tecnologicamente adaptadas) tomar um ar, apesar de o ambiente estar gelado?

Eu reclamava quando o plano era ir ao parque, estávamos todos na porta, casaco e chapéu na mão, e o bebê subitamente pegasse no sono, suspendendo todas as atividades por tempo indeterminado?

O estranho é que eu era "boa" com bebês. Adorava o cheirinho de talco e de leite, o pouco peso nos meus braços. Nunca me recusava a trocar fraldas e não ligava se golfassem em mim. E, por alguma razão que realmente irritava aqueles que desaprovavam minha falta de desejo de ter filhos, sempre conseguia fazer com que parassem de chorar.

Eu adorava bebês. Só não queria ter um.

Deslumbrante. Deslumbrante! Até agora me lembro do misto de alegria e esperança quando Damien me disse, no aniversário de trinta anos da Lucinda Bree, que tinha um nome para mim — e que nome! Senti um formigamento tão forte que perdi a sensação dos pés por um tempo, e levei semanas para descer das nuvens. (Desde aquela noite, tenho um carinho especial pela Lucinda Bree.)

Mas, assim que o primeiro rompante de paixão passou, precisei tocar na questão da ex-mulher. Todo homem tem ex-namoradas, mas Damien tinha se casado.

— Pega leve — aconselhou Marnie. — Assim você deixa o cara mais arredio.

— Mas eu preciso saber!

— Então faça isso de maneira sutil!

Desde quando eu era sutil?

Esperei até um momento pós-sexo particularmente apaixonado, e, quando nossa respiração finalmente tinha voltado ao normal, disse: — Damien, você é homem e não vai querer responder às minhas perguntas, mas quero que você me fale da sua ex-mulher. Juno, não é esse o nome dela?

Ele encostou a cabeça no travesseiro e murmurou: — Ah, não.

— Eu preciso saber — insisti. — E se você ainda for apaixonado por ela...

— Não sou. Ela é minha ex-mulher. Ex.

— Eu sei, mas o que aconteceu? Vocês se casaram? Por quê? E por que não ficaram juntos? E por que...

Finalmente, depois de não conseguir me fazer desistir, ele cedeu e explodiu: — Foram três as razões para não ter dado certo. — Listou com os dedos. — Um: a gente casou muito cedo. Os dois muito jovens. Dois: eu trabalhava até tarde e a gente nunca se via. Três: ela começou a dar para o chefe.

Ele achou que a conversa estava encerrada. Eu achei que a explosão dos três pontos era um ótimo ponto de partida.

Rolei na cama, deitei em cima dele, olhei Damien nos olhos. — Me conta tudo — pedi. — Vai ficar mais fácil para você.

— Não.

Mantive meus olhos nos dele. — Você é muito determinado — eu disse. — Mas eu sou mais.

Ficamos nos encarando, os músculos em volta dos olhos tensos — então ele piscou.

— Você piscou! Ganhei.

Fechou os olhos e em seguida os abriu. Disse, quase rindo: — Ok. O que você quer saber?

— Onde vocês se conheceram?

— No colégio. Marfleet.

Marfleet era uma escola particular para crianças privilegiadas, onde se oferecia educação "completa". O que, na prática, significava que, mesmo que os pupilos fossem completos idiotas, suas cascas seriam tão bem moldadas que, mesmo incapazes de assinar o próprio nome, se dariam bem. Dito isso, os alunos do Marfleet se tornaram diplomatas, atletas de triátlon, cirurgiões e grandes investidores.

Apesar de Juno e Damien terem sido da mesma sala, só se apaixonaram depois de saírem do colégio e se formarem.

— Mas por que vocês *casaram*? — perguntei. — Não podiam simplesmente ter se apaixonado como as pessoas normais?

— Começou meio de brincadeira — disse Damien, como se ele mesmo não acreditasse.

Nas entrelinhas, subentendi que Juno devia estar entediada e achava que casar era uma ótima desculpa para uma festa. Mas o que realmente impulsionou as coisas foi a oposição dos pais dos dois. Diziam que eram muito jovens para casar.

Damien, eu estava aprendendo rápido, era muito teimoso. Não se pode dizer para ele não fazer uma coisa. Quanto mais diziam que ele era jovem demais, mais determinação ele tinha para seguir adiante com a ideia de casamento.

— Você conhece a história: quanto mais diziam que a gente era imaturo, mais a gente queria mostrar que sabia de tudo.

— *"They say we're young and we don't know, we won't find out until we grow"* (Eles dizem que somos jovens e que não sabemos, quando crescermos, descobriremos)... — cantei.

— O quê?

— ... Da música *I Got You Babe*. Sonny e Cher.

— Isso. Exatamente.

No fim das contas, ele e Juno conseguiram o que queriam. No verão em que se formaram, casaram.

— Vinte e dois anos e casados. — Me adiantei.

— Loucura completa. — Balançou a cabeça. — Eu trabalhava sessenta horas por semana como repórter do *Times* e estudava à noite para o mestrado em Ciências Políticas. E a gente era duro.

Eu disse, simpática: — *"They say our love won't pay the rent, before it's earned our money's all been spent."* (Eles dizem que nosso dinheiro não dá pro aluguel, antes do fim do mês já foi pro beleléu).

— Exatamente.

— E a Juno? — perguntei. — Ficava em casa, fazendo bolo?

— Não, ela também trabalhava. Era RP.

— De onde?

— Browning and Eagle.

Isso dizia tudo o que eu precisava saber sobre a Juno. Contrariamente à opinião popular, nem todos os relações-públicas são vermes desprezíveis — conheci muitos deles no trabalho, sabia do que estava falando.

Mas existe certa espécie que combina insistência com uma falta de crença descomunal no próprio produto. Não conseguiriam vender uma bebida com doze por cento de álcool para um alcoólatra, e parece que estão no ramo somente para ter um cabeleireiro à disposição e frequentar os salões do Hotel Four Seasons.

Juno era uma dessas.

Claro que eu sabia tudo isso sem precisar conhecê-la.

— E depois, o que aconteceu? — perguntei.
— Meu Deus. — Ele passou as mãos no cabelo. — Eu trabalhava o tempo todo. Você sabe como é começo de carreira.
Com certeza. Você fica à mercê do editor. Pode ser mandado para Antuérpia de uma hora para outra, e tem que ir, porque significa experiência e rodagem.
— E, quando eu não estava trabalhando, estava estudando. E o trabalho dela era muito sociável. *Ela* era muito sociável. Sempre tinha almoços, festas, viagens de fim de semana, eu não acompanhava o ritmo. Precisava do meu mestrado para conseguir um emprego decente. Então, a gente meio que entrou numa rotina — ela fazia as coisas dela, eu fazia as minhas — e, talvez, ela não ficasse tão entediada nos dois primeiros anos. Mas no terceiro...
Ele ficou em silêncio, e eu esperei.
— Teve uma noite de sábado — disse ele — em que ela foi passar o fim de semana em Ballynahinch Castle, era um almoço ou qualquer coisa do gênero. Eu tinha trabalhado oitenta horas naquela semana e a gente só se viu durante quinze minutos, enquanto ela fazia as malas. Depois, ela viajou e eu comecei a escrever um artigo de cinco mil palavras sobre marxismo e globalização. Trabalhei a noite toda de sexta-feira, o dia de sábado inteiro, e terminei o trabalho por volta das dez da noite...
— Sei...
— E, de repente, não tinha nada para fazer. Era uma noite quente. Devia estar rolando um jogo em algum lugar, porque toda hora eu ouvia uma gritaria. O mundo inteiro estava na rua, se divertindo. Me senti o homem mais solitário da Irlanda. Aí... aí me lembrei da Juno fazendo as malas. Fiquei com a imagem dela tirando uma coisa preta, cheia de brilho, da gaveta.
— Uma coisa preta e brilhante?
— Isso. Um corpete. E me perguntei: "Por que ela levaria um corpete numa viagem de trabalho?" — Ele olhou para mim. — Depois, me lembrei da quantidade de vezes que ela mencionava Oliver Browning. O chefe. Eu conhecia o cara. Era um ser repugnante, que

pintava o cabelo; a ideia era que ficasse castanho, mas sempre ficava caju, terrível. Parecia que todas as nossas conversas dos últimos sabe-se lá quantos meses eram sobre ele, sobre como ele era incrível. — Ele encolheu os ombros. — De repente, ficou claro. Estava óbvio. Satisfeita, Grace?

— Ah — disse eu. Que história triste! — E vocês tiveram um arranca-rabo?

— Arranca-rabo é uma palavra muito exagerada. Quando ela voltou, perguntei o que estava acontecendo. Ela me contou. Disse que a gente tinha se afastado.

— Se afastado...?

— É, como se fosse uma fala de novela. *A gente se afastou*; tinha caminhado em direções diferentes. A história toda foi um amontoado de clichês, do começo ao fim. — Ele riu. — Mas eu era apaixonado por ela. Doeu.

— Você está rindo.

— Estou rindo agora. Na época, não achei a menor graça.

Depois de uma pausa respeitosa, dei sequência à narrativa: — Aí vocês se divorciaram?

— A gente se divorciou. E ela casou de novo.

— Não com o Oliver Browning! — Com certeza, eu saberia.

— Não. Com outra pessoa. Mas do mesmo tipo. Rico e corporativo. Um ótimo companheiro de diversão. A vida inteira em corridas de cavalo, Wimbledon, temporadas de ópera. Podia proporcionar o que ela quisesse. Feitos um para o outro.

— E você tem ciúme? Por baixo dessa fachada de seriedade e desprezo, criou uma camada de amargura?

— Não.

— As palavras não valem nada.

— Eu fui ao casamento dela!

— Jura? — *Fascinante*. — E como foi?

— Ah, Grace — resmungou, as mãos no rosto.

— Feliz? Triste? Nem um nem outro?

Com um suspiro, ele cedeu: — Feliz, não. Parecia que eu tinha fracassado. Eu fui sincero quando fiz meus votos. Quando disse "Agora e para sempre", ou coisa parecida...

— "Enquanto nós dois vivermos."

— Na verdade, acho que foi "Até que a morte nos separe".

— Acho que não se diz mais isso.

— Você estava lá, no meu casamento?

— Não, mas...

— Enfim, seja qual for a frase, eu queria que tivesse sido assim, na época. Eu sei, eu sei, eu era um garoto de vinte e dois anos, não sabia nada da vida. Não sabia nada de nada e achava que sabia tudo do mundo. Mas ver minha ex-mulher casar de novo foi uma surpresa. No mau sentido.

— Quem você levou de acompanhante?

— Ninguém.

— Você foi *sozinho*? Para o casamento da sua ex-mulher?

— Eu estava sem namorada — protestou. — E, dificilmente, convidaria uma estranha. "E aí? Vai fazer alguma coisa no sábado? Está a fim de ir no casamento da minha ex-mulher?"

— Por que você foi?

— Fala sério, Grace. Eu tinha que ir.

— Orgulho?

— A Juno ia ficar chateada.

— Dificilmente.

— Eu tinha que ir, Grace — disse ele, com simplicidade.

Compreendi. — Mas ir sozinho... tipo Fantasma da Ópera. Você foi de terno preto?

— Claro. — Ele me encarou. — Fraque... Calça preta... E cartola. Eu parecia um agente funerário. Um agente funerário *vitoriano*...

Foi Damien quem começou a rir primeiro, então fiquei à vontade para fazer o mesmo. Achei a ideia dele de cartola insuportavelmente engraçada e trágica. A gente riu, riu, e Damien parou apenas o tempo suficiente para dizer: — E, quando o padre perguntou se alguém tinha algum motivo para impedir o casamento, assoviei a introdução da marcha fúnebre...

— Numa flauta imaginária...
— Não, num órgão imaginário...
— E você tocou com os cotovelos...

Voltei a gargalhar até ter certeza de que ia engasgar. Mas, mesmo enquanto eu ria, ainda achava tudo muito triste. Pobre Damien! Ter que ir — sozinho — testemunhar a ex-mulher, num vestido de dez mil euros (estou chutando, mas aposto que foi por aí), abrir caminho para uma vida nova; ter sido capturado por um sentimento de dever a ponto de sentir-se compelido a comparecer, mas tão solitário que não foi capaz de buscar conforto em outro ser humano.

— Só mais uma pergunta, Sr. Stapleton.
— Não! Chega.
— Você costuma ver a Juno hoje em dia?
— Não.
— E se você esbarrasse com ela?
— Tudo... bem.

Meu Deus, eu dava tudo para fazer pipi.

Sacudia freneticamente as pernas e me perguntava se poderia pedir para alguém guardar meu lugar enquanto eu corria até o banheiro. Eu estava num corredor do lado de fora de uma suíte de hotel, no centro de Londres, com uma dúzia de outros jornalistas. Estávamos ali para entrevistar Antonia Allen, jovem atriz glamourosa de Hollywood. A coletiva estava marcada para as nove da manhã, mas já era hora do almoço e não havia nem sinal de que seríamos chamados para adentrar o santuário.

Dei uma olhada na garota ao meu lado. Será que podia confiar nela para guardar meu lugar? Não, concluí. Ela era pura ansiedade; eu praticamente podia sentir o cheiro do seu instinto assassino. Assim que eu saísse pelo corredor, ela diria para a mulher assustadora carregando uma prancheta que a jornalista do *Spokesman* tinha ido embora.

A cadeira era tão dura que meu bumbum estava dormente. Dava para espetar alfinetes que eu não sentiria nada. Talvez eu devesse fazer isso para entreter os outros jornalistas. ("Espeta mais forte, eu aguento.") Podia ajudar a passar o tempo.

Mas aquela não me parecia uma turma animada, e abandonei a ideia. Queria um banheiro, um cigarro e oito fatias de pão.

Fechei os olhos. Ah, pão, pão, como eu te amo, pão. Comeria uma fatia com manteiga, outra com pasta de amendoim, uma com requeijão, outra com geleia de morango e quatro com Nutella. Primeiro, uma com Nutella, depois a de amendoim, outra de Nutella, a de geleia, depois, vinte cigarros, já que era uma fantasia. Seis banheiros vazios para escolher, um travesseiro de penas para o bumbum, depois mais pão e mais cigarros...

E pensar que meu trabalho às vezes é considerado glamouroso. Como as estrelas não se dariam ao trabalho de ir a Dublin para uma entrevista, eu ia regularmente a Londres e, por causa disso, as pessoas (não jornalistas) sempre diziam: "Você é uma sortuda."

Se elas soubessem... Tive que acordar às 4h45 da matina para pegar o avião de 6h45, se quisesse estar em Londres às nove. Não comi nada durante o voo, porque era cedo demais e tive medo de vomitar. Agora eu estava faminta e não tinha feito minha refeição preventiva.

— Aposto que eles têm biscoitos caseiros na sala — falei para ninguém em particular. — Sempre têm, em hotéis desse tipo, mas eu ficaria feliz até com um bolo de padaria.

Algumas pessoas desviaram os olhos pregados em seus equipamentos tecnológicos (laptop, BlackBerry, celular), mas estavam tensas demais para responder. Normalmente, gente do calibre de Antonia Allen não causaria tanto estresse — ela era só mais uma loura magra com alergia a glúten, estrelando um filme enlatado de orçamento absurdamente gigantesco. Mas, quatro dias antes, o namorado fora pego transando com um repórter (homem) disfarçado, e, de repente, ela virou a febre do momento. Fui despachada para Londres. — É para voltar com a história do namorado gay — o Poderoso Chefão deu a ordem —, ou então, melhor nem voltar.

Eu tinha um livro da Val McDermid comigo, mas não conseguia me concentrar nele, porque a ansiedade estava abrindo um buraco no meu estômago. O pessoal da Antonia tinha dito que, se a palavra "gay" fosse mencionada, a entrevista seria encerrada. Como eu ia fazer para a garota se abrir?

Fiz um pouco de pesquisa na internet e tudo o que descobri foi que ela era incrivelmente desinteressante. Pairando sobre mim, aumentando ainda mais a pressão, estava a sensação de que Casey Kaplan conseguiria. Em três semanas, desde que entrara para o *Spokesman*, ele nos surpreendera com bombas sobre as celebridades que conseguira em suas sessões de caça. Apesar de termos cargos e conteúdos bastante diferentes (eu era redatora-chefe, ele era colunista de celebridades), eu estava sendo comparada a ele.

Liguei para o TC. — Alguma novidade?

— Casey Kaplan finalmente nos colocou a par da história que vai abalar nosso mundinho.

— O quê? — *Por favor, que não seja grande coisa.*

— A mulher do Wayne Diffney tá grávida. — Wayne Diffney fez parte da péssima boy-band Laddz (ele era o "doidão", com o cabelo que parecia uma peruca maluca). Agora estava tentando desesperadamente fazer sucesso como roqueiro. Deixou crescer uma barbicha, alegava não usar desodorante e, sem muita convicção, disse "merda" em rede nacional.

— É isso? Uma história sobre Wayne Diffney? Tá bom. E como vai o seu mundinho?

— Na mesma. O seu?

— Parado. Bem parado.

Mais espera. Mais tremor nas pernas.

Meu telefone apitou. Mensagem de texto do Damien:

Financiamento aprovado! Carro novo p vc!

A gente vinha negociando com financiadoras desde o fim de semana; era uma ótima notícia.

Um jornalista apareceu na porta e todos voltamos nossos olhos para ele. Como a Antonia estava? A fim de falar? Mas a cara de jogador de pôquer dele não deixou transparecer nada. Ou Antonia tinha falado e ele estava se agarrando à sua exclusiva. Ou não dissera uma palavra sequer e ele estava disfarçando o fracasso.

Meu telefone tocou. — TC?

— Você não vai gostar disso.

— Manda.

— Wayne Diffney não é o pai. O pai é Shocko O'Shaughnessy.

Meu estômago pegou fogo. Harry "Shocko" O'Shaughnessy era tudo de bom, um roqueiro de verdade. Conhecido no mundo inteiro, rico até dizer chega, morava numa mansão em Killiney, de onde saía apenas ocasionalmente, sorrindo e desleixado, para apresentar um prêmio em eventos de caridade altamente sofisticados, e para fazer visitas a supermodelos.

— Hailey saiu de casa...

— Quem?

— A Sra. Diffney. Hailey é o nome dela. Largou Wayne e foi morar com Shocko. Kaplan estava exatamente lá, *na sala de bilhar do amante dela, jogando sinuca com Bono*, quando ela chegou num táxi. Ele e Bono foram até a farmácia local e *compraram* o teste de gravidez. Ou isso é o que ele diz. Será que eles não têm empregados para fazer isso? Uma hora depois, Diffney aparece com um taco de beisebol — ele deve ter ido feito um furacão — para pegar O'Shaughnessy, e, é claro, não conseguiu passar do portão. Mas o Kaplan — Kofi inacreditável Annan — convenceu Shocko a deixar o cara entrar. Quando entrou, Diffney surtou com o taco. Quebrou quatro discos de platina, deu uma "porrada do cão" no joelho esquerdo do Bono e disse: "Isso é pelo disco Zooropa." Depois, acertou Shocko "no cabelo". É a história mais quente do mundo e o Kaplan estava lá.

Antonia era menor pessoalmente. Sempre são. Cansada e encolhida — por alguma razão, me lembrou cogumelos secos —, ela não era a princesa radiante que aparecia com vestidos incríveis de alta-costura nos tapetes vermelhos. ("A dor da traição recente está cobrando juros, fazendo com que tenha essa aparência de fungo...")

— Você está gostando de Londres? — perguntei. — Ou o quarto de hotel foi tudo o que conseguiu ver?

(Milhares de anos atrás, o mil vezes entrevistado Bruce Willis me disse, timidamente, que nunca via nada de nenhum lugar que visitava, que atores em viagens de divulgação nunca conseguem. Usava essa informação quando queria que algum famoso pensasse que eu era intuitiva.)

Antonia fez um gesto afirmativo. — Só essas quatro paredes.

— Minha irmã gêmea mora em Londres. — Nunca era demais personalizar o assunto. — Mas nunca nos encontramos quando eu venho a trabalho.

— Chato, isso — disse Antonia, mas não muito interessada.

— É — respondi, tentando não parecer melancólica. — É chato.

A mal-encarada da prancheta sentou no sofá próximo e assistiu à nossa conversa com expressão de general. O espaço vazio entre meus dedos coçou. Eu sempre queria um cigarro quando estava ansiosa, e, neste exato momento, eu estava muito ansiosa. Aquela meia hora preciosa era minha única chance naquela história de namorado gay, e tudo ali conspirava contra mim.

Antonia bebia chá de ervas. Eu não esperava encontrar a mulher embriagada — seria uma surpresa; afinal, tinha sofrido um choque terrível —, mas dei de cara com mais uma porta fechada; não era nada provável que ela soltasse a língua depois de umas folhinhas secas.

Comecei com algumas perguntas para aquecer, um pouquinho de puxa-saquismo sobre a construção da personagem dela. Atores amam, mais do que tudo, falar sobre "construção de personagem". Mas esse tema gera matérias chatíssimas, motivo pelo qual isso nunca aparece, de fato, nas entrevistas.

Assenti, sincera e séria, enquanto ela partia biscoitos (isso, aqueles artesanais, aqueles que eu previra) no prato e explicava como criara a personagem da namorada trabalhadora de Owen Wilson.

— Passei algum tempo trabalhando num escritório de advocacia, atendendo telefone.

— Quanto tempo?

— Um dia, uma manhã, eu aprendo rápido.

Engasguei com um pedaço de biscoito, que quase perfurou meu esôfago. Ela respondeu rápido demais, não me deu tempo de mastigar. Assim que pude falar, mencionei uma porcaria de filme de arte que ela havia feito alguns anos antes. — Foi um trabalho importante — eu disse, para mostrar que "entendia" o trabalho dela: ela não era apenas mais uma boneca cara, era uma atriz séria. — Algum plano de fazer um trabalho do gênero no futuro?

Ela balançou a cabeça. Droga. Eu esperava levar a conversa para o lado da dor pessoal no processo de trabalho dela. Era hora de sair do piloto automático.

— Antonia, qual foi sua última mentira?

Ela lançou um olhar assustado em direção à Sra. Prancheta, e eu disse, rapidamente, tentando reconquistar o terreno perdido: — Brincadeira. Me fala quais são suas maiores qualidades.

— Eu... ah... eu sei trabalhar em equipe. Tenho senso de humor. Enxergo o melhor nas pessoas. Sou cuidadosa, sensível, prestativa...

Tá, tá.

— E... Essa não é tão fácil... Os piores defeitos?

Fingiu pensar um pouco. — Acho que... sou perfeccionista. Workaholic. — Tá, tá. Sempre falam isso de perfeccionismo.

— O que te deixa com raiva?

— Injustiça. Pobreza. Fome mundial. — O de sempre. Que tal o seu namorado saindo do armário com outro cara? Caramba, Antonia, isso é o suficiente para irritar um santo!

Mas senti certa mudança. Uma ligeira alteração de humor. Ela começou a partir outro biscoito no prato, e eu arrisquei: — Antonia, por que você não come o biscoito?

— Comer o biscoito?

A Sra. Prancheta me olhou desconfiada.

— É só um biscoito — disse eu. — É confortador. E, sem querer entrar no assunto — pausa significativa, olhar de compaixão —, você pode se dar ao luxo de algum conforto nesse momento.

Ainda me encarando, comeu o biscoito em três mordidas.

— Bom? — perguntei.

Ela fez que sim.

Fechei meu caderno. O gravador ainda estava ligado, mas fechar o caderno dava a impressão de que tínhamos encerrado.

— Acabou? — Ela ficou surpresa.

Encerrar mais cedo é um bom golpe. O medo de que o interesse do outro esteja diminuindo faz com que entrem em pânico.

— Não quero tomar muito seu tempo. Principalmente considerando tudo o que você tem passado. A imprensa... — balancei a cabeça. — A maneira como estão te caçando...

Confia em mim, confia em mim, sou uma jornalista gentil, com boas intenções, que tem uma irmã gêmea que mal vê. E você, provavelmente, está morrendo de vontade de dar sua versão da história...

— Meu próprio editor me pediu que não voltasse sem perguntar nada sobre você e o Jain. — Encolhi os ombros, sem esperança. — Mas... — Guardei meu caderno na bolsa.

— Ah, isso vai te causar um problema?

Fiz um gesto na esperança de indicar que seria demitida. "Mas quem se importa?" Passei as mãos na calça para retirar as migalhas de biscoito, pronta para me levantar.

— Olha — disse ela, aflita. — Não é grande coisa. Já tinha acabado, de qualquer maneira. Eu não amava mais ele. E as pessoas podem dizer o que quiserem, eu não sou idiota, sabia que ele estava me traindo. Só não sabia que era com um cara.

A Sra. Prancheta lançou um olhar ferino. — Antonia! Senhorita... humm... — *Quem eu pensava que era?*

— Estou contente de ver que você tem boas pessoas por perto para cuidarem de você — eu disse rapidamente. — Ele deu algum sinal de que podia ser gay? — *Continua falando, Antonia, continua falando.*

— Ele malhava muito, cuidava da pele, mas que cara não faz isso?

— Algum disco da Judy Garland?

— Srta. Gildee!

— Não que eu saiba. Mas ele foi a Vegas ver o show da Celine Dion.

— E o sexo?
— Srta. Gildee, estou mandando parar agora...
— O sexo era ótimo!
— Mas era caretinha? — Eu tinha entrado para vencer, uma corrida entre mim e a Sra. Prancheta.
— A entrevista será encerrada agora...
— O que eu quis dizer foi... E não consigo imaginar uma maneira menos crua de dizer isso... — Havia a hora de ser agradável e a hora de ser ofensiva. — Era pela porta da frente ou dos fundos?
— O quê? Ah! É isso que as pessoas estão dizendo? — Antonia ficou vermelha de raiva. — Que a gente só fazia sexo anal?
— Antonia, não! Não diga nada...
— Só para deixar registrado, não era só sexo anal! Variava!
— Só para deixar registrado? — Desliguei meu gravador. — Obrigada, Srta. Allen, Sra. Prancheta.
Ao atravessar o corredor em direção ao banheiro, me senti envergonhada. Induzira Antonia a expor sua intimidade. Depois, pensei, que bobagem! Ela era uma garota de vinte anos que ganhava roupas Gucci e cinco milhões para fazer um filme. Eu era uma jornalista mal paga, que estava, simplesmente, fazendo meu trabalho.

— Minha garganta está arranhada de tanto biscoito. — Fugi de um grupo de turistas que acabara de chegar num voo vindo de Zakynthos, e continuei andando, celular grudado na orelha. — Minha bexiga perdeu o formato, nunca mais vai voltar a ser o que era...
— Feito um macacão lavado na máquina com a programação errada.
— Se você quer um macacão lavado na programação certa, é melhor lavar você mesmo. — Continuei minha ladainha de sofrimento. — Vou entrar para a lista negra do estúdio. Nunca mais me deixarão entrevistar alguém do cinema. Eu não precisava ter ido tão longe, Damien. O Poderoso Chefão nunca vai publicar uma coisa tão cruel quanto "Antonia Allen confirma sexo anal". Só agora me toquei disso. A valsa das estrelas com a mídia é sempre de acordo

com a música deles. E — coisa difícil de admitir — o fantasma do Casey Kaplan estava respirando no meu pescoço. Mas eu não gosto de jogo sujo. Quebrei minhas próprias regras, estou me sentindo péssima...

— A gente já fez sexo anal? — perguntou Damien.

— Ah, pelo amor de Deus! Mais ou menos.

— Mais ou menos?

— A gente estava bêbado. Não funcionou, na verdade. E a gente não vai tentar de novo.

— Eu não lembro.

— Bom, mas eu lembro e a gente não vai fazer outra tentativa.

Tremi ao passar pelo duty free, que vende cigarros. Apesar de eles não serem mais *duty free*. E de eu não fumar mais.

— A gente vai comprar seu carro hoje à noite? — perguntou ele.

— Mas é o último dia do mês. Dia de namorar. — Como trabalhamos muito, Damien decidiu que a gente devia tentar uma noite romântica (sexo) por mês.

— Ah, Deus!

— Agradeça a si mesmo! A ideia foi sua. — Eu sempre fora contra uma coisa tão planejada.

— O problema não é a ideia, é a expressão. "Noite romântica" — disse ele. — Quando foi que isso começou a fazer parte do nosso vocabulário? E "traição"? Quando é que chegamos a um consenso nacional para mudar de "infidelidade"? E "pode contar comigo"? Mais uma: "Você pode contar comigo." "Eu posso contar com ela." "Todo mundo pode contar com todo mundo." Imperialismo cultural. Agora, todo mundo é americano.

— Vai rolar, não vai? — Eu estava a fim de sexo.

— Você quer?

— Você quer?

— Quero.

— Então eu quero.

Estranhamente, meu voo não atrasou e cheguei em casa antes do Damien. Coloquei uma música, apaguei as luzes e acendi velas.

Encontrei sorvete no freezer, morangos na geladeira e uma garrafa de vinho tinto na mesinha de centro. (Nada de comida de verdade. Eu tinha comido um folheado pavoroso no avião, e ele disse que ia comer alguma coisa no trabalho.)

Eu estava impaciente. Então me despi, fiquei de calcinha e sutiã, robe, e, sem pensar, prestei atenção na minha lingerie. Calcinha preta de algodão, sutiã preto simples. (Dois pretos diferentes.) Nada de errado com as peças, mas não era nada muito... divertido. Matava comprar umas coisinhas mais legais? Tecnicamente, não. Mas acho que eu, na verdade, não aprovava. Eu era uma mulher de verdade, então por que me vestir de acordo com uma fantasia masculina?

Damien dizia que não ligava para calcinhas cheias de coisas. Mas e se ele estivesse mentindo? E se me deixasse por uma mocinha de pele de seda, cheia de cintas-ligas vermelhas e tangas de renda na gaveta...?

Por alguns minutos, me deixei levar por essa fantasia sombria. Depois, parei. Se ele fosse tão idiota assim, resolvi, ela era bem-vinda na vida dele. É porque eram feitos um para o outro.

Tomei um gole do meu vinho e deitei no sofá. Estava louca para fazer isso. Não deitava há séculos.

Ele chegou!

Corri para o hall e o recebi com uma taça de vinho. Como uma mulher dos anos cinquenta, estava pronta para afastar o estresse e os males do mundo exterior — para ele entrar rapidamente no clima do sexo.

— Como foi seu dia? Toma. Bebe isso.

Agrados deviam ser percebidos, apesar de Damien estar sempre no clima. Coisa que eu apreciava — deve ser terrível ser rejeitada quando você está morrendo de vontade. Às vezes, sinto pena dos homens. (Mas, na maioria das vezes, não.)

O cabelo dele estava cheio de tufos, por causa do capacete. Rapidamente, ele abriu o zíper da jaqueta de motoqueiro, revelando o terno por baixo dela; parecia o Super-Homem ao contrário.

Puxei-o pela gravata até a sala.

— Caramba, me dá um minuto — disse ele, tentando tomar um gole de vinho; depois, empurrei-o contra a estante e ele bateu com o joelho.

No sofá, subi em cima dele e alisei seu peito por baixo da camisa; sempre gostei do peito do Damien.

Mas eu estava muito ávida. Baixei a mão até a cintura dele, depois comecei a fazer movimentos circulares e provocantes com a pontinha dos dedos, minhas unhas arranhando ligeiramente sua pele.

— Onde foram parar as preliminares? — perguntou ele.

— Não dá tempo. Estou com muita vontade.

Um pouquinho de estímulo, como num vídeo em *fast motion* sobre o ciclo da vida de uma planta — um botão pequenininho, o caule começando a se desenrolar, ficando ereto, grosso, mais firme, até ficar completamente de pé, orgulhoso. Adorava a sensação daquela coisa dura na minha mão.

— Levanta — ordenei, puxando seus quadris para que ele pudesse tirar a calça. Damien já desabotoava a camisa e, num movimento rápido, se livrou dela.

Abriu meu sutiã e inclinou o tronco para frente até eu me deitar. Imediatamente, buscou meus seios, sentindo-os na palma das mãos, pressionando meus mamilos com o indicador e o dedo do meio. Seus olhos esgazearam e, de repente, tive um insight muito bem-vindo: como era estranha a ideia de sexo significar intimidade; às vezes, parecia exatamente o contrário, como se as pessoas fossem habitadas por outros seres, completamente diferentes.

— Me fala das suas fantasias — sussurrei, tentando retomar a proximidade.

As fantasias dele normalmente tinham a ver comigo transando com outra mulher. Um pouco repetitivo, mas inofensivo. Não tenho certeza se ficaria feliz se elas envolvessem figurinos mais arrojados, como bichinhos ou fraldas geriátricas.

— Grace — sussurrou ele.

— Fala.

— Vamos para o quarto.
— Não. Está rolando uma espontaneidade aqui.
Estávamos no chão da sala, eu em cima, para cima e para baixo com ele. Fechei os olhos para voltar ao mundo das sensações.
— Grace.
— Que foi?
— Isso está destruindo as minhas costas. Vamos lá para cima.
— Ok.
Meus joelhos estavam começando a doer.

— É nessa hora que eu sinto mais a falta deles — disse Damien, socando os travesseiros como se xingasse a mãe. — A felicidade pós-sexo não é nem de longe tão grande sem cigarro.
— Seja um herói — encorajei.
— Algumas pessoas simplesmente nascem fumantes — disse ele. — É parte fundamental da personalidade.
— Come um morango.
— Ela diz para eu comer um morango. — Ele olhou para o teto. — Um milhão de morangos não preenche esse vazio. Sonhei com eles a noite passada.
— Morangos?
— Cigarros.
— Você realmente devia tentar o chiclete.
— Ah, não — disse ele. — Não funciona.
Mantive a boca fechada, mas era difícil. Ele tinha essa coisa de macho autossuficiente, e acreditava que nada podia ajudá-lo. Quando tinha dor de cabeça (frequentemente), não tomava remédio. ("Que bem isso faz?") Quando tinha bronquite (todo mês de janeiro), não ia ao médico. ("Ele vai me mandar tomar antibiótico.") É enlouquecedor.
— Não esquece — disse eu. — Quinta à noite, Marnie, Nick e as crianças chegam de Londres. Mamãe está organizando um jantar.
— Eu não esqueci. Não me deixa sozinho com o Nick.
Nick era o marido da Marnie, um demônio lindo que transcendera as origens da classe operária e se tornara um investidor de mer-

cado cheio da grana. (Minha mãe e meu pai, velhos socialistas, tentaram desaprovar o cara e sua economia *à la* Thatcher, mas ele era irresistível.)

Moravam numa casa enorme em Wandsworth Common e tinham um estilo de vida bem chique — o carro da Marnie era um utilitário Porsche.

— Sem espaço para tristeza no mundo do Nick — disse Damien. — Vou ter que ouvir ele falar das vantagens do Jaguar novo em relação ao Aston Martin, e seu questionamento sobre qual ele deve comprar.

— Talvez não. Parece que ele não vai ganhar o bônus este ano. Dois anos seguidos. O preço do cânhamo hoje em dia não é mais o mesmo.

Eu sabia tudo sobre as finanças do casal. Marnie me contava cada detalhe.

— Nada derruba o cara. E não se esqueça de que na sexta-feira à noite a gente foi convocado para jantar na Christine.

Christine era a irmã mais velha do Damien, e ele suspeitava que essa não seria uma visita trivial. Não era muito comum termos jantares íntimos com os irmãos dele, era muita gente para juntar. Na maioria das vezes, encontrávamos a família em massa (em massa mesmo: são dez sobrinhos, de zero a doze anos — inclusive, temos um calendário com os aniversários) em datas importantes: aniversários de quarenta anos, bodas de ouro e primeiras comunhões.

Deduzimos que o motivo de termos sido convidados para jantar na casa da Christine e do Richard, só nós dois, era o quarto filho, recém-nascido; talvez quisessem nos convidar para padrinhos. Fazia sentido. Todos os outros três irmãos de Damien — Brian, Hugh e Deidre — já eram padrinhos dos filhos mais velhos dela. Agora que a quarta criança chegava, era óbvio que Damien e eu, provavelmente, fôssemos escalados para preencher a vaga ainda desocupada.

— O que um padrinho tem que fazer exatamente? — perguntou Damien.

— Nada — respondi. Eu era madrinha da Daisy. — Basta dar dinheiro no Natal e nos aniversários.

— Você não fica responsável pela vida espiritual do afilhado?

— Só se os pais morrerem. Mas a Christine e o Richard não vão morrer. — Não, eles jamais fariam algo tão grosseiro.

— Ei, sabe-tudo — disse Damien, de repente. — Eu não tenho nada marcado na sexta-feira da outra semana, tenho?

— Eu não sou sua babá.

— Há! Essa foi boa. Você não tem nada agendado para mim?

— Por quê?

— É dia da reunião de vinte anos de formatura da galera do colégio.

— Reunião da galera do colégio? *Você?*

Damien era uma das pessoas menos sociáveis que eu conhecia. Era difícil levá-lo a qualquer lugar. Dizia com frequência que detestava todo mundo, que queria viver solitário no alto de uma montanha e que a única pessoa que suportava era eu.

De repente, me dei conta da razão daquele interesse. Senti uma pontada no estômago. — A Juno vai?

— Imagino que sim.

— Você imagina?

— É ela quem está organizando o encontro, então é isso, imagino que sim.

Desde que Juno tinha mandado aquela porcaria de DVD, fiquei esperando alguma coisa do gênero.

— O que está acontecendo?

— Nada!

— Ela te ligou? Você ligou para ela? Fala.

— Ela ligou para minha mãe. Mamãe me ligou. Eu liguei para Juno.

— Quando?

— Sei lá. Quando foi segunda-feira?

— Ontem.

— Então foi ontem.

Olhei longa e seriamente para ele. — O que está acontecendo?

— Você não confia em mim?

— Confio. Não. Não sei.

* * *

— Único dono, cuidadoso... e outros menos cuidadosos. Só estou mexendo com você. Hahaha. — Terry, vendedor de carros usados (mais um problema do tipo o-ovo-ou-a-galinha: quem vem primeiro? O trabalho de vendedor de carros de segunda mão ou a *persona* vulgar, íntima demais?), olhou Damien nos olhos. — Sério. Única dona. Senhora. Nunca passou de quarenta por hora.

Fiz sinais, na tentativa de quebrar a conexão visual entre Damien e Terry.

— ... histórico de revisões frequentes...

Eu só precisava que o olhar de Terry fosse redirecionado para o meu rosto, em vez de ficar vidrado no de Damien.

— ... quatro pneus novos...

Damien gesticulava na minha direção. — Fala para a Grace — disse ele, mas Terry não desgrudava os olhos dele.

— Terry! — chamei.

Ele fingiu não me escutar... — ... todos os impostos pagos...

— Terry. — Me levantei e disse, bem alto, na cara dele: — O. Carro. É. Pra. Mim.

— Ah, desculpe, amor. — Ele piscou para o Damien.

— Isso não é legal, amor. Mas não culpo você por piscar para o Damien. Ele é lindo, não é?

— Ele me hipnotizou — Damien pediu desculpas, quando fomos embora. — Eu simplesmente não conseguia parar de olhar para o cara.

— Não tem problema! — Era ótimo ter um carro novamente! Outro Mazda, não tão legal, não tão novo, mas eu não estava reclamando. — Vamos dar uma volta!

— Vamos para Dun Laoghaire? Ver o mar?

— Depois, a gente pode ir para Yeoman Road? Ver se a Bid está melhor e saber se a gente pode voltar a fumar?

Ele não hesitou, o que mostra o excelente humor que demonstrava. (Ele sempre hesitava quando uma visita à minha família — ou à família dele, mas isso era de esperar — era sugerida. Insistia que gostava muito dos meus pais — e da Bid, o que era mais do que ela, de fato, merecia, já que, às vezes, se comportava muito mal —, mas, *famílias*, em si, davam calafrios em Damien.)

Fomos recebidos pelo ensurdecedor Shostackovich. Papai, na sua cadeira, olhos fechados, regendo. Bingo dava passinhos delicados para frente e para trás, dançando como se fosse em um filme de algum livro da Jane Austen. Só faltava o gorro. Mamãe estava na mesa da cozinha, lendo *Islãfobia: Como o Ocidente Reconfigurou a Ideologia Muçulmana*. Bid vestia um gorro de crochê listrado de amarelo e branco sobre a careca — parecia um ovo no ninho — e folheava alguma coisa de título *Açúcar para Susie*. Todo mundo — inclusive Bingo — bebia o vinho de dente-de-leão do papai, horrível por sinal.

Mamãe nos viu primeiro. — O que vocês estão fazendo aqui?

— Comprei um carro!

Os olhos do papai se abriram e ele se endireitou na cadeira. — Esses bandidos canalhas te pagaram?

— Pagaram! — mentiu Damien. Levaria meses para a gente ver a cor de um centavo, mas ninguém suportaria a lenga-lenga do papai. — Como você está, Bid? — perguntou Damien.

Ela baixou o livro. — Louca por um cigarro. Obrigada por perguntar.

— Eu estava falando da sua saúde...

— Ah, isso — disse ela, triste. — Mais cinco sessões de quimioterapia e posso voltar a fumar. — Uma lágrima rolou no rosto amarelado dela.

— Não chora, por favor — pedi, alarmada.

— Não consigo evitar. Sinto tanta... mas tanta... tanta falta do meu cigarro — falou, em soluços.

— Ah, eu também, Bid, meu amor, eu também. — Mamãe fechou o livro dela e também começou a chorar. Depois, foi a vez do papai!

— É exaustivo — disse ele, a voz rouca e desesperada, os ombros balançando. Bingo correu até ele, as unhas arranhando o assoalho, e deitou a cabeça no colo do papai. — É um tormento devastador. — Papai afagou a cabeça do Bingo mecanicamente. — Só penso nisso, e é o maior esforço do mundo ficar longe do cigarro.

— Não me importo de ter câncer. — Bid levantou o olhar, o rosto molhado. — É a parte de não fumar que está me matando.

— Eu sonho com cigarros — admitiu mamãe.

— Eu também!

— Eu também — disse Damien.

— E eu — disse papai, choroso. — Nunca comi tanto bolo na vida. Não entendo qual é a vantagem de trocar o cigarro por tanta gordura trans, se é para morrer de alguma coisa.

— Como vai o romance? — Apontei para o livro de Bid.

— Não é romance, é erótico. É a história de uma garota chamada Susie que vai para a cama com todo mundo. Bobo, bem bobo, mas as partes de sexo são boas.

— Certo! Que amor!

Meu Deus, a Marnie estava tão *magra*. Eu conseguia sentir os ossos dela, mesmo ela usando um dos casaquinhos de lã da mamãe. Marnie sempre fora magra, mas parecia mais magra do que nunca. O certo não é a gente ganhar peso quando envelhece? Mesmo sem ter parado de fumar? (Só fazia quatro dias e eu já estava tendo dificuldade de fechar as minhas roupas.)

— Estou morrendo de frio — disse ela. — Essa casa. Cadê o Damien?

— Está vindo. — Melhor que estivesse. — Você está muito magra.

— Estou? Ótimo.

Meu Deus, pensei, espero, mais que tudo, que ela não esteja com anorexia. Fiz uma matéria recentemente sobre essa tendência se manifestando cada vez mais entre mulheres na casa dos quarenta, e, apesar de a Marnie só ter trinta e cinco, ela gostava de estar à frente do seu tempo.

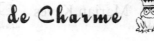

Ouvimos gritos vindo da cozinha, um caos. Daisy e Verity brincavam de ser pôneis e galopavam em volta da mesa, a mamãe cozinhava e fazia palavras cruzadas, e o papai estava com a cara enterrada na biografia do Henry Miller.

Parecia que uma bomba cor-de-rosa havia explodido: bolsas cor-de-rosa, casacos cor-de-rosa, bonecas com roupas cor-de-rosa...

— Oi, querida — Nick se esticou (na verdade, se levantou, para ser honesta) para me dar um beijo. — Você está linda!

Ele também. Não era muito alto, mas era muito bonito. O cabelo tinha um corte incrível, o jeans e a camisa de mangas compridas pareciam novos e (como mamãe disse mais tarde) "de marca".

— Fala oi para a tia Grace! — Marnie deu a ordem.

— A gente não pode — disse Daisy. — A gente é pônei. Pônei não fala.

Ela passou correndo, eu a agarrei e beijei o rosto de pétala de rosa. Ela se afastou, gritando: — Você beijou um cavalo, Grace, você beijou um cavalo.

— Ela já beijou coisa bem pior. — Damien tinha acabado de entrar.

— Que bom que você conseguiu vir — disse eu, baixinho.

— Eu não acho.

Eu não devia rir, isso o encorajaria. Belisquei a coxa dele, com força suficiente para machucar. — Você é muito corajoso. Quem te deixou entrar?

— Bid. Ela voltou para a cama. Por que o Bingo está lá fora?

Bingo pressionava o focinho sofredor contra o vidro, e observava, com tristeza, a diversão na cozinha.

— De repente, a Verity começou a ter medo de cachorro.

— Tio Damien! — Daisy se atirou e tentou escalar a perna dele como um macaco numa árvore. Ele a segurou de cabeça para baixo e deu um passeio pela cozinha enquanto a pequena se encolhia toda de terror e prazer. Ele a deitou no chão, depois estendeu os braços para Verity. Mas ela estava atrás da mesa, na defensiva.

— Vai dizer oi para o Damien — disse Marnie. Mas Verity se afastou ainda mais e encostou na parede, encarando Damien, amedrontada.

— Não precisa se preocupar, Verity — disse ele, carinhoso. — Não é a primeira vez que sou rejeitado por uma mulher.

A pobre Verity era uma imagem de dar dó. Era pequena e parecia encolhida, mas tinha um rosto de velha. Havia algo errado com os olhos dela — nada sério —, então usava óculos, o que fazia com que parecesse adulta e sábia.

Deve ser duro ser a irmã mais nova da Daisy. Daisy era tão animada e confiante, alta para a idade, tinha olhos claros e a pele suave, como de anjo.

— Cerveja, Damien? — perguntou Nick.

— Quero, Nick, uma cerveja seria ótimo! — Damien sempre ficava extramacho quando estava perto do Nick, para compensar o fato de que não tinha nada para conversar com ele. — Então! Como vai o trabalho?

— Ótimo? E o seu?

— Ótimo!

— Tem vinho? — Achei uma garrafa de tinto e servi quatro taças.

— Eu não quero — disse Marnie, tristemente. — Estou tomando antibiótico.

Papai tirou os olhos do livro, rosto alerta, prestes a começar sua ladainha contra a indústria farmacêutica.

— Alguém faz o favor de parar o seu pai — disse Damien.

— Cala a boca — disse mamãe para o papai. — Chato. Ninguém quer ouvir isso.

— O que você tem? — perguntei para Marnie.

— Infecção nos rins.

Jesus do céu, sempre alguma coisa. Ela era a pessoa mais doente que eu conhecia.

— A culpa é sua, sabia? — Ela riu. — Ficou com todos os nutrientes no útero, não deixou nada para mim.

Tema comum, e, olhando para nós duas, qualquer um concordaria. Ela era magra, tinha ossos finos e era baixinha. Era linda, com o rostinho fino, os olhos azuis grandes e o cabelo castanho-escuro. Eu me sentia uma lenhadora ao lado dela.

O galope recomeçou, os pôneis se batendo nas cadeiras (principalmente na do papai), aos gritos, gargalhadas e trovoadas.

— Vocês duas! — gritou meu pai, de repente, quando elas derrubaram o livro da mão dele pela quinta vez. — Parem já com isso! Por tudo o que é mais sagrado! Vão assistir televisão na outra sala.

— Não tem nada para ver — disse Daisy. — Aqui não tem tevê a cabo.

— Lê um livro — sugeriu mamãe. Foi ignorada.

— Manda a gente ver um DVD — me pediu Daisy.

— Vão ver um DVD — mandei.

— Não dá — Daisy segurou meu punho e disse, os olhos acesos de espanto. — Porque aqui não tem aparelho de DVD!

Olhamos uns para os outros, impressionados.

Papai se levantou. — Vou passear com Bingo.

— Você já passeou com ele — disse mamãe. — Senta aí. Marnie! Como foi que você se machucou?

— Machucou? — As mangas do casaco de Marnie estavam na altura do cotovelo e revelavam hematomas nos dois antebraços. Ela olhou os ferimentos. — Ah, isso? Acupuntura.

— Para que você fez acupuntura?

— Desejo.

Olhei involuntariamente para o Nick. Ele desviou o olhar.

— Que tipo de desejo? — perguntou mamãe.

— Ah, você sabe, né? De ser mais alta. De ser otimista. De ganhar na loteria.

— Acupuntura costuma deixar hematomas assim?

— Provavelmente não, mas você me conhece.

— Um pequeno problema. — Nick desceu a escada e entrou na cozinha. — Verity não quer ir dormir. Disse que a casa é assombrada.

Mamãe pareceu confusa: — ... Mas não é. É a única coisa que não acontece aqui.

— Se fosse, a gente cobraria ingresso — disse meu pai.

— Ela quer ir para casa.

Verity, de pé no degrau, mochilinha cor-de-rosa nas costas, recusava fazer contato visual com os presentes.

— Não tem fantasmas nesta casa — falei para ela.

— Todos se mudaram para a casa vizinha quando eles instalaram a tevê a cabo lá. — Damien subiu a escada atrás de mim.

— Sai daqui, eu não quero meninos! — gritou Verity, repentinamente animada. — Eu quero minha mãe!

— Tudo bem, desculpe. — Damien se recolheu.

Marnie assumiu o controle da situação. Abaixou-se ao lado de Verity, sussurrou algo para ela, tentando afastar os medos da menina sem parecer condescendente. Tinha uma paciência sem-fim. Tanta que tive medo de ficarmos ali a noite inteira, mas Verity se arrependeu, de repente: — Desculpe, mamãe. Te amo.

— Também te amo, meu amor.

Verity aceitou ir para a cama, e Marnie foi se deitar ao lado dela. — Só um pouquinho, até ela pegar no sono. Não vou demorar.

Quando eu desci de volta à cozinha, Damien me pressionou: — Ela dormiu? A gente pode ir embora? Por favor, comandante.

— Eu ainda quero conversar direito com a Marnie.

— *Eu* posso ir, então? Tenho uma reunião cedo. E estou perdendo a vontade de viver. Fiquei conversando com o Nick durante nove vidas. As estações mudaram enquanto eu conversava com ele. As árvores floresceram, desfolharam, floresceram de novo. Talvez, se eu estivesse fumando... mas minha tolerância não é mais a mesma...

Não adiantava tentar forçá-lo. — Ah, tudo bem. — Ri. — Mas eu vou ficar.

Papai percebeu que Damien guardava as coisas e ficou imediatamente alerta. — Você está indo beber?

— Não, eu... Só vou para casa.

— Ah, já está indo? — Reclamações por toda parte. — Por quê? Por que você vai embora? Por quê?

— Trabalho cedo. — Ele sorriu, desconfortável.

— Tchauzinho, Damien. — Mamãe fez um carinho no rosto dele. — "Amo a majestade do sofrimento humano." Vigny. *La Maison Du Berger.*

— Tchau. — despediu-se e se escafedeu.

Papai olhou para a porta pela qual Damien saíra e comentou, pensativo: — O interessante é que, apesar de *tudo*, ele é um homem decente. Do tipo que tira a própria camisa para oferecer a alguém, se a pessoa estiver precisando.

— E depois reclama que é sua camisa favorita, e que ele vai morrer de saudade dela — disse minha mãe, depois ela e papai caíram na gargalhada.

— Deixa o Damien em paz! — protestei.

Marnie reapareceu. — Aonde foi o Damien?

— Ele precisa de espaço.

Marnie balançou a cabeça. — Não sei como você aguenta. Sou insegura demais para ficar com alguém como o Damien. Sempre que ele estivesse de mau humor eu ia achar que a culpa era minha.

— Mas ele está sempre de mau humor! — gritou papai, como se tivesse acabado de dizer alguma coisa incrivelmente esperta, depois ele e mamãe riram de novo durante um tempão.

Tentei entrar sem acordar o Damien, mas ele se sentou na cama e acendeu o abajur.

Sonolento, perguntou: — O que aconteceu com a Verity?

— Sei lá.

— E aqueles óculos? Ela parecia uma economista.

— Ou contadora. Eu sei.

— Ela é esquisita.

— É só uma menina.

— Ela parece a Carrie. Aposto que pode começar incêndios.

Eu não disse nada. Sabia o que ele queria dizer.

— Entra, Grace, entra.

Dee Rossini. Quarenta e poucos anos. Morena. Batom vermelho. Olhos castanhos vivos. Cabelo cacheado preto num coque. Pantalonas estilo Katharine Hepburn. Um casaco de lã comprido, apertado na cintura esguia.

Atravessamos o hall. — Chá? Café? Macaroon? Acabaram de sair do forno.

— O quê? Você fez macaroons? Você mesma?

— Uma das minhas ajudantes comprou no mercado e colocou no forno dez minutos antes de você chegar. — Ela sorriu pela primeira vez. — Isso, feitos em casa.

Era uma daquelas cozinhas, vou dar uma ideia do que estou falando: vasos de manjericão alinhados no parapeito da janela, prateleiras cheias de potes de vidro de arroz arbóreo e um mix de tipos de macarrão peculiares (como se fosse sobra de estoque doada aos mendigos locais, mas, estranhamente, mais cara do que qualquer tipo mais comum). Era aconchegante, acolhedora e cheirava a chocolate quente, e você poderia dizer que se Dee fosse desafiada a fazer *qualquer coisa* no mundo, teria os ingredientes à mão. (Cozido de iaque? "Vou só descongelar uns bifes de iaque." Sopa de trufa fresca? "Eu tenho um pouquinho de trufa no jardim, vou ali rapidinho buscar.") Era de alguma maneira reconfortante perceber que o teto sobre os armários tinha vestígios de teias de aranha.

O Poderoso Chefão tinha decretado que faríamos um perfil de Dee, mas Jacinta recusara a tarefa. Alguma coisa a ver com uma echarpe Hermès — ela dizia que Dee Rossini tinha metido a mão na última da Irlanda debaixo do seu nariz —, portanto perguntei se eu podia ir.

Mamãe ficou feliz; ela amava Dee Rossini — uma entre os sete filhos de uma mãe irlandesa e um pai italiano, sobrevivente de violência doméstica, mãe solteira e primeira mulher na política irlandesa a ter montado um partido político importante. Começar o próprio partido normalmente acabava em lágrimas, especialmente na Irlanda, onde a política era liderada por um pequeno grupo de homens. Mas, contra todas as expectativas, o Nova Irlanda sobrevivera, não como um minipartido periférico, mas um aliado de sucesso na coligação do governo com os Peninhas, o Partido Nacionalista da Irlanda. Apesar de ter que seguir a cartilha do PNI, Dee Rossini nunca se omitiu em relação a nada que tivesse a ver com as mulheres — o pífio sistema de creches da Irlanda, os fundos para mulheres refugiadas, a falta de regulamento para cirurgias plásticas.

— Senta, senta.— Ela puxou uma cadeira da mesa da cozinha para mim.

Era raro conseguir uma entrevista na casa de um político. Mais raro ainda o político fazer café e oferecer uma montanha de macaroons quentinhos num prato de porcelana da vovó.

— Você conseguiu estacionar com facilidade? — perguntou ela.

— Tudo ótimo. Vim do jornal, mas você acredita que moro a cinco minutos daqui? Na Ledbury Road.

— Mundo pequeno.

— Tudo bem...? — Indiquei meu gravador.

Impaciente, ela afastou qualquer preocupação. — Tudo bem. Prefiro que você me cite corretamente. Você se importa se eu pintar as unhas enquanto a gente conversa?

— Os muitos papéis da mulher.

— Isso não é nem a metade. Neste exato momento estou fazendo exercícios pélvicos também. E já estou pensando no que vou fazer para o jantar. E me preocupando com a dívida do Terceiro Mundo.

— Ok, Dee. — Abri meu caderno. — Os "escândalos". — Não tinha por que ser agressiva. A ideia da matéria era deixar Dee se defender. — Quem teria interesse em te prejudicar?

— Todo tipo de gente. A oposição, obviamente. Milhares de pontos para eles, se os aliados do PNI ficarem em maus lençóis. Mesmo dentro dos Nacionalistas, muita gente me vê como uma pedra no sapato.

Boa observação. Ela sempre destacava o mau tratamento às mulheres, mesmo quando a culpa era do próprio partido. Na última semana ela se objetara à indicação (pelo PNI) de um juiz, homem, que era contra a candidatura feminina, apontando que estupradores e espancadores de mulheres raramente recebiam uma pena que não fosse uma piada de um sistema judiciário composto quase inteiramente pela simpatia masculina.

— Mas você tem alguma teoria específica? Algum nome específico?

Ela riu: — E ter um processo nas minhas costas antes de qualquer coisa?

— Vamos repassar os acontecimentos. Sua casa foi pintada. Como você escolheu a empresa? Alguém te procurou?

— Pelo amor de Deus, não. Eu não seria tão idiota... "Alô, ministra da Educação, a gente pode pintar sua casa de graça?" Eles foram recomendados.

— Ok. Então, eles chegaram, pintaram sua casa, transformaram sua vida num inferno por duas semanas, depois mandaram um comunicado?

— Comunicado, não. Eu telefonei quatro vezes até, finalmente, conseguir um valor total e mandei um cheque.

— Então, não teve comunicado. E nenhuma prova escrita de que a senhora pagou. Quanto custou o serviço?

— Dois mil.

— A maioria de nós perceberia se um cheque de dois mil não fosse compensado da conta-corrente.

— Nem me fale. Mas essa é uma conta que uso para pagamentos mensais, trabalhos grandes, como, por exemplo, o conserto do boiler, do telhado. Fora isso, não tem muito movimento, então, não checo com frequência. Trabalho dezoito horas por dia. Sete dias por semana. Não dá para fazer tudo.

Enquanto ela falava, pintava as unhas com *expertise*. Três pinceladas perfeitas — meio, esquerda, direita — em cada unha, depois partia para a próxima. Era legal de ver. E a cor — um bege clarinho, como café com leite, que a maioria das mulheres (por exemplo, eu) não repararia na prateleira da loja — parecia tão discreta e bonita que aposto que as mulheres sempre perguntavam onde ela havia comprado. Era incrivelmente estilosa. (Devia ser o lado italiano.)

— Ok. O casamento da sua filha? Por que você não pagou por ele? (Apesar das tentativas do Poderoso Chefão de não dar destaque ao caso, todos os outros jornais alardearam o assunto.)

— A maior parte foi paga antes do casamento em si. Fiz um depósito de mais ou menos oitenta por cento do valor em maio, e, sim, o cheque foi descontado. Admito, o resto não foi pago porque, Deus... — Ela listou: — Saiu quase tudo errado no dia. Nenhuma refeição vegetariana, o prato principal acabou, sete pessoas não comeram. Perderam o bolo, até hoje não se sabe o que foi feito dele. O banheiro feminino estava uma bagunça e a pista de dança parecia uma pista de gelo. Todo mundo escorregando e o sogro da Toria deslocou o joelho. Sei que sou ministra do governo e tenho que manter os padrões, mas era o casamento da minha única filha.

Assenti, simpática.

— Ainda estávamos brigando até uns meses atrás, mas, claro, pretendo pagar quando chegarmos a um acordo sobre o valor. — Ela parecia triste.

— A senhora não tem medo de que isso seja uma armadilha? Acompanhar sua vida em tantos detalhes, a ponto de saberem que a senhora não pagou a conta integral do casamento? Para depois usar isso e desmoralizar a senhora?

— Isso faz parte da vida de um político. — Ela sorriu, seca. — Já enfrentei coisas piores.

Relembrei seu passado. Fora hospitalizada pelo ex-marido oito vezes antes de, finalmente, deixá-lo e ser banida pela devota família católica.

Com curiosidade repentina e verdadeira, perguntei: — A senhora costuma fazer risoto só para a senhora?

Risoto é tão chato de fazer, todos aquele ingredientes adicionados aos poucos, quem se daria ao trabalho?

— Não é uma pergunta capciosa — acrescentei.

Ela pensou no assunto. — Às vezes.

Eu sabia. Ficava chocada com esses tipos que, mesmo morrendo de fome, são capazes de preferir gastar um tempão para preparar uma comida maravilhosa. Quando estou com fome, como qualquer coisa, desde que esteja disponível: pão velho, banana podre, sucrilhos enfiados na boca diretamente da caixa.

— E homens? — perguntei.

— Que é que têm eles? — Um sorriso autêntico.

— Alguém especial?

— Não, não tenho tempo. E os únicos homens que conheço são políticos, e, francamente, a pessoa tem que estar numa pior...

Mas ela era sexy. E, claro, tinha sangue latino. Da parte do pai, pelo menos. Conseguia imaginá-la transando a noite inteira e comendo pêssego em calda com todos os tipos de homem — atores ridiculamente maravilhosos, jóqueis milionários e arrogantes.

— Ok, Dee. Acho que isso é tudo. Obrigada pelos macaroons. Desculpe não ter comido nenhum.

— Tudo bem. O Paddy vem mais tarde para um jantar de trabalho, eu faço com que ele coma.

— Como é trabalhar com o Paddy? — Eu não devia perguntar.

— Paddy? — Ela olhou para o teto, um sorriso ligeiro nos lábios. — Olha só o tamanho daquela teia de aranha. Normalmente, não uso lente de contato em casa. Quando junta poeira, simplesmente tiro os óculos. Falta de foco instantânea. — Ela voltou a olhar para mim. — Você sabe — disse ela —, o Paddy é ótimo.

— Bem, todo mundo sabe disso. Posso ir ao banheiro antes de ir embora?

Por um segundo, ela pareceu ansiosa. — É lá em cima. Vem, eu te mostro.

Fechei a porta do banheiro. Dee aguardava ansiosa no corredor. Eu entendia a ansiedade dela. Jornalistas estavam sempre escrevendo coisas horríveis sobre objetos pessoais encontrados no banheiro dos entrevistados. Não que eu planejasse uma maldade. Até porque o banheiro estava limpo e não havia nem rastro de mofo na cortina do chuveiro, ou um kit caseiro de botox. Esforço inútil.

Quando voltei, Dee já tinha ido embora. Três portas fechadas na minha frente. Quartos, e era como se sussurrassem *Abra a porta, Grace, abra a porta*. E eu, simplesmente, não resisti. Fingi que era meu instinto de jornalista em busca de mais um detalhe, mas, para ser honesta, era pura curiosidade.

Girei a maçaneta da porta e, apesar de o quarto estar escuro, fiquei surpresa de perceber o calor de outro ser humano lá dentro. Uma onda de medo me percorreu. Eu tinha ido longe demais. E se fosse um fortão, um michê que Dee tivesse levado pra casa para um sexo anônimo e animal?

Eu já estava saindo quando vi que era uma mulher — uma garota, na verdade — deitada na cama. Ela sentou quando a porta abriu e fiquei chocada com o que vi à luz que vinha do corredor. Seu nariz estava partido ao meio, e os olhos tão inchados e roxos que ela provavelmente não conseguia enxergar. Ela abriu a boca, dois dentes da frente faltando.

— Desculpe! — Recuei.

— Dee! — chamou a garota, pânico na voz. — DEE!

— Não, shh, silêncio, por favor, está tudo bem, shh. — Dee me mataria.

Dee saiu da cozinha e subiu as escadas. — O que está acontecendo?

— A culpa foi minha! Eu estava fuxicando. Eu não devia.

Dee suspirou: — Se você quisesse ver minha gaveta de calcinhas, bastava pedir.

Ela passou por mim, abraçou a menina, e eu desejei ter resistido ao chamado da porta fechada e simplesmente descido as escadas como uma pessoa normal.

— Eu não tive a intenção de te assustar — falei para a garota. — Mil desculpas.

— Elena, *pulako, pulako* — cantarolou Dee, falando coisas estranhas numa língua estrangeira. Finalmente, olhando para mim ansiosa, a menina machucada se convenceu a deitar novamente.

Dee fechou a porta do quarto com firmeza e me disse: — Você não viu isso.

— Não vou falar nada, juro. — Eu tropeçava nas palavras tentando dar segurança a ela. Agora compreendia por que Dee parecia tão desconfortável ao me deixar subir. Não tinha nada a ver com a possibilidade de eu dizer coisas perversas sobre seu banheiro.

— É sério, Grace, você não pode contar a ninguém. Para a segurança dela. Ela só tem quinze anos. — Por um instante, Dee pareceu prestes a chorar.

— Dee, prometo por tudo o que é mais sagrado. (Eu não tinha total certeza do que isso significava, mas queria passar sinceridade.)
— Mas o que aconteceu com ela? Elena, é esse o nome?
— O namorado, cafetão, chame do que quiser. Ele não sabe onde ela está. Se souber, virá atrás dela. Ela foi trazida aqui há poucas horas. Era muito tarde para transferir nossa entrevista para outro lugar, e, se você não tivesse pedido para ir ao banheiro...
— ... E metido o nariz onde não fui chamada... Eu juro por Deus, Dee, não vou dizer uma palavra.
— Nem para o seu marido. Ele é jornalista, não é? Você consegue guardar um segredo dele?
— Consigo.

— Ela faz macaroons. Ela pinta as unhas com a mão esquerda. — *Ela protege fugitivas. Fala uma língua meio eslovaca.*
Eu desenvolvera uma espécie de paixonite por Dee Rossini...
— E ela é sexy — disse Damien. — Um partido bem atraente, o Nova Irlanda. Não é?
... Mas ela também fez com que eu me sentisse ligeiramente inadequada.
Ele me pressionou, já que eu não respondi: — Paddy de Courcy? Meio homem, meio press release? Bonito ele, não é?
— Eu devia estar fazendo mais — murmurei.
— Mais o quê? — perguntou Damien.
— Simplesmente... mais.

— É o tio Damien! Damien! Damien! Damien!
Do outro lado da porta pesada de carvalho, o sobrinho de quatro anos de Damien, Alex, ficou louco. — Julius, Julius! — gritou Alex para o irmão de sete anos. — Abre a porta. É o Damien.
A porta foi aberta e Alex correu até mim e Damien. Vestia uma cueca do Super-Homem, botas azuis (eu apostava que eram da irmã de nove anos, Augustina) e uma panela na cabeça.

— Moto! Motocicleta! — Ele tinha uma alegria e energia que me lembravam o Bingo. — Rrrrrrrrrrrr!

Tentou driblar o Damien, indo em direção ao mundo do lado de fora, para subir na Kamikaze, e fingir pilotá-la, mas Damien bloqueou o caminho com os joelhos. — Nada de moto hoje, Alex.

Táxi. Para a gente poder ficar bêbado.

— Nada de moto? — Alex perdeu a energia como se tivesse sido desplugado da tomada. — Por que não, cara?

— Nada demais, cara. — Damien se abaixou para ficar da altura de Alex. — Da próxima vez eu venho de moto.

— Jura, cara? Tem um bebê novo aqui. Mas não deixa ele ir na moto, só eu, ok?

— Só você. Prometo.

Christine, alta, elegante e incrivelmente esbelta para uma mulher que dera à luz cinco semanas antes, veio nos dar as boas-vindas. — Entra, pessoal, entra. Desculpe a confusão... — Ela tirou a panela da cabeça do Alex. — Eu estava procurando isso.

Alex protestou: — É meu capacete, mãe.

— O Richard já, já está em casa. — Richard era o marido da Christine. Ele tinha um trabalho misterioso em que ficava catorze horas no telefone, fazendo dinheiro. Damien e eu costumávamos brincar, em segredo, que ele se trancava no escritório todos os dias, sem permissão de sair, enquanto não ganhasse cem mil euros. ("Noventa e oito... noventa e nove... ainda noventa e nove... noventa e nove... E cem! Muito bem, pode ir pra casa, Richard.)

Seguimos Christine até a enorme cozinha planejada, onde uma garota polonesa meio nervosa fazia alguma coisa no micro-ondas

— Esta é a Marta — disse Christine. — Nossa nova babá.

Marta cumprimentou com a cabeça e saiu rapidamente.

— E esse... — Christine olhou com carinho para um cestinho, onde um pequeno bebê de pele rosada dormia. — É o Maximillian.

(Isso, Christine e Richard tinham dado o nome de um imperador para o quarto filho. Eu sei que isso faz com que pareçam loucos com mania de grandeza, mas eles não são.)

Damien e eu olhamos educadamente para a criança dormindo.

— Ok, podem parar de admirar meu bebê agora. — Christine pegou um saca-rolhas. — Vinho?

— Vinho. Posso fazer alguma coisa para ajudar?

Era uma pergunta falsa. Ninguém podia ajudar Christine, nunca. Ela fazia tudo tão melhor e mais rápido que qualquer pessoa que não fazia sentido. De qualquer maneira, eu não queria ajudar. Era convidada de alguém para jantar, por que iria querer fazer as coisas que fazia em casa?

— Tudo pronto — disse Christine. — Fiz quase tudo ontem. Só faltaram umas coisinhas de última hora.

— E esse terninho? — perguntei. — Como é que você pode estar com a aparência tão sóbria? Você não voltou a trabalhar, não é?

— Deus, não. Só vou ao escritório algumas horinhas por dia, para dar uma olhada nas coisas.

Christine era tão inteligente e bem-sucedida que não precisava mais meter a mão na massa, cirurgicamente falando. Em vez disso, era a cirurgiã-chefe do hospital mais caro de Dublin, a primeira mulher a ocupar esse cargo. (Ou, talvez, a chefe mais jovem. Era difícil acompanhar, porque os Stapleton pareciam estar sempre batendo recordes. Se, cada vez que um deles fosse promovido ou ganhasse um prêmio, fizéssemos a festa de comemoração merecida, acabaríamos nos tornando uma confraria.)

— E cadê a Augustina? — Olhei em volta.

— Na aula de sânscrito? — perguntou Damien.

— Haha. Na verdade, mandarim.

Levei um tempo para me dar conta de que Christine estava falando sério.

— A gente não a obriga a ir — disse Christine, enquanto eu tentava esconder meu *choque*... Na verdade, *desconforto*, para ser honesta. — Ela *pediu* para ter aula.

Muito estranho. Que criança de nove anos pediria para aprender mandarim?

— E a gente fica de olho — disse Christine.

— No equilíbrio entre a vida e o trabalho dela? — sugeriu Damien.

— Como você é espertinho... — disse Christine. — Bem, saúde! — Ela ergueu o copo. — Que bom ver vocês dois!

Houve um breve momento de expectativa, e eu e Damien assumimos nossa cara de "Sim, ficaremos honrados de ser os guardiães espirituais de Maximillian caso você e Richard morram, o que não vai acontecer", mas Augustina estragou o momento ao entrar na cozinha e dizer friamente: — Oi, tio Damien. Oi, tia Grace.

Sem demonstrar grande entusiasmo, nos beijou. Era alta para nove anos, e linda. Cheirou o ar com seu narizinho empinado e suspirou: — Jantar marroquino de novo.

— Como foi a aula hoje? — perguntou Christine. — O que você aprendeu?

— Posso conferir uma coisa? — perguntou Augustina a Christine. — Você não sabe falar mandarim, sabe? Então, qual é a vantagem de eu dizer o que aprendi? Você não ia entender uma palavra sequer.

Metidinha, pensei. É por isso que não gosto de criança. A gente dá tudo e elas te agradecem crescendo e te desprezando.

Augustina voltou a atenção para mim. — Tenho uma surpresa para vocês dois.

— É? O quê?

Ela franziu as sobrancelhas como se não entendesse nossa estupidez. — Uma s-u-r-p-r-e-s-a — soletrou. — Não é para vocês saberem o que é. É para descobrirem depois.

— Oi — disse baixinho uma voz. Era Richard chegando em casa, depois de fazer os cem mil euros diários. Terno cinza, cabelo cinza e rosto cinza de cansaço.

Conversou alguns minutos com Damien. — Ótima a sua matéria sobre a Bielo-Rússia — disse ele. — Então, como vai todo mundo no jornal? Mick Brennan ainda é editor?

Todos os homens Stapleton — irmãos, cunhados e Stapleton Pai — pareciam fazer isso sempre que encontravam Damien. Elogiavam um de seus artigos recentes, depois perguntavam se Mick Brennan ainda era o editor do jornal.

Talvez eu seja sensível demais em relação ao Damien, mas sempre acho que eles, implicitamente, sugerem que Damien falhou de alguma forma, por não ter superado Mick Brennan e ocupado o cargo de editor.

Damien só tem trinta e seis anos, e não tenho dúvida de que será editor de um jornal nacional algum dia, mas naquela família de gênios ultrabem-sucedidos as expectativas eram anormalmente altas.

— Jantar — declarou Christine. — Todo mundo para a mesa.

Carneiro com tempero de cominho e cuscuz marroquino.

— Cuscuz, não — reclamou Julius. — Odeio cuscuz. — Espetou as costas da mão com o garfo.

— Come, cara. — Alex agora usava um escorredor na cabeça, o cabo para trás, parecendo um boné de beisebol. — Facilita as coisas.

A comida estava deliciosa, mas eu quase me esqueci de parabenizar Christine, porque subentendia-se que tudo o que ela fazia, fazia com excelência. A conversa, no entanto, não se equiparava à qualidade da comida.

Richard comeu rápido e em silêncio, depois murmurou alguma coisa sobre o mercado de ações do Havaí, e saiu da sala.

— Sobremesa? — Christine se levantou e começou a tirar os pratos.

— Claro.

— Augustina fez brownies para vocês.

— Não era para contar! — explodiu Augustina. — Essa era a surpresa. Eu queria contar!

— Então conta.

— Damien e Grace, eu fiz brownies em homenagem a vocês. Mas talvez vocês não gostem.

— Tenho certeza de que a gente vai amar — disse eu.

— Grace. — Ela fechou os olhos, gesto que obviamente aprendera com Christine. — Não precisa me animar. Se você me deixar terminar, já fico feliz

Jesus Cristo! Fiz um gesto para que ela continuasse a falar.

— O que estou tentando dizer — Augustina parecia estar se esforçando para ser paciente — é que vocês podem não gostar, porque o chocolate que usei tem oitenta e cinco por cento de cacau. Não é todo mundo que gosta.

— É que nem chocolate amargo.

— Sim, mas, provavelmente, você deve achar que setenta por cento de cacau já é demais. Esse é oitenta e cinco por cento de verdade.

— Parece ótimo — disse Damien. — Honesto e delicioso.

Augustina olhava para mim e para o Damien como se tentasse decidir se éramos dignos. Finalmente, ela disse: — Muito bem.

Christine tinha terminado de tirar a mesa e trazia pratinhos de sobremesa. — Richard — chamou. — Richard! Volta aqui.

— Ele está no telefone. Ele está gritando — disse Julius.

— Fala para ele vir pra cá. Eu preciso dele aqui.

Julius saiu correndo e voltou rápido. — Acho que ele não vai voltar. Alguém em Waikiki ferrou tudo.

— Ai, cara. — Alex balançou a cabeça, pesaroso, e seu capacete-escorredor caiu. — Alguém vai ficar na merda de castigo.

Christine não sabia se brigava com Alex ou se insistia para que Richard voltasse imediatamente. — Ah, deixa pra lá! — exclamou. — Deixa que eu faço.

Ela respirou fundo, e eu me flagrei ereta na cadeira, já preparando meu sorriso gracioso de aceitação.

— Grace e Damien, como vocês sabem, temos um novo bebê. — Ela fez um gesto indicativo na direção do cestinho. — E ele vai precisar de padrinhos. E pensamos que Brian e Sybilla seriam a melhor escolha. Eles já são padrinhos da Augustina e, vocês não sabem disso ainda, mas a Sybilla está grávida de novo, então Maximillian vai ter mais ou menos a mesma idade do primo novo.

Meu sorriso de aceitação gracioso ficou congelado. Os acontecimentos tomaram uma direção inesperada. Damien e eu não seríamos convidados. E sim Brian e Sybilla. De novo.

O brownie de oitenta e cinco por cento de cacau apareceu na minha frente e automaticamente — assim como acontece com qualquer comida — eu o enfiei na boca.

— Tenho certeza de que vocês não se importam — disse Christine. — Tenho certeza de que é um alívio. Não é a cara de vocês, né? A igreja, a renúncia a Satã e todo o trabalho. E vocês não querem ter filhos. Mas eu queria ter essa conversa com os dois, antes de ouvirem que a gente convidou Brian e Sybilla. Achei que era educado.

O pedaço de brownie continuava na minha língua, eu não conseguia ir adiante com ele. Não é que eu quisesse ser madrinha do Maximillian, não fazia a menor diferença para mim. Mas, inesperadamente, tive um surto de raiva em nome do Damien. Quatro filhos, quatro irmãos, deviam ser quatro padrinhos.

Damien era ótimo com crianças e muito melhor com aqueles meninos do que Richard, o próprio pai.

Augustina estava me observando. — Você não está comendo seu brownie.

— ... Não.

Ela ficou satisfeita. — Muito amargo?

— Muito amargo.

Segunda-feira de manhã e o dia estava cheio: saco.

— Para trás. — Jacinta acenou para nós com os braços. — Vocês estão me sufocando.

Era hora de nosso encontro semanal para discutir ideias novas. Todos os articulistas — com exceção de Casey Kaplan, de destino desconhecido — estavam amontoados em volta da mesa de Jacinta.

— Para trás — repetiu. — Não estou conseguindo respirar. Grace. Ideias. E boas.

— ... Certo. — Sem nicotina eu ficava mais lenta, sonada, e nada me vinha à cabeça. Mesmo depois de uma semana inteira, eu não tinha voltado ao normal. — Que tal violência doméstica?

— O quê? — O grito foi tão agudo que o jornal inteiro virou a cara. — Você não tem o direito de achar que só porque conseguiu fazer Antonia Allen admitir que dá a bunda pode ficar preguiçosa! (Durante o fim de semana, minha história sobre Antonia Allen se espalhou pelo mundo e promoveu a glória tão desejada ao *Spokesman*. Era a única entrevista na qual Antonia tinha mencionado "Minha dorzinha de veado". Não são palavras minhas. O Poderoso Chefão estava muito satisfeito. Ele ficou na dúvida entre baixar o tom ou detonar, mas, no final, foi na direção do dinheiro.

Ninguém fez um comentário sequer sobre minha história do câncer de mama. Até porque não foi publicada. Uma avalanche numa estação de esqui argentina matou minha matéria. A Sra. Singer e a tragédia dela nunca veriam a luz do dia, porque a reportagem não era mais atual. No jornalismo é assim: as coisas andam rápido. Tão rápido que você não consegue ficar apegado. Uma das primeiras coisas que você aprende é a se acostumar com isso. Mas eu nunca aprendi.)

— Eu estava pensando — continuei a falar como se Jacinta não tivesse acabado de gritar comigo — que a gente podia fazer o perfil de seis mulheres diferentes, de backgrounds variados, durante seis semanas. A gente podia fazer uma campanha.

— De onde você tirou essa ideia?

— É um problema real...

— Tem algum relatório?

— Não.

— Nem um relatório, nem uma estatística, para nos dar suporte! Ninguém quer saber de violência doméstica! É a Dee Rossini, não é? Você caiu no conto dela.

— Eu não.

Na verdade, talvez eu tivesse caído. O perfil que fiz dela, que levei a tarde inteira de sexta-feira elaborando, tinha ficado luminoso; e no sábado, quando fui à farmácia, procurei o esmalte café com leite, mas não encontrei. Ontem, até liguei para saber da Elena. (Dee disse, tensa, que ela estava "segura".)

— Uma em cada cinco mulheres irlandesas sofre violência doméstica em algum ponto da vida — informei. Foi o que Dee me disse.

— Eu não quero saber — disse Jacinta. — Não quero saber nem se cada uma delas passa por isso...

— Nós — interrompi.

— O quê?

— Cada uma de *nós*, não delas. Somos nós, Jacinta.

— Não tem nós nem meio nós! Eu não passo por isso, você não passa por isso, Joanne não passa por isso, passa, Joanne? Lorraine, Tara e Claire, nenhuma delas passa por isso! Você CAIU no conto da Dee. A gente não!

— Ótimo — murmurei, morrendo, ah, morrendo de vontade de fumar. Um maço inteiro, vinte cigarros, um atrás do outro. A vontade era tanta que fiquei com vontade de chorar. Uma montanha de lágrimas contidas pressionando os músculos do meu rosto. Não ouvi as ideias apresentadas pelos outros e minha audição só retornou quando escutei Jacinta dizer: — A gente vai fazer o perfil da Alicia Thornton.

— *Quem?* — Talvez existissem duas Alicia Thornton.

— A noiva do Paddy de Courcy.

— Mas... *Por quê?*

— Porque o Poderoso Chefão mandou.

— Mas quem é ela? — perguntei. — O que a mulher tem de interessante?

— Ela é a mulher que conquistou o coração do Imprevisível — disse Jacinta.

— Mas ela é sem graça e... É só uma esposa de político obediente. Como se faz uma coluna de duas mil palavras sobre ela?

— É melhor você mudar de atitude rapidinho, porque é você quem vai fazer a entrevista.

— Não! — Precisei de um tempinho para me recompor. — Nem pensar.

— Como assim, não?

— Não, eu não quero fazer a matéria. — Apontei para o TC. — Manda ele. Ou Lorraine. Manda o Casey.

— Você vai fazer.

— Eu não posso.

— Como assim, não pode?

— Jacinta. — Não tive escolha a não ser me abrir. — Eu conheço... conheci... Paddy de Courcy. Em outra vida. Minha integridade está comprometida. Eu sou a pessoa errada.

Ela balançou a cabeça. — Você vai fazer.

— Por quê?

— Porque ela pediu que fosse você. Especificamente você. Se não fizer, ela vai procurar outro jornal. Você tem que fazer.

Ela tentou se livrar, mas ele era muito mais forte.

— Eu não quero fazer isso. — A parte de baixo do pijama estava na altura dos joelhos, as coxas abertas, e ele a penetrava a despeito de sua resistência. Doía. Movimentos rápidos e brutos, acompanhados de gemidos.

— Por favor...

— Cala a boca — grunhiu entredentes.

Imediatamente, ela parou de lutar, deixando-o fazer o que queria, a borda da pia batendo contra suas costas.

Os gemidos ficaram mais altos. Os empurrões mais pareciam facadas, então ele estremeceu e grunhiu. Relaxou o corpo sobre o dela, e o rosto dela ficou enterrado no peito dele. Ela mal conseguia respirar. Mas não reclamou. Esperou que ele fizesse o que queria. Depois de algum tempo, ele se afastou e sorriu carinhosamente para ela. — Vou te levar de volta para a cama. — disse.

Marnie

Na inspiração, "Eu estou". Na expiração, "morrendo".
Na inspiração, "Eu estou". Na expiração, "morrendo".
Na inspiração, "Eu estou". Na expiração, "morrendo".
Na inspiração, "Eu estou". Na expiração, "morrendo".
Na inspiração, "Eu estou". Na expiração, "morrendo".
Na inspiração, "Eu estou". Na expiração, "morrendo".
Na inspiração, "Eu estou". Na expiração, "morrendo".
Na inspiração, "Eu estou". Na expiração, "morrendo".
Estou morrendo. Estou morrendo. Estou morrendo.
Estou morrendo. Estou morrendo. Estou morrendo. Estou morrendo. Estou morrendo. Estou morrendo. Estou morrendo. Estou morrendo. Estou morrendo. Estou morrendo. Estou morrendo. Estou morrendo. Estou morrendo. Estou morrendo. Estou morrendo. Estou morrendo.

Na inspiração, "Eu estou". Na expiração, "morrendo".
Esse era o mantra errado. Só podia ser. Na inspiração, "Tudo". Na expiração, "está bem". Está tudo bem. Está tudo bem. Está tudo bem. Está tudo bem. Está tudo bem. Está tudo bem. Estou morrendo. Estou morrendo. Estou morrendo. Estou morrendo. Estou morrendo. Estou morrendo Estou morrendo Estou morrendo Estou morrendo Estou morrendo Estou morrendo Estou morrendo Estou morrendo.

Mas ela não estava morrendo, só queria estar morrendo.
O suave badalar dos sinos. A voz de Poppy dizendo: — Volta para o quarto.

Ela abriu os olhos. Outras oito pessoas, na maioria mulheres, estavam sentadas em círculo, à luz de velas.

— Vocês sentiram? — Poppy tinha dito que se concentrassem na própria alma. — Vocês sentiram a conexão?

Sim, murmuraram as vozes, sim.

— Vamos compartilhar nossas experiências.

— Minha alma é prateada.

— Minha alma é uma bola dourada.

— Minha alma é branca e bruxuleante.

— Marnie?

A alma dela? Parecia um tomate esquecido no fundo da geladeira por quatro meses. Preto, fedorento, podre. Um toque e se desmancharia. Ficava no centro do corpo dela, infectando todo o seu ser de podridão.

Marnie respondeu: — Minha alma...

— Sim?

— ... É como o sol.

— Bela imagem — murmurou Poppy.

Ela foi na ponta dos pés até o pote colorido e colocou ali dentro uma nota de dez libras cuidadosamente dobrada. Sempre deixava mais que as outras.

— Vejo você semana que vem — sussurrou Poppy, sentada de pernas cruzadas no chão.

Isso, isso, e lembre-se de sorrir.

Saiu apressada, ávida para chegar no carro. Entrou e bateu a porta. Provavelmente com mais força do que era necessário.

Estava de saco cheio da meditação.

Em vez disso, medi*cação*. Essa era outra história.

— Nenhuma melhora? — perguntou a Dra. Kay.

— Não. Talvez, piora. — Ela não devia ter ido a Dublin. Ter fingido animação na frente da família durante o fim de semana a esgotara, deixara-a mais sem forças do que nunca.

— Nesse caso, vamos aumentar a dose. — A Dra. Kay consultou a ficha de Marnie. — Você pode aumentar setenta e cinco miligramas.

— Eu preferia... Posso mudar a marca? — Estava na hora de tentar uma mais forte. — Posso tomar Prozac?

— Prozac? — A Dra. Kay ficou surpresa. — Prozac é um dinossauro. Ninguém mais prescreve isso. Sua medicação atual é da mesma família, mas é mais nova, mais sofisticada. Menos efeitos colaterais, mais eficiência. — Alcançou a enciclopédia de remédios. — Posso te mostrar.

Não, não, não. — Não, por favor, tudo bem. — Ela não conseguiria suportar até que a Dra. Kay encontrasse Prozac no livro, apontasse as contra-indicações, depois encontrasse o remédio que ela estava tomando. Provavelmente, tudo levaria menos de um minuto, mas ela não dispunha nem de um minuto. — Por favor. Eu queria tentar o Prozac. Tenho a intuição de que vai dar certo.

— Mas... Que tal... Você já pensou em terapia?

— Eu já fiz terapia. Anos de terapia.— Idas e vindas. — Aprendi várias coisas, mas... Ainda me sinto péssima. Por favor, Dra. Kay... — Ela só sabia de uma coisa: não sairia dali sem uma prescrição de Prozac.

Lançou um olhar para a porta fechada, lembrando à Dra. Kay de sua sala de espera, cheia de gente doente, implorando para entrar. Era cruel, mas ela estava desesperada. Não podia continuar como estava. Por favor, deixa eu tomar Prozac.

A Dra. Kay a encarava, em dúvida.

Por favor, deixa eu tomar Prozac.

Depois, a Dra. Kay baixou os olhos. Fim. Marnie se trancara de tal forma em módulo de espera que agora estava surpresa. Era como quando uma ditadura era deposta; fora assim que se sentira quando o Talibã fora banido do Afeganistão.

— Tudo bem, vamos tentar por alguns meses, ver como você se sente. — A Dra. Kay pegou seu receituário. — Mais alguma coisa, Marnie? Alguma coisa que... esteja te preocupando?

— Não. Obrigada, obrigada, obrigada.
Foi embora segurando a receita com gratidão.
Todo mundo sabia. Prozac funcionava.

Quando abriu a porta da frente, Nick foi da cozinha até o hall. Parecia chateado. Por que seria?
Ela se deu conta. — Não ganhou bônus de novo?
— O quê?
— Nada de bônus? Foi isso?
— Não, não é isso. — Ele a segurou pelos braços. — Por onde você andou?
— Eu te falei, no médico.
— Mas são oito da noite.
— Eu não tinha hora marcada. Tive que esperar um encaixe. Cadê as meninas?
— No quarto de brinquedos.
Elas estavam assistindo *A Bela e a Fera*. Mais uma vez. Daisy, esparramada no sofá, as pernas em cima do braço do móvel; Verity enroscada em um pufe, chupando dedo.
— Oi, meninas.
— Oi, mãe.
— Como foi o colégio?
Nenhuma das duas respondeu. Estavam em transe. Ela lera que, quando as crianças assistiam à televisão, o metabolismo ficava mais lento do que quando dormiam.
— Há quanto tempo vocês estão assistindo isso?
— Tipo uma hora.
— Ah, Nick. Você não podia ter brincado com elas? Em vez de jogar as duas na frente da tevê?
— Você não podia ter voltado mais cedo?
Ele a seguiu até a cozinha, como uma sombra. Ela abriu a geladeira, buscando comida.
Percebeu que ele a encarava e virou-se.
— Que foi? — perguntou ela.

— Que foi o quê?
— Por que você está me olhando?
— Que horas você saiu do trabalho?
— O que você deu para elas comerem?
— Lasanha. Que horas você saiu do trabalho?
— A Verity comeu bem?
— O suficiente. Que horas você saiu do trabalho?
— Seis.
— Seis em ponto?
— Eu não sei, Nick — suspirou. — Por aí. Talvez três minutos depois. Talvez cinco minutos.
— E você foi direto para o médico.
— Eu fui direto para o médico.
— E você ficou lá esse tempo todo?
— Fiquei lá esse tempo todo.
— O que você ficou fazendo enquanto esperava?
— Lendo revista.
— Que revista?
— Deixa eu ver... Uma de decoração, e outra de moda, eu acho.
— Depois você veio direto para casa?
— Vim direto para casa.
Ele a encarou, e ela baixou os olhos.
Provavelmente, alguma coisa no freezer poderia ser descongelada. Ela abriu e fechou algumas gavetas. Lasanha de berinjela, isso bastaria. E ervilha congelada; proteína, se você não come o suficiente, tudo fica pior. Ela fechou a porta do freezer com o quadril e, quando virou, ele estava imediatamente atrás dela, tanto que esbarrou nele. — Jesus!
Nick não se mexeu.
— Você está no meio do caminho.
Ele a encurralara no canto entre o freezer e a parede, e estava tão perto que ela podia sentir seu hálito.
— Nick. — Sua voz era razoável. — Você está no meio do caminho.

— Estou?

Ele estudou o rosto dela, parecendo catalogar tudo o que via. Marnie não conseguia ler a expressão dele, mas ficou nervosa. Aquele instante durou muito tempo, depois ele a deixou passar.

Havia algo de vergonhoso em dirigir por pouco tempo até o trabalho. Trajetos de vinte minutos eram para fracotes. Pessoas de verdade aturavam uma hora e pouco; era importante ter algo do que reclamar.

Enquanto ela estava parada no sinal da Wimbledon High Street, um ônibus passou na sua frente, letras enormes na lateral — um anúncio de DVD —, como se fosse um chamariz. DESTEMIDA. Foi como um soco na boca do estômago. Era uma mensagem.

Destemida. Hoje, serei destemida. Hoje, serei destemida. Hoje, serei destemida.

Mas, mesmo depois de repetir a palavra milhares de vezes, ainda não se havia convencido. Não parecia certo. Aquilo não era uma mensagem. O anúncio do próximo ônibus seria.

Mas e se não passasse nenhum ônibus até o sinal abrir? Ela teria que passar o dia sem uma mensagem.

Estava ansiosa, queria instruções.

Não abre, não abre, não abre, implorou para o sinal.

Entre as árvores à sua direita, viu uma mancha vermelha. Um ônibus estava vindo. Ela esperou, cheia de esperança. O que diria? Uma a uma, as palavras apareceram. Ponha. Tudo. No. Gelo. Ponha tudo no gelo.

O que poderia significar aquilo? Deixe tudo como está? Não tome grandes decisões? Ou seria um conselho mais prático? Literalmente, ponha tudo no gelo. Isso, isso também funcionava.

Depois lembrou-se de que era somente um anúncio na lateral de um ônibus, e isso, no que dizia respeito à sua vida, não significava nada.

* * *

Enquanto esperava a cancela do estacionamento levantar, percebera que estava dez minutos atrasada. Não conseguia entender isso. Tivera tempo de sobra de manhã. Mas o tempo brincava com ela: pulava, esticava-se, a engolia. Queria que ela soubesse que não podia controlá-lo, e isso a assustava.

Estacionou entre o Aston Martin de Rico e o Land Rover de Henry. O Jaguar de Craig, o Saab de Wen-Yi, o TransAm de Lindka — a garagem parecia uma loja de carros de luxo. Corretores de financiamentos eram bem pagos, pelo menos aqueles eram. Seu Porsche estava de acordo, fora o fato de que, diferentemente dos outros, ela não tinha pago pelo seu carro.

Olhou em volta, na esperança de não ver o dito-cujo: um Lotus. Mas lá estava ele; Guy já tinha chegado.

Era hora de abrir a porta do carro e encarar o mundo; em vez disso, ela recostou no encosto de cabeça. Oito horas. De outras pessoas. Tendo que conversar. Tendo que tomar decisões.

Sai do carro, sai do carro, sai do carro.

Ela não conseguia se mover, como uma borboleta espetada na cortiça, mas sua paralisia se misturava de maneira desagradável com a consciência de estar mais uma vez atrasada, mais e mais a cada segundo.

Sai do carro sai do carro sai do carro.

Moveu-se. Saiu do carro e ficou de pé. O peso no estômago era tanto que ela mal conseguia suportar. Sentia-se como se estivesse se arrastando em direção ao elevador, como se os joelhos não suportassem o próprio corpo.

Morra morra morra.

Olhou para o botão de chamada do elevador. Deveria pressioná-lo. Nada aconteceu.

Aperte aperte aperte.

Rico foi a primeira pessoa que viu quando abriu a porta. Estava esperando por ela. Seus olhos escuros, calorosos. — Como você está?

Estou morta. Estou morta. Estou morta. — Tudo bem. E você?

Ao ouvir o som da voz dela, Guy levantou o olhar, seu rosto forte, frio. Deu duas batidinhas no relógio. — Doze minutos, Marnie.

— Mil desculpas. — Correu para sua mesa.

— Desculpa? — indagou-a. — Só isso? Nenhuma explicação?

— Trânsito.

— Trânsito? Isso afeta todo mundo. Ninguém mais chegou atrasado.

Henry desligou o telefone. — Caso novo! Diretor de banco. Coisa grande. Muita grana. — Parte dela caindo no colo de Henry. Os agentes ganhavam um por cento do valor de cada financiamento que conseguissem.

— Onde você encontrou o cara? — perguntou Craig, com inveja. Um novo marco para um agente significava um a menos para os outros. A competição era selvagem.

— No enterro do pai do primo da minha mulher — disse ele, enfático.

— Você deu seu cartão de visitas para alguém num enterro? — perguntou Lindka.

Henry encolheu os ombros, inocente. — Caras legais chegam por último!

Lindka pegou o *Telegraph* de Guy e passou os olhos pelo obituário. — Um monte deles. Vamos dividir. "Meus pêsames pela sua perda. Precisando de um financiamento?"

Todo mundo riu.

Marnie esboçou um sorriso hesitante. Ela já fora um deles: tubarões. Em casamentos e festas de aniversário, circulava entre os convidados, sorrindo, batendo papo, perguntando coisas genéricas ("Onde você está morando?") e chegando, com uma tática irretocável, ao ponto específico ("Já pensou em se mudar?"), tentando ignorar as vozes dentro de sua cabeça, que diziam que era terrivelmente inapropriado caçar trabalho em celebrações de família. Tudo o que importava, dizia a si mesmo, eram os telefonemas que seguiriam. Quando se estava ganhando um por cento do valor de venda, valia a pena suportar milhares de olhares de desprezo.

Mas, mesmo no ápice da produtividade, nunca fora uma das maiores geradoras, como Guy, dono da empresa, ou Wen-Yi, que parecia conseguir uma fila sem-fim de compradores de casa do nada. Ela não tinha o que era preciso para perseguir pessoas a qualquer custo. Se intuísse que estavam irritadas ou desconfortáveis, desistia. Paradoxalmente, isso funcionara a seu favor. As pessoas gostavam de sua gentileza — bem, algumas delas; outras achavam que ela era um zero à esquerda, incapaz de conseguir um bom negócio, e iam em busca de um gordinho arrogante, como Craig, ou um almofadinha superconfiante, como Henry.

Quando engravidou de Daisy, desistiu de trabalhar. Não havia razão para não o fazer: Nick ganhava o suficiente para os dois, e ela queria ser mãe em tempo integral. Mas a verdade era que fora salva pela gravidez. Sua sorte não andava boa, sentia que escapava de suas mãos. Saiu antes de todo mundo perceber.

Não planejara voltar, mas no ano anterior Nick não ganhara seu bônus habitual e houve um repentino, apavorante, rombo nas finanças do casal. Uma parcela enorme da hipoteca e das despesas escolares simplesmente não estava à disposição.

Passado o choque, a ideia de voltar a trabalhar depois de um intervalo de seis anos começou a parecer revigorante. De repente, compreendeu que a razão de estar tão infeliz era não ter sido feita para passar o dia todo em casa, sendo mãe em tempo integral. Amava imensamente Daisy e Verity, mas, talvez, o estímulo do mundo lá fora fosse vital para ela.

Guy a recebera de volta quando apareceu no primeiro dia, de roupa nova e salto alto, e ela ficou orgulhosa por voltar a ser um membro útil da família. Tinha importância. Mas — depois de dias, literalmente — ficou claro que não podia mais fazer aquele trabalho.

Não trazia novos negócios. A análise que fazia era que não saía com a mesma frequência de antes de as meninas nascerem, portanto tinha menos oportunidades de fazer novos contatos. No entanto, Nick tinha muitos colegas bem pagos, ela poderia se aproximar deles se estivesse suficientemente comprometida. Mas era impossível. Ela simplesmente não conseguia mais se relacionar com as pessoas. Certamente não era capaz de cavar negócios e não sabia articular propriamente o motivo disso. A única explicação que conseguia encontrar era que sentia vergonha. Não queria perturbar as pessoas; não queria chamar a atenção; não queria pedir nada, porque não seria capaz de suportar a rejeição.

Como não tinha alternativa, forçou-se a tentar. Mas não alcançava a nota certa da leveza (normalmente com os homens), nem da calma confiante (com as mulheres). Sua voz verdadeira estava enterrada sob uma montanha de pedras, sua boca ameaçadora não diria as palavras corretas, e, quando tentava sorrir, achava que seus lábios tremiam. Passava uma imagem agressiva, estranha e desesperada; constrangia as pessoas.

Pensara que voltar ao trabalho consertaria as coisas, mas tudo ficara pior.

Depois de quatro meses, não conseguira um único cliente novo, o que era ruim para o escritório, mas pior para ela, porque não ganhava comissão.

Guy era paciente, qualquer outro chefe já a teria mandado embora há muito, mas ela sabia que sua tolerância não resistiria para sempre.

Bea, gerente do escritório, fora embora e Guy sugerira que Marnie ocupasse seu lugar. Era um alívio para ambos — pelo menos agora ela teria um salário fixo —, mas era também humilhante. Fracassara. Mais uma vez.

Seu rebaixamento de posto significava que seria uma simples administradora, portanto não haveria mais almoços demorados, com direito a bebida alcoólica, e nada de sair no meio da tarde de sexta-feira.

Como uma funcionária pública, seria obrigada a ficar no escritório até o fim do expediente, mesmo que todos já tivessem ido embora, e atender telefonemas, receber encomendas, acalmar compradores de imóveis históricos... Era como ser expulsa do paraíso; uma vez estivera no mesmo nível dos outros, agora tinha que xerocar os documentos para eles. Mesmo assim, estava agradecida por ter um emprego. Guy pagava mais do que ela merecia. Podia ter alguém por muito menos.

Um arquivo esperava por ela — como se fosse uma acusação — em cima da mesa. Era de Wen-Yi. A venda da casa do Sr. Lee. Seu coração quase saiu pela boca.

Aquele arquivo era amaldiçoado. Tantas coisas haviam dado errado. Ela enviara os documentos originais para o endereço errado, para uma das várias propriedades alugadas do Sr. Lee, onde juntaram poeira sobre o capacho sem uso por duas semanas e meia. Mandara fotocópias, em vez de originais, para o construtor: uma ofensa terrível. Perdera — não havia outra explicação — o formulário de débito, que autorizava a construtora a receber os pagamentos mensais. Deveria estar no arquivo do Sr. Lee, mas, simplesmente, não estava e ela não fazia ideia, a menor ideia, de onde poderia estar. Pior, lembrava-se de tê-lo visto, portanto não poderia culpar o Sr. Lee, dizendo que ele nunca lhe entregara o papel.

Suas falhas e omissões atrasaram a venda por várias semanas; ela não suportava a ideia de contabilizar exatamente quantas, mas, às vezes, seu cérebro saía do controle e fugia, assombrando-a com números diferentes, enquanto ela tentava recapturá-lo e silenciá-lo.

— Comprovante da residência dele no Reino Unido — disse Wen-Yi. Ele parecia calmo, mas ela sabia que estava tentando conter a raiva. — Onde está o formulário?

Ela olhou para ele, inexpressiva. — Não sabia que... ele precisava de um.

— Então você não tirou?

— Eu não sabia que precisava.

— Para se fazer um financiamento de casa própria no Reino Unido, estrangeiros naturalizados precisam comprovar residência. É padrão.

Os corretores negociavam com vinte e seis bancos e agências de financiamento diferentes, cada um com regras próprias. Era a primeira vez que ela lidava com uma combinação de estrangeiro naturalizado e empréstimo para casa própria no Reino Unido. Mas não era desculpa. Ela deveria saber.

— Vou mandar os formulários para ele agora mesmo, Wen-Yi, desculpe.

— A parte do dinheiro já está certa — disse Wen-Yi. — A gente podia fechar hoje, mas isso está segurando toda a transação. Os vendedores estão sendo muito pacientes, mas andam falando em colocar a propriedade à venda novamente. É melhor isso não acontecer.

Deu as costas e se afastou. O resto do escritório fingiu não ter escutado e voltou a atenção para as telas de computador, fora Rico, que sinalizava simpaticamente com os olhos.

Ela foi até o armário atrás de si e, dedos tremendo, procurou o formulário certo. Havia, literalmente, uma centena de formulários diferentes, mas Bea montara um sistema eficiente, e quando conseguiu localizá-lo, leu o documento diversas vezes. Sim, era do Departamento de Empréstimos para a Casa Própria do Reino Unido. Não empréstimos para casa própria da Inglaterra. E era o documento de "Certidão de Residência para Estrangeiros Naturalizados". Não "Certidão de Cidadania". Não "Ficha de Antecedente Criminal."

Satisfeita por estar com o papel correto, começou a preenchê-lo, prestando tanta atenção aos detalhes que começou a suar. O que tinha acontecido com ela? Quando abalara tão profundamente sua autoconfiança que não era mais capaz de confiar a si mesma a tarefa mais banal?

— Correio — disse Guy, jogando uma pilha enorme de envelopes na mesa dela, fazendo com que desse um pulo. — Desculpe. Te assustei?

— Tudo bem. — Deu um sorriso trêmulo.

— Você está péssima — disse ele, preocupado. Para quem não o conhecia bem, seus olhos azuis pareciam frios, mas, depois de alguma convivência, era possível perceber a gentileza neles.

— Você poderia abrir a correspondência rápido, por favor? — Os pedidos de Guy eram sempre feitos educadamente. — Os formulários assinados da Findlaters devem estar aí. Preciso enviar isso o quanto antes.

Guy tinha passado por cima de Wen-Yi; ela faria a parte do correio. Colocou o formulário do Sr. Lee à segurança do seu escaninho e começou a rasgar envelopes com as unhas.

Guy franziu as sobrancelhas. — Use a faca para abrir cartas.

— Claro. — Ela não conseguia nem abrir apropriadamente uma correspondência. Pegou a faquinha na mesa arrumada e teve uma vontade súbita de enfiá-la no coração.

Em vez disso, abriu mecanicamente os envelopes e separou os conteúdos em pilhas organizadas.

— Guy, estão aqui. — Levantou os formulários da Findlaters para que ele visse.

— Excelente. Quero cópias deles, e quero que leve os originais para o banco.

Enquanto estava na fotocopiadora, decidiu xerocar todos os outros documentos assinados que haviam chegado pelo correio. Forçou a concentração — para não misturar a papelada e garantir que as cópias fossem arquivadas e os originais deixados de lado, para serem levados ao banco. Não era uma ciência exata, ela sabia disso, mas na maior parte do tempo parecia incapaz de fazer o que era certo.

Pegou um punhado de envelopes A4 e voltou à sua mesa para enviar os originais ao banco correto. Era um trabalho tranquilo e, quando descobriu que estava usando o último envelope da pilha para guardar o último documento, uma luz se acendeu em seu coração.

Uma coincidência feliz. Não contara os envelopes necessários, mas pegara o número certo por acidente.

Estou melhor, pensou. Deve ser o Prozac.

Mesmo não tendo ainda começado a tomar. O simples fato de carregar a receita na bolsa parecia ter efeito positivo.

Depois, seu olhar recaiu sobre o formulário do Sr. Lee — ainda aguardando pacientemente na bandeja do escaninho para ser envelopado e enviado — e a luz se apagou. Não tinha um envelope para ele. O almoxarifado não ficava a mais de alguns metros, mas ela fora incapaz de fazer com que suas pernas se movessem. Não compreendia. Não era exaustão física, como se os músculos estivessem cansados. Era como se houvesse um campo de força em volta do corpo, fazendo pressão contra. Podia pedir a ajuda de alguém — Rico —, mas seria estranho. E já não conseguia nem mesmo falar. Usou tudo o que podia.

É urgente é urgente é urgente.

Mas era por isso que não conseguia se mover: era assustador demais.

Vou fazer num instante vou fazer num instante vou fazer num instante.

Mas sempre que olhava para o formulário sentia como se estivesse sendo escalpelada. Então, pegou o papel na bandeja e jogou-o dentro da gaveta, debaixo de um pote de vitamina B_5 — "a vitamina feliz" — e de um pacotinho de sálvia.

— Marnie! — gritou sua mãe. — Que engraçado você ligar! Eu estava lendo um tabloide da Bid... Bem, eu digo lendo, apesar de não ser necessária muita leitura para isso, é claro... E havia uma foto do Paddy de Courcy e da "futura esposa".

Era sempre a mesma reação: bastava ouvir o nome dele. Automaticamente, levava o dedo do meio da mão esquerda para o centro da palma direita; bastava uma menção a Paddy para sua mão começar a coçar.

Em agosto, assim que a notícia do noivado tinha se espalhado, Grace telefonara: — Tenho novidades. É o Paddy. Ele vai casar.

Não se atreva a ser feliz, seu desgraçado.

— Você está bem? — Grace fora direta; não suportava a ideia de ver Marnie sofrendo.

Instantaneamente, a raiva inesperada de Marnie morrera, e tranquilizar Grace passara a ser mais importante. — Tudo bem.

Que bom que você me contou. Não seria.... legal ficar sabendo por outra fonte.

— Mamãe e papai devem tocar no assunto. Queria que você estivesse preparada.

A possibilidade de os pais dela comentarem o assunto era enorme; eles não aprovavam totalmente a política de Paddy, mas eram incapazes de negar o interesse por ele.

Sua mãe continuou: — Aqui diz que Sheridan vai ser padrinho. Incrível que em tempos tão descartáveis eles ainda mantenham a amizade, não é? Devo dizer que quando vejo Paddy agora, de terno, me lembro dele sentado na mesa da minha cozinha, sem um tostão no bolso, aqueles olhos famintos. E nenhum de nós imaginava que ele se tornaria esse.... bem, estadista é a única palavra. Um pouco raso em medidas concretas, mas o mais irritante é que com o carisma que tem, as pessoas parecem nem ligar para essa parte. Claro que seu pai diz que nunca gostou dele, mas é só purpurina, vontade de criar polêmica.

— Humm. — Ela estava bem agora, normalmente conseguia se aprumar com facilidade.

— De alguma forma, Paddy me lembra o Bill Clinton jovem. — disse sua mãe. — Fico pensando se ele tem o mesmo probleminha de não conseguir segurar o pau dentro das calças.

— Mamãe, você não deve dizer pau. — Por sorte, todos os outros estavam almoçando, não havia ninguém no escritório ouvindo aquilo.

— Obrigada, amorzinho, você é sempre tão delicada. O que devo dizer, então? Pênis? Piu-piu? Pinto?

— Pinto talvez seja a melhor opção.

— Repetindo a pergunta anterior, será que ele tem o mesmo problema do Bill Clinton, no quesito manter o pinto dentro da calça? Tudo bem eu dizer calça?

— Depende. Você quer dizer calça comprida ou cueca?

— Calça comprida, eu acho.

— Então, melhor dizer calça comprida. Porque cueca sem cu é eca, cueca sem eca é cu, se tirarem o cu da cueca, a cueca fica sem cu.

Ela não queria mesmo ser acusada de estar se referindo a isso.

— Será que ele tem alguma dificuldade de manter o pinto dentro da calça comprida?

— Eu diria que sim.

— Eu também. Claro que não tenho motivo para dizer isso, fora o fato de ele estar sempre "associado" a mulheres bonitas e bem-sucedidas. Se a pessoa toma gosto pela coisa, deve ser difícil renunciar depois. "Homens precisam de quatro coisas: comida, abrigo, xoxota e xoxotas desconhecidas." Jay McInerney, não lembro em que livro. Claro que estou sendo irônica, não suporto homens infiéis usando a desculpa da necessidade fisiológica, mas Alicia vai cortar um dobrado com esse pinto voador.

— Ela sabe onde está se metendo.

— E essa história dela ser viúva? De que foi que o marido morreu?

— Provavelmente se matou, porque não suportava mais ficar casado com ela.

A mãe ficou chocada: — Por que você diria uma coisa dessas? Que idade ela tem?

— Você sabe a idade dela, ela tem trinta e cinco, minha idade.

— Como eu saberia disso?

— ... Mãe... porque você conhece a Alicia.

— Te garanto que não.

— ... Mamãe, eu não acredito... achei que você soubesse...

— Soubesse o quê, amorzinho?

— Dá uma olhada na foto, mãezinha. Imagina essa mulher sem as mechas louras.

Houve ruídos quando a mãe pegou o jornal.

— E sem maquiagem. E sem cabelo comprido. E bem mais jovem.

Levou um susto: — Jesus, Maria, José, não pode ser...

— É ela.

Marnie não tinha tomado nenhuma vitamina B_5 o dia todo — não era de estranhar que se sentisse tão derrubada —, mas, quando abriu a gaveta, viu, escondido debaixo do pote de vitamina, o formulário do Sr. Lee. Ainda ali. Ainda não enviado. O chão tremeu sob seus pés. Como ela podia não ter feito aquilo? Se era tão importante?

E era tarde demais agora, o correio já estava fechado.

Prometeu, do fundo do coração, que a primeira coisa que faria na manhã do dia seguinte seria enviar o documento. Mas e se Wen-Yi descobrisse? E se ele decidisse mexer nas coisas dela depois que saísse?

Tomada de pânico, tirou o papel da gaveta e enfiou-o na bolsa com um movimento brusco.

Como se pressentisse alguma coisa, Wen-Yi levantou a cabeça e perguntou: — Você mandou o formulário de residência para o Sr. Lee?

— Mandei.

— Marnie? Vamos tomar um drinque rápido? — perguntou Rico.

— Comemorar a maior comissão da minha vida?

Ela considerou a possibilidade. Apenas rapidamente, mas por tempo suficiente para que despertasse nela um desejo poderoso. A ideia de um escape... Mas não podia. As crianças a esperavam em casa às seis e quinze. Melodie, a babá, estaria pronta para sair para o outro trabalho. Depois se lembrou do que acontecera na última vez em que saíra para beber com Rico.

— Não, eu... — De repente, percebeu que estava sendo observada. Girou a cabeça: Guy acompanhava a conversa. Imediatamente, ele desviou o olhar e ela voltou a falar com Rico.

Balançou a cabeça. — Não, Rico, não vai dar.

— Que pena. — Ele pareceu genuinamente chateado.

Mas um cara bonito como ele encontraria outra pessoa.

Cinco da manhã. Cedo demais para levantar, tarde demais para voltar a dormir. Ela devia fazer algo de útil com esse tempo. Poderia praticar ioga no andar de baixo, mas isso não daria certo. Não no caso dela. O exercício deveria ser calmante. Ou estimulante. Ou transformador de vidas, se a pessoa tem sorte. Jennifer Aniston dissera que a ioga ajudara no seu processo de divórcio com Brad Pitt.

Então, por que era tomado por um tédio tão desesperador que a única maneira de praticar ioga era fazendo sudoku ao mesmo tempo?

O formulário do Sr. Lee. Por que não conseguira enviá-lo? Era um serviço simples. Não teria tomado mais de vinte segundos. Mas não o fizera e, agora, sofria pela sua negligência, deitada e acordada tão cedo, preocupada e com medo.

O único conforto disponível era a promessa feita a si mesma — mais uma vez — de que o faria assim que entrasse no escritório. Nem mesmo tiraria o casaco. Até lá, estava impotente: não posso fazer nada não posso fazer nada não posso fazer nada. Deixou sua mente vagar, em busca de algo em que se apegar. Palavras brotavam dentro da sua cabeça: em algum lugar do mundo, alguém é torturado neste exato momento. Faça parar. Faça parar. Faça parar. Faça parar. Faça parar. Faça parar. Faça parar. Faça parar.

Quem quer que sejam, quem quer que sejam, merecem alívio.

Era culpa sua. Uma notícia a que assistira na noite anterior sobre duas adolescentes sequestradas por quatro homens. Eles as torturaram de incontáveis maneiras, vingança contra algum traficante, não contra as meninas, mas contra os pais delas.

Ela sabia que não devia ter ficado na sala. Sabia que, em determinado momento, pagaria o preço. Mas uma fascinação abjeta fez com que ficasse imóvel diante da TV, desesperada para não escutar, ao mesmo tempo inacreditavelmente curiosa em relação à gama de coisas terríveis que os seres humanos são capazes de fazer uns contra os outros.

Pensou na possibilidade de isso acontecer com suas meninas. Com Grace. Teve vontade de vomitar.

Torturadores são tão mais criativos do que ela jamais fora capaz de ser. Perguntou-se que tipo de gente eles seriam. Eram forçados a fazer aquilo? Alguns, sim, para evitar que o mesmo fosse feito com eles. Mas outros deviam gostar.

E por que ninguém parecia tão obcecado quanto ela? Quando, adolescente, comentara seus pavores com Grace, a irmã respondera com praticidade assustadora: se isso algum dia acontecer com você, aconselhara, basta dizer tudo o que eles querem saber.

Aquilo foi antes de Marnie descobrir que algumas pessoas torturavam por prazer.

Esticou o braço até o chão e pegou seu livro. Estava lendo *A Redoma de Vidro*. Novamente. Não era à toa que andava deprimida, dissera Nick. Mas tentara ler coisas mais animadas — romances que prometiam "boas gargalhadas" —, e acabara interrompendo a leitura, porque eram bobos demais. Pelo menos com Sylvia Plath tinha o conforto de saber que alguém mais já tinha passado por isso. Vale lembrar o modo como a autora deu fim à própria história: enfiando a cabeça no forno e ligando o gás.

Segurou o livro próximo ao rosto, tentando decifrar as palavras na pouca luz da madrugada. Nick se mexeu na cama: ela o acordara ao passar as páginas.

— Que horas são? — resmungou.

— Cinco e vinte.

— Ah, pelo amor de Deus!

Ele se enroscou debaixo das cobertas, revirando no colchão na tentativa de voltar a dormir. Ouviram batidas à porta. Passinhos leves. Verity.

— Posso entrar, mamãe?

Marnie concordou, levou o dedo aos lábios. — Não pode acordar o papai. — Ergueu o cobertor, convidando-a. O corpinho quente de Verity espremeu-se na cama e a mãe a abraçou.

— Mãe? — sussurrou Verity.

— Shh, não acorda o papai.

— O papai está acordado. — A voz dele soou grossa e petulante.

— Mãe, o que vai acontecer se você morrer?

— Eu não vou morrer.

— E se você ficar doente e tiver que ir para o hospital?

— Não vai acontecer, meu anjo. Não vou ficar doente.

— E se o papai perder o emprego?

— Papai não vai perder o emprego.
Mas talvez não recebesse o bônus. Mais uma vez.
Acariciou a cabeça de Verity e tentou fazê-la dormir novamente. De onde a pequena andava tirando tanta ansiedade? Não poderia estar juntando fragmentos do nada.
Ela era mãe de Verity, devia ser culpa sua.

— Mãe, faz uma trança no meu cabelo? Não uma simples, eu quero uma daquelas altas.
— Mãe! Não consigo achar meu caderno rosa.
Marnie, amarrando o tênis imundo de Verity, passou os olhos por toda a cozinha. — Está aqui.
— Não esse rosa, o rosa brilhante!
— Olha na sua mochila.
— Não está na mochila.
— Olha de novo.
— Ah, você olha, mãe?
— Ma-ãe — disse Daisy, frustrada. — *Por favor*, pode fazer a trança? Eu nunca te peço nada.
— Ok, ok. Deixa eu terminar isso, depois preparo as merendeiras, depois faço a trança. Verity! Cadê seus óculos?
— Perdi.
— Procura.
— Não. Odeio eles.
O coração de Marnie ficou pequenininho. — Eu sei, meu amor. Mas você não vai ter que usar óculos para sempre. Toma. — Jogou o par de tênis para a filha. — Coloca na sacola da roupa de Educação Física. Ok, Daisy, vamos fazer seu penteado.
— Mas você disse que ia procurar meu caderno! — disse Verity, chateada.
— E você tem que preparar nossas merendeiras primeiro — disse Daisy. — Você não vai esquecer de novo, vai?
Jesus Cristo! Esquecera uma vez. Uma vez em quantas? Mas não existia absolvição quando se era mãe. Toda transgressão repercutia.

— Não vou esquecer. Agora me dá a escova de cabelo. — Com os dedos tremendo, não se saiu bem. Fez uma trança simples, em vez de alta. — Mas como é esse inferno de trança alta?

— Não fala inferno.

Marnie estava entrando em pânico. O tempo estava passando. Ela não podia se atrasar mais uma vez para o trabalho, seria exigir demais de Guy. Não sabia qual era o limite do chefe, mas, intuitivamente, sabia que estava próximo.

— Primeiro, tem que fazer um rabo, depois a trança!

— Ok, rápido. — Desfez o penteado de Daisy, refez apressadamente. Ficou esquisito, como se tivesse espetado com um arame.

— Pronto, princesa, está linda.

— Está ridículo.

— Você é muito nova para dizer ridículo.

— Eu sou criança. Eu absorvo tudo o que escuto, feito uma esponja. Como vou saber que sou nova para dizer ridículo?

— Não importa, você está linda. Vamos.

— As merendeiras!

Enquanto Marnie enfiava uvas e barras de cereal sem açúcar nas merendeiras de bailarina, Daisy observava a operação como se fosse inspetora do Departamento de Armas da ONU.

A lata de pacotes de salgadinhos orgânicos estava vazia — como isso acontecera?

— O papai comeu — disse Daisy. — Disse para ele que era nosso lanche, mas ele disse que você ia comprar outra coisa para a gente levar.

Droga, Nick. O que ela colocaria nas merendeiras?

O que tinha na geladeira? Beterraba? A chance de Verity comer aquilo era pequena. Talvez pudesse ser enganada pela cor bonita, mas Daisy sabia muito bem o que era e o que não era aceitável dentro de uma merendeira diante dos colegas.

No armário, encontrou um pacote de wafers de chocolate, trazido por algum convidado para jantar. Aquilo funcionaria.

— Biscoito? — perguntou Daisy bruscamente. Se estavam tendo permissão para comer açúcar refinado, a barbárie devia estar próxima. — A gente não pode comer biscoito. Você sabe bem disso — acrescentou com um suspiro cansado.

Os biscoitos voltaram para o armário.

— Mais uvas — sugeriu Daisy.

Mais uvas, então. Não havia escolha. Marnie fechou as merendeiras e entregou uma a cada menina. Mas não podia deixar Daisy sair do jeito que estava — a trança espetada, parecendo uma antena para captar sinais do Espaço Sideral. — Espera, Daisy, deixa eu ajeitar seu cabelo.

Enquanto dava um jeito na trança, disse: — Tenha um bom dia na escola, e toma conta da Verity.

Daisy conhecia as vantagens naturais que tinha sobre a irmã. Era bonita, popular, inteligente e boa nos esportes. E sabia que, com o poder, vinham as responsabilidades.

Mas, em vez da típica promessa solene de cuidar da irmã, Daisy disse baixinho: — Mãe, não vou estar sempre por perto para cuidar da Verity. Ela precisa aprender a fazer isso sozinha.

Marnie ficou sem palavras. Olhou para Daisy e pensou: Você tem seis anos. O que terá acontecido com a inocência infantil? A convicção de que o mundo era um lugar seguro? Mas compreendia como as coisas eram para Daisy. Tentando impedir a dor de Verity, tentando senti-la pela outra. Era responsabilidade demais.

E era, mais uma vez, sua história com Grace.

Daisy suspirou novamente, um suspiro longo, de adulto. — Vou fazer o que puder, mamãe, mas nem sempre vou estar por perto.

— Tudo bem, meu anjo, tudo bem. Não precisa se preocupar.

Puxou Daisy para perto de si. Agora atribuía a si não somente a ansiedade permanente de Verity, mas a culpa e o ressentimento de Daisy.

Como protegê-las da dor de viver?

— Mãe, você está me machucando.

— Estou? Desculpa. Desculpa, desculpa, desculpa.

Olhou para os olhos castanho-escuros de Daisy e pensou: Te amo tanto que me contorço de agonia. Te amo tanto que quase desejaria que você não tivesse nascido. Nem uma nem outra. Vocês estariam melhor mortas.

Demorou um minuto para que se perguntasse, nem tão surpresa assim: Estaria pensando em matar minhas filhas?

Deixou-as no portão do colégio. A maioria dos pais ia até a sala de aula deixar as crianças, como bastões numa corrida de revezamento, só liberando o controle de sua carga quando o professor a segurava com firmeza. Pelo espelho retrovisor do carro, acompanhou as meninas em seus uniformes, meias até os joelhos e chapéus de palha, as merendeiras, os kits esportivos, as mochilas e os instrumentos musicais — um violino para Daisy, um gravador simples para Verity. Ainda sentindo-se culpada, deu partida em direção ao fluxo de trânsito.

Wen-Yi a observava. Dependendo do reflexo da luz nos óculos, nem sempre podia ver os olhos dele, mas sentiu que catalogava cada um de seus movimentos. Seria impossível tirar o formulário da bolsa e colocá-lo num envelope: ele veria. Na hora do almoço, Marnie saiu, planejando comprar um envelope, selos e postá-lo numa caixa de correio da rua. Mas a fila na Rymans estava enorme. Só um guichê funcionando. Um homem comprava uma quantidade ridícula de itens, parecia que estava montando um escritório do zero, e levou um tempão até que todas as pastas e arquivos estivessem empacotados. Primeiro, em embalagens simples, depois, duplas. Quando finalmente o sujeito tentou pagar, descobriu-se que as linhas telefônicas não estavam funcionando. Nenhum pagamento com cartão de crédito seria possível, então ele se dirigiu ao caixa para pagamentos em dinheiro. Quando voltou, a fita da nota fiscal teria que ser trocada. Outros clientes largavam suas pilhas de compras no balcão e deixavam o local, reclamando. Marnie tinha vontade de chorar de raiva e frustração, mas se recusava a desistir.

Finalmente, o homem do escritório novo foi embora, e a fila andou, mas o seguinte estava com um carregamento de cartões, nenhum deles com código de barras. O menino do caixa teve que sair de seu posto e acompanhar o comprador até o interior da loja, onde os cartões ficavam dispostos, porque não havia registro deles no sistema. A dupla sumiu por tempo indeterminado.

Estou sendo testada estou sendo testada estou sendo testada.

Não conseguia olhar para o relógio. Não se permitia. Ver o tempo ser engolido a deixaria louca. Então, o homem na sua frente disse: — Pelo amor de Deus, são duas e dez! — E ela sabia que tinha que voltar porque, apesar de ter abandonado as meninas no portão do colégio, se atrasara mais uma vez esta manhã.

Rapidamente, considerou a possibilidade de colocar uma nota de dez no balcão e sair com os envelopes. Mas ainda não tinha os selos — ficavam no caixa — e, conhecendo sua sorte, seria presa por furto; era um risco alto demais. Em desespero, desistiu da compra e o dia terminou como começara, com o formulário do Sr. Lee ainda na bolsa.

— Por que você está aqui?

— ... Eu quero ser feliz. — Confissão vergonhosa.

— E você não é?

— Não.

— Por que não?

— Não sei. Tenho tudo... marido, duas filhas perfeitas, uma casa...

— Tudo bem. Sem julgamentos.

Treinamento cognitivo. Lera a respeito num suplemento de domingo. Em dez sessões curtas, transformara a vida da jornalista, dispersando sua sensação de futilidade eterna e preenchendo-a com uma satisfação calorosa. Imediatamente, Marnie telefonara para o número no final da matéria, mas não conseguira uma consulta com aquela terapeuta — graças à publicidade positiva, ela estava com a agenda lotada até o ano seguinte. Mas, numa busca na internet, encontrara Amanda Cook, em Wimbledon, que dizia oferecer Terapia Cognitiva.

— É a mesma coisa que Treinamento Cognitivo? — perguntara Marnie pelo telefone.

— O que é Treinamento Cognitivo?

— Ah. — Marnie imaginara que alguém do mundo terapêutico pudesse trafegar por diferentes disciplinas. — Bem, li uma matéria no jornal...

— Preciso te alertar sobre uma coisa... — dissera Amanda com sinceridade. — Existem muitos charlatões nesse meio. Inventam um nome sofisticado para o que fazem e...

Para a surpresa de Marnie, sua esperança começara a se esvair; mas ela não permitiria isso, precisava acreditar que alguém poderia ajudá-la. O título dessa mulher incluía a palavra da moda, "cognitivo", o que já era bom o bastante.

— Ok, tudo bem, tudo bem! Posso marcar uma consulta?

— Que tal amanhã? — sugerira Amanda. — Estou com o dia livre. Ou então na quarta?

Mais uma vez, a esperança de Marnie minguara: teria tido mais confiança se essa terapeuta, conselheira, seja lá o que fosse exatamente, estivesse mais ocupada.

Por um momento se perguntara se deveria simplesmente procurar um terapeuta comum, não cognitivo... Mas já tinha tentado vários deles ao longo dos anos, e nada funcionara. Talvez, essa coisa "cognitiva" estivesse só começando, talvez em três meses fosse estar na crista da onda, e então não se poderia conseguir um horário com Amanda por amor nem por dinheiro. Portanto, concordou em ser atendida às 6h15 da noite de quinta-feira.

— Logo depois da High Street — dissera Amanda Cook. — Tem uma fileira de lojas, fico em cima da farmácia...

— E você acha que pode me ajudar?

— Acho. Mas é melhor você não estacionar na rua. É só para quem tem permissão. Melhor parar na Ridley Road: sempre tem vaga lá. Bem, te espero às seis e quinze. Não vou te esperar nem um minuto além das sete.

— Tudo bem. E, posso te perguntar... — Queria tomar ciência das qualificações exatas de Amanda Cook, a matéria no jornal a alertara sobre isso —, mas desistira. Não queria parecer ofensiva — Não, nada não, tudo bem. Então, ok, a gente se vê lá.

Quando Marnie subiu a escada estreita e empoeirada até a sala no primeiro andar, pensou sobre a mulher que a salvaria. Como uma cabeleireira ou professora de ioga, uma terapeuta deveria ser seu melhor cartão de visitas. Se não eram capazes de operar a própria mágica em si mesmas, como fazer com que alguém mais acreditasse nelas?

Felizmente, a primeira impressão não foi desencorajadora. Provavelmente no final dos trinta — apesar de ser difícil precisar com aquele rosto redondo —, Amanda era uma mulher alegre, de saia e bata. Cabelo castanho, nem liso nem cacheado. Imediatamente, Marnie sentiu-se magra e neurótica, com seu terninho e rabo de cavalo de mulher de negócios.

— Entra, minha querida. — Um resquício de sotaque podia ser identificado na voz de Amanda. Agradável e caloroso, e Marnie tentou esquecer que aquele sotaque lhe passava a sensação de gente idiota.

— Onde você estacionou? — perguntou Amanda.

— Na Ridley Road..

— Na rua? Porque é só para quem tem permissão. Se parar na rua, eles vão tocar aqui e interromper a sessão.

— Eu sei. Você me disse, ao telefone.

— Por favor, sente-se. — Apontou uma poltrona laranja. Na poltrona em frente havia um saco aberto de batata frita. Amanda varreu-o dali e sentou-se.

A primeira impressão positiva de Marnie se esvaíra rapidamente — Marnie estava nas mãos de uma gorducha ansiosa. Era completamente equivocado julgar as pessoas pela aparência. Mas precisava que Amanda Cook fosse uma operadora de milagres e, se Amanda Cook fosse realmente uma operadora de milagres, seria tão... pesada?

Não pense assim. Cirurgiões cardíacos não se operam. Treinadores de cavalos não fazem provas de salto.

Talvez, Marnie se convenceu, ela estivesse tão feliz consigo mesma que nem reparasse que estava — era difícil precisar, por causa da roupa larga —, o quê? Uns vinte quilos acima do peso?

— Uso uma combinação de terapia comportamental cognitiva e *coaching* pessoal para ajudar a pessoa a atingir o que considera a vida ideal — disse Amanda. — Diferentemente das psicoterapias tradicionais, em que o sujeito pode levar anos para aliviar dores passadas, a Terapia Cognitiva tem a ver com o aqui e o agora. Usando uma combinação de visualizações e mudanças práticas, consigo resultados bastante rápidos.

Quanta autoconfiança! Mesmo com aquele cabelo. — Sempre? — perguntou Marnie. — Resultados muito rápidos sempre?

— Sempre.

— Eu fracasso em tudo.

— Isso é só uma maneira de perceber as coisas, minha querida.

Marnie não queria ser implicante, mas acabava sendo. Era fato consumado, comprovado repetidamente. — Você já ajudou pessoas como eu?

— Como são pessoas como você?

— ... Sem esperança... de que as coisas possam mudar ou melhorar.

— Sem quebrar meu voto de confidencialidade com os clientes, recentemente desviei um homem da ideia do suicídio.

Bem, isso era impressionante.

— Você só precisa mudar seu pensamento, querida. Queria saber alguns detalhes. Você mora...?

— Wandsworth Common.

— Ótimo. Numa daquelas casas enormes?

— É...

— Seu marido faz o quê?

— Trabalha com investimentos, mas...

— Só para ter uma sensação sobre você. — Amanda fez uma anotação no seu caderno. — E você tem dois filhos? Meninas?

— Meninas. Seis e cinco anos.

— Agora, Marnie, eu gostaria que você fechasse os olhos, deixasse o mundo desaparecer. Depois, por favor, descreva para mim sua vida ideal.

Era assustador. — Minha vida ideal?

Amanda sorriu. — Se você não sabe como ela é, como pretende fazer com que aconteça?

Esse era um bom argumento. — Mas eu não sei como imagino minha vida ideal. — E, se fosse totalmente honesta, suspeitava que o problema não era sua vida. O problema era ela.

— Você precisa entrar em contato com seus sonhos. — Amanda sorriu. — Ser ambiciosa com você mesma!

— Eu sei, mas...

— Lembre-se, o único limite para a nossa felicidade é a nossa imaginação.

Mais uma vez, Marnie não queria ser pedante, mas tal frase não resistiria a uma análise mais profunda. Era tudo muito suspeito. Ela antecipara uma visão prática dos fatos duros da vida que levava, não essa coisa abstrata, meio fabulosa.

— Desbloqueie seus sonhos — pediu Amanda. — Renda-se à energia, e as palavras certas virão.

Viriam? Ela duvidava, ah, como duvidava, mas, ainda assim, esperava estar errada.

— Vamos lá, Marnie, não tenha medo. Você está num lugar seguro e o tempo é todo seu.

A maior parte do tempo em que ficava acordada, Marnie sofria de desejo, mas, estranhamente, agora que era requisitada a articulá-lo, não conseguia formular uma única vontade. O pânico crescendo, revistou os pensamentos em busca de alguma coisa. Não podia falhar nisso, não era humanamente possível.

— Comece pequeno, se precisar — disse Amanda. — Qualquer coisa, só para colocar a bola em jogo.

— Ok. — A bola em jogo. Ela respirou profundamente. — Isso é uma bobagem, mas eu gostaria de ser capaz de... consertar coisas. Como se eu tivesse um cinto de mil e uma utilidades na cintura.

— Manutenção de um carro, por exemplo?

— Não exatamente. — Ela encolheu, diante da confusão de Amanda. — Estava pensando numa coisa meio sexy, boa na hora da crise... mas, espera, espera! Me surgiu uma coisa. — Uma ideia aparecera em sua cabeça e ela a agarrara com gratidão sôfrega. — Eu adoraria ser uma dessas mulheres incríveis...

— Mulheres incríveis?
— Uma dessas africanas brancas, do *Adeus, África*, apesar de eu não ter visto esse filme. Alguém que consegue pilotar um avião e rastrear animais.

Amanda fez outra anotação no caderno. — Descreva para mim, por favor, seu dia a dia como uma dessas "mulheres incríveis".

— Ah... — Pelo amor de Deus, como faria isso? Nem vira a porcaria do filme. — Eu... ah... eu... nunca teria que cozinhar, lavar ou passar.

Amanda pareceu desdenhosa: — É sua vida ideal. Vamos lá, Marnie, desacorrente o sonho! Você tem empregados, não?

— Acho que sim.

— Descreva o encontro com um deles. Visualize esse encontro.

— Ah... — Isso era ridículo. — Eu entro em casa, de culotes para dentro das botas pretas de couro... me jogo no sofá zebrado e digo: "Me traz um gim-tônica, Mwaba." — Depois de alguns minutos pensando, acrescentou: — "Rápido, Mwaba."

— Excelente. Pode continuar.

— Ah. Bem, ele traz o drinque para mim... e... eu não agradeço. Nunca agradeço nada. Quando chego nos lugares, jogo a chave do meu Land Rover para a primeira pessoa que vejo e digo: "Estaciona."

Isso deprimiu Marnie. Agradecer às pessoas era o mínimo que um ser humano devia fazer por outro, e ela se recusara a agradecer ao pobre e mítico Mwaba, só para conseguir a aprovação de Amanda.

— Com quem você se parece? — perguntou Amanda.

— Caramba, sei lá. — Isso era tão difícil. — Sou alta, eu acho. Magra. Mas não ligo muito para a aparência. — Gostava do som disso. — Nunca passo condicionador, nem uso cremes no rosto, e faço roupas tipo camisetas e jaquetas cáqui caírem bem.

— Mas você é bonita?

— Ah, por que não?

— Você é casada? Nessa sua vida ideal?

Branco. — Sou. Não. Sou. Quando eu tinha vinte e um anos, meu marido se matou, depois me divorciei do segundo, quando tinha vinte e sete. — De repente, ideias borbulhavam em sua mente. Talvez estivesse, finalmente, começando a fazer o exercício corretamente. — Tenho trinta e cinco anos, agora, na minha vida ideal... quer dizer, eu também tenho na vida real, mas continuo falando da minha vida ideal. Estou me divorciando do meu terceiro marido. Tenho um caso tórrido com um homem mais novo. — Pausa. — E com um muito mais velho. — Por que não? — Não tão mais velho, só alguns anos. Cinco. Sete. Isso, sete.

Mais uma anotação no caderno de Amanda. — Conta mais.

— Faz muito calor o tempo todo. Eu pego malária, mas é só uma desculpa para beber mais gim, por causa do quinino da água tônica. Eu digo: "Não suporto essa porcaria de tônica pura." Meus amigos são Bitsy, Monty e Fenella, e, aonde quer que eu vá, são sempre as mesmas pessoas. De vez em quando piloto meu próprio avião até Johanesburgo, mas logo fico me coçando para voltar pra selva. — Agora, deixava fluir, finalmente: — Na selva, a gente bebe até cair e o jantar nunca sai antes das onze da noite, quando todo mundo já está bêbado demais para comer. Ninguém está interessado em comida, mas a gente morre de medo de acabar o gim. Ficamos olhando para o céu, nos perguntando quando o avião com suprimentos vai aparecer com mais gim.

Amanda tinha parado de anotar. Simplesmente escutava.

— Meu marido diz coisas do tipo "Minha linda mulher". Ele tenta ser irônico, mas é tão claramente apaixonado por mim que soa completamente patético. Eu digo: "Cala a boca, Johnny, você está bêbado." Ele já foi bonito, mas agora está inchado de tanta bebida. "Você é fria", diz ele. "Gelada, gelada." Ninguém, fora o meu garotão, suporta minha bebedeira. — Marnie tomou fôlego para continuar, gostava de si naquele momento. E, num segundo, já não gostava mais.

Amanda olhava para ela com uma expressão estranha, meio preocupada, meio alguma outra coisa. Desprezo, talvez?

— Bom! — Amanda se endireitou e disse, com falsa animação: — É um desejo e tanto, Marnie. Vamos trabalhar com o que a gente tem. Você já viveu na África?
— ... Não.
— Sabe pilotar avião?
— ... Não.
— Sabe atirar?
— ... Não. — Marnie agora sussurrava. — Mas eu tenho camisetas sem manga e uma jaqueta cáqui. — Do curto período em que teve aulas de equitação. — E tenho um carro.
— Um carro? Claro que você tem. — Amanda olhou para o caderno e Marnie se deu conta de que a demora no olhar era longa.
Finalmente, Amanda levantou a cabeça e disse: — Não posso te ajudar.
Marnie ficou paralisada. Muda de choque.
Ela pensa que sou mimada, uma dona de casa entediada.
Não sou uma dona de casa. Eu tenho um emprego. Mas as palavras não foram pronunciadas.
— Eu poderia tomar seu dinheiro, mas isso não seria ético. Não vou cobrar pela consulta de hoje.
O rosto de Marnie estava quente.
Eu não quero viver na África. Não quero ser rude com as pessoas. Só disse isso para te agradar.
De cabeça baixa, Marnie pegou a bolsa e vestiu a jaqueta, impressionada com o que havia acontecido. Seria possível Amanda Cook tê-la julgado pela casa em Wandsworth e suas — falsas — aspirações autodestrutivas? Será que Amanda Cook simplesmente não gostara dela?
Nada, nada. Não sinto nada.
Marnie fez um gesto de despedida para Amanda, ainda imperiosa em sua poltrona, depois deixou a sala e impediu-se de descer a escada correndo, caso as pernas, bambas, quisessem lhe pregar uma peça e a lançassem até o final dos degraus.
Quando ganhou novamente o mundo exterior, o ar frio da noite chicoteando seu rosto, percebeu que não vira nenhum

diploma emoldurado nas paredes. Seria possível Amanda Cook não ter nenhuma qualificação profissional? Mas, em vez de sentir-se melhor com isso — pelo menos, não fora julgada por uma terapeuta de verdade —, sentiu-se ainda pior. Entregara sua saúde mental a uma mulher que talvez fosse uma das próprias charlatãs contra as quais alertara.

Que tipo de idiota era ela? Como podia pensar tão pouco de si mesma que nem ao menos checava as credenciais de alguém?

Internamente, sentia existir um mundo de vergonha, mas andar rápido mantinha esse universo contido. Escutar o clique-clique dos saltos no asfalto era reconfortante. Significava que suas pernas se moviam, mesmo que os joelhos fraquejassem.

Nick esperava por ela no hall. Estava claramente agitado.

Ela não estava atrasada. Não fizera nada de errado. Só podia ser...

— ... Bônus? — sussurrou.

A expressão no rosto dele dizia tudo. Estava oficializado. Nada de bônus este ano. De novo.

Meeeerda.

As crianças pescaram o clima de catástrofe e haviam se enfiado no quarto de brinquedos.

— Ano ruim no mercado — desculpou-se.

— Ninguém está te culpando.

Ele estava devastado; ganhar dinheiro era sua maneira de sentir-se validado.

— A gente vai dar um jeito — disse ela.

Depois, quando as meninas já estavam dormindo, encontrou Nick em seu escritório cercado de fichários carregados de extratos bancários e faturas de cartão de crédito.

— Onde diabos vai tudo isso? — questionou, impotente. — Tudo custa tão caro.

A hipoteca mais que tudo. Haviam comprado a casa, de cinco quartos, há três anos, um pouco antes de Nick perder seu toque de Midas. Ele havia insistido em comprar uma casa grande. Tinha dito que ela merecia. Marnie gostava do lugar onde estavam morando, mas, como ele insistiu tanto, cooperou. E acreditou quando Nick assegurou que poderiam pagá-la. Então, os juros subiram uns por centinhos, o que não teria afetado muito uma hipoteca normal, mas uma imensa como a deles...

— Vamos botar tudo na ponta do lápis e ver o que podemos cortar — sugeriu ela. — Despesas escolares — começou. — Poderíamos matricular as meninas num colégio mais barato.

— Não — grunhiu ele, como se realmente sentisse dor. Tinha tanto orgulho de suas filhas estudarem num colégio particular. — Elas precisam de estabilidade, e Verity não sobreviveria numa escola pública. — A escola atual delas tinha turmas pequenas, com atenção individual. — Ela seria massacrada. E a Melodie? Daríamos conta sem ela?

Melodie era a babá, uma australiana eficiente com outros vinte trabalhos na mão.

— Ela já trabalha o mínimo possível. — Marnie levava as meninas para a escola, e Melodie trabalhava de duas e meia às seis e quinze. — Se cortarmos, não posso trabalhar.

— Você poderia trabalhar só durante a manhã?

— Não. — Ela já havia consultado Guy a respeito. — É uma posição full-time.

Nick rascunhou alguns cálculos para ver se o salário de Marnie era maior que o de Melodie e concluiu que era, mesmo que por muito pouco.

— Sra. Stevenson? — perguntou ele. A faxineira.

— Sou uma mãe que trabalha em tempo integral. Ela é fantástica. E custa só cinquenta pratas por semana.

— Tudo bem, ok — resmungou ele. Batia a caneta no caderno. — Mas alguma coisa tem que ceder em algum lugar. — Olhou Marnie de cima a baixo. — Você torra fortunas no seu cabelo.

Muda, ela olhou para ele. Precisava mais do cabelo até do que da Sra. Stevenson. Do corte caro, ela estava preparada para abrir mão, mas não da cor. Viu-se com dois dedos de raiz branca. Jamais poderia sair de casa. Já era difícil agora, com luzes perfeitas.

— E todas aquelas... curas que você faz? Meditação, acupuntura e... o que era aquilo que você foi fazer hoje? Sei-lá-o-quê cognitivo?

— Aconselhamento. Mas não quero voltar. E não faço mais nada de nenhum outro tipo também. — Porque nada funcionou.

— Que tal a ginástica? — sugeriu ela. — E se você corresse pelo condomínio?

Aborrecido, ele disse: — Eu *preciso* fazer ginástica. Estou estressado até a medula. De qualquer maneira, já paguei pelo ano inteiro.

— Ok. — Ela se preparou para tocar num ponto realmente doloroso: — O seu carro...

— Meu...? Pirou? Se eu aparecer para trabalhar num Ford Fiesta, vai ser a mesma coisa que ter "Fracassado" escrito na testa. Preciso do Jaguar para manter o respeito.

— Não sugeri um Ford Fiesta, mas...

— E o seu? Um Porsche? Por que *você* não compra um Ford Fiesta?

— Tudo bem. Eu não ligo. — O Porsche era grande demais, bebia uma quantidade absurda de combustível, e não passava de um tremendo clichê de novela.

Mas isso pareceu deixar Nick mais irado. Ela *deveria* se importar.

— Férias — disse ela. — A gente gasta uma fortuna com férias.

— Mas a gente precisa de férias. É a única coisa de que a gente realmente precisa.

— A gente não *precisa* de nada disso.

Ele se acostumara a gastar uma nota preta com ternos; comprava três de uma vez só. Ela também se acostumara com isso. Pagar setecentas libras por uma bolsa. Era só um utensílio para carregar coisas dentro. Podia simplesmente comprar uma sacola numa loja mais barata por trinta libras.

Mas Nick celebrava sua extravagância: se a mulher podia pagar cento e cinquenta libras num corte de cabelo, isso significava que ele era um sucesso.

Era humilhante para ele ter que conter seu estilo de vida.

— Pelo menos, a gente tem um ao outro — disse ele. — A gente vai superar isso.

Era uma afirmação desonesta, ela não conseguiu responder. Ele abriu a boca para enfatizar o argumento, depois desistiu.

Rodeado das contas que detalhavam sua extravagância na busca pela felicidade, Nick parecia completamente vencido. A intensidade de sua pena deixou-a sem ar.

— Sinto muito, Nick — sussurrou ela. — Eu sinto tanto.

— Eu quero ser uma esposa exemplar.

Era o aniversário de dezesseis anos de Marnie — de Grace também, claro — e a conversa durante o jantar de comemoração versou sobre o futuro.

Grace declarara sua missão de ser jornalista; Leechy, sempre presente nas festas de família, dissera que queria "cuidar das pessoas".

— Talvez enfermeira — dissera ela.

— Médica — disse a mãe das gêmeas rapidamente. — Nada de ser enfermeira neste país. Ganha-se uma porcaria e te fazem trabalhar em tempo integral.

Depois todos olharam para ela. Marnie, o que você quer ser quando crescer?

Ela não fazia ideia. Já se sentia adulta — sob alguns aspectos, completamente cansada — e não tinha entusiasmo particular por nada. A única coisa de que tinha certeza era de que gostaria de ter filhos, mas isso não contava como carreira.

— Anda, Marnie, o que você quer ser quando crescer?

— Feliz.

— Mas você quer trabalhar com o quê? — perguntara Bid.

Constrangida por estar, mais uma vez, fora de compasso em relação aos outros, pensara dizer que gostaria de ser comissária de bordo, depois percebera que desejar ser uma esposa exemplar causaria maior polêmica. Não que ela tivesse alguma chance de ser uma esposa exemplar; não reunia as qualidades suficientes. Era como querer ser policial ou modelo de passarela, havia um pré-requisito mínimo.

— Esposa? — a mãe ficou escandalizada. — Marnie Gildee, eu te criei para pensar diferente.

— Não só uma esposa — disse Marnie, em reposta. — Esposa full-time.

Dissera isso para chocar, porque ficara muito desconfortável com a certeza de Grace e Leechy. — Você casou — Marnie acusara a mãe. — Você é uma esposa.

— Mas essa não era minha única ambição. — A mãe fora sindicalista a vida toda. Foi onde conhecera o marido

— Você nem é loura. — Bid virou-se para Marnie, com veneno repentino. — Esposas exemplares são sempre louras.

— Eu posso ser loura, se for realmente preciso.

Parênteses: ela não tinha total certeza de que isso era verdade. Tentara clarear uma mecha do cabelo e ficara verde. Mas não se renderia.

— Qual é o sentido de ter planos de carreira? — perguntou Marnie. — Eu não levo jeito para nada.

— Você? Você é tão talentosa. — A mãe levantou a voz. — Pode fazer o que quiser. Você é bem mais inteligente que a Grace e a Leechy. Desculpa, garotas, só dando nome aos bois. É um crime desperdiçar tantos talentos.

— Eu? — Marnie ficou quase com raiva. — Com quem você está me confundindo?

Marnie e a mãe se encararam. Depois a segunda desviou o olhar; não acreditava em mães e filhas adolescentes às turras, dizia que era um mito das séries televisivas.

— Confiança — disse a mãe. — É só isso que te falta, confiança.

— Eu não levo jeito para nada — repetiu Marnie com firmeza.

E ela comprovou a própria teoria.

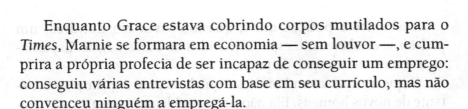

Enquanto Grace estava cobrindo corpos mutilados para o *Times*, Marnie se formara em economia — sem louvor —, e cumprira a própria profecia de ser incapaz de conseguir um emprego: conseguiu várias entrevistas com base em seu currículo, mas não convenceu ninguém a empregá-la.

Foi então que descobriu que não estivera mentindo quando dissera que queria ser uma esposa.

Sem um marido, sentia-se pequena e incompleta. Um namorado não seria o suficiente, nem mesmo se fosse um namorado de longa data. Queria uma aliança no dedo e um sobrenome diferente, porque, sozinha, não seria nada demais. Sua vergonha era quase tão corrosiva quanto sua ansiedade — era filha de Olwen Gildee; tinha saído do forno com certa quantidade de pensamento de "mulher independente" que não batia muito bem com seu desejo de se acomodar.

Mas casar-se não era tão fácil quanto tinha imaginado.

Havia dois tipos de homem: aqueles que se nivelavam tão abaixo do carisma cintilante de Paddy que ela não conseguia deixá-los tocá-la, e os Caras Legais. E, com eles, era como viver a situação do emprego toda de novo. Eram entusiásticos no começo, mas, quando chegavam a determinado ponto no processo seletivo, algo mudava; viam-na por quem ela realmente era e se afastavam.

Era culpa dela. Ficava bêbada e despejava o conteúdo de sua mente pessimista: falava de seu desgosto com o mundo e a condição humana. Acordou de ressaca numa manhã, lembrou-se da noite anterior e disse a Duncan, um advogado de bem com a vida:
— Você nunca se pergunta por que a gente tem uma capacidade finita de sentir prazer, mas infinita de sofrer? Nosso limite para o prazer é pequeno, mas o teto para a dor é interminável.

Ele tentara contra-argumentar — afinal de contas, era um advogado —, mas ela provara-se deprimida demais. Finalmente, ele disse, perto do pânico: — Você precisa de ajuda. Espero que consiga se encontrar. — Pagara o jantar, levara-a em casa, mas Marnie sabia que nunca mais o veria.

Aos vinte e poucos anos, quando vivia em Londres, um padrão se estabelecera: espantava todos os Caras Legais. Espantava a si mesma, incapaz de parar.

O que acontecia em Londres é que havia um suprimento constante de novos homens. Ela não tinha problemas com a atração inicial — era dotada de um tipo de beleza melancólica à qual os homens respondiam; ela mesma não conseguia enxergar, mas sabia que existia — mesmo assim, sempre conseguia se autodestruir.

Em compreensão e exasperação, Grace a chamava de Mulher-Bomba.

Por volta dos vinte e sete, Marnie se acostumara a acordar cedo demais pela manhã, em pânico. Isolando-se cada vez mais, havia se tornado a soma de suas rejeições. Começava a desistir.

Aí conheceu Nick. Bonito (ainda que um pouco baixotinho), de um jeito meio brutamontes, e autoconfiante de uma maneira que a fazia sorrir. O trabalho dele exigia nervos de aço; adorava crianças; e era dono de um otimismo contagiante. Definitivamente, era um Cara Legal. No momento em que a vira, quisera-a. Ela reconhecia o olhar, havia visto muitas vezes antes em muitos outros rostos, mas isso já não a deixava esperançosa. Sabia o que sempre acontecia depois. Mesmo prometendo a si mesma que não o faria, bebeu e ficou doidinha. Mas, estranhamente, Nick não se abalou.

Quando lhe contou as coisas terríveis em sua cabeça, ele riu, mas com ternura. — Me diz por que você pensa assim, meu anjo.

Ele não a compreendia completamente, mas queria. Suas intenções eram claras: a felicidade dela era seu projeto. Nunca fracassara em nada, e não pretendia começar agora.

Marnie, por sua vez, achava-o extraordinário. Nick não tinha muita educação, mas se saía bem em qualquer situação — humana, política — e traçava-as com rapidez e eficiência. Uma energia positiva o rodeava, e estava sempre um pouco à frente da média na escolha do vinho, do lugar para passar as férias, do corte de cabelo...

Mais afirmativo do que a boa vibração dele era o sentimentalismo: Nick chorava com qualquer coisa que dissesse respeito a crianças e animais, e, apesar de provocá-lo por ser um bobo, ela se sentia aliviada. Frieza seria um impedimento.

— Por que você me ama? — perguntou ela. — Não é por que sou classe média, é? Por favor, não me diga que acha que está se dando bem.

— Fala sério! — declarou ele. — Quem liga para essas coisas? Eu te amo porque você é baixinha. — Nick tinha um metro e setenta e cinco. — A gente tem a altura perfeita um para o outro.

— Ele chama a gente de Baixinho e Nanica — disse ela a Grace, numa de suas conferências telefônicas.

— Apelidos — disse Grace. — As coisas vão bem.

— É — respondeu Marnie, com alguma dúvida.

— Não importa por que ele te ama — lembrou Grace. — Por que você ama o Nick?

— Nem sei se amo. Eu gosto dele, como se... o sexo, sabe, é maravilhoso, mas não sei se é amor.

Isso mudou certa noite, quando saíram do restaurante em direção ao carro. Sob o som do vidro sendo quebrado e o zunido do alarme disparado, Nick gritou: — É meu carro. (Uma vez dissera que era capaz de reconhecer o próprio carro em qualquer situação, como uma mãe reconhece o choro do filho.) Examinou a rua com olhos rápidos, para certificar-se de que estavam seguros. — Está com seu telefone, Marnie? Espera aqui.

Depois, começou a correr em direção aos três brutamontes que tentavam levar seu carro. Eles o viram e deram o fora, mas, para a surpresa de Marnie, Nick correu atrás deles. Os três caras se separaram, e Nick continuou atrás de um deles — do maior. Nick tinha o corpo seco e atlético, era veloz. Os dois desapareceram num beco que dava num condomínio e, alguns minutos depois, Nick voltou, bufando e frustrado.

— Perdi o cara.

— Nick, aquilo podia ter sido perigoso... você podia ter...

— Eu sei — disse ele. — Desculpe, meu anjo. Não devia ter te deixado sozinha.

Era o ponto de virada: a coragem dele no encalço do que era certo foi o que fez com que ela se apaixonasse.

Ela acreditou nele.
Ela queria ser dele.
Era hora, decidiu, de levá-lo a Dublin e apresentá-lo à família — e a empreitada foi um sucesso.
Apesar de terem ideologias econômicas diferentes, Nick encantou a mãe e o pai de Marnie. A rabugenta Bid (que não dava a mínima para o socialismo) e Big Jim Larkin (cachorro anterior ao Bingo) adoraram Nick. — Como não gostar dele? — dissera Grace. Até mesmo Damien admitiu que Nick era um "cara decente".
Nick falou sem parar, pagou drinques para todo mundo e se disse encantado com a Irlanda.
— Acabou — dissera Grace para Marnie. — Seu tempo de caçadora.
E era o que parecia. Um homem conhecera seu lado negro, apesar do exterior bonito e enganador, e não tinha fugido — mas ela sempre queria uma confirmação.
— Por que você me ama? — perguntava repetidamente.
— Você é o sal da terra.
— Sou?
— É! O coração mais caridoso que já vi. Você está sempre chorando por causa de gente que nem conhece.
— Isso não é caridade, isso é... neurose.
— Bondade — insistiu ele. — Você é inteligente, também. E tem um belo par de pernas, leva jeito na cozinha e, quando não está choramingando por causa da situação mundial, até que é engraçada. É por isso que eu te amo.
— Não vou perguntar de novo — desculpou-se.
— Pode perguntar quantas vezes quiser, meu anjo, e a resposta vai ser a mesma. Feliz?
— Sim. — Não. Quase.
Marnie tentou aceitar que finalmente havia conseguido o que queria, mas não afastava o medo de que fosse uma armadilha.
Sempre existem armadilhas.

* * *

Sexta-feira. Wen-Yi estava cuspindo fogo. — Marnie — falou entredentes, assim que a viu. — O Sr. Lee? Ele deveria ter recebido o formulário ontem. Ele só tinha que assinar e mandar de volta.

— O correio ainda não chegou hoje. Assim que chegar, eu aviso.

— O Sr. Lee é um homem poderoso — disse Wen-Yi. — Ele ficaria muito insatisfeito de perder essa venda.

Marnie detestava quando ele dizia coisas desse tipo. Ficava em pânico.

— O correio acabou de chegar — disse Guy. — Vamos ver se chegou.

Esforçando-se para fingir expectativa, Marnie abriu a correspondência. No meio da tarefa, começou a acreditar que o formulário realmente pudesse aparecer.

A convicção era tão profunda que, depois de abrir tudo, ficou verdadeiramente perplexa.

— Estranho — disse ela. — Nada no correio de hoje.

— O quê? Por que não? — Wen-Yi bateu com o grampeador na mesa. — Onde *está*?

Ela não conseguia se impedir de olhar a bolsa. Quase esperava que começasse a pulsar e brilhar ali dentro.

— Deve ter sido extraviado — disse ela.

Havia tentado essa desculpa antes, mas Guy tinha dito que isso só acontecia uma vez a cada dez milhões de cartas. Era uma possibilidade tão convincente quanto dizer que o cachorro tinha comido o dever de casa.

Agitado e frustrado, Wen-Yi ordenou: — Liga para ele. Descobre o que está acontecendo.

— Ok.

Mas qual seria o sentido? Em vez de telefonar para ele, ligou para o próprio número e deixou uma mensagem, aparentemente eficiente, pedindo que o Sr. Lee telefonasse o mais rápido possível.

Depois anotou o endereço dele num Post-it e anunciou para todo o escritório: — Vou dar uma saída. — Tentou parecer animada. — Preciso ir à farmácia.

Guy a observou sair, não disse nada, mas registrou.

Ela correu até a papelaria e, dessa vez, conseguiu comprar o envelope e o selo. O Sr. Lee receberia o formulário na segunda, assinaria imediatamente e o documento estaria de volta para Wen-Yi na terça. Daria tempo.

Ah, quanto enredo!

— Almoço? — perguntou Rico. — Companhia na minha comemoração?

Ela congelou, tomada de terror e desejo.

— Está um dia bonito — disse ele. — Poderíamos ir ao parque.

Seu corpo relaxou e ela começou a respirar de novo. Sim, poderia ir com ele ao parque.

— Eu teria que faltar o Pilates — disse ela.

Pagara adiantado por dez aulas, mas não fora nas últimas três semanas. Esperava, como com todas as coisas que experimentava, que o Pilates a consertasse, mas o único efeito foi — estranhamente — fazê-la querer fumar. Diferentemente do resto da família, fumava apenas ocasionalmente, mas algo sobre o Pilates e sua inutilidade fez com que quisesse rasgar o celofane de um maço de cigarros e fumar um atrás do outro até que o tédio a deixasse.

— Se você prefere ir... — Ele parecia decepcionado.

— Não. Pilates é musculação de caramujo. Fico feliz em ter uma desculpa. O que a gente está celebrando agora?

— A venda de um conjunto empresarial.

— Só algumas salas — gritou Craig.

Mesmo assim. Rico, monstro sedutor, o mais novo e mais bonito dos corretores de Guy, estava tendo um ano absurdamente bom, ganhando comissão atrás de comissão.

Era um dia ensolarado e quente para um 10 de outubro. Sentaram num banco, os pés chutando as folhas secas que cobriam o chão.

— Outono é minha estação favorita. — Rico deu a ela o sanduíche.

— Hummm. — Ela odiava o outono.

Outono era um porre. Pura morte e putrefação. Debaixo daquelas folhas, sabe lá Deus o que estava apodrecendo.

Mas ela também odiava o verão. Muita gritaria e histeria.

— Qual é sua estação favorita? — perguntou ele.

— Primavera — mentiu. Odiava a primavera também. Ficava irritada. Todo aquele frescor e esperança que, no fim, não davam em nada. Se a primavera fosse uma pessoa, seria Pollyanna.

O inverno era a única estação que fazia sentido para ela. Mas guardava isso para si. Se você leva a público que o inverno é sua estação favorita, é obrigado a versar sobre bonecos de neve e rabanada, para que ninguém pense que você é estranho.

— Champanhe, madame? — Rico pegou uma garrafa e duas taças como se as tirasse da cartola.

Ela ficou horrorizada. Não tinha se preparado para isso. Precisou de alguns minutos, até que conseguisse falar: — Não, Rico, não. Guarda isso. Tenho muito trabalho. Não posso.

— Pensei que você gostasse de champanhe — disse ele já tirando o lacre da rolha.

— Eu gosto, claro, mas não posso, Rico, por favor. Para. Não abre.

— Você não vai me acompanhar? — disse ele num tom mais que inocente.

— Claro, mas não na hora do almoço.

— Depois do trabalho?

— Hoje não.

— Hoje não. Ok. Vou guardar para outra ocasião. — Sem rancor evidente, guardou a garrafa e as taças na bolsa.

— Você ficou com raiva de mim? — perguntou ela.

— Nunca fico com raiva de você.

Resposta muito rápida, muito escorregadia, mas ela não tinha equilíbrio para elucubrar. Agora, desejava tê-lo deixado abrir a garrafa.

— Planos para o fim de semana? — Rico voltou-se para ela, dando-lhe atenção total.

— O de sempre. Levar as meninas para cima e para baixo. A gente deve ir ao cinema no domingo.

— Vão ver o quê?

— Qualquer coisa da Pixar. Sabe, não consigo, literalmente, me lembrar da última vez em que fui ao cinema para ver um filme adulto. E você?

— Vou tomar alguns drinques depois do trabalho hoje à noite. Jantar amanhã.

— Com uma mulher?

Ele fez sinal afirmativo e voltou-se para a paisagem do parque, sem olhá-la nos olhos.

Ela sentiu uma pontada de alguma sensação dolorosa — ciúme? — não forte o suficiente para fincar-lhe a carne, mas boa. Uma resposta normal lhe deu esperança.

— Ciúme? — perguntou ele.

— Um pouco.

— Não precisa. Ela não é tão boa quanto você. Ninguém é.

— Não faça com que eu me sinta mais culpada.

— Mas enquanto você não está disponível...

Ele pegou sua mão, brincou com seus dedos. Ela deixou que o fizesse por alguns minutos, depois retraiu-se.

No multiplex, uma multidão de crianças circulando por toda parte, cheiro de manteiga rançosa no ar. Marnie pensou: sou a única pessoa viva. Todas as outras pessoas aqui estão mortas mas não sabem. Estou viva, sozinha e encurralada. Por um segundo, acreditou nisso e foi tomada por um horror quase delicioso.

Daisy e a amiga, Genevieve, trombavam nela, suas pernas funcionavam como uma barreira.

— A gente comprou doce!

Verity e Nick apareceram logo atrás. Nick comprara muitas guloseimas para as meninas, mas não brigaria com ele. Que seus dentes apodrecessem! Um dia, todos morreriam e não teria a menor importância se todos os dentes da boca estivessem pretos e podres.

Então, Marnie viu a mulher: alta, magra e sorridente, o cabelo castanho num rabo de cavalo. Primeiro, não soube de onde a conhecia. Quando lembrou, o medo tomou conta de seu coração como um soco.

Não me veja não me veja não me veja.

A mulher — como era mesmo o nome dela? Jules, era isso — a notara e caminhava em sua direção. Estava prestes a dizer olá, quando viu Nick ao lado de Marnie. Baixou os olhos e passou por eles com um sorriso discreto.

Nick, claro, percebeu. Percebia tudo. Estava sempre alerta.

— Você conhece?

— Não...

Era claro. Ela sentiu, ele sentiu. Os dois sabiam que iria acontecer.

— Chega! — disse Wen-Yi quando a correspondência de segunda-feira não trouxe o formulário assinado pelo Sr. Lee. — Quero que você mande outro *agora*! Chame um motoboy. Mande o motoboy esperar enquanto ele assina o papel, depois ele leva direto para o banco. — Tinha falado com os vendedores durante o fim de semana. — Se não fecharmos esse negócio hoje, perderemos a venda.

O que significava que Wen-Yi perderia sua comissão de um por cento — um bocado de dinheiro —, mas o que era pior: pelas indiretas que Wen-Yi vinha dando, o Sr. Lee ficaria "insatisfeito".

O coração aos pulos, ela pegou o telefone. Ia ficar tudo bem. Para descobrir aonde enviar o motoboy, telefonou para o celular do Sr. Lee; uma mulher atendeu.

Com um sotaque chinês, ela disse: — O Sr. Lee não está aqui. Está na China. Volta no mês que vem.

Deus, não!
Sentiu um gosto amargo na boca: pânico.
— Quando ele foi?
— Semana passada.
— Eu... volto a ligar.
Ela foi até a mesa de Wen-Yi e disse baixinho: — O Sr. Lee foi para a China. Só volta no mês que vem.
Wen-Yi não era do tipo que grita. Indicava raiva de maneira discreta, contida. Pouco mais alto que um sussurro, ele disse, entredentes: — Por que ele não disse que ia para a China quando você falou com ele?
— Não sei.
— Você falou com ele?
— Falei. — A palavra saíra de sua boca sem sua intervenção. Ele a encarou, sabia que estava mentindo.
— Você não falou com ele. Você não ligou para ele.
— Liguei. — Mas sua voz era fraca e nada convincente.
Wen-Yi continuava a encará-la, desgostoso.
— Se perdermos essa propriedade, o Sr. Lee... — Ele passou a mão pelo rosto, e pensou por um segundo. — Manda o documento para a China.
— Vou fazer isso — disse ela, fingindo eficiência, conquistando para si mais um olhar de desagrado.
Quase incapaz de respirar, telefonou para o celular novamente e perguntou à mulher: — Você poderia me dar o endereço do Sr. Lee na China?
— Em Xangai. Não tenho o endereço. Telefone.
— Se você pudesse, então, me dar o número.
Anotou com a mão trêmula, depois buscou o catálogo tentando encontrar o código para ligar para a China. Que horas seriam em Xangai?
— Não me importa se for tarde lá. — Wen-Yi lera sua mente.
— Liga para ele.
Seus dedos tremiam tanto que precisou de cinco tentativas até acertar os números do telefone. Depois de muito chiado e atraso, um telefone começou a tocar num continente distante.

Atende, atende, atende.

Uma mulher falando uma língua estrangeira, a própria voz de Marnie esganiçada e insegura, a língua estalando dentro da boca, tentava se explicar.

— Eu preciso mandar uma coisa para o Sr. Lee. A senhora conhece o Sr. Lee?

Por favor diga que sim por favor diga que sim por favor diga que sim.

— Eu conheço o Sr. Lee. — As palavras da mulher foram como uma chicotada. — Eu dou o endereço.

Graças a Deus graças a Deus graças a Deus.

Mas o sotaque da mulher era muito difícil de entender, e algo se perdeu na tradução, porque o serviço de entrega não conhecia o subúrbio de Xangai onde supostamente estaria o Sr. Lee.

— Não existe esse lugar — disse o animado australiano responsável. — Não posso fazer nada sem um endereço.

— O que eu te dei parece com algum outro?

— Nem um pouco.

Liga de novo pra ela liga de novo pra ela liga de novo pra ela. Não posso não posso não posso.

Lutou contra a compulsão de se levantar e abandonar o escritório, de sair pelas ruas e caminhar, caminhar, caminhar, até que Londres estivesse tão longe, até que estivesse no meio da estrada, carros e caminhões passando por ela, caminhar, caminhar e caminhar para sempre. Os saltos dos seus sapatos se desfariam, seu terninho viraria um farrapo, os pés pareceriam *steak tartare* e, ainda assim, ela continuaria andando.

— Liga de novo para ela — disse Wen-Yi, destilando ódio pela sala.

— Ok — sussurrou ela.

Dessa vez, o endereço soletrado pela mulher coincidiu com um subúrbio. Viu-se preparar o envelope, esperou na porta até que o mensageiro viesse e, pessoalmente, entregou o documento em suas mãos.

A raiva que sentia de si mesma era tão grande que abandonara o próprio corpo. Em algum momento, teria que voltar e encarar os fatos, mas, agora, não estava em lugar nenhum.

— Marnie! Drinque?

Rico estava diante dela, tão lindo, tão gentil, tão persuasivo. Seu único aliado. Eram tantas as razões para dizer não, ela conhecia todas, mas, para sua surpresa, uma parte decisiva do seu cérebro se intrometeu e lhe informou que diria sim.

Depois do dia terrível, depois da sucessão de dias terríveis, o medo e a tensão desapareceram, e a decisão foi tomada. Suportara semanas de espera ansiosa, e abandonar-se — tão inesperadamente — era algo incrivelmente agradável. De repente, sentia-se gloriosamente livre e leve.

Era Marnie Hunter, e não tinha dono.

— Deixa eu ligar para a babá — disse para Rico. — Se ela puder ficar com as meninas, tudo bem.

Mesmo que Melodie não pudesse ficar, ainda assim iria tomar aquele drinque. Não sabia como, mas sabia que iria acontecer.

— Melodie, é Marnie. Desculpe, mas vou chegar um pouco mais tarde essa noite. Problemas no trabalho. — Viu Rico sorrir.

Melodie pareceu preocupada: — Sra. H, preciso sair às seis e quinze.

— Eu pago hora extra.

Depois, reparou em Guy. Do outro lado da sala, escutava e irradiava desaprovação.

Bem, ele que se danasse! Ela sairia para tomar um drinque com um colega. Todo mundo fazia isso. Era normal. Teve vontade de tapar o bocal do telefone com a mão e gritar para ele: É NORMAL.

— Sra. H, não é por causa do dinheiro — disse Melodie. — É que eu tenho que ir para outro emprego.

— Eu chego em casa às seis e quinze. Pelo amor de Deus. — Não conseguiu esconder a impaciência. — Só vou tomar um drinque rápido.

— Um drinque rápido? A senhora disse que era um problema no trabalho. O Sr. H sabe disso?
Dane-se o Sr. H! Desligou e sorriu para Rico. — Vamos, vamos.

*

.... *não* ....
.... *peso sumindo* ....
.... *não* ....
.... *ficando mais leve* ....
.... *e subindo à superfície.*

De repente, lá estava ela. Não estivera presente e agora estava. Movera-se da inexistência à existência, do nada a alguma coisa. Como se tivesse nascido.

Onde? Onde nascia agora?

Teve a sensação de teto, de paredes. Trancada. Estava dentro de algum lugar, provavelmente uma casa. Algo suave debaixo dela. Estava numa cama. Mas não conhecia o quarto.

Cortinas na janela. Tentou focar os olhos, mas a visão estava turva. As coisas flutuavam, cruzavam diante de seus olhos, estavam borradas. Tentou mais uma vez depois de um tempo.

Os dentes doíam, o maxilar doía, os olhos latejavam. Sentia o vômito à espreita, pronto a despontar com qualquer movimento.

Agora, conhecia aquela cama. Era sua própria cama. Melhor que a cama de um estranho? Uma cama de hospital? Talvez não.

Estava vestida, mas com o quê? Com a ponta dos dedos tocou a barriga. Conferiu a pele das costas. Algodão frio e suave. Camisola.

Agora queria ver em que pé estavam as coisas. O rosto primeiro. Mas o braço fugiu ao controle, moveu-se rápido demais e encontrou a face com um tapa pesado. Dor. Choque. Vômito na garganta.

Ossos e rosto doídos, mas o lábio não estava partido. Cuidadosamente, passou a língua por dentro da boca e, quando um dente balançou, sentiu a primeira onda de pavor. Outras coisas podem ser consertadas, mas se você perde um dente, nunca mais o terá de volta. *Dano permanente.*

Seguiu conferindo. Costelas, nada bem. Pélvis, nada bem. Coluna, ok. Só danos frontais dessa vez. Sentiu as pernas, usando a sola dos pés. Pontos de dor ao longo das pernas.

Finalmente, esfregou um pé no outro. Até os pés estavam feridos. Dos pés à cabeça, mais uma onda de horror. Mais uma onda viria, os intervalos diminuindo, até que, finalmente, não houvesse mais intervalo nenhum e ela fosse suspensa por um terror infindável, e desejasse a aniquilação.

Os vivos invejarão os mortos. Era um texto da Bíblia, o único que já a instigara.

Como acontecera dessa vez? Não conseguia se lembrar. Ainda não. Talvez nunca. *Onde estão as crianças?* Pânico. *Onde estão as crianças?*

— Nick? — Surpreendeu-se com a própria voz, tão frágil. Não combinava com a urgência. — Nick? — A última pessoa que queria ver, mas não havia escolha.

Uma sombra no umbral da porta. Nick. Ele a encarava em silêncio.

— Cadê as crianças? — perguntou. — Tudo bem com elas?

— Elas estão com a minha mãe. Não queria que vissem você desse jeito.

— Desculpa — sussurrou ela.

— Se algum dia você contar para alguém — disse ele —, eu te mato. Ok? Ok? — gritou, agora mais alto.

Ela limpava o sangue do rosto, espantada com a quantidade e a vermelhidão. — Ok.

Alicia

Aproximou-se do espelho, buscando imperfeições. Ah, não. Acabara de passar a última meia hora se maquiando com mais cuidado do que jamais tivera na vida, e olha só: a pele enrugava perto do nariz, como terra seca. Grace Gildee, é claro, perceberia. Delicadamente, com a ponta dos dedos, Alicia tirou um pouco da base que dava a aparência de ruga ao rosto. Pronto. Mas, agora, tinha pequenos espaços vermelhos e redondos em volta de cada narina. Pegou a esponja da base, e coloriu a área afetada. Enrugado novamente.

Merda.

Simplesmente merda.

Estava um caos. Dera várias entrevistas desde que a notícia sobre ela e Paddy se espalhara, mas nunca ficara tão nervosa.

Não que tivesse razão para isso. Era seu momento de triunfo, seu próprio instante de Uma Linda Mulher. "Ledo engano, ledo, ledo engano." O momento em que Julia Roberts dissera "Ha!" para todo mundo que tinha sido perverso com ela.

Ela era a mulher que há muito esperara ser e finalmente conquistava tudo o que sempre quisera: Grace Gildee teria de entrevistá-la porque ela, sim, ela, Alicia Thornton, ia se casar com Paddy de Courcy.

Então, não havia razão para estar nervosa, Grace Gildee era quem deveria estar tremendo dentro dos sapatos (qualquer que fosse a marca de quinta que usasse hoje em dia).

Aplicou mais uma camada de batom, depois colocou o dedo entre os lábios para tirar o excesso. Truque útil para evitar dentes sujos de batom.

Mas lançou um olhar ansioso pro espelho: tirara demais? O equilíbrio dessas coisas era difícil – batom demais, e pareceria desesperada; de menos, e não chamaria atenção.

Decidiu adicionar um pouco mais, porque a última coisa que queria era não chamar atenção. Não na frente de Grace. Queria parecer... o quê? Sofisticada, confiante, elegante. Nunca fora bonita, aceitara isso há muito tempo. Melhor assim, porque a qualquer menção depreciativa na imprensa à sua falta de élan havia outra referência desdenhosa às suas feições angulosas. A primeira e mais maldosa fora: "A noiva vem a galope!" Ficara devastada – e profundamente confusa, pela hostilidade com que alguns articulistas cumprimentaram seu noivado. Um deles até sugerira que a única razão para ela estar com Paddy era o fato de ele ser uma arrivista. O que era loucura, pensou. Paddy era *lindo*. Mesmo que fosse um ventríloquo, ou um fiscal de M&Ms defeituosos na fábrica, teria se apaixonado por ele.

– A gente pode processar? – perguntara, às lágrimas.

– Não. A gente não pode. – Paddy ficara exasperado. – Melhor se acostumar.

– Você está dizendo que vai ter mais?

– Isso.

– Mas por quê?

Esperara que a mídia a cobrisse de afeição, porque era com Paddy que estava se casando. Com certeza, todo mundo o adorava como ela, não?

– Isso – disse Paddy de supetão. – Estão com inveja de você.

Inveja! Quando se deu conta disso, tudo mudou. Jamais pensara que alguém pudesse ter inveja dela; não costumava provocar esse tipo de reação. Mas agora... bem... inveja...

Às vezes, quando se vestia pela manhã, olhava sua imagem no espelho de corpo inteiro e sussurrava: — Eu tenho inveja de mim, você tem inveja de mim, ele/ela têm inveja de mim. Todos têm inveja de mim. Vocês têm inveja de mim. Eles têm inveja de mim.

Ela borrou o batom e olhou pro relógio. Que horas são?

Onze e cinco. E seis, na verdade. Grace estava seis minutos atrasada.

Alicia foi até a cozinha, abriu a geladeira e conferiu se o vinho ainda estava lá. Sim. Olhou pela janela, sim, o chão ainda estava lá, um andar abaixo. Oito minutos de atraso agora.

O que deveria fazer? Pedira a Sydney Brolly, assessor de imprensa do Nova Irlanda, que não estivesse presente; queria privacidade nessa entrevista. Mas, se estivesse ali, ele telefonaria pro celular de Grace, daria uma bronca nela e descobriria por que estava atrasada.

Haveria alguma possibilidade de Grace não vir? Afinal, nunca se sabe com Grace.

Jesus Cristo! A campainha, a campainha! Alicia sentiu um formigamento. A campainha nunca soara tão estridente. O quê, em nome de Deus, Grace fizera com ela?

Alicia apertou o botão e abriu a porta da entrada, lá embaixo, e, alguns minutos depois, escutou alguém entrar no hall.

Mais uma olhada no espelho — ainda estavam ali as porcarias das rugas de maquiagem —, depois abriu a porta da frente.

Meu Deus! Grace parecia exatamente igual. Cabelo curto, olhos desafiadores: vestia jeans e um casaco de pelo cáqui, uma das coisas mais feias que já vira.

— Grace! Que prazer ver você. — Inclinou o tronco para um beijo de boas-vindas, mas Grace virou o rosto, confundindo-a. — Entra, por favor! Me dá seu casaco.

— Oi, Srta. Thornton.

Srta. Thornton? – Srta. Thornton? Grace! Sou eu! Me chama de Alicia!

– Alicia.

Alicia, desconfiada: – Grace, você sabe quem eu sou, não sabe?

– Alicia Thornton.

– Mas você se lembra de mim, não lembra?

Grace disse, simplesmente: – Vamos começar. Onde é que você quer fazer a entrevista?

– Aqui... – Visivelmente abatida, Alicia a conduziu até a sala. Era óbvio que Grace se lembrava dela: ela seria muito mais gentil se não lembrasse.

– Apartamento legal – comentou Grace.

– Bem, eu não posso levar o crédito, na verdade...

– Porque é do Paddy, não é? Quando você se mudou?

– Eu não me mudei – disse ela, rapidamente. – Ainda tenho meu apartamento. – Na verdade, fazia meses que ela não passava uma noite em casa, mas Paddy dizia que eles tinham que fingir. O eleitorado irlandês era uma besta imprevisível, ele disse: uma hora, completamente liberal, no minuto seguinte, cospe fogo e indignação ao falar de gente "vivendo em pecado". Na verdade, Paddy tentara insistir para que eles vivessem, de verdade, em casas separadas até o casamento, mas essa era uma questão de honra para Alicia. Esperara muito tempo por ele, amava-o demais, não podia não ficar com ele.

– Então, por que não estamos fazendo a entrevista na sua casa? – perguntou Grace.

– Porque... ah... – A verdade era que ela estava se mostrando para Grace: olha, olha pra mim, noiva do Paddy de Courcy, na verdade, morando com ele. Mas quem, em seu juízo normal, admitiria isso? Por um rápido instante, as palavras "encanamento estourado" passaram pela sua cabeça. Encanamento estourado, carpete arruinado, dois dedos d'água, galochas, teto caindo – Grace descobriria.

Tudo o que podia fazer era ignorar a pergunta. — Você quer tomar um chá, Grace? Um café? Um vinho?

— Nada, obrigada.

— Nem uma taça de vinho? — Corajosamente, acrescentou: — Afinal, isso é uma espécie de reunião.

— Estou bem, obrigada.

— Cinzeiro? Você ainda fuma?

— Não fumo. Vamos começar. — Grace ligou o gravador. — De onde você é?

— ... Dun Laoghaire.

— Onde você estudou?

— ... Mas, Grace, você sabe tudo isso.

— Preciso dos detalhes certinhos. Adoraria se você, simplesmente, respondesse às minhas perguntas.

— Não estou sob acusação de assassinato. — Alicia tentou parecer leve. — Quer dizer, isso tudo está tão formal.

— É assim que eu trabalho. Você solicitou que fosse eu, especificamente. Se não funcionar, o Spokesman tem uma porção de jornalistas.

— Mas eu pensei... como a gente se conhece, tudo seria bem menos formal. — obviamente essa não era a razão pela qual insistira para que fosse Grace, mas que se dane.

— A gente não se conhece. — Grace foi direta.

— Mas a gente...

Grace disse: — A gente talvez tenha se conhecido, mas isso foi há muito tempo e não tem a menor relevância agora.

Alicia ficou chocada com o pequeno discurso. Lá estava toda a hostilidade de Grace, antes insinuada, agora declarada. Não era isso que ela esperava.

Tivera esperança de que Grace fosse amigável, conciliadora, talvez até humilde, e, dadas as circunstâncias, a tratasse como uma igual. Na verdade, alimentara a fantasia de que ela e Grace poderiam rir juntas do resultado das coisas da vida.

Mas julgara mal a situação.

A excitação que movera a manhã de Alicia fora embora. Estava abatida, desapontada e — para sua surpresa — ligeiramente amedrontada.

— Bem, acho melhor a gente continuar — disse Grace. Conferiu suas anotações. — Então, você é... viúva? — perguntou, quase como se duvidasse.

— ... Sou.

— Como seu marido morreu? — A pergunta foi feita de forma direta, sem a simpatia e o cuidado que outros jornalistas costumavam acrescentar.

— Enfarte.

— Ele era velho?

— Não. Tinha cinquenta e oito anos.

— Cinquenta e oito. Velho. Comparado a você. O que ele fazia?

— Era advogado.

— Como o Paddy. Ele devia valer um dinheirinho. Deixou você bem...

— Olha, ele não era velho e eu sempre trabalhei, nunca dependi do dinheiro dele. — Não suportaria que Grace sugerisse que ela era Anna Nicole Smith, casou com um ricão octogenário quando tinha dezessete anos. Não era o caso, verdadeiramente. Diga-se de passagem, a situação provavelmente não era tão mais agradável...

— Vocês ficaram casados quanto tempo?

— Oito anos.

— Oito anos? Bastante tempo. Deve ter sido duro quando ele morreu.

— Foi, foi... duro. — Alicia desviou o olhar, assumindo a melancolia que Sidney dissera que demonstrasse sempre que o marido morto fosse assunto das entrevistas.

— E, dez meses depois, você ficou noiva de Paddy de Courcy. Nossa, Alicia, você deve ter ficado realmente devastada.

— Não foi assim! Conheço o Paddy há anos — você sabe disso, Grace —, e ele me consolou depois da morte do meu marido. Essa amizade acabou virando amor.

— Virando amor — repetiu Grace, sorriso sarcástico — um verdadeiro sorriso sarcástico — nos lábios. — Certo. Então você é a mulher que finalmente agarrou o escorregadio Paddy pelos pentelhos? O que há de tão especial em você?

Alicia se perguntou se deveria se opor a "pelos pentelhos", mas, em vez disso, resolveu dizer: — Acho que você deve perguntar isso ao Paddy.

— Estou perguntando a você.

— Não posso falar em meu próprio nome.

— Ah, Alicia Thornton, você é uma mulher adulta. Responde: o que faz de você alguém diferente?

— Eu sou muito... leal.

— Agora é? — perguntou Grace, com alegria fúnebre. — E as outras namoradas dele não eram?

— Não disse isso, de jeito nenhum! — Caramba, o Paddy ficaria louco. Ele lhe dissera que jamais falasse mal de alguém numa entrevista. Soava péssimo nas páginas de notícia, muito pior do que numa simples conversa. — Mas sou muito firme.

— Qual é o papel da firmeza nos casamentos de hoje em dia na sua opinião?

— Como assim?

— Não é segredo que Paddy é muito popular com as mulheres. Se houvesse um escândalo de adultério, qual seria sua posição? Você ficaria do lado dele? Apareceria para uma foto de família no jardim? Ou se separaria?

As perguntas vinham com muita velocidade. Não sabia as respostas adequadas. Estava terrivelmente arrependida de ter banido Sidney; ele teria se intrometido e colocado um ponto final naquele tipo de pergunta.

— Ficaria ou iria embora? — pressionou Grace.

Alicia estava paralisada pela indecisão. Não sabia qual era a resposta certa. Pensou em Paddy; o que ele gostaria que ela respondesse?

— Ficaria do lado dele.

Os olhos de Grace Gildee se estreitaram em desdém. — Você não deve fazer um bom conceito de si mesma se já decidiu, por antecipação, que será capaz de desculpar um eventual adultério. Isso não dá carta branca ao seu marido para ter um mau comportamento no futuro?

— Não!

— Não precisa gritar.

— Não gritei. E não estou desculpando nada. Estou dizendo que o casamento é um voto sagrado.

— Voto sagrado? — repetiu Grace. — E se uma pessoa quebra esse voto, isso não significa que a outra pode fazer a mesma coisa?

— Não. — Isso soou muito bem.

Depois de menos de quinze minutos, Grace desligou o gravador e disse: — Ok. Já tenho tudo de que preciso. — De alguma forma, aquilo pareceu uma ameaça.

Grace se levantou e Alicia permaneceu sentada, incapaz de compreender que a entrevista estava encerrada. Era muito cedo. Esperara tanto, mas nada acontecera da maneira que planejara.

— Meu casaco. — Grace se manifestou, já que Alicia continuava colada ao sofá.

— Ah, claro... — Alicia finalmente saiu do estado de choque e pegou a jaqueta cáqui horrível no armário do hall.

— Adorei seu casaco — disse ela, entregando-o a Grace. — Linda essa cor. — Dane-se, uma mulher precisa se divertir com o que pode.

Grace a encarou, séria. Obviamente, percebeu o sarcasmo na voz da outra. Ela nunca deixava nada escapar no que se referia a Grace. Nem mesmo agora.

Numa última tentativa de resgate, Alicia disse, calorosamente: — E como vai a Marnie?

— Muito bem. Morando em Londres, casada com um homem maravilhoso, duas meninas lindas.

— Que bom! Diz que eu mandei um beijo carinhoso pra ela.
Grace a encarou. Encarou até que ela se intimidasse.

Alicia escutou Grace descer as escadas e ganhar o mundo lá fora. Alguns minutos depois, um motor de carro foi acionado e pneus cantaram na partida. Grace se fora. Obviamente, correria para o escritório e faria a festa com uma matéria absolutamente maldosa. Por um segundo, Alicia foi tomada pelo medo.

Precisava telefonar pro Paddy. Ele pedira que ligasse assim que acabasse a entrevista. Mas ela estava muito ferida e humilhada para relatar os detalhes.

Nos dias e semanas anteriores à entrevista, andava confiante de ser a queridinha de todos. Em vez disso, fora completamente derrubada. E era culpa sua: pedira especificamente que fosse Grace. Paddy a aconselhara a não fazer isso, mas ela queria tanto, disse que aquele seria seu presente de casamento.

— E o que você vai me dar de casamento? — perguntara Paddy.

— O que você quer ganhar?

— Ainda não tenho os detalhes — disse ele, de maneira estranha. — Mas em algum momento devo te pedir para fazer uma coisinha pra mim, e gostaria que você se lembrasse disso e fizesse minha vontade.

Ela não fazia ideia do que ele estava falando, mas concordou.

Telefonou para o escritório do noivo, relutante.

— Como foi com Grace Gildee? — perguntou ele.

— Ah... tudo bem.

— Tudo bem? — Todas as antenas a postos.

— Ah, Paddy, ela não vale nada.

— Por quê? O que foi? Eu te avisei, cacete! Vou mandar o Sidney falar com ela.

— Não, Paddy, não, não. Ela não disse nada demais, nada de mal, só não foi muito simpática.
— E o que você esperava?

Quando se casara com Jeremy, mesmo enquanto se dirigia ao altar no braço do pai, sabia que não o amava como amava Paddy.

Mas ela já o tinha amado. Jeremy era um homem maravilhoso.

Eles se conheceram no trabalho — ele pedira que agenciasse a venda de seu flat — e a conexão fora instantânea.

Ele era um homem confiante, inteligente, gentil, que tratava a vida como uma grande aventura. Tinha um amplo círculo de amizades e os amigos se moviam em bando, indo a degustações, festivais de jazz e sobrevoando de helicóptero o polo Norte.

Comparado ao Jeremy, Alicia não havia visto nada, feito nada e não sabia nada, mas seu deslumbramento era o que tinha apelo para ele. Ele a levava à ópera. Para fazer compras em Milão. A um restaurante em Barcelona que tinha uma lista de espera de seis anos. — Você mantém tudo novo para mim — dissera ele.

A vida era rápida e movimentada. Tão movimentada, aliás, que ela nem reparou que o sexo não era lá essas coisas.

Gostava dele, sim, definitivamente gostava dele, mesmo ele sendo vinte e três anos mais velho do que ela — dois anos mais jovem que seu pai. Mas Jeremy não era nada como o pai dela: para um homem mais velho, era muito bonito. Cabelos escuros (tingidos, mas os dela também eram), olhos escuros, sempre brilhando, leve barriguinha administrada à base de partidas regulares de tênis.

Com seu apetite insaciável, ela esperava que ele fosse ser exigente na cama, provavelmente um pouco esquisito (estava bastante preocupada, para ser honesta), mas, para sua surpresa, ele não parecia se importar muito com isso. Mesmo antes de se casarem, o sexo não era frequente, era um evento rápido e sem brilho. Isso a espantava e decepcionava. Se era assim no começo do relacionamento, quando os dois estavam loucos um pelo outro, as coisas só poderiam piorar.

Encarou a realidade: uma vida com Jeremy seria uma vida sem paixão. Mas era o preço que se pagava por se casar com um homem mais velho, e estava destinada a ficar com um homem mais velho, isso era claro. Sempre fora mais velha do que sua idade – sua mãe costumava dizer que ela parecia ter pulado dos sete para os trinta e sete anos – e as coisas nunca deram muito certo com homens de sua idade. Ela não era bonita o suficiente, ou cool o suficiente, ou qualquer coisa o suficiente. Mas, seja lá o que faltasse, Jeremy estava disposto a não prestar atenção; era preciso alguém com a vivência de Jeremy para enxergar seu verdadeiro valor.

Ela sabia que algo não estava certo quando três dos amigos dele os acompanharam na sua lua de mel em Londres. A história toda fora revelada, em toda a sua crueza, numa noite em que eles "por acaso" foram parar num bar gay. Alicia sentou, horrorizada, num banco do bar, enquanto seu novo marido e os amigos, junto com os menininhos com quem flertavam, tratavam-na com desdém.

Ficou chocada com a crueldade de Jeremy.

Ele era gay. Mas não tivera coragem para contar a ela, preferira demonstrar.

Assim que conseguiu se mover, saltou do banquinho e foi em direção à porta.

— Aonde você vai? — perguntou Jeremy.

— Pro hotel.

— Eu vou com você.

Uma vez no quarto, Alicia jogou os sapatos e as roupas dentro da mala.

— O que você está fazendo? — perguntou Jeremy.

— O que você acha? Tô deixando você.

— Por quê?
— Por quê? Você poderia ter mencionado que era gay.
— Bissexual, na verdade. Alicia, eu achei que você soubesse. Achei que você não se importava.
— Que tipo de mulher você pensa que eu sou? Acha que eu me casaria com um gay e não me importaria?

O olhar dele contava a história toda. Culpado, evasivo. Ele não pensara, realmente, que ela soubesse. Mas achara que, quando descobrisse, toleraria.

Todo mundo te decepciona no final, ela pensou.
— Você me enganou — disse ela. — Por que se casou comigo?
— Já era hora de me assentar. Tenho cinquenta anos.
— Pois é, você tem cinquenta anos. Por que se importar?
— Ai, Sra. Thornton, você realmente faz uma tempestade num copo d'água.
— Você nunca consegue falar sério?
— Por quê? Se a gente pode se divertir?
— Jeremy, eu preciso saber. Por que você se casou comigo?

Ele não respondeu.
— Por que, Jeremy?
— Você sabe porquê.
— Não sei.
— Porque você queria.

Era verdade. E agora que ele dissera, Alicia admitiu que a iniciativa partira dela. Queria se casar, sempre quis, era o que todo mundo fazia, era normal. E fora uma mudança tão boa encontrar um homem disposto a fazer tudo por ela; antes de Jeremy, não conseguira que nenhum homem sequer telefonasse para ela. Mas com Jeremy ela podia dizer coisas engraçadinhas, do tipo "quanto você está gastando no meu anel de noivado?" e "pra onde vamos na nossa lua de mel?".

— Bem, muito obrigada — disse ela. — Muito decente da sua parte. Mas, como você é gay e tal, não precisava.
— Alicia, por que você se casou comigo?

— Por que eu te amo.
— E?
— E nada.
— Acredito — disse ele, olhando direto nos olhos dela.

Ela sabia que ele se dera conta. Talvez não soubesse que o homem era Paddy, mas sabia que havia outra pessoa. Um flash de cumplicidade surgiu entre os dois, um momento em que suas respectivas desonestidades ficaram claras.

Ambos haviam mentido, ela tanto quanto ele. Ambos se casaram pelas razões erradas — ela porque, se não conseguia ter Paddy, Jeremy bastava — e a extensão de seu cinismo deixou-a mais envergonhada e deprimida do que jamais se sentira em toda a vida.

— Não vai embora hoje — disse Jeremy. — Descansa e pensa um pouco, espera até amanhã. — E ele estendeu o braço para ela, oferecendo conforto. Ela o deixou segurá-la, porque, a seu modo, o amava.

De manhã, convenceu-a a ficar pelo resto da lua de mel. E quando retornaram a Dublin e se instalaram em seu lar matrimonial, ela estava envergonhada demais para partir imediatamente. A tragédia de terminar com seu marido durante a lua de mel era demais para ela. Decidiu dedicar um ano, ao menos para manter as aparências. E em algum momento durante esse tempo, o perdoou.

Nunca mais dormiram juntos — aliás, seu casamento jamais se consumou —, mas foram amigos, grandes amigos.

— Por que você não sai do armário? — perguntava ela às vezes. — A Irlanda mudou, não tem problema hoje em dia.

— A minha geração é diferente da sua.

— Por favor — disse ela —, para de me lembrar de que você é velho.

— Você quer que todos saibam que seu marido dá pra garotos de programa de dezenove anos?

— Você dá? — Ela estava fascinada.

— Dou.

Não, ela não queria ninguém sabendo disso.

Mas se perguntou se Paddy sabia.

Via-o de tempos em tempos — não propriamente, não com hora marcada, mas em grandes eventos, em que a conversa era breve e descontraída. A primeira vez que Paddy viu Jeremy e Alicia depois do noivado, examinou-os com um olhar mal-educado que a deixara desconfortável. Ela se lembrou de observá-lo observando-os — escaneando, assimilando, arquivando — e se perguntou o que ele vira.

Sua irmã Camila também sabia — porque Alicia contara. Tinha que contar para alguém, mas depois se arrependera, porque Camila disse a pior coisa possível: — Por que você está se vendendo tão barato? Por que não deixa o cara e procura um amor verdadeiro?

— Porque já conheci o único homem que vou amar na vida. Sei bem quem ele é.

Tanta certeza era uma espécie de conforto. Não era culpa sua ser completamente apaixonada por um homem que não poderia ter. Em outros tempos, teria entrado num convento, e isso teria sido o fim de tudo. Pelo menos, com Jeremy vivia uma vida animada, indo esquiar, fazendo compras, se divertindo.

Tenho uma bolsa de pele de lagarto, lembrou a si mesma.

Conheci Tiger Woods.

Voei em jatinho particular.

Mas, às vezes, nas horas frias antes do amanhecer, a verdade a acordava e ela não podia evitar se perguntar o que havia de errado consigo. Por que pensava tão pouco de si mesma a ponto de continuar casada com um gay? Por que se contentara com uma vida pela metade?

Mas, tudo bem, disse a si mesma. A gente é feliz.

Lera um artigo na Marie Claire sobre relacionamentos, que dizia que alguns casais não transavam mais. Aparentemente, eles eram muito mais comuns do que qualquer um achava, ou admitia. Eu, na verdade, sou normal, dizia a si mesma à luz perolada. Aqueles que fazem muito sexo é que são anormais.

Sabia que tudo voltava a Paddy. Ele a arruinara para qualquer outro. – Talvez você devesse ver alguém – sugeriu sua irmã. – Um psicólogo ou coisa do tipo.

– Um psicólogo não vai me ajudar a encontrar um homem tão bom quanto Paddy.

Sua irmã não pressionava. Ela também gostava de Paddy.

Apesar da ausência de sexo, a vida de Alicia com Jeremy era boa. Ele usava o humor, o dinheiro, a bebida, a comida e as viagens para impedir que as coisas ficassem muito tristes ou sérias. Ele a amava, ela sabia disso. Sempre a tratara com muito carinho e afeição.

E, quando ele morreu, o sofrimento dela foi genuíno.

Por volta das dez e meia, na maioria das noites, Sidney deixava os jornais da manhã seguinte na casa do Paddy. Normalmente, não havia nada demais – Sidney entregava o pacote, ia embora, e Paddy dava uma olhada nas notícias –, mas, naquela noite em particular, Paddy chegou em casa com uma energia tão carregada que Alicia teve certeza de que alguma coisa acontecera.

– Saiu – disse Paddy. – A entrevista com Grace Gildee.

O coração de Alicia quase saiu pela boca. Não esperava que fosse publicada até a semana seguinte.

Paddy foi direto até a matéria, e estava tão concentrado nisso que ela teve que ler por cima do ombro dele. Era uma matéria grande, página dupla, a manchete em negrito, letras garrafais.

FIQUE AO LADO DO SEU HOMEM

É uma verdade universalmente aceita que um homem solteiro, dono da mais crua ambição política, precisa de uma esposa.

Deus, Alicia lançou um olhar horrorizado a Paddy. Ele leu mais algumas frases, depois gritou, ultrajado: — Por que diabos você ofereceu a ela uma taça de vinho às onze da manhã?

— Eu pensei que... — O que ela havia pensado? Que ela e Grace fossem ficar levemente bêbadas e gargalhar sobre os velhos tempos?

Paddy continuou lendo: detalhes enfadonhos de sua criação, estudos, trabalho. Até ali, tudo bem — depois, desastre.

Os valores de Thornton lembram os da década de cinquenta, quando mulheres permaneciam ao lado de homens adúlteros porque o "casamento é um voto sagrado". O fato de uma pessoa quebrar o voto não é razão para que a outra também o faça.

— Você disse isso? — perguntou Paddy.
— ... Parte...
— E ela disse o resto e você concordou?
— ... Foi... — Só então se lembrou de que, se você concorda com qualquer coisa que um jornalista diz, pode ser parafraseada.
— Eu represento a Irlanda moderna!
— Desculpa, Paddy.
— Não uma república católica de bananas qualquer! Por que diabos mandamos você pro treinamento de mídia se você não se lembra sequer do básico?
— Desculpa, Paddy.
— Por que não deixou Sidney participar?

Mas ele sabia a razão, os dois sabiam.

Continuou:

Thornton reconhece que fisgou De Courcy graças à sua lealdade e firmeza. Isso causará surpresa à montanhista Selma Teeley, que — muito lealmente, deve ser dito — usou muitos de seus rendimentos como patrocínio para financiar a campanha de De Courcy há seis anos.

Usou? Alicia não sabia disso. Olhou surpresa para Paddy, depois voltou à matéria. Não era hora de contato visual.

Alicia se deu conta de que, possivelmente, a pior coisa do artigo era o fato de Grace não fazer firulas. Não havia interpretações maldosas; deixara que as frases de Alicia falassem por si.

Alicia parecia um tapete de boas-vindas, submissa, e era tudo culpa dela. Quando terminou de ler, Paddy jogou o jornal com força pro lado e sentou na cadeira, pensativo. – Vaca burra – disse ele.

Lola

Sexta-feira, 17 de outubro, 11h07
Acordo. Olho pro relógio. Feliz. 11h07 — hora boa. Menos dia pra gastar. Melhor hora que já acordei até hoje, já que cheguei à cabana do tio Tom às 12h47, mas fiquei acordada até tarde, assistindo ao filme *Apocalypse Now*. Experiência emocional intensa. Também muito longa. Fazer café e preparar uma tigela de sucrilhos, virar a cadeira da cozinha de frente pro jardim dos fundos e tomar o café da manhã olhando para o Oceano Atlântico. Isso virou um hábito, porque todo dia, apesar de ser outubro, o tempo tá lindo.

    Estranha Irlanda, estranho país. O tempo em julho — verão, pelo que sei — pode ser absurdamente frio e úmido. Todos aqueles pobres turistas americanos fazendo trilha em Ring of Kerry, em carros com vidros embaçados, o tempo se exibindo. Mas olha só agora! Meio de outubro! Todos os dias ensolarados e iluminados. O céu azul, o mar agitado, os jovens surfando. Uma praia imensa, deserta durante os dias da semana, fora a mulher de coração partido perambulando pra cima e pra baixo na esperança de — sei lá — voltar à felicidade? Ainda não me juntei ao clube. Nunca me juntarei. Questão de orgulho.

    De maneira casual, cubro os sucrilhos com leite. O café da manhã em Knockavoy leva uma média de quarenta e três minutos — uma quantidade incrível de tempo. Em Dublin, gastaria nove segundos enfiando uma torrada na boca, enquanto, simultaneamente, estava aplicando a base no rosto, ouvindo o noticiário matinal e ao mesmo tempo procurando coisas perdidas.

    Seis ou sete surfistas no mar hoje de manhã, lustrosos como focas com suas roupas de neoprene. Adoraria surfar. Não, não é bem isso. Adoraria *querer* surfar. Bem diferente. Acho que não gostaria nem um pouco de surfar. Água entrando no nariz e nos ouvidos. E o cabelo? Mas, se dissesse às pessoas — homens, para ser honesta — que eu era surfista, eles iam me achar sexy. Corpo bronzeado (apesar do neoprene), *strap*, confiança. É, o cabelo estaria um bagaço, mas as pessoas não parecem se preocupar com isso se você explica que é surfista. De repente, cabelo embolado e quebrado deixa de ser embolado e quebrado e vira uma coisa sexy, cabelo de surfista. Tá certo isso? Eu pergunto.

O mar ficou temporariamente calmo. Surfistas deitados de barriga nas pranchas, esperando. Surfar requer paciência; muito tempo de espera sem poder mandar mensagens de texto.

Comi devagar. Passei a mastigar cada garfada de comida vinte vezes, por causa de um artigo que li. Alerta! No Ocidente a gente não mastiga o suficiente. Engolimos pedaços quase inteiros de comida. Isso é péssimo, porque intestino não tem dente. Mastigar cada garfada vinte vezes é bom pra digestão.

E também ajuda a passar o tempo.

Mastiguei, mastiguei, mastiguei, mastiguei e dissequei os surfistas. Eu estava imaginando coisas ou um deles estava olhando na minha direção? Jake, o Deus do Amor? Um flash de luz repentino e prateado — pequeno, mas intenso — parecia saltar de sua direção e estalar sobre minha cabeça. Não um pequeno raio, mas o piscar dos seus olhos prateados.

Seria só a luz do sol refletindo na água? Certamente não é possível ver a cor dos olhos daqui, mesmo se eles tiverem um brilho anormal, não é? Ele está a uma boa distância (meio quilômetro?). Estreito os olhos para tentar ver melhor (coisa estranha — por que tornar os olhos *menores* quando se tenta ver *mais*?). Daí, ele acenou.

Só pode ser Jake!

Eu — meio tímida — acenei de volta. Muito de leve, ouvi: — Oi, Lo-la! — Palavras flutuaram no ar, carregadas por muitas, muitas moléculas de sal.

Gritei de volta: — Oi, Jake! — Mas a voz soou fina e fraca. Sabia, moléculas de sal não ajudavam, a única pessoa que me ouviu fui eu mesma. Me senti boba.

Sempre que esbarrava com Jake em Knockavoy, ele sorria de maneira sexy. Eram olhares demorados, profundos, depois ele relaxava sem fazer um convite concreto.

— Ele curte você — diz Cecile, sempre que nos encontramos.

— Você sempre diz isso — respondo. — Mas ele não faz nada a respeito.

— Ele não tá acostumado a correr atrás — disse Cecile. — As meninas sempre fazem isso por ele.

— Eu não — afirmei, cheia de autoestima, dignidade e valor. Não era o caso. Verdade seja dita, Jake e seus modos de Deus do Amor eram mera diversão, mas eu tinha sido absolutamente destruída pelo Paddy.

Vento bastante forte. Levantou um sucrilho da tigela e lançou na brisa marinha em direção ao mar. Pescoço frio. Entrei para achar uma echarpe ou algo do tipo. Um boá de penas rosa no sofá. Servia. Ou não servia...? De repente, percebi que estava de pijama, galochas e boá de penas cor-de-rosa. Um perigo, viver sozinha. É preciso muita atenção para não virar uma excêntrica. Se eu não ficar atenta às coisas, posso acabar pedindo o macacão horrível da Bridie emprestado.

12h03
Lavei a tigela, a xícara, as colheres. Rotina diária. Limpei a pia, pendurei o pano de prato e, por um momentinho, não tive certeza total de qual seria o próximo passo — erro! —; foi o suficiente para o terror tomar conta de mim e me deixar sem ar. *Que diabos eu tô fazendo aqui?*

Podia marcar a hora da chegada do terror. Todo santo dia, assim que eu pendurava o pano de prato, ele chegava. Quis ligar para Nkechi, Bridie, qualquer pessoa, e implorar: — Por favor, posso voltar pra Dublin? Já posso voltar pra casa?

Parei de fazer as ligações, porque não fazia sentido. Ninguém me deixaria voltar pra Dublin. Mas, ah, meu trabalho, meu trabalho, meu trabalho que eu amo...

Como eu não tenho marido, nem filhos, nem família, nenhum grande talento — ou seja, a habilidade de fazer esculturas de flores com cenouras —, sem meu trabalho não sou nada.

Não conseguia parar de pensar na Nkechi tramando roubar meu negócio bem debaixo do meu nariz, mas depois me lembrei do fiasco da minha última tentativa e percebi que, provavelmente, estava melhor em Knockavoy. Eu poderia ter destruído o negócio mais rápido que Nkechi.

O fato de o telefone tocar o tempo todo não ajudava. "Nkechi está fazendo um trabalho fantástico!" "Nkechi me deixou maravilhosa para o Baile da Catapora!" "Graças a Nkechi, arrasei na festa beneficente da Disenteria!" Mensagem: Nkechi era brilhante, brilhante, brilhante. Você não vale nada, nada, nada.

Bridie pensa diferente: — Eles estão sendo gentis...

— Gentis? Aquelas mulheres não sabem o que é ser gentil.

— E a Nkechi está mantendo a sua empresa funcionando enquanto você tá fora.

— Todo mundo vai querer ser cliente dela, quando ela abrir o próprio negócio.

— Não vai. É a lei natural das coisas. No mínimo.

Único conforto: Abibi não é popular.

12h46

— Lola? — Voz de homem chamando de fora da casa. Surpreendente. — Lola?

Paddy estava vindo atrás de mim! Ia dizer que tudo não tinha passado de um terrível engano.

Não. Claro que não. Mas a ideia não ia embora. Mesmo quando eu não tinha pensamentos específicos, ficava mergulhada num pequeno poço de pânico, e bastava uma coisa mínima — por exemplo, a menção a Louise Kennedy numa revista — para liberar uma cadeia rapidíssima de pensamentos dolorosos. Tipo:

"A última coleção de Louise Kennedy..." = Alicia Thornton vestindo um terninho de Louise Kennedy no jornal = jornal reforçando que ela era a mulher que tinha "conquistado o coração do Imprevisível" = Paddy vai casar com outra mulher = *Como assim? Paddy vai casar com outra mulher?* = dor insuportável.

Tudo acontece em menos de um segundo. Pontadas de angústia já me perturbaram antes que meu cérebro tivesse tempo de registrar o motivo. Todas as células do meu corpo estão ligadas às notícias; meu pobre cérebro é o último a saber.

Ficar sem Paddy é um fato decisivo na minha vida. Sempre que terminei com outros namorados, fiquei triste, sim, não vou negar. Mas sempre tinha a esperança de que um futuro ainda me esperava. Mas conheci Paddy, meu Príncipe Encantado. Ele veio e foi embora, meu futuro estava vazio.

12h47

Abri a porta. Homem pesadão. Na rua, uma van estacionada.

O homem pesadão disse: — Lola Daly?

— Sou eu.

— Encomenda pra você. Tem que assinar aqui.

Me perguntei o que seria. Quem estaria mandando coisas?

Embaixo de "conteúdo" estava escrito "sapatos". Ok, eu sabia do que se tratava.

O homem da entrega virou a caixa de cabeça pra baixo pra ler. — Sapato, né?

Em Dublin, olharia pra ele friamente, para deixar de ser enxerido. Mas em Knockavoy, não posso fazer esse tipo de coisa. Sou obrigada a me apoiar na porta como quem tem todo o tempo do mundo para bater papo. — Isso, sapato.

— Para um casamento, é isso?

—... É, não, não é para um casamento. — Os sapatos nem eram pra mim, na verdade. Mas não posso dizer isso para ele, por mais falastrona que eu seja. Tô presa por votos de segredo. Dilema. Sou puxada em duas direções diferentes, comandada por dois mestres.

— Ficou com vontade de comprar um sapato novo, né?
— Isso. Fiquei... a fim.
— Tá aqui de férias, é isso?
— É, não, mais tempo.
— Quanto tempo?
— Não... tenho... planos. — Com vergonha da minha vida. Não podia dizer "Tô aqui até meus amigos e colegas de trabalho decidirem que tenho sanidade mental suficiente para voltar pra Dublin". — Só seguindo o instinto, entende?
— Então, talvez eu te veja de novo?
— Talvez.
— Niall — disse ele, estendendo a mão para eu cumprimentar.
— Lola — cumprimentei.
— Ah, eu sei.

12h57

Esperei até ele desaparecer, depois abri a caixa para ver se era o que eu estava pensando. Era. Liguei pro Noel do desemprego.

Disse pra ele: — Sua encomenda chegou.

— Finalmente. Já era hora. Joia. — (Joia — palavra que ele adora, que quer dizer ótimo, excelente etc...) — Te ligo de noite, depois do trabalho. Que horas é bom pra você?

Difícil. A noite é meu turno mais movimentado. Tinha que sentar à beira-mar e trocar palavras com estranhos sobre a beleza do pôr do sol. Tinha que tomar a sopa do dia no Oak. Tinha que ver seriados com a Sra. Butterly. Precisava ter longas e profundas conversas com Brandon e Kelly sobre a seleção de DVDs. Tinha que gastar um tempo no Dungeon, com Chefe, Musgo e Mestre, ouvindo o Mestre recitar poemas incrivelmente longos. Agenda lotada.

Mas hoje tinha coisa muito maior à espera.

— Desculpe, Noel do desemprego, tenho amigos vindo pra cá no final de semana.

Pausa abrupta. — Ah, claro! Que seja! Eles são de Dublin, né? disse ele, como se Dublin fosse um fim de mundo pretensioso.

Pode ir parando... — Você que insistiu em segredo absoluto — disse eu. — Não me importo se vier pegar o pacote enquanto outros estão aqui.

Noel é um sujeito meio difícil, dado a surtos, mas os pagamentos do seguro-desemprego haviam sido liberados com uma rapidez sem igual — sem que eu tivesse que oferecer em troca pó de chifre de unicórnio ou lascas de bronze do Santo Graal. Muito irregular. Ainda esperava receber uma carta dizendo que era tudo um engano e que eu teria que devolver cada centavo, com juros.

Nessas circunstâncias, era melhor não pisar nos calos de Noel.

Depois de um silêncio estranho, ele disse: — Ok, eu espero. Mas você não deve falar sobre mim pros seus amigos de Dublin.

— Claro que não. — Era mentira. Ia falar pra eles, mas — obviamente — pediria segredo.

— Que tal segunda?

Faltava muito ainda. Até lá eu já podia estar em sã consciência e no caminho de volta a Dublin. Mas não era provável.

— Segunda está bom. Vem depois do trabalho.

13h06
Tarde. Fui depressa à cidade. Como se importasse. Fiz tudo rapidinho — comprei comida, vinho e muito, muito chocolate pra chegada da Bridie, da Treese e do Jem — e voltei rápido pra casa. Botei o pijama, as galochas e o boá de penas. Puxei o sofá pros fundos e passei a tarde deitada, lendo um thriller de Margery Allingham.

Engraçado. Se fosse pedido às pessoas que descrevessem a vida perfeita, poderiam descrever a minha: vivendo num lugar lindo — mar, natureza, tudo isso —, não tendo que acordar cedo, dormindo metade do dia, nenhum estresse do trabalho, tendo tempo pra ver DVDs, ler livros cafonas e mastigar cada garfada vinte vezes. Mas a verdade é que não dá para aproveitar. Fico ansiosa. Sinto como se a vida passasse por mim. Sinto como se tudo pelo que trabalhei estivesse se esvaindo.

Tenho vergonha da minha ingratidão. Pronto, agora tenho outra emoção desagradável para sentir. A variedade é legal, eu acho. Muda um pouco do terror e da tristeza.

Falei comigo mesma (baixinho, ainda não cheguei ao ponto em que a gente *fala consigo mesmo*): um dia, a vida seria diferente e estressante e movimentada de novo, e eu adoraria fugir para um lugar pequeno e lindo e não fazer nada. Então, preciso tentar aproveitar meu tempo aqui. Não é pra sempre.

16h27
Baixei o livro, fechei os olhos e pensei no Paddy. Às vezes, achava que tinha superado. Outras vezes, era tomada de saudade, de carência. De vez em quando, ainda pensava: a gente tinha uma ligação tão forte... Aquele sentimento todo não podia simplesmente ter sumido. Só porque ele ia casar com outra mulher.

Não telefono para ele desde a minha volta pra Knockavoy. Bem, fora aquela vez. Bêbada, claro. A única vez em que me convenci a ter esperança. (Fiquei bêbada por acidente. Todo mundo pagou drinques pra mim, desde Velho e Bom Olhos de Ameixa à Sra. Butterly, Chefe, pra rivalizar com os Biriteiros. Seria indelicado recusar a hospitalidade dos nativos. Seria um insulto terrível.)

Fui pra casa andando, feliz e esperançosa e – vou contar como foi de verdade – pau da vida, e resolvi ligar pra ele. Queria convencer o Paddy de romper com a tal da Alicia Thornton. Noite linda. Delícia. A lua sorrindo para o mar "cor de vinho tinto" (citação do Mestre). Tudo parecia possível.

Infelizmente, não. Interpretação equivocada de bêbada.

Ligar, tudo bem. Mas caiu na caixa postal. Eu devia ter desligado, mas fui tomada por uma força incontrolável.

— Paddy, Lola falando. Só tô ligando pra dizer oi. É... É isso. Não casa com essazinha. É isso... ah... tchau.

Pronta para ligar para o telefone fixo, mas, de repente, comecei a tremer. Emoção demais, provavelmente. Ou talvez a mistura de vinho tinto, licor e cerveja Guinness adoçada com cassis.

Na manhã seguinte, achei que tinha sonhado. *Esperei* ter sonhado. Mas me forcei a checar o telefone. Não. Eu realmente tinha ligado pra ele.

Vergonha. Que vergonha!

O que podia ser visto como um progresso. O resultado imediato da notícia, a vergonha evidenciada pela ausência.

17h30

Não tô espiando. Não desta vez. Arrastava o sofá de volta para dentro quando olhei pra casa do Incendiário Considine e vi que ele estava na cozinha. Primeiro pensamento de vizinha enxerida: ele voltou cedo do trabalho. Segundo pensamento: é MESMO o Incendiário Considine, e, se for, o que é isso que ele está USANDO?

Olhei fixamente. Olhei mais fixamente ainda. Ele estava realmente usando óculos de natação e touca de banho? Sim. Um sim inegável.

Coisas estranhas acontecem naquela casa.

18h57

Chegada de Bridie e Barry.

Esperando o carro, como uma camponesa solitária. Ouvi o barulho muito antes do carro chegar. Não porque seja o único carro da estrada — não mesmo, a estrada principal de Knockavoy à Miltown Malbay é bem movimentada —, mas por causa da música tocando no carro da Bridie. Oasis, se não me engano. O gosto da Bridie pra música é quase sempre tão ruim quanto seu gosto pra roupas, mas ela não se abala.

O carro para do meu lado, a música para abruptamente e Barry salta. Barry teve permissão de vir no final de semana porque faz tudo que mandam, não expressa opiniões próprias, não causa tumulto. Diferente do marido de outras pessoas.

— Três horas e quarenta e nove minutos. — Foi a primeira coisa que a Bridie disse pra mim. — Tempo excelente para uma sexta-feira na hora do rush. Só um minuto, preciso anotar isso.

19h35
Treese e Jem chegam.

Treese dirigia um adorável Audi TT — presente do Vincent! Talvez para se desculpar por ter uma cabeça tão enorme? Jem, no carona, parecia desconfortável. Afundado no banco e ligeiramente gordo pro carro. Será que também constrangido por estar num veículo tão feminino? (Claudia estava numa despedida de solteira, por isso Jem teve permissão para me visitar.)

Treese, muito glamourosa, de salto alto e vestido justo.

— Você está incrível — elogiei.

As pessoas costumavam dizer sobre Treese: "Visual adorável para uma gordinha." Benevolência. E, na cara dela: "Treese, você realmente deveria parar de comer doce. Funcionou com minha cunhada, ela perdeu quatro quilos. Se você não fosse tão gorducha, até que seria bem atraente."

Quando ela perdeu peso, de repente, virou uma mulher elegante. Todo o resto da sua personalidade estava no lugar, só esperando. As pessoas que torciam para que ela ficasse magra tiveram que engolir. Ficaram chocadas. Desconcertadas. Infelizes. Tentavam manter os namorados longe dela.

— Como vai o Vincent? — perguntei. — Tudo bem? — Tive que perguntar. Era educado. Ele tinha sido convidado pro final de semana — claro que sim, já que o Barry também tinha sido convidado —, mas nunca respondeu. Nem mesmo um "Vincent pediu para agradecer o convite, mas tá ocupado no final de semana, tentando reduzir o tamanho da cabeça." Nós todas — incluindo Treese — conspiramos silenciosamente para que ele não viesse.

19h38 – 19h45
Os recém-chegados respiravam profundamente o ar salgado. De frente pro mar, mãos nos quadris, enchendo os pulmões de ozônio, diziam: — Meu Deus, isso é fantástico! — Essa parte levou de sete a oito minutos. Depois, o Jem juntou as mãos e disse: — Ok! Qual vai ser o pub?

20h07
Oak. Aperitivos e libações preliminares (Margery Allingham).
Velho e Bom Olhos de Ameixa tirou um tempinho para sentar com a gente. Muito sorridente, olhos brilhando, agradável. Disse que tinha ouvido falar à beça deles. Um amor. Senti orgulho, quase como se ele fosse uma invenção minha.

Contou que eu ia todo dia lá na hora do almoço (nem sempre é pra almoçar, mas não importa, não preciso contradizer o cara, muita boa vontade da parte dele) pra tomar a sopa do dia. "Ela sempre diz: 'Ibrahim, a sopa do dia é cheia de caroço?'" Ele riu muito, bateu na coxa e repetiu: "'Ibrahim, a sopa é cheia de caroço?' Todo santo dia."

Todo mundo riu com ele, não tive muita certeza do motivo da gargalhada, mas fiquei encantada com o fato de ele achar isso tão engraçado. (Culturas diferentes, senso de humor diferente.)

— Ibrahim, posso te pagar um drinque? — ofereceu Bridie.

— Não, obrigado. Não bebo.

— Por que não? Você é alcoólatra? — Bridie era tão enxerida!

— Não bebo por questões religiosas.

Bridie olhou para ele, claramente considerando que tipo de religião peculiar proibia álcool. Pra ser católico, a pessoa é praticamente obrigada a ter algum problema com álcool.

— Que religião é essa? Cientologia?

— Muçulmana — respondeu.

— Ah, sim, não pensei nisso. Bem... é... tá certo.

A conversa não foi adiante. Depois entraram dois golfistas procurando sossego da barulheira do Hole in One, e Ibrahim teve que voltar à suas obrigações no pub.

Assim que ele saiu da mesa, Bridie se aproximou de nós todos e sussurrou, quase em confissão: — É terrível, mas, quando ouço que alguém é muçulmano, a primeira coisa que passa na minha cabeça é que é um homem-bomba secreto.

— É! — concordou Jem, sussurrando com entusiasmo. — E que eles me desprezam.

— Isso!

— Quando fui pro Marrocos com a Claudia, os homens costumavam olhar como se ela fosse uma puta.

É porque ela é uma puta. Bridie e eu tivemos um momento de contato visual intenso enquanto essa mensagem foi passada entre nós.

— Eles não respeitam as mulheres — disse Jem. — Batem nas coitadas quando elas não cobrem o cabelo!

Treese ficou agitada e tentou interceder: — Isso é um absurdo...

— E eu aposto que são uns cachaceiros entre quatro paredes — disse Bridie. — Uns doidões que fingem...

— Isso é um absurdo...

— ... que não bebem e dizem que todo mundo é imundo porque toma vinho e come sanduíche de carne de porco de vez em quando.

— Que maneira absurda de pensar! — Finalmente Treese conseguiu falar. — Vocês deviam ter vergonha! Mais de dois milhões de muçulmanos no mundo. Não é possível que todos sejam homens-bomba! Isso é racismo!

Pior dos medos confirmado. Não quero ser racista.

— A maioria, MAIORIA, dos muçulmanos é moderada.

— Claro, claro — disse Jem, acalmando a situação. Mas era tarde demais. Somos agraciados com um sermão, cuja essência é que todos no mundo, independentemente de raça ou religião, têm direito a respeito e saneamento básico.

Duas horas depois
De volta ao Oak, depois de comer uma coisinha na Sra. McGrory.

O lugar estava muito mais cheio. O Velho e Bom Olhos de Ameixa correndo de um lado pro outro.

Jem foi até o bar para comprar uma rodada de drinques e voltou animado: — A gente foi convidado para uma festa amanhã à noite! — Ele tinha feito novos amigos enquanto comprava as bebidas. Não era a primeira vez que esse tipo de coisa acontecia com alguém. Não quero ser cínica, mas...

— Que festa? — perguntou Bridie.

— Daqueles caras lá no bar.

Surfistas. Cinco ou seis deles. Pouca roupa, sandálias de dedo, bronzeados, brincos, sal. E lá estava Jake, de camiseta velha, jeans de cintura baixa, colar de dente de tubarão, encostado no bar, drinque na mão, olhando pra mim. Ele fez mímica com a boca: — Lola — e sorriu.

Bridie me cercou: — VOCÊ CONHECE ESSE CARA?

— Jake?... É... conheço. — Bem orgulhosa, para ser honesta.

É como comprar um casaco novo da Chloé e não contar para ninguém. Simplesmente chegar com ele e olhar pra cara das pessoas.

— Ele tá te dando mole! — Bridie cutucou Barry. — Não tá?

— Parece que sim. (Cuidadoso para não expressar opinião própria.)

— O jeito que ele tá te olhando! — Bridie deu outra olhada pra Jake — Ele ainda tá olhando! Tá a fim de você! Eu tenho certeza!

— Na verdade — pigarreei, me preparando para curtir o momento —, ele tá.

Ela ficou paralisada. — Tá? Como é que você sabe?

— Cecile me disse.

— QUEM É CECILE? — Bridie gosta de conhecer todo mundo. Só que aqui ela não sabe quase nada, não conhece quase ninguém.

— Uma garota francesa, olha só, ela acabou de chegar.

Cecile estava no meio dos surfistas, rindo e socializando. Calça capri, sapatilha e echarpe enrolada no pescoço de um jeito moderno que a mulher irlandesa nunca alcançaria, mesmo que praticasse por um mês. (Nem mesmo a Treese conseguiria.)

— Chama ela aqui — ordenou Bridie. — Ei, Cecile, Cecile! Aqui!

Surpresa, Cecile pressionou os lábios vermelhos, levantou a sobrancelha perfeita, mas respondeu ao chamado de Bridie.

— Cecile? — perguntou Bridie. — Você é Cecile? — Rápida introdução. — Bridie, Barry, Treese, Jem e Lola, que você conhece. Ok, me conta, aquele cara loiro no bar — Jake? —, é verdade? Ele é a fim da Lola?

Cecile riu. — É. E ele quer montar nela até semana que vem.

Treese deu um gritinho esganiçado. Mas não era culpa de Cecile. Ela não era grossa, na verdade, só era francesa. Eu não entendo tudo que ela fala, já que repete mal as coisas que ouve, feito criança.

— E deixar ela descadeirada por um mês.

— Obrigada. Você ajudou muito.

Cecile saiu.

— Ok! — decretou Bridie. — Eu penso assim: a melhor coisa que poderia acontecer pra Lola seria ter um caso com esse Jake. Todo mundo concorda? — Bridie consultou os outros. Sim, todo mundo concordava. — Mas você não deve ficar esperando nada que dure — alertou Bridie. — Ele é bonito demais.

— Que papo é esse de você toda vez ficar dizendo que o cara é bonito demais pra mim?

— Sem querer ofender, Lola, você também é bonita. Mas olha pra esse Jake. Ele é INACREDITAVELMENTE lindo. Ele é uma aberração da natureza. A boca! Tão sexy! Todo mundo deve ser a fim dele. Até eu estou a fim dele!

Depois:

— Desculpe — disse ela pro Barry.

— Tudo bem — disse ele. — Eu também estou a fim dele.

- É?

— A gente podia fazer um *ménage à trois* — disse Barry, depois se aproximaram e riram juntos, enquanto o resto de nós assistia, ligeiramente desconfortável.

1h30
De volta em casa.
Bêbada como eu estava, fiquei alarmada quando Bridie e Barry botaram as roupas mais esfarrapadas que já vi. Calça larga, mas com elástico no tornozelo, tipo as calças que o rapper MC Hammer usa. A do Barry era estampada de pipas e balões, e a de Bridie zebrada de vermelho e azul.

Horripilante.

Alguém tinha que dizer alguma coisa.

Sábado, 18 de outubro, 12h00
Todo mundo acordado.
Plano do dia: caminhadas, ar puro, limpeza total antes de cair na "esbórnia da noite", para repetir o que Jem disse. Primeiro: uma ida rápida à cidade, porque o leite tinha acabado.

— Eu vou — disse. — Porque sou a anfitriã. A responsabilidade é minha.

— Não, eu vou — disse Jem. — Porque bebi todo o leite às cinco da manhã.

— Não, eu vou — disse Bridie. Porque ela era controladora.

— Por que não vai todo mundo? — sugeriu Treese.

— Ok!

— Melhor vocês se vestirem. — Olhei cheia de intenção pras calças de MC Hammer da Bridie e do Barry.

— Como assim? A gente tá vestido!

Ai, ai. Já era horrível vestir aquelas coisas na privacidade do lar, mas em público? Caso sério.

12h18
Caminhando até a cidade.
Bridie começa a falar sobre o Jake. De novo.

— Vai ser bom pra você transar com ele. Bom pro seu ego, pra sua autoconfiança. Você sabe alguma coisa dele?

— Nada. Tem vinte e cinco anos, é de Cork, já transou com todas as mulheres de Knockavoy e, aparentemente, quer me descadeirar por um mês.

— Mas ele trabalha? — pressionou Treese. — Como ele se sustenta?

— Não sei, nem quero saber. Nem quero saber se a mãe dele é professora, se o pai é policial, se tem uma irmã mais velha, dois irmãos mais novos, se no colégio era bom no esporte X, mas não tão bom no futebol. Não quero saber se ele dividia o quarto com o irmão, e tinha fotos do Roy Keane pregadas na parede. Não quero saber se existem fotos dele com seis anos, bochechudo e banguela, nem com dez anos, sorrindo, com um corte de cabelo horrível. Não quero que ele seja comum, nem quero nenhuma evidência de que não foi sempre lindo.

— Mas você não tá tratando o cara como um ser humano — disse Treese.

— Eu sei. Não quero saber com o que ele sonha, nem o que espera da vida.

— Mas isso não é base para um relacionamento — disse Treese.

— Mas ela não vai ter um relacionamento com ele! — exclamou Bridie. — Tô cansada de dizer isso, mas ele é bonito demais!

— Só um segundo! E o que *eu* quero? Vocês todos ficam agindo como se eu fosse a mulher mais feliz da Terra porque ele tá a fim de mim — e ele só tá a fim de mim porque sou novidade —, mas e o que *eu* quero? Talvez eu não esteja nem um pouco a fim dele!

— Ok. Você tá a fim dele? — perguntou Bridie.

Pensei sobre o assunto. — Na verdade, não.

Um clamor de descrença incrível, até do Jem.

— Tudo bem, calma! Ele é bom de olhar!

— Você só tá se fazendo de difícil — disse Bridie. — Não encana. Ele não vai querer uma relação séria com você.

— Eu não tô me fazendo de difícil. Ainda sou apaixonada pelo Paddy.

— Você recusaria um sexo ardente com o Deus do Amor só porque ainda tá presa àquele porcaria de político, com sorriso de Coringa do Batman?! — Bridie, indignada. — Um político que, incidentalmente, vai casar com um cavalo.

12h49

De volta, depois de comprar o leite, fui levada pro Dungeon. Passei pela porta aberta — raríssima ocasião em que o Dungeon estava com a porta aberta. Normalmente, evitava a luz do dia como se fosse radioativa. Suspeitei que os Biriteiros me espionavam. Com certeza, Chefe me viu e gritou pra rua: — E aí, Lola Daly! A gente não serve mais pra você, né?

Não era verdade, mas é claro que meus amigos de Dublin não deviam cruzar com Chefe e companhia. Eles ficariam preocupados com o tipo de amizade que eu estava fazendo. Eu disse: — Hahaha — e continuei andando, mas Bridie perguntou: — Quem é aquele cara? Como você conhece tanta gente?

Ela insistiu em conhecer o Chefe. Eu tentei resistir. Esforço inútil. Me vi adentrando o interior soturno e fazendo as apresentações necessárias: — Bridie, Barry, Treese, Jem, esses são Chefe, Musgo e Mestre.

O Chefe ficou todo animado. A cabeleira caju estava mais caju ainda. — Já ouvi falar de TODOS vocês! Deixa ver se eu acerto — apontou pra Treese. — Você é a sabe-tudo?

— ... Ah...

Merda!

— Não, *eu* sou a sabe-tudo — disse Bridie.

— Então, você deve ser a que era gorda? — perguntou.

Ela fez que sim.

— Carácoles! — Chefe, claramente impressionado. — Quem diria, você tá um fiapo agora. Não tá, meninos?

Enquanto Chefe, Musgo e Mestre conferiam a aparência de Treese e expressavam a incredulidade de que ela já tivesse sido bem gorducha, minha temperatura subia. Arrependimento total de ter falado tão abertamente dos meus amigos com a clientela do Dungeon.

— E você é o marido dominado da sabe-tudo? — perguntou Chefe pro Barry.

Barry lançou olhares nervosos para Bridie. Era? — Isso — respondeu, lendo os sinais da mulher. — Sou.

— Você obviamente não é o ex-jogador de rúgbi cabeçudo — disse o Chefe pro Jem —. Então, você deve ser o cara de quem a Lola é Só Amiga.

As palavras "Só Amiga" foram ditas cheias de duplo sentido.

— ... É... é... Isso...

— E cadê a noivinha?

— Numa despedida de solteira.

— Não tá aqui? Estou desapontado. Ouvi dizer que ela colocou silicone. Queria ver um par de peitolas antes de morrer.

Corta, eu pensei. *Corta!*

Tudo errado, terrivelmente errado. Vontade de levar a festa pra fora do Dungeon, de volta pra cabana do tio Tom, mas o Chefe insistiu

— INSISTIU — em pagar uma rodada. Uma vez que um cara como o Chefe insiste em pagar uma rodada, não há escolha.

Que tal refrigerante? Nem pensar.

Jem cometeu o erro de pedir uma Coca-Cola e o bar inteiro pareceu se calar. Ouvi sussurros dizendo "Tô ouvindo coisas, ou o cara de pijama acabou de pedir Coca-Cola?", "Não foi o cara de pijama, foi o outro cara.".

— COCA-COLA? — gritou o Chefe. — Você é um homem ou um rato? — Depois, lançou um olhar sarcástico pro Barry. — Sei tudo sobre você. Você é um rato. Mas, hoje, pode ser um rato que ruge. Cerveja? Desce cinco cervejas — falou pro barman.

Aceitei a Guinness sem muita vontade. Bebi rápido. Queria dar um perdido. (Expressão esquisita.) Mas, antes de terminarmos os drinques, Musgo pagou outra rodada. E, na metade da segunda Guinness, de repente, relaxei. Chefe parou com as revelações fatais e parecia tão encantado de conhecer gente nova que — contra minha própria vontade — fiquei tocada. — Foi maravilhoso o dia em que Lola Daly encantou Knockavoy com sua presença — disse ele, com carinho sincero, para Bridie. — Ela nos trouxe sorte. Desde que chegou, o Mestre ganhou trezentos e cinquenta euros na raspadinha, eu ganhei uma torta na rifa para comprar um novo aparelho de DVD pra igreja. Pra completar, um inimigo mortal foi diagnosticado com câncer de próstata. Inoperável. A Lola é uma garota adorável, todo mundo aqui é fã dela. — Ele baixou a voz, mas eu consegui escutar tudo: — É claro que é uma vergonha o que aquele porcaria de cristão fez com ela.

— Paddy de Courcy? Mas ele é do Nova Irlanda.

— Mas era Cristão Progressista antes de ser do Nova Irlanda. Uma vez Cristão Progressista Imundo, para sempre Cristão Progressista Imundo. Não importa que título chique ele use hoje em dia. Cristão Progressista! Ha!

Por favor, eu penso, por favor, sem cuspir. Mais drinques — dessa vez pagos por Barry — e discussões acaloradas afloraram. Na maioria das vezes, detesto ter que dizer, sobre mim.

Ouvi: — ... Bonito demais pra ela...

— ... Sorriso falso... feito o do Coringa do Batman...

— .... Mala errada de roupas... Quase criou um incidente internacional...

Um grande entrosamento se deu. No final, cada um tomou cinco drinques antes de a Bridie sugerir uma pausa: — A gente vai perder a festa de hoje à noite se não parar agora.

Bridie fez o Barry ir com ela caminhar na praia. — A brisa do mar vai deixar a gente sóbrio.

O resto de nós voltou pra casa, pegou no sono e acordou duas horas depois, babando.

19h25
Oak.
Jantar leve. Torradas e sopa do dia (cogumelos).
— Fala — implorou Velho e Bom Olhos de Ameixa. — Fala.
— Mas eu sei que não tem.
— Fala, mesmo assim.
— Tá bom. É cheia de caroço?
Nunca vi ninguém rir tanto.
— Você deve ter futuro como comediante no Egito — disse baixinho Jem para mim.

20h39
Na Sra. Butterly.
Surpresa desagradável. Duas pessoas já estavam lá. Eu nunca tive que dividir a Sra. Butterly — Honour (ela não sabe que eu sei o primeiro nome dela. O Chefe me disse. É a mesma sensação de quando a gente aprende o nome da professora no jardim de infância) — com outro cliente.

Depois, percebi que um deles era o Incendiário! Rossa Considine. Ele estava com uma mulher. De volta com a noiva? Mas uma inspeção rápida revelou que aquela não era, definitivamente, a mulher do vestido de noiva. Na verdade, ela tinha um quê de roedor nas feições. Seria a namorada de que os Biriteiros falaram? Apesar de sua inegável cara de rato — tinha alguma coisa a ver com os dentes —, ela não era feia. Nem gorda. Na verdade, era bonitinha.

Mas qual era a história ali? Rossa Considine terminou com a cara-de-rato quando conheceu a do vestido de noiva? Mas agora a garota do vestido de noiva tinha dado no pé e ele estava tentando reatar com a cara-de-rato?

De repente, a Sra. Butterly disse: — Não sei onde vou enfiar essa gente. Desculpe, Lola, sei que são seus amigos, mas não posso receber todo mundo. Não tenho copos suficientes. Vou deixar você — apontou pra Treese, como se ali fosse uma boate da moda e a política da porta de entrada fosse cruel — "e você" ficarem. — Jem também foi aceito.

Mas Bridie e Barry não. Bridie ficou chocada. Na verdade, bem chateada. — Por que você não escolheu a gente?

— Não é nada pessoal, mas não sirvo gente que está de pijama. Ordem da gerência. E, também, não tem lugar.

— Não tem problema — disse Rossa Considine. — A gente tá terminando. Eles podem ficar na nossa mesa.

— Tudo bem. Vou abrir uma exceção, porque vocês são amigos da Lola.

Rossa Considine passou pelo grupo e disse: — Oi, Lola.

— Oi, Rossa — respondi.

Para quem não era iniciado, isso podia parecer um cumprimento do bem. Mas tinha muita coisa nas entrelinhas. Pela expressão sarcástica nos olhos dele, Rossa Considine estava, na verdade, dizendo: *Eu vejo você me espionando de manhã, sua enxerida esquisita.*

E eu dizia com os olhos: Ah, é? E eu peguei você queimando os vestidos da sua ex-noiva no meio da noite. E usando óculos de natação e touca na cozinha. Você é que tá na fila pra ser chamado de esquisito.

— Quem é esse? — perguntou Treese, depois que eles saíram.

— Vizinho de porta.

— Parece legal.

Isso mostra o quanto você não sabe de nada.

Ligeiramente ferida. O que foi que fiz contra o Rossa Considine? Fora espionar os movimentos dele de vez em quando pela manhã? E qual é o problema disso?

— Com certeza, você fez amigos por aqui! — Bridie estava realmente impressionada por eu conhecer tanta gente. É difícil para ela. Como não tenho uma família de quem falar, eles ficam sobrecarregados comigo.

Bridie estava pronta pra brigar com a Sra. Butterly: — Eu não tô de pijama. É uma calça confortável.

— Sou uma senhora. Já vivi muito. Reconheço um pijama quando vejo um.

0h12
Festa na casa dos surfistas.
Música alta. Lotação. De onde saiu toda essa gente? Não sabia que tinha tanta gente jovem e bonita em Knockavoy.

Vi Jake no meio de um grupo, falando com uma garota de cabelo escuro e comprido. Apesar da multidão, ele me olhou nos olhos por um tempo imenso e sorriu devagar, um sorriso com significado.

Fiz um movimento brusco de cabeça, o rosto vermelho.

Entrei na sala principal. Treese e eu sentamos primeiro num futon, enquanto Bridie distribuía cervejas como se fosse uma mãe num piquenique. Barry e Jem em forma.

— Knockavoy é do carvalho! — declarou Jem, um pouco esganiçado. — Essa música é ótima!

— Quem canta?

— Menor ideia! — disse Jem, animado. — Mas é maravilhosa! Anda, vamos dançar, galera!

Apesar de me sentir ligeiramente velha e arrumada demais, eu estava bêbada o suficiente para cair na pista. Bridie e Barry também foram pra pista, mas Treese ficou sentada, sorrindo enigmaticamente. Quem não conhecia a Treese podia pensar que ela não queria dançar porque era sofisticada demais pra isso, mas as pessoas próximas sabiam que ela nunca aprendeu a aproveitar essa parte da vida porque era gorda.

Eu estava dançando bem animadinha quando, de repente, alguém me deu uma pancada meio forte nas costas. Bem dolorosa, para ser honesta. Acho que acertou meus rins. Virei. Era a garota de cabelo comprido com quem o Jake estava conversando. Jovem, surfista, toda tatuada. (Eu tenho uma tatuagem, mas é uma borboletinha discreta no tornozelo. Fui totalmente vencida por essa menina com motivos celtas preenchendo o braço, raios de sol envolvendo o umbigo e um símbolo Om no pulso.)

— Você é a Lola? — perguntou.

Já me acostumei com o fato de que todo mundo em Knockavoy sabe quem eu sou, mas isso era bem diferente.

— ... É... sou.

Ela me mediu da cabeça aos pés. — Meu nome é Jaz. Grava esse nome. — Antes que eu pudesse rir daquele texto cafona, ela sumiu, esbarrou no Jem, e ele foi tropeçando até a Bridie, que aguentou o tranco e disse:

— Presta atenção onde você dança.

A vida é triste, não é? A garota tatuada estava obviamente a fim do Jake, mas ele estava dando pelota pra mim. Mas eu não tô interessada no Jake, porque ainda sou apaixonada pelo Paddy. Mas o Paddy vai casar com a Alicia e, na verdade, esse é o fim da corrente, porque o destino da Alicia é estar apaixonada pelo Paddy. Como não estaria?

1h01

— Vamos lá em cima, um minuto — sussurrou Bridie.

— Por quê?

— Vamos lá.

Abrimos caminho entre os casais se pegando na escada. Depois, mais um lance de escada, ninguém se agarrando ali. Segui Bridie, que subia os degraus de madeira na ponta dos pés, um exagero. Lá em cima, abriu uma porta, mas não entrou.

— Esse é o quarto do Deus do Amor — confidenciou.

— Como é que você sabe?

— Andei perguntando — retrucou.

Ficamos paradas na porta dando um bizu lá dentro. Uma terra mágica, aquele quarto. Luz bruxuleante vinda de três velas brancas presas num castiçal gótico em forma de tridente. Piso clareado. Areia. Cama de madeira com redes de pesca como dossel (mas não fedorentas). Armário torto. Tinta descascada, mas nada deprimente. De alguma forma, bonito.

Janelas abertas, cortinas de musselina balançando ao vento, som de ondas subindo e descendo.

— As coisas que devem acontecer aqui... — suspirou Bridie. Segurou meu braço com força. — Olha na gaveta do lado da cama — mandou. — Vai lá, vê se tem camisinha. Aposto que tem. Vai, Lola.

— Não. — Não queria estragar aquela imagem só para satisfazer a curiosidade doente da Bridie.

Não queria ver fósforos, relógio quebrado, grampos, remédio, seda, canetas estouradas, migalhas, nem outros detritos típicos de gavetas.

— As velas... — Bridie respirou fundo. — Tão romântico.

— Provavelmente porque ele é preguiçoso demais para trocar as lâmpadas — disse eu.

E que idiota irresponsável deixa as chamas ao léu assim?

Com três sopros decididos, apaguei as velas. Bridie ficou irritada.

1h12

Lá embaixo, Jake estava na pista de dança. Me viu entrar, foi até o som, fez alguma coisa e, de repente, a música mudou de Arctic Monkeys (eu acho) para uma lenta. Os dançarinos ficaram chocados. Interrompidos no momento de glória. Ouvi claramente alguém perguntar *"Que porra é essa?"*. Jake abriu caminho entre eles, parou na minha frente e fez uma pergunta, baixinho:

— Hein?

Eu sabia o que ele estava perguntando, mas queria ver aquela boca dizer de novo.

Mais alto, ele repetiu: — Quer dançar comigo?

— ... Tudo bem...

Ele pegou minha mão num gesto cortês e me encaminhou pro centro da pista.

— Manda ver, Lola — gritou Jem, como se estivesse encorajando um cavalo no Grande Prêmio. Ele estava realmente doido.

Ouvi Bridie sussurrar: — Cala a boca, Jem. Deixa de ser idiota!

Jake abriu os braços — silhueta linda; bíceps musculosos, mas não obscenos, nada do tipo Mr. Universo — e eu me entreguei a eles. Fui tomada pelo calor daquele corpo.

Difícil descrever o que senti. Nada de luxúria nem de sensação romântica. Mas também não relutei. Não rejeitei o cara porque ele não era o Paddy. Acho que fiquei... fiquei... interessada.

Ele colocou uma mão no meu ombro, a outra no meio das costas. Bom. Naqueles dias, eu andava tendo tão pouco contato físico na vida... (A Sra. Butterly gosta muito de mim, mas é uma camponesa da Irlanda: morre, mas não abraça.)

Passei os braços em volta do pescoço dele, minhas mãos emboladas no cabelo na base da nuca. Espaço simpático na saboneteira, logo à direita do colar de dentes de tubarão, para descansar a cabeça. Fiz a experiência. Agradável. Bom encaixe. Relaxei. Fechei os olhos.

A camiseta dele era quentinha e macia, o peito quente e firme. Prazer, prazer, ah, prazer inegável.

Parecia que eu não dançava junto com um cara há oito mil anos. Isso não acontece depois dos quinze, acontece?

A pele dele tinha cheiro de sal. Suspeitei que se passasse a língua no pescoço, o gosto seria salgado.

Na verdade, quando respirei mais fundo, senti certo cheiro de suor. Incomum. As pessoas se comportam como se cheirar um ser humano fosse obsceno. O fato de ele não usar um perfume cítrico parecia estranho... mas, talvez, eu fosse estranha. Talvez os jovens sejam assim: não se lavam com frequência, não fecham as glândulas sudoríparas com substâncias brancas que depois mancham a roupa, não se entopem de química forte (exemplo, loção pós-barba). Talvez eu e meu apego ao condicionador de magnólia seja ridículo para eles.

Jake apertou a pegada, escorregou a mão do meio das minhas costas até a minha cintura e pressionou meu ombro com mais força com a outra. Tudo de bom. Mas mantive o foco na altura das mãos. Qualquer mão boba numa coisa abaixo — na coisa dele ou na minha — e nada feito.

A música acabou. Outra, também lenta, teve início. Mas, pra mim, já estava bom. Não sei como descrever melhor que isso. Tinha gostado da sensação de proximidade, do cheiro dele, mas chega por hoje.

— Obrigada. — Me afastei dele.

Ele pareceu surpreso: — Só isso, Lola?

— Só isso, Jake.

Sorriu.

Tentei ler a expressão nos olhos dele: admiração? Respeito? Talvez não. Quem sabe?

Voltei para perto dos outros.

— Por que você parou? — indagou Bridie, firme.

— Porque quis.

— Entendi, você tá fazendo joguinho...

— Não tô, não.

— Mas isso não é bom pra você. Você devia subir aquela escada e ir pra cama com ele agora!

Não disse nada. Bridie estava sofrendo de transferência. Gostou dele.

Domingo, 19 de outubro, 13h17

Acordei me sentindo estranha. De ressaca, claro. Jem era o único acordado. Na cozinha, lendo jornal.

— Vou ligar pro meu pai — anunciei. — Ligo pra ele todo domingo por volta dessa hora.

Fui lá pra fora, sentei no degrau da escada da entrada e liguei pro número em Birmingham.

Papai atendeu dizendo o número do telefone. É esquisito, né? Uma coisa meio máquina do tempo. (Fazem isso nos livros de Margery Allingham. "Agência 90210" etc.)

— Pai?

— ... Ah, Lola.

— Liguei numa hora ruim?

— Não.

— Tem certeza? Você falou como se...

— Como se o quê?

— Fosse uma hora ruim pra ligar. Como se você não quisesse falar comigo.

— Por que eu não ia querer falar com você?

— ... Ah... — Coragem repentina: — Pai, por que você nunca me liga?

— Porque você telefona todo domingo.

Mas eu não conseguia evitar as perguntas na minha cabeça: e se eu não ligasse? Quanto tempo ele levaria para me telefonar? Às vezes, parecia que ele me testava, mas eu não podia correr o risco de ele, talvez, nunca mais me ligar — nunca — e eu, então, ficar sem pai.

Uma conversa desconexa se seguiu. A maior parte do tempo, era eu quem falava.

Depois, ele perguntou: — O que você quer de Natal?

— A gente ainda tá em outubro.

— Mas vai chegar rapidinho. O que você vai querer?

— Um perfume. — É o tipo do presente que ele acha que os pais devem dar para as filhas.

— Que tipo de perfume?

— Qualquer um. Pode ser surpresa.

— Você compra, eu mando o dinheiro pelo correio.

Manda o dinheiro pelo correio! Por que não deposita um cheque? Ele tem conta bancária! Não precisa mandar pelo correio!

Seja lá o que for que eu pense sobre a vida que meu pai leva com o irmão — tio Francis, também viúvo, também com tendências à depressão —, sempre imagino uma peça rural deprimente passada na Irlanda, nos anos cinquenta. A figura na minha mente é a deles vivendo numa casinha triste no campo, a cozinha cheia de fumaça vindo de uma panela de batatas eternamente no fogão. De manhã até o sol se pôr, eles passam o dia trabalhando, arando os campos, ordenhando as vacas, vestindo camisas brancas surradas e calças esfarrapadas. A conversa é inexistente. Toda noite, comem treze batatas e bebem cerveja preta, enquanto escutam a previsão do tempo. Depois, se ajoelham no chão duro da cozinha, rezam o terço quinze mil vezes, os cotovelos apoiados em cadeiras de madeira, antes de se despirem para dormirem juntos de ceroulas numa caminha de ferro. Por muitos e muitos anos, a vida continua assim, até que, finalmente, um deles se enforca no curral.

Sei que a realidade não é essa. A casa do tio Francis, no subúrbio de Birmingham, é pequena, mas moderna. Tem eletricidade e água encanada, não é como a casa da minha imaginação. Cada um tem seu quarto, e eu sei que papai tem pijamas e robe, não precisa dormir de ceroulas. Excesso de iconografia religiosa, preciso dizer. E tem orgulho de ter uma imagem do Sagrado Coração de Jesus – órgão interno – no peito. Muitos lares católicos ostentam isso, o próprio tio Francis tem a versão de luxo – raios luminosos vermelhos saindo do coração. Apavorante. Certa vez tive que levantar no meio da noite pra tomar um copo d'água e, quando vi o coração vermelho pairando no meio do hall escuro, meu coração congelou de medo. Os dois, à missa todo domingo, mas, fora isso, não faço a menor ideia do que fazem com o tempo deles. Sei que foram na reinauguração do Bullring. (Para sua informação, Bullring é um shopping center no centro de Birmingham.) Outra grande saída – ver *O Código Da Vinci* no cinema. (Bastante defensivos, pobrezinhos: "É importante ficar sabendo dos ataques à Igreja Católica. A maneira como retrataram o Opus Dei é terrível. É uma organização direita, cheia de gente direita, e você não tem que usar aquela coisa na perna se realmente não quiser.)

Finalmente, a conversa teve um fim completo. Minha paciência acabou, disse um tchau apressado, desliguei o telefone e voltei para encontrar o Jem.

— Como vai seu pai? – perguntou.

— Emocionalmente inacessível. (Aprendi isso na terapia.) Sabe do que mais, Jem? – Súbita frustração. – Não é estranho que eu seja tão destrambelhada. Basta olhar pra minha família: mãe morta, pai deprimido, tio deprimido. Considerando a situação, eu até que sou bem normal.

— Verdade! – concordou Jem. – Até que é mesmo!

Jem, amigo de verdade.

14h12

Bridie nos fez dar uma caminhada na praia – primeira vez, desde que cheguei em Knockavoy, que colocava os pés na areia. Percebi, bastante satisfeita, que Bridie e Barry vestiam roupas normais. Depois, ela nos obrigou a ir a um pub e a entornar mil drinques, pra "finalizar o fim de semana". (Barry estava proibido de beber, pois ia dirigir na volta pra casa.)

Eu não queria nada alcoólico — estava de ressaca, meio enjoada, na verdade, da quantidade de bebida consumida na noite anterior —, mas Bridie me obrigou. — Não é todo fim de semana que seus amigos vêm de Dublin te visitar!

17h48

Eu me despedi de Bridie, Barry, Treese e Jem. Realmente bêbada.

— Acho péssimo te deixar sozinha — disse Jem.

— Tudo bem! Acho ótimo que vocês estejam indo embora. Tô destruída, não tenho estômago para essa quantidade de álcool e de esbórnia. Amo vocês, mas, por favor, não voltem tão cedo.

Segunda-feira, 20 de outubro, 10h07

Acordei cedo demais. Ligeiramente derrubada. O relógio biológico completamente alterado pelo fim de semana bebendo e dormindo tarde.

Liguei pra Bridie, a fim de bater um papo.

— Por que você tá ligando? — perguntou ela.

— Pra bater papo.

— Bater papo? Passei o fim de semana inteiro com você. Preciso desligar.

Ela desligou, e eu fiquei olhando pro telefone. — Então vai se ferrar — disse.

Quando a raiva passou, liguei pra Treese. Alguém — que não era a Treese — atendeu: — Escritório de Treese Noonan.

— Queria falar com a Treese, por favor. — Difícil falar diretamente com ela. É uma mulher muito importante.

— Quem quer falar, por favor?

— Lola Daly.

— De onde, por favor?

— Da loja de vasos sanitários.

A ligação foi passada imediatamente. Sabia que seria. Vaso sanitário, quase uma palavra mágica.

— Tudo bem, Lola?
— Tudo, só liguei pra bater papo.
Mas Treese também não estava disponível:
— Lola, desculpa. Estou no meio de uma crise aqui.
Ouvi gritos e gemidos de angústia de pano de fundo. A cada segundo, parecia que alguém dizia "vaso sanitário".
— Por falar nisso — disse ela —, você devia transar com aquele surfista.
Depois, desligou.
Derrubada. Inegavelmente derrubada. Olhei sorumbática pro telefone. Considerei a possibilidade de ligar pro Jem, mas não suportaria mais uma rejeição. Depois, o telefone tocou! Era o Jem!
— Ouvi dizer que você tá atrás de um bate-papo.
— Ah — eu disse. — A urgência passou.
Gentil, muito gentil.

14h08
Não fui à cidade. Andei pela casa, meio tristinha, buscando me animar. Jem tinha trazido minha correspondência de Dublin: muitos e muitos catálogos de designers, mas era muito doloroso me dedicar àquilo. No momento, eu estava triste demais pra ficar me lembrando do meu status de desempregada. Desesperada, cometi o erro terrível de olhar os jornais que o Jem deixou por aqui. Não devia ter feito isso. Claro, na página das colunas sociais, lá estava uma foto do Paddy com a Alicia Pocotó, na abertura de uma exposição qualquer.

Incrivelmente chateada. Tremendo o corpo todo — as partes óbvias, como dedos, joelhos e lábios, mas também as partes escondidas —, estômago revirado, pulmões descompassados. Uma falta descontrolada da minha mãe. Quis visitar o túmulo dela e conversar. Mas não poderia dirigir até Dublin. As mãos tremiam demais. Além disso, eu estava barrada.

Tive uma ideia. Iria ao cemitério de Knockavoy, visitaria o túmulo de outra pessoa, alguma mulher que tivesse a idade da minha mãe, e conversaria com ela.

15h04
Andei até o cemitério na esperança de que alguma atividade física me ajudasse — endorfina, serotonina, essas coisas —, mas bastaram alguns minutos na rua e um carro parou do meu lado. Rossa Considine no seu automóvel ecológico. Sensação ruim. O que ele queria?

— Quer uma carona pra cidade? — perguntou. — Pra poupar a caminhada?

— Eu não vou pra cidade.

— Vai pra onde?

— Cemitério. — Não entrei em detalhes. Por que deveria?

— Posso deixar você lá.

Sensação ruim. Eu não queria entrar no carro. Não queria conversar com outro ser humano (pelo menos, não um que estivesse vivo). Queria ficar sozinha com meus pensamentos sombrios. Mas tive medo de que, caso o esnobasse, ele soubesse que eu suspeitava que ele era um sequestrador que usava óculos de natação, então entrei.

Não tinha nada pra dizer pra ele. Fiquei em silêncio.

— O que você vai fazer no cemitério?

— Falar com minha mãe.

— Ela tá enterrada aqui?

— Não. Em Dublin. — Não fiquei com vontade de explicar.

— Isso é uma piada?

— Não.

Mais silêncio.

— Por que você não tá no trabalho? — perguntei, sentindo a obrigação de ser educada, porque ele tinha me oferecido carona, apesar de eu não querer.

— Folga.

Mais silêncio.

— Que loquaz — disse eu.

Ele encolheu os ombros como se dissesse "Olha quem fala".

— Você tá indo pra onde? — perguntei secamente. — Ou isso também é segredo?

— Um lugar de reciclagem. Um banco de garrafas. Quer ir? — Sorrisinho sarcástico. — Talvez melhore seu humor quebrar umas garrafas.

— Que humor? Não tô com nenhum problema de humor.

Nos aproximamos de uma encruzilhada na estrada e ele diminuiu. — Hora da decisão — disse. — O que vai ser? Cemitério ou reciclagem de garrafas?

— Cemitério ou reciclagem de garrafas? Não é de estranhar que você faça tanto sucesso com as garotas.

A expressão dele mudou — irritação? — e eu disse, rápido: — Reciclagem de garrafas.

Na verdade, por que não? O que mais eu tinha pra fazer? Podia fazer a visita ao cemitério amanhã.

— A espontaneidade anima a vida — disse eu.

— A variedade.

— Não entendi

— A variedade anima a vida. Não é a espontaneidade.

Caraca, que espertinho.

Sentei empertigada. Não queria encostar no banco. Senti que estaria cedendo se fizesse isso. Também queria descobrir algum problema com aquele carro. Mas tenho que admitir que o carro movido a eletricidade parecia funcionar tão bem quanto os de combustível normal.

A estrada que a gente pegou era completamente campestre e selvagem... é, selvagem. À esquerda, o Atlântico, agitado, se atirava contra as rochas; à direita, grandes descampados cheios de pedras e uma ou outra árvore.

Depois de um tempo, sem nenhum comentário, Considine ligou o rádio. Um programa sobre Colin Farrel; parece que ele já foi "dançarino de quadrilha viajante".

— Que absurdo! — Rossa Considine quebrou o silêncio, de repente. — Colin Farrel é um arruaceiro. Arruaceiros não dançam quadrilha.

Pela primeira vez, eu estava de acordo com ele.

— E o que é, exatamente, um "dançarino de quadrilha *viajante*"? — perguntei.

— Sei lá. — Ele pareceu genuinamente interessado: — Será que é porque ele viajava na pista de dança ou viajava pelo país?

15h24
O banco de reciclagem de garrafas ficava num lugar de beleza natural absurda. Seria possível?
— Toma. — Rossa Considine me deu uma caixa cheia de garrafas. — Pode começar a quebrar.
A gente pode dizer muito sobre uma pessoa analisando o lixo dela. Rossa Considine tomava cerveja, vinho tinto, mas não uma quantidade excessiva, a menos que essa fosse a cota do fim de semana. Cozinhava com azeite de oliva e óleo de soja, tomava vitamina C e usava loção pós-barba. Não vi nada que me desse uma pista sobre o motivo de ele ter uma noiva misteriosa guardada no quarto ou usar óculos de natação na cozinha.
Reciclar foi surpreendentemente gratificante. Obviamente, é enaltecedor contribuir com o meio ambiente, mas nunca se deve subestimar como pode ser divertido quebrar coisas. Jogar garrafas uma atrás da outra e ouvir o barulho delas quebrando com o impacto foi extasiante. Consegui mandar pra longe todas as sensações desagradáveis.
— Devia ter trazido minhas próprias garrafas — disse eu. — Toneladas, depois do fim de semana. Meus amigos vieram me visitar.
— Eu te aviso da próxima vez que vier.
— Obrigada. — Eu queria acrescentar alguma coisa desagradável, tipo "Que gentileza a sua", mas não fiz isso. Não importa, a oferta dele de me trazer ao banco de garrafas não conta como sarcasmo.

18h33
Carro parado na frente de casa, praticamente colado na entrada. Quase nenhum espaço pra Noel do seguro-desemprego abrir a porta do carro sem bater na porta da frente. Ele saltou. Se esgueirou até a casa, tentando não ser visto. Quando entrou, se ajeitou e me deu uma garrafa de vinho. Inesperado. Delicado, mesmo sendo um rosé.

— Lola, esse boá que você tá usando é bonito. É o quê? Pluma de avestruz? É lindo. — Tomei um susto. Não estava acostumada a Noel tentando ser agradável. — E cadê? Cadê meus bebês?

— Aqui. — Indiquei a caixa.

Ele se iluminou e desembrulhou o par de escarpins de onça, tamanho 46, quase com reverência. Abraçou os sapatos como se fossem filhotes de cordeiro. Passou seu rosto de raposa neles.

Observei, ansiosa. Tive uma necessidade quase irresistível de cobrir os olhos, com medo de que ele fosse fazer alguma estripulia sexual, como se masturbar em cima deles.

Como se lesse minha mente, ele disse, com raiva: — Não sou um pervertido. Tudo o que quero é usar esses sapatos.

Tirou o tênis, as meias, enrolou a calça até os joelhos. Tirou a gravata, amarrou-a na cintura como se fosse uma dama das artes.

— E, só pra você saber — acrescentou. — Eu não sou gay. Sou tão hétero quanto Colin Farrel. — Segunda menção a Colin Farrel num dia. O que isso significa? — Eu tenho uma mulher bonita, que não tem do que reclamar, se é que você me entende.

Eca! Não gosto de pensar no Noel cara-de-raposa desse jeito.

Devagar, respeitosamente, colocou os sapatos no chão. Sensual, calçou um pé e depois o outro. — Coube! Coube! — Momento Cinderela.

Andou de um lado pro outro, desfilando. — Adoro o barulho dos saltos no chão de madeira — disse, alegrinho. Mais toc-toc-toc do sapato no chão.

— Ah! Meu ônibus! Espera! Não vai embora sem mim! — gritou, esganiçado, partindo numa "corridinha" ridícula, chutando a bunda com os calcanhares. — Ah, obrigada por esperar por mim, Sr. Motorista. — Levou a mão ao pescoço, todo coquete. — Você deixou essa moça muito feliz.

Caramba.

— Onde eu posso trocar de roupa? — perguntou ele, falando com voz de homem de novo.

Trocar de roupa?

— Colocar o vestido.

Vestido?

— É, meu vestido! — Deu tapinhas na mala, exasperado.

Meu Deus. — Você tem roupas de travesti dentro da mala?

— Cross-dressing, cross-dressing. Eu já cansei de te falar.

Eu não queria que ele botasse um vestido. Queria que ele fosse embora. Mas não podia dizer isso, porque fiquei com medo de que ele pensasse que era um julgamento. Mas não tô julgando ninguém. Simplesmente não gosto dele.

— Troca de roupa na cozinha. — Não queria que ele subisse. As fronteiras já tinham ido pro espaço.

19h07

Ele desapareceu na cozinha, fechando a porta timidamente. Sentei no sofá e esperei. Deprimidíssima. Tinha me metido numa roubada. Não tinha muita certeza de como isso acontecera.

Tudo começou quando ele me perguntou, naquela noite no bar em Miltown Malbay: — Você sabe guardar segredo?

E eu respondi: — Não. Não sei ficar de boca calada. Sou conhecida pela minha falta de discrição.

Não é verdade. Simplesmente não queria guardar um segredo dele. Seja como for, vou ficar ligada a esse cara por um laço terrível.

Mas ele não queria saber. Precisava de um confessor. — Eu gosto de roupa de mulher.

Eu não sabia o que dizer. Acabei respondendo: — Eu também gosto de roupa de mulher.

— Tá, mas você é mulher.

— Então você é travesti?

— Cross-dresser.

Travesti, cross-dresser, não é tudo a mesma coisa?

— Você não tem namorada de verdade, tem? — perguntei.

— Não.

— Esse sapato tamanho 46 é pra você?

— É.

(Sabia que ele não podia ter mulher e namorada. Era sorte demais ter *uma* mulher.)

No curso da hora seguinte, contou sua história. Gostava de roupa de mulher desde o final da adolescência. Quando tinha a casa para si — o que acontecia raramente —, experimentava a maquiagem e a lingerie da esposa. Mas não as roupas — "eram muito antiquadas".

Ao longo dos anos, montou um figurino próprio — vestido, acessórios, peruca, maquiagem, menos os sapatos — e se virava com uma sandália tamanho 40, a maior que conseguira encontrar, mas os dedos e os calcanhares ficavam pra fora e andar era doloroso. Guardava a roupa numa sacola na mala do carro. Vivia com medo da mulher encontrar.

Depois, um divisor de águas. Foi pra Amsterdã, para uma despedida de solteiro. *Escapou* dos companheiros. Encontrou uma loja para travestis. Teve os melhores momentos da vida, experimentando sapatos que cabiam no pé, uma variedade enorme de roupas íntimas, camisolas, baby-dolls. — Nunca imaginei que pudesse me sentir tão bem! — Comprou uma porção de coisas, mas, depois de sair da loja, entrou em pânico. Ficou com medo de que os homens da alfândega revistassem sua mala — na frente de todos os seus amigos. Morreria de vergonha. Decidiu se livrar das coisas. Andou pelas ruas de Amsterdã por horas. Finalmente, jogou as compras no canal — sujando espaço o público. Quando voltou pro hotel, os amigos queriam saber aonde ele tinha ido. Mentiu e disse que tinha ido atrás de uma prostituta. Amigos escandalizados. O clima ficou péssimo o resto do fim de semana.

De volta à sua casa, Noel não teve sossego. Os amigos não paravam de falar na história da prostituta. Mas, pior de tudo, não conseguia esquecer a sensação de estar na frente do espelho da loja de travesti. — Durante aquele tempo curto, pude ser meu verdadeiro eu. Alguma coisa acordou em mim. Tentei enterrar esse sentimento, mas não consegui. Aí, você entra no meu escritório e diz que é estilista!

— ... É... isso... mas você não precisa de mim. Com certeza, consegue comprar roupas de travesti pela internet.

— *Não posso fazer isso pela internet.* Não posso entrar nos sites no trabalho. Eles podem rastrear. Mesmo que eu apague, fica no HD. E, mesmo que eu pudesse entrar nos sites anonimamente num cibercafé

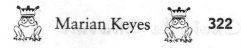

longe de Ennistymon, não posso mandar entregar as coisas na minha casa. Minha mulher iria abrir os pacotes.

— Mesmo que estivessem endereçados a você? — A mulher dele era atrevida.

— Bem, talvez ela não abrisse, mas não me deixaria em paz, perguntando o que era, pra quem era, se podia ver... Eu não aguentaria.

Um pensamento repentino passou pela minha cabeça. — Seria tão ruim assim se ela soubesse?

— Jesus! — Enfiou o rosto nas mãos. — Não quero nem pensar nisso! Ninguém pode saber! Tenho três filhos pequenos. Sou respeitado na comunidade. Já tô correndo risco demais contando tudo isso pra você.

— Tudo bem. Melhor continuar usando cueca.

Depois, pensei, cueca. Pensei no tipo de cueca que ele estava vestindo agora. Eca! Eca, eca, eca!

De alguma maneira, acabei concordando em pedir catálogos de roupas de travesti pra ele. Quando o primeiro chegou — de sapatos —, ele me fez pedir um par de escarpins de onça. — Não posso pagar com meu cartão de crédito. Dervia vai perceber.

Dervia (esposa) parecia uma megera.

Tive que pagar com meu cartão — francamente, sorte que não foi recusado, considerando minha atual situação financeira — e o endereço de entrega era o da cabana do tio Tom. Para ser justa, Noel me reembolsou, em dinheiro, na hora.

(Difícil admitir, mas não sou muito ligada em travestis. Não vou impedir ninguém de fazer nada, não mesmo, mas acho um pouco... vou dizer de outro jeito, não teria gostado se Paddy se travestisse. A imagem dele com lingerie e batom, tentando ser sedutor... ele pareceria... na verdade, passo mal só de pensar nisso... Ah, não. Agora sou contra os travestis, além de racista. Ando aprendendo todo tipo de coisa desagradável sobre mim mesma desde que vim pra Knockavoy.)

19h22

— Tchan, tchan, tchan, tchan! — Orgulhoso e tímido, Noel saiu da cozinha usando um vestido curto, justinho, de onça, luvas de seda até os cotovelos, também de onça, e – é claro – os sapatos de onça. Pelo que se vê, ele gosta de pele de onça. (Sempre achei que os ruivos gostassem.) Meia arrastão, peruca de Tina Turner, maquiagem toda borrocada. Bem *trash*. Tudo meio *óbvio* demais. Menos é mais, sempre achei. Mas não disse nada. Ele tá trabalhando esse visual.

Também não quero me envolver e estender a permanência dele aqui.

— Meu nome é Natasha — disse ele, com voz de "mulher". — Meus catálogos estão com você?

— ... É... estão... aqui.

— Vamos tomar um drinque. Só uma bicadinha.

Olhei pra ele. Não queria tomar um drinque. Fora o fato de já ter sido envenenada no final de semana, isso já estava indo um pouco longe demais, estava virando um pesadelo.

— O vinho que eu trouxe — disse ele, impaciente. — Vamos abrir o vinho.

Ah. Não era um presente pra mim. Era pra ele. Quer dizer, pra *Natasha*.

Abri a garrafa. Servi uma taça. Ele bebeu e folheou os catálogos distraidamente, pernas cruzadas, como se estivesse no cabeleireiro. Pernas torneadas. Longas, esguias, não muito cabeludas, e o pouco cabelo que tinha era alourado. Muitas mulheres ficariam orgulhosas.

Observei. Ansiosa. Quanto tempo mais ele ficaria? Eu tinha planos para a noite. (Ver o pôr do sol, a Sra. Butterly etc.)

Ele me olhou. — Tem algum belisquete?

— Belisquete? Tipo o quê?

— Palitinhos de queijo.

— Palitinhos de queijo? Onde eu iria arrumar palitinhos de queijo em Knockavoy?

— Tudo bem. Batata frita? Amendoim?

— Provavelmente não.

— Dá uma olhada.

Irritada, fui até a cozinha. Encontrei um pacote pela metade de amendoim melado no fundo do armário.

— Encontrei amendoim, mas só Deus sabe há quanto tempo eles estão...

— Bota num potinho — um potinho bonito — e oferece pra mim.

Resmungando "quantos escravos você matou na outra vida?", voltei pra cozinha e coloquei os amendoins num prato, mas não muito bonito, só de implicância.

— Amendoim, Noel?

— Natasha.

— Amendoim, Natasha?

— Ah, eu não posso! Tô de regime!

— Mas você pediu!

Depois, entendi. Era uma cena. Fui obrigada a participar dela. — Mas você tem um corpo incrível, Natasha. Não comeu sobremesa a semana toda, fez exercícios de abdômen, coxa e bumbum hoje de manhã. — Me deixei levar. Quase histérica. — Faz a desobediente, hoje. Come amendoim. E mais um drinque!

Derramei mais rosé na taça dele.

— Ah! Você é muito convincente! Vou tomar outro drinque se você tomar comigo. — Um brilho meio esquisito nos olhos dele... Muita sombra azul! — Vai, Lola, um drinque não vai te matar.

É assim que as meninas se comportam? É isso que ele vê?

Aceitei o drinque. Quase agradecida, naquela altura.

— Ok, Lola, você pode pedir esses dois conjuntinhos, bem sexy... Eu já marquei. Também um baby-doll, um rosa e um preto.

Meu coração parou. Nossa relação não tinha acabado. E ele tem um gosto horrível.

— Posso deixar meu sapato novo aqui? — perguntou ele. — Lindo demais pra ficar jogado na mala do carro.

— Mas qual é a serventia se eles estiverem aqui? — Pura ansiedade!

— Eu posso vir te visitar. Posso arrumar um espaço regular na agenda. Por exemplo, toda sexta-feira à noite. Minha mulher pensa que vou beber depois do trabalho. Posso vir aqui, em vez disso.

Eu estava, oficialmente, paralisada pelo medo. Não queria encontros regulares com Noel! Noel do desemprego! — Mas a casa não é minha! E posso voltar pra Dublin a qualquer momento!

Ele fez uma careta. Nada feliz. — Você tem que informar a mudança de endereço imediatamente. Assim que sair daqui, não recebe mais pagamentos de County Clare.

— É, sei disso. — Já tinham me explicado um milhão de vezes.

— De qualquer jeito, você ainda não parece bem o suficiente para voltar pra Dublin. Olha só pra você.

É. Roupa preferida. Pijama, galocha, boá de penas.

Me arrependi do boá de penas. O boá de penas passa uma impressão errada. Um boá de penas é a carteirinha do verdadeiro excêntrico.

— De agora em diante, sexta-feira é a noite das meninas! — decretou. — Ok, Lola?

— Vou ter que ver isso com Tom Toomey, dono da casa.

— Ver o quê? Você só vai receber uma amiga para um drinque.

— É, mas...

— Você só vai receber uma amiga para um drinque — repetiu ele. — Ok, Lola? Estamos combinados?

Concordei, vencida. Não tinha escolha. Parece que o relacionamento com o Noel do desemprego vai durar algum tempo. Infelicidade. Realmente não gosto dele.

Mas — como já foi observado — ele vem mandando pagamentos a uma velocidade sem precedentes. Ele é meu dono.

20h58
Assim que o barulho do carro de Noel desapareceu, resolvi que não ligava se ele fosse meu dono. Liguei pra Bridie e expliquei a situação do travesti. — O tio Tom precisa ser informado — disse eu. — É uma violação da casa dele. Provavelmente, ele vai aparecer aqui e insistir no cancelamento imediato das atividades de travestismo na sua propriedade.

— O tio Tom é muito tranquilão.

— Provavelmente ele vai ficar escandalizado — disse eu. — Escandalizado!

— Não vai — respondeu Bridie. — Você já transou com o surfista?

Terça-feira, 21 de outubro, 10h38
Mensagem no celular. SarahJane Hutchinson. Parecia histérica. "Desavença" com Nkechi. SarahJane tinha cedido e experimentado Nkechi, mas os piores medos tinham se concretizado.

— Simplesmente, não funcional — gritou. — Nkechi não é legal, não é legal como você. E aquela Abibi...

Não pude evitar uma sensação agradável no coração.

— Não vou dar conta! Vou a quatro bailes de caridade. Não posso fazer isso sozinha! Aquelas vacas do circuito de caridade vão rir de mim!

Triste, mas é verdade. SarahJane não estava paranoica ou exagerando a própria importância. Verdade, verdade, verdade.

— Lola, eu preciso de você. Estou indo pra Nova York te encontrar. Onde você está? No Pierre? No Carlyle?

Esses ricos! Mesmo os legais, como a SarahJane! Eles não têm a menor ideia.

Eu não podia pagar uma noite em nenhum desses dois lugares, quanto mais uma estadia sem data pra terminar.

Liguei pra SarahJane. Sabia que não devia. Parte da minha barganha com Nkechi. Mas a decência me dizia que eu devia.

— Lola, ah, Lola, você vai salvar minha vida! — Completamente agradecida de ouvir minha voz. — Não dá pra trabalhar com aquela Nkechi! E não consigo nenhuma outra estilista num prazo tão curto. Vou aí ver você.

— Eu não tô em Nova York.

— Vou aonde você estiver. Vou até a Mongólia.

— É mais longe. Tô em County Clare.

— Na Irlanda? Mas isso não é um problema. Eu vou até aí.

— Mas é na costa oeste, você mora no leste.

— Com a estrada de Kildare, é rapidinho.

Mais uma pessoa Kildare! Devia colocar Bridie em contato com ela. As duas podiam abrir um clube.

Falamos sobre as necessidades de SarahJane. Prometi que pediria vestidos, sapatos, joias, bolsas de noite. Eu teria que sair da toca, mas e daí? Qual é o problema de estar em County Clare em vez de em Nova York?

Nkechi, paranoia.

12h05

Liguei pra Marilyn Holt, compradora incrível da Frock (melhor loja da Irlanda, na minha opinião).

Ela gritou: — É a Lola?

— Sou eu, sou eu. — Rapidamente, expliquei minha situação — a saber: morando temporariamente em Knockavoy.

— Pensei que você estivesse em Nova York.

— É, mas tô em County Clare agora.

— Claro — disse ela, discreta —, claro. Não precisa dar detalhes.

Marilyn Holt, mulher muito educada. Muito gentil.

Óbvio que todo mundo sabe da minha história trágica. Não existem segredos num país tão pequeno. Breve sensação ruim.

Mas, quando a ligação acabou e Marilyn prometeu mandar toneladas de coisas, fiquei ligeiramente feliz. Isso só mostra que eu ainda podia tirar um coelho da cartola. Ainda era uma força da natureza.

13h12
Cemitério de Knockavoy.

Depois de muita procura e muitos tropeços em lápides obscurecidas pelas ervas daninhas, depois de ler as epígrafes de diversos túmulos, encontrei um perfeito. Katie Cullinan, morta em 1897, aos 39 anos, mesma idade da mamãe. Seria perfeito enquanto eu estivesse em Knockavoy. Limpei uns matinhos — túmulo cheio de mato e lápide descolorida — e tive uma conversa adorável com mamãe. Uma conversa adorável dentro da minha cabeça, não em voz alta, devo acrescentar. Não havia ninguém ali para presenciar, mas eu não ia me arriscar.

15h01
Voltando pra casa a pé, depois do cemitério.
O telefone tocou. Era Bridie.
— Falei com o tio Tom sobre o seu travesti — disse ela.
— E o que ele disse? — Estava ansiosa. — Ficou escandalizado?
— Ele disse que, contanto que não quebre a torradeira de novo, não tá nem aí pro que você faz.
— Mas você disse pra ele que o Noel se veste de mulher, usa maquiagem e... e... calcinha e sutiã, tudo isso?
— Disse, disse! Ele não tá nem aí! Ele diz que aquele que nunca pecou que atire a primeira pedra. Diz que os travestis são pobres coitados e que não fazem mal a ninguém.
— ... Entendi, entendi, entendiiiiii.... O tio Tom é um cara muito bacana.
Que notícia ótima!

Quarta-feira, 22 de outubro, 4h18 (hora presumida)
Tive o sonho mais estranho. Estava dançando quadrilha com Rossa Considine e Colin Farrell. A gente na primeira fila, e muitos, muitos outros atrás da gente. Estávamos demonstrando porque éramos os melhores. Calcanhar, ponta do pé, pula pro outro pé, calcanhar, dedão, calcanhar, dedão, polegares na cintura. Podia até escutar a música no sonho: "Achy Breaky Heart", algo como doloroso coração partido. Usando chapéu de feltro vermelho, camisas bordadas e botas de caubói. No sonho, eu era uma dançarina *maravilhosa*, sabia todos os passos e cruzava a pista com pés de vento. Depois virava uma competição. (Sonhos não respeitam tramas verossímeis. Feito os seriados de tevê.) Rossa Considine ganhou o primeiro lugar. Colin Farrell, recalcado, chamou o outro de trapaceiro. Acusou o Considine de fazer a "viagem" errada.

14h13
Cibercafé.
Milagre! Lugar aberto. Cecile, com Zoran, seu "pombinho", e Jake, o Deus do Amor.

Cecile deu um pulo quando me viu. — Oi, Lola! Nossa, você tá linda. Zoran, vem comigo. A gente tem que falar com o cara do cachorro.

Arrastou Zoran — cabelo preto, olho preto, gatinho — pra fora do café e me deixou sozinha com Jake.

Ele esperou os dois saírem, depois disse: — Ela é um amor, mas tem a sutileza de um elefante.

Falou tão baixinho que tive que fazer leitura labial para entender. Mas gostei da observação.

Constatação: tinha concluído que, como resultado da beleza extrema e do estilo surfista de ser, ele podia ser um pouco jumentinho. Talvez fosse um julgamento apressado.

Pergunta para ele: — Jake, por que chamam você de Jake?

— Apelido de Jacob.

— Jacob? Você é judeu?

— Não.

— Sua família é de uma religião estranha e todos os filhos têm nomes de personagens bíblicos?

— Tipo os Dingles de Emmerdale? (Dingles é uma família de novela, na qual todos os membros se chamam Shadrack, Caim, Caridade e similares.) Não. Minha mãe comia toneladas de cream cracker Jacob's quando estava grávida de mim. Durante meses, não conseguia comer nada que não fosse isso. Por gratidão, ela me deu o nome de Jacob. Diz que eu não estaria aqui se não fossem os biscoitos.

Viu? Informação demais. O mito do Deus do Amor já se dissipando. Ele vê novela, e o nome sexy foi inspirado num biscoito!

Quinta-feira, 23 de outubro, 11h08

Recebi o pacote com as roupas maravilhosas de Niall, o entregador gordinho e falastrão. Pensei que nunca mais fosse me livrar dele.

Olhei pra caixa. Excitada. Cheia de ansiedade. Sangue de novo correndo nas veias.

Abri a caixa. Bad-trip repentina. Que vestidos eram aqueles? Marylin Holt me mandando roupa de drag-queen?! Não sou uma força da natureza coisa nenhuma! Sou uma piada, uma estilista que só recebe roupa porcaria.

Devastada, francamente devastada.

Olhei novamente. Não eram os vestidos lindos da Frock, mas as coisas cafonas de travesti do Noel. Ufa!

18h38

Andando até a cidade, para as atividades noturnas.

Passei pelo portão de Rossa Considine. Ele estava colocando alguma coisa no carro ecológico. Cumprimentei rapidamente, recebi um cumprimento rápido.

Depois, me lembrei do sonho. — Ei — disse eu, a palavra saindo da minha boca por vontade própria.

Considine levantou o olhar. Veio até o portão.

— Acabei de me lembrar — disse eu. — Tive um sonho louco a noite passada. Eu e você dançávamos quadrilha com Colin Farrell.

— Ah! Deve ter sido por causa daquele programa no rádio!

— É. E a gente era incrível.

— Era? — Ele pareceu bem tocado com isso.

— Você ganhou o primeiro lugar, e o Colin Farrell ficou bem chateado. Te acusou de trapacear. Disse que você tinha feito a "viagem" errada.

— E qual é a certa?

— Sei lá. Foi só um sonho. Sem nenhuma mensagem mística de quadrilha. Mas, ao mesmo tempo, foi muito real. Quase pude ouvir a música: "Achy Breaky Heart".

Ele torceu o rosto. — Agora essa música vai ficar na minha cabeça uma semana. Muito obrigado, Lola.

Chatinho.

Da próxima vez que eu sonhar com ele, não vou deixar que ele ganhe nenhum prêmio.

Sexta-feira, 24 de outubro, 11h09

Niall, o entregador, de novo. Dessa vez, trazendo vestidos de verdade. Caramba, que beleza, que beleza. Que beleza insuportável. Os tecidos, o corte, os detalhes. Metros e metros de seda marfim, brilhante feito água; saias de tafetá; corpetes de cetim preto com strass.

Eu podia chorar com tanta beleza.

Tinha sentido mais falta do trabalho do que imaginava.

16h35

O telefone tocou. Noel do desemprego. Para que ele estava me ligando? Só podia ser pra cancelar!

— Vou chegar por volta das sete — disse. Não ia cancelar! — Não se esquece dos belisquetes. E coloca um espelho na cozinha junto com as minhas roupas novas. Tenho uma surpresinha. Tô levando um amigo.

— Amigo?

— É, conheci num chat da internet. Ele não mora muito longe. Falei de você pra ele e da segurança da sua casa...

Segurança da minha casa!

— Noel, você não pode trazer outro travesti!

— Por que não?

Cuspi: — Por que não?! Aqui nem é a minha casa.

— É o seu endereço, no que diz respeito ao seguro-desemprego. Além do mais, você não está fazendo nada de errado. Só recebendo amigos para um drinque. Te vejo às sete.

Andei de um lado pro outro. Literalmente, andei de um lado pro outro. Muito abalada. Torceria os braços, se conseguisse. Me perguntei se isso seria, de fato, ilegal. A pessoa precisa de licença para fazer uma reunião de travecos?

19h03
Noel passou por mim, em direção à cozinha com outro homem. Rápida impressão de que ele estava atormentado. Depois, a porta bateu. Muita conversinha e gargalhada do outro lado.

19h19
Noel apareceu todo brejeiro na nova indumentária — tubinho preto colante —, mas o outro cara — Blanche — *nunca* passaria por mulher: era um homenzarrão com uma cara enorme; a boca, um rasgo vermelho; quilos de base; a barba visivelmente por fazer; peruca de Margaret Thatcher; tailleur lilás antiquado (na parte da frente da saia, o volume masculino claramente protuberante) e uma blusa rosa-claro — da cor exata do band-aid — com lacinho torto logo abaixo do gogó avantajado.

Apertou minha mão — a garra enorme e calejada, como se fosse uma lixa. Alguma espécie de pedreiro?

— Obrigada por me receber na sua casa — murmurou, com sorriso tímido e sotaque fortíssimo de roceiro.

— Na verdade, não é minha casa — disse eu rapidamente.

— Por enquanto, é — falou Noel por cima do ombro coberto pelo tubinho, andou com passos de dama até a cozinha para abrir o vinho. — É para onde eu mando o dinheiro do seu seguro-desemprego.

Toda hora ele falava aquilo!

— Senta, por favor. — Indiquei o sofá pra Blanche. — Belisquete?

— Não — sussurrou, falando pro chão. Sentava com as pernas abertas, as mãos imensas sobre os joelhos.

Senti certo desconforto. Deixei escapar: — Onde você arrumou esse tailleur?

— Era da minha mãe, que Deus a tenha!

— É lindo... que... cor... — Eu precisava dizer alguma coisa.

— Hora do biricoteco! — Noel distribuiu taças de vinho rosé. Não consegui deixar de perceber que a minha tinha muito menos que a deles. Eu não merecia uma taça cheia, por que não era travesti.

— Saúde, minha querida! — disse Noel, brindando com Blanche. — Avante, meninas!

Sensação ruim. Fiquei com vontade de dizer pra Natasha que nenhuma mulher diria "Avante, meninas".

— Roupa linda que você está vestindo, Lola — disse Blanche, tímida. — ... é Dior?

Na verdade, era! Vintage, é claro. Nunca poderia pagar uma de primeira mão. Mas fiquei impressionada: — É Dior!

— É uma obra de arte — murmurou ela. — Uma obra de arte.

— Uma joia de vestido — concordou Natasha, tentando participar.

— Como você sabe que é Dior? — perguntei.

— Ah, eu simplesmente sabia — disse Natasha.

— Você não! — Não consegui esconder a irritação. — A Blanche.

— Já li muito sobre estilo e moda. Em segredo, é claro.

— Jura? E você se veste... de mulher... há muito tempo?

— A vida inteira, Lola, a vida inteira. Desde que eu era um capialzin. ("Capialzin" quer dizer menino, em "caipirês".)

Fascinante. — E seus pais sabem?

— Ah, sabem. Toda vez que eles me pegavam, meu pai me dava uma surra de cinto. — Falou isso de maneira curiosamente jocosa. — Mas eu não podia evitar, Lola. Tentei parar um milhão de vezes. Morria de vergonha.

Mais falastrão do que pareceu à primeira vista.

— E quais são suas circunstâncias atuais... Blanche? Casado?

— Sou, sim.

— E sua mulher sabe?

Pausa longa e pesada. — Eu tentei contar. Ela achou que eu estava tentando dizer que era homossexual. Ela se revoltou contra mim. Era mais fácil ter deixado pra lá... Mas tem sido difícil. Vivo uma mentira, Lola, vivo uma mentira. Aí a Natasha me disse que eu podia vir aqui. Foi a salvação. Muito mais que a salvação. Eu achava que não ia aguentar. Andava pensando em passar uma corda em volta do pescoço.

— Você tá dizendo que... ia se matar?

Ele encolheu os ombros. — Sou muito sozinho.

Meu Deus! Fiquei com medo de chorar.

— Eu amo as coisas bonitas — disse ele. — Às vezes, fico com vontade de me vestir assim. Isso faz de mim o Demo?

— Não, claro que não!

— Não sou um... pervertido... um... um... depravado. Não tem nada a ver com sexo. Eu ficaria feliz à beça só de poder assistir à tevê com meus trajes.

— Claro!

— A Natasha disse que você vai me ajudar a comprar roupas e sapato pelos catálogos.

Jesus! Tive um espasmo de terror. Mas sentia pena dessa pobre criatura. Queria ajudar. *Podia* ajudar.

19h37-20h18
Noel desfilou com suas roupas novas, incluindo o baby-doll cor-de-rosa com calcinha combinando.

Difícil de suportar.

20h19-20h40
Discussão entusiasmada sobre as roupas maravilhosas da *Dança dos Famosos*. Eu não via o programa, por causa da falta de televisão, então não pude participar.

20h41-22h10
Noel folheava a *Vogue* e criticava as modelos, chamava todas elas de "vacas gordas".

Blanche fazia vistoria nos catálogos de travesti. Rejeitava a maioria dos vestidos, dizendo que eram vulgares, mas apontou para um vestido azul-marinho e um digno cardigã de lã pura. — Clássico.

— É – concordei. – Corte reto. Ficaria bem em você. – Tive uma ideia súbita! – Será que eu poderia dar uma sugestão? Você não se ofende? Se você usasse uma gargantilha de pérolas, ia esconder o gogó.

— Nem um pingo ofendido.

— E talvez um saltinho anabela azul-marinho.

— Isso.

— E... de novo, espero que você não se ofenda... mas... uma roupa íntima especial, para preservar a sua... modéstia. – Ou seja, pra guardar as suas partes masculinas, para elas não ficarem perfurando o vestido azul-marinho. – Ele compreendeu. Não ficou ofendido. Na verdade, agradeceu.

Quando terminou a seleção, pegou um lápis, lambeu a pontinha, fez as contas, colocou o lápis atrás da orelha, abriu uma bolsa do tempo do onça, pegou um amontoado de notas de cinquenta euros imundas, separou várias e colocou na minha mão, como se eu tivesse acabado de fazer um serviço de castração nele.

— Você me deu dinheiro demais – disse eu.

— Pelo inconveniente.

Noel tirou os olhos da revista. – Você tem que declarar toda e qualquer renda – disse, incisivo.

— Não é renda. – disse Blanche. – É um presente.

Eu me senti desconfortável. Várias coisas para me preocupar. Será que a Blanche estava me chantageando para que eu fosse legal com ele? Será que eu estava abrindo um negócio na cabana do tio Tom? Onde isso tudo acabaria?

22h15

A noite se encaminhava para o fim. Blanche tinha que ir embora. É criador de vacas leiteiras. Tem sessenta vacas e acorda às cinco da manhã para fazer a ordenha. Blanche é um homem de posses.

— Posso voltar na sexta que vem? – perguntou.

— Pode. Pode voltar toda sexta – respondeu Noel.

— Você é uma mulher decente – disse Blanche para mim. – Ando me sentindo tão só...

22h30
Andando até a cidade.
Noite fria, mas clara. Plano moderno. (Com trocadilho.) Se o tio Tom concorda que não somente um, mas dois travestis, frequentem a casa, vou ajudar a dupla. Bem, na verdade, eu não queria ajudar o Noel, não gosto nem um pouco do cara, não moveria uma palha por ele. Mas essa pobre criatura, Blanche. Vou dar aulas de maquiagem — impressionante como ela simplesmente emplastra o rosto, como se fosse uma mão de cal na parede. Vou ensinar como escolher acessórios. Aulas de etiqueta. Passei a vida inteira tentando deixar as mulheres bonitas. Não vai ser diferente agora, só porque as mulheres são homens.

De repente, uma ideia sedutora — pegaria um filme legal pra gente assistir na próxima sexta-feira. Um filme que tivesse a ver com roupas. Seria duplamente maravilhoso se também fosse um filme sobre vingança. Falaria com Brandon. Um desafio.

0h12
Hummm. Voltando pra casa. Decidi ir pela orla, em vez de pegar a rua principal. Justificativa? Nenhuma. Só queria... ver... a casa dos surfistas, mas, quando me aproximei, estava tudo às escuras. Derrotada.

Fiquei ali, do lado de fora uns minutos, olhando pra janela do último andar, prestando atenção para ver se tinha luzes de velas. Será que ele estava lá?

Nada. Debaixo de mim, o mar sugando ondas e batendo nas pedras. Me virei para voltar ao meu caminho quando alguém disse, baixinho, a voz entrecortada pelo barulho das ondas: — Lola.

Susto. Era Jake, sentado no parapeito da janela, de pernas cruzadas. Mal conseguia ver o rosto dele, só um brilho prateado quando a luz do mar encontrava os seus olhos.

— O que você tá fazendo aí no escuro?
— Ouvindo o barulho do mar. — Pausa. — Pensando em você. — Pausa.
— E olha você aí.

Todos os meus sentidos entraram em alerta total, como se eu fosse um animal em perigo. Não importa que o nome dele fosse uma homenagem ao cream cracker – as pontas dos dedos formigavam, os mamilos crispados, de repente me dei conta de que estava usando calcinha de algodão.

— O que você tá fazendo? – perguntou. A voz... tão envolvente.

— Voltando pra casa.

— Não tá mais. Vem aqui.

Considerei a possibilidade. O que aconteceria se eu fosse?

— Só tem um jeito de descobrir – disse ele, lendo meus pensamentos.

Dei três passos na direção dele e, quando estava perto o bastante, ele descruzou as pernas e me puxou num movimento rápido. De repente, eu já estava perto o suficiente para sentir o cheiro de sal, de suor. Um pouco chocada pela proximidade. Não estava preparada para aquilo. Nossos rostos na mesma altura, os olhos prateados dele grudados nos meus, a boca legendária a seis centímetros de distância.

Ele pressionou mais ainda as pernas, e meus pés me arrastaram para mais perto dele. Fui no fluxo. As mãos dele descansaram nos meus ombros, e me puxaram ainda mais. Um sorriso discreto repuxava os cantos dos lábios dele. Desafio? Admiração?

Não sabia o que fazer com meus braços. Depois, pensei: dane-se! Sou uma mulher adulta. Levei minhas mãos ao pescoço dele.

— Assim é bem melhor. – Olhei pra boca. – Escuta o mar – sussurrou ele. – Fecha os olhos e escuta.

Fechei. O vaivém das ondas ficou automaticamente mais alto. A respiração do Jake. Depois, o choque! O choque quando senti a pontinha daquela língua na minha boca. Devagar, dolorosamente devagar, ele lambeu meu lábio inferior. Meu Deus, como era bom. Meu Deus, era bom demais. Com prazer absoluto, a ponta da língua dele finalmente alcançou o cantinho da minha boca e passou pro lábio superior em movimentos circulares que me deixaram arrepiada. Depois, o beijo em si.

— Vamos lá pra dentro – disse ele, baixinho, quente, no meu ouvido.

Pensei no quarto mágico. Pensei em tudo que poderia acontecer se entrasse naquele território.

Um surto de pânico. Ele estava perto demais. Era muito homem sem ser o Paddy.

Me desvencilhei dos braços dele, como um personagem de melodrama querendo chamar atenção. — Não. Eu não posso.

— Ah, Lola! — Ele pareceu irritado, mas saí correndo e ele não me seguiu.

Fiquei satisfeita. Não devia ter entrado lá. Não devia ter beijado aquele cara. Nervosa. O Deus do Amor estava me oferecendo sexo. Numa bandeja! E eu fiquei nervosa no final da investida. A culpa toda era do Paddy de Courcy. Ele tinha arruinado minha capacidade de fazer sexo normal com outros homens!

Pensamento desagradável. Além de ser racista e contra os travestis, agora também sou frígida.

Viagem ao país da memória

Paddy era tão diferente dos outros. Era grande. Nu, parecia ainda maior. Peito cabeludo. No que diz respeito ao sexo, muito focado, concentrado. Olhos ávidos. Jogador. Imaginativo. Gostava de brinquedinhos.

Depois do primeiro encontro, eu quis mais. Fui da dúvida em relação à cafonice à completa escravidão. Tudo o que eu queria fazer era transar com ele de novo. Toda vez que eu fechava os olhos, via o Paddy em cima de mim, suado, exatamente como tinha imaginado no cemitério.

Tentei fazer perguntas para minha mãe, mas nenhuma voz respondeu dentro da minha cabeça. Convoquei uma reunião com Bridie, Treese e Jem num restaurante. Contei a história toda: o carro, a loja, as lingeries, a vontade insuportável e a corrida ao meu apartamento para um sexo frenético. No começo, urraram e aplaudiram, surpresos, admirados, mas, com o desenrolar dos fatos, foram ficando mais silenciosos. Três pares de olhos desviando de mim. Ninguém disse nada. Me arrependi de ter contado a eles.

— ... Ai... — Estiquei meus dedos e observei a faca de manteiga.

Bridie se colocou: — Minha vida é um pão seco com água! — declarou, com amargura inesperada. — Tenho inveja de você, Lola. Isso, eu admito, tenho inveja.

— Caramba — murmurou Jem. — Fiquei com tesão. Acho que vou ter que ir pra casa. Desculpa.

— Se isso é o que acontece num primeiro encontro com Paddy de Courcy, imagina o resto — disse Treese.

Os olhos de Jem se iluminaram. — Não deixa de contar pra gente, Lola.

Treese não estava se divertindo. — Lola, você não precisa fazer nada que não queira.

(E alguma vez foi diferente? Bem, talvez eu não quisesse num primeiro momento, mais cedo ou mais tarde, porém, sempre mudava de ideia.)

O segundo encontro com Paddy começou bem normal: John Espanhol me pegou em casa e, depois de algum tempo presos no engarrafamento de Dublin, me deixou num lugar incrível. Ele fez uma ligação e, baixinho, disse que estávamos do lado de fora. Uma porta se abriu e um cavalheiro sussurrante me escoltou até o santuário. Muitas cabines revestidas de veludo vermelho. Me dei conta de que estava num clube privativo, não num restaurante comum. Suspeitei que o menu seria alto nível.

A equipe — toda masculina — olhava para o chão enquanto eu me aproximava, num show elaborado de discrição.

Paddy já me esperava numa cabine de pé-direito alto, marcando um papel qualquer com caneta vermelha. Senti um pouco de vertigem quando olhei pro cabelo bufante dele, depois fui devorada por aqueles olhos azuis-azuis, como se fosse um quibe humano, depois me rendi.

— Esse lugar! Que produção! — Eu ri e me sentei. — Aposto que se os garçons virem alguma coisa que não deviam, arrancam os próprios olhos com prazer, se você pedir.

— É um pouco exagerado — admitiu Paddy.

— A galera é meio idosa aqui — disse eu, olhando em volta.

— É. Fico com medo de ter gota se ficar muito tempo aqui dentro, mas, pelo menos, dá para relaxar. Não tem chance de sair uma foto no jornal.

Pessoalmente, eu não teria problema algum de ter uma foto publicada no jornal, mas não disse isso. Não queria que ele pensasse que estava com ele por causa da fama e da fortuna.

O cardápio era como o esperado. — Carne de veado! Codorna! Olha isso! Presunto de Parma com abacaxi! Máquina do tempo! Minha mãe fazia isso quando eu era pequena. Acho que vou prestar uma homenagem ao passado.

Paddy fez o pedido para mim — questionável! Mas ele disse que os garçons não escutavam as mulheres, eram como eunucos auditivos.

— Como foi seu dia? — perguntou.

Comecei pelas fotos pra revista, me sentindo — um pouquinho — como uma criança narrando as atividades na escola.

— Foi isso que você sempre quis fazer? Consultoria de estilo?

— Caramba, não. Tinha muito mais ambição de ser designer, mas não deu certo.

Ele ficou em silêncio, meio perdido em pensamentos. De repente, voltou ao foco, e me olhou de novo com aqueles olhos de lanterna. — Você acha que o fato de sua mãe ter morrido tão cedo mudou o rumo da sua vida?

— Não sei. Acho que não vou saber nunca. Não sei se tenho algum talento para ser designer de roupas. Talvez, se ela me encorajasse, eu tivesse me saído melhor... quem sabe? Talvez eu fosse mais eficiente na tentativa de ser feliz. E você?

Ele desviou o olhar. Falou devagar: — É, podia ter me saído melhor, como você disse, na tentativa de ser feliz. Quando um pai morre cedo, o pior pode acontecer. A gente perde aquela inocência, aquela fé no final feliz. Começa a ver o mundo muito mais sombrio que os outros. Sabe o que realmente me enlouquece? — disse ele. — O jeito como as pessoas sempre reclamam da mãe.

— Isso! As pessoas dizem que a mãe é um saco, sempre perguntando por que ainda não casou com um cara legal, um cara com um bom plano de aposentadoria.

— Ou riem delas porque fazem comidas de antigamente, tipo cozido e costeleta de porco. Se passassem um tempo sem mãe, ficariam felicíssimos com a costeleta!

Também descobri que tínhamos pais ausentes. De certa maneira, éramos órfãos!

— O meu mora em Birmingham — disse eu.

— O meu podia muito bem morar em Birmingham também.

— Por quê?

— Ele só serve para ocupar espaço! — disse, com desdém. Depois, deixou escapar um pouco de amargura: — Nunca vejo o cara. — Paddy, homem sensível. Você nunca desconfiaria que é tão pervertido.

A refeição foi demorada. Uma saga sem-fim de queijos e vinhos e licores. Não paravam de me oferecer coisas e mais coisas. Fui ficando meio desesperada, até a conta chegar embrulhada numa pastinha gorda, de couro vermelho. O homem que veio entregar era tão servil, a cabeça tão baixa que mal dava para ver o rosto dele.

— Eu pago — falei.

Paddy fez um sinal negativo. Sussurrou no meu ouvido: — Se uma mulher tentasse pagar a conta aqui, eles morreriam de choque, ainda acham que as mulheres não têm permissão para alugar uma tevê no próprio nome. Você volta comigo pra minha casa?

Pega de surpresa pela mudança repentina de assunto e de humor. Joguinho divertido: — Meu apartamento é mais perto. — Mas fiquei curiosa, e quis dar uma olhada no lugar onde ele morava.

Não tive muita chance. Assim que a gente chegou lá, fui ao banheiro e, quando saí, ouvi o Paddy me chamando de outro cômodo: — Lola, tô aqui.

Segui a voz dele. Abri uma porta. Não era uma sala, como eu esperava, mas um quarto.

Paddy estava deitado na cama, completamente nu, lendo alguma coisa. Uma revista. De fotos. Me aproximei. Parei de repente. Passada. Pornografia. Depois, vi que estava tendo uma ereção, enorme e roxa, emergindo do chumaço denso, escuro, dos pelos pubianos.

Me encolhi. Insultada. Quis ir embora imediatamente.

— Não vai. — Ele riu. Riu! — Você vai gostar.

— Não, não vou gostar — disse.

Mas, apesar de ferida, fiquei curiosa. Até mesmo um pouco... excitada.

Ele deu tapinhas na cama. — Vem dar uma olhada.

Não me mexi. Minhas pernas não decidiam o que fazer.

— Vem — pediu. — Você vai amar isso.

Uma parte de mim não conseguia evitar, acreditava nele. Timidamente, fui até a cama e sentei na beirinha do colchão.

— Olha — disse ele. — Olha a cara dela.

A revista estava aberta na fotografia de uma garota asiática de cabelo preto comprido e peitos enormes. — Ela não é linda?

Hesitei. Depois, disse: — É.

Ele estava de lado, a mão tocando o próprio membro. Percebi que se masturbava bem devagar. Passada de novo.

Ele perguntou: — Você ficaria a fim de trepar com ela?

— Não!

— Não? Eu ficaria.

A mão dele ficou mais rápida. Mais e mais rápida. Ele suava agora, os olhos abertos, me encarando.

— Eu adoraria ver você e ela na cama juntas — disse ele.

Senti ciúme, dor, enjoo e, contra a minha vontade, ah, eu estava tão excitada.

— Vou gozar — ele me disse, a voz embargada. — Vou gozar.

— Não! — disse eu, rápida.

Afastei a mão dele, peguei a revista e joguei longe.

— Não goza até eu mandar! Cadê a camisinha?

— Ali — disse ele, olhar selvagem.

Abri a gaveta da cômoda, peguei uma camisinha, coloquei nele, mais rápido do que imaginava, agarrei aquela ereção como se fosse a marcha de um carro e escorreguei em cima dela, as primeiras ondas de prazer já se manifestando.

Sábado, 25 de outubro, 13h25
Cemitério de Knockavoy.

— Mãe, o que eu faço com o surfista?

Droga de Bridie, por ter enchido minha cabeça de minhocas!

Às vezes, quando pergunto uma coisa para minha mãe, a resposta não vem de primeira, mas, dessa vez, ouvi a voz dela imediatamente: — Se diverte um pouco, Lola. Não leva as coisas tão a sério.

— Por que eu não levaria a sério? Você é outra que também acha que ele é bonito demais pra mim?

— Não! — exclamou. — Você é uma garota bonita. Pode escolher o homem que quiser.

— Obrigada, mas você é minha mãe, não é exatamente imparcial.

— Se diverte um pouco, Lola — repetiu a voz.

— Posso te perguntar uma coisa, mãe? — A paranoia de que alguma coisa me amaldiçoava. — Estou aqui, falando sozinha no meio do cemitério feito uma maluca? Ou você tá aí?

— Claro que eu estou aqui! Sou sua mãe. Sempre estou aqui, tomando conta de você.

15h30
Supermercado.
— Desafio pra você, Brandon. Preciso de um filme de vingança em que o figurino seja incrível.

15h33
Ligação da Bridie.
— Tio Tom disse que, se você não quebrar de novo a torradeira, ele não tá nem aí pro que você faz.

Que assim seja!

15h39
Cibercafé.
Descobri um site incrível de um lugar que faz cosméticos especialmente para homens. Fiz um pedido enorme. Deu pra pagar, porque Blanche me deu uma montanha de dinheiro. Prometeram entregar em quarenta e oito horas, mesmo em Knockavoy! Animadíssima de pensar em

transformar Blanche de Gata Borralheira em Cinderela, pra falar a verdade!

Segunda-feira, 27 de outubro, 9h45
SarahJane Hutchinson chegou de Dublin.
— Você agora é uma mulher multicidades — exclamou ela, saltando do carro (um Jaguar enorme).

Dia de desafios, experimentando vestidos, sapatos, acessórios, tentando montar trajes que ficassem bem. Finalmente, apesar dos obstáculos (exemplo: o joelho inchado dela; o apego quase doentio a variações de coral), fechamos o pacote. Sugeri penteados e cores de maquiagem para cada roupa. Anotei tudo e garanti que podia fazer consultas telefônicas, mesmo de noite.

Gostei muito de mim. Sinto muita falta do trabalho.

Ela me deu um cheque gordíssimo — pra cobrir o valor das roupas — e uma parte grande em dinheiro. — Nosso segredinho. O que a Receita não sabe, não preocupa ninguém.

Tô cheia da grana!

19h07
Pub da Sra. Butterly.
Rossa Considine e cara-de-rato estão sentados no balcão tomando drinques. "Voltaram", de acordo com Chefe, Musgo e Mestre. Eu queria que eles fossem embora.

Considine disse: — Aquela música não sai da minha cabeça, Lola.
— Que música? — Depois, me lembrei. — Não fala!
Tarde demais. — *Achy Breaky Heart.*
— Valeu — disse eu, sorumbática. — Agora vai ficar na minha cachola uma semana.

Terça-feira, 28 de outubro, 11h39
Niall da entrega de pacotes chega para buscar as roupas que eu tinha que devolver à adorável Marilyn Holt, em Dublin.

Quarta-feira, 29 de outubro, 11h15
Os cosméticos masculinos chegaram!

Quinta-feira, 30 de outubro, 11h22
Chegada das roupas de mulher de Blanche!

13h15
As lingeries novas do Noel chegaram! Niall, o homem das entregas, se esqueceu de entregar na primeira visita do dia. Teve que fazer uma segunda viagem. Não me pega mais para conversas intermináveis. Está até bem rabugento, na verdade. Excelente!

22h35
Deitada no sofá, lendo um livro fajuto de mistério, quando escuto barulhos estranhos. Uma coisa batendo, como se algumas pedrinhas rolassem. Mas não do lado de fora.

    Quando ouvi de novo, levantei do sofá, abri a porta da frente e olhei o escuro lá fora. Tinha uma pessoa lá! Um homem. Jake. Meus olhos se acostumaram ao escuro bem na hora em que ele pegou um punhado de pedrinhas no chão e jogou na direção da janela lá de cima.

    — Por que você tá jogando pedras na minha janela?

    Ele se assustou. — Pra você me deixar entrar — disse ele naquele murmúrio característico. Não consegui escutar as palavras exatas, mas, pelo ritmo da frase, imaginei o que ele disse.

    — Você podia simplesmente ter batido na porta.

    Ele veio até a luz. Riu pra mim. — Mais romântico assim.

    Tipos como ele, que têm casos com mulheres casadas, devem estar acostumados a subterfúgios. Jogar pedras em janelas dos fundos, se esconder em armários, dispensar campainhas etc.

    Andou na minha direção, desleixadamente. Chegou muito perto, nossos corpos quase encostaram. — Posso entrar?

Abri espaço para ele passar. Parei no meio da sala e, de novo, ele ficou bem na minha frente, como se estivéssemos acorrentados juntos. Sorrindo, ele disse: — Esperei muitas noites. Você não voltou pra me ver.

— Não.

— Por que não?

— Sei lá. — Não estava tímida. Não sabia mesmo, na verdade.

— Tá feliz comigo aqui?

Pensei sobre o assunto. — Tô.

— A gente pode começar de onde parou?

Pensei de novo sobre o assunto. — Pode.

O beijo, o beijo, o beijo delicioso. Subimos pro quarto devagar, tirando as roupas, desengonçados, no chão, na escada e, finalmente, na cama.

Não pude evitar a comparação. O corpo era muito diferente do corpo do Paddy. Mais bronzeado, mais escorregadio, menos cabeludo. Diferente do Paddy, que sempre cheirava a banho, Jake fedia um pouquinho. Não era ruim. Uma coisa meio peixe, na verdade, cheiro de sexo.

Ótimo nas posições diferentes: eu deitada de barriga, de ladinho, em cima dele, olhando pra ele, em pé, olhando pro outro lado. O braço em volta da minha cintura, eu ainda em cima dele, ele entra com cuidado, para garantir que não vai escapulir. Os dois sentados na beira da cama, ele olhando por cima do meu ombro a gente no espelho. As mãos apertando meus quadris, ele subindo e descendo devagar.

— Você é linda — sussurrou para o meu reflexo no espelho.

Virei o corpo. Cansada desse tipo de coisa. Espelhos e sacanagens. Será que é tão difícil assim uma trepada normal?

Começamos de novo, desse jeito, daquele jeito, e, quando acabou, ele de alguma maneira em cima de mim, em posição de missionário, pareceu ficar surpreso. Apressado para me levantar e mudar minha posição, mas me recusei: — Fica onde você está.

Queria o peso de um homem em cima de mim. Agarrei o bumbum dele para que não pudesse escapar. Disse: — Gosto assim.

0h12
Nos braços um do outro, depois da transa, Jake perguntou: — Você pensa em algum momento sobre o Universo?
— Não.
— Sobre todas as pessoas no mundo e nas coisas que devem ter acontecido antes dos nossos caminhos se cruzarem?
— Não — bocejei.
Que amor! Ele estava tentando bater um papinho depois do sexo.
— Tudo bem — disse eu. — Dez pontos por você não ter rolado pro lado e dormido direto. Você é incrível. Mas não precisa conversar comigo.

Sexta-feira, 31 de outubro, 7h38
Outro momento pós-sexo.
— Caramba — disse eu. — Se o tema fosse "seis posições impossíveis antes do café da manhã"...
Jake pulou da cama. — Sexo selvagem e não são nem oito da manhã. — Ele olhou pela janela. — A maré subiu. Eu tenho que ir.
— Tchau — disse eu, sonada.
Ele saiu. Fiquei deitada, pensando. Era minha primeira transa pós-Paddy. Animada? Não, arrasada — se eu estava transando com surfistas, realmente tinha chegado ao fundo do poço. Encharquei meu travesseiro de lágrimas.
Mas senti alívio ao perceber que tudo ainda funcionava perfeitamente, no sentido emocional. E em outros sentidos também.

10h20
Liguei pra Bridie. — Transei com o Jake.
Silêncio. Depois, um gemido. — Que inveja — miou. — Que inveja! Como foi?
— Ele é o demo no quesito posições.
— Ah! — ganiu. — Agora você tá me provocando!

Ao longo do dia
Bons fluidos continuam a ser enviados por todas as pessoas que ouviram falar sobre mim e Jake.

16h12
Supermercado.
Comprando petiscos pras travecas. Salgadinhos e coisas do gênero.

Tinha uma pergunta pra Kelly e pro Brandon. Não via a mulher do coração partido pela praia há algum tempo.

— Por onde ela anda? — perguntei.

— Jennifer? Melhor — disse Kelly. — Voltou pra casa. Deixou todas as coisas de cerâmica para trás.

— Se encantou com Frank Kiloorie — disse Brandon. — Voltou a sorrir.

— Quem é ele?

— Mora em Miltown Malbay. É carpinteiro. Bom com as mãos. — Comentário vulgar.

— Jennifer nunca teria olhado pro sujeito em Dublin, porque ele não comprava uma roupa nova desde 2001, mas fez tudo bem direitinho!

Gargalhada jocosa dos dois, mas fiquei feliz por ela. A vitória de uma é a vitória de todas.

— Todo mundo passa pela mesma coisa aqui — disse Brandon. — Choram, andam pela praia, pensam em coisas artísticas. Correm pra casa depois que dão umas voltas com algum minhoco da terra, habilidoso com as mãos.

— Ou do mar — acrescentou Kelly, levantando as sobrancelhas superdelineadas para mim.

— Ou do surf! — Brandon me deu um cutucão!

Manteve a expressão de esbórnia enquanto ria feito um porco. Não existem segredos nesta cidade, não mesmo.

Pigarreei. Mudança abrupta de assunto: — Você tem algum DVD tipo *A Vingança das Roupas?*

Brandon parou de rir e colocou uma caixa no balcão.

— *Cinderela em Paris?* — perguntei. — Desde quando *Cinderela em Paris* é um filme de vingança? É Audrey Hepburn!

Brandon não disse nada. Simplesmente colocou outro DVD no balcão. *Os Imperdoáveis*.

— Sessão dupla — disse ele. — *Cinderela em Paris* e *Os Imperdoáveis*. É o máximo que posso fazer por você, Lola. Não existe filme desse tipo, *Vingança das Roupas*.

18h59
E lá vinham eles. Criaturas pontuais, os travestis.

Foram direto pra cozinha, onde as novas compras estavam expostas.

— Blanche — chamei, através da porta fechada —, se você precisar de ajuda pra vestir a lingerie, me chama.

Não gostava da ideia de fazer esforço para submeter a masculinidade de Blanche numa roupa íntima, mas sou uma profissional.

— E não coloca a maquiagem. Tenho umas coisinhas especiais para vocês dois.

Preciso dizer, tive uma noite inesperadamente agradável. Blanche aceitou minhas sugestões. Me deixou colocar nela roupas ótimas, pintar as unhas, ensinei como fazer uma maquiagem discreta e dei aulas de comportamento.

— Tô vendo a Jackie Kennedy na Casa Branca — disse eu. — Jack na Sala Oval, a Jackie com um vestido simples e colar de uma volta de pérolas. Cabelo perfeito, lábios discretos, cardigã supermacio de cashmere. (O tipo de coisa que você tem que dizer, sendo estilista. É o que esperam de você.)

Blanche ficou animadíssima com meu monólogo. Uma mulher bem diferente quando terminei o trabalho. Na verdade, poderia realmente passar por uma mulher grandona, ossuda, meio masculina. (Sob luz baixa, nada de lâmpadas de 100 watts.)

Tomamos uma garrafa de vinho, comemos salgadinhos e falamos da Audrey Hepburn.

De vez em quando, Noel ficava em pé e dançava pela sala, com seu traje de festa, dizendo, com alguma afetação, que adoraria ir a uma boate. Mas cada macaco no seu galho.

22h20
Os travestis se vão. Estimulada por minha bondade intrínseca, decido ir ao Oak para um drinque rápido. Entro. Brandon de barman. Momento de total deslocamento. Será que entrei no supermercado por engano?
— É isso aí — disse Brandon. — Dando um rolé aqui no pub.
— Cadê o... — Caramba, como era mesmo o nome verdadeiro do Velho e Bom Olhos de Ameixa? — Ibrahim.
— Osama? Folga. Trabalhou noventa e dois dias seguidos sem parar.
— Noventa e dois dias! E ele tá sempre tão animado.
— Por que acha ruim o cara passar algumas horas em Ennis para ir ao cinema?
— Não tô achando nada ruim, Brandon. Só fiquei surpresa.

23h37
Casa.
Batidas à porta. Jake. Bastante surpresa com a presença dele. Realmente não esperava. Ele estava muito, muito, muito sexy. Os olhos, o cabelo, a boca, o corpo.
— O que você tá fazendo aqui? — perguntei. — Mais uma rapidinha, é isso?
Ficou ofendido: — Não é para uma rapidinha. Eu tô completamente louco por você.
— Você é bom de jogo, rapaz.
Mais uma vez ofendido: — Não tem jogo nenhum. Deixa eu te mostrar que eu tô falando sério.
Beijo imediato. Lábios colados, entramos em casa, já tirando a roupa. Loucos de desejo. Excitante.
Mas o sexo, frustrante. Na hora que você tá esquentando, entrando no ritmo, o cara te pega, gira em cima do próprio mastro e muda de posição.
Finalmente, perguntei: — Jake, você acha que tem a missão de fazer todas as posições do *Kama Sutra* em quarenta e oito horas?

Ofendido de novo: — Só queria que fosse bom pra você. — Sinceridade naqueles olhos devastadoramente prateados. Fiquei tocada. Paddy era tão diferente, principalmente quando a gente estava chegando no fim. Tinha me esquecido de como era ter um cara sendo gentil comigo.

Chegamos a um acordo: não mais de quatro posições por transa. Assim todo mundo fica feliz.

Sábado, 1º de novembro, 7h32
Sexo matinal, depois Jake foi "pegar umas ondas".

8h14
Telefonema da Bridie. — Ele te procurou?
— Procurou. Passou aqui de novo ontem à noite, atrás de sexo.
— Você já foi ao quarto mágico? — perguntou.
— Não. Mas talvez vá hoje. Ele vai fazer um jantar pra mim.

13h15
Oak.
Parabenizei o Velho e Bom Olhos de Ameixa pela primeira noite de folga em noventa e dois dias.
— Fui ao cinema em Ennis. Sessão dupla do Wim Wenders. Incrível.
— Que bom!
Mudança súbita no comportamento dele. Pigarreou. Olhou pro balcão do bar, pra cima de novo, expressão quase formal no rosto. — Ah... é... Lola, será que você me acompanharia na sexta-feira que vem? Vai começar a temporada Bergman.
— Sexta à noite? Ah, Ibrahim, eu não posso. Qualquer outra noite da semana, tudo bem, mas sexta não dá.
— Mas é minha única noite de folga. Que tal na outra sexta-feira?
— Todas as sextas são difíceis para mim, Ibrahim. — Pausa terrível. Senti que devia dizer alguma coisa. Vi a solidão de frente. Ele era do

Egito, estava longe, muito longe de casa, num país não muçulmano com temperaturas estranhas e hábitos alcoólicos arraigados.

Mas o que eu podia dizer? Que não podia ir porque era anfitriã de uma festa para travestis?

Sugestão: — E se você trocasse sua noite de folga para uma quinta? Ou um sábado? Ou qualquer outro dia que não seja sexta-feira?

Ele balançou a cabeça, os olhos de ameixa tristes. — Tem que ser na sexta. É a única noite que o Brandon consegue dar conta do pub. Porque é a única noite em que a mãe da Kelly pode ajudar no supermercado.

15h15

No supermercado pra devolver DVDs. Assim que passei pela porta, Brandon me confrontou. — Soube que não vai ao cinema com o pobre do Osama. É racismo?

Engoli com dificuldade. — Não sou racista. Sou muito fã do Osama, mas minhas sextas-feiras estão ocupadas.

— Ocupadas com o quê? DVDs de vinganças e roupas?

Não se pode ter privacidade nesta cidade, nenhuma privacidade!

— Por que você não chama o Osama pra assistir um DVD? Ele ama cinema.

— Desculpe, mas não dá.

— Por que não?

Caracal

16h03

Dungeon.

Nem entrei. Só passei na porta e o Chefe gritou pra mim: — Fiquei sabendo que você dispensou o pobre do Osama. Não imaginava que você fosse racista, Lola.

19h48
Garrafa de vinho na mão, apareço na casa dos surfistas. Jake abre a porta, mas não me deixa entrar. Em vez disso, me leva até a praia, onde uma mesa e duas cadeiras estão arrumadas na areia, toalha branca balançando ao vento. Candelabro, flores, uma fogueirinha, vinho gelando num cooler, o céu cheio de estrelas. De pé, um pouco distante, Cecília e seu pombinho.

Perguntei: — O que eles estão fazendo?

— São nossos garçons da noite.

Não consegui deixar de rir. Disse: — Isso é demais. Você é o máximo. Parece um homem de mentira.

A noite estava fria, mas a temperatura ali estava quente por causa da fogueira, da manta de lã em volta dos nossos ombros e do calor interno.

— Comida deliciosa — disse eu.

— Cecile me ajudou. Bem... — ligeiramente envergonhado — ... Cecile fez tudo. Não sou capaz de cozinhar nada.

— Graças a Deus! Então você não é totalmente perfeito. — A gargalhada incontrolável começou de novo.

Finalmente, fomos pro quarto mágico — tão mágico e incrível quanto eu imaginava — e nos divertimos muito com as quatro posições permitidas por transa.

Domingo, 2 de novembro
Na cama mágica o dia todo.

Segunda-feira, 3 de novembro
Idem.

Terça-feira, 4 de novembro
Idem.

Quarta-feira, 5 de novembro, 16h17
Precisava sair da cama e voltar pra casa. Tinha responsabilidades, a saber: entregas de roupas das travecas. Nos últimos dias, não tinha ligado pra nada, não estava nem aí, dane-se que Niall da entrega estivesse tocando a minha campainha com caixas de enchimentos e sandálias de glitter tamanho gigante. Livre e selvagem, me divertindo a valer, não quis nem saber.

Jake me embrulhou com braços e pernas, recusando-se a me deixar ir embora. Era gostoso empurrar o corpo dele e sentir aqueles músculos me comprimindo com força.

— Tenho que ir — disse eu. — Sério. Preciso. Mas a gente pode se ver de noite.

Ligeira hesitação. Braços e pernas relaxando a pegada. — Lola, vamos tirar uns dias pra respirar.

Olhei para ele, firme. Estava me dando o fora? Aqueles olhos de prata não entregavam nada, só me olhavam, tranquilos. Frio na boca do estômago. Num golpe só, desapareceu; simplesmente desapareceu. Me dei conta de uma coisa incrível que me aconteceu depois de ter sido destruída pelo Paddy: homem nenhum me fere mais.

— Dias pra respirar? — disse. — Ok. Vamos nessa.

Corri pra casa. Não ia pensar no Jake. Tinha outras ansiedades. A cabeça cheia de cenários desastrosos. E se o Niall tivesse deixado os pacotes das roupas das travecas do lado de fora e as vacas tivessem comido tudo?

Nenhuma caixa empilhada na minha porta, mas um bilhete do Rossa Considine: estava guardando entregas de três dias pra mim.

Olhei. O carro ecológico parado na porta. Ele estava em casa.

17h29
Considine estava estranhamente gracioso. E me ajudou a carregar as caixas das roupas de travesti até minha casa. (Naturalmente, não contei o que tinha nos pacotes, e ele não perguntou.)

— Te devo um drinque — disse eu.

19h29
Pub da Sra. Butterly.
A oportunidade de pagar uma bebida pro Considine chegou antes do esperado. Ele estava sentado no balcão do pub da Sra. Butterly. Nem sinal da cara-de-rato.

A Sra. Butterly fez um sanduíche de presunto para mim, me chamou pra perto dela e fez a pergunta aos sussurros: — É verdade que você concordou em casar com o Osama no Oak, depois recusou o acordo porque ele é muçulmano?

— O quê? — Caramba, essa história ainda estava rolando? — Não! Não! Ele me convidou pra ir ao cinema — como amiga! —, mas tenho outro compromisso nas sextas-feiras de noite. Foi só isso!

— Sabia! Não achei que era verdade! Você é uma garota legal, Lola, foi isso que eu disse a eles.

— Quem?

— Ah, ninguém. Só esses enxeridos, se metendo na vida dos outros.

Olhei pro Rossa Considine. Ele estava olhando pra bebida.

Levantou o olhar, pura inocência. — O que foi?

— Você contou pra Sra. Butterly a história do Osama?

Ele encolheu os ombros. — Claro que não. — Depois, acrescentou: — Achei desnecessário, o que você faz é problema seu.

Fiquei confusa. Do que ele estava falando? Do Jake? Estreitei os olhos na direção dele.

— Na verdade — murmurou a Sra. Butterly —, não foi ele.

Rossa Considine terminou sua cerveja em goles grandes e levantou do banco. — Vou nessa.

— Ah, fica — pediu a Sra. Butterly. — Não sai assim, de mau humor.

— Não tô de mau humor. Vou encontrar a Gillian.

— Ah, bom. Boa noite, então. Divirtam-se.

1h01
Nem sinal do Jake.

Quinta-feira, 6 de novembro, 11h15

Bridie ligou. — O Deus do Amor já te largou?

— Já.

— O quê?

— Ele me deu o fora.

— Eu só estava brincando. Mas, desculpe, Lola, isso estava destinado a acontecer. Ele era...

— Já sei. Bonito demais pra mim.

— Você tá triste?

Suspirei — O que é a vida, senão esses momentos rápidos de felicidade amarrados numa gargantilha de desespero?

— Mas você ficou triste?

— ... É difícil de descrever. Me arrependo de ter tido alguma coisa com ele. Eu nem mesmo era a fim do cara, pra começo de conversa. Agora, tô me sentindo... sei lá... uma merda. Mas já andava me sentindo péssima, de qualquer forma. Vamos deixar assim: não piorou o que já estava ruim.

12h11

Telefonema frenético da SarahJane Hutchinson. — Lola, conheci um homem...

— Parabéns.

— A gente vai pra Sandy Lane passar o Natal e o Ano-Novo, e eu não tenho roupa. As lojas só têm vestidos cheios de brilho

— Relaxa. Coleção resort.

— Coleção resort?

— Isso. Qualquer designer que se preze tem uma coleção especial para essa época do ano. Eles chamam de coleção resort. Às vezes, de coleção férias num cruzeiro. Mas não se preocupa, não precisa fazer um cruzeiro pra comprar essas roupas.

Me pendurei no telefone. Liguei pra Dublin, Londres, até pra Milão.

17h57
Dungeon.
Chefe e sua tribo tinham acabado de descobrir uma bebida nova (Baby Guinnesses: licor de café com cobertura de Baileys) e estavam encantados com ela. Pagaram várias doses para mim. Enjoativa, mas poderosa.

Quase fui parar na casa do Jake no caminho pra casa. Persuadi minha pessoa a não fazer isso.

Apesar da doçura dos drinques, eu estava bastante amarga.

Sexta-feira, 7 de novembro, 10h23
O tempo era reflexo do meu humor. O céu azul finalmente tinha ido embora. Agora estava cinza, enevoado, chuviscando, frio. A cabana do tio Tom tem aquecimento central. Graças a Deus. Não teria condições de lidar com carvão. Não sou uma pessoa carvão.

14h22
Supermercado.
Brandon absurdamente excitado. — Tenho um filme de vingança das roupas! *Legalmente Loira*. Milhares de roupas, e ela se vinga do jeito que sabe.

Já tinha visto *Legalmente Loira* e sabia que era mais um filme sobre amadurecimento pessoal que vingança pura e simples, mas parabenizei Brandon. É bom encorajar as pessoas que se esforçam.

— Não foi descoberta minha — admitiu ele. — Foi do Osama!

— Bem... eu... vou agradecer a ele.

— Por que você não convida o cara pra assistir hoje à noite? Ele é sozinho e vive pro cinema. O que você faz nas sextas-feiras é tão depravado que ele não pode participar?

Não consegui dizer nada. Completamente tomada pelo conflito. Culpa enorme por causa do Osama, mas medo de entregar o segredo da Blanche, medo do Noel interromper meus pagamentos...

14h44
A caminho de casa.
Uma mulher que eu nem conhecia gritou, do outro lado da rua: — Por que você não deixa o Osama assistir ao DVD com você? Ele é um refugiado, sabia? Você não tem caridade cristã?

Respondi, fraca: — Ele não é refugiado, tem visto de trabalho e tudo.

A mulher não se convenceu.

Em desespero. Todo mundo me odeia.

19h02
Chegada das travecas. Esperei que vissem todas as roupas e novidades para entrar no tema Osama.

— A gente pode mudar de sexta para outra noite da semana? — sugeri. — Qualquer outra noite?

Negativas. Noel tinha que ajudar os filhos com o dever de casa, e Blanche resmungou alguma coisa sobre ter que acordar muito cedo todos os dias, menos sábado. Não entendi direito — será que as vacas tiram folga aos sábados? A vida de fazendeiro é totalmente estranha para mim.

— Nesse caso, vou ter que deixar o Osama entrar pro nosso grupo.

— Nem pensar — disse Noel entredentes.

— Todo mundo em Knockavoy acha que sou racista! Ninguém consegue entender a minha relutância. É mais seguro abrir o jogo. Ficar inventando desculpas chama mais atenção.

— Vou parar de fazer seus pagamentos.

— Então para — disse, frágil. Naquele momento, senti total frustração pelo sumiço do Jake. — Talvez seja hora de eu voltar pra Dublin. Cansei disso aqui.

Blanche ficou horrorizada. Começou a chorar.

Noel também ficou com cara de pavor, como se visse a "casa sendo devorada por cupins". Experimentei — na verdade, saboreei — um momento de satisfação.

Silêncio geral. A única coisa que se ouvia eram os soluços da Blanche. Noel falou: — Será que ele consegue guardar segredo? Esse tal de Osama?

— Honestamente, não sei. Ele parece bem decente, mas é um risco que a gente vai ter que correr.

Noel e Blanche entraram numa confabulação longa e sussurrada:

— ... com certeza consigo deportar esse cara, se ele nos dedurar.

— ... não posso voltar a viver como antes. Preciso desse escape...

— ... ele nem precisa ver a gente de "civil"...

— ... o dia todo olhando pra bunda das vacas...

Chegaram a uma espécie de solução. — Ok — disse Noel. — Convida o cidadão. Contanto que ele não chegue antes da gente se trocar. Nossa identidade precisa continuar secreta.

22h56
Nem sinal do Jake.

Sábado, 8 de novembro, 12h30
Oak
— Ibrahim, precisamos ter uma conversa em particular.

Ele pareceu ficar nervoso. — Eu nunca disse que você era racista, Lola.

— Nunca pensei que você tivesse dito isso. Como você provavelmente já sabe, pelo Brandon, tenho um... clube... lá em casa, nas sextas.

— O clube dos filmes de vingança!

— É, isso. — De certa forma. — Você é bem-vindo para se juntar a nós. A única condição — e você não pode contar pra NINGUÉM, nem hoje nem nunca — é se vestir de mulher.

Pausa longa. Finalmente, Ibrahim abriu a boca. — Para entrar no seu cineclube, eu teria que me vestir de mulher?

— E guardar segredo.

Ele pensou sobre o assunto. — Tudo bem.

— Tudo bem?

— Tudo bem
Tudo bem...

0h16
Nem sinal do Jake.

Domingo, o dia inteiro
Nenhum sinal do Jake.

Segunda-feira, 10 de novembro, 11h17
Chegada das roupas de resort da SarahJane. Maiôs, cangas, viseiras, calças atoalhadas, toucas, chapéus divertidos, óculos escuros e muitos, muitos DVFs. (Vestidos trespassados de Dione Von Furstenberg. Não tem como errar.)

Muitas coisas adoráveis. Bolsa de praia Prada, decorada com cavalos-marinhos. Melhor parte — combinando com sandálias também com cavalos-marinhos incrustados! Maiô Lisa Bruce azul-turquesa, com canga da mesma estampa. Óculos escuros Gucci e chinelinhos fechados de solado de cortiça incríveis, da mesma cor dos óculos: vermelho. Cores berrantes, antídoto infalível contra o cinza do inverno.

Niall da entrega me odeia, é oficial. Diz que faz a viagem Ennistymon-Knockavoy com tanta frequência que praticamente já sonha com isso. Depois de eu assinar para receber os pacotes, ele acena e diz: — Se nunca mais tiver de ver essa paisagem, não vou ficar nem um pouco chateado.

Ainda nenhum sinal do Jake.

Terça-feira, 11 de novembro, 19h07
Batidas frenéticas à minha porta. Jake!
Não. Considine.

— Rápido, rápido! — Ele estava histérico. — Liga a televisão!

— Não tem tevê aqui.

Ele apontou pra televisão atrás de mim. — Aquilo parece uma tevê.

— Não, é um micro-ondas. — Muito complicado explicar a situação real.

— Vem comigo até minha casa, então. Rápido. Coloca um sapato!

— Por quê?

— Colin Farrel tá na televisão. Dançando quadrilha.

Palavras mágicas, "dançando quadrilha".

Enfiei os pés em chinelos. Péssimo pro chão de terra, mas nem liguei. Corri, me abaixei para passar debaixo da cerca de arame farpado, cruzei o gramado e entrei na casa do Rossa Considine. Sentei na pontinha do sofá, grudada no programa sobre o Colin Farrell, mas não tinha nada dele dançando quadrilha. Só um monte, monte mesmo, de garotas que haviam transado com ele. Não acabava nunca.

Quando o programa terminou, Rossa Considine se defendeu: — Tinha uma parte sobre quadrilha.

— Ah, claro. — Piada. — Você só queria dar um jeito de me trazer aqui. — Depois, me lembrei da garota de vestido de noiva que talvez fosse prisioneira dele. Momento rápido de pavor genuíno. Sem piada. — Vou nessa.

— Como você vive sem televisão?

— Ah, eu leio, faço outras coisas. Não sinto a menor falta. — Leve. Convencida. — Se, numa emergência, eu precisar ver um documentário ou qualquer coisa do gênero, posso ir na casa de um amigo.

— Certo. Lembro a Sra. Butterly comentando alguma coisa sobre vocês assistirem a seriados juntas toda noite.

Quarta-feira, 12 de novembro, 9h45
Chegada da SarahJane Hutchinson.

Dia maravilhoso. É animador estar no meio de roupas tão magníficas. Nós duas absolutamente em forma. Tudo deu certo.

— SarahJane, já tô vendo canas-de-açúcar, espreguiçadeiras, ar salgado, gaivotas...

— Eu também, Lola, ah, eu também!

Fiz uma lista detalhada do que SarahJane vestiria cada dia: no café da manhã, na piscina, no jantar, na festa de réveillon.

Ela tentou rejeitar a lista: — Vou estar de férias. Relaxando. Será que não posso fazer eu mesma as combinações?

— Não! Nem pensar! Por favor, isso seria um erro! Você não pode esquecer, SarahJane, você pode usar um maiô Missoni com a canga Missoni, mas NUNCA com as sandálias nem com o chapéu Missoni.

— Por que não? — Quase se rebelando.

— Regras ocultas da moda. Não dá pra explicar totalmente. Tudo que sei é que você vai virar motivo de piada se fizer isso.

Essa frase tinha peso. SarahJane não quer ser motivo de piada. Já sofreu o suficiente com isso, maridos fugindo de casa com copeiros, muito obrigada.

Quinta-feira, 13 de novembro
Nem sinal do Jake. Mas me esqueci de prestar atenção.

Sexta-feira, 14 de novembro, 10h14
Indo a Ennistymon com Chefe e Musgo para renovar o seguro-desemprego. Não queria ir. Ando ganhando bastante dinheiro por debaixo dos panos da Blanche e da SarahJane, mas o Chefe não quer nem ouvir falar nisso. — Você tem direito, Lola — fica insistindo. — Você tem direito.

Dia de feira. Tudo cheio de caminhões, mugidos, rebanhos andando devagar e fazendo xixi no meio da rua, fazendeiros encasacados e de chapéu, cuspindo nas mãos na hora de fechar negócio. Horrível. Um deles veio se pavoneando na minha direção. Nossos olhos se encontraram, olhos normais e olhos de pavão. Por que meus olhos normais se encontrariam com os olhos de pavão do fazendeiro-pavão? Depois, me dei conta! Era Blanche! O fazendeiro-pavão era Blanche!

12h23
Chefe e Musgo me deixaram em casa na van imunda deles.
— Acho que você tem visita – disse o Chefe.
Olhei. Um homem incrivelmente lindo estava sentado nos degraus da porta.
Jake.
Justamente quando eu decido que não tô nem aí pra ele. Típico.
Saí da van, e o carro saiu cantando pneu imediatamente, Musgo e Chefe gritando: "Uhú!" Como dois arruaceiros.
Jake ficou de pé. Perguntou: — Posso entrar?
— Não.
— Ah... Posso falar com você aqui fora?
— Se for rápido. Tá frio.
— Ah... Por onde você andou? – perguntou. — Não voltou mais lá em casa, não perguntou nada de mim pra Cecile...
— Você queria um tempo pra respirar.
— Isso! Mas achei que você iria... – Suspiro frustrado.
De repente, entendi. Jake estava acostumado a ser perseguido por mulheres desesperadas depois de decretar o "espaço pra respirar", exatamente como fiz com Paddy.
— Fiquei esperando notícias suas.
— Você podia ter me procurado.
Sensação ruim, bastante ruim. Jake é um pentelho mimado, sexy demais pro próprio bem.
— Vamos voltar – disse ele.
— Por quê?
— Por quê? – Claramente desconcertado com minha pergunta. Experimentei uma sensação enorme de satisfação. — Porque sou louco por você. Já tive mil namoradas, mas você é diferente.
— Eu só sou diferente porque não persigo você.
— Não! Nada disso. É porque você é doce. Linda. Você parece uma gatinha. Uma gatinha manhosa. Desde a primeira vez que te vi, soube que era diferente. Pedi um "espaço pra respirar" porque fiquei com medo do que senti por você. Muito rápido, muito forte.

Ou ele tinha lido um manual sobre como conquistar as mulheres ou estava sendo sincero.

— Por favor, me dá uma segunda chance — pediu.

— Não. — Mas eu estava enfraquecendo. Era muito bom ele estar se torturando tanto.

— Por favor.

— Não.

— Diz pelo menos que vai pensar no assunto.

Ele esperou um bom tempo pela resposta. — Tá bom, vou pensar no assunto.

19h01
Noel e Blanche chegam. Desaparecem na cozinha para trocar de roupa.

19h47
Batidas à porta.

— Provavelmente Osama.

Mas não era Osama. Era uma mulher, coberta dos pés à cabeça por um pano preto. Nem o rosto era visível.

— Oi — cumprimentei, pensando: Gente, mas o Halloween foi há duas semanas!

— Lola! Sou eu! — disse a mulher. — Ibrahim!

— Ibrahim! Que roupa é essa? Ah, entendi, você tá de burca!

— É a única roupa de mulher que tenho. Não exatamente roupa, mas joguei o pano em cima do avental do bar.

— Entra, entra.

Ele entrou, quilômetros de pano preto balançando. Cumprimentou as travecas com a cabeça, elas em seus trajes completos, recusou o drinque oferecido por Noel e olhou pra televisão, claramente ansioso pelo começo do filme.

19h54
Noel tentou persuadir Ibrahim a passar um delineador. — É kohl, tem a ver com a cultura egípcia.
   Ibrahim recusou, com firmeza.
   Coloquei o filme.

20h13
Batidas à porta.
Congelamos. O ar ficou eletrizado de medo. Se fôssemos bichos, nossos pelos estariam completamente eriçados.
   — Sobe, sobe — sussurrei. — Em silêncio.
   Quando os três sumiram, me recompus. Pigarreei. Abri a porta. Uma mulher bonita estava parada do outro lado.
   — A festa é só para convidados? — perguntou com voz rouca e sensual. — Ou qualquer garota pode entrar?
   Fiquei embasbacada. Como se fosse um robô, abri a porta, convidativa. A criatura era incrível. Alta, elegante, cabelo escuro sedoso, vestido preto de noite, luvas até os cotovelos, xale de tafetá e gargantilha Swarovski.
   Não sei definir o momento exato em que percebi que era um homem. Talvez o andar um pouco incerto no salto alto tenha sido a pista. Mas essa percepção foi simplesmente suplantada por todo aquele brilho.
   — Meu nome é Chloe — disse ela, o sorriso largo, os olhos azuis brilhando. O delineador perfeito! Melhor que o meu! Olhou rapidamente pra tevê. — *Sabia que não era um micro-ondas!*
   Como assim...?
   — Espero que você não se importe de eu chegar assim.
   — Não, não, quanto mais, melhor. — Não quis dizer isso. Noel tinha ido longe demais. — Só vou chamar as outras. Meninas, vocês podem descer agora!
   Chloe deixou as travecas envergonhadas. A beleza intocável fazia as outras parecerem operários de peruca.
   — Meu nome é Chloe. — Estendeu a mão elegante.

— Natasha — grunhiu Noel, envergonhado.

— Blanche. — Pobre Blanche, não conseguia nem olhar a outra nos olhos.

Osama apertou mais ainda sua burca e se manteve um pouco à margem do grupo.

— Lola, preciso dar uma palavrinha com você. — Noel agarrou meu braço, me levou pra longe e, com a voz irritada, falou baixinho, quase sem mexer o maxilar: — Você não disse que outra garota ia se juntar a nós hoje.

— O quê? Como assim? Eu *não* convidei essa criatura. Você está dizendo que vocês não se conhecem?

Várias sacudidelas de cabeça. Medo súbito e extremo dentro de mim. Como essa Chloe tinha vindo parar aqui? De onde ela vinha? Será que a cabana do tio Tom tinha virado o paraíso dos travestis? Será que cada vez mais travecas iam aparecer a cada sexta-feira, trazidas por forças maiores que elas mesmas? Onde ia caber todo mundo?

— Deixa eu explicar, por favor! — disse Chloe.

— Seria muito simpático da sua parte fazer isso!

— Eu vi as meninas se trocando na cozinha. Ando vendo já faz umas semanas. Queria ter certeza antes de aparecer por aqui.

— Mas, como você viu? A cozinha é nos fundos da casa. O lugar foi escolhido exatamente por ser escondido.

— Eu vi dali. — Ela inclinou a cabeça elegante na direção da casa do Rossa Considine.

— Você conhece o Rossa Considine?

Longa pausa.

— Lola — disse ela muito, muito gentilmente. — Eu *sou* Rossa Considine.

20h27

Choque elétrico. Precisei repetir as palavras para mim mesma, antes de entender completamente.

Olhei aquela mulher bonita e, quando encontrei o que estava procurando, consegui enxergar claramente Rossa Considine debaixo daquilo tudo, em algum lugar.

— Meu Deus! Você era a garota de vestido de noiva Vera Wang!

— Era só uma cópia, não um Vera Wang autêntico, mas é isso! Achei que você soubesse o tempo todo que sou cross-dresser!

— Por quê? Como eu saberia?

— Sempre que a gente se encontra, você é sarcástica.

Sou? Não sou, não. Não sou *mesmo* uma pessoa sarcástica. Mas tenho que admitir que alguma coisa no Rossa Considine me deu um impulso sarcástico...

— E você me pegou queimando várias roupas.

— O que era aquilo? — perguntei.

— Purgação.

Noel e Blanche fizeram confirmações com a cabeça e repetiram: — Purgação. — Risadas pesarosas.

— Mas o que é esse negócio de purgação, pelo amor de Deus?

— É quando a gente decide que vai desistir de fazer cross-dressing pra sempre e queima todas as coisas de mulher.

— Isso acontece com frequência?

— Ah, sim! — Gargalhada geral. — A gente sempre se arrepende! — Mais gargalhadas. — Mas não consegue evitar. A gente se odeia. Jura que não vai mais cometer esse lapso. Sempre acontece.

— Depois, eu via as meninas se aprontando toda sexta-feira na cozinha e parecia que meu sonho tinha se realizado. — Uma expressão de completa mortificação passou pelo rosto dele. — Desculpa! Devia ter esperado um convite oficial antes de aparecer sem mais nem menos. Eu me deixei levar.

— Mas você tem namorada — acusei.

Ela sorriu. — É, eu tenho namorada.

— E explora cavernas. Já vi você cheio de cordas e tudo.

— Eu sou homem. — Mais um sorriso. — E, às vezes, gosto de fazer coisas de homem.

— Thuuudo beiiin. — Alguém abrindo a minha mente.

— E, às vezes, gosto de usar coisas bonitas.

— Por exemplo?

— Você gosta do Alexander McQueen?

— Gosto!

Entramos num papo animado. Descobri que tinha muita, muita coisa em comum com Chloe — admiração por Alexander McQueen, por comida tailandesa, capas de passaporte personalizadas, plátanos, remédio para dor de cabeça, *Law and Order*...

— *Law and Order*! AMO *Law and Order* — disse eu. — Melhor programa da televisão.

— Isso! "Essas são suas histórias"...

— Ta-tá! — gritamos nós dois. (Ta-tá é o barulho das batidas do martelo no começo de cada episódio. Fiquei muito feliz de ver que Chloe sabia reproduzir esse som. Não era coisa de um fã diletante de *Law and Order*, mas de um expert.)

— Só um fã de verdade consegue reproduzir as batidinhas.

— Isso é porque SOU fã de verdade.

— Me diz o que está acontecendo — implorei. — Não vejo desde setembro.

— Por que não? Qual é a situação dessa sua tevê-micro-ondas?

— Só dá pra ver DVD.

— Então você tem que assistir a *Law and Order* comigo, na minha casa! Um fã de verdade não pode perder nenhum episódio. Quintas-feiras, dez em ponto. Marcadíssimo!

— Com você, Chloe... Ou com você, Rossa Considine?

Pausa. — Comigo, Rossa Considine. Não costumo ser Chloe durante a semana. Muito trabalho.

— Humm.

— Algum problema?

Talvez. Ela mesma tinha tocado no assunto antes. — Não sei. Quando você é Rossa Considine, a gente... — Quais seriam as palavras certas? — Parece que a gente se relaciona da maneira errada

Chloe considerou a questão. Não negou nada. Admirei sua honestidade e maturidade. — Vamos pensar nisso como uma experiência. Se não der certo, qualquer um dos dois pode dar o alerta.

— Tudo bem. Então, marcado, quinta-feira às dez eu tô lá.

As outras travecas estavam desesperadas pela atenção da Chloe, queriam ouvir suas histórias. Liberei a moça.

E quer saber? Noite maravilhosa. Discussões entusiasmadas sobre roupas. Só uma coisinha triste: Osama não parecia satisfeito. Se esforçou para prestar atenção no filme — toda hora pedia silêncio —, apesar da bagunça e da barulheira que a gente fazia.

22h13
Animada com os acontecimentos.
As travecas foram embora. Fiquei pensando nas estranhas revelações da noite, a saber: Rossa Considine se travestia. NINGUÉM diria, olhando pro cara. Quando ele é homem, parece que nem penteia o cabelo.

22h23
Mais encantamento com os acontecimentos.
Jake. Dá pra acreditar? Não é sempre assim? Na hora que você decide que não vai mais encanar com um homem, ele aparece, submisso. Decidi decidir que não vou mais encanar com o Paddy, só como experiência.

Eu me imaginei no futuro, conversando com alguém invisível. — Ah, isso, tô apaixonada pelo Jake. É, o Deus do Amor. Claro, sempre vou ter carinho pelo Paddy. Mas tenho que admitir, nunca poderia amar de verdade um homem com aquele cabelo bufante.

Agradável. Animador.

O telefone tocou, e eu saí do devaneio no susto.

Olhei pro aparelho. Reconheci o número. Encarei o visor. Me perguntei se finalmente tinha pirado de vez.

Lábios sem cor, atendi: — Lola Daly.

— Lola? É o Paddy.

Zumbido nos ouvidos. Esperança. Nunca tinha sentido tanta esperança.

— Eu... — A voz dele embargou. — Eu realmente sinto saudade de você.

— Você é uma imbecil, uma inútil e tudo isso é culpa sua. — Ele arfava em cima dela, que parecia um caramujo embaixo dele. — Repete. Eu sou uma imbecil, uma inútil e tudo isso é culpa minha, cacete.

Ele preparava a perna para outro chute. Não. Ela achava que não era capaz de suportar mais um e continuar viva. O bico da bota dele alcançou a boca do seu estômago, até as costas. Ela vomitou, vomitou, vomitou, vomitou, nada além de bile dentro do corpo.

— Repete!

— Eu sou uma imbecil, uma inútil — sussurrou, as lágrimas escorrendo pelo rosto. — E tudo isso é culpa minha.

— É sua culpa mesmo, cacete. Você não consegue fazer nada direito?

Grace

— Ah, olha aí o Paddy — disse Dee Rossini. — Preciso dar uma palavrinha com ele. Eu disse que estaríamos tomando um drinque aqui.

Por um momento, pensei que ela estivesse brincando. Nervosa, levantei os olhos. Jesus, ele estava entrando pela porta do bar, escurecendo o ambiente.

O pânico cresceu. Eu tinha que ir embora, mas estava presa; só havia uma porta, e ele estava lá. Virei a cabeça, procurando uma rota de escape. O banheiro feminino — devia existir alguma janela por onde eu pudesse fugir. Pelo menos, poderia me esconder ali até ele ir embora. — Dee, eu tenho que ir...

Mas ela já acenava, chamando: — Paddy, aqui. — E nem me escutou.

Paddy olhou em volta com seus olhos azuis destrutivos, viu Dee, depois me viu sentada ao lado dela e congelou, como um coelho iluminado pelos faróis de um carro. Durante um momento de neutralidade, me observou, antes de decidir abrir seu sorriso devastador.

Outro escândalo envolvendo Dee Rossini acabara de estourar, mas esse era bem pior que os outros: o namorado dela — é, a mulher tinha um namorado secreto, eu devia saber disso, que espécie de jornalista eu era? — vendera a história para o *Sunday Globe*, provavelmente o mais vulgar de todos os tabloides e revistas de fofocas. E era repleto de detalhes chocantes e assustadores da vida sexual do casal. De acordo com ele (o nome era Christopher Holland e dizia que vendera sua história porque estava cansado de "viver uma mentira"), Dee era "louca pela coisa". A qualquer hora, em qualquer lugar.

(A parte do "em qualquer lugar" se devia ao fato de uma vez — *uma* — terem transado no jardim dos fundos da casa). E ela tinha gostado daquele "jeitinho meio cachorro", disse ele.

A primeira página estampava a manchete, referindo-se a ela como "Dee, a Safada", mas, caso existisse o perigo de ela ser vista como promíscua, outras informações eram ainda mais pavorosas: ela só raspava as pernas de duas em duas semanas; o sutiã e a calcinha raramente combinavam; a sola dos pés era grossa e amarelada, se a esfregasse por tempo suficiente, pegariam fogo; tinha celulite na barriga. Em outras palavras, era uma mulher normal de quarenta e poucos anos.

Tomei conhecimento numa manhã de domingo, quando fui ao jornaleiro e dei de cara com a manchete, que dizia: "Dee, a Safada, e Eu." Impressionada, peguei o jornal e bastou uma passada rápida de olhos para ver que o nível de detalhes não tinha precedentes. Devem ter pagado uma fortuna ao Christopher Holland para ele contar tudo de maneira tão nojenta. Tive pena da Dee. Nunca tive pena de ninguém antes, e fiquei com vergonha de ser jornalista. Até o fato de eu conhecer o jornalista — Scott Jones, o neozelandês que namorei enquanto tentava não estar apaixonada pelo Damien — me envergonhou.

A ideia de ter que suportar uma exposição como essa me deu dor de barriga. Será que *alguém* é capaz de aguentar a honestidade de detalhes — e estou falando de honestidade de detalhes sórdidos, não de fingimentos leves — da própria vida sexual estampados na primeira página do jornal de domingo? Jesus, você não morreria?

Ainda de pé, em frente à banca, abri a primeira página e, literalmente, me encolhi. Preenchendo a folha inteira, uma montagem fotográfica em que colaram a cabeça da Dee no corpo de uma mulher flácida, de púbis cheio de pelos e roupas íntimas descombinadas. A foto fazia com que tudo ficasse mil vezes pior. De agora em diante, sempre que as pessoas pensassem na líder do Nova Irlanda, essa seria a imagem puxada dos recantos da mente.

Era um dano indizível, imensurável. Muito maior que o causado pelas histórias de "corrupção", porque, apesar de a Dee ser solteira, e tinha o direito de fazer sexo com quem bem entendesse, como seria possível vê-la cumprimentando tipos famosos na televisão e não pensar se as roupas de baixo estariam combinando?

— Isso aqui não é uma livraria — disse alguém.

Me virei rapidamente. O jornaleiro, homem de olhar direto, estava me encarando. Apontava para o *Sunday Globe.* — Você vai pagar pelo jornal?

— Vou, mas... — Eu não conseguia tirar os olhos da página por tempo bastante para enfiar a mão no bolso e tirar o dinheiro. Estava tomada pela história. Ainda lendo, peguei uns trocados no bolso e coloquei um punhado de moedas na bancada. — Fica com o troco — disse.

— Obrigado — disse ele, pegando as moedas.

Ele era bem mais simpático comigo quando eu fumava. Eu era garantia absoluta de renda, mas, desde que Damien e eu paramos de comprar cigarros, não importava quanto a gente gastava — e Deus sabe que era uma quantia considerável —, o cara provavelmente teve que se despedir da ideia da aposentadoria numa quinta em Portugal.

Continuei lendo, boba com o que estava escrito: no dia em que Dee foi indicada como ministra da Educação, "exigira" sexo quatro vezes; adorava ser dominada; não gostava de sexo oral, aparentemente achava "chato".

Ela teve dificuldade de sair dessa. Sempre parecia forte, independente; no controle da situação; agora parecia uma pessoa comum e cheia de falhas — além de péssima para julgar o caráter dos outros, já que escolhera um namorado tão desleal.

(O pior de tudo, na minha opinião, era a parte da celulite na barriga, tenho vergonha de admitir, mas isso diminuiu um pouco o brilho dela para mim — e eu *amava* aquela mulher. Imagine o efeito negativo nas pessoas mais ambivalentes!)

Desde a nossa entrevista, havíamos ficado meio amigas, porque vivíamos nos esbarrando na loja de vinhos da vizinhança e, algumas vezes, passávamos no bar ao lado para tomar um drinque rápido. Na semana anterior, até convidara a mim e ao Damien para jantar, e nos oferecera uma massa caríssima. (Nada melhor do que a comum, se você quer saber, mas, ao mesmo tempo, fiquei tocada pelo fato de ter a gente em tão alta conta.)

Fiquei de pé, do lado de fora da banca, no frio — estava gelado para meados de novembro —, e liguei para ela. — Dee, sei que você está filtrando os telefonemas, mas é Grace Gildee, e eu só queria que você soubesse...

Ela atendeu. — Você está bem? — perguntei.

— Um pouco zonza — disse ela, a voz trêmida. — Mas já passei por coisas piores.

— São uns canalhas — disse eu, com sentimento. — Você sabia de alguma coisa?

— Não fazia ideia — disse ela. — Totalmente pega de surpresa. Eu estava com Christopher na noite de sexta, e ele não disse nada. Naturalmente — acrescentou com uma risada amarga.

— Você tem meu apoio em tudo o que eu puder fazer. — Eu quis dizer tanto profissional quanto pessoalmente.

— Obrigada, Grace. Você não liga para a parte da celulite na barriga?

— Não — disse, categórica. (Qual era o mal de uma mentira branca?) — Não dou a mínima. Toda mulher tem celulite; elas vão ficar aliviadas de saber que até alguém tão fabulosa como Dee Rossini tem.

— É, mas na barriga, Grace? Não é na perna, todo mundo tem na perna. Celulite na barriga é quase tão ruim quanto nas... nas... pálpebras. Sei lá, nos olhos. A gente pode ter celulite na orelha?

— Dee, você é uma sobrevivente de violência doméstica, ajuda milhares de mulheres, montou um partido e é uma força reconhecida. Uma matéria falando de celulite na sua barriga não pode ser mais importante que todas essas vitórias.

— Ok, você está certa. — Ela respirou fundo, buscando calma. — De qualquer modo, não é grande coisa, só dá para ver se a pessoa apertar.

— Você quer que eu dê um pulo aí? — perguntei. A implicação era clara: estava me oferecendo não só como amiga, mas como jornalista. Essa seria a chance de contar sua versão da história para ouvidos amigos.

— Adoraria ver você — disse ela. — Mas é melhor não vir aqui. Vamos ao Kenny's. Não fiz nada de errado.

— Se você acha que não tem problema. — Nossa, ela era incrível. Forte como um touro. — Te encontro lá em cinco minutos.

Liguei para o Damien.

— Por que você está demorando? — perguntou. — Cadê minhas coisas?

— Estou no meio de uma matéria.

— O quê? Você não foi só comprar uns doces?

Fiz um resumo da situação. Fiquei surpresa de ele ainda não saber de nada. Damien era compulsivo por notícias, sempre checava a internet atrás das novidades. — No único dia em que fico na cama... — resmungou.

Nosso plano era o de um dia simples, na cama, lendo jornais, quietos. Nós dois estávamos frágeis. O batizado do Maximillian fora no dia anterior e o tempo despendido com a família amorosa, glamourosa e inteligentíssima do Damien tinha nos exaurido — e, na verdade, tenho que admitir, eu estava tomada de uma sensação esquisita de assombramento, quase de ameaça. Contato excessivo com a família do Damien me deixava assim.

(Ou talvez fosse só ressaca. Tomamos uma quantidade absurda de martíni na reunião depois da igreja, na casa da Christine e do Richard.)

— Vou encontrar a Dee no Kenny's — disse eu. — Depois, vou direto para a redação.

Damien grunhiu: — Que saco! E eu? E meus docinhos?

— Acho que você vai ter que se virar sem eles. Desculpa.

Jacinta Kinsella deixou um recado enquanto eu falava com Damien. Liguei de volta. Desde o começo, Jacinta tinha implicado com minha amizade com a Dee, mas hoje, quando importava, quando todos os jornais do país estariam se estapeando para falar com Dee Rossini, eu tinha acesso total e irrestrito.

— Suga a mulher — disse ela, crianças gritando como som de fundo. — E eu falo com o Poderoso Chefão sobre a primeira página.

Um jornal grande, mesmo que secundário como o *Spokesman*, normalmente não devotaria a primeira página a uma história essencialmente frívola, sobre a vida pessoal de um político, mas isso era grande demais para ser ignorado.

— Você vai para o jornal mais tarde, Jacinta?

— Eu? — Ela pareceu chocada. — Grace, você é a redatora-chefe. — Enfatizou as palavras. — Não posso ficar segurando sua mão para sempre.

— Ok, ok.

Cadela preguiçosa.

A chegada de Dee no Kenny's causou um burburinho discreto. Não estava cheio, às 12h10 de domingo, só estavam ali alguns homens com problemas com álcool.

— ... Jeitinho cachorro...

— ... Ela transou com um cachorro?...

— ... Não. *Feito* cachorro...

— ... Ela latiu?...

— ... Com certeza. E comeu chinelos, e correu atrás de um pedaço de pau. O que você acha, seu cretino...

Dee parecia bem: de jeans, camisa branca, chique, casaquinho de gola e batom vermelho sem brilho. E, se ouviu algum dos comentários, resolveu não dar atenção a eles. Era uma guerreira.

Pediu café. — Não posso ser vista bebendo nada forte, por mais que eu queira. Ok, as coisas estão assim.

Descreveu os fatos para mim: conversara com Sidney Brolly, assessor de imprensa do Nova Irlanda, e ele decretara que ela só desse uma única entrevista. Para mim. E, sim, fiquei feliz. Não desejaria a situação dela para ninguém, mas acontecera, e eu podia ajudar a minimizar os danos. Não haveria referência à celulite, nem às solas grossas dos pés, e uma parede de silêncio circundaria Christopher Holland. Dignidade silenciosa e foco nas coisas positivas sobre Dee Rossini seriam a ordem do dia.

— Vão pedir minha renúncia amanhã — disse ela, triste.

— Por quê? Porque você tem perna cabeluda?

Ela fechou os olhos. — Pela perda de confiança do povo. Por comportamento inapropriado de uma pessoa eleita para servir ao país. Basicamente, porque eu faço sexo.

— Mas você não é casada. E, pelo que sei, Christopher não é casado, é? Então, o que vocês fizeram de errado?

— Teoricamente, nada. Mas, na prática... — Ela silenciou, depois exclamou: — Ah, Grace, eu realmente não quero isso. São tão poucas mulheres na política. Você devia ver nosso novo manifesto. Temos políticas maravilhosas para as mulheres, realmente de grande alcance: queremos aumentar o tempo da licença-maternidade, um programa enorme de creches e cuidados com as crianças...

— O que aconteceria se você fosse forçada a renunciar?

— Na pior das hipóteses, o Nova Irlanda ficaria tão desacreditado por conta da minha vida sexual que os aliados seriam forçados a abrir mão da coligação. Mas eles não têm representantes suficientes para se manter no poder, então o governo se desmantelaria e o país iria às urnas agora, em vez de ano que vem. Grosso modo: a celulite da minha barriga pode derrubar o governo.

— Mas isso é um absurdo! Você não pode renunciar. Aguenta firme. E pode continuar dizendo para você mesma que não fez nada de errado.

O telefone dela tocou. Olhou o número. — É Sidney, melhor eu atender.

Ela escutou em silêncio, a expressão no rosto escurecendo aos poucos. — Se tem que ser assim — disse ela, finalmente, e desligou o celular. — Sidney quer que eu faça uma foto — disse, irritada. — Um perfil cheio de estilo para contrapor a porcaria do "ensaio" da página 3.

— Ele está certo. — Me perguntei se ela piraria com meu comentário.

Mais sofrida que raivosa, ela disse: — Não sou integrante de uma banda de rock, sou política. Não devia ter importância se eu tenho três cabeças, todas cheias de celulite, desde que eu faça direito o meu trabalho.

— Isso nunca aconteceria com um homem.

Foi então que ela disse: — Ah, olha aí o Paddy.

Lá estava ele, de terno e ombros largos, fechando a passagem da porta de entrada, me deixando com o pânico da desvantagem. Eu tinha caído da cama, não esperava um contato com o mundo exterior maior que os cinco minutos do caminho de casa até a banca — não tinha nem penteado o cabelo.

Normalmente, Damien era quem saía para comprar o jornal de domingo. A única razão de eu ter ido hoje era ele ter dito que não podia andar direito porque machucara o joelho jogando futebol na noite de sexta-feira.

Comecei a encolher enquanto Paddy abria caminho entre os homens com problemas alcoólicos, mas não queria que ele me visse vulnerável.

— Dee — disse ele, dando nela um abraço rápido. Estava tão vibrante que era como se tivesse mais força vital concentrada nele do que nas pessoas normais, como se tivesse tomado uma dose dupla.

— Obrigada por vir — disse ela. Apontou para mim. — Vocês se conhecem?

Houve um momento terrivelmente estranho. Esperei que Paddy viesse com algum lugar-comum, e ele esperou que eu fizesse o mesmo. — O que foi? — perguntou Dee.

— Claro que a gente se conhece — disse Paddy, simples. — Oi, Grace, que bom ver você.

Ele se abaixou para me dar um beijo educado. Prendi a respiração. Não queria sentir o cheiro dele.

Ele encostou os lábios no meu rosto, depois — será que imaginei? — soprou de leve. Será que ele, realmente, teve a coragem?

Os olhos dele sorriam.

O toque ficou no meu rosto, como uma coceira insuportável. Queria passar a mão, com um sorriso de desdém.

— As coisas não vão bem, Paddy — disse Dee, indo direto ao assunto.

Ele balançou a cabeça. — Isso é um elogio. Estão com medo de você. Eles estão te levando a sério.

— Eles quem? Christopher não teria coragem de fazer isso sozinho. Quem o convenceu? Está na hora de lidar com isso da maneira certa.

Apoiei a cabeça na mão, tentando levar a manga da blusa até o rosto e limpá-lo, discretamente.

Paddy me observou, movendo os olhos da minha manga até a minha bochecha.

Ele sabia.

Dee foi ao banheiro, e eu e Paddy ficamos sozinhos. Ele parecia grande demais para o banquinho onde estava sentado. Nenhum de nós abriu a boca. Ele olhou rapidamente por cima do ombro, conferiu que Dee estava fora do alcance da sua voz e disse, com ligeira urgência: — Grace, eu...

— Como vão seus planos de casamento? — interrompi.

— Grace, será que a gente não pode...

— Não — disse eu, alto demais, fazendo com que alguns bêbados se virassem. Baixei a voz: — Basta responder à minha pergunta.

Ele olhou para minha boca. — Você nunca atende as minhas ligações.

Isso era típico dele: não me ligava há semanas.

— Por que você não quer falar comigo? — perguntou. A maneira como olhava para minha boca estava me deixando desconfortável.

De repente, disse: — Eu posso sentir seu cheiro, Grace. E você sabe o que sinto?

Eu sabia o que ele ia dizer.

— Você tem cheiro de sexo.

Debaixo do suéter, um calor percorreu meu corpo. — Cala a boca — disse eu, baixinho. — Cala a boca.

— Como você quiser — disse ele, levemente. — Seu desejo é uma ordem.

— Você devia ter dito: como quer que você cheire — a removedor de tinta, a carneiro ensopado...

Ele deu de ombros, os ombros lindos naquele terno.

Me recobrei e disse: — Então, Paddy. Como vão os planos para o casamento?

— Bem, tudo bem. Mas essa é a área da Alicia, na verdade.

— Como vai a adorável *Alicia*?

— Ótima. Mas o perfil que você fez dela foi bem *estranho*, Grace. Ela ficou desapontada que você não tenha sido mais... amável.

Dei uma gargalhada curta. — Bem, a Alicia insistiu que fosse eu, o que ela esperava?

— Ela esperava que você fosse profissional. Eu também.

Olhei para ele com desprezo. — Eu *fui* profissional.

— A gente esperava que mantivesse seus sentimentos de fora.

— Eu fiz isso. — Não queria entrevistá-la, mas quando fui coagida, resolvi que a melhor maneira de lidar com a situação era fingir para mim mesma que nunca a tinha visto na vida. Mas ela não se deu ao trabalho de mascarar o triunfo e, imagino, como resultado, não consegui evitar que minha amargura escapasse. Não que eu tenha escrito nada de terrível. Só não fui muito simpática.

Cigarros pontuavam tudo; davam início às coisas e as encerravam. Sempre que me sentava para escrever um artigo, iniciava o ritual com um cigarro. Desde que tinha parado de fumar, não fora capaz de digitar nada sem uma sensação desagradável de que tinha queimado a largada, de que *ainda* não devia ter começado. E, quando terminava o trabalho, não tinha a sensação de completude, porque não tinha um cigarro ali para declarar que a tarefa estava concluída. Nas sete longas semanas desde que me tornara não fumante, estava sempre perturbada pelo peso da incompletude, por uma sensação de que eu me arrastava de um trabalho a outro, todos não propriamente finalizados.

Mas, por mais difícil que fosse, não conseguia ceder à tentação, porque, apesar de não ser supersticiosa, não era capaz de afastar o medo de que, caso voltasse a fumar, Bid morreria.

Depois de — finalmente — terminar a matéria da Dee, parei no cinema — eles têm mais variedade — e comprei um pacote de besteiras para o Damien, uma seleção de balas de morango, de gelatina e chicletes, para compensar meu abandono de domingo, num dia em que ele estava com o joelho machucado, sem nicotina e sem açúcar.

Ele estava jogado no sofá, assistindo à *Maratona da Segunda Guerra* — não era esse o nome oficial do programa, mas seja lá como for, parecia um número sem-fim de documentários sobre Nuremberg e o bombardeio a Dresden — com os joelhos esticados em cima de uma cadeira.

Tirou os olhos das imagens granuladas das tropas chegando à Normandia. — Tentei te ligar!

— Desculpe. Desliguei o telefone. Precisava me concentrar.

— Trouxe alguma coisa para mim?

Joguei o saco no colo dele. — Presente para você.

— Jura? — disse ele, o rosto se abrindo num sorriso. — Era brincadeira, você nunca me traz nada.

— Não é de estranhar, você é tão ingrato.

Ele enfiou a mão no saco. — Arrasou, Grace. Mix de porcaria! Da boa. Difícil de encontrar.

— Como está o joelho?

— Pura agonia — disse ele, a boca cheia de balas cor-de-rosa. — Será que tem gelo para colocar nele? Ei, pega. — Jogou uma bala de gelatina para mim, mergulhei e consegui pegar o doce com os dentes.

— Caramba — disse ele, claramente impressionado. — Retiro tudo o que disse.

Passou os olhos por mim e alguma coisa mudou. Olhou para mim de um jeito que não olhava talvez há muito tempo: como se quisesse transar comigo. Os sentimentos se alteraram dentro de mim, o alívio tomou o lugar da ansiedade.

— Vem aqui — disse ele, os olhos cheios de intenção, e, em vez de eu dizer para ele que não era para me dar ordens, como sempre fazia, me aproximei.

O ar estava carregado da promessa de sexo — depois, Damien interrompeu o clima — Ei, sabe-tudo, eu estava pensando, como é que está nossa noite na próxima sexta-feira?

Um alarme tocou dentro de mim. — Por quê?

— Jantar com Juno e o marido.

A frase pairou entre nós. A gente realmente podia passar sem essa.

Um mês antes, ele fora na reunião do colégio — Damien, o cara que sempre dizia ter "pena" de quem tinha esse tipo de necessidade — e, aparentemente, tivera grandes recordações com Juno, com risadinhas, olhos molhados ao falarem das brigas do tempo em que ele insistia em trabalhar e ela queria sair e badalar.

Tudo realmente inofensivo, e a única coisa que me deixava nervosa — e, não, não era o fato de eles terem sido apaixonados e casados — era que Juno fumava.

Muito, de acordo com Damien, que chegara da reunião bêbado e sentimental, cheio de lirismos sobre os quarenta cigarros por dia da Juno, relatando uma história incoerente sobre ela ter acendido um cigarro na mesa, o detector de fumaça ter sido acionado e água cair do teto e encharcar todo mundo. Além de mentir quando o gerente do hotel perguntou se ela estava fumando. Como tudo tinha sido tão engraçado que ele achou que ia passar mal...

Desde que tivemos nosso suplemento de nicotina absolutamente cortado, vínhamos sofrendo de abstinência, e, para completar, eu suspeitava que Damien me culpava: era minha tia que tinha câncer de pulmão, era minha mãe quem nos obrigava a parar.

De repente, como se fosse uma tábua de salvação, me lembrei de uma coisa. — Você não vai estar na Hungria na sexta? Cobrindo as eleições?

— Vou e volto na tarde de sexta.

Ah, droga!

— Grace, tudo bem com você? — perguntou. — Você está com uma cara...

— Está tudo bem.

Ele bateu no sofá. — Senta aqui do meu lado e come uma balinha... Posso te oferecer uma com cobertura de açúcar, ou sem.

Meu humor estava no limite, eu podia reagir de duas maneiras — como quem deixou o pão cair com a manteiga virada para cima ou para baixo —, mas resolvi sorrir. Estava sendo paranoica. E nem era meu feitio (fora quando estava de TPM e virava a Megera Domada). Revi meu dia e busquei o motivo do meu estado emocional: Paddy de Courcy.

— E, depois de você comer a dose necessária de açúcar — disse Damien —, será que posso sugerir um pouco de atividade sexual?

Ele me beijou. Com gosto artificial de morango. Depois, senti o gosto dele. Uma centelha se acendeu dentro de mim. Fui tomada por uma necessidade súbita e fiquei com vontade de corresponder à fome dele.

Damien parou e olhou dentro dos meus olhos, a safadeza do meu desejo refletida neles. — Uau — disse ele. — O que foi isso?

Ele me beijou de novo e começamos a nos pegar como adolescentes. Giros de pescoço, mudanças de direção e roupas arrancadas, uma grande indecisão sobre que peça tirar primeiro.

Ele levou a mão até o cinto, abriu-o e o membro pulou já ereto. Arranquei meu suéter e desabotoei o sutiã.

Ele tocou meus mamilos e disse: — Caramba! Meu joelho.

— Fica parado. — Qual era a melhor maneira de fazer aquilo? Porque não existia a possibilidade de não acontecer. — Eu fico em cima.

— Como as pessoas transam quando estão de gesso? — perguntou, sem ar.

— Tem gente que tem até fetiche com isso. — Levantei e tirei a parte de baixo da roupa, inclusive a calcinha. — Fetiche de terem o corpo inteiro engessado. O nome para isso é "gessólatra". Lembra? Fiz uma matéria sobre isso.

Não sabia por que estava contando essa história para ele, não tinha a menor importância.

Ele segurou meus quadris e guiou meus movimentos, para cima e para baixo. — A gente podia ter um fetiche?

— Agora? — Meus joelhos abertos entre as coxas dele. Eu arfava. — Você escolhe cada momento...

— Agora não. Um dia.

— Claro. Alguma coisa em mente? — A pontinha dele me tocava.

— Nada assim, de cara.

— Bem, então pensa. — Ele entrava em mim, eu fazia força para baixo. Resistência suficiente para aumentar o contato e a fricção. Ele gemeu. Entrando e saindo de mim. — Me fala, se tiver alguma ideia boa.

— Aonde você vai? — perguntou Damien enquanto eu saía do quarto na ponta dos pés. — Por que você não está dormindo?

— Só vou pegar um adesivo de nicotina.

Na sala às escuras, meti a mão na bolsa e liguei meu celular. Sabia que ele ligaria. Por isso deixei o aparelho desligado o dia todo. Três mensagens de voz. Encostei o telefone na orelha e ouvi. Duas eram do Damien, querendo saber onde eu estava.

Depois ouvi a voz dele. Cinco palavras diretas: — Liga para mim. Por favor.

De certa forma, os dias de bolsa verde eram os piores. Apesar de preto (negatividade constante; propensão ao desespero) ser ruim, assim como o vermelho (raiva descontrolada), pelo menos você sabia em que pé estava. Não que o bege fosse exatamente agradável — benigno, fazia com que ela se sentisse fresca e inteligente.

Mas o verde — verde era uma quantidade desconhecida. Verde nos avisava para esperar momentos sombrios, críticos, mudanças abruptas de opinião, alteração constante de metas. Num dia de bolsa verde, ela podia fazer um elogio e ser verdadeiro. Ou fazer um elogio e depois gritar: — E, se você acredita nisso, é porque ainda acredita em fadas! — O que não era nada mau quando ela gritava comigo ou com o TC — a gente aguentava —, mas tinha sido desconfortável testemunhar os gritos dela com Oscar, o filho de cinco anos, no dia do Traga seu filho para o Trabalho.

Manhã de segunda-feira e minha matéria assinada estava na primeira página do *Spokesman* — admito que dividindo espaço com Jonno Fido, de hardnews, mas isso não tirava o mérito da matéria. Ter o nome na primeira página era como ter batido um recorde. Obviamente, os jornalistas sérios eram os astros de rock do jornal — qualquer um da velha guarda os colocaria nos melhores lugares. Mas, com articulistas como eu, isso acontecia com pouca frequência, o que fazia da experiência algo mais satisfatório ainda.

E mais, um perfil extenso de duas páginas, 2 e 3, da Dee. E na página 5, uma crônica intitulada "Jamais Aconteceria com Um Homem".

TC me observou enquanto eu caminhava até minha mesa. — O *Spokesman*, por Grace Gildee — disse ele.

— Você é a bola da vez — observou Lorraine. — Jacinta vai ficar contente por você.

Todos rimos diante da improbabilidade do comentário, mas nada me derrubaria. Eu estava apaixonada pelo meu trabalho. Estava excitada com tudo — o som dos telefones tocando, das chaves balançando, das conversas. Estava tão envolvida que me convenci de estar mesmo escutando o zumbido do sangue correndo nas minhas veias.

— Qual é a cor da bolsa? — perguntou TC.

— A gente vai apostar dinheiro? — perguntou Lorraine. — Ou é só para se divertir?

— Só diversão.

— Verde — disse Lorraine.

— Verde — concordou Tara.

— Amarela, não? — Minha piadinha. Amarelo, sorvete, às vezes até vaca preta.

— Preta — disse Clare.

— Ah, não — disse TC. — Não, não. Ela é chefe dos articulistas. Grace se sair bem é bom para o império dela.

— Mas ela morre quando tem que admitir o sucesso de alguém, mesmo que seja da equipe dela — disse Clare. — Não estou dizendo que seja má pessoa...

— *Agora* você diz isso — disse Tara. — Mas você ia gostar de se ouvir no Dinnegans, numa sexta-feira, depois de três vodcas.

— Eu aposto na verde — disse Lorraine.

— Eu também — Tara.

— Me inclua nessa — TC.

— Fico com a preta — disse Clare.

— Acho que vocês estão sendo muito tolos — disse Joanne. — É só uma bolsa.

Todo mundo pareceu se afastar um pouco da Joanne. Ela, realmente, nunca tinha se encaixado.

*

Para: gracegildee@spokesman.ie
De: pattilavezzo@oraclepr.com
Assunto: Entrevista com Madonna

Favor encaminhar descrição detalhada do público leitor do *Spokesman*. Também número de circulação dos últimos meses.

A RP da Madonna já havia pedido amostras do meu trabalho. Depois, pediu mais coisas. Tive que escrever um ensaio sobre o porquê de eu amar a Madonna. Se ela estava agora pedindo números de circulação do jornal, eu devo ter me saído bem. Isso parecia positivo. Deus! Fui tomada por um misto de terror e êxtase. E se acontecesse? E se realmente acontecesse? Eu conheceria a Madonna. Estou falando da Madonna!

* * *

— Lá vem a Jacinta — sussurrou TC.

— Não estou conseguindo ver a bolsa, a máquina de xerox está na frente.

— E ela está com um casaco por cima.

— Acho que é verde.

— Não, é preta.

— Não, é verde.

Era verde.

— Muito boa a matéria sobre Dee Rossini — disse Jacinta, animada.

Esperei em silêncio pela espetada.

— O gato comeu sua língua? — perguntou ela.

— Não.

— E o que foi que aconteceu com o "muito obrigada"?

— Muito obrigada.

Segui Jacinta até sua sala.

— Você não pode achar que vai descansar nos louros da matéria de hoje. Você é tão boa quanto sua próxima matéria. Alguma coisa para mim?

— Romances nas festas de Natal dos escritórios...

— Mas ainda é novembro!

— A média de gastos com presentes de Natal...

— Não!

— Os desabrigados no Natal.

— É pra cima?

— ... Não. Eles são desabrigados.

— Ainda estamos em 17 de novembro. Não! Foi isso que eu quis dizer — resmungou ela. Seus olhos passaram por mim e, seja lá o que tenha visto, fez com que ela paralisasse, como se tivesse virado uma estátua de sal.

Olhei para trás. Lá estava Casey Kaplan, black jeans skinny e cabelo despenteado.

— O que você está fazendo aqui? — Jacinta tremia de emoções misturadas.

— Eu trabalho aqui. — Sorriu, seguro.

— Pensei que você fosse alérgico à luz do dia. A gente nunca teve o prazer da sua companhia a essa hora da manhã.

Casey trazia consigo uma aura de cigarro, bebida e bons momentos. Obviamente tinha vindo direto de uma festa ou de uma boate.

Quando o cheiro da esbórnia e do tabaco se espalhou pelo ambiente e alcançou Jacinta, ela se levantou de pronto. — Para trás! — Sacudiu os braços. — Você está fedorento!

— Dormiu de calça jeans essa noite, Jacinta? — Casey riu e se afastou.

— Valeu, Casey — resmungou TC. — Isso, definitivamente, vai acalmar a Jacinta.

Nos fundos da sala, ouvi Casey dizer: — Bom dia, Rose. Coleman está aí?

— Está — respondeu, nervosa. Era assistente pessoal do Poderoso Chefão e guardiã da porta do chefe. — Mas ele não quer ser perturbado.

— Tudo bem. Ele acabou de me mandar uma mensagem de texto. Está me esperando.

Meu telefone tocou. Era o número da casa dos meus pais. Não sabia como isso acontecia, mas, toda vez que ligavam, parecia que o toque era mais urgente que o normal. Eles sempre conseguiam chamar minha atenção.

— É o Bingo — disse papai.

— Pelo amor do santo Cristo.

— Ele foi parar em Gales.

— Gales? O País de Gales? Do outro lado do oceano? Como?

— Ele pegou a barca.

— Como?

— A gente acha que chegou no terminal e conseguiu embarcar junto com todo mundo. E desembarcou com os passageiros também. Um cidadão o encontrou, no meio da rua, indo na direção de Caernarvon, e ligou para o número na coleira dele.

— Ninguém pediu para ver a passagem quando ele embarcou?

— A gente acha que ele se juntou a uma família, se passou por membro do grupo e foi englobado no cartão de embarque deles.

Fiquei em silêncio. Era um cão a ser admirado. Deviam mudar o nome dele para Marco Polo.

— A barca rápida sai de Dun Laoghaire às quatro — meu pai disse. — São só noventa minutos até Holyhead. Pelo menos, é o que dizem. Aposto que isso é coisa dos soviéticos para estimular as pessoas a viajarem de barca. Apostaria dinheiro até — se tivesse — que, na verdade, erros humanos, ineficiências, condições climáticas etc. aumentam esse tempo indefinidamente.

— Boa viagem.

— Para *quem*?

— Você. Para mamãe. Para Bid. Seja lá quem for.

— Mas você não vai...?

— Eu. Estou. Trabalhando. Você. Está. Aposentado. Ele. É. Seu. Cachorro.

— Você. É. Nossa. Filha. Nós. Somos. Velhos. E. Pobres.

— Eu. Vou. Pagar. Sua. Barca. Tchau.

O telefone tocou. Papai novamente.

— Que foi agora? — perguntei.

— Quantas pessoas?

— Quantas pessoas o quê?

— Para quantas pessoas você vai pagar a viagem? Só para mim ou para nós três?

— Três, claro; todas as despesas.

Ele tapou o bocal com a mão e falou, animado: — Pode ir todo mundo.

Gritos agudos da mamãe e da Bid. Pobrezinhas. Como é fácil agradá-las. Principalmente a Bid, estando tão doente.

Depois, papai voltou ao telefone. — Você tem bom coração, Grace. Como o Damien, você pode ser meio grossa — nisso, vocês são um par perfeito —, mas existe bondade embaixo de tudo.

* * *

Quando o telefone tocou de novo, atendi por engano. Esperava que fosse o papai mais uma vez, perguntando se eles poderiam ter um dinheirinho para lancharem chá com sanduíche na barca.

— Grace Gildee, por favor.

Não! Erro fatal! Nunca atenda ao telefone se não sabe quem está ligando! Agora, eu teria que ter uma conversa longa e pegajosa com um RP, enquanto tentava me empurrar a matéria sobre seja lá qual for o livro/equipamento/evento de caridade que esteja representando.

— Quem fala?

— Susan Singer.

— Da parte de quem?

— Da minha mãe. Eu e minha irmã, Nicola, nossa mãe, a Sra. Singer? Você veio na nossa casa em setembro e falou com ela sobre a biópsia, lembra? Depois mandou a foto de nós três.

— Isso, claro!

— Ela morreu. Ontem à noite.

— Meu Deus! Isso é muito triste! Meus pêsames.

— Achei que você deveria... saber. Você foi legal naquele dia, e mandou a foto. Ela emoldurou. O enterro é amanhã de manhã.

— Eu vou. Obrigada por me avisar.

Eu ia ao Chomps comprar meu almoço (eram 11h10, mas não podia esperar mais) e, logo antes de as portas se fecharem, Casey Kaplan entrou correndo.

— Me fala... É verdade o que a Jacinta disse? Eu estou fedendo?

— Está.

— Fedendo a quê?

Cheirei o ar e pensei um segundo. — Libertinagem.

Ele pareceu satisfeito. — Mandou bem na matéria sobre Dee Rossini, Grace, você fez um perfil de arrasar.

As portas se abriram novamente e a gente entrou no lobby. — Mas e o Chris? Quem poderia imaginar o que ele andava planejando? — acrescentou, pensativo. — Sempre achei que era um cara bacana.

— Chris?

— Christopher Holland. Namorado da Dee.
— *Você conhece o cara?* — Minha voz estava aguda e angustiada. Ele encolheu os ombros, como quem diz "e daí"? — Conheço.
— Você sabia que ele era namorado dela? — Ninguém mais no mundo sabia que ela *tinha* um namorado.
— Sabia. Sempre achei que era um cara legal. Mas — suspirou, pesaroso — o *Globe* ofereceu uma grana alta e, aposto que com as dívidas de jogo que ele tinha, foi demais para resistir. Como se diz por aí, o dinheiro tem voz própria...

Já tinha ouvido o suficiente. Não aguentava mais ele se exibindo. Abandonei o cara no meio da conversa, fui em direção à porta, vigiada pelo Yusuf e o Sr. Farrell, que se acotovelavam animadamente.

Estava tudo no noticiário da noite.

Naquela manhã, na câmara, o líder dos Cristãos Progressistas, Brian "Calhambeque" Brady (ele era dono de um império de carros usados; os políticos irlandeses incentivavam apelidos para que os caras parecessem "homens do povo"), se levantou e disse: — Se fosse dar algum conselho à minha honrada amiga, líder do Nova Irlanda... — Depois voltou a sentar-se e pegou um objeto cor-de-rosa. As cabeças se espicharam para ver melhor, e gargalhadas encheram o ar, assim que entenderam do que se tratava.

— Este objeto — Levantou o que tinha na mão e a gargalhada tomou conta — é uma gilete feminina. — Leu a embalagem. — Aqui diz que o uso correto garante "pernas lisas e sedosas".

Os presentes urraram de animação. Pareciam macacos numa festa.

Com uma mesura afetada, Calhambeque disse: — Oferecemos isso a você, ministra Rossini, um presente dos Cristãos Progressistas, na esperança de que lhe seja útil.

— Foi nojento. — Damien estava lá como jornalista. — Brincadeira de mau gosto, de criança. E não parou por aí.

O líder do Partido Trabalhista se levantou. — Esse foi um golpe baixo do líder dos Cristãos Progressistas — disse. — O Partido

Trabalhista gostaria de oferecer apoio à Srta. Rossini. Através de algo útil. — Tirou uma coisa de dentro do bolso.
— O quê? — perguntei a Damien.
— Lixa de pés.
Até o Partido Verde ofereceu um vidro de óleo de lavanda contra celulite.
— Nada do Partido dos Trabalhadores Socialistas — comentei, tocada pelo cuidado deles e me perguntando se deveria votar na legenda nas próximas eleições.
— Provavelmente porque não tinham grana — disse Damien. — Se tivessem conseguido levantar dinheiro para um creme para os pés, com certeza teriam feito o mesmo.
Dee ficou com os olhos cheios d'água, mas aguentou firme de algum modo, até conseguiu sorrir, e o resultado foi que o governo sobreviveu.
— Mas é a última chance dela — disse Damien. — Mais um barraco e ela está fora. E, se ela cair, os aliados da coligação também caem. O que significa que o governo cai. Quantos pares de meia eu preciso levar?
— Quantas noites você vai ficar?
— Terça, quarta, quinta. Três.
— Então, de quantos pares você precisa?
— Três.
— Excelente. Pega! — Joguei três pares de meia para ele. Damien, graciosamente, pegou cada um deles com uma única mão e enfiou tudo na mala.
— Pobre Dee — lamentou.
— Quem está fazendo isso com ela? — perguntei.
— Os Cristãos Progressistas, é óbvio. São os únicos que se beneficiam.
— Mas você sabe dizer os nomes? Tipo, é o Calhambeque? Isso está vindo de cima, ou não?
— Não sei.
— Mas, se você soubesse, não me contaria.
— Eu não poderia. — Ele tinha que proteger sua fonte.
— Por que estão pegando no pé da Dee, especificamente?

— Porque já tentaram um golpe direto no Partido Nacionalista, com a história dos "empréstimos" do Teddy.

O líder do Partido Nacionalista da Irlanda fora flagrado ao aceitar "empréstimos" pessoais na casa das dezenas de milhares, "empréstimos" de uma década que nunca foram pagos. Mas aguentou firme e, simplesmente, se recusou a sair.

— Os Nacionalistas e o Teddy têm blindagem. A única maneira de ataque da oposição é bater no partido aliado. E, contrariamente ao resto deles, a Dee é honrada. Se for muito pressionada, acaba renunciando. Será que está muito frio na Hungria?

— Você acha que sou o quê? A moça do Canal do Tempo?

Ele balançou a cabeça, quase orgulhoso. — Você é tão irritável.

Nós dois rimos com o comentário. — Você me ensinou tudo o que sei — disse eu. — É novembro. Pode deixar os shorts em casa.

— ... Meu Deus, Grace, olha. — Ele estava olhando para a televisão.

Um caminhão enorme, com um carregamento de cigarros, tinha sido sequestrado. Dois ladrões enxotaram o motorista e aceleraram, em direção ao norte, sem dúvida às gargalhadas.

— Podia ter sido a gente — disse Damien, a expressão nítida de alguém louco para fumar. — Um carregamento inteiro. Depois de ter certeza de que não estávamos mais sendo seguidos por ninguém, a gente podia parar no acostamento, entrar na caçamba e fumar até enjoar.

— A gente ia poder abrir centenas de pacotes... — gemi.

— ... e jogar milhares de cigarros para o alto, deixar chover cigarros em cima da gente...

— ... acender um monte e fumar só a metade de cada um...

— ... ou então fumar seis de uma vez só...

— ... e transar doidões de nicotina, em cima de uma cama cheia de cigarros. Meu Deus... — Parei de falar e suspirei.

Ele também suspirou e, resignado, voltou a fazer a mala. Me lembrei de *A Pequena Vendedora de Fósforos*, do momento em que a chama se apaga e as visões maravilhosas desaparecem.

* * *

Coloquei um suprimento emergencial de doces na mala dele e, por um momento, pensei em acrescentar um bilhete dizendo "Te amo". Mas isso estava tão fora das minhas características que achei que ele podia se assustar.

— Caridade.

— Não! — dizia Jacinta automaticamente, agora já não importava o que eu estivesse sugerindo. — Você ficou tão... *do bem*. Com essas histórias de mulheres que sofreram abuso e gente que não tem onde morar e, agora, esse negócio de caridade.

— Três ou quatro perfis de diferentes faces da caridade — continuei insistindo, como se ela estivesse completamente entusiasmada. — A mulher da alta sociedade que vai a todos os eventos de levantamento de fundos; o administrador que controla os fundos para países em desenvolvimento; o indivíduo que larga o trabalho por seis meses para alimentar os pobres, por pura compaixão.

Ela gostou. Ganhei Jacinta com "mulher da alta sociedade".

— Ei, Declan, quem é a rainha da caridade do momento? — perguntou.

Declan O'Dal (sempre se dá mal) olhou para nós. — Rosalind Croft. Mulher do Maxwell Croft.

— Isso eu sabia — sussurrou Jacinta, triunfante. — Vou passar um dia com ela, seguir cada passo que ela der. Ouvi dizer que é muito generosa. Quem sabe não me dá uma bolsa? Marca tudo, Grace.

— E eu fico com os chatos?

— Isso, você vai se divertir com o fofo do coração de ouro que passa as férias na África. Vocês dois podem reclamar em conjunto da globalização. Você vai adorar! E vê se encontra alguém que não seja feio demais para uma foto.

— E o administrador?

— Se quiser, pode mandar o TC. Ou você mesma pode fazer a matéria. Mas vê se arruma alguém de boa aparência. Onde você vai?

— Um enterro.

* * *

A igreja estava lotada e sombria. As duas filhas, Susan e Nicola, se viam bem em seus casacos pretos e sapatos formais, sentadas na fileira da frente, ao lado de um homem pálido que supus ser o pai delas. Minha cabeça doía de lágrimas não derramadas.

O Sr. Singer fez um discurso de grande ternura sobre a esposa. Então Susan e Nicola subiram e disseram palavras formais de adeus à mãe, e foi tão triste que pensei que meu crânio ia explodir de tanta pressão. Era lamentável que o perfil da Sra. Singer nunca tivesse sido publicado. Não a teria curado, não teria mudado seu destino, mas talvez fizesse as meninas se sentirem um pouquinho melhor.

— Agora a gente levanta — sussurrou o velho ao meu lado. Ele tinha tomado para si o dever de me guiar uma vez que eu não conhecia a sequência sentar/levantar/ajoelhar das missas.

O som dos sapatos batendo no chão de madeira ecoou pela igreja enquanto todos nós ficávamos de pé e, no espaço entre os corpos em movimento, eu avistei, a diversas fileiras à minha frente, os inquestionáveis ombros de Paddy. Mas não podia ser ele. O que estaria fazendo aqui?

Uma fileira de costas me encarava e eu não podia ver nada, até que o velho sussurrou: — Agora ajoelhamos.

A congregação caiu de joelhos e eu me mantive de pé tempo suficiente para confirmar que, definitivamente, era ele.

— Ajoelha, ajoelha! — disse o velho. — Abaixa logo!

Caí de joelhos antes que o velho tivesse uma apoplexia.

O que o Paddy estaria fazendo aqui com os Singer? Como ele os conhecia? Então, caiu a ficha: aquele era seu eleitorado. Políticos sempre davam as caras nos funerais do seu eleitorado, num esforço de convencer os eleitores a pensarem que são humanos.

Do lado de fora da igreja, eu o observei, com seu sobretudo, sua altura e seu carisma, abaixando-se para oferecer palavras de solidariedade às meninas. Me lembro da Sra. Singer dizer que elas tinham entre catorze e quinze anos — mais ou menos a idade que Paddy tinha quando sua mãe morreu.

Dava para ver que, ainda que a mãe delas estivesse morta, era uma emoção que o famoso Paddy de Courcy tivesse comparecido ao funeral.

Pobres meninas-mulheres, privadas do convívio da mãe em uma idade tão vulnerável. Ao menos, pareciam ter um pai amoroso. Diferente de Paddy.

— Meu Deus... — Marnie parou, como se tivesse deparado com um campo magnético.

Era uma noite clara de junho, noite anterior à prova final de história. Mamãe e papai impuseram que eu e a Marnie fôssemos com eles ao píer de Dun Laoghaire, na esperança de que o ar fresco do lugar histórico nos desse um empurrão na prova do dia seguinte.

O lugar estava movimentado; as noites ensolaradas eram convidativas e várias outras famílias tiveram a mesma ideia da mamãe.

— O Plano Marshall foi criado para ajudar, mas foi um plano pérfido para... — Papai nos "ajudava" a revisar a matéria. Ele parou e olhou para Marnie, um pouco atrás. — Por que você parou, Marnie? O que foi?

— Nada. — O rosto dela ficou subitamente pálido.

— Como nada? Você não pode dizer só isso. Acha que vai desmaiar?

— Não olha — murmurou ela. — Não fala nada, mas o pai do Paddy está ali.

— Onde? — Mamãe e papai avistaram bebuns em bancos, aproveitando os últimos raios de sol.

— Ali, mas, pelo amor de Deus, não olhem! — Marnie indicou um homem alto, cabelo grisalho, camisa vermelha sem uma dobra e calça comprida combinando. Podia ser um oficial do exército.

— *Ele?* — A figura respeitosa, quase militar, não era o que minha mãe e meu pai esperavam. Sabiam da presença pífia do Sr. De Courcy na vida do filho, mas como Paddy nunca entrava em detalhes, chegaram à conclusão de que tinha problemas com bebida.

Marnie ficou atrás de mim. — Não quero que ele me veja.

— Ele me parece do bem — disse minha mãe.

— Você quer dizer que ele parece sóbrio — disse Marnie.

— Não! — Minha mãe ficou ferida. — Desde quando eu gosto de gente sóbria?

— Parece que ele é do exército. É mesmo? — perguntou papai.

Marnie balançou a cabeça em negativa.

Satisfeito por ele não confraternizar com fascistas, meu pai puxou minha mãe pelo cotovelo. — A gente devia se apresentar.

— Não. Por favor! — disse Marnie. Afastou os dois.

— Por que não? O filho dele e nossa filha andam "se curtindo" durante o último ano. É educado.

— Você não entende, espera. — Ela nos encurralou. — Não olha! Não quero que ele perceba que vocês estão olhando!

Espiamos discretamente o Sr. De Courcy.

— O que foi? — perguntou papai. — Parece que ele está carregando um microfone. Ele canta?

Marnie fez uma pausa, depois disse: — É, às vezes, eu acho.

— Então, é cantor — disse mamãe. Ela gostava de cantores, músicos, gente das artes, basicamente qualquer um que não tivesse renda regular. — Paddy nunca falou nada.

— Ele não é cantor.

Marnie tinha me contado coisas sobre o Sr. De Courcy, mas me ameaçou, dizendo que se eu deixasse escapar uma palavra, ela contaria para todo mundo que eu ainda era virgem. (A morte, quase aos dezoito anos.)

Entendi por que ela protegia tanto o Paddy. Marnie e eu tínhamos vergonha dos nossos pais: papai e seu comunismo; mamãe e seus interesses literários e sua necessidade de fazer o bem. Mas o pai do Paddy era de um time bem diferente.

Pessoalmente, era eletrizante finalmente ver o homem de quem eu ouvira falar tanto. Tinha o maxilar pronunciado, sempre em movimento, como se ruminasse batatas cruas com os dentes de trás. A pele era delicada e lisa, como se tivesse feito a barba três ou quatro vezes, só para dar uma lição no próprio rosto. Os olhos tinham o mesmo azul dos de Paddy, mas os dele eram um pouco mais vidrados.

— Ele tira os olhos para polir — disse Marnie, lendo a minha mente. — Vamos voltar? A gente já andou à beça.

— Vamos lá só cumprimentar.

— Não, mãe. Você não vai gostar dele.

— Você não pode afirmar isso — disse papai.

— A gente gosta de todo mundo — insistiu mamãe. — Olha, ele está ligando o microfone. Deve estar na hora de cantar.

— Ele não é desses que passam o chapéu — falou Marnie, desesperada.

— Silêncio, vamos ouvir o homem — disse papai, olhando na direção do Sr. De Courcy, cheio de expectativa.

O que será que meu pai esperava? Piadas? Baladas? Cover do Sinatra?

Era a última coisa que ele podia imaginar.

O Sr. De Courcy trincou os dentes umas nove ou dez vezes, segurou o microfone com força até que os nós dos dedos ficassem brancos em frente à boca e latiu: — Agora, ouçam isso! Deus ama tanto o mundo que mandou Seu único filho para nos salvar. Seu único filho. Para salvar a nós, terríveis pecadores. Sim, você, mulher de casaco de pele, e você, senhor, logo atrás. Somos gratos? *Você é grato?* — perguntou a um rapaz assustado. — Não, certamente não é. Como pagamos Seu ato de grande sacrifício? Pecando. Pecados da carne. Luxúria! Ganância, gula, raiva, inveja, mas, acima de tudo, luxúria!

Homens passeando com seus cães, jovens mães empurrando o carrinho de seus bebês, famílias aproveitando os últimos raios de sol — a investida acometeu a todos. Pareciam surpresos, alarmados, por vezes ofendidos. Aquele discurso sobre Deus era pouco comum. A Irlanda tinha canais oficiais para esse tipo de coisa — um exército de padres que gerenciava um circuito fechado.

Mamãe e papai estavam grudados no chão. Expressão tão radiante de choque que pareciam convertidos.

— A gente pode ir embora? — implorou Marnie, puxando mamãe pelo cotovelo. — Tenho medo de ele me ver e ficar gritando sobre a luxúria.

— Claro, claro. — Protetores, mamãe e papai nos encaminharam às pressas para casa e, finalmente, a voz do Sr. De Courcy desapareceu. Talvez fosse a curva do píer na direção do vento, mas quando estávamos quase no final, Marnie sussurrou: — Ele está cantando agora.

Ativamos os ouvidos e escutamos — claramente — a música trazida pelo vento: "She's just a devil woman, with evil on her mind" ("Ela é apenas uma mulher endiabrada, com o mal na mente"). Ele cantava de um jeito pesado, como se fosse um canto fúnebre, tirou todo o frescor da música. "Beware the devil woman, she's going to get you from behiiiiind" ("Cuidado com a mulher endiabrada, ela vai te pegar por tráááás").

Papai olhou na direção do barulho. — Que tragédia! — disse ele.

— Tenho que admitir que estava esperando um bêbado desocupado — disse mamãe. — Se pelo menos fosse isso.

— Mas ele é um desocupado — disse Marnie. — Foi despedido do emprego e não tentou arrumar outro. Não ganha dinheiro nenhum. Isso é tudo o que ele faz agora.

— Pobre Paddy. E a mãe já morreu. Não tem ninguém para tomar conta dele.

— Pobre Paddy.
— Pobre Paddy.
— Pobre Paddy.

— Damien! Damien Stapleton! Gostosão, eu estou aqui!
— Ah, olha você aí.

Uma mulher numa mesa distante estava de pé, acenando: alta, peituda, loura, falando alto; o tipo que grita cumprimentos a quilômetros de distância.

— Aquela é a *Juno*?

— É ela — disse ele, animado, segurando minha mão, me puxando, apressado, pelo restaurante. — Não se preocupe. Vocês são parecidas. Vão se dar bem.

Ela não era o que eu esperava, o que me deixou muito ansiosa. Detesto ter meus preconceitos anulados. A imagem que eu pintava da Juno era a de uma mulher que sai para almoçar, que veste branco e sofre de osteoporose precoce. O que quero dizer é: ela era RP da Browning and Eagle. Quem pode me culpar? Mas ela era divertida e amorosa, vestia jeans e uma camiseta de rúgbi, a gola levantada. Muitas coisas me irritam — sou a primeira a admitir que sou profundamente intolerante —, mas camisetas de rúgbi com a gola levantada fazem a raiva borbulhar dentro de mim como uma fumaça negra e tóxica.

— Ainda o homem mais atrasado da Irlanda — reclamou ela e deu um selinho, para minha surpresa, na boca do Damien.

— Culpa da Grace — disse ele. — Ela ficou presa no trabalho. Muito obrigada, seu canalha desleal.

— Terremoto no Paquistão — disse eu. — Muitas mulheres e crianças morreram. Que descuido da parte delas, morrer assim, numa sexta-feira, na hora em que estou saindo para jantar. Hahaha — acrescentei numa tentativa inútil de parecer bem-humorada.

— Trabalho — exclamou Juno. — Melhor desistir disso, é o que eu digo. A gente manda os homens para a rua e fica em casa gastando o dinheiro que eles ganham!

Ela estava tentando ser amigável — mesmo chocada como eu estava, conseguia enxergar isso — e essa era minha chance de demonstrar amabilidade, respondendo: isso, homens, canalhas preguiçosos! Somos boas demais para eles. Eles precisam aprender a não jogar as meias sujas no chão do quarto!

Mas não consegui.

Olhei para a cadeira vazia ao lado dela. — E cadê o *seu* marido?

— Sabe Deus — disse ela, jogando a cabeça para trás.

— ... Como assim?

— Numa comemoração da empresa em Curragh. Num barzinho qualquer. Passou a tarde inteira lá. Acabou de me ligar. — Ela mostrou o celular. — Bêbado demais para dirigir. Talvez venha mais tarde, sabe-se lá em que estado. Ele está ferrado comigo, perdeu dois mil apostando em cavalos. Se eu não ganhar uma joia incrível como pedido de desculpas, adivinha quem vai dormir no quarto de hóspedes durante um mês? — Ela caiu na gargalhada... e Damien também.

O marido dela não vinha?

Eu não queria esse jantar. Naqueles dias sem nicotina era uma complicação desnecessária. Mas um evento incluindo a minha presença e a do marido de Juno me pareceu uma proposta benigna. Agora tudo tinha mudado e eu sabia que passaria as próximas quatro horas como uma alga, enquanto Damien e Juno brincavam de *Você se lembra daquela época...*

E por que Juno marcou um jantar no dia em que Miles estaria numa comemoração?

E por que não pediu desculpas?

Isso não era... grosseiro?

Eu, de repente, fiquei toda cheia de educação.

O garçom apareceu: — Um aperitivo?

— Uma pint de Guinness — pediu Damien.

— Duas — disse Juno.

Ela bebia pints? Vou dizer uma coisa, era uma novidade me sentir tão feminina e puritana.

— Você e suas pints — disse Damien, alegrinho. — Estou tendo flashbacks da nossa juventude mal aproveitada. Lembra? Quando a gente não tinha grana e precisava fazer os drinques durarem o máximo possível.

— Verdade — disse eu. — Me lembro de fazer o mesmo. E a coisa mais barata que dava para beber era...

— Grace — Damien indicou o garçom. — Vai beber alguma coisa?

— Desculpa. — Eu tentava tão desesperadamente me encaixar na conversa que esqueci que ele ainda estava ali. — Gim-tônica, por favor.

— Grande?

— Ah, e por que não?

— Vou dar uma saída para uma dose rápida de câncer. Não posso tentar vocês... — Juno sorriu para Damien.

Ele balançou a cabeça violentamente.

— Como vocês andam, depois que pararam de fumar?

— Bem — disse eu, ao mesmo tempo que Damien falou:

— Estamos quase nos matando.

— Não, não é verdade.

— É sim. A gente não está nada bem, mesmo — insistiu.

— Não?

— Não. A gente não está.

— Está sim!

— Não está.

— Está!

— Não está!

Juno nos mostrou o maço de Marlboro, como se fosse um distintivo do FBI. — Detesto interromper — disse ela, com brilho nos olhos —, mas vou ali fora enquanto vocês se acertam.

— Por que você disse que ela era parecida comigo? — perguntei, irritada dentro do táxi, na volta para casa.

— Porque ela é independente. Ela é o que ela é. Que nem você.

— Que nem eu! A gente não tem nada em comum. Ela não trabalha.

— Ela tem dois filhos.

— E tem babá! E joga hóquei. Anda a cavalo. Ela diz: "Vamos ficar pelados, galera!" (Era a piada de alguma história sem sentido de um dia de orgia e álcool na piscina). Ela é um bofe de saia.

— Ela é divertida.

Ela não era.

— Se você não gostou dela — disse ele —, não precisam se encontrar de novo.

— Mas você vai, não vai?

— Talvez...

— Ah, Damien, ela é sua *ex-mulher*.

— Mas isso não tem nada a ver, isso tem mil anos.

— *Nem começa* a sair com ela — disse eu, bêbada e infantil. — Não seja tão *malvado*.

— Qual é o problema? Eu te amo. Estou com você.

— Como você é teimoso — murmurei para dentro. — Só está fazendo isso para ser do contra.

— Não, não. — Ele estava sendo irritantemente razoável. — A Juno faz parte do meu passado, e estou feliz da gente ter voltado a se falar.

— Mas...

Então, me lembrei de outra conversa que tivemos, não fazia muito tempo, e com o espírito briguento de uma pessoa bêbada que sabe que perdeu a parada, mas não suporta admitir, eu disse: — Dane-se, tudo bem, tudo bem, pode fazer do seu jeito. Vamos todos ser amigos da querida Juno.

Eram 6h58 quando o telefone tocou.

Eu já estava acordada. De qualquer maneira, devia ser importante. Outro tsunami? Quando alguma coisa dessa magnitude acontece, somos todos chamados para trabalhar imediatamente.

— Estou indo para o hospital! — Era Jacinta. — O Oscar está com apendicite!

— ... Certo.

— Desastre natural? — perguntou Damien, sonado.

— Fica calma, Jacinta — disse eu.

— Jacinta — murmurou ele. — Eu devia ter adivinhado.

— Ninguém morre de apêndice perfurado hoje em dia — disse eu. — Vai ficar tudo bem com ele.

— Não, você não entende! Hoje é meu dia de entrevistar a Rosalind Croft, e vou ficar presa ao lado da cama do Oscar. Ele tinha que escolher logo o dia de hoje! Nunca tenha filhos, Grace, eles são *profundamente* egoístas...

— A gente não vai publicar a matéria até sexta-feira. Você pode mudar a entrevista para amanhã ou quinta.

— Não, não! A agenda dela é lotada, tem que ser hoje. Hoje! Você vai ter que ir no meu lugar.

— Ok.

— Ok? É só isso que você tem para dizer? Não ficou feliz?

— ... Ah...

— Se ela te der alguma coisa, por exemplo, uma echarpe ou... *qualquer coisa*, você entrega diretamente para mim.

Estacionaram o carro para mim. Uma *casa* com serviço de manobrista. Um tipo de terno e gravata me acompanhou até um quarto de vestir maior que minha casa inteira, onde a Sra. Croft estava secando o cabelo. Já estava toda maquiada. Era difícil dizer exatamente a idade dela — talvez quarenta e cinco?

Esperei não gostar dela. Eu era mais do que crítica quanto às mulheres da alta sociedade que faziam trabalhos beneficentes. Suspeitava que era só uma desculpa para usarem milhares de vestidos. Mas ela apertou minha mão e deu um sorriso muito amigável, que me pareceu verdadeiro.

— Você vai passar o dia atrás de mim, Grace? Tomara que não fique completamente entediada.

Eu duvidava, sinceramente. Por mais que eu desaprovasse os super-ricos, era vergonhosamente fascinada pelo estilo de vida deles.

Pessoas entravam e saíam do quarto o tempo todo, traziam mensagens telefônicas, cardápios a serem aprovados, documentos a serem assinados. A Sra. Croft gostava de falar e era agradável com todos. Talvez só porque eu estava lá.

Uma nigeriana incrivelmente bonita, chamada Nkechi, andava por ali, separando roupas, revirando cabides e dizendo desaforos para outra nigeriana, chamada Abibi. — Eu disse MaxMara, MaxMara. Por que você está me dando um Ralph Lauren?

— Você falou calça comprida creme.

— Eu disse calça comprida creme *MaxMara*, sua estúpida. É um *mundo* de diferença.

— Vou presidir a reunião de um comitê agora de manhã — disse a Sra. Croft enquanto Nkechi a ajudava a vestir um cardigã creme absolutamente macio. Eu não sabia quase nada sobre lã, mas seja lá qual fosse o material daquela roupa, era nitidamente algo muito, muito caro. Eu estava guardando frases para dizer para o Damien mais tarde: — Um cardigã feito de fios de cabelo de recém-nascidos.

— Que tipo de reunião de comitê? De caridade?

— E existe outro tipo de reunião de comitê? — Os olhos dela brilharam. — Obrigada, Nkechi. — Nkechi fechou o zíper da calça creme MaxMara, responsável por toda a gritaria. — Bebês de Açúcar. Para crianças diabéticas. Depois, um almoço.

— Que tipo de almoço?

— Adivinha. Caridade, de novo. — Ela se apoiou em Nkechi e calçou um par de sapatos creme e marrom, de salto baixo. — Obrigada, Nkechi.

— Mesma caridade?

— Não, não, outra coisa. Fundação do Bom Coração. Para crianças com problemas cardíacos. Obrigada, Nkechi.

Nkechi estava pendurada no pescoço da Sra. Croft, com uma echarpe estampada de ferraduras e estribos. — Ok, parece que já podemos ir.

Era mesmo uma cavalgada. Lá estávamos eu, a Sra. Croft, o assistente, o cabeleireiro, Nkechi, Abibi, dois carros, dois motoristas e uma porção de malas Louis Vuitton.

A Sra. Croft, o assistente e eu entramos num Maybach ("o carro mais querido da Irlanda"), enquanto Nkechi, Abibi, o cabeleireiro e as malas "tinham que sofrer a infâmia" de viajar atrás de nós, numa Mercedes.

As outras senhoras do comitê eram exatamente como eu esperava: cabelos escovados, roupas claras e vozerio de maritacas. Parecia que todas participavam do comitê e das reuniões das outras. (Todo almoço e todo jantar era como se fosse um dia de caça só de meninas.)

Discutiram animadamente sobre o tema do baile beneficente do Bebês de Açúcar, um tema que não tivesse sido utilizado nos últimos seis meses em outro baile. Sugestões eram levantadas e derrubadas, de acordo com quaisquer que fossem as animosidades pessoais em jogo. A Sra. Croft manteve o controle sem precisar elevar a voz, e elas finalmente concordaram com o tema Maria Antonieta. ("Super!")

Depois, a pauta foi o cardápio.

— Como se importasse. — A Sra. Croft suspirou.

— Como assim? — disse uma das maritacas.

— Como se alguém comesse nesses eventos.

A maritaca olhou para ela. — Essa não é a questão, Rosalind. Ainda assim, a gente precisa de um cardápio inovador.

— Claro, Arlene, você tem toda razão. Que tal perdiz?

— Já teve. Semana passada.

— Codorna?

— Teve.

— Perdiz?

— Teve.

— Pato?

— Também.
— Galinha?
— Idem.
— Galo?
— Teve.
— Por que alguém não inventa um pássaro novo? — reclamou uma das maritacas. — Vou te contar, esse país...

Numa suíte do hotel, Nkechi ajudava Rosalind a tirar a roupa da reunião e a vestir a do almoço. O cabeleireiro fez uma mudança rápida no penteado, depois fomos para o almoço.

Inferno. Cento e cinquenta clones das mulheres que estavam na reunião do comitê de caridade. Era como um programa sobre uma colônia de gaivotas. Que *barulho*.

Quando as mulheres descobriram que eu era incapaz de discutir o tráfego terrível de Marbella ou a queda do padrão das escolas particulares, me deram as costas. Eu não liguei; me afastei e imaginei um armazém cheio de cigarros. Prateleiras e prateleiras, tantas que era preciso percorrer o lugar de carrinho elétrico. Um universo de cigarros. Milhões deles. E olha que eu ficaria feliz só com um.

Às duas e meia em ponto, o assistente cutucou Rosalind. Ela se levantou, como um robô, e a cavalgada teve início mais uma vez. Para ser honesta, eu estava exausta e não conseguia entender o motivo. Não tinha feito nada a manhã toda, fora comentários maldosos na minha cabeça.

A próxima parada era uma aula de ioga, com um homem que estava sempre na televisão. Mais uma mudança de traje, depois provas de roupa na Brown Thomas. Depois, de volta à casa em Killiney para uma sessão de massagem, seguida de pequeno intervalo para chá e comidinhas — barrinhas de arroz para ela e biscoitos caseiros, fantasmagoricamente parecidos com aqueles que se vê em hotéis sofisticados, para mim.

— Come um biscoitinho — disse eu, vendo que ela só comia aquelas barrinhas com cara de isopor. — Isso aí não tem gosto de nada.

— Obrigada, meu anjo, mas estou numa dieta de mil e duzentas calorias por dia há nove anos, desde que o Maxwell ficou muito rico. Se eu não puder entrar nos modelitos das festas, estou perdida. Come você.

Abriu a agenda enorme. — Quer ver minha programação para a semana que vem? Dá uma olhada.

Era impressionante: acupuntura, reuniões de comitê, visitas a hospitais, tratamento crâniossacral, sessões de fotos, clareamento dentário, compras de Natal para o seu staff enorme, almoços, chás, cafés da manhã de negócios...

— ... e sempre bailes, bailes, bailes — disse ela, com amargura súbita e inesperada. — Desculpa — disse baixinho.

Do meu ponto de vista, não devia ser divertido. Se, por algum desvio bizarro do Universo — como reviravoltas loucas na trama de um programa de ficção científica —, eu acabasse uma socialite, teriam que me *obrigar* a participar dos eventos.

Então, aconteceu uma coisa: eu não sabia o que era, mas ela juntou as mãos e as apertou tanto que as juntas ficaram brancas. — Maxwell está em casa. Meu marido. — Ela girou o punho e conferiu o relógio. — Chegou cedo.

Não ouvi nada.

Rapidamente, ela juntou sua papelada e jogou tudo em cima da mesa. — Vamos ter que encerrar por hoje, Grace. — Ela já estava se levantando, ajeitando a saia, caminhando em direção à porta.

— Mas... — Meu compromisso era o de segui-la até a hora de dormir.

— Rosalind, Rosalind! — Uma voz masculina gritou do hall.

— Aqui! — Ela fez menção de abrir a porta, mas, antes que o fizesse, alguém entrou no quarto. Um homem de aparência ranzinza. Maxwell Croft.

— O que você está fazendo aqui? — perguntou para Rosalind.

— Não esperava você por mais uma hora...

Ele desviou os olhos dela e me encarou friamente.

— Grace Gildee — disse Rosalind. — Ela está fazendo uma matéria sobre bailes de caridade, para o *Spokesman* — falou rápido, quase tropeçando nas palavras.

— Maxwell Croft. Prazer. — Ele me olhou rapidamente. — Rosalind vai mandar buscar seu carro.

Qualquer protesto que eu planejasse fazer morreu dentro da minha boca. Meu desejo não tinha a menor importância para ele.

— Ela te deu alguma coisa?
— Nada. Como está o Oscar?
— Bem, bem. Ela não te deu nada, nada?
— Não.
— Provavelmente achou que não faria sentido. Por que te dar uma bolsa Hermès? Só faria o resto das coisas que você tem parecer ainda pior.
— Jacinta, você se incomodaria de não me insultar...
— Não é tarde demais. Talvez, quando a matéria sair, ela mande alguma coisa. Agora, imagino que você tenha visto o contrato?
— ... Vi.

Jacinta tinha prometido que a matéria passaria pela aprovação dos Croft, coisa que nunca acontece, nem mesmo com o Tom Cruise. Portanto, meu perfil da Sra. Croft seria puro confete.

Ainda bem que eu tinha gostado dela.

Fui eu que apresentei um ao outro: Paddy e Marnie. Foi em julho, quando fiz dezessete anos e arrumei um emprego de recepcionista no Boatman, onde o Paddy era barman.

Na verdade, era a noite do meu aniversário — e da Marnie também. Ela passou lá com Leechy no final do expediente; a gente ia celebrar da única maneira que sabia: entornando o goró.

— Vem conhecer o Paddy — disse eu, um pouco orgulhosa.

Paddy era legal. Já tinha terminado o colégio, trabalhado numa construção em Londres e ia começar a faculdade de Direito no final de setembro.

Marnie e Leechy sempre ouviam falar dele — assim como a mamãe, o papai e a Bid —, porque era o único barman que era legal comigo. Assim que o resto da equipe descobriu que eu morava na

Yeoman Road, todo mundo passou a me olhar com hostilidade. Achavam, equivocadamente, que minha família era rica e resolveram me atormentar, desde minha primeira noite, quando Micko, o gerente, disse: — Tem alguém no telefone perguntando pela *Dona* Bou Ceta. Grace, pergunta se viram a *Dona* Bou Ceta por aí.

Só a intervenção do Paddy fez com que eu parasse de vagar pelo bar, chamando: — Dona Bou Ceta? Alguém viu a Dona Bou Ceta?

— Eles fazem isso com todas as meninas novas — disse ele. — Não leva para o lado pessoal. Apostam quanto tempo vai levar até você chorar.

— Eles não vão me fazer chorar — disse eu, cheia de decisão, por cinco minutos. Depois, resolvi ir embora e arrumar emprego em outro lugar.

— Eles têm medo de você — explicou-me papai. — Você é educada e diferente. Está de passagem naquele emprego, mas, para eles, é carreira. Basta ter compaixão, Grace.

— Não se demita — concordou minha mãe. — Ser desprezada reforça o caráter. Pense no Gandhi.

— Eles que se danem — disse Bid. — Bando de ignorantes. Vai trabalhar no McLibels em vez disso, você pode conseguir um desconto para a gente lá.

No final, como as gorjetas eram boas e o lugar era perto de casa, decidi aguentar. O que teria acontecido se eu não tivesse resistido?

— Paddy — chamei. Ele estava colocando pratos na máquina de lavar. — Essa é minha amiga Leechy. E essa é minha irmã, Marnie. Minha irmã gêmea.

Ele cumprimentou Leechy e esperei que manifestasse a surpresa obrigatória ao ver Marnie — sua irmã *gêmea*? Vocês são tão diferentes!

Ele não disse nada e, por um momento, me perguntei o que estaria errado. Mas, quando olhei para Paddy, ele estava de boca aberta olhando para Marnie, e ela fazia o mesmo. Alguma coisa estava acontecendo — dava mesmo para sentir. Sensações de tremor e arrepios tomaram conta de mim. Micko parou de fazer o que estava fazendo, o rosto confuso, porque não sabia por que ele estava olhando. Até um casal bêbado numa das mesas parou de discutir e olhou para nós.

Instantaneamente, Paddy e Marnie se alinharam. Em catorze horas, Marnie pediu demissão do Piece's Pizza, onde ela e Leechy trabalhavam, e começou a trabalhar no Boatman, depois de convencer Micko a sincronizar seus horários com os do Paddy.

Ainda que ela, *como eu*, morasse na Yeoman Road, o pessoal do bar a tratava com ternura e afeição. Esse era o efeito que Marnie despertava nos homens. Também, ela era a protegida de Paddy, que, ainda que fosse educado e ambicioso, era querido por todos.

Marnie não parava de me agradecer. — Você encontrou esse cara para mim.

Nunca tinha visto minha irmã tão animada, o que era um alívio, porque eu mal respirava se Marnie não estivesse feliz.

Mas, de repente, virei uma sobra. A gente tinha tido outros namorados no passado, mas era diferente. Não que eu ficasse abandonada e sozinha. Leechy era quase uma segunda irmã, morava do lado da gente, e estava sempre lá em casa. E tinha o Sheridan, melhor amigo do Paddy desde o colégio. Era como se, aos quatro anos, os dois tivessem se escolhido porque sabiam que, quando crescessem, poderiam galinhar juntos: eram quase da mesma altura e estrutura (coisa vital para homens que galinham juntos, não se pode levá-los a sério se um é seis centímetros mais baixo que o outro). E os dois eram muito bonitos.

Na verdade, ainda que Sheridan fosse bonito, com seu ar nórdico, Paddy tinha um quê a mais. Sheridan foi legado aos meus cuidados e os de Leechy, acompanhado do discurso do Paddy de que eram praticamente irmãos, e que a gente tinha que tomar conta dele. Juntos, nós três formávamos uma gangue desconfortável de sobras.

O engraçado era que eu tinha tanto contato com Paddy que era como se ele fosse meu namorado. A gente se via o tempo todo no trabalho e em casa. Parecia impossível entrar num cômodo da casa e não dar de cara com ele lá, colado na Marnie, as mãos dele dentro da camiseta dela.

Mamãe e papai sempre nos encorajavam a levar os namorados para casa, mas a famosa tolerância acabou em poucos dias.

— Eu vou à cozinha buscar um pedaço de bolo — dizia papai, irritado — e lá estão os dois... se pegando.

— *Se pegando?* — perguntava minha mãe, ansiosa. Mesmo sendo liberal, essa não era uma boa notícia.

— Não no sentido mais amplo da palavra. Mas aos beijos. Chupões. Seja lá qual for a expressão da moda. Ele vive aqui. E quando se dá ao trabalho de ir para casa, Marnie passa metade da noite no telefone com ele. O que falam tanto? Ele me dá nos nervos.

— Nos nervos! Por quê?

— Faz muito esforço para a gente gostar dele.

— Não faz, não! — mamãe e eu falamos em uníssono.

— Ele é só um menino! — disse minha mãe. — Você não pode atribuir tanto cinismo a alguém que não passa de uma criança.

— Ele tem dezenove anos. É velho demais para ela.

— São só dois anos de diferença.

— Dois anos é muita coisa nessa idade. E eles não se separam nunca. Não é saudável.

Mas minha mãe não conseguia resistir e defendia Paddy. Era uma entusiasta dele, achava que Paddy era perfeito: a mãe morrera; o pai raramente estava presente; nunca tinha comida em casa. O mínimo que ela podia fazer era alimentar a pobre criatura.

— Você acha ruim agora — disse Bid para o papai.

— Acho, acho sim, muito obrigado — disse ele.

— Espera até ele ir para a faculdade em setembro. Vai viver ocupado. Não vai ter tempo para a nossa Marnie — previu Bid.

"Nossa Marnie" devia estar na mesma página de Bid, porque quando chegou setembro, teve uma série de reviravoltas emocionais que se instalaram durante os três anos seguintes.

Reviravolta 1

— Acabou tudo! — O som dos gritos da Marnie atravessou as paredes. — Esse foi o ano mais perfeito da minha vida. Agora vou ter que voltar para o colégio e você tem que ir para a faculdade. Não vai!

Mamãe gemia e resmungava: — Ela não devia ter dito isso.

Minha mãe, meu pai, Bid, Leechy, Sheridan e eu estávamos na cozinha, enquanto o pau comia no cômodo ao lado. Era impossível não escutar. Primeiro, tentamos fingir que era possível continuar conversando, mas, no final, simplesmente desistimos e ficamos escutando.

— Mas tenho que ir — gritou Paddy. — É meu futuro, minha vida.

— Pensei que eu era a sua vida.

— Você é! Mas tenho que me qualificar para ter do que viver. De que outra maneira vou poder cuidar de você?

— Mas você não vai querer. Vai conhecer um monte de... *garotas*! Vai gostar delas e me esquecer.

— Ela está certa — disse Bid. — Sempre achei que era meio exagerada, mas ela tem razão.

— Não vou! — respondeu Paddy. — Eu te amo, só amo você e nunca vou amar outra pessoa.

— Ai, ai, se eu tivesse apostado uma moeda cada vez que um homem me disse isso... — murmurou Bid.

Reviravolta 2
— Shh, shh, não consigo ouvir nada — disse Bid.

— Que foi agora? — perguntou papai.

— Não sei bem.

— "Vamos brigar até as seis, depois vamos tomar um chá" — disse papai. — *Alice no País das Maravilhas*, página 84.

— Shhh!

— Paddy, que foi? — implorava Marnie.

— Se você quer saber — disse ele —, não adianta te falar.

Paddy chegara frio, imperativo, muito irritado, e Marnie, meganervosa, se enfiara com ele na sala.

— Tentei te ligar ontem à noite... mas o telefone estava ocupado... te falei para manter a linha livre das oito até meia-noite...

— Mas, Paddy, outras pessoas moram nesta casa, alguém devia estar usando o telefone.

— Mas não era outra pessoa, era? Era você. Olha, eu sei, Marnie, pode parar de mentir para mim.

— Não estou mentindo!

— *Sei* com quem você estava no telefone.

— Com quem? — perguntou mamãe.
— Graham Higgins — disse Leechy. — A mãe dele o obrigou a ligar pra cá para a Marnie explicar os poemas de Yeats para ele, porque ficou com medo de que o filho não passasse em Inglês.
— Aquele grandão? Que joga rúgbi? — perguntou Bid. — Como é que o Paddy sabe com quem ela estava no telefone?
— A Leechy me contou! — gritou Paddy. — Eu sei de tudo!
Chocados, mamãe, papai, Bid, Sheridan e eu nos viramos para Leechy.
— Eu não sabia que ele não sabia — gemeu Leechy. — Ele me ligou. Me enganou e acabei contando.
— Enganou como?
— Cala a boca! Não dá para escutar!
— Mas o Graham não tem a menor importância, ele não é ninguém — declarou Marnie.
— Ele é a fim de você.
— Não é não.
— E você deve ser a fim dele. Falou com ele por pelo menos dezessete minutos enquanto eu ficava no frio, do lado de um orelhão, tentando ligar para a garota que eu amo, que não podia ser incomodada pelo próprio... Dane-se! Vou embora!
— Não vai, Paddy! Não vai!
— Nossa, isso é tão romântico — disse Leechy baixinho.
— Você é muito boba, menina — disse Bid.
— O Paddy está... *chorando*? — perguntou meu pai.
— Alguém está. — Soluços eram ouvidos claramente.
— Acho que os dois estão chorando — disse mamãe. Era como as brigas quase sempre terminavam. Isso, ou um dos dois saía de casa intempestivamente. Às vezes era o Paddy, outras vezes era a Marnie, apesar de ela morar lá. Quem quer que fosse, nunca ia muito longe. Depois de alguns minutos, tocava a campainha e um de nós saía da cozinha para abrir a porta e deixar que voltasse à gritaria.
Os ruídos de choro finalmente pararam. O silêncio prevaleceu. Isso significava que tinham evoluído para os beijos e o sexo de pazes.
— É isso, companheiros — disse papai, levantando-se.

— Tão previsível quanto uma novela — disse Bid. — Falando nisso, espero que estejam em trajes decentes, porque meu programa vai começar e eu vou entrar naquela sala.

Reviravolta 3

— Acabou — disse Marnie. — Eu e o Paddy. Agora é diferente. — *Foi* diferente. Ela estava calma, em vez de descabelada.

— Mas vocês se amam! — protestou Leechy.

Marnie balançou a cabeça. — A gente se ama demais. Vai acabar se machucando de verdade. Isso tem que parar. — Alguma coisa na compostura dela fez com que levássemos aquelas palavras a sério.

— Talvez você tenha razão — disse Leechy. — Ele te ama, mas vocês estimulam o que cada um tem de pior. Todo esse ciúme... talvez você precise de outro tipo de homem, e ele de outro tipo de mulher. — A gente não se deu conta na época de que ela mesma estava pretendendo se candidatar à vaga.

— Não fala isso — interrompeu Marnie, levando as mãos ao estômago. — Só de pensar nele com outra...

— Mas você também vai conhecer alguém — concluiu Leechy.

Marnie balançou a cabeça. Pegou uma garrafa verde, levou à boca e deu vários goles de uma vez. O absinto do papai. Ele ia *pirar*.

— Não vou.

— Vai, sim. Vai, sim!

— Nem quero. Para mim chega. Paddy foi o cara. Vou me matar.

— Deixa de ser maluca. — Leechy estava chocada.

— As pessoas se matam. Acontece. E sou o tipo de pessoa que faz isso.

— Vou chamar sua mãe.

— Sempre soube que ia morrer jovem — explicou Marnie, enrolada na cama.

— Ela andou lendo Brontë de novo — sussurrou papai, irritado. — E isso que ela está bebendo é o meu absinto?

— Não quero ofender ninguém — disse Marnie para o papai e para a mamãe —, mas preferia nem ter nascido. Sinto tantas coisas, o tempo todo, detesto isso. Na verdade, quero morrer.

— Como você se mataria? — perguntou mamãe, seguindo o conselho dado na apostila com informações para pais de adolescentes suicidas blefando.

— Eu cortaria os pulsos.

— Com o quê?

— Isso. — Marnie pegou um bisturi no bolso do jeans.

— Me dá isso! Me dá isso!

Ela se rendeu. — Mas, mãe, tem uma porção de lâminas no banheiro, facas na cozinha, mais desses na minha bolsa. E se você guardar tudo, eu subo no telhado e me jogo, ou posso ir até o píer e me atirar no mar.

Mamãe e papai se juntaram para formular um plano.

— Vamos ver se ela passa da noite de hoje — disse mamãe. — Mesmo que isso signifique que vamos ficar acordados com ela até amanhecer. Aí encontramos algum terapeuta jungiano logo cedo.

— Queria ter tido filhos homens — disse papai. — Não teríamos esse tipo de problema com meninos.

Apesar da reputação do absinto de enlouquecer as pessoas, o discurso de Marnie fazia um sentido assustador. Sentada na cama, explicava baixinho como era mal equipada para lidar com os sentimentos que todo o resto do mundo podia processar. — Não vou sobreviver à dor de não estar com o Paddy — disse.

— Mas todo mundo tem o coração partido em algum momento da vida — disse mamãe. — Faz parte da condição humana. Eu me lembro de quando eu tinha quinze anos e achava que nunca mais seria feliz.

— Mas algumas pessoas simplesmente não suportam a dor de viver. Por que você acha que as pessoas se matam?

— Eu sei, mas...

— Tem uma parte faltando em mim que ficou para a Grace. Um botão que interrompe os sentimentos. A Grace é uma pessoa inteira, mas eu sou só um borrão. Fui feita de sobras.

— Não, Marnie, não!

— Eu queria poder ter escolhido não nascer. Será que existe um lugar onde ficam as almas que não nascem? Um lugar escuro para nós que somos defeituosos demais para nascer?

— Você não é defeituosa, você é perfeita!

— Vocês não sabem o que eu sei. Não sabem como é ser como eu.

Mamãe, papai e eu fizemos o possível, mas qualquer coisa que disséssemos era contestada por Marnie e sua certeza de que estaria melhor morta. Finalmente, caímos num silêncio desesperador e escutamos o ruído da chuva caindo na rua e no telhado. Papai estava cochilando quando ouvimos um urro vindo do lado de fora.

— O que foi isso? — perguntou mamãe.

— Não sei — respondi.

Nossos músculos estavam paralisados enquanto escutávamos aquilo.

Depois, ouvimos claramente: — Marnieeeee!

Nós quatro fomos até a janela. Do lado de fora, no meio da rua, debaixo da chuva, estava Paddy, vestindo seu casaco de exército russo, uma camisa branca sem botões e a calça antiga de barman, rasgada nos joelhos.

— Marnieee. — Ele sacudia os braços, expondo o peito nu. — Eu te amo!

Então, Marnie saiu correndo, desceu a escada e abriu a porta, voando na direção dele. Paddy a agarrou, girou com ela nos braços, depois deitou-a no chão, aproximando seu rosto do dela. Bocas juntas, os dois ficaram de joelhos, as lágrimas se misturando à chuva.

— Acho que isso significa que a gente pode dormir agora — disse papai.

— Foi a coisa mais romântica que eu já vi — disse Leechy no dia seguinte. — Foi como no *Morro dos Ventos Uivantes*.

— Bobajada gótica — disse papai, com desdém. Ninguém lembra, mas o Heathcliff era psicopata. Matou o cachorro da Isabel.

Marnie e Paddy estavam embolados na cama da Marnie, os dois dormindo como crianças se recuperando de uma farra. O resto de nós estava exausto, em frangalhos, destruídos pela montanha-russa emocional.

— Desculpe fazer uma pergunta tão burguesa — disse mamãe. — Mas aquilo tudo ontem à noite? É normal?

— Não — disse papai. — Você não vê a Grace se comportando daquele jeito.

— Só porque não tenho namorado — disse eu rapidamente, defendendo Marnie.

— Por que não? — perguntou Bid. — O que tem de errado com você?

— Nada...

— Escolhe demais, esse é o problema. Você ainda não perdeu a virgindade?

— Bid! Para!

— Vou tomar isso como um não. E o Sheridan? Ele é um gato, não tão sensual quanto o Paddy, mas não é nada mal — disse Bid. — Você não "perderia" com ele?

— Não. — Sheridan era gente boa e, sim, bonito, mas eu não era a fim dele. E ele também não era a fim de mim. Era a fim da Marnie. Eu tinha certeza.

— Mesmo que a Grace tivesse um namorado, não ia ser essa gritaria — disse Bid. — A Grace sempre foi durona. Se você quer drama, Marnie é a garota certa.

— Você viu a foto no *Indo* do Kaplan parecendo um pombinho apaixonado com a Zara Kaletsky? — me perguntou TC.

— Quem? Ah, a modelo?

— Atriz, atriz. Eu era apaixonado por ela no *Liffey Lives*. Até ela deixar a Irlanda para sempre.

— Ela voltou?

— Veio de férias de fim de ano.

— Não pode ser séria essa história com o Kaplan. Como assim "pombinho apaixonado"?

— Mão na bunda dela, por menor que seja. Meu Deus, ela é linda, como é linda — suspirou TC. — O que ela viu naquele magrelo?

*

Para: Gracegildee@spokesman.ie
De: Pattilavezzo@oraclepr.com
Assunto: Entrevista com Madonna

Obrigada pelo interesse na Madonna. Infelizmente, decidimos fazer a matéria com outro jornalista.

A porcaria do *Irish Times*, aposto. O desapontamento me derrubou, levando tudo de mim para o buraco. Apoiei a cabeça nas mãos.

Era insuportavelmente frustrante. Eu faria um trabalho melhor que o *Times*: eu *amava* a Madonna. Cresci com ela, *entendia* aquela mulher.

Sentei e esperei me sentir melhor, esperei um pouco mais e, quando o desapontamento ainda ardia dentro de mim, tive uma ideia: telefonaria para Patti Lavezzo numa última tentativa de fazer com que ela reconsiderasse! Não havia nada mais a perder e, se eu manifestasse a paixão e o interesse necessários, talvez ela mudasse de ideia.

— Patti Lavezzo. — Ela sempre atendia ao telefone como se alguém estivesse marcando o tempo com um cronômetro.

— Oi, Patti, aqui quem fala é Grace Gildee, do *Spokesman*, na Irlanda. Você poderia reconsiderar sua decisão? — Falei muito rápido, para não dar chance de ser interrompida. — Nós faríamos uma matéria incrível com a Madonna. Somos o jornal de maior circulação do país. Temos integridade e podemos garantir um perfil inteligente, de profundidade e, ao mesmo tempo, repleto de sensibilidade comercial...

— Ei! Espera! Você está ligando de onde?

— Do *Spokesman*.

— Sim, mas... nós vamos dar uma entrevista ao *Spokesman*.

A esperança tomou conta de mim, e o sol surgiu, quente e brilhante. — Vocês vão? Mas eu acabei de receber um e-mail...

— Um minuto, por favor, vou dar uma olhadinha aqui. Isso. Irlanda. *Spokesman*. Casey Kaplan. É você?

* * *

Fui ao banheiro e chorei de verdade. Depois, liguei para o Damien e chorei mais ainda.

— Estou preso na câmara — disse ele. — Mas consigo sair daqui a uma hora.

— Não, não, termina seu trabalho. Vou ver se alguém aqui vai a um bar comigo. Ou eu vou beber, ou eu vou fumar, e beber parece a escolha mais sensata.

— Olha, vou te encontrar. Deve levar menos de uma hora...

— Não, não vem, Damien. — Fiquei tocada pelo esforço dele. — Eu vou ficar bem.

Não precisei procurar muito por um parceiro de copo. Apesar de ainda nem serem três da tarde, Dickie McGuinness era pau para toda obra e foi comigo ao Dinnegans.

— Por que você estava chorando? — perguntou, colocando um gim-tônica na minha frente.

— Quem disse que eu estava chorando?

— A Sra. Farrell. Ela fez o telefone sem fio, espalhou para todo mundo.

Normalmente, eu negaria, mas estava triste demais. — O Kaplan me passou a perna. Ele roubou minha entrevista com a Madonna. Ele sabia o quanto eu queria fazer a entrevista.

— Sabia mesmo?

— Todo mundo sabia! Já seria péssimo perder para outro jornal, Dickie, mas para um dos nossos... é demais. Odeio esse cara.

— Você e todo mundo. A gente fez um esforço para descobrir quanto ele ganha.

Fiz uma pausa. Não sabia se era capaz de aguentar. — Quanto?

— Tem certeza de que quer saber?

Suspirei. — Pode falar.

— Três vezes o que você ganha.

Deixei aquilo fazer sentido. — Quanto você acha que eu ganho?

Ele deu um tapinha no nariz. — Você me conhece, Grace. Eu sei bastante coisa.

Suspirei de novo. O que eu podia fazer? Nada. O mundo era injusto. Desde quando isso era novidade?

— Me conta uma história, Dickie.

— Que tipo de história você quer?

— Seu primeiro furo de reportagem. — O familiar era sempre reconfortante.

— Ok, aí vai. — Ele se endireitou e começou a jornada pelo país da memória. — Eu era muito jovem, tinha uns dezenove anos, cobria qualquer show de cachorros ou pôneis amestrados para o *Limmerick Leader*, quando surgiu a informação sobre um corpo que tinha sido encontrado.

Mas o correspondente criminal estava no hospital, depois de um ferimento à bala na bunda.

— Mas o correspondente criminal estava no hospital, depois de um ferimento à bala na bunda, e Theo Fitzgibbon, o editor, me disse: "McGuinness, você vai ter que ir." Eu respondi, mostrando meu bloco de anotações e minha caneta: "Está falando sério, Theo?" "É a sua vez de Fitzgibbon", disse ele. Velha guarda, nada de primeiro nome, só sobrenome, essas coisas.

Nunca vi o homem sem paletó e gravata.

— Nunca vi o homem sem paletó e gravata, Grace. "Um corpo foi encontrado num freezer. Um jovem mortinho da silva", disse ele. "Outra coisa: está sem a cabeça." "Sem a cabeça? Onde foi parar a cabeça?", perguntei, feito um idiota.

Alguém deve ter arrancado fora.

— "Alguém deve ter arrancado fora", respondeu o Theo. "Não nos decepcione, McGuinness", me disse. Ou seja...

— Nada de vomitar na frente dos canas — dissemos nós dois juntos.

— ... Ele sempre ia atrás dela. Não importava para onde ela se mudava, ele sempre dava um jeito de encontrar. A casa parecia um forte. Todo tipo de segurança. Alarmes, botões de pânico, até um quarto de pânico. Mas tinha uma portinhola para gatos na porta dos fundos.

Eu estava no escritório de uma ONG de Ajuda às Mulheres, conversando com a diretora do órgão, Laura Venn. Jacinta tinha concordado, relutantemente, que eu escrevesse uma matéria sobre violência doméstica — não prometeu publicar, mas disse que manteria o artigo em stand by, caso a gente precisasse num dia de poucas novidades.

— E a portinhola de gatos? — perguntei, ansiosa em nome dessa mulher desconhecida.

— Não tinha alarme, era o único lugar da casa por onde se podia entrar sem ser percebido.

— Mas, com certeza, é muito pequeno para um homem passar.

— É. Mas ela viajou no final de semana com as crianças e, enquanto a casa estava vazia, ele apareceu lá com a caixa de ferramentas e aumentou o buraco da portinhola. Grande o suficiente para ele se espremer e entrar na casa, mas não o bastante para que percebessem que tinha sido alterado.

— E o que aconteceu?

— Ele entrou. Se escondeu no porão.

— E aí, o que aconteceu? — Eu estava na pontinha da poltrona.

— Ah, ele a matou.

— O quê? Totalmente?

Laura sorriu.

— Desculpa — falei. — Eu disse uma coisa realmente idiota. — Mas estava esperando uma espécie de redenção de última hora, como se a vida fosse um episódio de *Happy Days*.

— Quando ela o deixou, ele jurou que ia atrás dela para matá-la, e foi exatamente o que fez. Na frente das crianças.

— E acabou? Ela morreu?

— Ela morreu.

Senti falta de ar, um vazio. — E as crianças ficaram sem mãe. Nem pai, eu imagino, porque ele foi preso.

— Ele não foi preso, o juiz teve pena dele. Teve a sentença suspensa.

— Não!

— Acontece o tempo todo.

— Mas por que as mulheres ficam com esses psicopatas? — gritei, num surto de frustração. Claro que eu sabia a resposta — pelo menos teoricamente —, mas a realidade me enlouquecia.

— Porque os homens não fazem propaganda da própria psicopatia. — Laura riu, triste. — Muitas vezes, esses homens são muito sedutores. E o processo é sutil. O controle inicial pode parecer romântico... você conhece esse tipo de coisa. "Vamos ficar em casa, só nós dois, te amo tanto, não quero dividir você com ninguém." Até que, um dia, a mulher descobre que foi afastada dos amigos e da família, está completamente isolada.

— E por que não chamam a polícia?

Mais uma vez eu sabia a resposta, mas não consegui evitar a pergunta.

— Porque o cara continua prometendo que vai mudar — disse Laura. — Que não vai fazer de novo. Em média, uma mulher apanha trinta e cinco vezes antes de entrar em contato com a polícia.

— Trinta e cinco vezes?

— É. Trinta e cinco vezes.

— Grace, baby, desculpa, de verdade.

Casey Kaplan estava de pé, diante da minha mesa. Nem precisei olhar para cima. Sabia que era ele, porque, de repente, senti cheiro de boate. — Com relação a quê? — Continuei digitando.

— A entrevista da Madonna. Eu não corri atrás. Eles me ofereceram. Nem sabia que você estava na fila.

— Não tem problema. — Continuei sem levantar os olhos. Tudo o que eu podia ver dele era a virilha do jeans e um cinto com fecho grande e idiota de águia.

— Não sabia nem que você queria a matéria. — Encolheu os ombros, desolado. Eu sabia que isso estava acontecendo porque as mãos dele apareceram no meu campo de visão e depois desapareceram novamente. Tempo suficiente para que eu visse os anéis. Anéis grandes e estúpidos em vários dedos. — Grace, te devo uma. Se eu puder compensar de alguma maneira, me avisa... estou implorando, baby.

— Tudo bem. — Engoli o resto das palavras. — Só mais uma coisa, Kaplan. — Parei de digitar e olhei-o nos olhos. — Não me chama de baby.

* * *

— A curiosidade matou o gato — disse Dickie McGuinness com o canto da boca. — E a informação ressuscitou o gato.

— O quê?

— Informação para você.

— Ah, para com isso, Dickie! — falei. — Fala feito gente. Se você tem uma coisa para me contar, me conta.

— Ok — disse ele, puxando uma cadeira para sentar na minha mesa. — Eu sei quem queimou o seu carro em setembro passado.

Eu só olhei para ele.

— Lemmy O'Malley e Eric Zouche.

Os nomes não significavam nada para mim.

— E você sabe por que fizeram isso?

— Porque alguém pagou, Grace. Trezentos euros para cada um.

— Alguém *pagou*? Pensei que fosse uma coisa casual, uma dessas coisas que acontecem quando se vive numa cidade grande.

— É, Grace, alguém pagou. Foi deliberado. Você era o alvo.

A maneira como ele disse "alvo" me fez sentir um aperto no coração.

— Quem pagou? — As palavras saíram da minha boca em um sussurro.

— Isso eu não sei.

— Por que você não perguntou a eles?

— Eu não me comuniquei com os meliantes. Essa foi só uma informação que apareceu na sequência de outra... — Ele fez uma pausa, buscando a palavra certa — *investigação*. Quem tem alguma coisa contra você, Grace?

— Dickie, eu não sei. — E realmente fiquei apavorada.

— Vamos lá, Grace. Coloca essa cabecinha oca para pensar.

— Dickie, eu juro...

Meu telefone tocou. Automaticamente, chequei o identificador de chamadas: era Marnie. Tomada de uma ansiedade nova, diferente, disse para o Dickie: — Tenho que atender. Mas não vai embora. — Segurei o aparelho. — Marnie?

— Sou eu, Nick.

— Nick? — Não. Isso significava má notícia.

Mal percebi Dickie saindo na ponta dos pés e sussurrando uma mensagem indecifrável para mim, apontando para a porta e para o relógio.

— Aconteceu de novo? — perguntei.

— Aconteceu — disse ele.

Não, não, não, não. — Achei que depois da última vez... Como ela está?

— Mal, Grace. Ela está no hospital.

— Jesus, *não*.

— ... três costelas quebradas. Concussão. Hemorragia interna.

— Jesus Cristo. E só faz — quanto tempo? — seis semanas desde a última vez.

Eu devia ter ido para Londres na época.

— Os intervalos estão ficando cada vez mais curtos, e os ferimentos piores — disse Nick. — Foi exatamente o que eles disseram que ia acontecer. Eu te falei, Grace.

— Nick, você tem que *fazer* alguma coisa. Pedir ajuda. Ajuda profissional.

— Eu tento!

— Isso não pode continuar assim!

— Grace, eu sei. Eu *tentei* pedir ajuda. Estou fazendo tudo o que posso...

A gente não conseguia chegar a um acordo sobre o que fazer e, finalmente, desliguei e me encolhi na cadeira, as mãos segurando as pernas.

Será que eu devia ligar para a mamãe e para o papai?

Não. Eles já tinham preocupação demais com a Bid: a quimioterapia era demais para ela, demais para todos. Eu iria para Londres e tomaria uma atitude sozinha.

Ele levou a bolsa dela para o carro e, solícito, ajudou-a a entrar. — O que você gostaria de fazer agora?

— Eu só quero ir para a cama.

— Ok. — Ele sorriu. — Se importa se eu for com você?

— Hum... — Talvez ela tivesse entendido mal. — Eu vou dormir direto.

— Anda, vai, você pode ficar acordada vinte minutos. — Ele a encaminhou para o quarto. — Tira a calcinha.

— Mas... não! Eu acabei de fazer um aborto.

— Desculpas, desculpas. — Ele a empurrou para a cama, com o joelho abriu as pernas dela enquanto tirava a calça.

— Para, por favor, para. Posso ter uma infecção. Não posso transar durante três semanas.

— Cala a boca. — Ele já estava em cima, forçando seu membro dentro dela, dentro de seu sangue e de sua perda, movendo-se freneticamente. Depois, suspendeu o tronco e esbofeteou-a, com força, no rosto. — Pelo amor de Deus, tenta fazer uma cara de quem está tendo prazer.

Marnie

Grace estava vindo.

— Ela chega amanhã de manhã. — Nick estava de pé no umbral da porta do quarto. Deu a informação friamente, depois pareceu abrandar. — Precisa de alguma coisa?

Ela queria saber o tamanho da raiva de Grace, mas não teve coragem de perguntar. Sem olhar para ele, balançou a cabeça.

Nick a deixou sozinha com sua vergonha insuportável. Assim que a porta se fechou, tudo no quarto lhe pareceu uma arma: ela podia quebrar o espelho e romper uma artéria com um caco, podia beber o produto de limpeza do banheiro, podia jogar-se da janela...

Mas o suicídio não era uma opção: ela já tratava todo mundo — suas filhas, que não tinham culpa de nada, o pobre Nick — tão mal! Sua penitência era continuar viva.

Nunca mais vou beber nunca mais vou beber nunca mais vou beber.

O horror de voltar a si era como acordar no inferno. Dessa vez, acordara num hospital. Mãos grossas em cima dela, um remédio de gosto ruim lhe sendo empurrado goela abaixo. — Para desintoxicar — dissera a enfermeira.

— Onde estou?

— No Royal Free. Três costelas quebradas, concussão, hemorragia interna. A farra foi boa, não foi?

No hospital, Jesus Cristo, não. Precisava sair dali antes que alguém — Nick — descobrisse onde estava.

Mas Nick já sabia e estava a caminho. E então ela desejava continuar lá, porque estar ferida o bastante para ser hospitalizada, apesar de ser culpa sua, afetava as pessoas, Nick, pelo menos, com assombro específico. Diminuía — mesmo que temporariamente — sua raiva, e, talvez, fizesse o mesmo com Grace.

Mas o hospital era necessário para pessoas realmente "doentes", não para alguém tão bêbada de vodca que achava boa ideia atravessar a rua no sinal verde e se deixava atropelar por uma motocicleta. Depois de seis horas, ela fora liberada e, assim que chegou em casa, que deitou na própria cama, que perdera a proteção hospitalar, fora considerada bem o suficiente para que Nick voltasse sua raiva fria e silenciosa contra ela.

O médico minorara seu diagnóstico. Marnie não tivera, como ele pensara originalmente, uma concussão: ela não sabia dizer que dia era porque estava "idiotizada pela bebida". A sentença fora dita a Nick e ficara presa em sua mente, repetindo-se sem parar.

Idiotizada pela bebida.
Idiotizada pela bebida.

O estranho era que ela não tinha a intenção de ficar bêbada. Não fora um dia ruim no trabalho, para começo de conversa, e quando Rico sugeriu um drinque rápido, ela recusara. Sempre que saía para tomar um "drinque rápido" com Rico, as coisas saíam de rumo.

— A gente faz mal um ao outro — dissera ela. Parecia uma frase ruim de filme B.

— A gente é mal compreendido. — Rico a encarara, como um herói dramático. Seus olhos de filhote de cachorro deixaram Marnie subitamente assustada.

— Guy diz que eu devo me afastar de você.

— O Guy não está aqui.

Mas Guy podia descobrir...

— E se ele me demitir? — perguntara. — Nos demitir.

Rico balançara a cabeça. — Ele só tem ciúme, porque você prefere a mim, mas sou o melhor corretor que ele tem. E ele não vai demitir você.

Ela hesitara. Não, nem deveria considerar a ideia.

— Um drinque, Marnie. É quase Natal.

— Ainda é primeiro de dezembro.

— Que mal pode fazer? — persuadira.

Que mal pode fazer?

A indecisão a paralisara. Devia ser forte, mas seria tão simples, tão fácil, tão indolor... *escorregar...*

— Só um — concordara ela.

Talvez dois. Definitivamente não mais de três.

Quando estavam no quarto drinque, nada mais tinha importância. Ela estava feliz e loquaz, amiga do mundo inteiro e livre de todas as preocupações. Nick enlouqueceria quando descobrisse que ela estava bebendo de novo — e, pior, bebendo com Rico —, mas *não importava*. Guy também perderia a cabeça, mas — outra vez — não tinha a menor importância.

Ela e Rico começaram a conversar com alguém da mesa ao lado no pub: um homem de terno azul e três mulheres exuberantes. Talvez fossem só duas, ela não tinha mais certeza. Lembrou-se de ter perguntado a uma delas onde a irmã fora e ter recebido como resposta: "Não, benzinho, ela é só a atendente do pub. Meu Deus, você está ainda mais bêbada que a gente." Mas ela podia ter sonhado.

As mulheres estavam muito bronzeadas e carregadas de joias. Eram bem cafonas, mas amigáveis. E, quando uma delas cutucou Marnie no tornozelo, com um sapato de bico fino e pele de cobra, dizendo "A gente vai para uma boate", Marnie decidira ir também. Rico tentara impedir. Brigaram, mas confusos como eram os detalhes, ela sabia que não era uma briga para valer, apenas estavam bêbados demais para serem espirituosos.

— São CRIMinosos — Rico ficava repetindo. — São CRIMinosos. Eles parecem divertidos, mas são CRIMinosos.

Era essa a última coisa de que se lembrava — o resto estava em branco — até o hospital. Apagara oito horas da sua vida. Fora à boate? Ficara no bar com Rico? Não sabia. A ambulância a socorrera em Cricklewood, um bairro distante de Londres — o que ela fazia ali? De repente, foi tomada de pavor.

Não pense nisso.

Olhou o celular. Podia mandar uma mensagem de texto para Rico e tentar juntar as peças, mas sentiu repulsa só de pensar nisso. *Ele* lhe dava repulsa, e entrar em contato com Rico significaria que tudo realmente tinha acontecido: a bebedeira, a briga no bar. As coisas de que não se lembrava — preferia não saber.

E, na verdade, estava tudo bem. Sim, estava tudo bem. Fora o que podia ter acontecido, ela estava em casa, segura. Em casa e segura, certamente ferida, mas só um pouco — qualquer um podia quebrar uma costela, ela estava certa de ter visto algo assim numa aula de ioga, alguém sendo carregado para fora respirando com dificuldade.

Estava tudo bem.

Depois, lembrou que Grace estava a caminho, partindo de Dublin, e a irmã só estaria entrando num avião para Londres se as coisas fossem realmente sérias.

O medo voltou, grande o suficiente para deixá-la sem ar. Será que Grace estava com muita raiva? Podia telefonar para descobrir, mas — de novo — achava melhor não saber. Até a chegada da irmã, lidaria com a situação fechando-se: não ouviria nada, não pensaria em nada, não sentiria nada.

Mas sua cabeça ligava e desligava, ligava e desligava, frases ecoando incessantemente:

Idiotizada pela bebida.

Três costelas quebradas.

Poderia ter morrido.

Uma nova onda de choque percorreu seu corpo e, de repente, como se acabasse de ficar sabendo, impressionou-se com os ferimentos. Ossos quebrados! Não só hematomas e arranhões, mas ossos quebrados de verdade. Isso era sério, muito sério, muito sério.

Pelo menos tudo tinha ficado claro: ela nunca mais poderia beber. Não *beberia* nunca mais. Seu comportamento e as consequências estavam tão fora do aceitável ou perdoável, que ela promovera uma certeza materializada em gesso. Bebida, nunca mais.

Na hora do jantar, as meninas entraram no quarto na ponta dos pés, carregando orgulhosamente uma tigela de sorvete de creme. Marnie tomou três colheradas antes de se ver obrigada a parar, repentinamente: não conseguia comer, nunca conseguia depois de um golpe. E esse — ela suspeitava — fora provavelmente o pior.

Dormiu sozinha a noite toda. Nick se recusara a compartilhar a cama com ela, e nada lhe trazia alívio à mente. Ligando e desligando, ligando e desligando, a noite toda.

Idiotizada pela bebida.
Grace está vindo.
Três costelas quebradas.

De vez em quando, caía numa espécie de sono suado, confuso, antes de sentir o corpo chocar-se contra o colchão numa explosão tão terrível que decidia que era melhor ficar acordada.

— Marnie! — Grace entrou às pressas no quarto, mas parou abruptamente, ao ver os curativos e os ferimentos. Marnie viu lágrimas nos olhos dela: isso queria dizer que não estava com raiva.

Graças a Deus graças a Deus graças a Deus.

O medo, que pesava nela como uma pedra enorme, sumiu e, subitamente, Marnie sentiu-se mais leve, mais livre — ridiculamente, quase animada. As nuvens negras de horror que a atormentavam desde o hospital começaram a se dispersar.

— Posso te dar um abraço? — perguntou Grace. — Ou vai te machucar?

Se Grace estivesse com raiva, Marnie teria permitido o abraço; faria qualquer coisa para reconquistar a irmã. Mas podia ser honesta. — Tudo dói muito.

Grace sentou na cama. — Afinal, o que *aconteceu*?

— Você me conhece. Tenho tendência a acidentes.

— ... Não... quer dizer... você bebeu de novo. Por quê? Por quê?

Ela não sabia. Não tivera a intenção.

— Você não soube? Do bônus do Nick? Ele comprou essa casa enorme e agora não pode pagar as prestações da hipoteca.

Marnie não ligava para a casa ou para o dinheiro. Mas precisava de um motivo. Grace precisava de um motivo.

— Mas você já sabia disso há séculos. — Grace estava intrigada. — Pensei que tivesse acontecido alguma coisa horrível. Quer dizer, depois da última vez que você bebeu... quando foi? Umas seis semanas atrás, mais ou menos? Você jurou que nunca mais ia beber, lembra? Você se machucou tanto quando caiu da escada da casa do Rico...

— O parceiro de crime... — disse Nick.

— Ah, agora sou uma criminosa.

Marnie se lembrava muito pouco do episódio de que Nick e Grace falavam. Ela conseguia vislumbrar a escalada e o resultado, mas havia um pedaço enorme da história que desconhecia.

Acontecera umas seis semanas antes, naquele dia horrível em que Wen-Yi descobrira que o Sr. Lee estava em Xangai e ela fora flagrada na sua ineficiência e — pior — na sua desonestidade. A vergonha fora tão dolorosa que, quando Rico a convidara para um drinque, ela se deixara levar pela excitação do prazer e varrera tudo o mais da frente. Não tinha poderes contra isso: precisava ir até o fim. A necessidade de beber já a atormentava havia semanas, ela tentara negá-la, mesmo quando a tensão aumentava — e sua resistência finalmente chegara ao fim. Prometera a Melodie que voltaria para casa às seis e quinze e a liberaria. Mas, mesmo enquanto jurava para Melodie que preto era branco, sabia que não voltaria e não sentia nada: nenhuma culpa.

Ela e Rico foram a um bar recém-inaugurado em Fulham, longe do escritório, e beberam drinques de vodca enquanto falavam mal de Wen-Yi. Lembrava ter ficado lá por bastante tempo, o suficiente para a realidade ser reduzida a flashes ligeiros. Uma garrafa de vodca na calçada fora espatifada em mil pedacinhos de luz prateada. Uma porção de prédios passando por eles — devem ter tomado um táxi — e uma imagem do Larry King entrevistando Bill Clinton. Mas isso era real? Assistira à televisão no apartamento de Rico? Ou simplesmente inventara essa parte?

Depois, não havia nada — branco, branco, branco —, até acordar no próprio quarto, e não reconhecer o ambiente de primeira.

Descobrira depois — uma cortesia do Nick — que sumira durante um dia e meio. Telefonara para Melodie na noite de segunda-feira e Nick só a encontrara na quarta de manhã.

Nick — intuitivamente sentindo que a coisa não poderia ser boa — fora até Basildon e deixara as filhas com sua mãe. Depois, telefonara para Guy e pegara o endereço de Rico.

Quando Nick contou isso para Marnie, ela quis morrer de vergonha — ele deve ter detestado fazer uma coisa tão humilhante.

No prédio de Rico, Nick encontrara Marnie estirada no chão do corredor, inconsciente.

O que eu estava fazendo lá?

Talvez tentando ir embora?

A frente do corpo estava coberta de hematomas, porque — Nick deduziu — Marnie rolara a escada de madeira. Ninguém atendia a porta do apartamento de Rico, porque — como Marnie descobriu uma semana depois, quando voltou a trabalhar — ele também estava chapado.

Nick a levara para casa, vestira nela uma camisola de algodão branco e a colocara na cama.

Quando voltou a si, Marnie não teve palavras para descrever o próprio horror. A frente do seu corpo estava completamente roxa. Arranhões e cortes haviam virado uma constante em sua vida; acordar para a realidade depois de uma bebedeira sempre envolvia um inventário de ferimentos. Mas essa fora a pior de todas. Um de seus dentes estava mole e, por alguma razão, isso a aterrorizou completamente.

Pior que o dano físico era a culpa de fazer Nick e as filhas passarem por aquilo. Fazia com que quisesse — literalmente — cortar a própria garganta, e jurara para Nick — e para si mesma — que nunca mais beberia.

Mas não se lembrava de nada que se passara, e, como não se lembrava, fora capaz de fingir que não acontecera de fato. Guardara tudo num cofre lacrado na mente, onde guardava coisas das quais se envergonhava.

E agora acontecera de novo. A mesma coisa, mas, pior, porque dessa vez tinha ido parar num hospital. Com os ossos quebrados.

E Grace estava ali.

— Ela está fora de controle. Precisa de tratamento intensivo. — Nick ainda estava de pé à porta, nem dentro nem fora do quarto.

Marnie o encarava, tomada de terror silencioso. Era a primeira vez que ele fazia uma sugestão desse tipo. Estava falando sério? Ou apenas tentando assustá-la?

— Você quer dizer...? — Grace, sempre tão certa, parecia incerta agora. Até mesmo assustada.

— Rehab — disse Nick. — Seja lá qual for o nome do tratamento.

— Isso não é um pouco... — Grace se apressou em dizer.

— Um pouco o quê?

— ... drástico?

— Grace, ela é alcoólatra!

Marnie ficou aliviada ao ver a reação de Grace; ela obviamente não estava levando aquilo tão a sério.

Nick virou-se para Marnie. — Você precisa encarar os fatos. Você é alcoólatra.

— Não sou — disse ela, ansiosa. — Eu vou parar, eu...

— Tem um lugar em Wiltshire — disse ele. — Parece bom. Permitem visita dos filhos nos finais de semana, as meninas podem ir lá ver você.

Jesus Cristo, ele estava... falando sério!

— Nick, espera, por favor. — As palavras saíram atropeladas da sua boca. — Me dá mais uma chance.

— É, Nick, calma — disse Grace. — Não vamos enlouquecer. Ela teve duas experiências ruins...

— Duas! — Nick levou a mão à testa. — Pelo amor de Deus, Grace. Duzentas, isso sim! Não tão ruins quanto essa, está certo, eu admito. Mas os intervalos estão ficando menores, e as consequências piores. É isso que eles dizem que acontece. Eu te *disse* tudo isso.

Confusa, Marnie assistiu à discussão entre Grace e Nick. — Quem são "eles"? — perguntou, em pânico.

— Os profissionais do alcoolismo — respondeu Grace.

— Que profissionais do alcoolismo? — Os lábios de Marnie ficaram dormentes. — Como você sabe disso e eu não?

Grace pareceu surpresa. — Porque o Nick me telefona para conversar sobre você...

Telefona?

— Tem feito isso nos últimos meses.

Marnie ficou chocada. — Grace...? Você e o Nick andam falando de mim pelas minhas costas?

Grace a encarou. Ela parecia chocada. — Não estou fazendo nada pelas suas costas! A primeira coisa que fiz depois que ele me ligou foi ligar para *você* e contar.

Ligou?

— A gente ficou horas no telefone, não lembra? — Grace parecia em pânico.

Não. E não era a primeira vez que encontrava um branco no lugar da memória.

— Eu *achei* que você estava bêbada. Te perguntei na hora — disse Grace, ansiosa. — Você disse que não estava.

— E não estava! Eu me lembro de tudo. — Então, Marnie compreendeu algo: — Então é por isso que você tem me ligado tanto, preocupada?

— Ando preocupada.

— Por quê? Eu sempre gostei de beber. Quantas vezes te disse que os únicos momentos em que o mundo parece normal para mim é quando tomo dois drinques?

Ela podia ver o sofrimento de Grace. Podia ver Grace se perguntando que direito tinha de se ressentir daqueles dois drinques de Marnie.

— Olha, eu posso parar — disse, afirmativa. — Posso passar semanas sem um drinque.

Mas Grace desviou os olhos e encarou Nick. — Pode? Ela pode ficar semanas sem beber?

— Talvez. — Ele pareceu relutante. — Apesar de haver momentos em que ela diz que não bebeu e sinto o cheiro no hálito dela. Já encontrei garrafas de vodca na bolsa...

Grace pareceu chocada. — Achou? — Virou-se para Marnie. — Você nunca disse...

— Uma vez! Uma vez! Porque estavam sem entregador na delicatéssen. — Olhou Grace nos olhos. — Eu *posso* ficar sem beber por semanas. Eu *vou ficar*.

— E depois você desaparece! — disse Nick. — Passa dias fora de casa...

— Não são "dias"! — gritou Marnie. — Nick, você fala de um jeito que parece... Grace, não ouve o que ele está dizendo. Não foram nem dois dias! Vinte e quatro horas, no máximo.

— Vinte e quatro horas é muito tempo — disse Nick. — Principalmente quando você age como criança.

— Ah, vai, isso. Aumenta minha culpa! Como se eu já não estivesse me sentindo péssima!

De repente, os olhos de Marnie ficaram encharcados de lágrimas. Nick estalou a língua, impaciente, e anunciou que ia trabalhar, mas, para alívio de Marnie, Grace assumiu um tom ameno:

— Marnie, por favor, isso é muito sério. Você cai. Se machuca. Pode ser estuprada. Tem sorte de não ter morrido dirigindo bêbada. Tem sorte de não ter matado ninguém.

— Eu sei, eu sei, eu sei. — As lágrimas jorravam pelo rosto, o sal fazendo arder seus ferimentos. — Mas você não sabe o que é ser eu.

Ela viu uma ponta de pena nos olhos de Grace, e isso fez com que se sentisse pior.

— Desculpa. Desculpa, mas estou sempre triste — ela chorou, repentinamente sentindo todo o peso de seu fardo constante. — Quando bebo, a tristeza vai embora. É a única coisa que faz isso acontecer.

— Mas só piora tudo — disse Grace, sem esperança. — Com certeza, você está mais triste agora do que antes de beber, não é?

— É, eu vou parar. Vai ser difícil, mas eu vou parar.

— Você não tem que parar totalmente. Basta não exagerar. Você ainda toma antidepressivos?

— Eles não fazem o menor efeito.

— Será que não pode aumentar a dose?

— Vou perguntar. Acho que já tomo a mais alta, mas vou perguntar. Estou implorando, Grace, não deixa ele me mandar para uma clínica.

— Ok. — Grace se aproximou e, baixinho, perguntou: — E qual é a desse Rico?

— Rico? — Ela limpou o rosto com a mão. — É só um amigo.

— Tem alguma coisa rolando entre vocês?

Um flash de corpos, corpos nus, Rico em cima dela, a respiração pesada em sua orelha.

Não aconteceu.

— Não, não, ele só é muito gentil comigo.

— Mas você bebe com ele?

— Você faz isso soar... como se a gente tomasse metadona. A gente toma um drinque de vez em quando.

Grace deitou na cama ao lado dela. Para impedir qualquer interrogatório futuro, Marnie ligou a televisão. Estava passando *Trisha*; o tema do dia era "Odeio o Namorado da Minha Filha".

— Quer que eu troque de canal?

Ela não esperava que Grace gostasse de *Trisha*, mas a irmã estava hipnotizada. — Deixa, deixa.

O programa era um show de gritaria, palavrões e acusações de ciúme e infidelidade.

— Me desprezo por gostar de assistir a esse tipo de porcaria — disse Grace. — Mas não consigo evitar. É mais forte que eu.

Agora você sabe o que eu sinto.

Quando acabou, Grace perguntou, do nada: — Marnie, você já ouviu falar de um cara chamado Lemmy O'Malley?

— Não.

— E Eric Zouche?

— Não. Por quê?

— Nada. — Grace saltou da cama, cheia de vigor. — Certo, hora de você começar a voltar ao normal. Se veste, só por umas horas. Qual é o seu armário?

— Aquele.

Grace abriu o guarda-roupa. — Você tem tanta coisa. Quantos sapatos! — A prateleira de baixo estava lotada de pares de botas e sapatos. — Essas botas de montaria! — Grace se abaixou para olhar mais de perto.

Não, espera. Fique longe delas.

— Engraçadas, não são? — Grace estava com metade do corpo dentro do armário e sua voz soava abafada. — Tão duras, o couro parece até plástico.

— É porque nunca...

— Meu Deus, você é tão certinha, deixa as calçadeiras dentro das botas para elas...

Não toca nisso. Deixa minhas botas em paz.

— Grace, não...

Mas Grace já enfiava a mão dentro da bota, seu rosto mudando de expressão enquanto a mão ressurgia segurando algo. Então, com uma expressão que Marnie jamais vira, e, com a voz calma e suave, tão fora das características de Grace, perguntou: — Por que cargas d'água você guardaria uma garrafa de vodca dentro de uma bota de montaria?

— Grace, eu... não!

Grace enfiou a mão dentro da outra bota e tirou uma segunda garrafa, vazia. Voltou-se com aquela mesma expressão estranha, um rastro de choque e compreensão, depois voltou ao guarda-roupa, iniciando uma escavação frenética.

— Grace, não!
— Cala a boca!

Metade do corpo na cama, metade fora, Marnie não pôde fazer nada além de assistir ao desenlace da cena de horror. Grace remexia tudo, abria violentamente caixas de sapato, bolsas, virando-as de cabeça para baixo no tapete, as garrafas caindo ao serem descobertas de seus esconderijos.

Isso não está acontecendo isso não está acontecendo isso não está acontecendo.

Quando Grace terminou, alinhou todas as garrafas na penteadeira. Nove ao todo — garrafas cheias, pela metade, com um quarto de líquido. Marnie achava difícil acreditar que fossem tantas, sabia da existência de uma ou duas, guardadas temporariamente ali, até que tivesse a oportunidade de se livrar delas —, mas *nove*? Todas de vodca e todas abertas, à exceção de uma.

A respiração pesada, Grace olhou para Marnie, como se nunca tivesse visto a irmã na vida.

— Você anda bebendo desde que voltou do hospital?
— Não, eu juro!

Estava falando a verdade. Quisera beber — especialmente depois que descobrira que Grace estava vindo —, mas não teria sido capaz de fazer isso. Ela conhecia seu corpo o suficiente para saber que uma gota de álcool daria início a uma orgia de vômitos que poderia durar dias.

Depois, Marnie percebeu que a descoberta recente tomava conta de Grace — na verdade, viu a mudança nos olhos da irmã enquanto acontecia —, e Grace saiu correndo do quarto, movida por um propósito ameaçador.

Marnie se deu conta de aonde ela estava indo. — Não, Grace, por favor! — Saiu às pressas da cama, ignorando a dor que atravessava as costelas — dessa vez, precisava parar a irmã — e seguiu Grace até o quarto de Daisy.

Mas Grace já encontrara uma. Sacudiu a garrafa vazia em frente a ela. — No armário da sua filha. Que bonito, Marnie!

— Ela não ia encontrar.

— Eu não precisei de muito tempo.

Depois, Grace foi ao quarto de Verity e achou três garrafas vazias debaixo da cama.

— Não conta para o Nick — implorou Marnie. — Por favor.

— Como você pode me pedir isso? — disse Grace. — Como pode ser tão egoísta?

O som de vômito ecoou pela casa. De novo, de novo e de novo. Marnie sacudiu a maçaneta da porta. — Por favor, Grace, deixa eu entrar. — Mas Grace manteve a porta do banheiro trancada e não respondeu.

— Eu não entendo — disse Grace, frágil. Parecia devastada. Marnie jamais a vira tão encolhida. — Você não estava bebendo na última vez em que foi a Dublin. Você estava tomando antibiótico.

Ela não estava tomando antibiótico, mas agora não era o momento.

— Você não bebeu nada o fim de semana inteiro — disse Grace. Depois dirigiu-se a Marnie, porque era óbvio que acabara de perceber que Marnie devia estar bebendo escondida, o tempo todo. — Ou *bebeu*?

— Não, não bebi. Eu juro!

— Você jura? — A gargalhada de Grace pareceu ainda mais amarga. — Ah, agora acredito.

— Não estou mentindo, Grace, é verdade. Posso parar na hora que quiser.

— "Posso parar na hora que quiser" — Grace a imitou. — Sabe o que você parece?
— O quê?
— Uma alcoólatra.
— Mas...

A verdade era que não bebera nada em Dublin — porque, inexplicavelmente, era mais fácil não beber do que beber apenas um drinque. Por isso fingira estar tomando antibiótico. Desde o ano anterior — talvez antes disso — tinha percebido que, se tomasse um drinque, era invadida por uma necessidade absoluta de beber sem parar, beber até perder a noção do corpo, até que pudesse abandonar a própria vida, até que pudesse abandonar tudo, abraçar a liberdade gloriosa e fugir para o esquecimento. Não podia prever o que aconteceria se começasse a beber, poderia acabar em qualquer lugar, fazendo qualquer coisa, e não podia correr o risco estando longe de casa.

— Desculpa não ter te contado antes — disse Marnie. Não suportava a ideia de Grace sentir raiva dela. Pior, o desapontamento de Grace. — Desculpe ter te deixado no escuro.

— Isso não tem a ver comigo! Tem a ver com você ser... uma... alcoólatra. — Grace engoliu a palavra com dificuldade.

— Não sou alcoólatra, só sou...

— Marnie! — Grace abriu e fechou a boca como se fosse um peixe e apontou para as garrafas em cima da penteadeira. — Olha para elas, por favor, olha para elas.

— Não é tão mal quanto parece. Por favor, me deixa explicar. Elas estão aí há séculos. Por favor, Grace, me escuta...

De repente, Grace disse: — É isso! Você vai para o AA.

O quê? Alcoólicos Anônimos? Não, ela não ia.

— Vou ligar para eles. Agora. Cadê o catálogo de telefones?

— A gente não tem um.

Com a voz muito suave, Grace disse: — Não brinca comigo, mais do que você já brincou.

— No armário do hall.

Grace saiu do quarto e, quando voltou, disse: — Tem uma reunião à uma da tarde, no centro comunitário de Wimbledon. Se veste.

— Grace, isso é loucura — implorou Marnie. — Eu vou parar, eu juro para você que vou parar, não me faz ir para o AA. As coisas não são tão ruins assim. Eu só preciso resolver parar. Olha, estou resolvendo agora, acabei de resolver, pronto!

Ela viu que Grace fraquejava.

— E não posso ir desse jeito. — Indicou os ferimentos e os curativos.

O rosto de Grace era a imagem da hesitação — mas ela disse, com tranquilidade: — Eles não vão reparar. Provavelmente, estão acostumados.

— E se alguém do trabalho me vir?

— Provavelmente já sabem do seu problema. Na verdade, aposto que sabem. Provavelmente vão ficar satisfeitos de saber que você tomou uma atitude em relação ao seu problema com a bebida.

Problema com a bebida.

Enquanto Grace assistia, ela colocava a roupa. A cada movimento, gemia exageradamente de dor — mas não fingia o tremor das mãos. Não conseguia abotoar o jeans. Isso era novidade.

Olhou involuntariamente para o armário, depósito de pelo menos uma garrafa não descoberta por Grace. Um gole, talvez dois, a estabilizaria. Mas, mesmo que Grace a deixasse sozinha por três segundos, não correria o risco. Fora a probabilidade de vomitar. Se fosse descoberta, seria mandada para uma clínica de reabilitação na hora do jantar.

Grace dirigiu. Marnie deixou que se confundisse com as mãos das ruas, na esperança de que perdessem tanto tempo andando em círculos que não chegassem a tempo à reunião. Mas esquecera — como poderia, considerando que convivera com a irmã a vida inteira? — do tamanho da capacidade de Grace.

— A rua é essa — disse Grace, diminuindo a velocidade, avistando um prédio baixinho. — É... aqui.

Marnie não estava preocupada: nunca conseguiriam uma vaga.

— Eles estão saindo? — perguntou Grace. Baixou o vidro e falou com os ocupantes de um carro: saindo? Acenos de cabeça e sorrisos, polegares levantados, e Grace ocupou a vaga livre.

Como isso podia ter acontecido?

Não pense nisso não pense nisso não pense nisso.

— Sai — ordenou Grace.

Marnie destravou o cinto de segurança e deslizou até o chão. Suas pernas pareciam pertencer a outra pessoa; era a primeira vez que caminhava desde que acordara no hospital e parecia ser uma atividade completamente nova. Na verdade... — Grace, acho que vou desmaiar.

— Respira fundo — disse Grace. — E pode se apoiar em mim, se precisar.

— Não, é sério... estou me sentindo realmente...

— Marnie, você vai nesta reunião do AA. Não quero saber se vai cair no chão e morrer.

Marnie não achava possível que seu coração ficasse ainda mais pesado, mas quando percebeu que aquele era o mesmo lugar do da última vez, mal pôde se mover, porque o peso do pânico a puxava para baixo.

Na sala, havia dezesseis, talvez dezoito cadeiras em círculo. As pessoas conversavam, riam, havia chá com biscoitos dispostos numa mesa.

Quando Grace a conduziu à mesa principal, Marnie viu que ela estava insegura, quase nervosa.

— Essa é a Marnie — Grace apresentou-a a uma mulher que parecia ser a encarregada. — É a primeira reunião dela.

Na verdade, não era sua primeira reunião, era a segunda, mas não diria a Grace, porque, senão, ela realmente *pensaria* que a irmã era alcoólatra. Deu uma olhada furtiva em volta, na esperança de que a tal da Jules não estivesse lá, a tal que encontrara no cinema. Se ela aparecesse e a cumprimentasse, seu disfarce cairia.

As pessoas — os *alcoólatras* — eram bastante amigáveis; ela se lembrava disso da primeira vez. Não a constrangeram, mencionando seus ferimentos, e continuaram sorrindo, acolhedores. *Morrendo* de vontade de que ela se juntasse à gangue.

— Quer chá?

Marnie aceitou. O calor lhe faria bem, estava com tanto frio. Mas, para sua surpresa — e para o horror evidente de Grace —, suas mãos não eram capazes de sustentar a xícara. O líquido quente tremeu e derramou, queimando seus dedos. O homem que lhe dera o chá retirou a xícara, sem alarde, e colocou-a na mesa.

A perda de controle tinha sido tão inesperada que Marnie decidira que simplesmente não acontecera.

— Todos nós já passamos por isso — disse o homem, gentil.

Talvez você tenha, seu bêbado fracassado, mas eu não.

— Biscoito? — ofereceu o homem.

— Ok. — Seu estômago implorava por comida, mas parecia que os sinais vinham de centenas de quilômetros de distância.

Mordeu um pedacinho do biscoito, mas fazia muito tempo que não comia nada, e o gesto lhe pareceu pouco natural. Engoliu, forçando as migalhas goela abaixo, e o suco estomacal borbulhou de alegria.

— Vamos sentar — sugeriu Grace.

Puxada por Grace, ela sentou na cadeira dura.

Isso não está acontecendo isso não está acontecendo isso não está acontecendo.

Comeu o biscoito aos pedacinhos, deixando-os dissolver na boca, olhando para todos os alcoólatras aboletados ali. "Compartilhar", como eles dizem, que palavra mais servil! Com certeza, Grace vai detestar isso, não? Com certeza, ela não tem tempo para um lugar que usa esse tipo de termo.

— Beber era trabalho de tempo integral para mim. Esconder bebidas em casa, fingir que ia passear com o cachorro, só para poder jogar as garrafas vazias no lixo do vizinho. Depois, começaram a cobrar pela coleta e eu fui pega...

— Quando dava um jantar, sempre guardava uma garrafa extra no armário da cozinha para que, quando eu levasse os pratos de volta, ou fosse fazer qualquer coisa lá, pudesse tomar uns goles...

— Eu estava me automedicando. Achava que bebia porque gostava de beber, mas bebia para eliminar a dor dos meus sentimentos...

— Eu tinha garrafas guardadas em todo canto. Até no meu armário...

Essa confissão fez com que Grace cutucasse Marnie. *Viu*, era o que o gesto sugeria, você é como eles, *deve mesmo estar aqui*.

— Guardo garrafas nos bolsos dos meus sobretudos — continuou a mulher, e Marnie sentiu que Grace se tensionou com súbita desconfiança.

Droga droga droga.

— Eu podia parar, não era esse o problema. Podia segurar uma semana, talvez dez dias sem beber. A parte difícil era continuar assim. Isso, eu não conseguia...

— Perdi tudo para a bebida. Meu trabalho, minha família, minha casa, o respeito por mim mesma, e não estava nem aí, eu só queria beber...

— ... Marnie... — murmurou Grace.

— Humm? — Saindo do torpor, Marnie percebeu um zumbido de atenções em torno dela. O foco da sala parecia ser ela, e a líder do grupo sorria, carinhosamente.

— Marnie, você gostaria de dizer alguma coisa?

— O quê? Quem, eu? — Olhou para baixo. — Ah, não.

— Anda, Marnie, fala — sussurrou Grace.

— ... Meu nome é Marnie.

— Oi, Marnie — disseram todos em coro.

Deus, como ela se sentiu *estúpida*.

— É... bem, aqui estou eu.

— Diz que você é alcoólatra — sussurrou Grace. Mas ela não o faria. Não podia. Porque não era.

— Só para você saber — disse Grace, a boca num ligeiro sorriso, ao voltarem para casa —, você não precisa beber todo dia para ser alcoólatra. A mulher disse que várias pessoas ficam sem beber por períodos longos, exatamente como você.

Ignore-a ignore-a ignore-a.

— E o que você achou das pessoas? — perguntou Grace, depois de um curto silêncio.

— Elas são legais. — São doidas.

— Você vai voltar?

— Humm, semana que vem.

— Que tal amanhã?

— *Amanhã?* Não é um pouco... demais?

Grace não respondeu e, quando chegaram em casa, ela foi direto para o quarto de Marnie, abriu as portas do armário e procurou mais cuidadosamente. Em minutos, encontrou outra garrafa de vodca pela metade, e exibiu-a com um floreio silencioso, como um mágico tirando um coelho branco da cartola. Voltou ao guarda-roupa, como alguém em busca de pérolas, vasculhando os bolsos dos casacos. Encontrou mais uma garrafa.

Quando o número chegou a quatro, ela disse: — Demais? Não, não é demais porcaria nenhuma. — Ajoelhou e levou as mãos ao rosto, depois levantou.

— Grace... onde você vai?

— Ao banheiro. Vomitar de novo. — Parou à porta, virou-se e disse: — Engraçado, não é?

Marnie se encolheu diante da agressão.

— Você bebe até entrar em coma — gemeu Grace. — E eu é que vomito!

* * *

Grace voltou do banheiro e enroscou-se na cama ao lado de Marnie. As duas ficaram deitadas em silêncio.

— O que você foi fazer em Cricklewood? — perguntou Grace, de repente.

— O quê?

— Cricklewood. Nick disse que foi onde a ambulância te socorreu.

— ... É, eu sei. — Mas não sei o que eu estava fazendo lá. — Nada. Só tinha ido a um bar com o Rico, depois do trabalho.

— Em Cricklewood?

— Não. Em Wimbledon. Perto do escritório.

— Acho que não conheço Londres muito bem. — Grace estava sendo sarcástica? — Wimbledon é perto de Cricklewood?

Nem remotamente. É do outro lado da cidade. — Não.

— Então você e o Rico...?

— A gente tomou uns drinques.

— E depois?

— Encontrei umas pessoas, elas iam para uma boate. Eu fui também.

— Onde era a boate? Em Cricklewood?

Por favor, chega de falar em Cricklewood. Em Peckham. *Peckham*? Isso é perto de Cricklewood? O que andara bebendo? Peckham era um gueto.

— Não.

— Você conhece alguém que mora em Cricklewood?

— Não.

— Então, me diga por que você acha que foi encontrada em Cricklewood?

— Grace, se você disser Cricklewood mais uma vez, vou ter que tomar uma dose.

— Cricklewood, Cricklewood, Cricklewood. Dose de quê? Do que fica dentro do seu armário? — Grace esticou as pernas na frente de Marnie, para impedi-la de se mexer. — Nem pense nisso.

— Eu estava brincando.

— Eu sei. Olha para mim, eu estou histérica.

Entraram num silêncio sombrio, depois Grace disse: — Você não acha meio...?

— O quê?

— Você, caída no meio da rua, sozinha, ferida, envenenada de álcool, numa parte de Londres que nem conhece, sem lembrança de como foi parar lá nem do que estava fazendo?

Antes de Grace dizer cinco palavras, Marnie já tinha parado de escutar, preparando a resposta. Quando viu que a irmã terminara, disse: — Não vai acontecer de novo.

— Mas...

— Concordo com você, parece péssimo quando você coloca dessa maneira. Mas foi um acidente, uma vez, e não vai acontecer novamente.

— São três da tarde. — Grace saiu da cama. — Vou pegar as meninas na escola. Volto em vinte minutos.

— Obrigada, Grace. — Melodie finalmente pedira demissão. Estavam sem babá. Se Grace não estivesse lá, Marnie não sabia como as crianças voltariam para casa. Talvez com uma das outras mães...

Ouviu a porta da frente bater, o carro se afastar, e ajeitou-se nos travesseiros. Estava com sono agora. Mas, enquanto não dormia, as palavras de Grace se repetiam em sua mente: "Você estava caída no meio da rua, sozinha, envenenada de álcool, numa parte de Londres que não conhece, sem lembrança de como foi parar lá nem do que estava fazendo."

Ah.

Uma frestinha se abriu, dando-lhe uma pequena noção da vasta caverna de horrores à sua frente. Tomada de pavor, Marnie se esforçou para sentar, o ar lhe faltando, o coração aos pulos. Estava mais assustada do que nunca.

Caída no meio da rua, sozinha, três costelas quebradas, às cinco da manhã.

Ela era essa pessoa.

* * *

Sempre gostara de beber — nunca achou isso grande coisa —, mas a verdade era que bebia moderadamente. Quando era mãe em tempo integral, não bebia durante o dia. Não achava certo. A regra era: nada de álcool antes das seis da tarde. Passava o dia cuidando das meninas, mas, assim que os ponteiros do relógio da cozinha alinhavam-se numa linha preta e reta, servia-se uma dose de vodca com água tônica. Esperava ansiosamente por esse momento, não negaria, mas desde quando isso era crime?

Talvez pudesse ter começado mais cedo — outras mães provavelmente o faziam —, mas regras eram regras. Nada de bebida até as seis da tarde.

Exceto aquele dia, dois outubros atrás — ou seriam três? —, depois de os relógios serem atrasados com o fim do horário de verão e cinco da tarde ficar com cara de seis. Ficava escuro lá fora e o dia já estava longe, parecia desnecessário esperar, principalmente porque Nick não havia acertado o relógio. Os ponteiros, na verdade, marcavam seis e, se fosse o dia anterior, já *seriam* seis. Então, naquele dia em particular, ficou confortável com o horário das cinco. E — talvez porque o mundo não acabou quando ela quebrou a regra das seis da tarde —, alguns dias depois, um pouco além das 16h30 parecia ok. Ainda naquele mês, 14h15 também. Depois, uma da tarde. A primeira vez que bebeu de manhã, sentiu-se eufórica de liberdade; impressionada por ter levado tantos anos se segurando com barricadas artificiais. O tempo era só um conceito — que diferença fazia a hora em que tomava um drinque, se desempenhava apropriadamente a função de mãe?

E ela desempenhava sua função apropriadamente. As meninas eram a sua vida, e seu propósito era alimentá-las, vesti-las, entretê-las, acarinhá-las e confortá-las. Elas vinham antes de tudo. Essa foi a barganha que fez consigo mesma.

A regra das seis da tarde só era quebrada em situações extremas: precisava sentir-se particularmente deprimida ou entediada ou solitária para justificar a atitude.

Mas quem ela estava ferindo se bebesse antes das seis? A pergunta lhe voltava à mente. Ninguém. Na verdade, todos se beneficiavam, porque, quando uns drinques a tiravam da vida real e a levavam para um lugar mais feliz, dentro da sua mente, ela sentia grande alívio. Fazia exatamente o que queria, era o único momento em que era verdadeira consigo mesma. Ser uma pessoa preenchida fazia dela uma mãe melhor; com certeza.

Mesmo assim, suspeitava que Nick não enxergaria os drinques à luz do dia como uma melhoria de vida, como ela. Depois que ele começou a perguntar em voz alta por que a vodca da casa andava acabando tão rapidamente, ela começou a comprar suas próprias garrafas e a guardá-las em lugares secretos. Nunca tivera a intenção de ter um depósito de álcool no guarda-roupa, mas precisava poder beber sem restrições.

Cuidou para nunca ficar incapacitada na frente de Daisy ou Verity. Mas, às vezes, o esforço era demais e ela começou a dar o jantar das meninas às 16h30, colocando-as na cama quando ainda era dia, ficando surda para reclamações e espanto.

Quando Nick chegava em casa do trabalho, sua prática habitual se tornara abrir uma garrafa de vinho e beber lentamente a primeira taça. O benefício era duplo: explicava qualquer cheiro de álcool que lhe ficasse no hálito e a relaxava da própria embriaguez, afinal, estava bebendo.

Às vezes ele ficava surpreso com o tanto que ela parecia alcoolizada. — Você só bebeu duas taças — costumava dizer. — Sua tolerância é zero.

— Sou uma garota barata — brincava, feliz de seu subterfúgio estar funcionando.

Mas aquilo por que ansiava eram as noites, depois que as meninas já estavam na cama, em que Nick ia a festas de trabalho. Só então podia realmente render-se, beber uma atrás da outra, em abandono glorioso, até sua cama entortar e o quarto girar à sua volta, levando-a ao esquecimento.

Às vezes — normalmente no meio da noite, enquanto todos dormiam —, ela via o caleidoscópio completo da sua vida secreta, via-o como os outros deviam ver, e congelava de medo.

O que isso significa? O que tenho que fazer?
Mas sou uma boa mãe.
Sou uma boa esposa.
Sou uma boa pessoa.
Todo mundo acha difícil lidar com certas coisas, todos nós fazemos o que temos que fazer.
Boa mãe, boa esposa, boa pessoa: essas são as coisas importantes.
Boa mãe, boa esposa, boa pessoa: tenho o básico no lugar.

Sempre se preocupava com essas informações, revirando e transformando o que estava mal em bondade, até que as imagens partidas se rearrumassem e formassem outra, menos feia, e ela fosse capaz de cair num sono leve, ansioso.

Então, foi pega, bêbada e confusa. Não compreendia como deixara isso acontecer. Nick devia chegar do trabalho às 18h30, não era uma das noites em que podia baixar a guarda, e, apesar de ter tomado o primeiro drinque um minuto depois das 11h, manteve-se alerta o dia todo. Certamente estaria sóbria o suficiente às 16h para buscar as meninas. Depois, as três se esparramaram no sofá para ver um DVD. Tomava golinhos de um copo, contendo-se, com tempo suficiente para limpar qualquer evidência antes da chegada de Nick.

Mas ela deve ter caído no sono e, quando acordou, o coração dava pulos, prestes a saltar pela boca. Nick estava inclinado sobre ela, as feições embaçadas. Caos; cheiro ruim; um barulho agudo terrível; fumaça negra vindo da cozinha. Mesmo confusa, sabia que tinha que começar a pensar rápido.

— O que foi? Você está doente?

Ela fez um gesto afirmativo.

— O que é?

Ela tentou falar, mas as palavras saíram lentas e engroladas. O rosto dele mudou. — Marnie, você está bêbada!

— Não, eu...

— Você está bêbada, sim. — Ele ficou, obviamente, alarmado e confuso. — Você almoçou fora?

Mas ela sabia que ele sabia que não; falara com ela em casa no meio do dia. De qualquer forma, quando é que ela saía para almoçar?

Nick desapareceu no hall e, depois de alguns minutos, o barulho agudo parou abruptamente. O alarme de fumaça; ele deve ter tirado a bateria.

Depois voltou. Com o dedo, apontou, irado, para a cozinha.

— Elas estavam em cima de cadeiras fazendo macarrão numa frigideira.

Então, era esse o motivo da fumaça.

— Como elas ligaram o gás? — perguntou ele. — O que está acontecendo, Marnie? Você andou bebendo?

Não parecia fazer muito sentido negar.

— Sozinha! Por quê?

Por quê? Porque gostava. Foi a única coisa em que conseguiu pensar, mas isso não serviria como resposta.

— Eu... eu estava chateada.

Viu a expressão no rosto dele suavizar. — Por que, meu amor?

— Estava pensando no seu pai. — Ele fora diagnosticado com câncer de próstata alguns meses antes. Uma metástase lenta, sofrida. Sua expectativa de vida era de alguns anos.

Nick se surpreendeu: — Mas a gente sabe disso há séculos.

— Acho que só caiu a ficha agora. — Lágrimas vieram de lugar nenhum e, de repente, ela estava aos soluços. — Seu pai, pobrezinho. Isso é tão triste.

— Mas ele está bem com isso, agora. A mamãe está bem, todo mundo está bem.

Nick afagou a cabeça dela e foi gentil o resto da noite. Mas Marnie sabia que sua desculpa não funcionara. Despertara algo em Nick, uma suspeita, um alerta.

Alguns dias depois, houve o incidente "Fiona Fife".

Daisy e Verity estavam no parquinho com Alannah Fife, e Marnie tinha a tarde para si. O preço seria que, em algum momento, não muito distante, ficaria responsável pela menina de quatro anos, Alannah, por várias horas. Mas não pensou nisso. Estava se divertindo, pensando em coisas boas; e, quando o telefone tocou, decidiu deixar a secretária eletrônica atender.

— Marnie? — Era Fiona, mãe de Alannah, deixando recado.
— Você está aí?

Pegou o telefone. — Desculpa, estou aqui.

— Má notícia. Meu carro não quer pegar.

— Que chato.

— Então...

— Então...?

— Não posso levar a Daisy e a Verity em casa. Você pode buscar as duas aqui? É muito longe para elas voltarem a pé.

— Ah, meu Deus, desculpa, claro! Só estou um pouco lenta. Passo aí em dez minutos.

Marnie cambaleou em busca da bolsa com as chaves do carro e, por um momento, se perguntou se deveria dirigir. Não bebera tanto assim e não tinha perdido a noção das coisas, mas provavelmente passara do limite.

Dirigiria com cuidado absoluto.

Mas, do lado de fora da casa de Fife, Marnie não acertou o carro na vaga em que mirara. Pisou no freio e, em protesto, os pneus cantaram. Dois segundos depois, o rosto pálido e assustado de Fiona apareceu na janela, depois desapareceu quase imediatamente — mas ainda demorou um pouco até que Marnie registrasse a ansiedade dela.

A porta da frente foi aberta e Fiona apareceu no umbral, observando enquanto Marnie deslizava para fora do carro e caminhava em direção à entrada da casa. O choque nítido de Fiona informou Marnie de que ela não estava tão sóbria quanto imaginava.

— Marnie, você está bem?

— Estou ótima! — Não, alto demais. — Estou ótima. — Melhor.

— Você está...? — perguntou Fiona. — Você bebeu?

— EU? Está brincando? Nunca bebo antes das seis. — Não tinha intenção de parecer tão beligerante... e devia ter mentido; só se deu conta depois. Devia ter fingido que saíra para almoçar, devia ter rido e usado palavras como "tiquinho" e "quase nada", e tudo ficaria bem.

Fiona andou decidida até Marnie, quase colidindo com ela, e, apesar de vodca não exalar muito cheiro, Fiona começou a abanar a mão na frente do nariz, como se estivesse sendo atacada por fumaça. Disse, acusatoriamente: — Bem que achei você estranha ao telefone.

— Oi, mãe. — Daisy e Verity saíram da casa, vestindo casacos e pendurando mochilas nas costas.

— Não é a primeira vez que reparo — disse Fiona, baixinho.

Marnie desviou o olhar. — Vamos, meninas. — Sua voz tremia. — Pegaram todas as suas coisas?

— Será que devo deixar você dirigir? — perguntou Fiona.

Marnie não encontrou palavras. Devia ser defensiva? Se desculpar?

— Dá tchau para a Alannah. — Puxou as meninas em direção ao carro.

Naquela noite, acordou de madrugada, gelada, sóbria e apavorada, lembrando o episódio. Ouviu a própria voz engrolada insistindo: "Nunca bebo antes das seis."

Nunca bebo antes das seis da tarde.

Que coisa estúpida de se dizer quando, obviamente, Fiona sabia que ela bebera.

E a culpa em relação às meninas! Eram tão preciosas e ela arriscara sua segurança dirigindo enquanto estava... bêbada? Não... não era tão ruim, mas também não estava sóbria. Se alguma coisa tivesse acontecido...

Não tinha planejado aquilo. Se soubesse que teria que dirigir, não teria bebido nada — não tanto, pelo menos. A culpa se transformou em autopiedade: por que o carro de Fiona tinha que ter quebrado naquele dia em particular? Normalmente ela estaria sóbria no meio da tarde.

Há semanas espero até seis da tarde.

Semanas e semanas.

Por um momento, seu coração parecia ter desistido de bater, e essa foi a primeira vez que pensou: preciso parar.

— Por que Fiona Fife veio me perguntar se estava tudo bem com você? — perguntou Nick.

Droga.

Ela o encarou. — Não faço a menor ideia.

— O que aconteceu?

— Não sei do que você está falando.

Ela não imaginou, nem por um segundo, que Fiona contaria.

— Marnie, por favor, conta para mim — disse Nick. — Confia em mim, a gente pode tentar consertar as coisas...

— Não tem nada para consertar — disse, sincera.

Aprendera a mentir. Mas dessa vez não saíra ilesa. Nick estava claramente fazendo as ligações, juntando as pontas. Ela observava enquanto ele relembrava o passado recente e percebia como a paisagem havia mudado, rearrumando-se e reposicionando-se com os contornos da verdade.

Ele sabia.

Ela sabia que ele sabia.

E ele sabia que ela sabia.

Ele não disse nada.

Mas começou a observá-la o tempo todo.

— E o seu trabalho? — perguntou Grace.

— Exatamente. Como posso ir para uma clínica? Tenho um emprego. É uma renda necessária.

— Quis dizer, eles não se importam de você sumir esse tempo todo?

— Não é "esse tempo todo"...

— Ah, para com isso, é sim. Por que você ainda não foi demitida?

— Meu chefe...

— Guy?

— Isso, o Guy. Eu acho que ele... gosta de mim.
— Como assim, gosta? Você quer dizer que ele é a fim de você?
— Não. É uma coisa mais tipo... fraternal.
— Fraternal — repetiu Grace, com certo desdém.

No ano anterior, na mesma época, ela estava muito excitada com a volta ao trabalho. Nick não conseguira o bônus e isso devia ser encarado como um desastre, mas, na época, encarou o momento como uma salvação. De repente, ela tinha um propósito; não sentia mais a necessidade de beber — pelo menos, não da maneira que vinha bebendo: solitária, sozinha. O emprego era altamente sociável, tinha reuniões com possíveis clientes, almoços de negócios regados a álcool e happy hours no bar com as amigas. Pela primeira vez em muito tempo estava se divertindo.

Mas passaram dias sem que trouxesse clientes novos. Os dias viraram semanas e a luz da nova vida começou a diminuir. Depois, teve um almoço com um cliente em potencial, e ela achou que tudo estava ótimo; beberam gim-tônica e vinho, depois vinho do Porto, depois grapa. Competiam drinque a drinque, e ela não compreendia como tinha ficado tão bêbada e entregue enquanto ele continuava capaz de rir dela. O maître fora perspicaz o suficiente para pedir um táxi para ela, e, no dia seguinte, Marnie ficou grata pelo vômito incessante que a impediu de ir trabalhar e encarar sua vergonha. Pediu a Nick para telefonar para Guy e dizer que estava com gastroenterite; Guy respondeu que o maître telefonara para avisar que ela não conseguira lembrar a senha do cartão na véspera e tinha ficado devendo o jantar.

Depois de dois dias, voltou ao trabalho e suportou as piadas sobre sua bebedeira; Guy foi o único que não se juntou aos outros. Ela pediu desculpas e prometeu que não aconteceria novamente. Mas, naquele mesmo dia, à noite, foi ao bar com os rapazes e afogou a vergonha na vodca, o suficiente para ficar alegre e anestesiada. Rico foi quem a ajudou a pegar um táxi.

Outra semana se passou sem que fechasse um negócio e Marnie começou a ficar preocupada. A cada dia infrutífero que chegava ao fim, procurava alguém com quem beber; o medo a ser afugentado era grande. Às vezes, Craig ou Henry apareciam no pub, mas, depois de um ou dois drinques, iam embora: leves. A única pessoa em quem confiava na disponibilidade era Rico.

O número de noites em que chegava em casa tarde da noite se esgueirando, incoerente de bêbada, se avolumava.

Inicialmente, Nick reagiu com fúria, até que, num domingo de tarde, sentou-se com ela à mesa de jantar e disse, com ar grave: — A gente precisa conversar. — Quando disse a ela que estava "desesperadamente preocupado" com o tanto que ela andava bebendo, Marnie já tinha uma resposta preparada: a maior parte de seu trabalho era realizada socialmente: não saía para se divertir, estava *trabalhando*.

Nesse caso, Nick implorou que ela o fizesse com moderação.

Um pedido razoável, ela concluiu: dali em diante, três drinques seriam seu limite. Mas, apesar da intenção sincera, as saídas para beber depois do trabalho continuaram caóticas e excessivas. Ela não entendia — depois de dois drinques, o álcool parecia ganhar vida própria.

Começou a faltar ao trabalho; só havia doze semanas que estava de volta e tirara cinco dias de folga. E ainda tinha que fechar um negócio.

Sua vida começou a ficar cheia de limites perigosos, não havia conforto possível: detestava estar em casa, porque Nick parecia sempre alerta e irritado; detestava estar no trabalho, porque era um fracasso como corretora; o único lugar em que queria estar era o pub, e a única pessoa com quem ficava confortável era Rico. Era o único, pensava, que não a julgaria. Também, ele não escondia que a achava atraente, e ela se sentia lisonjeada. Ele era jovem — mais jovem que ela, de qualquer maneira — e muito bonito: cabelo e olhos escuros.

Depois de menos de duas semanas, Nick a abordou para mais uma conversa. Mais uma vez, Marnie prometeu um recomeço, e sua intenção era verdadeira. Achava que realmente vinha se esforçando, mas jurou a Nick que tentaria com ainda mais vigor.

Uma semana depois, ele precisou pedir novamente, confuso com a persistência dos fracassos da mulher. E ela fez mais uma promessa.

— Isso não está dando certo — disse Guy.

Demorara tanto para que ele tomasse conhecimento dessa verdade incontestável que ela conseguiu convencer-se parcialmente de que talvez nunca acontecesse.

— Você voltou a trabalhar há quatro meses — disse ele. — E não fechou uma venda sequer.

— Desculpe — sussurrou ela.

— Você acha que se não estivesse sob tamanha pressão não precisaria beber tanto?

Ela fez uma careta de dor. Não teria sido mais doloroso se ele tivesse lhe dado um soco.

— A Bea está indo embora. Vai abrir uma vaga no administrativo. Você quer?

Qualquer coisa para reconquistar a aprovação dele. — Se você quiser — murmurou ela. — Posso fazer uma tentativa.

— Você pode pensar um pouco. Outra coisa, quero que você vá a um encontro do AA. Alcoólicos Anônimos.

Ela levantou a cabeça, a voz repentinamente recuperada: — Ah, meu Deus, Guy, eu não estou tão mal assim.

— Esse é o acordo. Se você quer manter o emprego, tem que ir à reunião.

— Não, Guy...

— Sim, Marnie.

Então, ela foi à reunião — Guy não lhe dera muita escolha. Como esperava, fora estranho e terrível. As pessoas ficaram todas em cima dela, acalmando-a com gentilezas. Uma mulher, chamada Jules, fora quase assustadoramente amigável, deu a ela seu telefone e implorou a Marnie que ligasse da próxima vez que tivesse vontade de beber.

Era imperativo que Nick nunca soubesse que fora lá. Não podia arriscar ideias sendo plantadas na cabeça dele.

Guy estava cheio de perguntas sobre como tinha sido a reunião.

— Foi... Desculpa, Guy, nem sei o que dizer, porque foi tão...
— Encontrou a palavra exata. — *Inapropriado*. Eles são alcoólatras. É errado eu ficar lá espionando os pobrezinhos.

— Você deve ir a mais algumas — disse Guy. — Só para sentir melhor como é.

Marnie achou o comentário absolutamente estapafúrdio. — Eu admito, Guy — disse ela —, talvez eu tenha *passado* por um *curto* período de excesso de álcool, mas agora que vou ter esse trabalho novo, *menos estressante*, tudo vai melhorar.

— Só mais uma reunião — disse ele. — Tenta ir só a mais uma.

Ele era teimosamente insistente — mas ela era mais ainda. No fundo, sabia que era abençoada por uma sabedoria superior: ela estava certa, ele estava errado.

Discutiram por mais meia hora. Finalmente, Guy se deixou vencer com um murmúrio: — Vamos ver como as coisas ficam nos próximos meses. — Ele parecia exausto.

Depois, ela levou a novidade de seu novo trabalho administrativo para Nick — e ele enfiou a cabeça entre as mãos, balançando o corpo para frente e para trás. — Graças a Deus, graças a Deus — sussurrou.

Marnie olhou para ele, numa surpresa muda. Esperava que ficasse desapontado com a redução do salário — não que ela já tivesse ganho alguma comissão de corretagem, mas existia a expectativa de que, quando finalmente acontecesse, a quantia fosse gorda e satisfatória.

— Eu andava tão preocupado — disse Nick — com esse seu hábito de beber. Mas agora você vai poder parar.

Marnie sentiu como se tivesse tomado um murro no peito: Nick estava certo. Seu novo horário de trabalho era de nove às seis e prescindia de encontros sociais. Sairia do escritório às seis em ponto e não havia razão para não estar de volta em casa vinte minutos depois.

Guy estaria prestando atenção nela no trabalho, Nick estaria prestando atenção nela em casa: estava encurralada.

Era exaustivo: planejar quando comprar, quando beber, como esconder o cheiro, como esconder os efeitos e como se livrar das garrafas vazias.

Sua vida ficou ainda mais encaixotada quando Nick dispensou a babá de tempo integral e contratou uma por meio período, de modo que Marnie precisava chegar em casa às sete; a despesa de uma babá integral não se justificava, levando em conta o novo salário de Marnie.

O problema era o Rico. Quase todos os dias, ele a tentava, convidando-a para um drinque depois do trabalho, e, às vezes, ela cedia — talvez uma vez a cada três semanas, a cada duas, uma vez por semana, e, apesar de nunca ser sua intenção tomar mais de dois, sistematicamente se dava conta de que não voltava para casa até estar completamente bêbada.

Odiava-se. Amava Nick. Amava as meninas. Por que fazia isso com eles?

Nick se irritava e implorava, e ela prometia que não faria de novo, mas Rico continuava a fazer os convites e ela nem sempre era capaz de resistir.

Inevitavelmente, chegou a noite em que Rico fez uma investida. Horrorizada, ela o dispensou: — Rico, sou casada.

Determinado, ele tentou novamente. E novamente. E, finalmente — por quê? — ela cedeu. Foi um beijo estranho, seco, suas línguas revirando, os dois bêbados demais para que fosse melhor.

Na manhã seguinte, à luz fria do dia, ela ficou enjoada. Um beijo contava como traição, e, apesar de ela e Nick estarem passando por um momento difícil, amava o marido. Ele merecia sua lealdade.

Mas, da vez seguinte que Rico a convidou para beber, flagrou-se aceitando. Era estranho, porque, bonito como ele era, às vezes — frequentemente — a assustava.

Mas ela devia gostar dele. Não se pode ir a um pub com alguém de quem não se gosta; que espécie de pessoa faria isso?

A babá pediu as contas, depois de uma das muitas noites em que teve de ir embora tarde. Nick encontrou uma nova, outra de preço em conta, que precisava que Marnie estivesse em casa às seis e meia. Marnie jurou que não daria motivos para que a nova babá pedisse demissão.

Mas chegou a manhã em que ela acordou — para seu horror — nua, na cama de Rico. Não sabia o que acontecera, ou se acontecera. E ficou tão chocada com a própria falta de memória que não conseguiu perguntar a ele.

A única coisa que pensava era em Nick. Fora longe demais. Dessa vez, podia realmente perdê-lo. E sob a névoa de medo paralisante que a envolvia, teve certeza do quanto o amava. Em pânico, correu para casa, o corpo inteiro tremendo.

Quando entrou pela porta da frente, Nick estava enlouquecido de fúria — ficara acordado a noite inteira, esperando por ela —, mas ela mentiu, mentiu, mentiu; uma história elaborada, cínica, que envolvia uma noite na casa de Lindka (ela mal conhecia Lindka, mas assim mesmo conseguiu, mais tarde, extrair desta a promessa de que juraria para Nick — caso fosse consultada — que Marnie passara a noite na sua casa), sem telefone, o celular sem bateria e nenhum táxi disponível.

Tinha que fazer Nick acreditar nela. *Não* podia perdê-lo.

Não achava que ele tivesse engolido, mas ele não conseguira derrubá-la. Para cada furo encontrado na história, ela encontrava solução ainda mais implausível; no final, Nick estava tão exausto que simplesmente se rendeu.

Mais tarde, naquele dia, olhou para Rico no escritório e algo dentro dela se partiu.

Eu estava bêbada e você se aproveitou de mim.

Depois, outra voz disse: *Ninguém me forçou a beber...*

Mas uma coisa era certa, ela pensou: passar a noite com Rico fora a maior besteira da sua vida. Arriscara seu casamento só porque bebera demais. Isso *nunca* mais aconteceria.

Três semanas depois, aconteceu novamente, com quase todos os detalhes.

Depois, novamente.

A nova babá foi embora e a culpa que Marnie sentia era como se facas quentes fossem enfiadas em seu peito. Odiava-se, e odiava sua habilidade persistente de destruir tudo em que tocava.

Parecia que sua vida se dobrava mais e mais para dentro, e em algumas manhãs sentia-se tão infeliz e desgraçada que qualquer coisa era motivo para tirá-la de casa. E às vezes o terror de estar realmente no mundo era tão grande que se precavia levando uma garrafa na bolsa. Até Nick descobrir.

Ele começou a cheirá-la; fingia que estava fazendo outra coisa, como ajudando-a a tirar o casaco, mas ela sabia bem o que ele estava fazendo. Se atrasava dez minutos para chegar em casa, ele se apavorava, convencido de que embarcara numa bebedeira.

Mais uma babá se demitiu.

A vigilância de Nick aumentou. Em resposta, o mesmo aconteceu com seus subterfúgios, depois, mais vigilância e mais mentiras.

Mas, mesmo enquanto se afundava mais e mais no álcool, lutava para escapar. Rezava para um Deus no qual não acreditava, pedindo que tivesse forças para parar de beber para sempre, vasculhava a casa regularmente a fim de despejar o conteúdo das garrafas na pia, sentindo aversão ao ver todos aqueles goles indo embora.

Por favor faça-me parar por favor faça-me parar por favor faça-me parar.

Por insistência de Nick, tentara acupuntura, na tentativa de minimizar o desejo; tomava aminoácidos e comprimidos de cromo; assediava seu médico, pedindo antidepressivos mais fortes; tentou gerar euforia correndo.

Mas, se a culpa não a pegava, a tristeza que carregava era demais para suportar. Talvez fosse capaz de resistir a uma semana sem beber, mas a depressão e a dor durante esse período eram como se andasse sobre facas. Parar, começar, parar, começar. Começar, sempre recomeçar.

Amava o álcool, e era um amor forte e faminto. O álcool — vodca — era tudo que desejava e nada se comparava ao primeiro gole. O gosto era puro — gelado e quente —, o frio e o calor percorrendo sua garganta, espalhando-se pelo peito, destruindo todo o medo e toda a ansiedade em seu estômago. Era como se poeira de estrelas fosse espalhada em seu corpo, dos pés à cabeça, e ela, de repente, ficasse alerta, embora calma, esperançosa, mas conformada. Depois, animada, animada e livre, tomada de alívio.

— Tenho que voltar para Dublin — disse Grace. — Tenho que trabalhar no fim de semana para compensar os dias que faltei.
— Eu sei, eu entendo. Foi bom você ter vindo, muito bom.
— Agora escuta, papo cabeça antes de eu ir embora. Não estou tentando te assustar, mas Nick não vai suportar isso por muito mais tempo. Ele é um homem bacana, de verdade.
— Eu sei — murmurou Marnie.
— Sempre gostei dele, mas... acho que pensava que era um pouco frouxo. Acho que julguei pelas roupas. De qualquer forma, não acho mais isso. Ele é fantástico. Ah, e você não me disse que o motivo de ele não ganhar o bônus foi porque teve que faltar muito ao trabalho por sua causa.
Marnie enterrou a cabeça no travesseiro, a vergonha era demais.
— Ele saía mais cedo do escritório para que a babá pudesse ir embora, não é isso? Porque você quase nunca chegava em casa na hora, não é? E tinha que ficar até mais tarde de manhã para levar as meninas para o colégio, porque você estava de ressaca. E, tudo bem, Marnie, eu sei que ter filhos deve ser uma responsabilidade compartilhada, mas, sendo muito sincera, o Nick ganha quinze vezes mais que você.
Marnie sabia. Concordou.
— Me escuta, Marnie, é importante. Se chegar a certo ponto, o Nick vai ter a guarda das crianças.
Nick vai te deixar.

Você vai perder a guarda das suas filhas.
Quero um drinque.
— Do jeito que você está bebendo, nenhum tribunal do país... O quê? Isso é a campainha? — Grace desceu as escadas e voltou alguns minutos depois. — É o seu chefe.
— Guy?
— Um cara todo arrumadinho? É.
— O quê? *Aqui?*
— Na sala. Se veste. Penteia o cabelo.

— Eu tenho uma proposta para te fazer — disse Guy.
O coração de Marnie acelerou e, de repente, a sala ficou quente demais.
— Eu me preocupo com você, Marnie.
Ela o observava, muda. Isso estava mesmo acontecendo? Qual seria o preço para manter o emprego? Uma transa rápida? Ou encontros regulares, três vezes por semana?
Fosse o que fosse, ele podia esquecer.
— Apesar de você às vezes ser, francamente, um pesadelo — disse.
Ela fez um gesto afirmativo. Sabia disso. Mesmo assim, não dormiria com ele.
— Nunca disse isso para ninguém do escritório — falou — Mas minha mãe era como você.
— Como assim? — Édipo moderno. Jesus, era só o que faltava.
— Uma bêbada.
Uma *bêbada*. A expressão provocava a visão de tipos humanos na sarjeta, esquentando-se perto de um fogareiro e brigando por uma garrafa.
— O que foi? — perguntou Guy. — Não gostou da palavra?
— Parece meio... cruel.
— Cruel? — Guy olhou diretamente para a costela quebrada de Marnie. — Ok, minha mãe, como você, era alcoólatra. Melhor assim?

— Por favor. — Ela estava muito cansada de tudo aquilo. — Desculpe, Guy. Tenho tanta, mas tanta vergonha. Prometo que não vai acontecer de novo.

— Posso te dizer umas coisas? Algumas verdades?

Ela respirou fundo — por que tudo tinha que ser tão difícil, doloroso, brutal? — e suspirou. — Pode falar, Guy, se isso vai te fazer bem. — Ele merecia falar.

Guy a observou; Marnie podia ver que ele decidia se daria ou não uma chance a ela.

— Você não toma banho o suficiente — disse.

Ela não sentiu nada. Nada, nada. A muitas e muitas milhas de distância, uma outra Marnie queimava de vergonha, mas essa não sentia nada.

— Você está enganado — disse ela.

Mas ele tinha razão, não tomava banho diariamente, não mais. Alguns dias, sair da cama e se vestir exigiam tanto da sua vontade de viver que ela não tinha condições de suportar a água sobre o corpo frio, tão frio.

Ele disse, soando quase gentil: — Mas isso é parte do alcoolismo.

Ela fez uma careta.

— Já vivi isso com minha mãe — disse ele. — A depressão, as mentiras, a autopiedade...

— Autopiedade?

— Você é refém dela. E outra coisa, Marnie: quem te disse que vodca não tem cheiro mentiu. Por último: se afasta do Rico. Ou vocês dois vão ficar sem emprego.

— Ei, Guy, só um minuto! Sou uma mulher adulta. O que acontece com o Rico não é da sua conta.

Ele balançou a cabeça. — Sou seu chefe. É da minha conta, sim.

— Não é...

Guy suspirou. — Você sabe que o Rico também é alcoólatra, não sabe?

Sem saber exatamente por que, aquilo a assustou imensamente. Rico não era alcoólatra, ele só gostava de beber. Como ela, exatamente como ela.

Indignada, perguntou: — Supondo que isso seja verdade, o que não é, por que você continua empregando alcoólatras?

— Não sei — admitiu ele. — Não é uma coisa que eu faça intencionalmente. Os especialistas diriam que tenho uma tendência a ajudar vocês, da mesma maneira que tive que ajudar minha mãe.

Deus, ela pensou, todo mundo é psicanalista hoje em dia. Até caras engomadinhos.

— Acho que é a mesma dinâmica — disse ele — que faz com que alcoólatras como você e Rico se encontrem. Acho que você assusta as pessoas que bebem normalmente e as únicas que sobram são vocês. Vocês só têm um ao outro.

Não. Isso acontecia porque Rico era a fim dela e queria que ficasse bêbada para poder...

— De qualquer jeito, o Rico não vai mais te incomodar. Falei com ele. E você não deve ter problema com os outros. Eles nem vão ao pub mais com você, porque ficam constrangidos demais.

O rosto dela incendiou. Tinha percebido que eles não se aproximavam.

— O que me leva à proposta que vim fazer. Você continua tendo seu emprego, com a condição de frequentar as reuniões do AA e de não beber.

— Marnie, essa é sua última chance — disse Nick. — Se você se recusar a fazer um tratamento...

— Nick, não tem motivo para isso tudo.

— Então, você vai ter que encontrar outra maneira de parar. Eu faço o que você quiser para ajudar. Qualquer coisa. Marnie, qualquer coisa. Mas, se você beber de novo, serei obrigado a ir embora e levar as meninas comigo.

* * *

— Mãe? — Daisy entrou no quarto, ainda mais desconfiada que o normal.

— Oi, amor?

— Mãe? — Daisy subiu na cama e sussurrou: — Aconteceu uma coisa horrível.

— O que foi?

Daisy apoiou a testa nos joelhos e começou a chorar. Marnie se endireitou, alarmada. Daisy se orgulhava de nunca chorar.

— Está tudo bem, meu amor. Seja o que for, está tudo bem.

— Mãe, eu... — Ela sufocava em soluços, as palavras incompreensíveis. Depois, conseguiu dizer uma frase completa: — Fiz xixi na cama!

A culpa foi tão violenta que o estômago de Marnie revirou.

— Tenho quase sete anos — Daisy soluçou, o rosto de pétala de rosa distorcido pelas lágrimas. — E fiz xixi na cama!

Marnie olhou para Daisy, como se tivesse sido atingida por um raio. Aquele era o momento. Chegara, finalmente. O momento de que deveria se lembrar, quando tinha compreendido, com certeza quase mística, que precisava parar.

Confraternizara com criminosos, quebrara os próprios ossos, fora forçada a ir ao AA, mas precisara disso para recobrar o bom-senso.

Amava suas filhas com uma paixão que chegava a doer. Seu alcoolismo estava prejudicando a vida delas e não podia fazer isso — a culpa a crucificava.

Amo minhas filhas mais do que amo beber. Simples assim.

Deu-se conta de que provavelmente levara anos para chegar até ali, mas a decisão parecia se dar num instante. Estava calma, lúcida, resolvida.

Nunca mais vou beber.

Segunda-feira. Entrou no escritório, a cabeça erguida. Não se sentia mal como de costume, voltando depois de uma ausência alcoólica. Desta vez, era uma nova pessoa, com um plano de vida novo. Sentia-se bem com isso. Estava sóbria e decente, era uma mãe devotada, esposa amorosa, trabalhadora.

Craig disse olá. Wen-Yi cumprimentou-a com um gesto de cabeça. Linda falou alto: — Bom dia. Ninguém comentou seus ferimentos nem sua ausência de quase uma semana, o que significava que todos sabiam exatamente o que acontecera. Guy devia ter dito que fingissem normalidade. Era desconfortável, mas, pelo menos, era a última vez que precisaria passar por uma manhã como aquela.

Rico estava lá. Sorriu envergonhado para ela, e seu estômago se revirou em repulsa. Ele lhe mandara incontáveis mensagens de texto enquanto se recuperava, mas ela respondera apenas uma vez: algumas palavras ríspidas, só para que ele soubesse que estava viva.

Provavelmente transei com ele.
Isso contava como infidelidade se a pessoa não se lembrava de nada?

Às 12h45, Guy apareceu do seu lado. — Hora da sua reunião.

A reunião do AA. Durante toda a manhã, ela se perguntou se ele manteria a ameaça.

— É o seguinte, Guy — disse ela, baixinho. — Não vai precisar. Eu decidi, e estou realmente falando sério, que nunca mais vou beber. Por causa das minhas filhas. Eu vi como estava fazendo mal a elas...

— Excelente. As reuniões vão te ajudar a manter essa resolução.

— Mas se eu parei, não sou alcoólatra; então, para que preciso...

— Pode ir. — Não era uma proposta. — Não precisa se preocupar em voltar correndo. Pode ficar fora uma hora.

— Bem? — O rosto de Guy estava tomado de esperança quando ela voltou, às 14h15. — Como foi?

— Bem, obrigada.
— Ajudou?
— Ah, claro.
Muito. Uma hora vendo vitrines realmente animaram seu espírito.

Quinta-feira. Olhava os cabides, buscando alguma coisa de tamanho 42 quando sentiu que alguém a encarava. Levantou o olhar. Era Lindka, expressão hostil. Merda.

— Você não devia estar no AA?
— Hein? — O mundo inteiro sabia o que acontecia com ela?
— O Guy passou a semana toda te dando mais meia hora de almoço para você ir às reuniões.
— Olha só, Lindka... — Não ficava à vontade com ela desde que implorara que mentisse para o Nick sobre a noite supostamente passada em sua casa. — Estou indo para lá agora.
— É uma e vinte. A reunião começa a uma.

Como Lindka sabia? O escritório inteiro sabia de tudo?

— Você foi a alguma? — perguntou Lindka, acusatória.

Na verdade, não. Todas as horas de almoço haviam sido gastas nas lojas. Por que ela precisava ir a reuniões de alcoólatras se sabia que nunca mais beberia? Estava tendo uma boa semana, uma ótima semana. A atmosfera em casa era feliz, ela se divertira com Nick e as meninas, fizera o jantar pela primeira vez em séculos e não tivera vontade de beber, nenhuma vez. Era apaixonadamente grata pela sua família, pela paciência de Nick, pelas duas filhas lindas.

— Vem — disse Lindka. — Vou com você até lá.

Pelo amor de Deus. Mas teve medo de desafiar Lindka.

Andaram juntas pela rua fria, em silêncio tenso, e, quando chegaram ao centro comunitário, Marnie disse: — É aqui.

— Em que sala? — Lindka fora com ela até o corredor.

— Naquela. — Marnie apontou para uma porta fechada. Lindka abriu-a. Enfiou a cabeça lá dentro, olhou em volta e pareceu satisfeita com o que viu.

— Pode entrar, Marnie. E quando você voltar para o escritório, vai dizer para o Guy onde eu te encontrei.
— Lindka, por favor...
— Se você não contar, eu conto.

Marnie entrou na sala e sentou numa cadeira. Várias pessoas sorriram, cumprimentando-a. A ladainha estava a todo vapor:
— ... Tentei parar de beber sozinho, mas não consegui. A única coisa que me ajudou foram as reuniões...
— ... Não suportava meus sentimentos. Estava sempre com raiva, com inveja, deprimida, com medo, então eu bebia...
— ... Eu tinha uma namorada linda. Era apaixonado. Ela implorou para eu parar. Tentei, por ela, mas não consegui. Ela me deixou e quase morri, mas isso não foi o suficiente para eu parar de beber. A verdade é que eu amava mais o álcool do que a minha namorada...
— ... Eu culpava todo mundo por meu alcoolismo: minha mulher, porque me enchia o saco; meu chefe, porque me fazia trabalhar demais; meus pais, por não me amarem o suficiente. Mas eu bebia porque era alcoólatra, e isso era responsabilidade minha...
— ... Sempre fui diferente, mesmo adolescente, mesmo quando era criança, na verdade...
Já que estava ali, não seria ruim tomar um chá com biscoitos; talvez fizesse o tempo passar mais rápido. Olhou em volta, tentando descobrir onde estavam, e, acidentalmente, encarou o homem na mesa principal. — Que bom ver você novamente — disse ele. — Quer dizer alguma coisa?
Ela balançou a cabeça.
— Qual é o seu nome?
Pelo amor de Deus! — Marnie.
— Oi, Marnie.
Houve uma pausa expectante. Ela deveria dizer: — E eu sou alcoólatra.

Mas não era, então não disse.

Às cinco para as duas, escapuliu. A ladainha continuava, mas ela já aguentara tempo demais. Na verdade, saiu correndo pelo corredor em direção à porta para o mundo exterior, desesperada para fugir dali.

— Marnie?

O quê? Virou-se. Uma mulher graciosa a seguia. Casaco de capuz cor-de-rosa, rabo de cavalo balançando, sorriso amplo. — Não sei se você se lembra de mim. Sou a Jules. A gente se encontrou uma vez.

— ... Ah, claro.

— Como vão as coisas?

— Ótimas, tudo ótimo. — A luz do dia era visível pelas vidraças sobre as portas de vidro. Ela estivera tão perto...

— Fica com meu telefone. — Jules lhe entregou um cartão. — Se pensar em beber, pode me ligar a qualquer hora do dia ou da noite. Estou falando sério. — Ela sorriu, calorosa. — E você não quer me dar o seu?

Marnie não sabia como recusar, sem parecer grosseira; relutante, disse o número e Jules anotou no celular.

Posso ir agora?

— Guy, preciso confessar uma coisa.

O medo estampado no rosto dele. — Você andou bebendo?

— Não!

— Você não foi à reunião?

— Fui, mas não durante o tempo todo. Fui ao shopping antes.

— Tudo bem. — O alívio fez com que ficasse generoso. Depois, ele percebeu que Lindka os observava do outro lado da sala. — O que a Lindka tem a ver com isso?

— Ela me encontrou na loja.

Ele precisou de alguns momentos para compreender. — Você quer dizer que não teria ido se ela não te flagrasse?

— Teria ido, sim.

Claramente, ele não acreditou, e, frustrada, Marnie explodiu:
— É que parece bobagem agora que sei que não vou mais beber. Nunca mais. Desta vez é diferente, nem tenho tido vontade de beber.

Ele pareceu sucumbir. — Você não foi a nenhuma das reuniões, foi?

Ela pensou na possibilidade de mentir. Mas aquilo precisava ter um fim. Não podia passar todas as horas de almoço escondida num shopping pelo resto da vida. — Não, Guy — disse em tom razoável. — Não tem necessidade.

Ele suspirou: — Ok.

— Você quer dizer...?

— Ok. Não precisa mais ir. Quer dizer, não precisa mais fingir que vai.

Ela deveria ter se sentido melhor. Mas quando voltou para sua mesa, sentiu-se enjoada. Guy queria o seu bem, e, apesar de ser irritante o fato de ele não compreendê-la, Marnie estava triste por tê-lo magoado. De repente, ficou com raiva dele, porque fazia com que sentisse culpa. E ficou com raiva da Lindka por entregá-la. E com raiva do Nick. E com raiva do Rico. Que se danassem. Que todos se danassem. Quem eles pensavam que eram para tentar dirigir sua vida? Para que a tratassem feito criança. Para que a humilhassem.

Era uma mulher adulta. Podia — *iria* — beber se quisesse.

Isso, beber.

Não quisera tomar um único gole desde que Daisy lhe fizera aquela confissão envergonhada. Estava livre. Orgulhosa de sua decisão. Tampouco desprezava o fato de que todos fizessem disso um cavalo de batalha.

Beber.

Agora.

Agora agora agora agora agora agora.

Seu corpo fora tomado de desejo — de onde ele tinha vindo? Cada célula acesa por uma compulsão irresistível. Estava melada de suor, o sangue pulsando e o cérebro fazendo cálculos: ir até o pub, comprar uma garrafa, beber no banheiro feminino, meu conforto, minha cura.

Preciso preciso preciso preciso.

Daisy e Verity? O que tem a Daisy e a Verity a ver com isso? Sua mente as esqueceu. Mal as conhecia.

— Vou dar uma saída. — Sua voz soou errada. Tentara parecer casual, mas demonstrou medo.

— Vai aonde? — Guy estava alerta, sabia que algo estava acontecendo.

— À farmácia.

— Para quê?

— Comprar absorvente. — Olhou friamente para ele.

— Você está ocupada. Aqueles documentos precisam ser enviados hoje.

— Só vou demorar cinco minutos.

— Eu tenho absorvente — disse Lindka. — Vou te poupar a saída.

— Prefiro comprar da marca que eu gosto.

— Você não sabe a marca que eu uso.

Agora, o escritório inteiro observava. O pânico a deixou tonta.

— ... Não estou me sentindo bem. Acho melhor eu ir para casa. — Estava indo, ia embora, não importava o que eles pensassem. Pode me demitir, eu não quero saber.

— São três e meia — disse Guy. — Tenta ficar mais duas horas.

Todos se entreolharam, em silêncio absoluto, e o aperto no peito cedeu um pouco.

— Ok — sussurrou e voltou para a mesa.

Baixou a cabeça e tentou trazer a mente de volta ao trabalho, mas não conseguia ler. Não conseguia enxergar o que estava à sua frente.

A necessidade voltara, mais forte que antes. Crescia, se expandia, inchava, tomava conta dela, era insuportável.

Ela se levantou e agarrou a bolsa. — Banheiro — disse enquanto cabeças se levantavam para observá-la.

Saiu pela rua, sem casaco, correndo, uma vaga impressão de que lojas e escritórios passavam por ela, o vento frio arranhando o rosto. A delicatéssen ficava no final da rua. Suas pernas estavam pesadas, crianças obstruíam seu caminho, ela esbarrou numa carruagem de Papai Noel, música natalina ecoava, vindo das lojas, as pessoas a encaravam e diziam palavrões.

Depois, o pub. Logo à sua frente, como se tivesse caído do céu. Atravessou a porta, direto até o balcão.

— Vodca com tônica. — A língua grossa. — Dupla.

Encharcada de suor. Tremendo. Cubos de gelo, gordos e transparentes, dentro de uma coqueteleira de metal. O gelo sendo apanhado pela pinça. O mundo inteiro reduzido a cubos de gelo. Um se chocou contra o copo; sucesso. As pinças preparadas para pegar mais um cubo.

— Não! Não precisa, não importa. — Ela já parecia bêbada.

— O quê?

— Gelo. Não precisa se preocupar.

— Você não quer gelo? — O barman posicionou o copo para receber o gelo.

— Tudo bem! Está bom assim!

A vodca a vodca a vodca a vodca, basta a porcaria da vodca.

Como se quisesse aborrecê-la deliberadamente, ele pegou um prato de fatias de limão.

— Sem limão!

— Não quer limão?

— Não, não. — Jesus. — Só a...

Apontou com a cabeça para a vodca. Visível. Finalmente. Ele abriu a garrafa, que libertou o líquido cristalino. Ela assistiu sem respirar.

— Você disse que queria um duplo?

O coração dela parou. Ela devia tomar uma providência imediata? Ou esperar para tomar a dose dupla?

— Uma simples está bem.

— Você disse dupla.

— Tudo bem, então uma dupla!
Em câmera lenta, seus olhos acompanharam a garrafa mais uma vez. O barman se abaixou, o copo fora do alcance das mãos dela. Qual era o problema?

— Tônica Slimline ou normal?

— Normal.

— Acho que a gente está sem a normal. Vou ter que ir lá embaixo.

Ela teve medo de acabar gritando. — Não importa — disse, desesperada. — Pode me dar a Slimline.

— Não tem problema. Eu tenho que ir lá embaixo mesmo.

— Não, por favor! Me dá a... — Ela estendeu a mão e pegou o copo.

Então, a bebida estava em sua mão, em seguida, descendo pela sua garganta, o calor em seu estômago, e a poeira de estrelas disseminada dentro dela, animando-a como se fosse mágica, abrindo a cortina para revelar algo melhor, mais claro, uma versão mais brilhante de todas as coisas.

O copo bateu no balcão de madeira. — Outra.

Bebeu a segunda dose, de pé, depois sentou-se para saborear a terceira e, novamente capaz de respirar, considerou suas opções.

Podia voltar ao trabalho, não haveria problema, ela só saíra por alguns minutos, mas, pensando bem, decidiu não voltar. Sua necessidade se abrandara; na verdade, sentia-se bem, até mesmo ótima, mas gostava dali, preferia continuar bebendo. E por que não? Dali a duas semanas, seria Natal.

Tomou mais um gole do líquido brilhante e acomodou-se na satisfação.

Nunca saíra do trabalho no meio da tarde.

Existia uma primeira vez para tudo.

Um lapso de consciência. Os documentos que precisavam ser enviados hoje? Se fossem tão importantes, alguém tomaria uma providência.

Daisy e Verity? Ficariam bem. Tudo estava bem, bem, incrivelmente bem.

— Mais uma. — Acenou com o copo para o barman com cara de jogador de pôquer.

Tudo parecia lindo e maravilhoso, fora o fato de que tinha vontade de conversar com alguém. E quem melhor que Rico? Exatamente como Guy prometera, ele se mantivera afastado dela a semana toda, mas, na verdade, *na verdade*, ela gostava muito do Rico, gostava *imensamente* dele, e, de repente, ficou com vontade de vê-lo.

Procurou o celular. — Qual é o nome desse bar? — perguntou em voz alta.

— Wellington.

No Wellington. Vodca e tônica?

Ficou segurando o telefone, esperando uma resposta.

Chego em 5min!

Cinco minutos! Fantástico! Pediu um drinque para ele e vigiou a porta, pensando como tudo corria bem, e lá estava Rico! Correndo na sua direção, sorriso largo no rosto. — Eu não devia estar falando com você.

Ela não conseguiu evitar a risada. — Eu também não devia estar falando com você. Toma seu drinque.

Ele bebeu de um gole só e os dois caíram numa gargalhada maníaca.

— Ele fez você ir às reuniões do AA também? — perguntou ela.

— Claro, mas tinha que ser de noite, não podia ser no mesmo horário que você. Louco, não é? Tudo isso? O Guy é pirado. — Ele acenou para o barman. — Mais duas.

Ela tinha se esquecido de como Rico era bonito. Acariciou o pescoço dele. — Senti sua falta.

— Eu também. — Ele colou os lábios nos dela e enfiou a língua em sua boca. Bom. Sexy.

O pub estava enchendo; pessoas em clima de Natal.
— Que horas são, Rico?
— Cinco e dez. Você não vai embora e me deixar aqui, vai?
Ela devia voltar para casa, todos a esperavam. Mas tinha um marido e uma babá para tomar conta das crianças.
— Eu? Não vou a lugar nenhum.
Mais uma investida desagradável de consciência. Devia telefonar, não era certo deixá-los preocupados, mas lhe dariam uma bronca e ela estava tão feliz, raramente ficava feliz...
— Ei, ei, ei, tenho que te contar... — Marnie tomou um gole, os cubos de gelo batendo nos dentes, e quando baixou o copo novamente, Guy se materializara na sua frente. Mesmo sedada como estava, foi um choque.
— Guy, eu... — Marnie buscou uma explicação, mas não conseguiu formular nada. Ele os observava, alto e malvado, enquanto ela e Rico levantavam o rosto, culpados como crianças de escola.
— Marnie. — Ele entregou a ela um envelope branco. — Tem um para você também — disse a Rico.
Depois, foi embora.
Ela e Rico se entreolharam, pálidos. — Como ele nos encontrou?
— Meu Deus! — Ela riu. — A gente está demitido. Ele nos demitiu!
Abriu o envelope e leram juntos. As palavras pulavam da folha branca: "... bêbada... paciência... avisos... demissão de efeito imediato..."
— É verdade, ele fez isso, ele me demitiu. — Ela não conseguia parar de rir.
Rosto sombrio, Rico abriu seu envelope e passou os olhos pela folha. — Eu não acredito. Ele me demitiu também.
— Eu te falei.
— Não pensei...
— Por que ele me demitiria e não demitiria você?
— Porque sou um gênio, cacete.
— E eu não?
Ele revirou os olhos. — Na verdade, não.

— Bem, então foda-se!
— Foda-se você! Você me fez perder o emprego.
— Eu?
— Se ele não fosse meio apaixonadinho por você, não daria a mínima para o que eu faço.
— Olha só, ele não falou sério. — Ela passou a mão pela coxa de Rico e parou bem perto da virilha dele. — A gente não vai ser demitido, ele só está tentando nos assustar.
— Como você sabe?
— É óbvio! Não é?
— Tem certeza?
— Tenho certeza. Vem cá, estou perdendo meu tempo aqui? — Tamborilou os dedos na perna dele.
— Ah.
Agora tinha a atenção de Rico. Discretamente, começou a acariciar o tecido, encontrando e encorajando a ereção com os dedos. Ele a beijou novamente, profundamente, e escorregou a mão por baixo da saia dela, buscando suas coxas e a calcinha, acariciando seu bumbum.

Beberam e se beijaram, beberam e se tocaram, e, quando o barman se inclinou sobre a mesa deles, ela pensou que ele estava ali para recolher os copos vazios. Então, ele falou baixinho: — Nós gostaríamos que vocês se retirassem.

O quê?

Gostaríamos que vocês se retirassem.

O rosto dela ficou vermelho de vergonha.

— Terminem seus drinques e se retirem.
— Olha só... — Rico tentou ameaçar.
— Não faz isso — disse ela. — Anda, vamos nessa.
— Fodam-se eles, a gente vai para a minha casa.

Constrangidos, terminaram suas bebidas e juntaram suas coisas.

Na porta, Rico parou repentinamente e gritou: — Vai se foder! Você devia pagar para eu beber nesse lugarzinho de merda.

* * *

— É verdade, a gente estava bebendo num lugarzinho de merda. — Marnie não conseguia parar de rir e sabia que isso estava deixando Rico nervoso. Quanto mais irritado ele ficava, mais ela ria. — Vai se foder! — Imitou a voz dele. — Você devia PAGAR para eu beber nesse lugarzinho de merda.

— Cala a boca.

Caíram na porta do apartamento de Rico e ela o puxou para cima do seu corpo, fazendo com que ele batesse o cotovelo com força no chão.

— Caracas! Pelo amor de Deus, Marnie, isso doeu!

— Cala a boca, seu fracote, estou com TRÊS COSTELAS QUEBRADAS. Sei TUDO de dor.

— Para de rir! Levanta e tira a roupa. — Ele a puxou na direção do quarto, agarrando a camisa dela.

— Eu quero um drinque. — Ela se deitou na cama dele e gritou, sarcástica. — EU QUERO UM DRINQUE.

— Não tem nada aqui. — Os olhos dele estavam semicerrados, e a boca dormente. — Vou ter que sair para comprar.

— Como assim? — gemeu. — Jura? Nada? Por que não?

— Bebi tudo.

— Há! Seu *bêbado*.

— Marnie, se você não parar de rir, eu juro que vou te dar um murro. — Olhou para ela e pressionou o corpo contra o de Marnie, sua ereção machucando a virilha dela. Ela focou nele: o rosto de Rico parecia estar derretendo.

Ele se ajeitou em cima dela e enfiou a língua na boca de Marnie. Ela não estava gostando daquilo e não sabia por quê.

Não estava suficientemente bêbada. Esse era o problema. Haviam saído do bar cedo demais.

— Para. — Empurrou o rosto dele e tentou sair de debaixo do corpo.

— O quê? Por quê?

Por quê?

— Eu sou casada.

Ele ficou espantado: — Isso nunca te impediu antes.

Então, *transara* com ele. Ah, não, não, não, não. Não podia se comportar como se isso fosse novidade.

— Mas devia ter impedido. — Ela queria ir embora. Estava revoltada. — Eu amo meu marido.

— O quê? — Ele ficou chocado.

Eu amo o Nick e amo minhas filhas e não sei o que estou fazendo aqui. — Rico, eu quero ir embora.

— Vai, então.

Na rua, um táxi vazio diminuiu a velocidade e depois acelerou novamente quando chegou perto o bastante para vê-la melhor. Ela estava tremendo, se escorando nos carros. Sem casaco, o frio tirava pedaços dela. Vários táxis circulavam, mas estavam cheios de gente voltando de festas do trabalho, o que sugeria vestidos de seda baratos e instrumentos musicais. Quando um táxi vazio finalmente apareceu, seus pés estavam dormentes — mas esse motorista também se recusou a levá-la.

— Estou congelando — implorou ela.

— Você está bêbada — disse e pisou no acelerador.

Ela olhou para o carro se afastando; não tinha escolha a não ser voltar ao escritório e pegar o próprio carro. Não era tão longe, talvez um quilômetro, mas levou muito tempo. Tinha gente por todos os lados, saindo de bares, cantando, gritando, se amontoando.

Quando chegou ao estacionamento, perguntou-se se estava sóbria o bastante para dirigir — e concluiu que estava. Aquela caminhada teria deixado de cara qualquer bêbado. E, apesar de arranhar levemente o carro na pilastra ao sair da vaga, tomou o fato como algo positivo, algo que a lembraria de dirigir com absoluto cuidado.

As ruas estavam cheias do tráfego pré-Natal. As pessoas dirigiam feito loucas, e os pedestres andavam no meio da rua, quase se jogando na frente dos carros. Era como uma corrida de obstáculos. Depois, ficou presa na frente de um carro da polícia, que se dirigia a alguma cena de crime, luzes azuis piscando, sirenes a todo vapor. Logo atrás dela, destruindo sua concentração.

Ela diminuiu a velocidade. — Anda — disse, frustrada. — pode me ultrapassar.

Incapaz de suportar as sirenes, parou num ponto de ônibus para deixar a viatura policial passar.

Mas, quando pararam atrás dela, iluminando seu carro com a luz azul, a verdade lhe veio como um soco no estômago. Estavam ali por sua causa. Por sua causa.

Eram dois homens. Ela baixou o vidro.

— Por favor, saia do carro, senhora. — Os dois trocaram um olhar. — A senhora estava bebendo?

A viatura da polícia a levou em casa. Ela avançara o sinal vermelho. Fora pega por dirigir bêbada. Eram onze da noite. Nick ficaria louco.

As luzes estavam apagadas, graças a Deus. Estavam todos dormindo. Conseguiria se safar dessa. Silenciosamente, entrou em casa e foi direto ao armário debaixo da pia da cozinha; alguns meses antes, esvaziara uma garrafa de Smirnoff dentro de um frasco de alvejante, uma provisão de emergência. Havia alguma coisa no andar de cima, no armário, uma garrafa que Grace não encontrara, mas acordaria Nick se entrasse na ponta dos pés e resolvesse procurar.

Viu um envelope preso na pimenteira, enquanto procurava um copo e uma garrafa de água tônica, mas só o pegou quando sentou na cadeira com seu drinque. Não tinha endereço, apenas seu nome em letras pretas.

Mais uma carta de Guy, talvez? Repreendendo-a?

A lembrança de ser flagrada por ele no pub lhe dava a sensação de uma nuvem encobrindo o sol. Depois, foram convidados a se retirar do pub...

Deus!

Abriu o envelope. As letras estavam impressas em papel creme e não era uma carta do Guy. Era de uma empresa: Dewey, Screed & Hathaway Advogados.

O que era aquilo?

Nada tinha a ver com seu trabalho.

Tinha alguma coisa a ver com Nick.

Forçou a vista, buscando foco, tentando afastar a visão dupla por tempo suficiente para juntar as palavras.

Nick a deixara. Levara as meninas. A casa estava à venda.

Tinha mesmo achado que a casa estava estranha, agora sabia do que se tratava — não havia ninguém ali.

Subiu as escadas correndo e entrou no quarto de Verity. Vazio. Abriu a porta do armário: nada. Depois, correu até o quarto de Daisy; a cama feita e vazia. Em seu próprio quarto, ela subiu numa cadeira e abriu o armário de cima: essa seria a prova. E o que viu fez com que realmente sentisse um sufocamento: todos os presentes de Natal das meninas haviam desaparecido. Por impossível que fosse, aquele vazio parecia pulsar.

Ele a deixara, o cretino. E levara as garotas com ele.

Sentou-se no degrau da escada, bebendo, bebendo, tentando molhar a boca seca.

Eles voltariam, só estavam tentando assustá-la. Mas era uma brincadeira muito, muito sem graça.

Ela ouviu o próprio grito e, de pé, puxou sua mão de dentro da dele, sem saber o motivo.

Cigarro. Ele apagara o cigarro na palma da mão dela. Agarrara-a com tanta força que os ossos quase se quebraram, e enfiou o cigarro no meio dela.

Uma fumaça vermelha subia diante de seus olhos. Ela não conseguia enxergar.

Ele olhava a palma da mão dela, a ferida redonda e vermelha, o pó das cinzas espalhado. Sentiu um cheiro estranho e um fio de fumaça saiu da ferida.

— Por que... você fez isso? — Seus dentes batiam.

— Foi um acidente.— Ele parecia impressionado. — Pensei que fosse um cinzeiro.

— Como assim?

A dor era grande, ela não conseguia ficar parada. — Água fria. — Ela se levantou e empalideceu.

— Eu tenho curativos — disse ele. — E antisséptico. Não vou deixar infeccionar.

Ele enfaixou o ferimento, deu-lhe remédio, levou o jantar para ela na cama e alimentou-a, garfada a garfada.

Nunca fora tão carinhoso.

Lola

Quinta-feira, 11 de dezembro, 21h55
Abri a porta da frente devagar e saí de casa na ponta dos pés, no meio da noite. Olhei furtivamente em volta. Nenhum sinal do Jake, Deus do Amor, graças. Apesar da possibilidade de ele estar em algum lugar lá fora, se escondendo, pronto pra me tocaiar com seu amor surfista.

21h56
Me esgueirei por baixo da cerca de arame farpado e bati à porta da frente do Rossa Considine.

— Bem na hora — disse ele. — Entra.

Conversa estranha enquanto tomávamos cerveja e esperávamos *Law and Order* começar.

Pigarreei. Perguntei, buscando animação: — Tudo pronto pra noite traveca amanhã?

Só estava tentando preencher o vazio, mas meu comentário iniciou uma revelação — um travesti não é a mesma coisa que um cross-dresser!

— Travestis são gays — disse Rossa. — Cross-dressers são héteros.

Agora eu entendo porque Noel do desemprego continuava evitando a palavra "traveca" e só respondia se fosse chamado de cross-dresser.

— Pra ser honesta, Rossa Considine — admiti —, achei que eram maneiras diferentes de descrever a mesma coisa.

— Tipo tênis e sapato de corrida?

— Isso. Tipo óleo e azeite.

— Tipo mingau e aveia?

Pausa. — Por favor, não fala "aveia", Rossa Considine, é uma palavra irritante.

— Por quê?

— Não sei explicar. Mas é.

De repente, o clima ficou estranho. Rossa Considine se concentrou fortemente na tela da tevê. Comercial longo antes de *Law and Order*. Muito tempo pra começar.

Quando Rossa Considine apareceu inesperadamente como Chloe, quase quatro semanas antes, fiquei chocada, impressionada, fascinada — muitas emoções. Boba com meu poder mínimo de observação — estava morando do lado de uma traveca (desculpe, quis dizer cross-dresser) há semanas e não fazia ideia. Ainda mais incrível era que aquele homem taciturno — às vezes, até um pouco ranzinza — pudesse se transformar numa mulher radiante, sorridente, perfumada e tagarela.

Tinha ficado meio enfeitiçada por ela e prontamente aceitei o convite para assistir a *Law and Order*, com a condição, claro, de que, se um irritasse o outro, não repetiríamos a experiência. Ela insistiu que trocássemos telefones para, se necessário, finalizar a combinação por mensagens de texto. Melhor maneira de comunicação, disse ela.

Mas! Ah, sim, porém! Na quinta-feira seguinte à noite, quando saí furtivamente de casa (a perseguição noturna do Jake estava bombando), e passei pela cerca de arame farpado que me separava da casa da Chloe/Rossa, me dei conta de que estava tímida. Situação *incrivelmente* estranha, totalmente sem precedentes. Tinha sido convidada pela adorável Chloe — mas o despenteado Rossa foi quem abriu a porta e pegou a sacola com petiscos e as latas de cerveja da minha mão. Estranho. Como se eu fosse a um encontro marcado por outra pessoa. Muito, muito estranho, se eu for pensar muito no assunto. Então, decidi não pensar. Tinha outras coisas em mente (vou chegar lá).

Apesar da tensão conhecida entre nós, a primeira quinta-feira tinha ido muito bem. *Law and Order* foi assistido e saboreado, a conversa foi leve e agradável.

A segunda quinta-feira também poderia ser vista como um sucesso. A terceira também. Mas aqui estamos na quarta quinta-feira — talvez não mais nos comportando tão bem assim? — e parecia que podíamos estar entrando num território de dificuldade como resultado do meu comentário sobre a aveia.

Perguntei: — Você vai ficar amuado agora, Rossa Considine?

— Por que eu ficaria amuado, Lola Daly?

— Você é bem amuado normalmente — disse. — Pelo menos, como homem, você é. Talvez você devesse ser mulher o tempo todo.

— Não dá pra escalar de salto alto.

— Essa é uma atitude defensiva. Posso fazer mais algumas perguntas sobre essa dicotomia travesti/cross-dresser?

— Por favor, não fala "dicotomia", Lola Daly, é uma palavra irritante.

— Por quê? Ah, é uma piada. Cuidado, você quase sorriu agora.

Os lábios dele estavam, definitivamente, se movendo pra cima.

— Anda, vai — insisti pelo sorriso relutante —, mostra esses dentes.

— Não sou um bebê — disse ele, grosseiramente.

— Muito bem. Agora. Vamos falar com franqueza, Rossa Considine. Todas as minhas meninas são "hétero", ou melhor, cross-dressers. Mas eu gosto da palavra "traveca". O que eu faço?

— Sue é gay.

— Jura?

(Sue era nova. Noel/Natasha a conhecera num bate-papo on-line e fizera o convite na semana anterior — para minha surpresa. "Chega, Natasha", implorei quando chegaram juntas. "Chega." Mas Noel vê as nossas noites de sexta-feira como o paraíso do cross-dressing. Todo mundo é bem-vindo, por causa do esforço pelo visual, não importa quanto espaço — pouco, na verdade — existe.)

— Ok — comecei novamente. — Todas as minhas meninas, fora a Sue, são "hétero", ou melhor, cross-dressers. Mas eu gosto da palavra "traveca". O que eu faço?

— Aprende a viver com isso.

— Não. Acho que não consigo.

— Não importa o que eu diga, você sempre vai fazer o oposto.

Pausa enquanto eu considerava o comentário dele.

la negar, mas me dei conta de que, se negasse, poderia provar que ele estava certo. – Parece que sim, Rossa Considine, e não sei o motivo. Então, é isso, apesar de ser a descrição errada, vou continuar a dizer travecas.

– Elas não vão gostar.

– Ninguém força as meninas a me visitarem na sexta-feira. – Estava trabalhando meus músculos de poder. Como a Sra. Butterly barrando as pessoas de quem não ia com a cara.

– O poder corrompe – disse Rossa Considine.

– É o que dizem. E poder absoluto corrompe absolutamente. – Citação de alguém. – Quem disse isso?

– Confúcio?

– John le Carré?

– Duran Duran?

– Alguém – concordamos nós dois. – Definitivamente, alguém.

23h01
Fim de *Law and Order*.
Episódio excelente, nós dois concordamos. Sombrio, tenso, apelativo.

Levantei. Limpei as migalhas de salgadinho do vestido, vi quando elas caíram no tapete. Olhei de esguelha pro Rossa Considine. Ele também estava olhando as migalhas caídas no tapete.

– Vou ter que limpar isso – disse ele.

Sabia, sabia, simplesmente sabia que ele ia ficar amuado! – Desculpa, desculpa, por favor, me dá uma vassoura. Eu mesma limpo, pode deixar.

– Não precisa, não precisa, você é minha convidada.

– Mas você ficou irritado.

– Não fiquei irritado.

– Amuado, talvez?

– Cala a boca, Lola Daly.

– Obrigada por dividir sua televisão comigo – disse. – Desculpe pelo tapete. Te vejo amanhã na noite das travecas?

— Cross-dresser. Não precisa ir embora correndo, Lola Daly.
— Preciso, sim, eu acho – disse. – Não vamos brincar com a sorte.

23h04
Sã e salva na minha casa, sem confrontação com Jake, o Deus do Amor.

Estava passando loção tônica no rosto quando meu telefone tocou e cada nervo do meu corpo tensionou. A essa altura, os pobrezinhos já deviam estar exaustos de tanta tensão.

Olhei o visor para saber quem estava telefonando. Não era o Paddy. Era tudo que eu precisava saber.

Desde a noite do telefonema inesperado dele, quase quatro semanas antes, eu vivia histérica, quase tanto quanto ficara quando soube que ele ia casar.

Quando atendi e descobri que era ele, jurando que morria de saudade de mim, simplesmente não acreditei.

— Desculpe, desculpe, desculpe – disse ele aos meus ouvidos em estado de choque. – Minha Lola, eu te tratei tão mal. O jeito que você descobriu sobre a Alicia... mil perdões. A imprensa ficou sabendo e a história explodiu antes de eu ter a chance de falar com você.

Cada palavra que fantasiei estava saindo daquela boca.

— Nem a Alicia sabia que ia casar quando ouviu a notícia.

Eu não estava interessada na Alicia.

— Eu sinto tanta saudade – disse ele. – Em todos esses meses, não consegui parar de pensar em você.

Aquilo estava acontecendo? Estava realmente acontecendo?

— Posso te ver? – perguntou. – Por favor, Lola. Posso mandar John Espanhol te buscar?

— Mas você ainda vai casar? – perguntei, tentando não ser a idiota maleável de sempre.

— Ah, Lola. – Longo suspiro. – Você sabe que sim. Tenho que casar. Ela é a mulher certa pra minha profissão. – Ele pareceu tão frágil que, por um momento, realmente entendi aquele dilema. – Mas você é a mulher que eu realmente quero, Lola. É uma situação impossível. Tô partido ao meio. Sendo bem honesto, isso é o melhor que posso te oferecer.

Deixei a informação assentar dentro de mim. Pelo menos ele estava sendo direto comigo.

— Posso mandar John Espanhol? — perguntou.

— Não tô em Dublin.

— Ah. — Mudança de tom. — Onde você está?

— Em County Clare.

— Clare. Certo. Você pode vir a Dublin? Quanto tempo demora?

— Três horas. Talvez três e meia.

— Isso tudo? Mesmo vindo pela estrada de Kildare?

Falam da estrada de Kildare como se fosse uma travessia mágica no espaço. As coisas que a gente pensa às 10h30 da noite são engraçadas. O mais cedo que eu chegaria em Dublin, mesmo que dirigisse feito louca e fosse multada com pontos na carteira, com direito a tribunal, nome no jornal, seria uma da manhã. Tarde demais. Não era certo.

— Paddy. — Buscando profundamente dentro de mim, revirando gavetas de emoções raramente usadas e espanando o respeito por mim mesma... — São quase dez e meia da noite. Me liga de manhã e a gente tenta marcar alguma coisa num horário melhor.

— Ah... tudo bem... entendi. — Pareceu chocado.

Eu estava feliz comigo mesma.

— A Grace Gildee ainda está te perturbando? — perguntou.

— Hum... — Mudança abrupta de assunto. — Não. Já tem um tempão que ela não liga.

— Que bom! Me diz, Lola, você me odeia?

Às vezes, sim. Flashes de ódio mortal. Mas agora que ele tinha ligado, com tanta angústia na voz, todos os sentimentos horríveis tinham ido embora. — Eu não te odeio, Paddy.

— Que bom! Que ótimo! Melhor eu desligar agora.

Queria ficar falando com ele, queria me apegar àquela oportunidade preciosa para sempre. Mas sabia que o melhor era deixar pra lá. (Paradoxo.) — Isso, a gente se fala amanhã, Paddy.

— Tá, a gente se fala amanhã.
Imediatamente, absolutamente triunfante, liguei pra Bridie. E ela me fez repetir a conversa inteira, palavra por palavra. Escutou tudo sem me interromper, e quando eu terminei, perguntei: — O que você acha?
— O que eu acho? — disse Bridie. — O que eu acho é que ele não vai ligar amanhã. Nem nunca mais — acrescentou.
— Que brutalidade desnecessária, Bridie! — reclamei.
— Seria cruel ser gentil.
— Eu prefiro a sua gentileza!
— Você ainda vai me agradecer.
— Palavras de conforto, por favor, Bridie, exijo palavras de conforto!
— As únicas palavras de conforto que tenho pra você, Lola, são: Muita vitamina B. Vitamina B_6 e B_{12}. Talvez também B_5. E B_2. Seu sistema nervoso central vai trabalhar dobrado cada vez que seu telefone tocar nas próximas duas semanas e levantar uma falsa expectativa — isso, completamente falsa — de que é Paddy de Courcy na linha. Vitaminas podem impedir que você tenha um piripaque nervoso.
— Ele vai ligar amanhã.
— Lola! Foi um convite para UMA RAPIDINHA. É ÓBVIO!
— Ele disse que sente saudade de mim.
— Ele sente saudade de algemar alguém na cama, de alguém que tope as fantasias de estuprador dele. Você não acha que a cara-de-cavalo deixa ele fazer essas coisas, acha?
— A cara-de-cavalo é reprimida. Eu sou sexualmente evoluída.
— É uma maneira de encarar as coisas.
— Agora já tô arrependida de ter ligado pra dividir a boa notícia. Tchau, Bridie.
Desliguei e deitei no sofá, comendo besteirinhas gostosas e pensando na estranheza das coisas — a vida, a trajetória dos romances, o formato do biscoito que eu estava comendo. Uma hora, era rejeitada por dois homens — Jake, Paddy — e, na outra, os dois se prostravam e pediam perdão. O que significava isso tudo? O universo é a diva da contradição.
Meio sonhando, o telefone tocou de novo e eu quase levitei do sofá, todos os nervos arregaçados.

Era só a Bridie. Ela disse: — Falei pra tomar a B$_5$?

— Falou, falou, falou. Desliga, por favor, você tá impedindo as ligações do Paddy de Courcy.

— Pede um reforço na dose pro farmacêutico.

Na manhã do dia seguinte, acordei às seis da matina, esperando o Paddy ligar. Sabia que ele telefonaria. Eu tinha sido firme, rejeitara o cara. Ele gostava do que não podia ter.

Quando o telefone tocou, às 9h16, apesar do meu cabelo quase arrepiar de susto, sorri para mim mesma. O sacrifício da noite anterior tinha valido a pena.

Mas, não! O sacrifício da noite anterior não tinha valido a pena! Era só a Bridie.

— Oi — disse ela. — Deixa eu adivinhar. Seu coração tá aos pulos, seu sangue tá correndo desnorteado pelas veias, sua boca tá seca. Se você soubesse o que tudo isso faz com seu sistema nervoso central. Fico preocupada com seus neurotransmissores.

— O que você quer, Bridie? — Fria.

— Ver se você tá bem.

— Você não quer saber se eu tô bem. Você tá é sendo nojenta.

— Não tô, não. Isso é cuidado, isso sim, Lola, cuidado. Ele ainda não ligou?

— Como ele pode me ligar se você fica ocupando a linha o tempo todo?

Barulho repentino na porta da frente.

— Bridie, tem alguém na minha porta! Provavelmente é o Paddy.

— Como ele sabe onde você está?

— Ele é um homem poderoso. Pode descobrir essas coisas. Tchau, Bridie, beijo.

Corri até a porta e abri, convencida de que Paddy estaria encostado no umbral. Mas não era Paddy. Era Jake. Cabelo embolado, bronzeado, olhos prateados, lábios carnudos.

Desapontamento total. Olhei e olhei, sem acreditar que era o homem errado.

— Posso entrar? — perguntou, rouco.

Sentou no sofá, as mãos penduradas nos joelhos, tão abjeto quanto podia parecer. — Você pensou na possibilidade de voltar comigo?

Olhei para ele e pensei: Jesus.

Já estava de saco cheio do sujeito depois daquele pedido de "tempo" e da indignação porque eu não tinha ido atrás dele, mas agora que meus sentimentos pelo Paddy estavam vivos de novo, todo o resto de desejo pelo Jake tinha se dissolvido como pegadas na areia.

Terrível — não achava mais que ele era o cara mais gato do planeta Terra. Na verdade, achava que ele parecia — coisa terrível de dizer sobre outro ser humano — meio deformado. Aquela boca. Não era sexy. Não. Na verdade, parecia um lábio aumentado num procedimento que deu errado. Muito carnudo e vermelho, como se tivesse sido picado por uma abelha.

Simultaneamente, descobri que também estava farta do cheiro dele. Antes, gostava daquele perfume natural, de falta de banho, soava autêntico e, claro, bem masculino. Mas agora parecia que ele estava rodeado de meias não lavadas.

Ele me puxou e disse: — Por favor, Lola. — Ao mesmo tempo que enfiava a mão por dentro do meu pijama. Me retraí! A pele se eriçou de vontade de não ser tocada por ele, e a perspectiva do sexo de múltiplas posições não pareceu nem remotamente atraente.

Jake pressionou o membro ereto contra mim, através do tecido fino do meu pijama, e sussurrou: — Olha só como eu te quero.

Eca! Isso mesmo, eca! Até eu me surpreendi, aquilo era péssimo. Ele pegou minha mão e me fez acariciar seu amiguinho, mas eu me afastei, libertando meu bumbum do toque revoltante das mãos dele. Ele ficou muito surpreso. Olhei aqueles olhos de prata e pensei: que cor peculiar! Não podiam ser olhos castanhos e amendoados?

— Você não quer que eu te toque, Lola? — perguntou.

Vi um menino confuso no corpo de um homem e tive um momento de revelação. Soube que tinha que ser brutalmente honesta com Jake. Senão, acabaria transando com ele por gentileza, e minha pele e minha alma estavam apavoradas com essa possibilidade.

— Jake — disse. — Desculpa, mas não vai rolar, eu e você. Foi divertido, mas vamos deixar do jeito que está.

— Eu admito que fui um imbecil — disse ele. — Mas já me desculpei e quero muito mudar.

— Não precisa — falei. — Não vai adiantar. Existe outra pessoa Outro homem.

— Você já conheceu outro cara?

— Não, não. É uma pessoa que existe desde sempre.

— Obrigado por me contar!

— Mas foi só diversão, você e eu! Foi isso que você pensou também!

— É, mas não sabia que ia me apaixonar por você.

Exasperada: — Não é culpa minha.

— Muito maduro, Lola! — Ele sorriu com desdém. — Muito responsável.

— Mas, se eu tivesse me apaixonado e você não, você me diria: foi só diversão, desculpe se você se apaixonou por mim, agora cuida de você. — Era verdade. Já me aconteceu várias vezes com outros caras.

Cansada agora. — Jake, olha! A maré subiu! Você tem que ir surfar.

Ele olhou pela janela. Se distrai com facilidade, graças a Deus. Como sacudir uma coleira na frente de um cachorro e gritar: Vamos passear, vamos passear!

— Tudo bem, eu vou — disse ele. — Mas você vai mudar de ideia.

— Não vou. — Tentei parecer gentil. — Juro que não vou.

Quando me livrei do Jake, voltei à vigília do telefone. Às dez da manhã, em ponto, tocou. Mas ainda não era o Paddy! Era Treese, com a voz sombria:

— Fiquei sabendo do telefonema do De Courcy ontem à noite. Me escuta, Lola. — Tom baixo e raivoso: — Você, por favor, se esforça pra voltar pro garoto do surf.

— Tarde demais, Treese, acabei de botar ele pra fora — trinei.

Ela gemeu com — me pareceu — desespero. — Paddy de Courcy sempre estraga tudo na sua vida.

— O que ele estraga? — Fiquei realmente curiosa.

— Fora a sua carreira e a sua sanidade? Ele quase estragou a sua amizade comigo, com a Bridie e com o Jem.

— O quê? Como? — Assustada. De onde vinha aquilo tudo?

Treese suspirou: — A gente nunca via você. Você parou de sair com a gente. Estava o tempo todo com ele. Ou — pior — esperando por ele.

Ah, sim, aquilo era familiar. Já tinha ouvido antes. — É, mas, Treese...

— Eu sei, Lola, eu sei, sei que ele trabalhava até tarde. Se tivesse um vaso sanitário pra cada vez que você me contou isso, todas as casas de Malawi teriam saneamento básico. Mas ele não via você toda noite, via?

— Não toda noite.

— Mas você ficava disponível pra ele toda noite?

Desconfortável, eu disse: — Você sabe como é quando a gente tá apaixonada.

— Sei, sim. — Ela estava se referindo ao Vincent (eca). — E mesmo assim eu continuava vendo meus amigos.

— Mas, Treese, o Paddy é *político*. Uma sessão no plenário pode ir até muito tarde. Ninguém sabe a hora que vai acabar.

— Mais um motivo pra você organizar as noites em que ele não pode se comprometer.

— Não, mais uma razão para ficar pronta pra encontrar com ele no fim de um dia longo e estressante.

— Isso é lavagem cerebral.

Chocada pela dureza dela. Francamente chocada. Com todas as palavras.

— Lola, a gente ficou tão preocupada com você. Se livrar dele foi a melhor coisa que já te aconteceu.

Mexida, depois do telefonema hostil de Treese. Voltei a encarar o telefone, rezando para que ele tocasse.

A manhã terminou sem nenhuma ligação de Paddy. Claro que Jem ligou.

— Soube das novidades — disse ele. — E imploro, em nome da Bridie, pra você ter um pouco de bom-senso.

Às 13h17, me perguntei se tinha entendido mal a combinação com Paddy. Talvez o acordo fosse eu ligar pra ele, não ele ligar pra mim. (É claro que eu sabia a verdade. Não sou idiota. Só um pouco dada a ilusões.) Tentei ligar pro celular dele, pro fixo, pro escritório.

Correio de voz; correio de voz, correio de voz.

E uma sensação terrivelmente familiar.

Paddy não ligou naquele dia. Nem no dia seguinte. Nem no outro dia. Nem no outro, outro dia. Desisti de tentar entrar em contato com ele.

Admiti a verdade difícil de engolir pra mim mesma. Bridie estava certa. Ele tinha me ligado para uma rapidinha. Tentei, mas não consegui, voltar àquele estado mágico que facilitara tanto o telefonema — Paddy só me ligaria se eu não desse a mínima pra ele. Mas, se eu queria que ele me ligasse, isso significava que eu dava a mínima pra ele. Portanto, ele não telefonaria. O universo pode ser acachapante.

Sim, finalmente sucumbi a fortes doses de vitamina B — mandei o Chefe a Ennistymon com uma lista detalhada. Não que essas vitaminas fizessem algum bem. Eu ainda pulava feito gato escaldado cada vez que o telefone tocava.

Outro comportamento interessante do Universo — ainda que eu tentasse demonstrar quão pouco atraente era o amor não correspondido, Jake ficou obcecado com a possibilidade de me reconquistar. Continuava aparecendo na minha casa, implorando para que a gente "tentasse de novo".

— Mas, Jake, isso é loucura — continuava dizendo. — Você nem é tão a fim de mim.

— Eu sei.

— Eu nem sou seu tipo.

— Eu sei.

— Nem sou tão bonita quanto as suas outras namoradas.

— Eu sei.

— Ou tão boa na cama (chutei).

— Eu sei.

— Então, por que você me quer?

— Porque sim.

Ele fez uma cara charmosa de angústia, mas meu coração estava frio como uma pedra de gelo dentro do peito. Jake era mimado, imaturo, a vida era muito fácil pra ele, e só me queria porque não podia me ter.

Era bom pra ele um pouco de desapontamento. Era bom pro caráter dele. Quer dizer, olha só pra mim, um caráter muito bem formado.

Fiquei com pena do Jake. Mas tive 100% de certeza de que, se eu de repente dissesse: "Tudo bem, Jake, você me convenceu! Vamos ser namorados de novo, ficar loucos um pelo outro, transar a noite inteira, comprar um abajur bonito e dar comida na boca um do outro", a gente teria três dias felizes até ele ficar de mau humor comigo e admitir: "Isso não tá legal, Lola."

Não fiquei feliz de causar essa dor nele. Mas, se é uma questão de escolher entre mim e ele, acho que o surfista se deu mal.

Quinta-feira, 11 de dezembro, 23h04

Volta de uma viagem ao país da memória.
Telefone ainda tocando.
SarahJane Hutchinson. Por que ela estava ligando tão tarde?

— Ótimas notícias, Lola! Consegui uma coisa incrível. Zara Kaletsky vai ser a palestrante principal do meu evento de caridade. Sei o que você está pensando, Lola, você está pensando que Zara Kaletsky não é ninguém.

Exatamente. Zara é uma garota extremamente legal, mas, em termos de celebridade, não significa nada.

— Mas tive uma informação das internas. Zara Kaletsky acabou de ser escalada para o novo filme do Spielberg. Papel principal. Jermond (o novo namoradinho de SarahJane) está envolvido na captação. Fiquei sabendo da Zara antes da notícia ter chegado à imprensa. Acabei de falar com ela em L.A. Ela é tudo, tudo, tudo e é minha, minha, minha. Todas aquelas outras vacas vão ter que me fazer reverência!

Fiquei feliz. Feliz por SarahJane. Também muito feliz por Zara.

— Ela tá morando em L.A. agora? Achei que tinha se mudado pra África do Sul.

— Pelo amor de Deus, não! Bel Air! Preciso que você deixe a gente fabulosa para um almoço. Tem que ser uma coisa muito especial. É daqui a dez semanas. Coloque sua cabeça pra pensar!

Sexta-feira, 12 de dezembro, 7h04
Acordada por batidas frenéticas na porta da frente. Incorporei o som ao meu sonho o máximo que pude, depois desisti e levantei. Quem estava me chamando tão cedo?

Provavelmente Jake, pra me dizer o quanto me ama. Normalmente é ele. É *ridículo*, são sete da manhã. Desci correndo as escadas e abri a porta.

Exatamente, Jake do lado de fora, me desafiando. O tempo em que eu ficava chocada com a beleza dele já era. Agora, tudo em que eu pensava era que eu queria que ele:

a) colocasse um saco de ervilha nos lábios pra ver se desinchavam
b) tomasse um banho
c) sumisse

— Transei com a Jaz ontem à noite — declarou, com saliva no canto da boca. — O que você acha disso?

— Acho bom, maravilhoso, excelente.

— Você tá feliz?

— Emocionada. É bom saber que você tá seguindo adiante.

Ele virou o rosto, a imagem do desânimo. Quase fechei a porta, mas ele se virou de volta e gritou: — Desgraçada!

Ah, vai me xingar agora?

Sinal de que estava se curando, como quando um machucado começa a coçar.

12h19
Oak.
— Bom dia, Lola — disse Osama. — Tudo bem com você?

— Tudo bem, e você?

— Tudo ótimo, obrigado!

— Excelente, excelente!

Sorrimos felizes um para o outro.

Honestamente, minha relação com o Velho e Bom Olhos de Ameixa andava um pouco estremecida desde que ele se juntara à nossa noite das travecas. Ele só foi uma vez, e não se convenceu a voltar, disse que o motivo era a escolha dos filmes. Voltou a fazer suas viagens solitárias aos cinemas de Ennis nas noites de sexta-feira. Nesse meio-tempo, continua sendo um barman perfeitamente atencioso e ainda ri quando eu pergunto: "É encaroçado?" sobre a sopa do dia — mas, talvez, não tão carinhoso quanto costumava ser.

Olhei em volta procurando uma cadeira pra sentar. As únicas outras pessoas no pub eram Considine e a cara-de-rato. Estranho encontrar os dois ali — Considine normalmente trabalhava nas sextas-feiras. Ele e a cara-de-rato estavam envolvidos numa conversa de olhares intensos.

Considine me viu. — Lola — chamou. — Vem aqui ficar com a gente.

Fiquei relutante. Ficava tímida com Considine e nunca tinha sido apresentada a Gillian, a cara-de-rato.

Mas me senti obrigada a sentar com eles e cumprimentar a Gillian, que parecia um rato de desenho animado. Como os profissionais de desenho animado são talentosos! Podem pegar qualquer criatura — vira-latas, touros, ratos — e, mantendo suas feições bem distintas, fazer com que fiquem bonitinhos. Gillian era realmente muito bonita. Mas, é verdade, inegavelmente tinha cara de rato.

— Como vai você, Lola? — perguntou Considine.

— Supimpa! — Não sei o motivo, mas tenho impulsos incontroláveis de sarcasmo toda vez que encontro com ele. — E você?

— Nos trinques, também. — Isso, ele também é sarcástico.

Gillian abriu a boca. — Lola, Rossa queria te pedir um favor.

E eu pensando, ah, Maria, mãe de Jesus, o que será agora? Já não basta eu oferecer minha casa pro encontro de travecas uma vez por semana? O que mais eles querem?

— Anda, fala. — Gillian cutucou Rossa.

— Você me emprestaria seu desentupidor?

— Pra quê? — perguntei.

Gillian disse: — Estou tendo problemas com meu encanamento.

— Isso é um eufemismo pra "coisas de menina"?

— Meu Deus, não. Encanamento de casa.

(Ela tentou explicar. Tinha alguma coisa a ver com "ralo". Não posso dar maiores informações. Sempre que ouço a palavra "ralo", apago momentaneamente.)

— É o encanamento embaixo da pia – disse Rossa. — Eu já pedi emprestado uma vez pro Tom Twoomey.

Dei para ele a chave da casa. — Vai lá. Pega a ferramenta. Faz o que você tem que fazer. Depois, guarda onde você encontrou. Mas, por favor, não me envolve nisso, porque senão vou desmaiar.

E foi embora e me deixou sozinha com Gillian.

— Ele devia estar no trabalho – disse ela. — Tirou o dia pra me ajudar.

— Que gentil!

Mais silêncio. Depois, ela disse: — É maravilhoso o que você tá fazendo.

Não tinha muita certeza do que ela estava falando. Do desentupidor? Das noites de sexta-feira?

— É um alívio pro Rossa. Ou será que eu deveria dizer Chloe?

— Ah, é. E você não se importa?

— Ele podia estar fazendo coisa pior.

Garota impressionante. À frente do tempo. — Pena – disse ela – que eu não sou útil pra ele. Vivo de jeans e não uso uma gota de maquiagem.

Verdade, a cara de rato dela estava livre de qualquer produto artificial.

— É engraçado – comentei. — Ele fica muito mais bonito de mulher do que de homem.

— Ah, é? — O sorriso sumiu. Ficou séria. — Você não acha o Rossa um homem bonito?

Caramba! Tinha acabado de insultar o namorado dela!

— Claro que ele é bonito. Só quis dizer que ele fica mais arrumado de mulher. Tenho que ir. Tenho um encontro urgente em Galway.

Por sorte, eu realmente tinha um encontro urgente em Galway, ou **teria que dirigir setenta milhas até Eyre Square (centro de Galway) simplesmente pra me livrar de uma situação difícil.**

Cheio de Charme

14h30
Banco americano grande, lustroso, Galway.
Ando pegando uns bicos de trabalho de estilista. Esse serviço veio de uma fonte inesperada — Nkechi. Ela não queria vir de Dublin, e eu estava nas redondezas. Bom pra nós duas.

A diretora do banco ia ser fotografada para um folheto da empresa. O briefing dizia que ela deveria parecer amável, eficiente, resistente, feminina, amigável, trabalhadora, bem-humorada e imbatível.

Fácil.

(Tudo se resolveria com acessórios.)

18h39
Tráfego insuportável. Êxodo de Galway na sexta-feira. Acho que vou chegar atrasada ao encontro das travecas.
Finalmente, cheguei em casa, saltei do carro e descobri que estava sem a chave! Num movimento de dança do ventre, passei por baixo da cerca de arame farpado da casa de Rossa Considine.

— Chave. — Ele balançou o molho na minha frente. — Coloquei o desentupidor de volta embaixo da sua pia. Muito obrigado.

— Chega de detalhes. Esse tipo de coisa me dá ânsia de vômito.

— Ei, Considine! — Alguma confusão acontecendo no portão da frente. Alguém gritando do lado de fora da casa. — Escuta, parceiro, poupa o seu tempo. Ela gosta de provocar, entendeu?

Chocados, Rossa e eu forçamos os olhos na direção de onde vinha a voz.

Jake foi iluminado pelo facho de luz da porta da frente, como um enviado do mal num filme ruim de suspense. Olhou para mim e sorriu com desdém. — Você nem esperou. Não vai demorar pra transar com todos os caras de Knockavoy.

— Deixe ela em paz — disse Rossa, baixinho. — Ela só me emprestou o desentupidor.

— Sei. — Jake deu uma risada perversa. — Ela também me emprestou o desentupidor por um tempinho.

— Que absurdo... — disse Rossa.
— Para — falei. — Deixa ele pra lá.
Fascinante, isso sim — uma aula sobre como não reconquistar uma pessoa. Se existia alguma chance do Jake ficar no meu coração, teria sido apagada para sempre por esse acesso de loucura.
— Quer que eu te acompanhe até sua casa? — perguntou Rossa.
— Não, não, são só alguns metros. E você tem que se aprontar para hoje à noite.
— Mas o cara parece um pouco... descontrolado.
— Ele é inofensivo.
— Eu preferia te acompanhar, se você não se incomoda.
— Mas ele vai gritar com a gente.
— Tudo bem, a gente contra-ataca com unhas e dentes.
— Ok, eu vou com as unhas...
— E eu vou com os dentes.

19h27

Andei percebendo um fenômeno interessante nas últimas semanas — as noites não começavam de verdade até que Chloe chegasse.

Natasha, Blanche e Sue, a garota nova, estavam se trocando na cozinha, mas, para mim, era como se estivessem matando o tempo.

Sue arrendava umas terras no "fim do mundo". Parece que esse era, de verdade, seu endereço de correspondência. Seu nome verdadeiro era Batata Conlon (Batata? Seria isso?). Imagino que o nome verdadeiro, verdadeiro mesmo, não era "Batata", mas não quis perguntar o porquê de "Batata". Imaginei que o motivo talvez fosse:

a) comia muita batata
b) cultivava batata
c) Hummm...

Ele era magricela, tinha pernas arqueadas, faltavam muitos, muitos dentes. Foi preciso muito, muito esforço pra convencer o cara a tirar o boné. Ele me lembrava uma galinha de um país do Terceiro Mundo (desculpe, país em desenvolvimento), tipo as que você vê ciscando em estradas de terra quando passa dentro do seu jipe com ar-condicionado. Nem um pouco como as galinhas irlandesas, de peito inflado, mas um pássaro que você tem que espetar muito até encontrar um pouquinho de carne.

— Cadê a Chloe? — gritou Noel da cozinha. — Preciso dela pra fazer minhas unhas.

— Deve estar chegando...

Nesse minuto, Chloe entrou, olhos brilhando, sorriso na boca, comentários agradáveis e pronta para ajudar as outras meninas. Muito, muito sociável. Se fosse realmente mulher, qualquer uma ia querer ser amiga dela.

— Adorei seu cabelo, Chloe.

Uma peruca escura e comprida que ela sempre usava, mas penteada pra trás e presa num meio-rabo.

— Eu estava me sentindo meio Jacqueline Susann — disse ela. Já que Chloe tinha mencionado, Jacqueline Susann era exatamente em quem eu estava pensando também. (Desconcertante para uma estilista, isto é, uma pessoa que vive de antecipar e dar vida a tendências da moda ser superada por um travesti.)

Diferentemente das minhas outras colegas travestis, que montavam um visual e se mantinham fiéis a ele (Natasha, onça; Blanche, tailleur clássico etc.), Chloe chegava com um look diferente toda semana. Hoje, meias pretas brilhantes, sapatilhas de bolinha colorida e um vestido de um ombro só, também colorido. Ela provavelmente poderia passar por mulher. Alta, sim, nada magra, definitivamente nada magra — mas também não era gordinha (diferentemente, digamos, da pobre Blanche).

Pernas bem torneadas — talvez coxas e batatas um pouco musculosas demais, se a gente quiser ser muito crítica, mas eu não queria ser muito crítica — e um rosto realmente adorável. Olhos escuros muito bonitos, favorecidos por maquiagem profissional, e belos cílios escuros.

Um clamor veio da cozinha. — A Chloe chegou? A Chloe chegou! Chloe, vem aqui, preciso que você me ajude como minha sobrancelha...

Chloe gostava de ajudar as outras. Tinha muita informação especializada, porque fizera um treinamento ecológico em Seattle, uma cidade com considerável população de cross-dressers. Ela conhecia a base "masculina", um unguento grosso, tipo cimento, que preenchia os furinhos e cobria completamente as evidências de barba do rosto, além de ter um acabamento natural e atraente. Aconselhava na depilação do peito, das costas das mãos, ajudava a colar unhas postiças etc.

Mas, apesar de oferecer gratuitamente seus conhecimentos, ela parecia uma princesa, e o melhor que as outras conseguiam ao lado dela era parecer as irmãs feias da Cinderela.

Plano da noite — assistiríamos a O Diabo Veste Prada (parte do estoque novo da Kelly e do Brandon) —, depois teríamos "aula de esportes", para aprender a caminhar feito menina. (Tinha comprado um livro sobre o assunto.)

19h57

— Prontas pro filme? — Minha mão posicionada no controle remoto.

— Só preciso fazer um pipi...

— Melhor eu retocar meu batom...

— Preciso procurar meus óculos na bolsa...

Finalmente, o burburinho feminino acalmou. Apertei o play, a música começou — então, quatro batidas fortes na porta da frente!

Jake? E, se não fosse o Jake, quem seria? Que não seja outra traveca.

— Meninas, alguém convidou alguma amiga e não avisou?

Negativas amedrontadas.

— Têm certeza? Porque, se eu abrir aquela porta e encontrar uma traveca do lado de fora procurando um santuário, vou ficar muito chateada.

— Não. Juro.

— Então, vocês todas, é melhor se esconderem — avisei.

Elas subiram correndo as escadas e eu abri a porta da frente. Um policial grandão, intimidador, de uniforme azul-marinho e botões dourados, estava do lado de fora. Era o fim da linha.

Emoções misturadas. Alívio inegável ao pensar que aquelas noites de sexta-feira tinham terminado, a responsabilidade era muito grande. Mas também tristeza, em nome das travecas. Tive medo de que elas se metessem em confusão, que seus nomes fossem publicados no *Clare Champion* e virassem a piada da cidade.

— Eu sou o guarda Lyons. Posso entrar? — Uma voz profunda ecoou debaixo do quepe.

— Por quê?

— Acho que você faz eventos de cross-dressing aqui nas noites de sexta-feira. — Fiquei quase cega com o brilho das botas pretas.

— Mas isso não é ilegal. — Minha voz tremia. — Não tô fazendo nada de errado. Tom Twoomey sabe e não se importa.

(Continuava checando com o Tom toda vez que uma garota nova entrava pro clube. A resposta enervante dele era que, contanto que ninguém quebrasse a torradeira de novo, não estava nem aí pro que fazíamos.)

— Ninguém disse que era ilegal. Posso entrar?

— Não. — Uma defesa súbita. — As travecas estão aqui dentro. Nervosas. Preciso proteger a identidade delas.

— Escuta — a voz, repentinamente, bem mais baixa —, eu gostaria de fazer parte.

Ah, pelo amor de Deus! Não acredito nisso! Simplesmente não acredito. Quem imaginaria que existem tantas travecas em County Clare? Na verdade, na Irlanda?

— Você é um travesti, guarda Lyons?

— Não sou gay. Mas gosto de me vestir de mulher.

Meu coração bem pesado no peito. — Então é melhor você entrar.

20h03
Subi correndo a escada. Travecas amontoadas no meu quarto, os rostos marcados pela ansiedade.

— Tem um policial aqui.

— Não! — Noel começou a gemer. — Não, não, não, não, não, não, não! É o fim, tô ferrado, arruinado...

— Calma! Ele é um de vocês. Ele é cross-dresser.

As bocas cheias de batom se abriram. Maxilares cheios de pancake e surpresa.

Desceram correndo, de salto alto, e, desconfiadas, circundaram o guarda Lyons como uma matilha de hienas. Fiz as apresentações.

— Como você ficou sabendo de nós? — perguntou Noel, na defensiva.

— Por acaso, Natasha, por acaso.

O guarda Lyons falava de uma maneira ponderada e lenta, como se mostrasse as evidências de um caso de roubo.

— Explica, por favor. — Noel estava sendo, positivamente, implicante.

O guarda Lyons pigarreou e ficou de pé. — Na manhã de terça-feira, 2 de dezembro, uma dona de casa, a ser conhecida daqui pra frente como Sra. X, domiciliada na cidade de Kilfenora, norte de Clare, recebeu, por engano, uma encomenda.

— Senta. Por favor — murmurei. — Isso aqui não é um tribunal. Vocês também, melhor sentar e tomar seus drinques. Isso, obrigada, guarda Lyons, por favor, com a palavra.

— A Sra. X, uma mulher ocupada, mãe de três crianças com menos de quatro anos, não percebeu que a dita encomenda não era endereçada a ela, mas a uma tal de Lola Daly, de Knockavoy...

— Que bisbilhoteira — disse Noel.

— E abriu o pacote, "antes de se dar conta do que estava fazendo". Estou repetindo as palavras da Sra. X.

— Bisbilhoteira.

— Quando abriu a caixa, a dona de casa descobriu estranhas roupas de baixo ali dentro, quatro, para ser exato. "Que perversão", esse foi o termo que ela utilizou para descrever o conteúdo. Com desconforto considerável, chamou o padre da paróquia local, que benzeu as roupas com água benta e aconselhou que ela chamasse o delegado local. Que, coincidência, não é ninguém mais, ninguém menos do que eu mesmo.

(Já tinha meio que reparado que o tal pacote não tinha chegado. Mas recebo tantas entregas de roupa quase todos os dias que não cheguei a prestar muita atenção no pedido que estava faltando.)

— Por conta do meu interesse no assunto — disse o guarda Lyons —, reconheci os itens pelo que são: simples cuecas com reforço. Não há nada de perversão nelas. Não expliquei isso à mulher, simplesmente removi os itens e a caixa endereçados à Srta. Daly até um lugar seguro, e pedi segredo à Sra. X...

— Como? — perguntou Noel. — Como você vai saber que ela vai ficar de boca fechada?

— Porque sei uma coisinha sobre ela. Todo mundo tem seus segredos, Natasha. A Sra. X vai ficar de boca calada.

— Ah, que bom! Que bom!

— Depois, comecei a fazer perguntas sobre a Srta. Lola Daly e descobri que os encontros aconteciam no endereço dela em Knockavoy, todas as sextas-feiras, às sete da noite. "Juntei dois mais dois" e concluí que os encontros de sexta-feira e as cuecas com reforço estavam ligados. Minha conclusão estava correta.

— Nada mais impressionante! — Noel mudou consideravelmente o tom de voz. — Agora, são três de nós que chegaram até você, Lola, por acidente. Eu, Chloe e agora...

— Dolores — disse o guarda Lyons. — Me chame de Dolores.

— Bem-vinda, Dolores! Isso, bem-vinda, bem-vinda.

— Tá tudo muito bem — disse eu. — Mas e a minha encomenda de cuecas com reforço?

— Retida. Pode botar a culpa nos correios.

20h32

Dolores Lyons é muito alta. Um e noventa, por aí. Ossatura larga e, na verdade, bem acima do peso, mas se ajeitava bem com o corpo. Jaqueta de sarja grossa desabotoada, deixava a barriga enorme à mostra, e eu pensei: meu maior desafio até hoje.

22h07

Todo mundo foi embora, menos Chloe, que me ajudava a arrumar a casa.

— Então ao todo são cinco — disse Chloe, colocando as taças de vinho na pia. — Parece que você tem vocação pra coisa, Lola.
— Não quero essa porcaria de vocação.
— Mas esse é o problema das vocações, não é você que escolhe, são elas. — Chloe se divertia com o meu apuro. — Pensa na Madre Teresa de Calcutá. Quando o cara do departamento de aptidão vocacional perguntou: o que você quer ser quando crescer, Madre Teresa? Talvez ela tenha respondido: Gostaria de ser aeromoça. Muito improvável, você não acha, que ela dissesse: Quero ser amiga dos leprosos. Pouco provável, não é, Lola, pouco provável.
— Que bom que você acha isso tão engraçado.
— Talvez a Madre Teresa nem mesmo gostasse dos leprosos. Ou talvez tivesse uma "queda" por leprosos, mas eles não estavam nem aí, e seguiram a mulher de qualquer maneira.

Chloe estava se divertindo bastante. Enfileirei as garrafas vazias de vinho na porta, separadas para o dia em que fosse novamente ao banco das garrafas com Rossa Considine.
— Assim como parece que as travecas estão te seguindo, Lola.
... ir ao banco de garrafas com Rossa Considine...
— Santa Lola, santa padroeira dos cross-dressers.
Chloe é Rossa Considine...
Por que a vida é infernalmente peculiar?

Sábado, 13 de dezembro, 11h22
Telefonema da Bridie.
— Tô mais derrubada que o Muro de Berlim — disse ela, rouca. — Festa de Natal ontem à noite. Sorte sua ser autônoma...
— ... Desempregada, você quer dizer.
— Não precisa aturar festas de Natal. Meu Deus, Lola, tô mais derrubada que o Muro de Berlim.
— Onde você aprendeu essa expressão?
— Na tevê. Boa, não é?
— É, boa.
— Andei pensando. Sobre o Paddy de Courcy. Um cara como ele pode conseguir uma rapidinha com qualquer uma.

— Onde é que você tá querendo chegar, mulher mais derrubada que o Muro de Berlim?

— Ele não te ligou pra uma rapidinha.

— Pra quê, então? — Fiquei desconfiada. Pouco provável que Bridie dissesse: "Porque ele ainda te ama."

— Estava tentando te manter interessada.

— Por que o Paddy precisa me manter interessada?

— Você sabe de coisas da vida dele. Algumas semanas atrás, os jornais estavam cheios de fofocas sobre a vida sexual da Dee Rossini. Ela quase teve que renunciar. Você pode muito bem contar todas as maluquices sexuais que Paddy obrigou você a fazer pros jornais. Seria um escândalo explosivo.

— Não eram maluquices sexuais.

Minha moral estava em alta porque a Bridie tinha admitido recentemente um segredo vergonhoso. Desde que se casou, as "relações" com Barry deram uma caída. Ele fez uma avaliação no final do ano (Barry trabalha com recursos humanos) e disse para ela que só tinham transado quinze vezes no ano anterior — uma vez por mês, fora as transas extra, no aniversário dele, no de casamento e no dia em que o Kildare ganhou o campeonato irlandês de futebol. (Estranho que nenhum dos dois seja fã do Kildare. Talvez tenha alguma relação com a estrada de Kildare.)

— Ah, eram, sim, maluquices sexuais, Lola. Eu admito que, na época, me achei uma caretona perto de você. Mas, olhando pra trás... não é muita gente que gosta desse tipo de sexo que você fazia com o Paddy de Courcy. E aposto que você não me contou nem a metade do que aconteceu.

Chocada. Bridie andava fazendo aulas de leitura da mente?

— Ele disse que sentia falta de mim. — Roendo as unhas.

— Claro que ele sente falta de você! Alicia cara-de-cavalo dificilmente topa essa necessidade de perversão.

— Não é perversão. É erotismo.

— Perversão. Perversão. Perversão, perversão, perversão.

A Bridie é a pessoa mais teimosa que conheço.

12h04
Cibercafé.
Dei um pulo para ver a Cecile. ("Dei um pulo." Não gosto dessa expressão. Me lembra das jovens mamães fofinhas, vestindo calça comprida de tom pastel, muito bem passadinha e engomadinha. Vou parar de dizer isso.)

Tive medo de que a Cecile fosse me rejeitar, depois de eu ter rejeitado o Jake, principalmente levando em consideração que ela foi a ponte pra nossa aliança. Mas a resposta dela foi exatamente o oposto. Contente, ela me contou que Jake estava em estado lamentável. Disse que já "tinha passado da hora" daquele "gambá safado ter o que merecia".

— Aquele porcariazinha não sabia ver quando uma coisa boa estava em cima dele — disse ela. — Isso vai amolecer aquela casca grossa.

Fascinante (e assustador) o uso que ela fazia de coloquialismos.

15h27
Voltando da cidade pra casa
Rossa Considine do lado de fora da cabana dele, "mexendo" no carro
— Oi, e aí? — cumprimentei.
— Beleza, e aí?
— Por que você não tá fazendo suas escaladas, feito uma pessoa estranha?
— Vou amanhã.
— Certo. Escuta. Andei pensando.
— Sobre...? — Ele desviou a atenção do carro e veio me encontrar.
— Já, já é Natal. A gente devia fazer uma ceia. Com a nossa gangue de sexta-feira.
— De onde você tirou essa ideia? Pensei que você fosse uma patrocinadora relutante das atividades de cross-dressers... desculpe, travecas.
— E sou. Mas falei com minha amiga Bridie. Ela teve uma festa de Natal ontem à noite. Ficou dizendo o tempo todo que estava mais derrubada que o Muro de Berlim. Essa frase me pegou.

— Você pode ficar bêbada qualquer dia da semana.

— Preciso de uma desculpa. Se começar a me embebedar sem uma desculpa, tenho medo de virar alcoólatra.

— E no que você pensou?

— Terça-feira, daqui a duas semanas? É véspera da véspera do Natal.

— O que você vai fazer no Natal?

— Vou passar quatro dias em Birmingham. Meu pai mora lá. Depois, vou pra Edimburgo com minhas amigas Bridie e Treese, e vamos passar o Réveillon em Nova York. Não volto pra Knockavoy antes de 4 de janeiro, então é melhor fazer a festa na terça, dia 23. Mais tarde que isso é tarde demais. Posso organizar a parte das tortas, do vinho, dos belisquetes, esse tipo de coisa.

— Mas seria muito trabalho pra você, trabalho extra. Deixa eu discutir isso com as outras.

As travecas tinham criado uma espécie de rede informal, se falavam por e-mail durante a semana. Eu não fazia parte do grupo. Que bom!

— CACHORRA FÚTIL!

Era o Jake. Apareceu do nada e já ia longe, de bicicleta. Não tinha certeza do que era mais desconcertante, se a aparição súbita ou o fato de ele estar de bicicleta. (Andar de bicicleta não era bom pra imagem e o sex appeal dele. Ele não era, definitivamente, o tipo que anda de bicicleta. Poucas pessoas são.)

— Fútil, tudo bem, mas cachorra, não — gritei pra ele.

Me dei conta de que ele não me escutaria, mas precisei defender a minha pessoa, então me virei pro Rossa Considine. — Não sou uma cachorra — falei. — Eu estava em período de recuperação.

— Por que você diz que é fútil?

— Por causa do meu trabalho. Todo mundo diz que estilistas são débeis mentais fúteis. Uma vez, ouvi uma frase ótima: a cocaína é a maneira que Deus encontrou de dizer que você tem dinheiro demais. Da mesma maneira, se existe tanto emprego dando casa e comida pros estilistas, é sinal de que o país de repente prosperou demais.

— Então, você tá cheia de trabalho no momento?

— Ah, não, mas isso é culpa minha. Tenho clientes adoráveis. A SarahJane Hutchinson me indicou uma cliente nova, mas não pude ir a Dublin, então acabei perdendo a indicação.

— Por que você não pôde ir a Dublin? Fora o fato de aquilo ali ser um lugar insuportável?

— Porque meu ex-namorado mora lá. Da última vez que fui, vi o cara com a noiva cara-de-cavalo. Quase vomitei no meio da rua, e essa foi a coisa menos ruim que aconteceu.

— Então, fica trabalhando só em County Clare.

Assenti. — O pessoal dessa área nunca vai ser uma clientela tão boa. A maioria das mulheres ricas vive em Dublin. A maioria das lojas boas é em Dublin. Claro, posso mandar buscar as coisas, mas é bem mais caro do que quando ando pelas boas lojas de lá e encho sacolas com coisas incríveis.

— Entendi.

— Trabalhar com isso é bem assustador na maior parte do tempo. É, sim, honestamente, Rossa Considine. Dá pra ver pela sua cara que você não tá nem um pouco convencido disso. Obviamente, não é nada tão importante quanto o trabalho ecológico que você faz. Mas, pras pessoas que eu ajudo, é importante.

— Ei, de quem você está falando? Eu sei que o que você faz tem valor, Lola.

Olhei para ele, séria. — Sarcasmo, Rossa Considine?

Ele suspirou, suspiro pesado. — Não é sarcasmo. Conta mais do lado assustador do seu trabalho.

— Caramba... se eu terminar uma sessão e perceber que interpretei errado os desejos da minha cliente, ou se ela tiver mentido sobre o tamanho que veste — sempre acontece, elas dizem 40 porque morrem de vergonha de admitir que vestem 44 —, não tem jeito de consertar. Em Dublin, dá pra sair correndo e conseguir mais roupas, mas aqui, se acontece um erro, não tem como remediar. A gente empaca com as roupas erradas e a sessão é um desastre.

— Entendi o que você quis dizer. — Olhar interessado, pensativo, no rosto dele. Resposta nada previsível. Bem, ele é um travesti.

— Caramba, Rossa, é melhor eu voltar pra casa, tô com os pés completamente dormentes.

A gente estava de pé, ali, há séculos.

— Você quer entrar, tomar um chá ou qualquer outra coisa?

— Ah, não, não. — De repente, fiquei tímida.

Segunda-feira, 15 de dezembro, 19h29
Pub da Sra. Butterly.
Novidades acalentadoras, cortesia da Sra. Butterly! Osama não está mais sozinho. Nas noites de sexta, ele vai ao cinema em Ennys acompanhado da cara-de-rato Kilbert. Ela tem carro e vai com ele, acabou-se a necessidade de ir de ônibus. E ela também arrumou o que fazer enquanto o namorado se veste de mulher. (Apesar de a Sra. Butterly não ter dito isso. Foi um pensamento particular da minha parte.)

Espírito comunitário em ação.

Terça-feira, 16 de dezembro, 11h22
Deitada na cama, pensamentos variados.
Se eu fosse homem, ficaria a fim da Chloe.

Quarta-feira, 17 de dezembro, 12h23
Passando pelo cibercafé.
Cecile me vê e acena, me convidando a entrar. Aceno, animada, mas continuo o meu caminho.

Vergonha de admitir, mas ando evitando a Cecile porque o dialeto de County Clare dela ficou muito difícil de entender. Acho que compreenderia melhor se ela falasse francês. Pelos poucos fragmentos que ela me contou, parece que o Jake e a Jaz andam formando um casal. ("Ele disse pra ela: 'Você quer ser enterrada com a minha família?'") Muito feliz. Tomara que isso signifique o fim do ciclismo abusivo do Jake.

19h07
Indo jantar na cidade.
Rossa Considine chegando em casa do trabalho. Grita: — Operação Derrubada do Muro de Berlim em andamento!
— Que bom, que bom!

Sexta-feira, 19 de dezembro
Rossa Considine mentiu pra mim! A operação Derrubada do Muro de Berlim não estava em andamento coisa nenhuma! A operação Derrubada do Muro de Berlim tinha sido interrompida pela Natasha.
— Não quero passar o Natal presa aqui, assistindo *A Felicidade Não se Compra* e comendo panetone — disse ela, com ar desafiador. — Vamos sair pra dançar.
— Um pouquinho de sanidade, Natasha, é só o que eu te peço! — gritei. — A gente vai ser linchada na Baccarat. (Baccarat é a boate local.)
— Não. — Natasha balançou a cabeça. — Eu conheço um lugar que é "simpático" às nossas necessidades. Em Limmerick.
— E o problema é...?
— A gente precisa de uma van. Alguém precisa dirigir.
— Eu dirijo — disse Chloe. (Hoje, vestindo um tubinho de gola alta inacreditavelmente estiloso. De uma loja de departamentos! Um vestido comum, simples, tamanho 50.)
— Não, você não vai dirigir — disse Natasha, de supetão. — É a *nossa* festa de Natal, meninas, e se a Lola não dirigir, pode acabar tendo problemas com o seguro-desemprego.
— Isso é chantagem! — Chloe ficou escandalizada. — Natasha, foi a Lola quem sugeriu a festa de Natal, pra começo de conversa!
Mas Natasha já enchera a cabeça das outras com o papo sobre a boate onde poderiam dançar livremente com gente do seu tipo.
— Por favor, Lola? — disse Blanche. — Eu ia amar.
— É, eu também ia amar conhecer esse lugar — disse Sue.
— Por favor, Lola — implorou guarda Dolores Lyons, com olhinhos de filhote de cachorro.

— Eu dirijo — concordei, mal-humorada. Essas porcarias de travestis...

— Não, Lola — protestou Chloe.

— Tudo bem — disse eu para ela. — É minha vocação. Eu dirijo.

— Eu estava brincando quando disse que você tinha vocação.

— Mas parece que é verdade. Santa Lola dos Travestis.

— Cross-dressers — disse Natasha imediatamente.

— Travestis, travestis, travestis, travestis, travestis. — Não estava com paciência. — Cala a boca, senão eu não dirijo a van.

— Desculpe...!

— Posso sugerir uma solução? — Era Chloe tentando restabelecer a calma. — Lola, a gente pode sair outra noite? Por aqui mesmo, aí a gente não precisa de motorista. Depois do Natal? Quando você voltar de Birmingham. Te deixar bêbada e mais derrubada que o Muro de Berlim. Não precisa ser com as meninas. Pode ser com seus outros amigos de Knockavoy.

— Tipo quem?

— O surfista? Jake, é esse o nome dele? — Brilho nos olhos da Chloe.

— Isso, a gente pode convidar o Jake. — Gargalhada presa.

— Ele podia ficar do outro lado do pub...

— ... e gritar com a gente.

Caí na gargalhada enquanto Natasha olhava pra gente, fria.

22h13

Todo mundo foi embora, menos Chloe.

Era costume, agora, a Chloe ficar pra trás, depois das outras irem embora, pra me ajudar na limpeza.

— Você acha que a mulher do Noel realmente acredita que ele sai com amigos toda sexta-feira à noite? — perguntei, jogando o resto dos belisquetes no lixo.

— Difícil saber. Talvez seja mais fácil pra ela simplesmente fingir que acredita.

— Você tem sorte — disse eu. — A Gillian é legal. Não se importa nem um pouco.

— Muita sorte — concordou Chloe, me seguindo até a cozinha. — A Gillian é realmente tranquila. Ela diz que, se tivesse que escolher, preferiria que eu desistisse das escaladas. Ela diz que é muito perigoso. — Chloe sorriu, lavando copos sujos. Depois, do nada, perguntou: — Você já teve algum namorado cross-dresser?

Pausa. Longa pausa. Longa demais, porque a resposta era curta.

— Não — disse eu. — Mas...

— Mas...

— Tive um namorado que tinha outros... interesses.

Chloe desligou a torneira de água quente. — Interesses?

— Você sabe... sexuais.

Expressão de cuidado no rosto da Chloe. Reação impossível de decifrar. — Esse tipo de coisa é legal... — disse ela. — Se a pessoa curte.

— É... interessante ultrapassar certos limites, não é?

— É... se os dois ficam felizes.

Tive um flash inesperado de memória. De quando o Paddy me levou pra Cannes. Avião particular. Limusine nos esperando na escada do jatinho. Suíte enorme no Hotel Martinique. Na chegada, a cama estava lotada de sacolas de lojas caras da Croissette. Eu, correndo de um cômodo pro outro, dando gritinhos, até dar de cara com uma russa linda, fria, de terninho Chanel, esperando na sala de estar.

O que ela estava fazendo ali? Por um segundo, pensei que fosse uma secretária. Paddy talvez tivesse que trabalhar no fim de semana.

Depois, ele disse: — Essa é a Alexia. Ela vai ser nossa... amiga... enquanto a gente tá aqui em Cannes.

Amiga? Amiga?

Oh, não. E Paddy disse, com um sorriso safado: — Oh, yes!

Senti um enjoo e um frio nos braços quando me lembrei disso.

— Lola, você tá bem? — perguntou Chloe, com preocupação na voz.

— Tô, tudo bem, tudo bem, eu só... aquele namorado que mencionei...

— ... Sei...

— Ele me fez transar com uma prostituta russa. Depois, ele transou com ela e eu tive que assistir.

— ... é... e tudo bem pra você?

— Na hora, achei que sim.

— Mas e agora?

— Não. — A voz embargada e o corpo tremendo. — De repente, passei a achar meio assustador. Vergonhoso. Humilhante. Não acredito que fiz isso. Não o fato de romper barreiras. Não por ser uma aventureira sexual. Simplesmente por ter me deixado humilhar. — A voz ficando mais esganiçada e alta. O fôlego me faltando.

— Vem cá, senta aqui.

Na sala, me colocou no colo, como uma mãe faz com uma criança, e me abraçou tão apertado que, finalmente, parei de tremer. Respirei pela boca, forcei o ar até os pulmões, até voltar a respirar normalmente. Recostei nela. Muito reconfortante a maneira como ela sustentou meu peso, e pensei que tinha mãos gostosas e grandes.

— Eu podia ter me recusado — disse. — Acho que devia ter feito isso.

— Mas não conseguiu. Porque, se conseguisse, teria se recusado.

— É, é verdade. — Tão grata por ela ter compreendido. — Fiquei com medo. Medo de que ele... me gozasse. Medo de que não me amasse mais. Medo... simplesmente medo.

Aconteceu outras vezes, outras coisas terríveis também. Não sabia por que aquele episódio em particular era tão bizarramente destacado para percorrer minhas entranhas e sair da minha boca assim.

0h44

Na cama.
Não conseguia dormir.
Pensando no que tinha admitido pra Chloe. Como ter feito um ménage a trois com uma prostituta me pareceu perfeitamente normal na época.

Mas agora não parecia nada normal. Parecia doentio e estranho.

Na verdade, agora me parecia óbvio que desde o começo o sexo com Paddy tinha sido doentio e estranho. Imagina que eu pensei que ser levada para uma sex shop num primeiro encontro era erótico! Agora eu via que era um teste. Ele estava me testando pra ver o quanto eu aguentava. E concluiu que eu toparia qualquer coisa.

Ainda que eu tenha enfrentado a situação em Cannes, eu devia saber que era errado, porque nunca contei pra ninguém o que acontecera lá. Já teve um tempo em que eu me gabava dos absurdos sexuais que praticava com Paddy.

Mas cheguei a ponto de parar de contar as coisas pra Bridie e pros outros. Percebi uma diferença na atitude deles. Deixaram de ficar impressionados e com inveja, e começaram a parecer sentir outra coisa. Preocupação, acho.

Sábado, 20 de dezembro, 8h33
A caminho de Tipperary, job rápido numa festa de Natal.
Rossa Considine tirando cordas e esse tipo de coisas da mala do carro. Ele se aproximou, passou pela cerca e perguntou: — Como você tá hoje? — Expressão muito gentil no rosto e, por um momento, me perguntei por quê. Esqueci que tinha contado pra ele a história do Paddy e da Alexia. Porque, claro, não tinha contado pra *ele*. Mas pra Chloe.

Fiquei com raiva porque ele sabia. Como se a Chloe tivesse quebrado um voto de confiança e contado. Como se o Rossa fosse o irmão gêmeo dela.

— Tudo bem. Preciso ir agora.

Ele podia guardar sua simpatia e olhar carinhoso pra si. Se eu quisesse o carinho do Rossa Considine, teria contado minha história pro Rossa Considine.

19h17
Passando pelo Dungeon.
— Oi, Lola Daly! Uma palavrinha, pode ser? — O Chefe estava me procurando.

Entrei, aceitei tomar um drinque rápido.

— É verdade — o Chefe começou a perguntar — que a cara-de-rato Kilbert tem feito companhia ao Osama nas noites de sexta-feira enquanto vocês ficam na cabana, vestindo roupas de mulher?

Chocada! Absolutamente chocada! — Como você sabe das roupas de mulher? Era pra ser segredo.

— Não existem segredos numa cidade como a nossa, Lola Daly. Não por muito tempo. Na verdade, nunca acreditei na sua história de filmes de vingança de moda; então, na noite passada, espionei sua casa. Nós três nos escondemos do lado de fora e ficamos olhando pela janela. Tô surpreso de você não ter escutado a gente rindo, as gargalhadas e os gritos que a gente deu.

— Quase desloquei um disco das costas — disse o Mestre. — Ri tanto.

Caramba!

— Tô magoado porque você não confiou em mim, Lola — disse o Chefe. — Pensei que éramos amigos...

— Nós somos amigos, Chefe, sim, somos amigos. — Envergonhada. Ele tinha sido gentil comigo, me ajudou a conseguir o seguro-desemprego, comprou vitamina B pra mim etc. — Mas eu não podia entregar um segredo que não era meu.

— Sei exatamente quem é quem no seu grupinho de "meninas". Dei uma busca nas placas dos carros. — Inclinou a cabeça na direção do Mestre. — O Mestre é "bem relacionado". Descobri os nomes e os endereços.

Meu Deus! Se o Noel soubesse que as atividades dele de sexta-feira eram de conhecimento público, teria tido um faniquito (ou qualquer coisa do gênero). E uma das minhas "meninas" era um oficial da justiça...

Segurei o braço do Chefe, uma coisa que normalmente não faria, só mesmo em momentos de crise. — Você não pode contar pra ninguém — supliquei. — Eu imploro... Esses pobres homens... essa é a única válvula de escape que têm.

— Pra quem eu contaria?

— Pra todo mundo, é claro!

— Claro, que mal vocês fazem? Não é como se estivessem fazendo filme pornô. E ainda nos proporcionam boas gargalhadas.

— Pode parar! Nada de rir dos travestis!

— Na verdade — disse o Chefe, em voz muito pomposa, indicando um sermão na sequência —, não é correto chamar os caras de travesti, já que nenhum deles é gay.

— Batata Conlon é.
— Não é, não.
— É sim.
— Um encontro bêbado em Cingapura não conta.

Longa dissertação do Mestre sobre a sexualidade e o crossdressing.

Domingo, 21 de dezembro, 20h47
Oak.

Apesar de ser noite de domingo, o lugar estava lotado. Sem dúvida, a culpa era da estação festiva. Tive que esperar séculos pela minha sopa do dia, sem caroço. O pobre Osama de um lado pro outro.

Considine no meio de um amontoado de bofes, de botas cheias de terra, sentado com as pernas musculosas afastadas e distribuindo canecas de cerveja para mãos bem masculinas. Colegas de escalada, deduzi. Se eles soubessem o que o Considine fazia nas noites de sexta-feira... Mas talvez eles soubessem. Afinal, Gillian sabia.

Amontoado rival de surfistas, inclusive Jake. Preparei minha pessoa pros insultos, mas ele me ignorou. Muito ocupado beijando de língua a Jaz. Jaz era a garota tatuada na festa na casa dos surfistas de mil semanas atrás. Aquela que disse pra mim: — Guarda o meu nome — E eu esqueci imediatamente.

Jake me deu um sorriso de desdém, depois aumentou a intensidade da pegação e enfiou a mão por debaixo da roupa da Jaz, na altura da cintura, apertando a bunda dela abertamente.

Dei um sorriso gentil. Desejei que estivessem felizes. Fiquei horrorizada ao descobrir que esse desejo era sincero. Como eu podia ser tão pouco afetada pelo fato de ver o cara com outra mulher? Ele não significava nada pra mim? Eu era uma pessoa dormente, estranha, completamente prejudicada, alguém que nunca teria um relacionamento normal outra vez? Não. Lembrei a mim mesma: fiquei louca pelo Jake, até ele começar a dar sinais de que tinha planos de destruir a minha cabeça.

E também, não vamos nos esquecer, eu estava em período de recuperação.

Segunda-feira, 22 de dezembro, 5h05
Incapaz de dormir. Esperando o amanhecer.
Lembranças do Paddy me aborrecendo. Fui, de fato, acordada por elas. Tentei pensar em coisas alegres: Operação Derrubada do Muro de Berlim estava em andamento. Van reservada no Gregan's de Ennistymon. ("Aluguel de carros para todas as suas necessidades médicas e funerárias." Bom slogan.) Chloe organizou tudo.

Mas não conseguia me animar. Na escuridão de antes do amanhecer, eu me senti sozinha, sozinha, sozinha e desejei falar com Chloe. Ela me entendeu quando contei do Paddy. Sem julgamento. Só carinho.

Situação inacreditavelmente estranha. Chloe estava disponível para mim uma noite em sete, como uma Cinderela de uma vez por semana. Não era como se eu pudesse ligar pra ela nos intervalos.

Fechei os olhos, tentando lutar contra a tristeza e voltar a dormir. Mas não consegui mudar a sensação terrível.

— Mãe? — perguntei.

Mas em vez de ouvir minha mãe, uma lembrança horrível do Paddy entrou na minha cabeça.

— Mãe? — chamei de novo. Mas as imagens terríveis na minha cabeça eram insistentes.

Estava com uma gripe terrível. Tão mal que dormi no apartamento do Paddy por alguns dias até melhorar. De manhã, antes de ir trabalhar, ele me dava antigripais, e fazia a mesma coisa de noite, quando voltava pra casa.

Numa dessas noites, ouvi quando ele chegou. Acendeu a luz e me acordou do meu sono delirante e suado. Eu estava sonhando que andava por uma casa enorme, procurando um banheiro. Meio acordada, me dei conta de que precisava fazer pipi e, depois de alguns minutos desejando desesperadamente ter um pinico para esse fim, forcei minha pessoa a sair da cama quentinha e ir ao banheiro.

Estava sentada no vaso, a cabeça encostada na parede fria de azulejo, quando vi que Paddy tinha me seguido até lá.

Nada demais. Desde o começo, ele insistia numa política de ir ao banheiro de porta aberta. Eu nunca me acostumei de verdade. Mas, considerando tudo o mais que a gente fazia, insistir em privacidade pra fazer xixi parecia não fazer sentido.

— Como você tá se sentindo? – perguntou.

— Podre. Como foi seu dia?

— O de sempre, você sabe.

Levantei, dei descarga, lavei as mãos na água gelada e, quando tentei voltar pro quarto, o Paddy bloqueou minha passagem.

— O que foi? – perguntei.

— Você. – Ele pressionou minhas costas contra a bancada da pia.

Ele não podia estar... no meu estado...?

Mas, pela ereção que percebi dentro da calça comprida, não tive dúvida – é, ele estava atrás de sexo.

Eu mal conseguia ficar de pé.

Colocou as mãos nos meus ombros e me beijou o pescoço. – Paddy – disse –, agora não, não tô em condições.

Ele deslizou as mãos por baixo da camisa do meu pijama e acariciou meus mamilos. Tive que lutar contra uma vontade enorme de gritar.

Em um segundo, o pau dele estava pra fora, e ele puxava a calça do meu pijama. Meus mamilos, atiçados, se esfregavam no tecido da blusa e a sensação me dava vontade de arrancar a pele fora.

— Não – disse eu, mais alto agora. – Paddy, eu tô doente.

Tentei me afastar, mas ele era muito mais forte que eu. – Paddy. – Mais alto ainda. – Eu não quero fazer isso. – Mas a calça do meu pijama já estava na altura dos meus joelhos, os pelos da coxa arrepiados de frio, e Paddy já buscava seu caminho pra dentro de mim, apesar da minha resistência. Doeu. Movimentos bruscos, cada um acompanhado de um grunhido.

— Por favor...

— Cala. A. Boca – grunhiu entredentes.

Imediatamente parei de lutar e deixei que ele fizesse o que queria, a bancada da pia machucando minhas costas.

Os gemidos ficaram mais altos, os movimentos bruscos pareciam estocadas, ele tremia e gemia. O corpo dele afrouxou, o peso em cima de mim, meu rosto enterrado no peito dele. Eu mal podia respirar. Mas não reclamei. Esperei ele fazer tudo o que precisava. Depois de algum tempo, se afastou e sorriu carinhosamente. — Vou levar você de volta pra cama — disse.

Fui aos tropeços até o quarto e, como não sabia o que pensar, decidi que era melhor não pensar em nada. Um ou dois dias depois, concluí que o comportamento dele era compreensível. Como eu sempre topava coisas pervertidas, ele devia pensar que meu apetite sexual era tão grande quanto o dele. E que uma gripezinha não me deixaria sem vontade.

Terça-feira, 23 de dezembro, 19h30
Chloe chegou. Me abraçou. Desde que contei tudo sobre o Paddy e sobre a prostituta russa, parecia normal a gente se abraçar.

— Cheguei cedo — disse ela. — Espero que você não se importe. Só queria saber se é tranquilo mesmo você dirigir hoje à noite. Confiante com a estrada etc? Posso ir embora e voltar às 20h30, quando os outros chegarem, se você quiser.

— Não, entra aí, entra aí.

— Como você está se sentindo? — perguntou ela. — Depois das coisas que me contou na sexta? Espero que não esteja constrangida. Ou arrependida de ter me contado.

— Não, Chloe. Na verdade, me lembrei de outras coisas.

E contei pra ela a história de quando fiquei doente. Depois, acabei cuspindo outras lembranças.

Chloe foi gentil. Não disse: por que você simplesmente não largou o cara? Não fez nenhuma pergunta assustadora, nem impossível de responder. Simplesmente me ouviu, me abraçou e me deixou chorar.

20h30

Deitada na cama, olhos cobertos por duas bolotas de algodão embebidas em tônico de pepino, para ajudar a desinchar. Gritinhos excitados vinham lá de baixo, enquanto as "meninas" trocavam de roupa.

21h15

Operação Derrubada do Muro de Berlim oficialmente iniciada. Natasha, Blanche, Chloe, Sue e guarda Dolores Lyons, todas dentro da van, Chloe no banco da frente ao meu lado. Todas em seus trajes incríveis (menos Dolores, que estava vestido de guarda feminino da cabeça aos pés). Estava me sentindo consideravelmente mais alegrinha. Nada como um bom choro.

22h30

Boate HQ, Limmerick.
Estacionei a van. Saltamos no estacionamento. Humor em alta. Combinação de ansiedade com excitação.

Era a primeira saída pública como mulher para todas elas (menos pra Chloe, que já tinha feito isso várias vezes em Seattle). E se Natasha estivesse mal informada e essa boate HQ fosse normal, uma discoteca sem travestis? Não sairíamos vivas de lá.

Mas, pelo calibre das outras mulheres no estacionamento caminhando até a entrada – ajeitando perucas e partes pudendas, dizendo *Merda* com voz de homem, enquanto tropeçavam por causa dos saltos altos –, vi que estávamos no lugar certo.

– Vamos. – Chloe e eu seguimos adiante, as outras logo atrás de nós, e fomos admitidas imediatamente.

Lugar pequeno, pouca luz. Bola de espelhos. Laser colorido. Música alta. Lotado de mulheres glamourosas e homens de cara feliz.

– Oi, sexy – disse um dos homens de cara feliz pra Natasha. – Adoro ruivas. Aposto que você é bem fogosa. Quer dançar?

– Por que não? – disse Natasha. E lá foi ela.

A gente mal tinha entrado na boate!

Existe um nome para homens que gostam de travestis — "admiradores" — e a boate HQ estava lotada deles. Dolores foi a próxima a ser chamada pra dançar. O cara feliz dela disse: — Adoro mulher de uniforme. Quer dar uma rodopiada? — Depois, logo depois, Blanche também foi tirada pra dançar.

Sue, Chloe e eu encontramos um pouso pros nossos drinques coloridos. Olhei pra pista de dança. Alguns cross-dressers pareciam mulheres de verdade. — É porque elas são — gritou Chloe, mais alto que a música. — Parabéns, mulheres e namoradas de cross-dressers que apoiam.

Fascinada. Pensei que toda mulher fosse ficar revoltada vendo seu homem se vestir de mulher. Porque eu achava repulsivo, suponho. Não repulsivo em si. Mas repulsivo no caso de homens com quem eu me relacionasse. Como eu acharia o cara sexy de novo se o pegasse vestindo calcinha cor-de-rosa?

— Bofe chegando — gritei no ouvido de Chloe. — Vai te tirar pra dançar.

Mas não chamou. Escolheu Sue, e eu fiquei chocada. Chloe era a única das minhas meninas que ainda não tinha sido convidada, e era, facilmente, a mais bonita e mais bem-vestida — vestido trespassado, tecido brilhoso (sexy e estiloso), meias arrastão e *ankle boots* de saltos altíssimos.

— Você tá dando os sinais errados — gritei pra ela. — Tá muito grudada em mim. Vai lá e dança.

— Não, eu to ótima! Jesus! — Chloe, queixo caído, olhava pra pista de dança. — É a Sue?

Me espichei pra ver melhor. Meu queixo caiu, como o da Chloe. Não acreditava no que estava vendo. É incrível quantos talentos temos escondidos! Sue, um fazendeiro, plantador de batatas, taciturno, usuário de boné. Mas, ali, era uma dançarina absurdamente talentosa. Movendo o corpo como se fosse uma bolinha de mercúrio fora do termômetro. Flexível, desinibida, a cabeça indo para um lado, os ombros indo para o outro. As pernas, que normalmente pareciam esquálidas como as de um galinha, estavam firmes e definidas dentro da meia-calça. Ela estava causando um zum-zum-zum danado.

— Ela tá mandando ver — disse Chloe, admirada.

— Quem diria?

Apesar da beleza da Chloe, ninguém se aproximou, e, finalmente, ela disse: — Vamos dançar, Lola. Melhor que ficar em pé aqui, como uma dupla de rejeitadas.

— Ok.

Dançarina fabulosa a Chloe. Divertidíssima. Melhor noite que eu tinha em séculos.

Dois admiradores se aproximaram, depois se afastaram de novo, rapidamente, quando perceberam que eu era realmente mulher.

— E ela? — Um deles apontou pra Chloe.

— Não, ela é homem.

Ele olhou, duvidoso, pra Chloe. — Ah, olha só, vamos deixar como está.

2h07
Todo mundo de volta na van. Hora de voltar pra casa. Humor elevado e excitado. Uma babel de vozes, enquanto histórias sobre admiradores eram trocadas, o prazer de estarem em público como mulheres, os muitos elogios recebidos. Todo mundo feliz.

Apesar de serem duas da manhã, havia muitos carros na estrada. Festas de Natal e coisas do gênero.

Trânsito lento.

Trânsito mais lento.

Trânsito completamente parado.

Fila de carros, como se fosse hora do rush. Brilho de lanternas traseiras.

— Que está acontecendo?

— Lei Seca — disse o guarda Dolores Lyons. Indicou o walkie-talkie. Besteira minha, mas achei que era de brinquedo. — Operação Natal sem Álcool.

Lei Seca! De repente, um medo terrível tomou conta do veículo. Não porque eu estivesse bêbada. Eu não estava. Mas viajava com um carregamento de travestis. Inclusive um guarda, e não apenas isso, mas *vestido de guarda*. Só que guarda feminino. (Ele poderia ser preso por se passar por uma guarda?) Eu sabia o que estavam pensando — mandariam que saíssemos do carro, colocássemos as mãos no teto, seríamos revistadas em regiões íntimas. Famílias seriam informadas. Nomes vazados pra imprensa. Estávamos ferradas.

Me virei para Chloe. Nossos olhos se encontraram. Nós duas tentamos pegar o mapa no chão do carro.

— Vou fazer a volta — falei, mas ela já sabia.

— Eu olho o mapa — disse ela.

Meti o pé no pedal e fiz uma volta perfeita na estrada, voltando pra Limmerick, bem longe da polícia. Mas Dolores tinha mais notícias ruins. Outra Lei Seca ali na frente.

— Como assim?

— Tem outra porcaria de Lei Seca ali na frente! — Ela sacudiu o walkie-talkie para enfatizar. — A gente tá indo exatamente na direção dela.

Estávamos encurraladas.

— Não, não, não, não, não, não, não, não, não — gemeu Natasha.

— Sossega! — gritou Dolores.

— Eu tenho muita coisa a perder!

— A gente precisa sair da estrada principal, disse Chloe, mostrando o mapa.

— Você tem muita coisa a perder? Eu sou oficial da porcaria de justiça! Como você acha que eu me sinto?

Enquanto eles discutiam no banco de trás quem tinha mais a perder com a exposição, as luzes do outro ponto da Lei Seca ficaram visíveis, o tráfego começou a ficar lento. — Merda — sussurrei.

— Lola — disse Chloe. — Pelo mapa, a gente deve estar perto de uma estradinha à esquerda... Aqui! Aqui!

Nenhuma placa indicando a estradinha, ela apareceu do nada. Girei o volante bruscamente pra esquerda e, quando virei, os pneus cantaram alto o suficiente para alertar os policiais, de pé no meio da estrada, iluminados por luzes amareladas, como se fossem alienígenas saindo de um disco voador. Enquanto eu jogava o carro na estrada escura, vi que eles estavam tensos e olhavam para nós. Gritos encheram o ar.

— Merda! Eles viram a gente.

— Continua dirigindo, Lola — disse Chloe, com voz calma. — Vai aparecer uma entrada à direita já, já.

— Eles estão seguindo a gente! — gritou Dolores. — Dá pra ouvir pelo walkie-talkie.

— Sério?

— É, é! Dois policiais num carro.

O choque foi tão grande que senti como se estivesse saindo do meu próprio corpo. Lá estava eu, numa perseguição de carros com a polícia. Como isso foi acontecer?

— Eles conhecem as estradas locais melhor do que nós — disse Sue. — Ferrou!

— Continua dirigindo, Lola — Chloe continuava repetindo com a voz calma, enquanto eu entrava numa estrada estreita, sinuosa, cheia de buracos, na escuridão total. — Agora, meninas, escutem o que vou dizer. Daqui a pouco, a gente vai parar o carro, e vocês quatro vão saltar. O mais rápido possível. Depois, vão se esconder. Lola e eu vamos seguir em frente, e eles virão atrás. — "Com sorte", eu podia ouvi-la pensando. — A gente volta assim que puder. Vira à direita aqui, Lola!

Minhas reações estavam rapidíssimas. O pânico era uma coisa maravilhosa. — Chloe, salta você também... — Por que ela ficaria comigo, pra se ferrar?

— Nem pensar que eu vou deixar você sozinha.

— Ah, meu Deus, isso que eu tô ouvindo é sirene?

Isso. Pânico. Pior ainda, eu conseguia enxergar as lanternas dos policiais. O campo é tão escuro que, dependendo da curva da estrada, os policiais iluminavam o meu caminho.

— Ok, Lola — disse Chloe. — Se prepara pra parar o carro. Vocês, se preparem pra pular fora.

A estrada era estreita demais para esconder quatro travestis. Não conseguia enxergar como jogar as meninas do carro seria a salvação. Mas parei o carro na entrada para algum lugar. As travestis se jogaram como paraquedistas. As portas foram fechadas. Me afastei pela estrada de terra.

— Que lugar era aquele?

— Uma pedreira.

— Como você sabe?

— Tá no *mapa*.

— Jesus, a maioria das mulheres não entende nada de mapa. O carro da polícia ainda está atrás da gente? — Eu sabia que estava. Ainda dava para ouvir a sirene.

— Tem uma vila chegando. A gente para?

— Ok.

— Não esquece, a gente não fez nada de errado. Ok, é aqui, para.

Carro estacionado ao lado de um pub às escuras. Nervosa. Os policiais pararam logo atrás. Dois saltaram do carro, muito, muito sérios. Um, com cara de raiva, gritou pra mim: — Sai do carro.

Chloe e eu saltamos. Perguntei com a voz mais inocente possível: — Algum problema, seu guarda?

— Por que você fugiu da blitz da Lei Seca?

— Que blitz da Lei Seca?

Ele me olhou como se soubesse de tudo. Achei que ia me prender por dirigir bêbada.

— Por que você não parou quando ouviu a sirene?

— Eu parei. Parei no primeiro lugar seguro.

Mais um olhar duro.

— Venha fazer o teste do bafômetro — disse o de aparência mais suave, depois eles trocaram sorrisos sarcásticos, prometendo uma sentença pra mim.

Para sua grande — e amarga — surpresa, passei incólume pelo bafômetro, e eles não tinham mais nada contra mim. Carteira de motorista, ok. O carro, não registrado como roubado. Nenhum cadáver na mala. Nenhuma droga no veículo. Só duas meninas, a caminho de casa, depois de uma noite dançante.

Quinze minutos depois

Policiais relutando muito pra ir embora. Sabiam que estávamos escondendo algo deles, mas não conseguiam identificar o que era. Lentamente, voltaram pro carro, de vez em quando olhando maldosamente pra mim.

— Melhor você garantir que nunca mais vai cruzar meu caminho, Srta. Daly — o guarda com cara de raivoso disse como despedida.

— Feliz Natal pro senhor também, seu guarda.

Ouvi a risada de Chloe do meu lado. (Tenho que admitir, na verdade disse aquilo pra me mostrar na frente dela. Se estivesse sozinha, teria sido muito mais respeitosa.)

Carro ligado, faróis idem, cano de descarga soltando fumaça, os policiais foram embora. Fiquei assistindo até que desaparecessem da nossa vista. Depois perguntei: — Eles foram embora?

Chloe olhou a estrada escura. As lanternas traseiras desapareceram. Até o barulho do motor não se ouvia mais. Silêncio total.

— Foram embora.

A gente conseguiu se livrar.

A gente conseguiu se livrar!

De repente, fui tomada de adrenalina, de alegria, de alívio, de prazer por ter me livrado de uma boa.

— Chloe, você foi brilhante! Olha a curva à direita...

— Não, você foi brilhante.

— Uma à esquerda chegando...

— Conseguiu ficar fria e fazer o que eu disse!

— Thelma e Louise, é isso que a gente parece!

Queria apertar a mão dela, abraçar, pegar no colo e girar com ela. No final, me conformei com um beijinho.

Grace

Casey Kaplan abriu um sachê de açúcar com os dentes.

— Nossa — murmurei, impressionada — quase agradecida — pelo fato de Kaplan ter encontrado mais uma maneira de me irritar.

— É, nossa — concordou TC. — Qual é o problema de usar os dedos?

— Sei que isso pode parecer loucura — disse baixinho. — Quase *gosto* de detestar esse cara.

— Eu também.

A mesa do Kaplan ficava um pouco distante do aglomerado de redatores, longe o suficiente para que a gente fosse capaz de falar mal dele, mas perto o bastante para que isso tivesse que ser feito em voz baixa. Discretamente, observamos Casey colocar o açúcar no café, depois — todos nós chocados — mexer o café com a caneta.

— Nossa — sussurrou TC.

— É, nossa — murmurei. — Qual é o problema de usar uma colher?

— Ele podia simplesmente gritar para o Coleman Brien trazer uma colherzinha para ele, e o Coleman ia fazer isso correndo, provavelmente ia se oferecer para mexer o café também...

— Junto com álcool...

— Isso, junto com álcool...

De repente, o rosto de bruxa da Jacinta apareceu entre mim e TC. — Também odeio ele — sussurrou, com raiva. — Mas vamos trabalhar.

O humor no escritório era volátil. Metade do jornal tinha parado de fumar no primeiro dia de janeiro. Oito dias passados, estavam prestes a explodir. Como eu já tinha passado por minha crise de abstinência pessoal em outubro, não estava tão mal. Isso não significava que eu não morresse de vontade de fumar — porque morria —, mas não estava num estado de raiva quase cega, como todo o resto.

Se você quer saber, também não achava justo me igualar ombro a ombro com os companheiros sofredores, porque sabia o que ia acontecer: amanhã era sexta e, depois do trabalho, todos iriam ao Dinnegan's e três quartos dos atuais não fumantes voltariam a acender cigarros entre o terceiro e o quarto drinque. O restante do grupo sucumbiria no fim de semana, e na segunda-feira de manhã eu voltaria à minha posição de única não fumante. (Ou melhor, não fumante fumante. Uma ou duas pessoas dentre o staff nunca fumaram, mas eu não tinha nenhuma afinidade com elas.)

— Grace! — gritou Jacinta. — Trabalho!

Relutante, voltei à minha matéria e, quando meu telefone tocou, um arrepio — pequeno, mas mesmo assim um arrepio — percorreu meu corpo como se fosse um choque. Qualquer distração teria esse efeito. Conferi o número do telefone. Seria seguro atender? Dickie McGuinness.

— Aqui é o McGuinness.

A ligação estava tão ruim que eu mal conseguia escutar. Parecia que ele estava ligando de Marte. Isso significava que provavelmente estava a cem metros do Dinnegan's.

— Dickie, a gente sentiu a sua falta!

Dickie estava fora, fazendo uma matéria, desde o começo da semana. Deve ser maravilhoso trabalhar na editoria de crimes. Desde que você consiga matérias com gente do mal algumas vezes por ano, pode passar o resto do tempo aproveitando uma vida de prazeres.

— Grace, tenho uma coisa para você. — Ligação cheia de ruídos.

— Tenho medo só de pensar. — Dickie podia ser muito vulgar, especialmente quando bebia.

— Você quer... — A voz dele sumiu. — ... Não quer?

— O que é?

— Você quer ou não quer?

— Já disse que quero, o que é?

— O nome da pessoa que pagou para os dois caras queimarem seu carro.

Meu coração parou de bater dentro do peito e apertei o telefone com tanta força na orelha que minha cartilagem estalou. Alertado pela curiosidade intuitiva, TC parou o que estava digitando e olhou para mim.

— Você está me ouvindo? — perguntou Dickie.

— Estou!

— Você quer ou não quer?

— Claro que quero, caramba! — Metade do escritório virou a cabeça para olhar na minha direção.

— Eu estou... *ah*... *é*... falando sozinho?

— Não, Dickie, eu estou aqui. É a ligação. Fala.

— John Crown.

— Fala de novo.

— John Crown. C-r-o-w-n. Como em coroa de espinhos. John J-o-h-n. Como em João Batista.

— Nunca ouvi falar.

— ... A... *Não*... Salomé.

— Não. Nunca ouvi falar em John Crown.

— Aqui para... *é*... *uh*... dançar. — Muito ruído na linha, e fui repentinamente desconectada.

Com as mãos tremendo, telefonei de volta para ele e fui atendida por um bipe alto como eu nunca tinha ouvido antes. Talvez ele realmente estivesse em Marte. Tentei novamente e ouvi o mesmo barulho. E de novo. Olhei para o meu telefone e me perguntei o que estava acontecendo. Será que tinha discado errado? Meu aparelho estava quebrado? Ou era simplesmente o "efeito Dickie"? Ele se esforçava para criar um ar de mistério em volta de si e, para ser honesta, às vezes conseguia.

— O que está acontecendo? — perguntou TC.

— Nada. — Digitei uma mensagem de texto rápida para o Dickie pedindo que me ligasse.

— Vou perguntar de novo — TC cuspiu as palavras. — O que está acontecendo?

— Nada. — Eu precisava que ele ficasse calado. Minha cabeça estava a mil. John Crown? John Crown? Quem era o sujeito? Eu o conhecia? O que poderia ter feito contra ele? Será que escrevi alguma coisa ruim sobre o cara? Vasculhei meu cérebro, voltando a todas as matérias que já fiz, mas não consegui encontrar nada.

Minhas pernas tremiam e plantei meus pés firmemente no tapete, esforçando-me para mantê-los parados. Saber o nome de um indivíduo que me odiava o bastante para incendiar meu carro era estressante de uma maneira que eu desconhecia completamente. Nas cinco semanas desde que Dickie me dissera que não tinha sido acidente, eu andava tão chocada que não tinha certeza se acreditava que fosse verdade. A única hora em que sentia a totalidade do meu terror era de manhã cedinho — em seis de sete manhãs, o medo me acordava às cinco e meia. Mas saber o nome desse homem trouxera o horror de volta a mim. Era inevitável — eu estava petrificada.

— É óbvio que não é nada — insistiu TC. — Eu tenho cara de idiota?

— Tem. Completamente idiota. Principalmente quando está fazendo sudoku. Você pressiona o lábio superior com a língua e dá para ver os buraquinhos escuros embaixo dela sem você nem perceber. — Parei de olhar para o meu telefone e o encarei. — Desculpe, TC.

— Quem é John Crown? — perguntou Tara.

É, quem é John Crown? — Assim como ex-drogados, outra característica de um ambiente de trabalho com abstinência de nicotina era a fome enorme por diversão.

— Não sei.

— Você sabe!

— É, você sabe, sim!

— Conta, você sabe!

Lorraine não me perguntou nada: ela cedera e voltara a fumar no dia 3 de janeiro.

Joanne também não me questionou. Nunca fumou, para começo de conversa. (Como as pessoas frequentemente observavam, ela nunca se encaixou, na verdade.)

— Sua orelha está vermelha — comentou TC. — Não está normal.

Na verdade, estava doendo. Será que eu tinha quebrado? É possível quebrar a orelha?

— Trabalho! — sibilou Jacinta como uma cobra. — Todo mundo trabalhando!

— A gente pode comer bolo? — perguntou Tara.

— Isso! Por favor, Jacinta, bolo!

— Não, não, a gente não pode comer bolo!

Eu não conseguia trabalhar. A pressão na minha cabeça era enorme. John Crown? Quem era esse cara? Por que pagaria pessoas para queimar meu carro? Por que um completo estranho faria isso comigo? Talvez fosse um caso de identidade trocada? Mas como eu descobriria?

Sem me explicar, saí da cadeira e me encaminhei para a porta de saída.

Eu precisava de alguma paz para pensar. E talvez o ar frio aliviasse minha orelha vermelha.

A saída de incêndio — marcada por um rastro de guimbas de cigarro — estava deserta. Sentei num degrau de metal. O ar estava gelado e úmido e fui tomada pelo rugido da cidade, mas, pelo menos, pessoas não estavam gritando sobre bolo na minha orelha detonada.

Respirei fundo e me dei conta de uma coisa: talvez Damien soubesse quem era John Crown. Eu podia perguntar. Mas alguma coisa — e eu não sabia o que era — estava me impedindo. A mesma coisa que me impedira de contar para ele o que Dickie me contara originalmente — que meu carro fora queimado deliberadamente. Eu costumava contar tudo para o Damien; bem, quase tudo. Quer dizer, ele não sabia que todo mês, logo antes da minha menstruação, eu tinha que tirar com a pinça três pelos em volta da minha boca. Não que isso fosse exatamente um segredo de Estado. Se ele me perguntasse diretamente, eu não mentiria, mas não daria essa informação voluntariamente. De qualquer modo... Eu não sabia por que não tinha contado para ele que alguém estava contra mim.

Será que eu tinha medo de que, se ele soubesse, isso virasse realidade?

E era realidade.

Comecei a tremer de novo, mas, pelo menos dessa vez, podia culpar o frio.

Meu Deus, que vida! Tudo isso, além do que estava acontecendo com a Marnie. Logo depois da última vez que a vira, o pior acontecera: ela tinha perdido o trabalho, Nick tinha ido embora e levado as duas meninas com ele, além de ter colocado a casa adorável à venda. A única razão de ainda não ter sido vendida era o inverno, mas não seria janeiro para sempre.

O Natal tinha sido bastante infeliz. A quarta sessão de quimioterapia da Bid terminara na véspera do Natal, mas não dava para dizer se estava funcionando. Aparentemente, não se via uma melhora gradual; na verdade, talvez não tivesse efeito nenhum até a última dose do último dia. Até que ela fizesse um exame depois da última sessão em fevereiro, ninguém tinha ideia se ela ia viver ou morrer.

Pobres mamãe e papai, claramente abatidos, era uma coisa triste de ver, porque o Natal normalmente energizava o papai. Ele tinha uma teoria conspiratória que as pessoas gostavam de ouvir todo ano, no comecinho de dezembro. Desfiava uma ladainha a qualquer um que se dispusesse a ouvir, sobre as igrejas católicas estarem mancomunadas com as grandes empresas, induzindo os cidadãos a gastarem toneladas de dinheiro em meias e molhos e garrafas de licor.

Nas outras casas, você sabia que era Natal quando a decoração era colocada no telhado. Na nossa, porque a primeira queixa sobre a teoria conspiratória declarava que a estação estava aberta.

Mas, este ano, fora a reclamação desmaiada de sempre, ele mal se incomodou.

Marnie veio para a Irlanda — e passou pelas "celebrações" como um zumbi. Até ali, eu tinha sido capaz de impedir que papai e mamãe soubessem do seu problema de alcoolismo, mas, se Marnie resolvesse ter uma recaída, não haveria como esconder deles. O estado de Marnie era tão ruim que ela podia acabar no noticiário das seis da tarde.

Por incrível que pareça, ela não bebeu. Diga-se de passagem, não comeu nem dormiu nem falou também.

Mas fiquei ligeiramente esperançosa. Talvez ela finalmente tivesse parado. Talvez o choque de ser deixada por Nick finalmente tenha tido resultado.

Foi Damien quem sugeriu que eu telefonasse para o Nick para inteirá-lo do progresso — mas Nick não ficou tão feliz quanto eu. — Dez dias sem beber? Não é o suficiente. Ela precisa de muito mais tempo que isso.

— Mas, Nick, se ela tivesse o seu apoio...

— Não, Grace. Não posso fazer isso com as meninas.

— Mas...

— Não.

Não gostei, mas compreendi.

Resolvi que, quando Marnie voltasse para Londres, no dia 30 de dezembro, eu passaria a noite de Ano-Novo com ela. — Para ser justa — disse eu —, a noite do Réveillon é suficiente para transformar até o Dalai-Lama num bêbado de carteirinha.

Damien se ofereceu para ir conosco e fiquei tentada. Queria estar com ele — parecia que não o via há semanas, apesar de não ser bem assim; afinal, eu morava com ele —, mas o obrigara a parar de fumar, por causa de um dos membros da minha família, achei que era abusar demais da sorte pedir que servisse de babá para mais um. E no Réveillon.

— Sai — implorei. — Vai se divertir. Eu volto em dois dias.

— Já me diverti o suficiente para o resto da minha vida — disse ele, sombrio. — Com certeza, animação bastante para a estação inteira.

Os irmãos dele eram ótimos para festas de Natal e celebravam horrores. No meio de dezembro, Christine e Richard deram um baile glamouroso, os convites informavam que os convidados deveriam comparecer vestindo branco. — Ou o quê? — perguntara Damien para o retângulo de papel-cartão. — Ou a gente é mandado para a Sibéria?

Dois dias antes do Natal em si, Deirdre programou uma comemoração. — Um jantar de família — disse ela. — Já que cada um de nós vai estar com a própria família no dia. — Ela montou um presépio na sala de jantar, o chão coberto com feno, a iluminação feita a velas, e serviu uma refeição tradicional para doze adultos e dez crianças, sem que o sorriso lhe faltasse no rosto um segundo sequer.

Na véspera do Natal, os primos entre nove e onze anos montaram um teatrinho natalino com marionetes feitas por eles mesmos. De certa forma, essa não foi a pior das reuniões, uma vez que a conversa tinha que ser mínima para que se ouvisse o diálogo dos bonecos. Mas, por outro lado, foi deprimente. Crianças esquisitas. Não deviam estar lá fora se divertindo?

Havia também uma porção de reuniões improvisadas, desde jantares surpresas até encontros em restaurantes.

Damien e eu tivemos que mostrar a cara em alguns desses eventos, porque, se não o fizéssemos — aprendemos isso nos anos anteriores —, a mãe dele telefonaria e diria que todo mundo estava preocupado com a gente.

— Natal é um saco — falou Damien. — Sei que a gente diz isso todo ano, mas vamos viajar no ano que vem, Grace. Para a Síria ou para algum lugar muçulmano que não celebre o Natal.

— Ótimo. — Eu teria ido este ano se não fosse pela Bid. E pela Marnie.

— Mas, por pior que seja o Natal — disse ele —, o Ano-Novo é ainda pior. *Odeio*.

— Quem não odeia? Mas, seja lá o que for, deve ser melhor do que ficar naquela casa enorme da Marnie tomando suco de maçã.

— A Juno vai dar uma festa — disse ele.

Meu coração ficou pesado de repente. Como se Juno viesse nos bombardeando com convites. Desde a noite em que Damien e eu jantamos com ela, Juno tentava nos chamar para milhares de coisas diferentes. (Na verdade, quando prestei atenção no número exato, descobri que eram só três, e achei incrível, parecia que era muito mais.)

Damien me convenceu a ir a um deles, na sexta-feira antes do Natal, uma tarde de queijos e vinhos ou qualquer coisa assim. Só fui porque andava suspeitando que Juno e o marido tivessem se separado.

Por que outra razão Juno entraria em contato com Damien tão desesperadamente?

Mas, quando chegamos, logo à porta da frente, fumando um cigarro, encontramos um homem atarracado, rosto rosado, que apertou minha mão e se apresentou como: — Warner Buchanan. Marido da Juno, o desgraçado do marido!

Depois, ele reconheceu Damien e, juro por Deus — não estava sendo paranoica —, sua expressão ficou tensa. — Você é o primeiro. O primeiro marido.

Damien, educadamente, admitiu, e o rosto de Warner caiu — realmente caiu, eu não estava só imaginando. Caiu num descontentamento absoluto e, contrastando com a beleza do Damien, Warner parecia acabado e, na verdade, de dar pena — e me ocorreu que, se eu comparasse Damien a Warner, descobriria que faltava alguma coisa em Warner, será que Juno também não?

Warner passou o braço em volta dos ombros de Damien e o levou para dentro da casa. — Você e eu devíamos trocar histórias de guerra. — Ele riu, mas não convenceu com sua demonstração de camaradagem. Totalmente fora de hora é o que eu diria se alguém me perguntasse. Mas ninguém perguntou — ninguém estava interessado em mim. Juno — como se alertada por um sexto sentido sobre a nossa chegada — apareceu rapidamente no hall e gritou para Warner:

— Pode ir tirando suas mãos gordas do meu querido Damien!

Ela beijou Damien — de novo, nos lábios —, depois me beijou, mas não nos lábios.

— Grace! — exclamou. — Você não estava trabalhando?

— Isso — respondi. — Mas estou me especializando na arte de estar em dois lugares ao mesmo tempo.

Ninguém riu, porque ninguém estava ouvindo.

— Tem uma tonelada de gente aqui que você conhece da escola — disse Juno para o Damien. — Vamos lá para vocês pegarem um drinque.

Era o tipo de festa em que simplesmente enchem o seu copo, e as pessoas acabam caindo pelas tabelas, perdendo a linha, desmaiando no chão do banheiro, tendo que ser levadas para a cama do quarto de hóspedes. Por mais que eu quisesse participar da animação geral e me embebedar o suficiente para acabar em coma, eu estava dirigindo.

Achei um lugar para sentar e tomei um suco enquanto Juno arrastava Damien, envergonhado, pela sala. — Meu primeiro marido. — Eu continuava ouvindo ela dizer. — Ele não é lindo? Olha só o Warner perto dele. Não é uma ameaça terrível?

Ela devia estar realmente bêbada para falar do marido daquele jeito, concluí. Mas não parecia bêbada. Vestido justo de contas douradas — nada de camisa de rúgbi de gola levantada hoje — e, com o cabelo louro brilhando à luz das velas, ela estava linda e radiante.

Na verdade, vou dizer o que ela estava. Estava deslumbrante.

Quando voltávamos para casa, Damien declarou estar encantado por ter ido à festa e, bêbado, disse que tinha gostado da minha companhia. (Mas, na manhã seguinte, a história foi diferente. A gente devia se enfiar na multidão, comprar presentes de Natal para a família enorme dele, mas Damien estava com uma ressaca tão violenta que se recusou a sair da cama.)

— Então a Juno vai fazer uma festa de Réveillon — eu disse. — Por que será que isso não me surpreende? Ela faz alguma *outra* coisa, além de dar festas?

— Não vou, se você quiser — disse Damien. — Detesto Réveillon. E detesto festa!

Tive que rir — para fingir que eu não era uma maluca possessiva. Mas não consegui sustentar. Explodi: — O que essa Juno quer? Por que ela, de repente, resolveu surgir do nada com aquela porcaria de DVD? Por que está tão desesperada para ser sua amiga? Qual é o jogo dela?

— Não tem jogo nenhum.

Foi uma frase simples, curta, quatro ou cinco palavras. Então, por que Damien falou em tom tão desafiador? Talvez não tenha falado.

— Então, por que *você* quer ver a Juno? — Eu simplesmente não conseguia entender.

— Eu não estou nem aí — disse Damien.

— Não está?

— Não. Juro.
— Então, pode ir, com a minha bênção.

Marnie e eu voamos para Londres e a primeira coisa que fiz foi dar uma busca na casa, onde encontrei garrafas de vodca em todos os esconderijos possíveis. — Joga tudo fora — disse Marnie. — Pode se livrar delas todas.

Como se eu fosse sugerir que a gente bebesse.

No dia do Ano-Novo, passamos a tarde com Daisy e Verity. Tentamos de tudo, mas... o brilho de Daisy tinha desaparecido; desde sempre, ela fora uma criança linda, charmosa, e agora estava sem vida, sem luz. A pobre Verity era toda problemática. Sempre perguntando — *sempre* perguntando — por que não moravam mais com a mãe, e quando voltariam para casa. — Logo — Marnie sempre prometia. — Logo.

Quando Nick veio buscar as meninas, as duas choraram muito e pensei que minha cabeça fosse explodir.

Mas as lágrimas delas não eram nada comparadas às de Marnie. Ela soluçou tanto e com tanta força que cheguei a me perguntar se deveria buscar ajuda médica.

— Eu sempre quis ser mãe. — As palavras eram arrancadas dela. — Como deixei isso acontecer? Minhas filhas foram tiradas de mim e a culpa é minha.

— Você só precisa parar de beber — disse. — E você vai ter suas meninas de volta.

— Eu sei, eu sei, Grace, meu Deus, eu sei, e simplesmente não consigo entender por que continuo... vou te contar uma coisa horrível, Grace. Tudo o que quero agora é um drinque.

— Mas você não vai beber — disse, sombria. — Come uma salsicha e aguenta.

Quando o relógio deu meia-noite, anunciando o novo ano, Marnie finalmente parou de chorar. Estava sóbria há duas semanas.

— Ano novo, novo começo — eu disse quando brindamos com nossos sucos de maçã. — Vai ficar tudo bem.

— Eu sei.

No dia seguinte, quando entrei no táxi que me levaria ao aeroporto, ela disse baixinho: — Vai ficar tudo bem, de verdade. — Sorriu para mim com tanta doçura que me deu a sensação de que eu não precisaria mais arrancar meus cabelos de preocupação o tempo todo. Eu tinha esquecido como era ser normal. Era *adorável*. Tudo com que eu precisava me preocupar agora era minha tia morrendo de câncer. E alguém com raiva suficiente de mim para queimar meu carro. E a ex-mulher do meu marido se metendo na minha vida. Que glória!

Mas, uma hora mais tarde, depois de fazer o check-in, resolvi ligar para Marnie, e ela não atendeu. Eu tive certeza, ali no terminal 1, multidões de pessoas festivas puxando e empurrando suas malas, que ela começara a beber novamente.

Dei meia-volta — isso, por mais dramático que pareça — e retornei para ela.

Estava com tanta raiva que mal podia enxergar. — O que você está querendo? Você jogou tudo fora!

— Desculpa, Grace. — As lágrimas rolavam no rosto dela como uma cachoeira. — Ficar longe das minhas meninas... é uma dor insuportável...

— E a culpa é de quem? Você é tão egoísta que não poderia parar se quisesse de verdade.

Maxilar travado, peguei o telefone e liguei para dezesseis centros de tratamento — quem poderia imaginar que era uma indústria tão grande? E, para minha surpresa, muitos deles não tinham vaga. — Essa época do ano é muito cheia. — Um rapaz riu. — Estação de pico. — Como se estivéssemos falando de um feriado nas Ilhas Maldivas.

Talvez fosse um conforto saber que eu não estava sozinha, mas, na verdade, foi um choque descobrir que existiam tantos outros egoístas desgraçados no mundo. Mesmo que houvesse disponibilidade em alguma das clínicas, nenhuma receberia Marnie, a menos que ela admitisse ser alcoólatra — e isso ela não faria. Para alguém de aparência tão frágil, ela podia ser tão obstinada como sei lá o quê.

— Grace, estou passando por um período difícil. Não posso parar agora. Preciso beber para aguentar o tranco, mas vai passar...

— Vai passar *como*?

— Nick e as meninas vão voltar, tudo vai ficar bem, e aí eu não vou precisar beber tanto.

— Mas Nick e as meninas *não* vão voltar. — Eu estava quase chorando de frustração. — Eles foram embora por causa da bebida. Por que voltariam se você ainda está bebendo?

— Vou ficar mais forte, e quando eu ficar mais forte, eu paro. A dor não vai ser tanta. E vou beber menos.

Mas eu tinha aprendido algumas coisas nas minhas conversas com o pessoal dos centros de tratamento. — As coisas só vão piorar. Você é alcoólatra, esse é o problema.

Ela balançou a cabeça. — Eu só estou infeliz.

Meu maior pavor era ela não ter mais nada a perder — já perdera tudo. Por que pararia?

Peguei um voo para casa mais tarde, naquela mesma noite. Precisava voltar, estava cheia de trabalho no dia seguinte.

— Mas volto no fim de semana — avisei Marnie.

— Já é quinta-feira.

E era mesmo. Eu tinha perdido um pouco a noção dos dias por causa do feriado de Natal. — Ok — disse com alegria sombria —, nesse caso, volto amanhã à noite. E — continuei, para minha própria surpresa, porque eu não tinha planejado isso — vou estar aqui todos os fins de semana até um futuro próximo.

— Por quê? — perguntou ela.

— Para te manter afastada da porcaria do álcool. Por que mais?

Mas, na noite seguinte — sexta passada —, quando cheguei e encontrei minha irmã desmaiada na cozinha, fedendo a urina, e leve como uma criança nos meus braços quando a levei para a cama, pela primeira vez — Jesus, o *medo* — compreendi a verdadeira razão de eu ter decidido visitá-la todos os fins de semana: não queria deixá-la sozinha por muito tempo, porque tinha medo de que ela morresse. Qualquer coisa podia acontecer: ela podia rolar a escada e quebrar o pescoço; o corpo dela podia simplesmente desistir de viver, por causa de tanto álcool e tão pouco alimento — e ela sempre fora candidata ao suicídio.

Tentei ter uma conversa razoável com ela, mas durante todo o fim de semana Marnie manteve firme o mantra: pararia de beber quando as coisas melhorassem. Aquilo me deixou louca de frustração, mas, ao deixá-la na manhã de segunda-feira, percebi algo de diferente nela: medo. De que estaria com medo?, eu me perguntei. Ela era ótima, bebia até cair, estava se divertindo.

Mas, quando meu diálogo interno sarcástico passou, comecei a ter pensamentos pavorosos de que talvez Marnie não fosse somente uma tremenda egoísta. Talvez ela não *conseguisse* parar. E, por mais que insistisse no contrário, ela também sabia disso.

Quando meu bumbum começou a ficar dormente no degrau gelado da escada de incêndio, decidi que era melhor voltar para a redação. Engraçado, o ar frio não tinha curado minha orelha; na verdade ela estava pior, como se pegando fogo.

Quando me aproximei da minha mesa, Tara olhou para cima, esperançosa. — Você conseguiu bolo?

— Não.

— A gente achou que você tinha ido buscar bolo.

— Desculpa. Não.

— Ela não trouxe bolo? — perguntou Clare.

— Você não trouxe bolo? — TC olhou para mim, acusador. — Então, onde você foi?

— Mas eu nunca disse...

— Pelo amor de Jesus Cristo! — Jacinta jogou a caneta na mesa. — Se nenhum de vocês vai trabalhar hoje à tarde por causa disso, eu compro a porcaria do bolo! — Pegou a bolsa (preta, é claro, já que era janeiro) e marchou na direção da porta.

— Não traz de laranja!

— Nem de café.

Ela se virou para olhar para nós, as pernas separadas, como um super-herói, e gritou para todo o staff: — Vou trazer um bolo do sabor que eu quiser!

Havia uma pessoa que definitivamente saberia quem era John Crown. Saberia, porque era um espertinho sabe-tudo. Mas eu não perguntaria a ele. Iria para o túmulo ignorante, mas não perguntaria a ele.

Minha intenção não foi olhar. Na verdade, minha intenção era olhar para minha fatia de bolo (de café com castanhas, Jacinta conseguiu encontrar o pior na loja), mas meus olhos operavam com independência do resto do corpo, foram adiante e olharam na direção do Casey Kaplan. Ele estava ao telefone e, quando meus olhos ameaçadores encontraram os dele, ele sorriu e piscou.

Desviei o olhar e foquei no meu bolo; talvez, se eu conseguisse tirar as castanhas, não fosse tão ruim assim...

Depois, peguei meu telefone e tentei ligar para o Dickie novamente. Ele ainda estava em Marte.

— Kaplan, posso dar uma palavrinha com você?

Ele estava com os pés em cima da mesa, parecendo um xerife de filme de caubói. Achei isso profundamente irritante. Colocou os pés no chão e se endireitou na cadeira. — Grace Gildee, você pode o que quiser comigo. É uma conversa particular? A gente deve ir para o Dinnegan's?

— Cala a boca. Você conhece todo mundo, certo?

— Bem, não todo mundo...

— Não precisa ser modesto, todo mundo sabe que você é fabuloso. Preciso de uma ajuda sua.

Ele ficou imóvel e, quando falou novamente, o tom implicante desapareceu: — Só um pequeno conselho, Grace. Quando você pede a ajuda de alguém, é melhor se for simpática.

Olhei, impassível, para ele.

— Mais simpática.

— Você roubou minha matéria da Madonna — eu disse. — Você está me devendo.

Ele inclinou a cabeça em reconhecimento. — Se isso é o necessário para equilibrar as coisas...

— O nome John Crown significa alguma coisa para você?

— Significa.

— Significa?

— Significa.

— Quem é ele?

Ele me encarou. — Você não sabe?

— Não estaria perguntando se soubesse.

— Eu diria que você conhece.

— Nunca ouvi falar dele!

— Por que você quer saber?

De repente, irritada, eu disse: — Isso é problema meu.

— Certo. Claro. Desculpa. John Crown é motorista, um cara que resolve as coisas para um ricaço.

Continuei olhando para ele. Precisava de mais que isso.

— Mas você deve conhecer o cara como John Espanhol.

John Espanhol?

Motorista do Paddy.

— Ele trabalha para o Paddy de Courcy.

Tive vontade de vomitar. A urgência foi súbita e rápida: meu sangue sumiu das veias, o vômito na minha garganta, um formigamento nos pés e dedos. (E na orelha, vale a pena lembrar.)

Paddy planejara — *pagara* — para que meu carro fosse queimado. Era inacreditável — como ter adentrado uma vida de crimes na vida real —, mas eu sabia que era verdade, porque o *timing* era perfeito. Seis dias antes...

— Grace, você está bem?

— Estou. Olha só... — Corri em direção ao banheiro feminino e o almoço escapuliu de dentro de mim. Meu estômago convulsionou e ficou apertado até que eu só expelisse bile amarela.

Agora que eu sabia, era como se sempre tivesse sabido.

Devia ter sabido. Eu não era idiota e sabia como o Paddy se comportava. Ele devia saber o quanto eu amava meu carro. Me vira dirigindo, andando para lá e para cá cheia de prazer e orgulho.

Me levantei e, as pernas tremendo, fui até a pia. Olhei para o espelho e perguntei para minha figura pálida: o que posso fazer?

Nada.

Melhor esquecer, aconselhei a mim mesma. Já era, fim de papo, era coisa do passado. A coisa mais sensível que podia fazer era fingir que não tinha acontecido.

Precisávamos de um sofá novo. A armação do atual estava quebrada. — Grace — disse Damien —, prefiro perder a perna do que passar um sábado de janeiro rodando lojas de móveis, mas a gente precisa comprar um sofá nesse fim de semana.

— Eu não posso — disse, desesperada. — Tenho que ir para Londres. Não posso ficar longe da Marnie.

Uma pausa mínima. — Eu sei, eu sei, eu entendo.

— Desculpa, Damien.

— Vou com você para Londres — ele fez a oferta. — Por que você não deixa eu ir junto?

— Porque seria horrível para você — respondi. — Eu ia me sentir péssima de arruinar seu fim de semana.

— Não ia ser pior do que passar o dia no Mundo do Couro.

Suspirei e balancei a cabeça. — Seria sim.

— Por que você não deixa eu te ajudar? — De repente, ele parecia irritado: — Você é tão... independente.

— Pensei que era disso que você gostava em mim. — Tentei sorrir.

— Mudei de ideia.

— Damien, é que... ter que vigiar a Marnie o tempo todo é tão... sórdido. Tão destrutivo.

E eu suspeitava que Marnie não gostaria que eu chegasse com Damien. Não que eu estivesse fazendo algum progresso com ela, mas tinha a sensação de que a presença de Damien podia envergonhá-la e levá-la a beber ainda mais que o seu normal.

— Vamos ver como ela fica nesse fim de semana — disse. — Isso pode servir como uma espécie de compromisso?
— Tudo bem.

Na sexta-feira, quando entrei na casa da Marnie, fiquei feliz de ter feito Damien desistir de ir comigo. Marnie estava caída no hall, nua — por quê? Só Deus sabe — e tão bêbada que não dizia nada coerente. Dei água e vitamina B para ela (indicação de um 0800 de ajuda), fiz com que ficasse sóbria e a mantive o resto do dia sem beber novamente. Depois, dormi com um olho aberto (pelo menos foi assim que me pareceu) e a levei para uma reunião do AA na manhã de sábado. À tarde, fiz com que ela desse uma caminhada, depois preparei o jantar e, mais uma vez, dormi com um dos olhos aberto. (O outro olho dessa vez, só para variar.)

Mas, de alguma maneira, na manhã de domingo, ela conseguiu colocar as mãos em bebida alcoólica. Num segundo, ela estava perfeitamente normal, conversando sobre as coxas da Sienna Miller, depois percebi que começava a falar mais devagar e embolado. Fiquei chocada — pensava ter jogado todas as garrafas da casa fora —, um desapontamento tão amargo tomou conta de mim que simplesmente tive vontade de deitar e dormir para sempre.

— Onde você conseguiu? — perguntei.
— Não consegui nada — murmurou ela. — Vamos ouvir música.

Com velocidade impressionante — sei lá o que ela bebeu, mas deve ter tomado um bocado —, desmaiou.

Frustrada e com raiva, e, ah, tão *deprimida*, liguei para o Damien.
— Como ela está?
— Em coma alcoólico.
— O quê? Pensei que as coisas estavam indo bem!
— Eu também. Mas acho que ela tem uma garrafa escondida no banheiro, não consigo encontrar. Já fiz de tudo, revirei o lugar e nada.

Ele suspirou: — Volta para casa, Grace, você não está ajudando a Marnie.

— Não diz isso, Damien.

O silêncio tomou conta da ligação. Depois de um tempo, perguntei: — Como foi o pôquer na casa do Billy, ontem à noite?

— O Hugh apareceu.

— Seu *irmão*, Hugh?

— Ele mesmo. Encontrou o Billy num enterro. E se convidou.

— Ah. — Hugh parecia um terrier radioativo. Cheio de dentes e de fome de vencer. Seu espírito competitivo transformara a noite casual de carteado com cerveja numa coisa estressante.

— Ele ganhou?

— Precisa perguntar? Os cinquenta e um euros e setenta centavos.

— E ele nem precisa de dinheiro.

— Não como a gente.

— Você sabe, Damien, que um dia a casa cai.

— Continua. — Damien gostava dessa brincadeira.

— Os meninos do Hugh. — Agrippa, Hector e Ulysses, pobrezinhos. — Eles vão entrar para uma igreja.

— Fala mais...

— Hugh...

— ... Ou Brian...

— ... De preferência, os dois vão ser pegos transando com uma das pacientes anestesiadas na mesa de operação.

Damien riu baixinho. — Essa é minha parte favorita.

— Vão ser presos e vai ser um escândalo enorme. Enquanto isso, você vai ser nomeado editor do *Press*, o mais jovem da história.

— Issooooo... — suspirou, um pouco desconsolado. Hora de parar de falar da família dele. Pessoalmente, poderia ficar fazendo isso por séculos e séculos, mas muita perversidade deixava o Damien desconfortável. Porque — o crédito precisa ser dado — eles nunca quiseram fazer com que Damien se sentisse mal. Nunca era deliberado.

— E o que você vai fazer hoje?

— Vou sair para comprar nosso sofá novo.

— Não! — gritei, rindo, chocada. — Não, por favor, Damien... Deus sabe o que você vai comprar. — Seria provavelmente de couro preto e *enorme*. — Pega amostras. Pega folhetos. Mas, Damien Stapleton, estou te avisando, não compre nada.

— Você não confia em mim?
— Para comprar um sofá? Não! Me liga de noite com as notícias. E vou dizer mais uma vez: se comprar alguma coisa, está correndo risco de vida.

Na manhã de segunda, acordei às 5h30 na cama da Marnie. Tomei o banho mais rápido da minha vida — era uma hora pouco razoável para uma pessoa se lavar — e, quando me vesti, tentei levantar o astral da Marnie, fazer um discurso de não beba, você consegue. Mas era muito cedo e estava muito frio. Não consegui juntar energias. Tudo o que consegui fazer foi implorar: — Por favor, não bebe, Marnie, pelo amor de Deus. Eu volto na sexta, tenta não beber até lá.

Peguei o voo de 7h45 para Dublin e fui ao trabalho de táxi — direto para uma bolsa preta. Ficaria feliz com qualquer outra cor, até mesmo vermelho. Eu estava tão cansada e preto era tão *exaustivo*.

— Ideias — Jacinta deu o comando, com energia amarga.
— Rivalidade entre irmãos?
— Não!
— Alcoolismo em mulheres de trinta?
— Não! Voltamos à estaca zero.
— Ótimo. — Assim que ela saiu da minha mesa, telefonei para o Damien. Ele não me ligara na noite anterior e fiquei com medo de que isso quisesse dizer que ele tinha sido persuadido por algum vendedor de sofá cheio de lábia e se convencido a comprar uma monstruosidade qualquer pela metade do preço.

— Por que você não me ligou ontem à noite? — perguntei.
— Porque...
— Você não comprou um sofá, comprou?
— Não.
— Tem certeza?
— Tenho.
— Tudo bem, então.
— Foi horrível, Grace. Os lugares estavam lotados de casais brigando, um calor horrível, uma multidão. Parecia o inferno. De qualquer maneira, peguei folhetos e propostas.

— Talvez a gente possa dar uma olhada hoje à noite. Quando você voltar da sua noite de meninos.
— Eu não preciso ir.
— Por que você não iria?
— Porque não te vi o fim de semana inteiro.
— Ah, não, vai. É importante ter uma rotina quando o resto está um pouco esculhambado. E estou muito detonada para servir de diversão. Te vejo na cama.

Com a ajuda de quantidades absurdas de café e açúcar, me arrastei durante o dia. Estranhamente, para uma noite de segunda-feira, as pessoas iam para o Dinnegan's, mas decidi que preferia ir para casa, porque não punha os pés lá desde sexta-feira de manhã.

Mas, assim que girei a chave e entrei em casa, soube que alguma coisa estava errada, pode chamar do que quiser. Eu podia sentir.

Andei de um cômodo ao outro, cheirando, me concentrando, tentando captar a presença estranha, ilusória, discordante.

Algo estava fora do lugar. Algo que não estava ali quando eu saí na sexta-feira de manhã. Fosse o que fosse, acontecera em algum momento durante o fim de semana.

Olhei os folhetos de sofá na mesa da cozinha. Era isso? Mas, com certeza, não poderia ser.

Subi as escadas e minha razão desapareceu. Eu devia estar imaginando coisas. Estava só cansada, muito cansada e estressada. Mas, quando entrei no nosso quarto, tive a mesma sensação. Tive? Era difícil confiar na minha própria experiência.

Fiquei sentada na beira da cama um tempão, cheirando o ar e analisando-o. Perfume ou não? Imaginário ou real? E de quê?

Precisava falar com Damien sobre isso. Perguntaria mais tarde.

Ou talvez amanhã, quando não estivesse tão cansada.

Lutei contra o sono, mas a exaustão me obrigou a dormir. Eu tinha que acordar, tinha que ficar alerta, por que era um esforço tão grande?

Que dia era hoje? Talvez fosse sábado, um dia agradável, eu podia me afundar de novo nas profundezas, mas eu sabia que era terça. Tinha que levantar e ir trabalhar, mas estava tão, tão cansada.

Meu nariz também doía. Noite passada, ficara lendo o novo livro de Ian Rankin — um dos irmãos do Damien, não conseguia lembrar qual, me dera de Natal — e acabei dormindo. O livro caíra no meu rosto e pesava uma tonelada.

Abri os olhos e gemi: — Ai, Deus!

Damien veio do banheiro, toalha em volta da cintura, o rosto semibarbeado. — Você está bem? — perguntou ele.

— Muito cansada.

— Você estava em coma quando cheguei ontem à noite.

— Aprendi com a Marnie.

— Quer alguma coisa?

Muitas. Quero que minha irmã pare de beber. Que minha tia fique boa do câncer. Nunca ter conhecido Paddy de Courcy.

— Café.

Ele foi até a porta do quarto, para descer até a cozinha. — Damien — chamei, baixinho. — Alguém veio aqui no fim de semana?

Ele olhou para mim. — Não.

Mas houve um pequeno vacilo. Uma coisinha de nada. Percebi de imediato, meu coração, de repente, aos pulos. — Que foi?

— Nada.

— Claro que não é nada.

— Ok. — Ele suspirou. — Encontrei a Juno.

Pensei que fosse vomitar. O cansaço, o choque...

— Mas ela não veio aqui. A gente só foi comer no indiano no domingo à noite. Warner estava fora. — Depois, ele acrescentou, e eu não conseguia decidir se era um desafio o que estava ouvindo: — Você também.

— Por que você não me contou?

— Não foi nada, coisa de última hora. Estou contando agora, porque não queria contar pelo telefone, ontem, enquanto você estava no trabalho.

— Mas, se era algo tão importante que você não queria me dizer pelo telefone, então obviamente não era *nada*.

— Você está sendo ridícula — disse ele, com firmeza.

Estava?

Se não estava acontecendo nada, realmente, ele não me contaria que tinha se encontrado com ela. Ou contaria? Será que ele estava simplesmente cobrindo as pistas, caso tivessem sido vistos juntos? Será que teria me contado se eu não tivesse adivinhado que alguma coisa acontecera?

Ou eu estava simplesmente ficando louca?

Pensei que podia confiar no Damien.

Mas um ser humano pode realmente confiar no outro?

— Eu te amo — disse ele. — Ela não significa nada para mim.

— Então, por que encontrar com ela?

Depois de uma pausa, ele disse: — Não vai acontecer de novo.

— Ok. — Não tive energia para ser belicosa.

— O quê?

— Ok, então não encontra. Não encontra mais com ela.

— Ok. — Ele fez um gesto afirmativo de cabeça. — Fechado.

Marnie

O noticiário da Sky era seu único amigo. Dava a ela informações vitais, sem julgamentos. Hoje, assim dizia, era quinta-feira, 15 de janeiro, 11h40 da manhã. (Também dizia que a Tailândia sofrera um golpe, mas ela não estava muito interessada nisso.)

O último dia de que se lembrava era segunda-feira. Grace fora embora para Dublin às 6h10 da manhã, e assim que o táxi da irmã virara a esquina no final da rua, Marnie foi tomada de culpa e solidão, e pegou a garrafa de vodca que escondera no banheiro. Desde então, ela entrava e saía da realidade, mas agora estava sóbria.

Tremia, estava assustada, enjoada — mas não queria beber. Acontecia assim. Parecia ser um ciclo: ela começaria a beber, não conseguiria parar; e, depois, quase abruptamente — apesar de nunca conseguir prever exatamente quando, chegaria a um fim.

Hoje, ela só queria suas filhas. O cheiro da pele de Daisy, o toque das mãos confiantes de Verity...

Ah, a culpa. Deus, a culpa, a culpa, a culpa. Elas eram tão pequenas, tão frágeis...

Como ela chegara a essa vida? Como todos eles acabaram assim? Ela, morando naquela casa enorme e vazia, as filhas e o marido num apartamento a quilômetros de distância.

Era tão estranho, não era nada do que ela planejara, difícil acreditar que fosse real. Talvez *não fosse* real. Talvez ela nunca tivesse sido casada. Talvez nunca tivesse tido filhos. Talvez tivesse imaginado sua vida inteira. Talvez nunca tivesse nascido...

Conseguiu se assustar tanto com esse raciocínio que precisou levantar da cama e andar pela casa, tentando encontrar a razão. Estava sendo tola. Mais que tola. Mas a cabeça não parava.

Eu não sou real.
Eu nunca nasci.
Precisava falar com alguém. Mas quem? Pensariam que ela era maluca.
Eu sou real, eu sou real.
Lutando para respirar, ligou para o trabalho de Grace. — Eu sou real, Grace?
— Pelo amor de Jesus Cristo! O que foi que deu em você?
Marnie explicou o melhor que pôde: — Estou ficando maluca, Grace.
Bem baixinho, Grace disse: — Parece que você está tendo DT.
— Não, claro que não...
— *Delirium tremens?*
— Só estou sentindo falta das minhas filhas.
Assim que Marnie desligou, o pânico voltou, deixando-a sem ar. Estava com fixação em Daisy e Verity. Se elas existiam, ela também existia.
Talvez devesse falar com Nick. Talvez ele pudesse confirmar se Daisy e Verity eram reais.
Mas, consumida de medo como estava, sabia que não podia ligar para Nick naquele estado. Ele pensaria horrores dela. Mas o medo aumentava e aumentava e, finalmente, ela se viu agarrando o telefone, ligando para o escritório dele e, enquanto pedia para falar com ele, estava tão tomada de terror que a voz do outro lado poderia responder: — Nick Hunter? Não trabalha ninguém aqui com esse nome.
Alguém que parecia ter a voz de Nick atendeu e deu a entender que sabia quem ela era. As nuvens de horror se dispersaram — depois, se reagruparam. Por um momento, Marnie se perguntou se o papel de Nick estava sendo representado por um ator.
— Nick, preciso ver as meninas. — Ela precisava de evidências físicas.
— Elas estão no colégio — disse Nick.
Colégio. Isso devia significar que elas existiam. — Posso vê-las?

— Não, não! — Depois, com mais calma, ele disse: — Não, Marnie, elas vão ficar tristes.

— Elas não me veem há semanas.

— De quem é a culpa?

Depois de tê-la deixado — *deixado* —, Nick decretara que as tardes de domingo eram o momento designado. Mas, no primeiro, a estranheza sem precedentes de ter uma mera tarde na presença das filhas — a *mãe*, que lhes dera à luz — levara Marnie a tomar um drinque antes da chegada delas. Depois, outro. Quando Nick chegou — sozinho, fazendo um reconhecimento enquanto as meninas ainda estavam no carro —, Marnie aceitou a situação. Mas Nick pronunciou, como um autômato, que ela estava bêbada, e que Daisy e Verity ficariam chateadas de ver a mãe naquele estado.

— Vão ficar com vergonha de você — dissera ele.

Ele mudou o dia de encontro com as meninas para sábado de manhã. Depois, sexta-feira à noite.

— Golpe baixo — disse Marnie para Grace. — Ele está brincando comigo. Usando as meninas.

— Não. Com certeza, ele está tentando encontrar uma hora em que você esteja sóbria. Não acha?

Jogo sujo.

Marnie teve uma revelação que logo afastou seu pânico: levaria as crianças ao zoológico! Iria até a escola delas de imediato, tiraria as meninas da sala de aula e as três visitariam o zoológico juntas. Elas iriam *adorar*. Bem, Daisy adoraria. Verity tinha medo de animais. Além disso estava muito frio — talvez não fosse um bom dia para ir ao zoológico. Mas isso era um pensamento muito pessimista!

Sim, iriam ao zoológico e ela compraria balas para as crianças, camisetas, qualquer coisa que elas pedissem, faria qualquer coisa para que elas soubessem o quanto as amava, e o quanto estava arrependida por ter despedaçado suas vidas. Depois, falaria com Nick para convencê-lo a voltar para casa.

Uma vez que a decisão estava tomada, foi invadida por um frenesi ao pensar em tudo que tinha que fazer antes de ir ao encontro das meninas. O que poderia dispensar? Não precisava comer. Não precisava tomar banho. Não, talvez devesse. Já fazia algum tempo. Correu para o chuveiro e se ensaboou, mas outro surto de ansiedade fez com que saísse do banho, ainda cheia de espuma. Não tinha tempo para se enxaguar.

Enrolou uma toalha no corpo, procurou alguma coisa para vestir e a primeira coisa em que botou as mãos foi um vestido leve que não usava muito, e agora era um momento tão bom quanto qualquer outro. Depois, pegou um punhado de notas dentro de uma caixa no parapeito da janela. Nick cancelara seus cartões, mas — antes que ele percebesse — ela sacara bastante dinheiro do caixa eletrônico e escondera tudo pela casa; quem imaginaria que ela podia ser tão inteligente?

Depois, saiu de casa, entrou no carro e, enquanto passava pelos portões, se perguntou como sua vida seria se não pudesse dirigir. Se aquele caso chegasse aos tribunais.

Mas por que fariam isso com alguém como ela? Não era criminosa. Além do mais, tinha duas filhas pequenas, precisava do seu carro.

Quando parou no sinal, viu uma loja de bebidas. Bem, *a* loja de bebidas. Houve um tempo em que ia a cinco ou seis lojas diferentes, nunca entrava no mesmo lugar mais do que uma vez por semana. Agora, a loja mais perto da sua casa era a que invariavelmente visitava.

Surpreendeu-se ao parar o carro — força do hábito, pensou; culpa do carro — e entrou na loja.

— Cinco garrafas de Absolut — disse ao Ben. Tímida, acrescentou: — Vou dar uma festa.

— Não está sentindo frio com essa roupa? — perguntou Ben.
— Está gelado lá fora.

— ... Humm... não. — Mas ficou repentinamente constrangida. Usava um vestido de verão. Estava com os braços de fora. E sem casaco. Onde estava com a cabeça? Pegou as sacolas e, ansiosa, voltou ao carro. Assim que entrou, abriu o lacre de segurança de uma das garrafas, inclinou a cabeça para trás e bebeu o líquido mágico. Tomou vários goles, depois tirou a garrafa da boca, respirou fundo e virou a cabeça para trás novamente. Em segundos, o sentimento de humilhação desapareceu, seu propósito foi restabelecido, abastecido por estrelas cintilantes, e ela correu para a escola.

Com absoluta confiança, passou pela porta dupla. Duas mulheres apareceram no corredor. Reconheceu uma delas. — Diretora! Boa tarde. Vim ver minhas meninas.

— Sra. Hunter, elas estão na sala de aula.

— Eu sei. Mas vou levar as duas para um passeio.

— Acho que isso não será possível.

Ahá! De repente, percebeu o que estava acontecendo. — Ele disse que eu estava vindo? Meu marido? Mas, tudo bem, eu sou mãe delas.

— Sra. Hunter...

— Por favor, quero ver minhas filhas.

— Se a senhora pudesse falar um pouquinho mais baixo, por favor. Vamos até meu escritório.

— Em que sala elas estão? Ok, não quer falar, não fala. Eu descubro!

Ela foi conduzida fisicamente! Na verdade, impediram sua tentativa de correr pelo corredor e abrir as portas das salas. Marnie tentou se libertar. — Tire as suas mãos de mim!

Alertadas pela confusão, cabeças começaram a surgir fora das salas de aula. Professores alarmados, seguidos por meninas de olhos esbugalhados, rindo, tomaram conta do corredor.

Então, ela viu Daisy. — Daisy! Sou eu, a mamãe. A gente vai ao zoológico. Chama a Verity!

Daisy parecia paralisada.

— Vai, anda, vai! Rápido!

Uma das meninas que se divertiam com o espetáculo perguntou: — Daisy, ela é sua mãe?

— Não.

* * *

Quando acordou, Grace estava no quarto com ela. Já era o fim de semana? Quantos dias perdera?

— Que horas são? — perguntou, a voz rouca.

Grace tirou os olhos do livro. — Nove e dez.

Da manhã ou da noite? De que dia?

— Quinta-feira à noite, 15 de janeiro — disse Grace. — Você quer saber de que ano?

— O que você está fazendo aqui?

— Vim depois do trabalho. Pedi o dia de amanhã de folga e vou ficar com você durante o fim de semana.

Marnie, de repente, teve consciência do motivo de Grace estar em Londres. O telefonema que dera para a irmã mais cedo, naquele dia — difícil acreditar que ainda fosse o mesmo dia —, em que perguntara a Grace se ela era real.

Ah, Deus, não. Comportara-se como uma maluca e assustara Grace a ponto de colocar a irmã dentro de um avião. Estava tão envergonhada que mal conseguia juntar as palavras. — Grace, mil perdões, eu estava um pouco... ansiosa... Mas está tudo bem agora.

Na verdade, era mentira: ela precisava de um drinque desesperadamente. A necessidade fazia com que tremesse e suasse. Era inútil procurar a garrafa na mesa de cabeceira. Grace já a teria esvaziado. Mas havia uma escondida no maleiro do teto do banheiro. Se ela se equilibrasse na lateral da banheira, era alta o suficiente para levantar a placa de MDF e pegar a garrafa.

Teve uma lembrança rápida, uma sequência de segundos de cores e barulho: gritos e correria, a diretora da escola das meninas; ela gritando para Daisy que iriam ao zoológico; a diretora pegando a chave do carro da sua mão; ela sendo levada para casa por uma das professoras.

Não, isso não acontecera.

Saiu da cama e foi até a janela — seu carro estava lá, estacionado, intocado, na porta! Uma grande onda de alívio quase a deixou de joelhos. Fora tudo um sonho.

— Um dos professores trouxe o carro de volta — disse Grace, atrás dela. — Isso aconteceu, é tudo verdade.

Se arrastando, tomada de vergonha, arrastada até o centro da Terra, Marnie se lembrou do rosto de Daisy. Do ódio estampado nele.

Ela não podia deixar Grace ver como se sentia; pararia com a tristeza, acabaria com ela com uma pancada. Mas a necessidade de beber já a tomava com intensidade renovada. Não podia ser ignorada, deixada de lado, combatida; era grande demais.

— Grace. — Sua voz tremia. — Eu preciso ir ao banheiro.

— Eu vou com você.

— Não. Eu só preciso fazer xixi. Confia em mim.

— Confiar em você? — disse Grace com desdém.

— Estou implorando. — De repente, lágrimas quentes começaram a escorrer pelo rosto de Marnie. — Deixa eu ir ao banheiro sozinha.

— Não. Eu sei que você tem bebida escondida lá.

— Eu vou me ajoelhar, Grace, estou implorando. É isso que você quer de mim?

Ela ficou de joelhos, Grace agarrou-a pelos cotovelos e a suspendeu bruscamente. — Levanta, levanta, Marnie! Pelo amor de Deus, levanta! — Agora, Grace também chorava — o que Marnie precisava admitir ser uma novidade.

— Olha só para você! — disse Grace. — Marnie! Isso está partindo meu coração.

— Por favor, Grace — Marnie implorou. — Por favor, para de vir aqui. — Elas se agarraram, um pouco de briga, um pouco de abraço. — Eu não consigo mudar. Para de tentar, não faz isso com você mesma. Você tem a sua vida. E o Damien? Ele não se importa de você estar sempre aqui?

— Não se preocupa com isso — disse Grace, frágil. — Altos e baixos todo mundo tem.

* * *

Não levou muito tempo para Grace voltar ao tema da reabilitação. Era uma constante, era possível acertar o relógio com isso.

— Se você fizesse pelo menos uma tentativa, Marnie, podia dar certo.

Mas Marnie não queria que nada desse certo. Era disso que mais tinha medo. O álcool era o que a mantinha de pé.

Finalmente, Grace desistiu e mudou de assunto: — Você teve alguma notícia daquele Rico, desde que saiu do trabalho?

— Não — disse Marnie, rapidamente. Aquele era um episódio tão vergonhoso que ela nunca se deixava pensar sobre o assunto. Nunca. Se lembranças de Rico aparecessem em sua cabeça, ela as afastava imediatamente.

— E do Guy?

Guy.

Ao som do nome dele, a culpa a invadiu. Ele fora gentil e paciente, até demais; não tivera alternativa senão demiti-la.

— Não.

— Você se incomoda com isso? — perguntou Grace.

— Por favor, não vamos falar sobre isso.

Grace levou Marnie a uma reunião do AA na hora do almoço, na sexta-feira. Obrigava Marnie a frequentar sempre que a visitava em Londres, mas não ficava com ela. Em vez disso, esperava do lado de fora, no hall desconfortável, porque — Marnie sabia — Grace tinha medo de que, se acompanhasse a irmã nas reuniões, inibiria sua Grande Admissão. A admissão de que era alcoólatra.

Mas, até onde Marnie sabia, Grace podia ter se poupado do banco duro no hall frio. Podia muito bem estar na sala quente, bebendo chá e comendo biscoitos com os alcoólatras, porque jamais haveria uma Grande Admissão.

Fazia ela muito bem, Marnie pensou, olhando em volta, porque, se houvesse alguma coisa que quisesse arrancar do peito, teria que ser debaixo de muita pressão. Gostavam de papo, os alcoólatras.

— ... eu bebo porque me odeio...

— ... Eu pensava que era a pessoa mais especial e mais diferente, tão complexa que ninguém era capaz de me entender. Aí, alguém me disse que o alcoolismo é chamado de doença da "Originalidade Terminal"...

— ... Tudo era sempre culpa de alguém...

— ... Um dia, acordei e, simplesmente, não pude ir adiante. Não sei o que aconteceu de diferente naquele dia, talvez eu simplesmente tenha me cansado de tratar a mim mesma e aos outros tão mal...

— ... Pensei que estava fazendo tudo o que podia para parar de beber. Mas a verdade é que eu tentava tudo para *continuar* bebendo. Amava beber mais do que qualquer um ou qualquer coisa, foi aí que me dei conta de que eu realmente não era capaz de parar, que meu poder de escolha tinha ido embora...

— Marnie, você quer dizer alguma coisa?

Tudo bem. Para ser honesta, Marnie teve que admitir que sempre era convidada a "compartilhar", mas ela, invariavelmente, balançava a cabeça em negativa e olhava para a porta. Mas, hoje, ela disse: — Na verdade, eu gostaria.

Um frisson de expectativa percorreu a sala: achavam que ela admitiria ser uma alcoólatra. — Eu queria dizer que meu marido me deixou, levou minhas duas filhas e não deixa eu me encontrar com elas. Ele cancelou meus cartões e colocou minha casa à venda.

Quando a reunião terminou, a tal da Jules apareceu, o rabo de cavalo balançando.

— Oi, Marnie, quer tomar um café?

— Quer sim, quer sim! — Grace se aproximou de Jules, como uma mãe intrometida. — Vai, Marnie, pego você daqui a meia hora.

No coffee shop, do outro lado da rua, Jules botou um milk shake na frente de Marnie e disse: — Como vai você?

— Não muito bem. Sinto falta das minhas meninas. — Contou sua história.

— Meu parceiro também me deixou por causa da bebida — disse Jules. — Levou as crianças com ele. Bem, isso foi ótimo, na verdade. Eu podia beber o quanto quisesse, sem ter ninguém no meu pé. Tinha uma desculpa tão boa. Tanta autopiedade.

— ... Mas, no meu caso, não é autopiedade.

— Estou dizendo que foi assim comigo. É — disse Jules, pensativa. — Eu tomava vinho tinto e ligava para eles chorando, bêbada, dizendo que os amava e que a culpa de não estarem comigo era do pai. Era como ver um filme triste, eu acho, chorar pelos motivos errados, mas eu gostava. É uma coisa terrível de fazer com os filhos, é claro, mas eu não conseguia evitar.

Marnie escutou, fascinada: Jules era pior que ela. Pelo menos, Marnie não ligava para as meninas ou para o Nick. Bem, não com frequência.

— Se você estava tão mal, Jules, como conseguiu parar de beber?

— Vindo às reuniões.

— E por que elas não funcionaram comigo?

— Você é alcoólatra?

— Não, não. O oposto. Só sou muito infeliz, e o álcool me ajuda a suportar.

— Então — disse Jules, animada —, por que funcionariam se você não é alcoólatra?

— Mas... — Marnie franziu a testa. O que acabara de acontecer ali? Jules fizera uma espécie de jogo mental com ela, era isso? Mas Marnie não conseguia decifrar a resposta.

— Desculpe, eu tenho que ir — disse Jules. — Tenho que pegar meus filhos. Vejo você amanhã?

— Na verdade, não, Jules. — Marnie acabara de tomar uma decisão. — Acho que não. Vou parar de vir a essas reuniões.

Grace ia ficar revoltada, mas...

— Elas não estão me ajudando — disse Marnie, frágil. — Por que estariam? Como você disse, eu não sou alcoólatra.

— Na verdade, foi você quem disse isso — respondeu Jules.

— Não importa. De qualquer maneira, não vou a mais nenhuma reunião. É perda de tempo.

Jules concordou, simpática. — Vou sentir sua falta.

— Eu também — disse Marnie, educada, apesar de não ser verdade. Não que Jules não fosse legal. — Antes de você ir — falou Marnie —, posso te perguntar uma coisa? Seus filhos, quem tem a custódia? Você ou ele?

— Você não vai gostar de ouvir isso. — O rosto de Jules se abriu num sorriso. — Meu parceiro e eu voltamos. Depois que parei de beber.

— Não! — Marnie tapou os ouvidos com as mãos. — Não quero ouvir sua propaganda. Pare de beber e tudo será perfeito!

Mas Jules simplesmente riu.

Flagrou-se caída no chão do hall. A casa estava fria, parecia uma caverna.

Uma sombra escura passou por ela, parecendo um urubu. O que era aquilo? Uma nuvem em cima da sua casa? Um caminhão passando ali em frente?

Parecia a morte.

Lola

Sexta-feira, 16 de janeiro, 10h07
O telefone tocou — Nkechi. De novo! Ela tinha ido pra Nigéria passar as duas primeiras semanas de janeiro (a única época do ano calma de verdade para um estilista), mas, desde a sua volta, estava com a corda toda. Me atormentou, se você quer a verdade. Estava no processo de "desassociar" os clientes dela dos meus. *Desassociar?* Onde ela aprendeu essa palavra? Certamente não comigo.

Como ela tinha previsto, corretamente — ela era fabulosa, afinal de contas (não estou sendo sarcástica, talvez só um pouquinho) —, nem todo cliente queria ser "associado" a ela e Abibi; alguns preferiam ficar comigo. Uma lista bastante respeitável, na verdade. Bom pro ego. É sempre bom que pensem bem da gente.

Mas a Nkechi — dando pra trás na sua promessa original — não respeitava o desejo de algumas das "minhas" ladies. Algumas delas, isto é, as que gastavam mais, ela queria que fossem suas clientes. Ficava me ligando. Parada dura.

Abri meu celular. — Nkechi? — o tom de voz querendo dizer: "O que você quer desta vez?"

— Me diz o que você acha disso — disse.

Escutei. Qual seria a proposta indecente?

— Eu te dou Adele Hostas, Faye Marmion e Drusilla Gallop em troca da Nixie van Meer.

Corei! Adele Hostas não comemorava o Natal, Faye Marmion era patologicamente impossível de agradar e Drusilla Gallop era o pior tipo de ofensa: usava os vestidos, mas fingia não ter usado, depois tentava "devolvê-los" fedendo a cigarro, Coco Chanel e manchado de base no colarinho. Nixie, ao contrário, era cheia da grana, extravagante e agradável.

— Três clientes — disse Nkechi. — Pelo preço de uma. Sim ou não?

— Não — respondi. — Nixie van Meer não é negociável.

— Isso é o que a gente vai ver — murmurou Nkechi e desligou.

Caramba. Coloquei a cabeça entre as mãos, numa atitude de fragilidade. Eu estava numa disputa profissional. Então — a pergunta que não queria calar —, o que eu ainda estava fazendo em Knockavoy?

Meu tempo no exílio estava expirando, minha sentença fora cumprida, eu era livre para ir embora. *Precisava* ir embora, se quisesse manter alguns dos meus clientes. Tinha responsabilidades para com eles — uma socialite sem uma consultora de estilo é o mesmo que um homem com uma perna só num campeonato de pontapés. Minhas ladies tinham sido mais que pacientes durante o meu outono "sabático" (ou "surto", se a gente for falar abertamente), e se eu não aparecesse em Dublin logo, elas pensariam que eu nunca mais voltaria e fariam acordos alternativos.

Nkechi, percebendo minha vulnerabilidade, me rondava como um tubarão. Mas a verdade verdadeira era que eu não queria — isso, não queria mesmo — deixar Knockavoy.

Estaria eu institucionalizada naquelas terras rústicas? Incapaz de me encaixar de novo na cidade grande? Não que Dublin fosse exatamente uma *cidade grande*. Não estamos falando de São Paulo (vinte milhões de habitantes) nem de Moscou (quinze milhões).

10h19

O telefone tocou de novo. Me preparei para suportar a pressão da Nkechi. Não era a Nkechi, mas tia Bunny, tia da Bridie (cheguei a mencionar que a família dela é especialista em nomes estranhos? Inclusive, Tom não é o nome verdadeiro do tio Tom. O nome real é Coriolanus e Tom é só apelido. Ele insistiu em Tom porque não queria que as pessoas tentassem diminutivos para Coriolanus e acabassem chamando-o de "Ânus". História real.), dizendo que queria passar a semana da Páscoa na cabana do tio Tom. — Estou me pronunciando cedo — disse ela. — O lugar fica disputado!

— Claro, claro, haha. Lugar popular, sim, apesar de não ter tevê.

Desligei. Engoli com dificuldade. Choque tremendo. Realmente, quase um choque cataclísmico. Orelhas quentes.

Estava escrito. O Universo não se engana. Eu tinha que voltar pra Dublin.

Claro que eu sabia que não podia ficar ali pra sempre. Claro que eu sabia que, logo, seria primavera e a família de Bridie pensaria em tomar ar fresco, descansar. Claro que eu sabia que era sortuda por ter passado tanto tempo sem interrupção ali. Não sou burra, mas tenho talento para me iludir. Durante os meses, escolhi uma ligeira negação. Se eu fingisse nunca ter que ir embora, nunca teria que ir embora.

Mas a negação é uma amiga sem fé, passageira, que não te protege contra a verdade quando ela resolve vir atrás de você.

Ok, admissão vergonhosa. Lá vou eu. Andei flertando com a possibilidade discreta de permanecer em Knockavoy. Isso!

Surpreendente, admito. Tinha alimentado a fantasia de manter os melhores e/ou mais rentáveis (os dois ao mesmo tempo é muito raro) clientes de Dublin de alguma maneira, tomando conta de suas necessidades, enquanto criava a clientela aqui. Os detalhes não estavam muito claros na minha cabeça, mas eu sabia que o trabalho seria duro. Envolveria muita estrada, muita psicologia barata com clientes nervosos feito cavalos de corrida, que normalmente insistiriam em atenção imediata, além de nunca ganhar tanto dinheiro quanto se tivesse minha base em Dublin — mas valeria a pena se eu estivesse feliz, não?

Acontece que o Universo não estava nem aí. O Universo estava me expulsando daquela casinha adorável e me mandando de volta, com o dedo longo, ossudo, pra cidade grande.

Eu estava imersa em desespero, quase tão grande quanto o que senti no jantar de Natal desanimado com papai e tio Francis.

Tinha vindo pra Knockavoy para escapar das agruras da vida, pra me esconder até recuperar a saúde mental, mas, inesperadamente, eu me senti feliz aqui. Só enxerguei isso agora, perto de ter que ir embora. Terrivelmente típico, é claro.

11h22
Andei até a cozinha, olhei pela janela, vi a casa do Considine e me perguntei se Chloe viria pra noite de travestis hoje.

Não viera na semana passada, nossa primeira sexta-feira depois do feriado de Natal. Não me convidara para ver *Law and Order*. Na verdade, a gente não se via desde a nossa noite *Thelma e Louise*.

Extremamente preocupada, verdade seja dita, que meu beijo improvisado tivesse causado problemas para Considine e Gillian, e ferido fatalmente minha amizade com Chloe.

Não era a primeira vez que eu beijava uma mulher – Paddy era o responsável –, mas era a primeira vez que fazia isso sem um homem cabeludo assistindo e se masturbando.

O beijo de Chloe era excepcional. Lento, doce e sexy. Beijava com a boca toda, não fazia só movimentos duros, de luta de espadas com a língua, que as pessoas consideram como um bom beijo.

Fiquei meio zonza e meus joelhos tremeram – depois a Chloe ficou rígida e se afastou de mim. O absurdo da situação me veio como se jogassem um balde de gelo na minha cabeça. – Eu esqueci... – gaguejei. – Gillian.

Pobre cara-de-rato. Achando que o namorado estava tendo uma noite inofensiva, vestido de mulher, e, em vez disso, estava se agarrando comigo.

– Chloe, desculpe...

– Não, Lola! A culpa também é minha...

– Acabei me deixando levar, acho que foi a adrenalina da fuga, não vai acontecer de novo...

– Isso, eu também, a adrenalina!

Voltamos pra van e fomos buscar as meninas num silêncio assustador.

Na manhã seguinte, cedo, fui para Birmingham passar quatro dias de desespero de proporções espetaculares com papai e tio Francis. Vou dizer, aquela dupla não se divertiria nem se você apontasse uma arma pra eles. Depois, fui para Edimburgo com Bridie, Barry e Treese e ficamos na casa de uma das muitas, muitas primas de Bridie, vários dias de esbórnia, bebedeira, cantando *The Flower of Scotland* e fazendo coisas estranhas com pedaços de carvão. (Apesar de – acho que já mencionei isso de passagem – eu não ser uma pessoa do tipo que gosta de carvão, não foi um problema.)

Sem dúvida, tinha desenvolvido uma paixonite infantil pela Chloe, mais tola ainda porque a Chloe nem era uma mulher de verdade. Mas o pior aspecto da história toda era Gillian. Estava profundamente envergonhada. Proibição cármica dar em cima de indivíduo "comprometido". Por melhor que tivesse sido o beijo, desejei desesperadamente que nunca tivesse acontecido.

Tentei confidenciar com Bridie e Treese, na tentativa desesperada de desembolar meus sentimentos, mas não conquistei nenhuma simpatia.

— Sua vida parece uma novela! – declarou Bridie, depois começou a contar para todas as primas. As primas contaram pros amigos e ninguém parou de contar até que toda a área metropolitana de Edimburgo soubesse. Estava sempre me deparando com conversas sobre mim mesma: "... Então, depois de dar umas voltas com esse surfista que é LINDO e LOUCO por ela, apesar de dar de dez nela no quesito beleza, ela fica feliz? NÃO! Em vez disso, fica a fim desse tal vizinho, um travesti. Isso, isso mesmo, vizinho do tio Tom! A traveca tem uma namorada de um tempão. Mas a melhor parte é: a Lola não gosta do travesti quando ele tá com roupa de homem, só quando tá de mulher! É, eu sei! E ela nem é sapata!"

Quando o homem de boné xadrez se engajou numa conversa comigo e me contou sobre a "amiga maluca da Bridie", a história já tinha sofrido tantas mutações que o Jake era agora um velejador internacional, e Rossa Considine um transsexual que tinha cortado o pinto numa aposta pra me conquistar.

— Tá feliz agora? – perguntei pra Bridie.

— Ah, desculpa, Lola, mas a história era tão boa...

Voltei pra Knockavoy no dia 4 de janeiro, ansiosa e louca para chegar sexta-feira, pra poder saber como estavam as coisas com Chloe.

A sexta-feira veio, mas a Chloe não. Natasha apareceu, Sue e Dolores. Mas nada de Chloe.

— Talvez ela não saiba que a gente voltou a se reunir – disse Natasha, testa franzida. – Talvez ache que é na próxima sexta-feira.

Como se as noites de travesti fossem aulas noturnas.

— Talvez. — Me senti mal.

Claro que ela não vinha! Chloe era leal a Gillian.

Mas eu estava louca para prometer a Chloe que aquele beijo *Thelma e Louise* nunca mais aconteceria, que tinha sido uma reação única ao pavor anormal da situação. Eu tinha que pegar o touro pelos chifres (frase rural que agora compreendia — touros são assustadores), mas não consegui reunir as forças necessárias para empurrar minha pessoa até a porta da frente do Considine e solicitar uma audiência.

Muito medo — isso mesmo — que ele me desse um fora e que, então, fosse o fim.

Resolvi deixar tudo nas mãos do destino, talvez a gente se encontrasse por acaso durante o fim de semana. Mantinha meus olhos nervosos para o que acontecia lá fora, mas nenhum sinal. Alívio rápido para minha ansiedade insuportável quando concluí que ele devia estar viajando, de férias, fazendo alguma escalada. Mas, na segunda-feira de manhã, bem cedinho, fui acordada quando a porta da frente dele bateu. Pulei da cama e espiei enquanto ele andava até o carro, saindo para trabalhar como sempre. Ele não olhou pra cima, e então tive certeza de que alguma coisa estava estranha. Me odiei. Desesperadamente.

Fiz o papel de espiã terça, quarta, quinta e hoje. Mas ele não olhou pra cima nenhuma vez. Era óbvio que estava me evitando. Mas eu ainda tinha esperança de que a Chloe aparecesse hoje à noite, como sempre.

16h01

Fui até o cemitério antes de ficar escuro.

— Mãe, não quero voltar pra Dublin.

— Todos nós temos que fazer coisas que não queremos. Você acha que eu queria morrer e te deixar?

— Não, mas...

— Sempre foi pra ser uma coisa temporária a sua estada em Knockavoy.

— Ok. — Afinal, eu provavelmente não estava me comunicando de fato com minha mãe. Só ouvindo a voz da minha própria cabeça, e, na verdade, eu podia fazer exatamente o que quisesse fazer...

— Por que você pede minha opinião se vai simplesmente ignorá-la? — perguntou a voz da minha mãe.

... Apesar de, é claro, estar errada quanto a isso.

— Desculpa. Já que estou aqui, o que vai acontecer com a Chloe? Será que ela vai aparecer hoje à noite?

Nenhuma resposta.

— Mãe? Mãe?

— Você vai ter que esperar pra ver.

18h29

O telefone tocou. Bridie.

— Volta, Lola Daly, seu tempo acabou! Acho que você tá sendo expulsa da casa.

— Acertou.

— A pergunta é: você está bem o suficiente pra voltar ou ainda está louca? Se me perguntarem, eu acho que você tá pior. Você foi pra Knockavoy heterossexual, e agora tá voltando meio sapata.

— Qual é o propósito do telefonema, Bridie? — Atitude de frieza. — Ou você está simplesmente querendo me atormentar?

— Só estava brincando. Você me pareceu bem sã em Edimburgo. E o que você tá sentindo em relação ao De Courcy?

— Não sei.

— Você deseja bem a ele? Acha que é capaz de jogar arroz no casamento? Só se supera um homem de verdade quando se é capaz de jogar arroz no casamento dele.

— Com certeza, eu não me sinto assim.

Mas já não pensava no Paddy a cada segundo e não sonhava com ele toda noite. Foi-se o tempo em que eu ficava completamente louca por não poder estar com ele. Na verdade — cada vez mais —, não queria vê-lo. Não queria. Nunca mais. O que era novidade.

Outra coisa também era nova, mas eu não conseguia identificar. Uma tristeza? Não. Desejo? Não. Dor? Não. Raiva? Chegando mais perto. Ódio?... humm, talvez, mas não exatamente... era outra coisa... o que era? Medo? Seria medo? Isso, talvez fosse medo.

19h01
Natasha e Blanche chegaram.

19h15
Dolores chegou.

19h27
Sue chegou.
Quando a cumprimentei, estava frenética de ansiedade.
— Cadê a Chloe? — perguntou ela.
— Não vem — disse Natasha. — É, Lola, desculpe, esqueci de avisar. Chloe mandou uma mensagem de texto pra mim. Não vai conseguir vir hoje.
— Por que não? — Minha voz tremeu. E por que ela não mandou uma mensagem pra mim? Ela tinha meu número.
— Não disse o motivo. Agora, me diz: meu pênis tá muito grande nessa roupa?

19h56
Fiz as meninas sentarem e contei que nossos encontros estavam perto do fim.
— A família do Tom Twoomey quer a casa. E está na hora de eu voltar pra Dublin para trabalhar.
— Ah — lamentou Natasha. — Quando você vai?
Quando seria? — Daqui a uns quinze dias.

Não existia nada que me impedisse de ir embora agora mesmo — eu não precisaria de dez minutos pra jogar as roupas de volta nas malas —, mas precisava de tempo para organizar a partida.

As meninas trocaram olhares, encolheram os ombros, e uma delas disse: — Sempre soube que não ia durar pra sempre.

Resposta surpreendente. Eu esperava gemidos, dentes rangendo, apelos. Em vez disso, atmosfera de aceitação madura. Por quê? A boate antes do Natal, esse era o motivo. O passeio tinha mostrado aos travestis que existia um mundo enorme para eles lá fora. Não precisavam mais de mim.

— Vocês me superaram — eu disse, depois comecei a soluçar. — Chegaram até mim como se fossem meninas indefesas, e agora... agora... VOCÊS CRESCERAM!

— Achei que você ia ficar feliz — disse Natasha, amarga. — Você não fazia outra coisa senão reclamar.

Sábado, 17 de janeiro, 10h15

Levantei, me vesti, saí de casa. Depois de uma noite sem dormir, estava finalmente fazendo a coisa certa. Ia falar com Rossa Considine.

O carro ecológico estava na porta, por sorte ele estava em casa, e não numa escalada. Por sorte, também não estaria na cama com Gillian. Apesar de não parecerem fazer esse tipo de coisa — passar o dia na cama. Eles eram aquele tipo de casal que gostava da vida ao ar livre.

Considine abriu a porta como se estivesse me esperando. Me levou até a sala, onde sentamos na beira do sofá, desconfortáveis e tristes. A atmosfera estranha permaneceu, como se já tivéssemos sido apaixonados, mas agora estivesse tudo terminado.

— Você não veio na noite passada — falei.

— Não. Pedi pro Noel te avisar.

— Ele avisou. Rossa, meu comportamento naquela noite que a gente escapou da polícia não vai se repetir...

— Tudo bem...

— Eu peço desculpas, Rossa, sinceramente. Pra Gillian também. Do fundo do meu coração. Tô tão envergonhada. Mas nunca mais vai acontecer. Foi insanidade, adrenalina, momento louco. Volta, por favor a gente sente falta da Chloe.

— Desculpe, Lola — disse ele, com pesar. — A Chloe foi embora por um tempo.

— Eu prometo não encostar um dedo nela...

— Não tem nada a ver com você, Lola. Não é culpa sua. É uma dessas coisas... É melhor assim...

— Mas... — Lágrimas nos meus olhos! Por uma personagem mítica!

— Desculpe, Lola — disse Considine com doçura infinita. — Eu sei o quanto você gostava dela. Ah, por favor, não chora, Lola, vem aqui. — Ele me pegou no colo da maneira que a Chloe costumava fazer, e eu solucei na camisa dele.

— Ela vai voltar?

— Provavelmente, sim, em algum momento, mas... você sabe...

Não, eu não sabia. Devia ter alguma coisa a ver com a Gillian. Talvez ela finalmente tivesse começado a se aborrecer com o fato de o namorado se vestir de mulher. — Mas, quando a Chloe voltar, eu terei ido embora.

— O quê? — Ele cuspiu a palavra. Endireitou o corpo, quase me jogando no chão. Estava rígido, não era mais confortável ficar encostada nele.

— É, Considine. Tenho que voltar pra Dublin. A família Twoomey quer a casa e eu preciso voltar a trabalhar. — Só de pensar em ir embora, chorei ainda mais. Terrivelmente triste.

— Quando você vai?

— Não sei. Ainda não decidi. Não tô conseguindo. Mas vai ser logo. Nas próximas duas semanas.

— Certo.

O corpo dele cedeu e, apesar de ficar de novo confortável para encostar, estava diferente, não tão agradável, como um sofá que perdeu a fofura. Senti o peso da cabeça dele encostando na minha. Sofrimento ligeiro. Como se nós dois estivéssemos de luto pela perda da Chloe. Sei que parece idiota, mas estou simplesmente contando como foi.

Considine acariciou minhas costas e meus soluços diminuíram. Depois passaram. Fechei os olhos. Um pouco mais calma. Mais quente. Cheiro bom o do pescoço do Considine. Um suspiro bem grande veio desde a minha barriga. Exalei, em aceitação. Me afastei dele. — É melhor eu levantar, Rossa Considine. Se ficar mais, vou acabar dormindo.

— Lola, desculpe ter chateado você...

— Tudo bem, tudo bem. — Fiz meu melhor. E, de qualquer maneira, estava indo embora de Knockavoy, deixando todas as travecas pra trás.

— Quer vir na quarta-feira assistir a *Law and Order*? — perguntou. — Pela última vez?

— Pensei que era na quinta-feira à noite.

— Ano novo, grade nova. Agora é na quarta-feira. Você vem?

— ... Ok... — Não era bem isso que eu queria, mas tudo bem.

12h12
Rua principal de Knockavoy.
Vi Jake e seu aspirador de boca andando do outro lado da rua. Me preparei para ser insultada. Mas ele acenou alegremente, livre de amargura, obsessão ou insanidade. Então era verdade! De acordo com as fontes de costume (Cecile), ele está absolutamente de volta ao velho e bom ser convencido. Reduziu Jaz a pó. Fez uma tentativa casual, cruel, entre o Natal e o Ano-Novo, de se intrometer entre Kelly e Brandon, e agora estava de rolo com uma mulher noiva, de fora. Eu sou uma variação negativa no currículo impecável dele.

12h16
Supermercado.
Vogue nova! Kelly tinha feito uma encomenda especial pra mim. Fui obrigada a dizer a ela que não encomendasse mais, eu estava voltando pra Dublin. Ela demonstrou tristeza diante da minha partida iminente, depois voltou sua atenção para o preço incrivelmente alto da *Vogue*.

— Quase dez pratas! — gritou, colocando o troco de moedas na palma da minha mão. — E não tem nada dentro, a não ser anúncio. Ei! — Toda excitada. — Como você conseguiu essa marca?

— Que marca?

— Essa.

Ela indicou um círculo pequeno de pele rosada no meio da minha palma. — É queimadura? Você se fere? — perguntou, ansiosa. Kelly era fascinada pelo estilo de vida das estrelas sobre as quais lia nas revistas baratas: meninas com bolsas enormes, bulimia, estadas em centros de reabilitação antes dos dezoito anos. — Eu adoraria conhecer alguém que se autoflagela.

— Marca de nascença — falei, quase pedindo desculpas. — Nasci com ela. — Depois acrescentei, porque ela pareceu muito desapontada: — Foi mal!

13h15
Passando pelo Dungeon.
— Ei, Lola Daly! Uma palavrinha, por favor.

Entrei.

— Item de fofoca pra você — disse o Chefe.

— Coisa quente — complementou Musgo.

— Muito quente — confirmou Mestre.

Uma excitação vergonhosa me atravessou. Esse trio sabia de tudo. Qualquer coisa que me contassem seria verdade.

— Tá preparada? — perguntou o Chefe.

Fiz que sim.

— Gillian Kilbert...

— ... Também conhecida como cara-de-rato...

— E Osama, o barman...

— ... São um só.

Choque tremendo.

Gillian e Osama? Fui tomada de terror. A culpa era minha? Será que eu tinha criado um racha entre Gillian e Considine, empurrando a cara-de-rato para um "caso de vingança"?

— O Rossa sabe? — perguntei.

— Não.

— Então como é que você sabe?

— Eu já esperava. Venho observando a situação com interesse desde que começaram a assistir a filmes dinamarqueses juntos nas noites de sexta-feira.

— Estava para acontecer — disse Mestre. — Um passarinho me contou que Considine e a cara-de-rato não vinham fazendo o necessário há muitas semanas. Na verdade, desde a noite em que voltaram.

— E como é que você sabe disso, caramba? — Uma sensação terrível pela invasão da privacidade do Considine.

— Cidade pequena. De qualquer jeito, com certeza, em vez de voltar direto pra casa, Gillian e Osama se acostumaram a parar o carro no meio da estrada e se agarrar.

— Eles nem foram ao cinema na noite passada — disse o Chefe. — Só pararam o carro no lugar favorito... e... você sabe.

Sensação ruim intensificada. — Vocês não têm nada melhor pra fazer do que ficar espionando a vida dos outros?

Hiato de surpresa. — Qual é, Lola? — O Chefe subitamente chateado. — Achei que você ia gostar da novidade.

— Não é certo eu saber e o Rossa não.

— Alguém vai contar pra ele já, já. — Musgo parecia pensar que isso era uma coisa boa.

Mas não era!

Compaixão repentina e extrema por Considine. Homem honrado. E, apesar de às vezes mal-humorado, um cara decente. Eu também já fui a parte rejeitada.

Tinha o dever de contar pra ele.

Mas será que podia? Desprezava todos os enxeridos, falsos simpáticos, que diziam: "Achei que você devia saber..."

Apesar da minha simpatia não ser falsa.

E, se eu contasse a novidade pro Considine, ele me odiaria mais ainda. Os mensageiros sempre levam a culpa. Não queria que ele me odiasse ainda mais. Descobri um interesse inesperado por ele.

— Você tá indo? — Os Biriteiros me perguntaram quando me levantei.

— Tô. — Precisava pensar sobre o assunto.

Saí do bar, ao som dos resmungos do Chefe: — Não sei o que deu nela.

Jesus Cristo! Assim que saí, a primeira pessoa que encontrei foi Gillian. Fiquei paralisada de culpa, choque e mais culpa.

— Oi, Lola. Feliz Ano-Novo. — Parou pra bater um papinho. Parecia em ótima forma.

— ... É...

— ... Você está bem?

Caraca. Tentei decidir qual era a coisa certa a fazer. Ela estava no meu caminho — quais as chances de isso acontecer? Será que estava ali por uma razão? Difícil. A) Eu era a pessoa certa pra conversar, tendo dado em cima do namorado dela, apesar de não estar interessada nele, mas sim no *alter-ego* mulher. B) Interferindo no romance de outras pessoas em benefício de alguém da cidade, como eu.

— Gillian. — Pigarreei. — Eu não tenho nada a ver com isso, nem estou julgando, juro que não, mas ouvi dizer... ouvi dizer que você e o Osama, quer dizer, Ibrahim, andam...

O que dizer? Theca, theca na butheca? Era tudo tão sórdido.

— ... Você sabe aonde eu tô querendo chegar? — perguntei, mortificada.

Ela me encarava, o rosto de rato imóvel, olhos cheios de medo.

— As pessoas estão comentando — falei. — O Rossa vai descobrir. Provavelmente vai ser melhor se ele ouvir de você.

— Onde você ouviu isso? Não me diz que foi ali. — Ela inclinou a cabeça na direção do Dungeon, o rosto pequeno branco como leite.

Fiz um gesto relutante de assentimento. Não desejaria isso ao meu pior inimigo — Chefe, Musgo e Mestre fazerem parte do assunto íntimo deles.

— Merda — sussurrou. — Ok. — Ela fez um sinal positivo com a cabeça, depois subiu a rua e entrou no Oak, sem dúvida pra falar com o Velho e Bom Olhos de Ameixa.

15h37
Não estava espionando, não. Simplesmente aconteceu de eu estar limpando as janelas, preparando minha partida, quando vi a cara-de-rato e o Velho e Bom Olhos de Ameixa aparecerem na estrada, cheios de determinação. Como num filme de faroeste. Quando chegaram em frente à casa do Considine, foram em direção à porta. Bateram, e logo depois sua entrada foi permitida. Porta firmemente fechada atrás deles.

Tentei escutar, talvez imaginando gritaria e quebra-quebra, mas não ouvi nada.

16h19
Cara-de-rato e Velho e Bom Olhos de Ameixa saíram, cabeça baixa, imaginei que de vergonha. Não consegui pensar em nada diferente.

18h24
Limpando o forno, apesar de mal ter usado durante minha estada em Knockavoy, quando ouvi batidas à porta.

Rossa Considine estava encostado no umbral, ligeiramente descabelado. — Noite da derrubada — disse ele.

— Você teve?

— A sua noite da derrubada. Eu te prometi uma e nunca cumpri. Que tal hoje à noite? Agora?

— Que ideia ótima! Deixa só eu tirar o avental.

É claro que eu estava simplesmente sendo uma pessoa gentil. Considine precisava de uma companhia pra sair e ficar completamente bêbado, pra afogar a dor da traição da cara-de-rato, e estava fingindo que era um presente pra mim. Mas eu estava — isso, orgulhosa — por ele me escolher, em vez de um dos companheiros de escalada. Conhecendo esses machões, imagino que fossem zombar dele. "Haha, vocês souberam do Considine? É tão ruim de cama que a namorada fugiu com um homem-bomba. Hahahaha!"

18h37
No meio da rua principal de Knockavoy.
— Que pub? — perguntei.
— Oak.

Oak? Você me culparia por esperar um boicote ao Oak?

Ponto pra ele. Um homem de perdão. A menos que estivesse planejando pegar o Osama.

Não, nada disso. Comprou drinques com o Osama. Aspecto civilizado. Impressionante. O Rossa Considine era igual ao Gandhi! Osama, por sua vez, estava todo assustado, olhos baixos de remorso. Nenhum sorriso esta noite.

Depois de alguns drinques, Considine se abriu e me contou sobre Gillian e Osama. Me comportei como se estivesse ouvindo tudo pela primeira vez. — Que tragédia! — exclamei. De verdade. Sofro com o término dos outros, quase como se fosse comigo. — Como você tá se sentindo?

— No fim de uma era — disse. — Mas já deu o que tinha que dar. A gente não devia ter voltado depois da primeira vez que terminou. Os motivos do término ainda existiam: eu não tinha o menor interesse pelos filmes deprimentes dela, e ela não se interessava pelo meu... como é que você chama? Travestismo. Nem pelas minhas escaladas. E eles estão felizes, os dois.

— Não é agradável ser rejeitado — falei. Um pouco de saco cheio dos homens que negam sentimentos.

— Não. Dói. Você tá certa. Mas vou sobreviver.

— Não precisa fazer pose de forte. Ser corno (Margery Allingham) é humilhante.

Ele olhou pra mim. Impressionado, disse: — Você quer que eu fique deprimido?

— Não. Quero que você seja honesto.

— Eu tô sendo honesto.

— Não, não tá.

— Tô, Lola. Eu e a Gillian não estávamos bem há muito tempo... Não dava pra fazer nada em relação a isso. Tive esperanças de que fosse melhorar. Ou de que... eu não precisasse fazer a parte chata.

— Não me diz que você tá aliviado!

— Aliviado, não. Não é tão simples assim. Mas era uma decisão pendente. Agora a decisão foi tomada. Na verdade, agora que você falou, é, eu tô aliviado.

— Pelo amor de Deus! — reclamei pra mim mesma. — Mais um drinque?

20h49
Ainda no Oak.

— Como é que você tá se sentindo agora, Considine?

— Mais derrubado que o Muro de Berlim.

— Péssimo uso da frase. Não é pra gente ficar mais derrubado que o Muro de Berlim agora! A gente tem que ficar mais derrubado que o Muro de Berlim amanhã de manhã.

— Eu sei, eu sei. — Sorriso surpreendentemente atraente. Por um momento Rossa ficou tão parecido com a Chloe! — Mas a gente não vai se ver amanhã de manhã. — Ligeiro contato visual. Então, melhor dizer agora.

— ... É... — Precisei de um minuto para me recuperar do momento estranho de olho no olho, depois gritei, animada: — Ok. Mais derrubados que o Muro de Berlim!

21h17
Ainda no Oak.
Brandon e Kelly chegaram pra esbórnia pós-trabalho. Expressão preocupada quando me viram com Considine — obviamente, já sabiam da notícia da traição.

— Lola, Rossa, como vocês estão?

— Mais derrubados que o Muro de Berlim!

21h21
Ainda no Oak
Cecile apareceu pra dar um oi. — Deus abençoe todo mundo — disse ela
— Como ela está?
— Mais derrubada que o Muro de Berlim!

Dizíamos pra todos que encontrávamos que estávamos "mais derrubados que o Muro de Berlim". Às gargalhadas. Era tudo muito engraçado e, é claro, eu estava bêbada.

— Nós somos a gangue dos mais derrubados que o Muro de Berlim! — declarou Considine.

— A gangue notória dos derrubados. Vamos nessa, passar na Sra. Butterly antes dela ir dormir.

21h40
Pub da Sra. Butterly.
— Oi, Lola, Rossa, como vão vocês?

— Mais derrubados que o Muro de Berlim, Sra. Butterly!

— Não precisa gritar. — Ela pareceu quase alarmada quando Considine e eu quase chorando de tanto rir sentamos nos banquinhos do pub. — Nem rir sem me contar a piada.

Tentei explicar pra ela, mas estava rindo demais. E, também, qual é a graça de dizer "mais derrubados que o Muro de Berlim" oitocentas vezes? Ela se esforçou para entender, mas balançou a cabeça e disse:

Não, não tô achando graça. Eddie Murphy, sim, ele é engraçado. Vocês viram *Vovó... Zona?*

O celular do Considine tocou. — É a Gillian — sussurrou em tom conspiratório, apesar de não ter ainda atendido ao telefone e Gillian não poder escutar nada. — Deve estar querendo saber como eu estou. Pronta?

— Pronta!

Ele abriu o telefone. — Gillian, Gillian? — Escutou por um momento. — Vou te dizer como eu estou.

Animado, fez um sinal pra mim e nós dois gritamos: — MAIS DERRUBADOS QUE O MURO DE BERLIM!

— Vão pra casa, vocês dois — disse a Sra. Butterly. Irritada. De saco cheio. — Eu vou pra cama.
— Vai ver Eddie Murphy em *Dr. Dolittle!* — disse Considine, rindo.
— Ou *Um Tira da Pesada!* — Considine e eu, quase incapacitados de tanta animação, enquanto ela nos empurrava pra fora dos banquinhos e nos levava até a porta.

22h01
Rua principal de Knockavoy.
Cambaleantes pela rua. Cambaleantes não pela bebedeira, mas pelas gargalhadas. Pouco progresso, já que parávamos a cada quatro segundos pra rir.
— Lola Daly, Rossa Considine! Ouvi dizer que vocês estão num surto de loucura!
Era uma convocação do interior sulfuroso do Dungeon.
Entramos. Trouxeram muitos, muitos, ah, muitos drinques para nós. Noite incrível.

Domingo, 18 de janeiro, 10h03
Única maneira de descrever como eu me sentia: mais derrubada que o Muro de Berlim. Pior ressaca dos últimos tempos.
Preocupada com Considine. Grandes chances de a alegria da noite anterior ter passado e ele estar péssimo — parte ressaca, parte traição. Nada pior do que acordar de manhã, no dia seguinte de ter sido largado. Principalmente se você tiver ficado muito bêbado para afogar as mágoas.
Mandei uma mensagem de texto. Parecia uma tolice urbana mandar uma mensagem de texto para alguém que mora do seu lado, quando eu podia simplesmente sair da cama e falar com ele pessoalmente, mas não queria me intrometer no sofrimento alheio.
E também tinha medo de vomitar se levantasse.

Bom dia. + derrubada q Muro d Berlim. Vc?

A resposta veio rápido:

> **+ derrubado q Muro d Berlim tb.**

Mandei outra:

> **Vc tá numa escalada?**

Resposta rápida:

> **D verdade ou emocional?**

Eu estava falando de escalada de verdade, mas essa era uma questão importante.

> **Emocional.**

Resposta imediata:

> **N, acho q só ressaca.**

Homens! Quando a gente acha que eles estão se abrindo... Resolvi voltar a dormir.

15h10
BIPE, BIPE, BIPE. O barulho da entrada de mensagem de texto me acordou. Peguei o telefone. Mensagem do Considine:

> **Volta na praia? Morte ou cura?**

Ideia nova — analgésicos, Coca sem gás, biscoitos caros, sofá e manta são as respostas das pessoas normais à ressaca. Mesmo assim, respondi:

> **Pq não? T vejo em 20 no portão.**

15h30
Lá estava ele, cara séria e botas. Despenteado, como se tivesse acabado de sair da cama, e pálido, ah, sim, muito pálido. Assim que olhei pra ele, fui tomada por uma gargalhada paralisante. Meu avanço foi impedido por ela.

Ele também estava tomado de uma vontade de rir tão poderosa que segurava as próprias costelas. Quando – finalmente – foi capaz de falar, gritou: — Como você tá, Lola Daly?

— Mais derrubada que o Muro de Berlim, Rossa Considine. E vocˆ?

— Mais derrubado que o Muro de Berlim.

Era uma daquelas ressacas em que tudo parecia engraçado.

16h27
Fim da caminhada, graças a Deus!

— Tô muito melhor — disse Considine, feliz. — E você?

— Não. Dor de ouvido por causa do vento e nada pode melhorar minha ressaca, fora um copo de Fanta e um prato de batata frita.

— Vamos no Oak?

— Por que a gente não vai num lugar diferente? — Queria salvá-lo daquela postura machista, que insistia que sua presença no Oak significava que ele não estava ligando, nem um pouco, pro fato da namorada ter ficado com o Osama. — Hole In One?

— Prefiro incendiar meu próprio rosto.

17h03
Oak.
Na segunda Fanta. Prato de batata frita na minha frente. Meu plano era comer o cheesecake do dia (morango) depois.

O telefone do Considine apitou.

— Mensagem de texto da Gillian — disse ele. — Pra saber se eu não me matei.

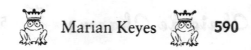

Me contorci de culpa. Seria assim toda vez que o nome Gillian Kilbert fosse mencionado, até o fim dos dias?

Considine percebeu. — O que foi?

Precisava perguntar. Tinha que saber. Fiz a pergunta como se estivesse confeitando um bolo. — Você... e a Gillian... terminaram por causa... daquela história da Chloe comigo antes do Natal?

— Não. Quantas vezes vou ter que dizer isso pra você? Já tinha acabado sabe-se lá quando.

— A Gillian alguma vez... falou alguma coisa de mim?

— Não — respondeu, mas percebi alguma hesitação.

— Ela disse! — gritei. — Disse, sim. Conta.

— Pra quê? Pra você se sentir mais culpada?

— Me conta, Considine.

— Sabe aquele dia da história do encanamento? Ela disse que havia... uma tensão, tipo uma tensão sexual entre a gente.

O quê? Gillian Kilbert, cachorra! — Ela acha que vai desviar a atenção da própria traição com uma acusação desse tipo! — exclamei. — Não gosto de chutar cachorro morto, Considine, mas não estou a fim de você.

— Ela não quis dizer isso — disse Considine, paciente. — Obviamente estava falando de um clima entre você e a Chloe.

— Mas qual é a base dessa afirmação? Caramba, você não contou do beijo pra ela, contou? — Escondi os olhos com as mãos.

— Não. Principalmente porque ainda não tinha acontecido naquele dia do encanamento. — Ele riu. — Ela comentou que a gente era muito sarcástico um com o outro.

— E você disse o quê?

— Que o sarcasmo era porque a gente não gostava um do outro. A solução mais óbvia normalmente é a correta.

Grace

— Preciso falar com você — disse Damien.
Fiquei gelada.
— Preciso te contar uma coisa.
Jesus Cristo. Era para ser uma noite gostosa, romântica. Eu voltara de Londres de manhã — ficara séculos lá, desde quinta, quando a Marnie me ligou parecendo uma doida — e Damien insistiu em cancelar o pôquer de segunda-feira para a gente poder ficar um pouco juntos.

Mas, apesar de eu ter acendido minha vela preciosa de jasmim e de a gente ter detonado uma garrafa de vinho tinto, o romance ainda não dera as caras. Eu estava cansada demais e, como o sofá estava quebrado, sentei na única poltrona, e o Damien na cadeira dura da cozinha.

Por consenso mútuo, desistimos de conversar e ligamos a tevê. Estava passando um documentário sobre gangues violentas nas prisões brasileiras — o tipo de coisa que a gente sempre gostava de assistir —, mas nenhum dos dois estava prestando atenção.

Eu pensava na Marnie, em como ela parecia estar pior, como estava ficando esquisita, mesmo sóbria. Não conseguia afastar a sensação de que as coisas estavam chegando a um limite.

Damien também estava imerso em seus pensamentos, obviamente revendo coisas, analisando, detalhando e — devia ser porque eu estava tão derrubada —, em vez de enchê-lo de perguntas, como seria meu costume, deixei-o em paz.

— Grace, tenho que te contar uma coisa — repetiu. Parecia que chegara a alguma conclusão e, de repente, se assustara.
Isso estava realmente acontecendo?

Me dei conta de que estava esperando por aquilo, mesmo sem ter consciência.

Quando entrei em casa naquela noite, pensei ter sentido uma presença estranha novamente. Foi difícil ter certeza, porque eu estava claramente procurando por algo. Andei de um cômodo a outro, pensando na possibilidade. Incapaz de decidir se alguém, alguma coisa, estivera ali no fim de semana. Alguém que não devia.

Agora Damien ia me contar, e o *medo* era enorme, devo confessar. De repente, fiquei encharcada de suor.

— É a... — Minha voz estava embargada, rouca, e pigarreei. — É a Juno?

— O quê? — Damien fez uma careta. — *Juno?* Não.

Não era a Juno?

Mas, então, o que era? Quem era?

Não imaginaria ser possível sentir mais medo do que sentira vinte segundos antes, mas lá estava eu. Mais apavorada ainda.

— Descobri por acaso... — disse Damien.

Descobriu o quê?

— Mas agora que sei...

Sabe o quê?

— É sobre a Dee.

Fiquei tão surpresa que não consegui falar por alguns instantes.

— Dee *Rossini*?

— É. Estão juntando informações para uma matéria no jornal. Aparentemente, ela vem dando guarida para gente ilegal.

— Ah... — Eu sabia que era verdade. Vira com meus próprios olhos. Mas não conseguia encontrar as palavras. Ainda não passara a sensação de medo.

— Vão cair em cima — disse Damien. — Se sair mesmo na mídia, ela não vai conseguir se recuperar.

Olhei nos olhos dele procurando... o quê? Uma segunda camada de verdade? As coisas que ele não dissera?

— É isso? — perguntei. — Era isso que você queria me contar?

— Eu arrisco minha carreira te contando isso e... Por quê? O que você achou que eu ia dizer?

— ... Nada...

— Nada a ver com a Juno? — perguntou, exasperado. — Eu não disse que não ia mais me encontrar com ela?

— Disse, disse.

— Não sei por que você acha que eu me *envolveria* com ela.

— Eu sei que você me ama...

— É, eu te amo, claro que eu te amo. Mas, mesmo que não amasse, depois do que a Juno fez comigo? — A voz aguda de frustração. — Você devia saber que eu não confiaria nela de novo.

Ele sorriu para mim, eu sorri para ele e nós dois começamos a rir.

— Você quer ouvir a história ou não? — perguntou.

— Quero.

Damien detalhou tudo. O jornal para o qual trabalhava, o *Press*, tinha uma fonte que aparecera com uma história que Dee Rossini fazia parte de um pequeno círculo clandestino, que ajudava jovens mulheres, na maioria da Moldávia, que tinham entrado ilegalmente na Irlanda. Elas viviam como escravas, apanhavam, passavam fome e eram cafetinadas pelos homens que as trouxeram para a Irlanda, mas, obviamente, não podiam buscar ajuda legal, porque, legalmente, elas não existiam.

— Então, a Dee e seu grupinho de gente do bem ajudam as meninas. Elas têm acesso a médicos, recebem novos documentos e ficam com alguém do grupo até estarem em segurança.

— Depois elas voltam para casa?

Isso não seria tão mal: se Dee estivesse ajudando gente *ilegal* a deixar a Irlanda.

Damien balançou a cabeça. — Não são mandadas de volta para casa porque parece que lá a situação delas é tão ruim quanto aqui. Tentam arrumar empregos em que possam dormir, como babá, esse tipo de coisa. Algumas vão para o Reino Unido. O que é ótimo para as relações Irlanda-Inglaterra — disse ele, sarcástico. — Uma ministra irlandesa facilitando a entrada de ilegais na Inglaterra. Eu sou fã da Dee, superfã. Ela é realmente uma idealista. Mas, às vezes...

— Quem está fazendo a matéria?

— A editoria de política. Angus Sprott e Charlie Haslett. Código Negro.

— Vocês têm códigos? Vocês são tão machões no *Press*. E como você descobriu?

— Charlie invadiu meus arquivos. Não entendi por que ele simplesmente não me perguntou o que queria saber. A conclusão óbvia era que ele estava trabalhando em alguma matéria investigativa secreta. — Ele encolheu os ombros. — Como é que eu podia resistir?

— Então não devia ser tão Código Negro assim, se você conseguiu entrar nos arquivos dele.

— Os dentes do bebê do Charlie estão começando a nascer. Ele não tem dormido muito. Acho que se esqueceu de proteger o arquivo.

— Em que ponto estão? Quando planejam publicar a matéria?

— Assim que conseguirem as fotos.

— E quando vai ser isso?

— Assim que outra mulher for colocada na casa da Dee. Tem fotógrafos vigiando a casa dela vinte e quatro horas por dia.

Fiquei chocada. Dee estava sendo constantemente observada, como se fosse uma terrorista?

A pergunta que sempre surgia toda vez que Dee estava com algum problema voltava a aparecer: — Quem está fazendo isso? Alguma ideia de quem é a fonte?

— A fonte?

— Tudo bem, eu entendo. — A identidade das fontes nunca é revelada, porque senão — duh — não seriam mais fontes. — Não precisa dizer.

— Desculpe. De qualquer maneira, o pessoal do Partido Cristão deve estar por trás, porque a notícia vai derrubar não só a Dee, mas o Nova Irlanda inteiro. Estão dizendo que vão convocar novas eleições gerais. Provavelmente em março. Como nas últimas eleições, os Peninhas não vão conseguir cadeiras suficientes para formar um governo próprio. Mas, se o Nova Irlanda estiver desarrumado, não vão ter parceiros de coligação — o que deixa o caminho livre para os Cristãos.

— Damien, eu tenho que contar para a Dee.

— Por que você acha que eu te contei?
— Mas se alguém descobre que você...
Ele perderia o emprego.
Damien fez uma pausa. — Eu já pensei sobre isso. Vamos correr o risco.
— Damien, você é... Você é incrível.

— Dee, quem mais sabe?
Consegui uma maneira de encontrar com Dee logo de manhã, antes do trabalho, no escritório dela na Leinster House, e contei a história que Damien tinha me contado. O sangue sumiu do rosto bonito dela. Ficou pálida e imóvel. — Como...?
— É exatamente o que estou te perguntando. Quem mais sabe?
Ela desfez seu coque e passou os dedos pelo cabelo solto, depois prendeu-o de novo, agora também as mechas soltas. Enrolou-o sobre a cabeça, ainda mais apertado que antes.
Finalmente, falou: — Só as próprias meninas. E quase mais ninguém. Mas somos tão poucos e queremos a mesma coisa... — De repente, ela me encarou. — E *você* sabe, Grace, mas, se você está aqui para me alertar, imagino que não tenha sido você.
— E essas outras pessoas? O Damien disse que tem um médico? E uma pessoa que providencia documentos? Poderia ser um deles?
— Eles têm tanto a perder quanto eu.
— Quem poderia ter descoberto por acidente? Quem vai à sua casa? Você tem algum namorado?
Ela balançou a cabeça.
— Você já me disse isso antes e tinha namorado.
— Desculpe, mas agora realmente não tenho.
— Sua filha?
— Mora em Milão.
— Faxineira?
— Você já foi à minha casa. Parece que eu tenho alguma faxineira?
— Amigos? Você convida gente para jantar na sua casa. Convidou a mim e ao Damien.

Ela colocou as palmas das mãos sobre a mesa. (Mais uma vez, unhas muito benfeitas. Um esmalte meio fosco. Como era o caso de todos os que ela usava. É melhor do que parece quando eu falo sobre isso.) — Olha, Grace, é assim que funciona. É tudo planejado. Ajudar uma menina a fugir não é fácil e as oportunidades são bastante específicas. Sempre sou informada com alguma antecedência, normalmente alguns dias antes, quando uma garota está para chegar. Então, eu limpo a área. Garanto que não vai haver ninguém em casa na hora.

— Mas a Elena...

— A Elena foi uma emergência. Não acontece sempre.

— O fato, Dee, é que alguém sabe e alguém contou.

— Elas são praticamente umas crianças — disse ela, triste. — Você não acreditaria nas coisas assustadoras que fazem com as meninas. São estupradas, passam fome, apanham, têm ossos quebrados, cigarros enfiados na vagina...

— Para.

— Eu não poderia deixar de ajudá-las.

— Dee, estou do seu lado, mas você está infringindo a lei! Não estou dizendo que a lei não seja cruel, mas você é ministra do governo. Se não quiser perder o emprego, a carreira e levar seu partido político com você — e isso vai acontecer se a história vazar —, é melhor descobrir quem está por trás disso. E rápido, porque o *Press* está louco pra publicar a matéria.

— Só pode ser o Calhambeque Brady e os Cristãos Progressistas.

— Essa é a conclusão óbvia. Mas *quem* dos Cristãos Progressistas?

— É um partido grande. Pode ser qualquer um deles.

— Não, Dee, você tem que ter foco. *Alguém* está contra você.

Ela revirou os olhos. — Todos os dias da minha vida me lembro de que tem milhares de pessoas contra mim.

— O que eu quis dizer, Dee, é que você está tão acostumada a ser atacada por todos os lados que esqueceu que coisas horríveis não acontecem simplesmente por forças do acaso, por forças do mal imprevisíveis, as coisas terríveis acontecem porque *indivíduos* fazem com que elas aconteçam.

Na verdade, achei que fora um ótimo discurso. E me perguntei se ela tinha ficado impressionada.

Dee parecia lutar contra um sorriso. E não era hora de sorrir! Por alguns minutos, vivi a sensação de estar dentro de um filme de espionagem, onde não se pode confiar em ninguém, onde a traição está em todas as partes, e me perguntei se a própria Dee não seria a fonte. Era como se existissem duas realidades, só que uma dentro da minha cabeça.

— Dee?

— Grace, não estou rindo. Estou muito agradecida. Vou fazer tudo o que for preciso. Vou falar com os outros envolvidos e descobrir quem fez isso.

— Dee, você tem que descobrir *rápido* e fazer com que impeçam a publicação da matéria. Enquanto isso, você não pode deixar ninguém, nenhuma das meninas, aparecer na sua casa. Assim que o *Press* tiver as fotos, vai publicar a matéria.

— Bom dia, bom dia, bom dia, bom dia, bom dia — cumprimentei TC, Lorraine, Clare, Tara e — isso mesmo — até Joanne.

— Ainda está gelado lá fora? — TC adorava reclamar da vida em geral, e normalmente encontrava em mim uma cúmplice.

— Ainda — respondi rapidamente, enquanto olhava as sugestões de pauta na minha caixa de entrada. Sem perder tempo se eram boas ou ruins, escolhi cinco histórias possíveis para propor à Jacinta quando ela chegasse. Depois, observada com extrema suspeita por TC, comecei a escrever nomes aleatoriamente: Dee Rossini; Toria Rossini; Calhambeque Brady; Damien; Paddy de Courcy; Sidney Brolly; Angus Sprott; Scott Holmes, jornalista que fizera uma matéria horrível sobre o Christopher Holland.

Qualquer um em quem eu pensasse, e que tivesse tido alguma conexão com a Dee nos últimos seis meses, tinha seu nome anotado na folha.

— O que você está fazendo? — perguntou TC.

— Nada. — Escondi a folha com meu braço.

Eu estava fazendo uma coisa que os detetives dos livros da Val McDermid faziam: escreviam tudo o que sabiam sobre um caso, inclusive as pontas soltas e confusas, depois procuravam um padrão ou uma ligação. Mas talvez isso não acontecesse na vida real. Talvez detetives de verdade também não invadam casas com um cartão de crédito. Talvez detetives de verdade do Havaí nunca digam: — Algemas nele, Danno.

Mas eu não conhecia nenhuma outra maneira. Tirei a caneta de cima da folha. Quem mais? O ex-marido da Dee, é claro! Quando dei uma olhada em volta do escritório, em busca de inspiração, David Thornberry saiu da sua mesa e pegou o maço de cigarros. Lá vai mais um, pensei, e anotei o nome dele. David tinha feito uma exclusiva sobre "o escândalo do casamento não pago da filha da Dee", mas o Poderoso Chefão não deixou sair. Enquanto pensava sobre isso, também anotei o nome Coleman Brien.

Depois, escrevi uma série de perguntas, espalhando-as pela página, tentando não pensar muito sobre elas. "Quem pintou a casa da Dee?", "Onde foi o casamento da filha dela?", "Quem recomendou o hotel?", "Onde Dee conheceu Christopher Holland?", "Quem era a namorada anterior dele?", "Quem era o namorado anterior da Dee?", "Quem contou para Dee sobre as garotas da Moldávia?", "Quem preparou os documentos para elas?", "Conheciam alguém no Partido Cristão?", "Sabiam sobre Christopher Holland?".

A página ficou cheia. Talvez eu tivesse que ir à papelaria comprar um pacote de cartões de anotações, depois espalharia tudo pelo chão e descobriria que a história se desenrolava pela maneira como estavam dispostos. Mas talvez detetives de verdade também não fizessem isso.

Olhei para a folha de papel, cheia de rabiscos. Assumindo ter incluído tudo o que era relevante — e só Deus sabe se eu conseguira ou não —, em algum lugar ali estava uma ligação que deveria dar alguma pista sobre a pessoa ou as pessoas contra Dee.

Desenhei setas, juntando nomes a frases, tentando manter a mente aberta, tentando deixar uma energia diferente, intuitiva, me guiar.

Mas não acredito em energia. Não acredito em intuição. Não acredito em palpites.

Não sou esse tipo de jornalista. Minha habilidade é cansar as pessoas, é derrubar os pobres coitados. Pressionando-os até, finalmente, desistirem, se abrirem e me darem uma citação ou história apenas para se livrarem de mim.

Analisei os resultados: nada encorajadores. De acordo com as minhas setas, Calhambeque Brady pintara a casa da Dee, Christopher Holland era seu próprio ex-namorado, e a filha da Dee estava casada comigo.

— Tenho uma para você — disse TC, aproximando-se e apontando, como se me ajudasse a fazer um sudoku. — Olha essa sequência aqui. "Paddy de Courcy" ligado a "Quem recomendou os pintores?". Isso pode fazer algum sentido. Pode ter sido ele.

— Lá vem ela! — Lorraine acabara de ver Jacinta chegando. — Meu Deus, não, é vermelha!

— Vermelha! — Três semanas de preta foram muito cansativas, mas vermelha seria pior. Pressagiava raiva, elevação de vozes e, definitivamente, definitivamente, nada de bolo.

Dobrei o papel, guardei no bolso e me preparei para a fúria de Jacinta.

O volume de vendas do varejo em janeiro era o que ela queria cobrir. Qual fora a queda? O que acontecera com as roupas que não foram vendidas? Destruídas? Voltaram às fábricas? Enviadas para lojas de departamento? — Descobre o que aconteceu com a Missoni — ordenou. — Tem uma porção de peças ainda na liquidação da Brown Thomas, mas os preços não caem além dos 40% off.

Foi impossível não suspeitar que Jacinta tinha um interesse pessoal nessa matéria.

Entrando e saindo de lojas que ofereciam a xepa das roupas das festas de Natal, eu continuava pensando sobre a Dee e voltando ao canalha do ex-namorado, Christopher Holland. Ele tinha, parafraseando Hercule Poirot, meios, motivos e oportunidade. Como já tinha detonado Dee muito além do ponto do perdão, não havia nada que o impedisse de dedurar sua atividade de acobertar ilegais. Casey

Kaplan já mencionara que ele tinha dívidas de jogo, e por mais que eu preferisse pensar que Kaplan era um idiota, talvez Christopher estivesse precisando de mais dinheiro.

Ele frequentara bastante a casa da Dee. Dissesse ela o que dissesse sobre o fato de compartimentar sua vida, ele podia facilmente ter encontrado uma das garotas. Nenhuma vida é à prova de falhas. Isto é, *eu* sabia que a Dee amparava mulheres, logo a vida dela *não* era, evidentemente, sem falhas. Eu era apenas uma jornalista desavisada que, por acaso, entrara na casa dela no mesmo dia em que uma mulher que apanhara bastante fixara residência no seu quarto. Por sorte, gostei da Dee. Mas ela podia ter dado outra entrevista naquele dia, algum outro jornalista podia ter aparecido e sentado com ela na cozinha, comido macaroons, pedido para ir ao banheiro e... e... o quê? *O que era?* Alguma coisa que passara pela minha cabeça gerara um surto de adrenalina. Subitamente alerta, pensando com absoluta clareza, parei no meio da rua e um homem se chocou contra minhas costas. — Desculpa, desculpa — exclamei enquanto ele resmungava sobre pessoas que não tinham respeito pelos outros...

Saí da mira dos pedestres e voltei à minha recente linha de pensamento, examinando cada um deles.

— Algum outro jornalista? — Não, não era isso.

— Sentou com ela na cozinha? — Também não era isso.

— Comeu macaroons? — Era isso!

Os macaroons. Eu não comera nenhum, mas Dee não se importara porque tinha dito que Paddy estava a caminho para um jantar de trabalho e comeria tudo.

Imaginando que Dee não cancelara o encontro, e que Elena não saíra da casa antes de ele chegar, Paddy estava lá ao mesmo tempo que ela.

Se Paddy sabia da Elena, o que mais saberia?

Peguei meu telefone.

— Dee, lembra do dia em que eu te entrevistei? Paddy de Courcy ia jantar com você naquela noite. Ele pode ter visto Elena. Pode ter feito o que eu fiz. Aberto a porta do quarto e visto. Ele fez isso?

— Por quê?

— Você não vai me contar?

Depois de um longo silêncio, respondeu: — Talvez. Não tenho certeza absoluta, mas talvez.

Senti um formigamento na ponta dos dedos.

— Dee, sabe o escândalo da pintura e da decoração?

Ela suspirou, assentindo.

— Preciso repassar alguns fatos com você — (Eu conhecia todos os fatos, só estava listando-os para ela.) — Sua casa foi pintada, a empresa nunca mandou a conta e quando, por iniciativa própria, você finalmente mandou um cheque, ele não foi descontado, então basicamente sua casa foi pintada de graça. Quem quer que tenha a intenção de te derrubar deve ter ido atrás da firma de decoração quando você decidiu usá-la. Ou alguém já estava de conluio com ela e persuadiu você a contratá-la. Você me disse que a empresa de pintura e decoração foi recomendada. É isso? Quem recomendou?

Mais um longo silêncio.

— Foi o Paddy? Paddy de Courcy?

Um suspiro. — Foi.

— É ele, Dee.

— Não é ele — disse Dee. — Não seja tola. Se sou afetada, o partido é afetado, e quando o partido é afetado, ele também é.

— Olha, não estou dizendo que seja um plano perfeito. — Percebi que falava muito alto, devido à excitação, e metade das pessoas do pub estava escutando. Teria sido melhor ter essa conversa em algum lugar privativo, mas eu não queria ir à casa da Dee, porque os fotógrafos escondidos poderiam me confundir com uma garota da Moldávia, e eu não queria que a Dee fosse à minha casa, porque poderia chamar atenção para o Damien.

— Precisão cirúrgica — sussurrei. — Tirar você para manter a integridade do partido. É isso que ele está tentando.

Me dei conta de como soei melodramática. — Desculpe... isso não é *Falcão Negro em Perigo*. Mas é a melhor comparação que consigo fazer.

— Seria muito arriscado para ele — disse ela.
— Ele gosta de risco.
— Como é que você sabe?

Balancei a cabeça. — Essa é uma história para outro dia. — Respirei fundo. — Dee, desculpa, mas Paddy de Courcy não é o homem adorável que você acha que ele é.

Ela me olhou, surpresa, e tive pena de destruir suas ilusões, mas era necessário, no caso de — como eu estava quase convencida — ser ele a pessoa que estava tentando derrubá-la.

— Eu nunca achei que Paddy de Courcy fosse um homem adorável — disse ela.

— Jura? Bem, isso é bom, porque...

— Paddy de Courcy é um homem impiedoso, traiçoeiro, ambicioso, ganancioso e profundamente desagradável. Venderia a própria avó se achasse que com isso ganharia alguns votos. E, por bem ou por mal, será o líder da Irlanda um dia.

Fiquei em silêncio, chocada. *Chocada*. A opinião dela sobre Paddy era quase pior que a minha. E ela nunca dissera nada. Nunca entregara nenhuma inclinação. Vou te contar... políticos!

— Então por que você trabalha com ele?

— Todo mundo trabalha com gente de quem não gosta. É útil para o partido. As pessoas que me desacreditam porque sou uma feminista falastrona se sentem mais seguras sabendo que tenho um homem bonito e carismático ao meu lado.

— Você admite que ele quer ser primeiro-ministro?

— Meu Deus, lógico, ele sempre teve um olho no cargo, mas nunca pensei que planejasse isso através da liderança do Nova Irlanda. Ele está nos usando, porque somos um partido pequeno, mas temos alcance acima do nosso tamanho. Ele é um peixe grande no Nova Irlanda, e isso faz com que seja notado, mas nós somos apenas um degrau. O próximo grande passo será se coligar com os Peninhas, e seguir daí.

— Repete, Dee. "Um homem impiedoso, traiçoeiro..."

— Um homem impiedoso, traiçoeiro, ambicioso, ganancioso e profundamente desagradável.

— Repete a parte de vender a avó.

— Ele venderia a própria avó se achasse...

— ... que isso poderia render votos — completei.

— ... Poderia render votos — repetiu ela.

Mais uma vez, fui tomada de surpresa. — Pensei que você era unha e carne com ele.

— Agora você sabe a verdade.

— E acho que você está errada. Acho que ele quer, sim, ser líder do Nova Irlanda. Pelo menos, ele teria um cargo ministerial.

— O que o Paddy fez para você? — perguntou, de repente.

— ... É...

— Alguma coisa, não fez? Alguma coisa ruim? Mas, Grace, não adianta tentar fazer as coisas se encaixarem só para que ele tenha culpa.

Eu estava fazendo isso?

Minhas questões pessoais estavam invadindo a realidade? Eu estava tentando culpar Paddy de Courcy por tudo? Pelo aquecimento global? Pela destruição das florestas tropicais? Pelos ataques a Dee Rossini?

Talvez. Estava preparada para admitir que havia uma ligeira possibilidade.

Mas, assim que tentei deixar ele para lá e focar em outro suspeito — Christopher Holland, por exemplo — como sendo o culpado, meu cérebro se recusou a cooperar.

Eu só precisava de mais um fato para ligar Paddy à perseguição à Dee e o ciclo se fecharia. Para quem eu poderia perguntar? Não fazia sentido ligar para Angus Sprott, do *Press*, e perguntar se Paddy era sua fonte. Primeiro, porque Angus nunca me diria, segundo, porque eu estaria envolvendo Damien, e terceiro, com certeza não seria o Paddy em pessoa. Ele deve ter feito John Espanhol pagar alguém para pagar alguém para fazer o serviço sujo: uma cadeia de comando comprida o suficiente para que nunca se chegasse a ele.

— No casamento da sua filha, quando tantas coisas deram errado, você acha que alguém do hotel pode ter sido pago para esculhambar tudo? "Perder" o bolo? Criar um caos na cozinha e a comida não ser suficiente?

— É uma teoria. Mas não temos como provar.

Não era para ser assim tão difícil. Eu precisaria falar com todo mundo que estava trabalhando no hotel no dia do casamento. Diga-se de passagem, isso fazia cinco meses e a troca de staff nos hotéis era notoriamente alta. Mas era algo a se considerar.

— Não é o Paddy — disse Dee. — Mas pode ter sido o Christopher.

— Ok. — Decidi ir nessa direção. (Nos livros de Val McDermid, os detetives dizem que você deve manter a mente aberta.) — Por que ele vendeu a história sobre o relacionamento com você?

— O *Globe* deve ter oferecido uma grana alta, eu imagino.

— Você imagina? Não perguntou a ele?

Ela olhou para mim como se eu fosse maluca. — Não falo com ele desde que a matéria saiu. Na verdade, desde dois dias antes.

— Nem uma vez sequer? Você nunca teve vontade de telefonar para dizer uns desaforos?

— Não.

— Nem para conseguir resposta a algumas perguntas?

— Não.

— Nem mesmo bêbada, no meio da noite?

— Eu não fico bêbada.

— Não?

— Tudo bem, eu fico. Mas por que me daria ao trabalho de perder o tempo da minha embriaguez com ele? Ele me decepcionou. Eu sabia que isso aconteceria. Homens sempre nos decepcionam.

— Então por que se deu ao trabalho de perder tempo com ele?

— Porque ele tinha um pau grande, e conseguia dar três numa noite.

— ... É... Jura?

— Juro. Às vezes, quatro.

Jesus Cristo, ela era fabulosa.

— Ninguém — quase ninguém — sabia que você tinha um namorado. Como o *Globe* ficou sabendo que existia alguém a quem oferecer dinheiro? Alguém deve ter contado. O Paddy sabia do Christopher?

Ela hesitou. — Talvez. Uma vez, o Christopher apareceu no meu escritório. Me livrei dele rápido, mas o Paddy fez perguntas. Eu disse que era um amigo da Toria. Nunca tive certeza se ele acreditou — admitiu. — O Paddy não deixa passar nada. Mas achei que a gente já tinha esquecido o Paddy.

— Eu também.

A curiosidade me fez perguntar uma coisa: — Casey Kaplan disse que conhecia o Christopher. É verdade? Ou ele é um idiota completo?

— É verdade. — Ela riu da minha cara de sofrimento. — Christopher e Casey são muito próximos, foram amigos de colégio. Ele realmente conhece todo mundo. É esse tipo de pessoa.

— Pode ter sido o Casey Kaplan.

— Não foi ele — disse Dee, com desdém. — Ele não teria dado a história para o Scott Holmes, teria feito a matéria ele mesmo. De qualquer maneira, não foi ele porque ele é um querido.

— Com certeza, você está querendo dizer que ele é um idiota.

— Ok, aquelas roupas ridículas, o andar, os jargões de rockstar... Mas ele é um amor, não faz mal a ninguém. É por isso que é tão bem relacionado. Todo mundo gosta dele.

— Eu não.

— Então, todo mundo menos você.

— Vou ligar para o Scott Holmes — falei. — Ele deve ter algo para me dizer.

— Ele não vai — disse Dee.

— É o que veremos — retruquei, procurando meu telefone na esperança de ainda ter o número do Scott.

— Scott? É Grace Gildee.

— Gracie! — Aguentei a conversa fiada o máximo que pude, depois, disse:

— Scott, preciso de uma ajuda sua. (Boa estratégia. Fingir que precisa de ajuda. Os resultados são mais rápidos. Essa é uma indicação verdadeiramente deprimente do estado das relações entre homens e mulheres, não estou inventando nada. Assim é.)

— Ah, Gracie, você só me liga quando quer alguma coisa.

— Em novembro, você fez uma matéria grande com Christopher Holland, namorado da Dee Rossini. Lembra?

— Claro.

— O contato inicial foi do próprio Christopher Holland? Ou teve um intermediário?

— Ah, Grace, isso é confidencial, vai.

— Scott, a gente não está discutindo o Acordo de Belfast. Foi o Paddy de Courcy?

— O quê? Você está louca?

— John Crown?

— O motorista do De Courcy? Não.

Silêncio na linha.

— Grace, só vou te contar isso: teve um intermediário, mas não sei quem foi! Nunca nos encontramos.

Merda! — Então, como você foi contatado? Alguém apareceu nos seus sonhos?

Ele riu. — Celular.

— Alguma chance de você ainda ter o número?

— A essa altura, provavelmente já foi desligado. Normalmente a conta é aberta pelo tempo suficiente de fazer o acordo, depois cancelada.

— Obrigada, Scott, eu também sou jornalista, entendo os métodos. Mas, de qualquer maneira, me dá o número.

— O de sempre, tá? Você não conseguiu essa informação comigo etc. Deixa eu procurar aqui. — Depois de alguns minutos, ele ditou o número.

— Obrigada, Scott, você é um homem decente.

— Vamos sair uma noite dessas — disse ele.

— Vamos — concordei e desliguei rapidamente.

Não é que eu não gostasse dele, mas ele estava muito envolvido com coisas da Nova Zelândia. A principal razão de eu ter terminado com Scott, fora o fato de estar apaixonada por Damien, era que ele estava sempre me obrigando a escalar uma montanha na neve.

— Você tem uma moeda? — perguntei para Dee. — Preciso dar um telefonema.

Ela me ofereceu o celular.

— Não, preciso usar um telefone público. A gente não pode deixar rastro.

— Agora é *A Identidade Bourne*, é isso?

Ela me deu uma moeda de cinquenta centavos e fui até a alcova sombria onde ficava o telefone do pub. Pressionei os números que Scott me dera e prendi a respiração enquanto esperava.

Minha expectativa era de ouvir todo tipo de barulho, menos o do telefone chamando. Chamou! Chamou três vezes, depois atenderam. Uma voz masculina disse: — Telefone do Ted Sheridan.

Desliguei imediatamente.

Minhas mãos tremiam.

Ted Sheridan.

Sheridan.

A prova de que eu precisava.

Fui até Dee.

— Era o Paddy? — perguntou.

— Não.

— Eu te disse.

— Vem. A gente vai dar uma volta.

— *O Poderoso Chefão? Os Bons Companheiros?*

Enquanto dirigia, liguei para minha mãe. — Preciso que você encontre uma foto. De muito tempo atrás, de quando a Marnie namorava o Paddy de Courcy.

Dee, sentada ao meu lado, olhou para mim, inquisidora.

— Não dos dois — disse para minha mãe. — Preciso de uma do Sheridan. Sei que tem alguma por aí.

Minha mãe não ia demorar muito para encontrar a foto. Meus pais achavam muito burguês registrar eventos familiares com uma pilha de fotografias. Nunca tiveram câmera e as poucas fotos que tinham da Marnie e de mim quando adolescente haviam sido tiradas e doadas por Leechy.

— O que estamos fazendo? — perguntou Dee.

— Vamos buscar uma foto do amigo de infância do De Courcy, Ted Sheridan. Depois vamos mostrá-la para o Christopher Holland e perguntar se é o cara que o convenceu a te dedurar.

— Eu não... Não tem a menor chance de eu falar com o Chris.

— Você não tem que falar com ele, mas tem que estar lá. De que outra maneira vai ter provas de que o De Courcy está por trás disso tudo?

Como era tarde e as ruas estavam vazias, a gente chegou à Yeoman Road em dez minutos. Entrei em casa correndo e o Bingo jogou a cabeça para trás, uivando de felicidade em me ver. Minha mãe tinha encontrado a foto: Marnie, Paddy, Leechy, Sheridan e eu, juntos e sorrindo.

— Obrigada, mamãe, você é uma estrela. Mas não posso ficar. — Tentei tirar o Bingo da minha perna. — Me deixa, cachorro, pelo amor de Deus!

— Vem, Bingo — chamou minha mãe.

Finalmente, me livrei do amor do cachorro. De volta ao carro, entreguei a foto para Dee. — Segura isso. Agora, onde é que o Christopher Holland mora?

Parecia que ela ia se recusar a me dizer, depois cedeu: — Inchicore.

Dee ficou hipnotizada pela foto. — Paddy parece tão novinho, acho que está melhor agora. E olha só para você, a mesma cara! Quem são as outras pessoas? — Analisava Leechy. — Essa é... Não pode ser...

— Quem? Mostra. Ah, é.

— Não sabia que você a conhecia.

— Não conheço mais. Liga para o Christopher Holland. Vê se ele está em casa. Diz que você quer se encontrar com ele.

— Não quero me encontrar com ele.

— *Finge*. A gente está tentando salvar sua carreira, caso você não tenha percebido.

— E se ele não quiser me ver?

— Você diz "É o mínimo que você pode fazer". Envergonha o cara.

Dee pegou o telefone na bolsa, mas ficou com o aparelho na mão, a cabeça baixa.

— Liga!

Com total falta de entusiasmo, fez a ligação. Ele deve ter atendido, porque ela disse: — É a Dee. — Depois, algumas outras frases: — Preciso ver você. Agora. Dez minutos.

Então desligou e estremeceu.

— Se anima — falei. — Você vai estar no apartamento dele. Pode quebrar alguma coisa. Alguma coisa preciosa para ele.

A porta de Christopher Holland foi aberta imediatamente e ele estava quase de joelhos para se desculpar. — Dee, me desculpe, eu...

Depois me viu e se afastou, repentinamente assustado.

Ele era *incrivelmente* sexy. E, sabendo o que eu sabia sobre o tamanho do seu membro e a sua animação, pode crer que eu me ofereceria. (Só em tese, e se eu não estivesse com o Damien.)

— Grace Gildee, Christopher Holland. — As apresentações de Dee foram rápidas. Entramos no hall e seguimos até a sala.

— Dee, eu não devia ter feito o que fiz. — A humilhação de Christopher estava de volta.

Com um aceno de mão, Dee dispensou o comentário. — Não estou aqui para ouvir suas desculpas. Só preciso saber se você me detonou por conta própria ou se alguém te persuadiu.

— Persuasão — respondeu, parecendo ansioso para se absolver da culpa. — Como se eu pudesse fazer uma coisa dessas sozinho. Dee, foi muito dinheiro. Eu me recusei, eles aumentaram a proposta. Neguei de novo, aumentaram a oferta mais uma vez. Foi a decisão mais difícil da minha vida...

— Você está amolecendo meu coração — disse Dee. — Grace, mostra a foto para ele.

Enfiei a foto na cara do sujeito. — É antiga, eu sei, mas você identifica a pessoa... — tossi, sarcástica — que te "persuadiu"?

Fazia séculos que eu não via Sheridan. Minha esperança era que ele não tivesse envelhecido dramaticamente nem passado por uma cirurgia plástica transformadora.

Christopher me olhou. — Esse é o Paddy de Courcy? — Ele riu. — Não é possível, cara. Olha só o estado dele! Usava mullet.

— Deixa ele pra lá.

— E essa aqui é você? — Ele me olhou de cima a baixo. — Não mudou muito.

— Será que você poderia... — Redirecionei-o ao que importava.

Ele olhou para a fotografia na palma da sua mão por tempo suficiente para que eu começasse a suar.

— E aí? — encorajei-o.

— Não. — Ele balançou a cabeça. — Desculpa. — Pareceu genuinamente chateado.

— Sei que a foto é antiga, mas tenta imaginar essas pessoas dezessete anos à frente. — Eu começava a parecer desesperada. — Pensa que o cabelo pode estar diferente, talvez mais ralo...

Ele aproximou a foto do rosto, tapou um dos olhos, depois o outro. — Uau! É isso, agora estou vendo! Você tem que admitir que ela está *completamente* diferente agora. Mais classuda...

Ela?

Ela?

— Quem?

— Ela. — Ele apontou para Leechy. — Alicia Thornton? Noiva do Paddy? Quando ela apareceu aqui, estava com um lenço maluco enrolado no rosto, tentando disfarçar o visual, mas eu sabia quem ela era. Dos jornais. Não é dela que vocês estão falando?

Olhei para Dee. Meu rosto, em choque, era um espelho do dela.

— Você quer dizer... — Dee sussurrou de maneira assustadora para Christopher Holland. — Que não só contou para a nação inteira cada detalhe da nossa vida sexual, mas também se esqueceu de me contar que meu colega mais próximo é meu inimigo?

— Eu...

— Por favor, não me diga que você pensou que Alicia Thornton estava fazendo isso por conta própria. Por favor, não me faça descobrir que você é um imbecil tão completo.

— Eu achei... — disse Christopher. — Que você ia ficar tão ferida com a história que nada mais te magoaria.

— Entendi. Imbecil, traiçoeiro *e* arrogante. Para sua informação, Christopher, minha carreira é muito mais importante do que você jamais foi. Vamos embora, Grace. — Ela saiu.

Tirei a foto da mão do Christopher e corri atrás da Dee, de volta ao carro. Entramos, mas não dei a partida. Eu estava tão baratinada que não acreditava ser capaz de dirigir em segurança. — É o Paddy — disse Dee.

Concordei.

— Definitivamente, é o Paddy — repetiu. Girou o pescoço e olhou para mim. — Não é, Grace?

— Tudo indica que sim.

— Tudo bem com você, Grace?

— Humm... tudo bem.

Mas não estava. Abruptamente, me vi repensando sobre o desenrolar de toda a empreitada. Até agora, fora — quase — como um jogo; garota brincando de detetive durante uma semana de pouco trabalho. Por causa do que o Paddy fizera comigo, era gratificante perseguir maiores evidências da sua maldade. Mas agora que estava provado — ele estava envolvido em jogos políticos de alto risco, realmente estava —, de repente recuperei a razão. O que eu estava esperando com a minha bravata? Eu devia ter me mantido longe. Isso era a vida real e eu sabia do que o Paddy era capaz.

Sentada no interior do carro, tomei uma decisão: era ali meu ponto de desistência. Dee poderia assumir de agora em diante. Ela era a política, faria bem toda a parte maquiavélica. Eu era apenas uma pessoa comum. Uma pessoa assustada.

— Vou ter que encostar o Paddy na parede. — Os olhos de Dee estavam estreitos enquanto ela visualizava a situação. — Mas preciso de alguma coisa para chantageá-lo. O que você sabe contra ele, Grace? O que você está escondendo?

— Não sei nada. Nada.

— O quê? — Ela se surpreendeu. — Mas eu pensei... Ah, não, Grace. Você não pode fazer isso!

— Dee, não sou esse tipo de pessoa, de jornalista... seja o que for. Achei que fosse, mas, na verdade, não sou. Desculpa — acrescentei.

— Você está dizendo que está com medo do Paddy?

— ... Acho que sim.

— Mas isso é bom! Significa que você sabe alguma coisa sobre ele. Alguma coisa que pode me ajudar.

— É, mas...

— Você não tem vontade de se vingar do que quer que ele tenha feito contra você?

— Não.

— Essa não é a Grace que eu conheço.

— Também não é a Grace que eu conheço — disse, sombria. — Pra você ver.

— Grace, você é minha única esperança. Minha carreira política depende de você. De outra forma, eu afundo.

Apoiei a testa no volante. — Não faz isso.

— E, se eu afundar — disse Dee, calmamente. —, milhares de mulheres irlandesas também afundam. Mulheres que vivem com medo. Mulheres que não têm ninguém que as defenda. Mulheres que não têm quem lhes dê voz, ninguém que articule as esperanças mais profundas de seus corações.

Marnie

O noticiário da Sky ainda era seu único amigo. Mesmo que tivesse a tendência de se repetir a cada quinze minutos. Hoje, ele lhe dizia que era quarta-feira, 21 de janeiro. (Também disse algo tedioso sobre transferências de jogadores de futebol, mas ela não prestou atenção.)

Quando o telefone tocou, Marnie olhou para o aparelho com medo. Simplesmente falta de hábito. Em algum momento, o telefone se tornara portador somente de más notícias, e ela parara de atender às ligações.

A secretária eletrônica foi acionada, depois ela ouviu a voz de Grace:

— Marnie, sou eu, Grace, você está aí?

Marnie atendeu: — Estou aqui.

— Você está sóbria?

— Estou. — Mas só porque estava esperando que a delicatéssen abrisse; não havia uma única gota de vodca em casa. E não sabia como deixara isso acontecer.

— Tem certeza? — Grace parecia ansiosa. — Isso é importante.

— Honestamente, estou. — O coração de Marnie revirou de pena; não podia culpar Grace por suspeitar.

— Ok, preciso te pedir um favor. Direto do túnel do tempo. Se prepara. Paddy de Courcy. — Marnie gemeu. Bastava ouvir o nome dele. Até hoje. Grace continuou: — Não quero que você se sinta pressionada a fazer isso. Não quero que você faça nada que não queira fazer. Só estou fazendo isso para ajudar uma pessoa, você não estaria me decepcionando.

Marnie estava confusa. — Você quer que eu ajude o Paddy?

— Caramba, não! Exatamente o oposto.

— ... Ok. — Então Paddy não queria que ela o ajudasse. Sentiu-se estranhamente desapontada.

— Ele está metido nas tramoias políticas mais sujas — disse Grace. — Estou ajudando uma pessoa que ele quer derrubar.

Marnie ficou chocada. Era tudo muito dramático. Alarmante.

— E pensei em você — disse Grace.

— *Em mim?*

— E em como ele... costumava te bater, e tudo o mais. Acho que ele pode ter feito a mesma coisa com outras mulheres. Se eu encontrar algumas, você teria interesse em se pronunciar junto com elas para fazer uma pressão sobre ele?

— *Pressão?* — Marnie ouviu-se perguntar. Como isso era estranho, muito estranho. Paddy de Courcy, depois de tanto tempo. Fazer pressão?

— Se ele não retroceder, você e as outras levam suas histórias para o jornal.

— Jornal?

— Provavelmente não vai chegar a tanto. A ameaça vai ser o suficiente.

— Ah, tudo bem. — Ela não poderia ter sua história divulgada na imprensa. — Mas, Grace, por que você acha que têm outras?

— Alguns fatos coincidem. Não cheguei tudo ainda. Queria saber se você toparia antes de tomar qualquer atitude. — Depois de uma pausa, Grace disse: — Você não precisa fazer isso, Marnie. Estou perguntando porque prometi para essa pessoa, a Dee. Mas a vida não anda fácil para você e talvez não seja uma boa...

— Você não quer que eu tope?

— De certa maneira, não, para ser honesta. Só perguntei porque prometi que perguntaria...

— Você já disse isso. — Marnie quase riu. — Mas eu topo. — Foi bastante definitiva. A atração por Paddy ainda era latente, mesmo depois de tantos anos. Deus, ela era patética. Mas isso ela já sabia.

— Você não acha que isso pode... — Grace hesitou — ... piorar *as coisas* para você?

Estava se referindo à bebida. Marnie entendeu.

— Sabe de uma coisa, Grace? Talvez até me ajude.

— Talvez... — concordou Grace, em dúvida.

— Enterrar o passado de uma vez.

— Humm... pode ser... — Depois, Grace mudou o tom de voz. Com delicadeza, disse: — É o seguinte, Marnie, se isso acontecer, você vai ter que vir a Dublin. Vai ter que viajar de avião.

Marnie compreendeu as implicações: talvez não estivesse sóbria o suficiente para suportar a viagem. Quem poderia culpá-la por pensar uma coisa dessas, Marnie pensou, penalizada.

— Tudo bem, Grace. Eu vou ficar bem, prometo. E quando você precisa de mim?

— Se acontecer de fato, vai ser em breve. Daqui a um ou dois dias. Você tem certeza de que quer vir?

— Tenho.

Paddy de Courcy. Não pensava nele fazia muito tempo. Ocasionalmente, uma vez por ano ou a cada dois, seu nome era mencionado pela mãe ou pelo pai, às vezes por Bid, mas ela nunca se permitia lembranças penosas. Bastava ouvir o nome para que uma barreira de gelo se formasse, como uma guilhotina, arrancando todas as lembranças do passado.

Mas, naquela manhã, não conseguiu se defender contra lembranças indesejadas. Estavam lá, agudas e frescas, e ela mergulhada de volta na sensação de alívio entorpecente que sentira quando conhecera Paddy, a sensação de finalmente ter encontrado sua parte perdida.

Até aquele momento, tivera uma vida incompleta e desordenada, e fora uma revelação prazerosa descobrir que ele era tão faminto e vazio quanto ela. A mãe amada de Paddy morrera, e o pai era alheio demais para provê-lo de amor. Paddy era sozinho. E a ternura que Marnie sentia por ele era tão única que mal podia suportar.

Era como se existissem numa frequência que só os dois alcançavam. Medos terríveis e dores insuportáveis sempre a controlaram; não conseguia se lembrar de um tempo em que não estivesse à mercê de ondas emocionais poderosas. Ninguém mais — certamente não Grace, com quem era inevitavelmente comparada — tinha que suportar a vida com dor tão intensa quanto ela. Até sua mãe e seu pai às vezes assistiam à sua confusão como se não soubessem de onde aquilo tudo vinha.

Sentia vergonha da sua diferença. Outras pessoas, sortudas, pareciam ter um botão interno de "stop"; um lugar intermediário além do qual os sentimentos não passavam.

Mas Paddy era como ela, experimentava a vida com os mesmos amores transcendentes e desesperos sem-fim.

Ela não estava mais sozinha.

Sua conexão foi instantânea e intensa, e ficar afastado era insuportável. Mesmo que tivessem passado o dia inteiro juntos, a primeira coisa que faziam quando chegavam em casa era telefonar um para o outro.

— Eu queria poder entrar na sua pele — dizia ele. — Costurar você dentro da minha.

Na primeira vez em que ele a levou à sua casa tudo era tão frio e sem amor que ela ficou de coração partido. Parecia um lugar abandonado; nada para comer, nenhum aquecimento. A cozinha estava gelada, o tampo da mesa melado, as latas de lixo cheias. Era claramente um lugar onde refeições não eram preparadas, onde o leite era bebido diretamente da garrafa e sanduíches de geleia eram feitos sem pratos, comidos de pé, na pia. A ausência de um coração amoroso na casa deu a Marnie uma sensação apavorante — e suas sensações, especialmente as dolorosas, eram sempre imediatas — de que, se a mãe não tivesse morrido, Paddy não teria se apaixonado por ela. Ele era diferente antes da morte da mãe, contara isso a ela, e Marnie sabia — embora ele não — que isso o transformara numa pessoa vulnerável o bastante para precisar dela.

Ela suspeitava não apenas de estar se aproveitando dele, mas de não ser boa o bastante para ter um relacionamento com um homem saudável. Somente alguém partido se interessaria por ela, porque ela também era partida, e — o pior medo de todos — a rachadura de Paddy podia se curar, enquanto a dela era permanente.

Tentou contar a Grace, mas a irmã revirou os olhos e exclamou: — Você não seria feliz nem se a sua vida dependesse disso! Quem quer saber por que ele te ama? Basta isso, ele ama, ok? Você não vê como é sortuda?

Com humildade, Marnie se esforçou para enxergar sua sorte: Grace estava certa, a conexão entre Marnie e Paddy era uma coisa rara.

Deitavam-se na grama, olhavam as nuvens, as estrelas e planejavam o futuro. — Sempre vamos estar juntos — prometera Paddy. — Nada mais importa.

O lado negro desse amor era o ciúme dele. Apesar de ela jurar que nunca deixaria de amá-lo, Paddy tratava todos os homens do mundo como uma ameaça. Não se passava uma semana sem que ele a acusasse de flertar com Sheridan ou de "olhar" para outro homem numa festa, ou de não passar tempo suficiente com ele.

Uma vez, quando Marnie cometeu o erro de dizer que achava Nick Cave sexy, ele enlouqueceu e destruiu as fotos da revista que levaram ao comentário. Durante meses, ele revistava o quarto para checar se alguma erva daninha estava escondida. Sua paranoia infectou-a e — quase para agradá-lo — ela se tornou tão desconfiada quanto ele. Discussões passionais eram rotineiras, praticamente obrigatórias. Era uma espécie de jogo, o ritual de acusações dramáticas, seguido de reconciliações ainda mais dramáticas; era a maneira como demonstravam que se amavam.

Algumas vezes, ela o acusara de desejar Grace. Outras vezes, até Leechy. Leechy não era exatamente bonita — alguns de seus traços lembravam um cavalo. (Na verdade, o próprio pai costumava dizer: "Por que a cara comprida?" Marnie e Grace ficavam horrorizadas. Costumavam comentar: "Você pode acreditar que ele disse isso? O próprio *pai* dela?) Mas Leechy era doce e amorosa, cuidava das pessoas, e começou a aparecer depois das brigas frequentes do casal para aconselhar e confortar Paddy. Marnie ficava surpresa com o empenho e o carinho da amiga, mas, quando fazia objeções, Leechy pedia compaixão. — Ele estava triste. Te ama tanto, e não tem ninguém com quem conversar.

— Ele tem o Sheridan.

Leechy fazia cara de quem não concordava. — Sheridan é um menino.

De vez em quando, o jogo emocional acabava virando físico: um empurrão aqui, um tapa ali. Numa noite mais tempestuosa, um soco no rosto dela.

Quando Grace expressou seu alarme, Marnie disse: — Não é tão ruim quanto parece. Os sentimentos dele são tão avassaladores que às vezes essa é a única maneira que tem de se expressar.

Até mesmo as queimaduras de cigarro na mão dela tinham uma explicação: — Ele está colocando uma marca permanente em mim. Como uma tatuagem. Mas não conta para a mamãe — acrescentava.

Ele a superou. Era simples assim. Isso só ficou óbvio depois de muito tempo. O declínio do relacionamento de três anos que tiveram poderia estar contido nos últimos cinco meses, que coincidiram com o último semestre de Paddy na faculdade, de janeiro a maio. Visto objetivamente, fazia sentido: a vida real esperava por ele; Paddy não era mais o menino necessitado, mas um homem com os olhos na carreira de advogado.

Hora de afastar as infantilidades.

Durante aquela primavera, talvez tenham brigado mais do que a média. Talvez Marnie, ao perceber que ele lhe escapava, tenha se tornado mais carente. E ele, desejando ser livre, tornou seu desdém mais evidente.

Disse que não a amava mais. E, toda vez que tinham uma pequena discussão, ele dizia que a odiava.

Desta vez estou falando sério, disse ele. Mas ele sempre dizia isso também. Durante as provas finais, em maio, ela controlou sua paranoia. Não podia ameaçar a formatura dele. Apesar de ter descoberto através de Sheridan que Leechy andara visitando Paddy na casa dele, ficou de boca calada.

Mas, na noite seguinte ao último exame, ela se permitiu fazer acusações: — O que você e Leechy fazem quando ela vai te visitar? Ficam transando?

Era simplesmente um método testado e comprovado para extrair uma declaração de amor. Ele mesmo lhe ensinara — e, no fundo, ela sabia que não era verdade.

— Isso mesmo — respondeu

— Não, fala sério, o que vocês fazem?

— Acabei de dizer.

Pensou que ele estava brincando. Qualquer outra interpretação era inimaginável.

— É verdade, Marnie. Venho transando com ela todos os dias desde que comecei minhas provas. Você e eu, acabou. Quando é que você vai entender?

Quando Marnie compreendeu que era verdade, dobrou o corpo e uivou como um animal — mas, ainda assim, não tinha entendido que era o fim. Anos depois, quando foi capaz de ter alguma perspectiva, deu-se conta de que não era culpa dele. O fato de ter transado com Leechy era terrível, mas fazia parte do padrão do casal machucar um ao outro, porque se amavam demais.

— Você disse que me amaria para sempre. — Ela estava com o olhar alucinado.

— Eu menti. Olha, a gente foi só uma coisa de adolescente.

Não, não foi só isso. Ele era o amor da vida dela, o tipo de amor pelo qual se pode passar a vida inteira esperando.

Andando em círculos como um animal enjaulado, ela se perguntava o que precisava fazer. Estava tão desorientada que achou que transar com o melhor amigo de Paddy fosse o próximo passo lógico.

Persuadir Sheridan não foi tão difícil quanto ela esperava. Mas, quando terminou, ele foi tomado de remorso instantâneo: — Não conta para o Paddy. — pediu. Ela o olhou quase com pena. Não contar para o Paddy? Por que Sheridan achava que ela tinha transado com ele?

* * *

— Paddy, pergunta onde eu estava ontem à noite.
— Não dou a mínima.
— Só pergunta.
— Ok, Marnie. — Em monocórdio: — Onde você estava ontem à noite?
— Na cama. Com Sheridan.

Ela tinha certeza de que o ciúme o traria de volta correndo, com mais devoção que nunca. — Sheridan? — perguntou com rispidez.
— Isso. Transei com outro homem.

Mas o que pareceu foi que ele não ligava para o fato de ela ter transado com outro homem. Ele ligava para o fato de ter sido o Sheridan.

— Sheridan? — O rosto de Paddy se contorceu em emoção selvagem. — Ele é a única pessoa no mundo em quem eu confio, e você... *corrompeu* o meu amigo.

Não se surpreendeu quando ele bateu nela. Imprensou-a contra a parede e veio para cima, lançando-a no chão. E, quando chutou sua barriga, Marnie soube que Paddy tinha ido longe demais.

Em frenesi, chutou suas costelas, o peito, o rosto. Ela tentou proteger a cabeça com os braços, mas ele os afastou e pisou na mão direita dela.

— Você é uma imbecil, uma inútil e tudo isso é culpa sua. — Ele arfava em cima dela, deitada em posição fetal. — Repete. Eu sou uma imbecil, uma inútil e tudo isso é culpa minha.

Ele preparou a perna para mais um chute. Não. Ela não seria capaz de aguentar mais um e continuar viva. O bico da bota dele chutou sua barriga até as costas. Ela vomitou, vomitou, vomitou, vomitou, vomitou, nada além de bile.

— Repete!
— Eu sou uma imbecil, uma inútil — sussurrou, as lágrimas rolando pelo rosto. — E tudo isso é minha culpa.
— É culpa sua mesmo, cacete. Você não consegue fazer nada direito?

Quando ela voltou a si, no hospital, ligada a aparelhos, esperava que Paddy estivesse ao seu lado na cama, a cabeça baixa em penitência.

Mas só Grace estava lá. — Cadê o Paddy? — sussurrou.

— Não sei.

Marnie deduziu que ele tinha saído para fumar um cigarro ou tomar um drinque.

O peso caiu sobre ela. Seria difícil o casal superar aquilo. Ele teria que fazer alguma coisa, buscar uma terapia, uma ajuda profissional, para garantir que algo assim não se repetisse.

Depois, ela descobriu que Paddy não tinha saído para fumar um cigarro. Ele não estava no hospital. Nem havia aparecido lá.

— Ele sabe que estou aqui? — perguntou para Grace.

— Com certeza, ele sabe que você está no hospital — disse Grace. — É o único lugar onde você poderia estar. Caso ainda estivesse viva.

Marnie não compreendeu. — Ele não telefonou?

— Não.

— *Não?*

Devia estar com muita vergonha do que fizera, Marnie se deu conta. Ela teria que ir atrás dele, mas estava fisicamente incapaz. A lista de ferimentos ocupava duas páginas. Grace insistiu para que ela lesse. Um dedo quebrado (de quando ele pisara na sua mão); contusões no fígado; sangramento no baço; ferimentos severos nas costelas e na clavícula.

Um pensamento terrível lhe ocorreu. — Grace, a mamãe e o papai sabem?

— Não. Não consegui encontrar nenhum dos dois.

Graças a Deus.

Os pais estavam de férias na França com Bid.

— Grace, por favor, não conta para eles.

— Está louca? É claro que vou contar.

— Você não pode contar, não pode! Eles vão tentar me impedir de ficar com o Paddy. — Um cenário ainda mais assustador se projetou. — Você não... Você não contou para a polícia?

— ... Não... Mas...

— Grace, não, não, não, você não pode! — Lágrimas de pânico e frustração escorreram dos seus olhos. — Por favor, isso seria a pior coisa do mundo...

— Mas a enfermeira disse que ele pode fazer de novo.

— Ele *não vai* fazer de novo. Grace, você não entende. Sou eu e ele, é como a gente se relaciona.

— Mas olha só para você! Você está no hospital. Ele fez isso.

— Grace, você não pode denunciar o Paddy. Seria a mesma coisa que entregar um membro da família. O Paddy é da família!

— Mas olha o que ele fez com você.

— Grace, estou implorando, jura para mim que não vai contar para a polícia. Nem para a mamãe nem para o papai. Vai ficar tudo bem, vai ficar tudo bem, eu juro para você.

Finalmente, conseguiu que a irmã se comprometesse, embora relutante. Mas Grace se recusou a ajudá-la a se levantar da cama e procurar um telefone.

— Você está com hemorragia — disse Grace. — Não pode ficar de pé.

Marnie esperou que ela deixasse o quarto e, arrastando o tripé com o soro e os medicamentos, avançou com dificuldade até os orelhões. Mas, quando Paddy não atendeu ao telefone, foi tomada por uma espécie de vertigem, como se estivesse prestes a saltar de um prédio alto, como se fosse atraída pelo solo, os pés, depois a cabeça, o corpo sendo atravessado pelo ar.

No dia seguinte, disse: — Grace, o Paddy não atende o telefone. Você poderia ir na casa dele, por favor?

— Não.

— Por favor, Grace. Preciso ver o Paddy.

— Não. Não vou contar o que ele fez para a mamãe e para o papai, mas não vou na casa dele.

Marnie resistiu durante as vinte e nove horas seguintes, até que a compulsão fosse irresistível. Arrancou o soro do braço, saiu do hospital sem avisar a ninguém e pegou um táxi até a casa de Paddy. O pai esquisito abriu a porta, pareceu chocado com os ferimentos e curativos e disse, em resposta às perguntas desesperadas dela: — Ele foi embora. Quarta-feira passada.

— Quarta passada? — Quatro dias!

— Fez as malas e foi embora.
— Malas? O senhor viu? Por que não tentou impedir?
— Ele é um homem adulto.
— Para onde ele foi?
— Não faço ideia.
— Mas o senhor tem que saber!
— Ele não me conta nada.
— Eu preciso ir ao quarto dele. — Ela subiu as escadas, mancando.

Ainda tinha o cheiro dele, mas as roupas e os livros não estavam mais lá.

— Grace, será que a gente deve procurar a polícia?
— Ótima ideia. Ele deveria ser preso.
— Não, eu quis dizer para dar parte de uma pessoa desaparecida.
— Ele não é uma pessoa desaparecida. Ele foi embora. O pai viu.
— Mas onde ele está?
— Seja onde for, não pode ser muito longe.
— Pode ser que esteja em Londres. — Ela já estava pensando na possibilidade de ir para lá.
— Não — disse Grace. — Você não pode ir atrás dele. Ele podia ter te matado. Nem se deu ao trabalho de checar se você estava viva...
— Porque ele está com medo, por isso foi embora...
— Não. Ele foi embora porque não está nem aí.
— Tenho que falar com o Sheridan. Ele deve saber.

Mas Sheridan também não sabia, ou não quis dizer. Marnie nunca teve certeza.

Por mais inconcebível que fosse a possibilidade de Leechy saber, Marnie engoliu o orgulho e perguntou, mas Leechy também não sabia. Na verdade, teve a audácia de se mostrar quase tão abalada quanto Marnie.

Paddy não reapareceu. Dias, semanas se passaram. Durante todo o verão, Marnie manteve-se em estado de alerta, tremendo a cada toque do telefone, desesperada pela volta dele. Outubro era seu foco; ele voltaria para começar a estagiar como advogado.

Até lá, a agonia do verão teria de ser suportada. Os dias ensolarados e as noites longas de julho e de agosto pareciam durar uma eternidade. A cada manhã ela acordava com os primeiros raios; sentia-se seca e crua. Mas sabia que o frio do outono chegaria, eventualmente. O ar mudaria, as estações mudariam, Paddy estaria de volta.

Tentou impedir que ela chegasse perto no meio da rua. — Fica longe. Você me dá nojo.

Continuou andando, enquanto ela se esforçava para acompanhar seu passo. — Paddy, está tudo bem. Eu te perdoo.

— Pelo quê?

— Por... ter me batido.

— Aquilo? — Pareceu incrédulo. — Aquilo foi culpa sua.

Foi? Mas ela não tinha tempo de chegar a uma conclusão, porque ele andava muito rápido e ela estava faminta de informações. — Onde você andou o verão inteiro?

— Nova York.

— Fazendo?

— Me divertindo. — A maneira como disse aquilo fez com que ela soubesse que a natureza daquele divertimento tinha a ver com sexo.

— Por que você não me disse para onde ia?

Ele parou e olhou-a de cima a baixo. — Porque não disse, e não vou dizer, porque não quero ver você nunca mais.

Ela teve aquela sensação de queda novamente, como se o corpo estivesse sendo atraído para o chão.

— Você tem que esquecer o Paddy — disse Grace, como se fosse tão simples quanto resolver mudar a roupa de cama.

— Se eu pudesse, esqueceria. — Marnie teria cortado um braço, feliz, se imaginasse que isso diminuiria sua dor. Mas era pequena e impotente contra esse destino terrível.

Durante os meses de verão, tivera a esperança de que seu sofrimento fosse finito. Agora compreendia que sua agonia duraria por toda a eternidade e nada poderia interrompê-la.

— Você precisa ter algum respeito por si mesma — pediu Grace.

— Adoraria ter — respondeu, baixinho. — Se soubesse onde conseguir... estaria lá em um segundo.

— Basta você resolver que tem.

Ela balançou a cabeça. — Grace, nada é tão assustador... ou humilhante quanto amar um homem que não te ama mais.

— Acontece com todo mundo. — Grace era desafiadoramente prática.

— Eu não sou todo mundo. Não sou normal.

Ela era uma hemofílica emocional. Não podia se curar. Cada coisa ruim que já lhe acontecera — desde o primeiro dia de aula, quando foi separada de Grace —, cada ferida era fresca e dolorosa, como se fosse recente. Nunca superava nada.

— E vamos encarar os fatos, Grace, mesmo que eu não fosse toda errada — Ela riu ao dizer isso —, mesmo que eu fosse equilibrada, a pessoa mais iluminada do mundo, Paddy de Courcy é o tipo de cara que demanda algum tempo para superar.

Ela passou os nove meses seguintes — último ano de faculdade — como se fosse um fantasma. Formou-se e mal se deu conta disso. O tempo passou. Um ano. Dois anos. Três anos e o tormento da ausência dele continuava sendo o fato mais importante da sua vida. Era como se ela tivesse apertado o botão de pausa, esperando pela volta dele para que fosse acionada novamente e encontrasse ânimo para seguir adiante.

Anos depois, quando olhou para trás, perguntou-se por que simplesmente não se matara. Mas ficara estupefata demais com tanta dor que nem tivera o impulso.

Apenas uma coisa aliviava minimamente sua dor: Paddy não estava com Leechy.

Durante a maior parte do período pós-Paddy, sua mãe e seu pai lhe deram, sensivelmente, apoio silencioso. Nunca pressionavam em busca de detalhes sobre o fim do romance, nunca perguntaram por que Leechy não ligava mais. Foi o pai quem sugeriu que ela tentasse viver em outra cidade por um tempo, e Marnie se surpreendeu com a energia fresca que tomou conta dela com essa ideia. Sua vida estava destruída em Dublin. O começo em outro lugar poderia limpar o campo. Considerou São Francisco e Melbourne, depois, com os vistos recusados, teve uma queda de entusiasmo e considerou-se sortuda por conseguir ir para Londres. Lá, também surpreendeu-se ao conseguir um emprego quase decente como corretora de hipotecas. Mas, ainda sob os efeitos da perda de Paddy, embarcou num romance amaldiçoado depois do outro, indo de homem em homem, tentando se consertar.

Leu livros de autoajuda, fez terapias, ouviu fitas de mensagens subliminares e — tentando não abaixar a cabeça — repetiu afirmações diante do espelho, tentando proporcionar a si mesma cura e respeito. Suas feridas eram impedimentos que ela se esforçava para ignorar, mas, apesar de seus esforços valentes, era derrubada, revelando-se a outras pessoas — normalmente, homens — de quem tentava se esconder.

Depois de um tempo, sua mãe e seu pai começaram a mencionar Paddy ocasionalmente, referindo-se — quase orgulhosos — à sua ascensão política. Claramente não faziam a menor ideia da agonia que causava em Marnie ouvir o nome dele; jamais teriam agido assim se soubessem. Pensavam — o que era perfeitamente razoável — que o relacionamento deles já se dera há tanto tempo que ela certamente já havia superado.

Em algum momento, Marnie aceitou que passaria a vida sem Paddy, mas — de vez em quando — uma pequena parte de seu ser continuava esperando. Ela visualizava a situação como um quarto fechado e preservado exatamente como era quando ele foi embora. Ela esperava a circunstância perfeita para reabri-lo, limpar a poeira dos lençóis e da mobília e deixar a luz invadir novamente.

Grace

Liguei para o Damien. — Marnie disse que topa se outras mulheres toparem.

Eu devo ter soado tão pouco entusiasmada quanto me sentia, porque ele disse, muito gentilmente: — Grace, você não precisa fazer isso.

— Dei a minha palavra a Dee. — Ela me deixara culpada e eu dissera que tentaria fazer alguma coisa, e quando eu digo que vou fazer alguma coisa, eu faço. Mesmo que não queira.

— Eu não devia ter te contado a história. — Damien estava sombrio. — Achei que você ia simplesmente contar para Dee. Não fazia ideia de que fosse se meter em... tudo isso. Nessa confusão do De Courcy.

— Talvez eu não consiga encontrar a Lola Daly.

— É, talvez você não consiga.

Então, eu poderia sair com a consciência tranquila.

— Me mantém informado — disse ele.

— Pode deixar. — Desliguei, me levantei e, muito relutantemente, me aproximei da mesa do Casey Kaplan.

— Casey, você lembra que me contou quem era John Crown e que eu fiquei muito agradecida?

— Você não ficou tão agradecida assim.

— Você roubou minha matéria da Madonna. Fiquei agradecida dentro do possível. Você poderia me ajudar de novo?

— Vamos ver.

— Preciso encontrar uma pessoa. O nome é Lola Daly, ela é consultora de estilo.

— Eu a conheço.

— Você sabe onde ela está?
— Não.
Tolice.
— Ela foi vista pela última vez em Dublin, em setembro — eu disse. — Mas sumiu completamente. Não atende o celular, mas o número não foi desligado. É tudo o que eu tenho. Sei que não é muita coisa, mas será que você podia dar uma sondada, com as modelos e gente desse tipo, socialites, *It girls*, ver se alguém está usando os serviços dela?

Só os olhos dele se moveram. Olhava para mim com uma expressão que significava que eu devia achá-lo sexy. Fez um gesto afirmativo, lento. — Ok.

— Jura? — Será que ele podia realmente encontrar a Lola Daly? Ou era tudo papo-furado? Eu tendia mais para a opção papo-furado.

— Talvez leve algum tempo. — Ele recostou na cadeira. — O que é difícil a gente dá um jeito. O que é impossível demora um pouco mais.

Voltei para minha mesa e peguei o telefone, depois desisti quando vi Casey se aproximando.

— O que foi? — perguntei, impaciente. — Não tenho mais informação para te dar. Já disse tudo o que sei.

Ele deixou um pedaço de papel na minha mesa. — Ela está em County Clare. Num fim de mundo chamado Knockavoy.

Dez segundos de puro horror se passaram antes que eu pudesse dizer: — *Você já descobriu?*

— Foi preciso um telefonema. O primeiro. Às vezes, a gente dá sorte — acrescentou, modesto: — Encontrei SarahJane Hutchinson ontem à noite. Ela estava incrível. E disse que a consultora de estilo estava em County Clare. Tive a intuição de que era sua garota

Eu não conseguia falar.

— Feliz? — Kaplan tomou a iniciativa.

— Eletrizada — corrigi, num suspiro de voz.

Pensava que seria impossível encontrar Lola Daly. Eu não podia imaginar que ela seria encontrada com um simples telefonema.

Fui tomada por uma frustração absoluta. Droga de Casey "Conhece Todo Mundo" Kaplan. *Por que* o Poderoso Chefão contratara esse ser detestável? *Por que* meus caminhos precisaram cruzar com os dele? Olha o desastre que tinha causado na minha vida! Eu teria que ir a County Clare. E só Deus sabe que outras coisas terríveis ainda aconteceriam comigo.

Encostei a testa na mesa por alguns momentos, para me acalmar. Meu crânio era muito pesado.

— O que foi? — perguntou Kaplan.

— Quanto tempo... — Minha voz estava fraca e cortada; comecei de novo: — Quanto tempo leva para chegar em, qual é mesmo o nome do lugar? Knockavoy?

— Sei lá — disse Kaplan. — A única vez que fui para lá foi de helicóptero.

Mencionei uma vaga lembrança de ter ido lá em algum feriado; levou sete horas.

— Ah, Deus, não — Lorraine se manifestou. — Não leva tanto tempo assim. Não depois de terem aberto a estrada de Kildare.

— A estrada de Kildare é ótima — disse Tara.

— Divina — concordou Clare.

— Não sei se faz tanta diferença — comentou Joanne.

— TC? — perguntei. Era estranho que TC — ou seja, um homem — não manifestasse sua opinião sobre o tempo da viagem. Sempre enchia o saco de todas nós com informações detalhadas de caminhos possíveis, estradas etc.

Ele não estava escutando. Estava cantarolando para si mesmo enquanto ajeitava pilhas de folhas impressas, colocando-as na mesa e furando para encadernar. Estava ocupadíssimo, focado em alguma tarefa que absorvia toda a sua concentração.

— Deixe ele em paz — disse Lorraine. — Ele está preparando a matéria de sexta-feira. Você não vai conseguir nem um minuto da atenção dele.

— Nenhuma novidade nisso — eu disse, mas ele não se manifestou nem mesmo diante do comentário.

TC começou a colocar as folhas numa pasta vermelha.

— Onde você conseguiu essa capa linda? — perguntei, insistindo em distraí-lo. — Nunca vi uma dessas por aqui.

— Exatamente — respondeu, animado. — Nem poderia. Eu mesmo comprei. Com meu próprio dinheiro.

Ele alisou a capa vermelha com as mãos, e eu perguntei: — Quem você vai entrevistar? Por que tanto cuidado?

— A mulher mais linda do mundo. — Ele sorriu, sonhador.

— Quem?

— Zara Kaletsky.

Continuou a cantarolar e a alisar a pasta vermelha. Lorraine estava certa: eu não conseguiria a atenção dele hoje. Observei-o por mais alguns segundos, sem aceitar não ter sido capaz de perturbá-lo, mas ele estava impenetrável.

Vencida, desviei meu olhar e mergulhei no tormento. Olhei cegamente para a tela do meu computador, ainda tinha um dia inteiro de trabalho. Mesmo que eu conseguisse juntar a vontade necessária, como encontraria tempo para ir para o oeste da Irlanda? Eu poderia partir depois do trabalho, mas, apesar da elogiada estrada de Kildare, a viagem levaria quatro horas. Ou seja, oito horas de estrada, e quando eu chegasse lá, só Deus sabe quanto tempo eu levaria para convencer Lola Daly a cuspir sua história. Imaginando que havia o que cuspir. Imaginando que ela realmente estivesse lá.

Eu precisava de biscoito. De alguma coisa que me desse forças diante da empreitada que tinha pela frente. Fui até a cozinha mínima da redação, mas não tinha porcaria nenhuma para comer naquele lugar. — Famintos — resmunguei para mim mesma. — Porcos. Glutões. — Abri uma gaveta e as colheres chacoalharam, indignadas, como se eu as tivesse acordado. Outra gaveta só tinha farelos, prova de que algum dia biscoitos moraram ali, mas tinham ido embora há muito tempo. Na cozinha inteira, não tinha nada. Eu teria que sair para comprar. Me virei e Casey estava atrás de mim.

— Não quero me gabar — disse.

— Ah, então é tipo um tique? Ou uma síndrome?

— O quê?
— Você não consegue se controlar?

Ele fechou os olhos, respirou fundo com dificuldade e disse, olhando para a parede atrás de mim: — Não sei por que perco meu tempo.

— Perde seu tempo com o quê?

— Eu ia te dizer que tenho um amigo... que tem um helicóptero... que diz que está à minha disposição quando eu quiser.

Um helicóptero? Por um segundo, pensei que ele estava falando de uma bicicleta, daquelas com barra para segurar... — Você falou helicóptero?

— Isso.

— Isso — repeti. — É, isso seria uma grande ajuda. — Depois, me lembrei de acrescentar: — Obrigada.

Lola

Quarta-feira, 21 de janeiro, 12h15
Me organizando. Colocando tudo no lugar. O último golpe da Nkechi tinha me deixado com treze clientes. Não é muita coisa, mas eram boas clientes. Apesar de eu precisar de mais ladies, tinha me livrado de algumas das mais desagradáveis e insanas, e mandado todas pra Nkechi. Simplesmente não tinha mais paciência.

Queria uma vida mais simples e mais tranquila do que a que eu tinha antes em Dublin. É, também seria mais pobre. Mas, em algum momento, eu conseguiria mais trabalho.

A maior preocupação na minha volta a Dublin era a razão pela qual eu tinha ido embora — Paddy de Courcy. Como me comportaria quando encontrasse, por acaso, com ele? E isso era fato consumado, Dublin sendo Dublin. Haveria um repeteco do incidente do vômito quase público? Será que eu, acidentalmente, destruiria as roupas em sessões de fotos?

Não tem como saber.

12h33
Um helicóptero barulhento passou pela janela, a caminho do campo de golfe. Nada demais. Helicópteros sempre pousavam no campo de golfe, e homens gordos, de viseira, sebentos, saltavam pra colocar as bolinhas nos buracos. Isso aqui parece o Vietnã.

Mas, sete ou dez minutos depois, súbito instinto de medo — não sei descrever de outra maneira —, eu me levantei, corri para abrir a porta da frente e olhei pra fora. Horror! Subindo a rua, a figura inconfundível de Grace Gildee. Cheia de intenção. Em trajetória direta à cabana do tio Tom. Olhando pra mim.

Por que ela estava vindo a Knockavoy de helicóptero?

O dia escureceu, como se o céu se enchesse de nuvens cinza-chumbo de chuva. A luz sumiu e fui tomada de medo.

Então ela me viu, paralisada de ansiedade à porta, e acenou, animada, como se fôssemos grandes amigas.

Não gostei do look dela. Cabelo descuidado. Cor de mel, bonito, mas despenteado. Podia ser do vento do helicóptero, mas suspeitei que não era. Suspeitei que fosse sempre assim. Jeans, botas sem salto, bolsa grande e jaqueta cáqui (talvez pra combinar com o tema Vietnã). Eu podia fazer muita coisa por ela.

Agora cruzava o gramado, sorriso no rosto.

— Lola — disse ela, estendendo a mão. — Grace Gildee. É um prazer ver você de novo.

— O que você quer? — As palavras saíram quebradas, roucas.

— Conversar.

— Sobre o Paddy?

— Posso entrar?

Impotente, deixei.

12h47

— Sei que você tem medo do Paddy.

— Não, não é isso. Só não sou do tipo que entrega tudo. — Tentativa lamentável de defesa.

— Quantas vezes ele te bateu?

— Me bateu?

— Eu sei que ele te bateu, porque bate em todas as namoradas.

— Por favor, vai embora.

— Ele deu uma surra na minha irmã, Marnie.

— Por favor, vai embora.

— Alicia Thornton com certeza é cheia de hematomas debaixo daqueles terninhos Armani.

— Louise Kennedy. Por favor, vai embora.

— Você acha que é especial porque ele te batia, que ele se importava muito com você, mas você está errada.

Ela estava errada. Eu não achava que era especial. Não mais. Talvez, em algum momento, tivesse sido estúpida o suficiente pra pensar assim, porque, se ele me machucava, isso indicava uma paixão muito forte.

— Ele fez a coisa do cigarro com você? — perguntou. — Apagou algum na sua mão?

Não consegui esconder o choque. Estava — bem — impressionada por ela saber.

Abri a boca pra negar, mas só consegui dizer: — Ah...

Ela agarrou minha mão direita. Pronto, bem no meio da palma, um círculo pequeno, rosado, destacado e singular.

Ela olhou pra marca, o rosto tão radiante e impressionado que eu questionei sua confiança anterior, quando ela informou com tanta convicção que sabia que o Paddy me batia. Suspeitei que era só um palpite. Mas deu certo. Audaciosa.

— Parece que é a marca registrada dele — disse ela. — Uma espécie de assinatura.

— Você tá mentindo.

(Bobagem dizer isso quando era tão obviamente o contrário, mas eu estava desesperada pra que nada daquilo fosse verdade.)

— Não é mentira! Como eu poderia saber?

Fiquei em silêncio por bastante tempo. Cabeça a mil. Achava que era a única. No mundo inteiro.

— Você jura que isso aconteceu com outras?

— Juro.

— Não tô me comprometendo com nada, Grace Gildee, mas o que você quer de mim?

— Que você se junte às outras mulheres e conte o que aconteceu.

— Por quê?

— Porque ele tá tentando derrubar a Dee Rossini e precisa ser impedido de fazer isso. Dee Rossini é a líder do Nova Irlanda.

— Eu sei quem ela é. — Irritada. Ela acha que sou uma idiota completa?

— Vou ameaçar levar a história pra imprensa se ele não parar.

— Mas qual é a importância da Dee Rossini pra mim?

— Nenhuma, eu acho, fora o fato de ela ser uma mulher decente que quer o melhor pras pessoas. Mas talvez você se sinta melhor se contar sobre o Paddy.

— São quantas mulheres?

— Três, pelo menos.

Pensei em como seria ficar cara a cara com ele — Paddy de Courcy, em pessoa, ao vivo — e fui tomada por um medo tão grande e paralisante que tive vontade de chorar. Uma vez, li sobre um homem que ficou trancado numa van com três pit bulls esfomeados. A possibilidade de ficar trancada numa sala com o Paddy me encheu do mesmo tipo de terror.

Tinha vergonha de admitir. — Eu tenho medo dele.

— Mais uma razão pra ficar frente a frente com ele.

Fácil pra ela dizer isso. Não usava nem gloss. Era, obviamente, destemida.

— Não, você não entendeu — sussurrei. — Tenho tanto medo dele que tenho vontade de... de... tô tremendo só de pensar. Boa sorte. Mas tenho que ir agora. — Precisava que ela saísse da minha casa antes que eu implodisse.

— Para o mal vencer — disse ela —, basta que as pessoas de bem não façam nada.

— É, é claro, é verdade, boa sorte. — Levantei, fui em direção à porta, na esperança de que ela me seguisse.

Ela me olhou nos olhos. — Você não tem que ter medo de nada, só do próprio medo.

Olhei de volta nos olhos dela. — Mas o medo é muito assustador. Tchau.

Viagem ao país da memória

A primeira vez foi na noite do jantar interminável na casa da Treese e do Vincent. Depois de, finalmente, conseguirmos escapar, fomos embora num silêncio tenso. John Espanhol estava de folga, e muitas vezes me perguntei se aquilo teria acontecido se ele estivesse por lá. Conclusão — talvez tivesse. Ele devia saber como Paddy era.

Rua calma. Paddy encostou o carro. Eu — idiota — pensei que ele estava parando para uns amassos. Ele virou para mim, segurou meu ombro com uma das mãos e me deu um soco no rosto com a outra. Rápido e eficiente. — Nunca mais faça isso comigo — disse.

A dor foi horrível. O choque foi pior. Quase vomitei. Mas, de certa forma, não o culpei. A noite tinha sido horrível, horrível. Não teria sujeitado meu pior inimigo àquilo.

Depois, quase imediatamente, ele ficou um amor: — Vou te levar em casa, cuidar de você. — Me deu um lencinho pra limpar o sangue do nariz. No apartamento, pegou uma caixa de primeiros socorros, limpou, carinhoso, o sangue, e passou antisséptico no meu lábio machucado. — Vai doer um pouquinho.

— Você devia ter dito isso antes de me dar o soco — eu disse.

Ele ficou tenso. — Desculpe, Lola. Mil perdões. Não sei o que deu em mim. Acho que foi o estresse. Meu trabalho é tão estressante, o jantar, eu queria relaxar, e aquele Vincent ficou enchendo, acho que surtei. — Levou as mãos ao rosto e puxou as bochechas pra baixo. Gemeu: — Meu Deus! Não acredito que eu tenha te batido, minha Lola, minha florzinha. Deus, como pude? Eu sou um animal. — Foi ficando progressivamente mais ansioso. Olhava pra mim com desespero. — Por favor, me perdoa, Lola, eu tô implorando. Juro que isso nunca mais vai acontecer. Pela minha mãe, nunca mais vai acontecer. Você me perdoa?

Claro que perdoei. Todo mundo tem direito de cometer um erro. Ele ficou tão arrasado que eu pensei: ele me ama.

Nada de sexo pervertido naquela noite. Dormimos abraçadinhos. Bem, ele dormiu. Eu fiquei a maior parte da noite acordada, porque cada tentativa de respirar pelo nariz parecia como se eu inalasse lâminas.

No dia seguinte, ele mandou duzentas rosas brancas pro meu apartamento. Eu não tinha vasos suficientes em casa para elas. Tive que usar panelas, latas de lixo, garrafas vazias de vinho.

Na vez seguinte, foi diferente. Ele abriu a porta da frente do apartamento dele pra mim e, de repente, me lançou contra a parede, contra o armário do hall, e então me tacou no chão de madeira e bati com a cabeça. Vi estrelas, de verdade. Um monte delas dentro da minha cabeça, como fogos de artifício.

Fiquei deitada no chão por um tempo, chocada e incapaz, Paddy em cima de mim, respirando como um touro. O armário tombou e tudo — livros, chaves, todo tipo de coisa — caiu junto. Paddy me ajudou a levantar — minha cabeça zunindo feito sinos de igreja em dia de casamento — e me encaminhou por entre os vestígios do armário até a sala. Começou a gritar: — Lola, cacete, não quero que você mexa nas minhas programações da Sky.

— O quê? — Eu mal sabia onde estava. — Eu não mexi.

— Mexeu, sim. Eu programei pra gravar minha entrevista, e você cancelou.

— Paddy, eu não encostei em nada. — Alguma coisa escorria na lateral do meu rosto. Sangue. Devo ter me cortado. — Por que eu faria isso?

— Ciúme. Você tem ciúme do tempo que eu passo trabalhando.

Verdade, mas eu não tinha tocado na programação da Sky. Levei a manga da camisa até o rosto pra secar o sangue. Meus ossos doíam. Principalmente o ombro. — Talvez você tenha esquecido de programar, Paddy.

— Esquecer! Uma coisa importante! Como eu esqueceria? — Muita, muita raiva.

— Você me empurrou! — exclamei, meio que me dando conta do que tinha acontecido.

— Eu o quê? Você caiu! Jesus Cristo, só me faltava essa. Esculhamba minha gravação, depois começa a me acusar de coisas! Você caiu! Ok? Você caiu!

Inesperadamente, a campainha tocou. — Quem é, cacete? — perguntou Paddy. Foi até o hall, conversou rapidamente pelo interfone, depois voltou pra sala, irritado de uma maneira que eu nunca tinha visto. — É a polícia.

A polícia!

— Não sai daqui — disse ele.

Em dois segundos, ele já estava no hall, abrindo a porta. — Boa noite, senhores, posso ajudar em alguma coisa? — Todo gentil.

Uma voz pomposa e profunda disse: — Os vizinhos deram queixa de gritaria.

— Que vizinhos?

— Ligação anônima. Podemos entrar?

Pensei que Paddy fosse se livrar deles. Ele era sedutor, persuasivo, bom pra esse tipo de coisa. Não acreditei quando os dois guardas entraram na sala. Um homem e uma mulher. Uniformes, cassetetes, sapatos horríveis.

Olharam pra mim. — Você gostaria de nos contar o que está acontecendo?

A mulher foi gentil: — Qual é o seu nome? Lola? O que aconteceu com seu rosto?

Paddy apareceu atrás deles e disse: — Será que eu e minha amiga poderíamos ter um momento a sós?

Os dois policiais se olharam.

— Por favor — disse Paddy, com ar de grande autoridade.

Os dois guardas se olharam mais uma vez. A mulher balançou ligeiramente a cabeça, mas o homem disse: — Ok, só um minuto. — A policial feminina olhou pro policial masculino, suspirou, e os dois saíram da sala.

Entredentes e com os olhos cheios de fúria, Paddy disse: — Olha só o que você fez.

— Eu não fiz nada.

— Você faz ideia da gravidade disso? Se você disser uma palavra pra qualquer um deles, eu vou ser preso.

Preso!

— Vou parar no tribunal. Vai sair em todos os jornais. Vou ser mandado pra cadeia.

Cadeia! *Cadeia!* Eu não podia mandar o Paddy pra cadeia. Ele era o homem que eu amava.

Mas ele tinha me empurrado...

Se não tivesse acontecido comigo, se tivesse acontecido com uma outra mulher e eu ouvisse a história no rádio ou em qualquer lugar, teria pensado: por que ela não contou pros policiais? Por que deixava o namorado bater nela sempre que dava na telha?

Mas, quando você está envolvida, a diferença é gritante. Eu amava o Paddy.

Às vezes — frequentemente, na verdade, quase sempre —, ele era amável comigo. E a ideia de ele ir preso era... inconcebível. Era como se ele fosse abduzido por alienígenas. Pessoas como eu não mandam prender o namorado. Isso era tão fora do que seria normal na minha vida que eu nem podia imaginar.

Era meu papel convencer o Paddy a parar. Não envolver a *polícia*. Paddy deu um passo à frente, pegou minha mão e deu um beijo nela. Sussurrou: — Mil desculpas.

— Não vou dizer nada — falei. — Mas você tem que prometer que nunca mais vai fazer isso.

Ele beijou minha mão de novo. — Prometo — disse, rouco. — Prometo, prometo. Mil desculpas. Esse trabalho é tão estressante. Minha Lola, você não merece. Nunca, nunca mais vou fazer isso. Juro pelo que é mais sagrado, se você me perdoar. Não suporto a ideia de perder você.

— É sua última chance, Paddy — ameacei. — Encosta em mim de novo e eu vou embora.

Os policiais tiveram permissão pra voltar à sala, e Paddy contou uma história qualquer, disse que eu estava em pé numa cadeira, tentando pegar alguma coisa na prateleira de cima do armário, e escorreguei, caí de rosto no chão, e tudo junto comigo.

Eles sabiam que era mentira. O homem, conformado, disse: — Então, vamos deixar assim. — Mas a mulher ficou preocupada. Me olhou, carinhosa. Foi embora, relutante.

No dia seguinte, mais uma centena de flores chegou à minha casa. Os vizinhos reclamaram do cheiro. Internamente, minha decisão absoluta era a de terminar com Paddy se ele tivesse mais uma atitude violenta comigo, mas a vez seguinte foi quando eu estava doente e ele insistiu em transar. Como eu sempre topava uma perversão, decidi que não era culpa dele imaginar que nem mesmo uma gripe forte me derrubaria.

A vez depois dessa — o incidente do cigarro — me deixou ainda mais confusa. De todas as coisas que aconteceram enquanto eu estava com Paddy, essa foi a que me fez duvidar mais da minha sanidade. Como alguém podia confundir uma mão com um cinzeiro? Qual a probabilidade disso? Mas ele insistiu tanto que tinha sido um acidente que uma parte de mim acreditou.

Mas, na vez seguinte, não houve dúvida. Eu estava no apartamento dele, esperando que voltasse da sessão no plenário. Quando ouvi o barulho de chave na porta, eu já sabia o que me esperava. — Onde você está? — gritou, andando pelo apartamento. Me encontrou no quarto, me tirou da cama e me jogou contra a parede. Caí no chão e ele me chutou a barriga. Vomitei.

Descobri mais tarde que uma emenda proposta pelo Nova Irlanda tinha sido derrubada em plenário. Eu não sabia que aquilo estava em andamento. Devia saber. Era meu dever saber. Dessa vez não teve buquê de flores. Da outra também não.

Preocupada, preocupada e preocupada com a situação, pensei em falar com alguém, a Bridie, talvez. Mas — loucura, eu sei — achei desleal contar sobre o Paddy. Precisava protegê-lo. Era um homem complexo que tinha um trabalho fora do normal de estressante.

Bridie insistiria que eu terminasse com ele. E eu não estava preparada pra isso. Tudo era simples no mundo da Bridie — um homem te bate, você vaza. Mas a situação era complicada. Eu amava o Paddy e ele me amava. Com certeza, a gente podia falar sobre essas questões, tentar consertar as coisas, não?

Tive que me responsabilizar de alguma maneira pelo que estava acontecendo — se um não quer, dois não brigam. Eu precisava dar mais apoio ao trabalho dele. É, me entediava, mas era meu dever ajudar.

Também tinha vergonha, tanta vergonha, de apanhar e continuar com ele que as palavras não se permitiam sair.

Depois tudo ficou adorável de novo. Alívio, alívio, ah, que alívio! Paddy, adorável, carinhoso, sorridente. Sexo, jantares, presentes, fim de semana em Cannes, compras, mais presentes, todos eles pervertidos, champanhe, sexo. Com prostituta russa, admito. *Ménage*. De volta à Irlanda. Tudo bem. O Nova Irlanda perdeu a eleição. Ninguém apanhou. Tudo de volta nos trilhos. A gente tinha errado na mão, mas isso era passado. Não é preciso dizer tudo pra todo mundo. Eu estava feliz.

Uma noite, estávamos transando. Paddy gemia, fazendo movimentos comigo em cima dele. De repente, parou. Olhou para o ponto de contato entre os nossos corpos. — Você ficou menstruada?

Eu não sabia. Tinha vindo mais cedo. E daí?

— Sua vaca. — Ele apertou meu pescoço. Não consegui respirar por tanto tempo que apaguei. E tive dificuldade de engolir por duas semanas depois disso.

Mas ele tinha razão, era nojento.

Esse incidente foi o primeiro de uma nova fase em que ele voltou a me bater, com mais frequência que no passado. Eu não pensava mais na possibilidade de terminar nem de me abrir com Bridie ou Treese. Eu tinha mudado. Minha indignação fora embora e o tempo em que eu tinha força suficiente para abandonar o Paddy havia passado.

Eu queria desesperadamente voltar aos primeiros dias, quando ele estava encantado comigo, quando nada do que eu fazia era errado. Quando ele era amoroso e gentil, e as boas ocasiões eram mais frequentes do que as ruins — mas não consegui encontrar o caminho de volta.

Me esforcei pra ficar mais sexy, pra prever os humores dele, as necessidades, para estar mais informada sobre política, e constantemente disponível, dia ou noite. Tinha tanta ansiedade em agradar que não tinha mais emoção pra amar outra pessoa. Esqueci da Bridie, da Treese e do Jem — eles eram simplesmente perda de tempo.

Tentava controlar tudo no mundo para que nada perturbasse Paddy. Mas qualquer coisa podia atiçar sua fúria. Um sinal vermelho, uma espinha de peixe no jantar, eu esquecer de lembrá-lo de um compromisso importante do qual eu nada sabia. Então, tudo chegou a um fim abrupto — a notícia de que Paddy ia se casar com outra e eu não teria mais utilidade. Eu devia ter ficado feliz de me livrar dele. Mas não fiquei. Com Paddy, eu me sentia sem valor. Mas, sem ele, tinha tanta vergonha, achava que nunca me recuperaria.

18h11
Mensagem de texto do Considine:

Cheio de Charme

**Vc vem jantar antes do *Law and Order*?
Aki, 20h30?**

20h39
Comendo cozido na cozinha do Considine.
Último mistério do Considine desvendado. Os óculos e a touca de banho eram pra quando ele cozinhava. Os óculos, para proteger os olhos de lacrimejarem quando cortava cebola. A touca de banho, para impedir que o cheiro de gordura impregnasse no cabelo. (Pensei, mas não disse: se você tá tão preocupado com o seu cabelo, Considine, por que não se penteia de vez em quando? Mas, como eu disse, não manifestei o pensamento, já que ele, gentilmente, estava fazendo o jantar pra mim.)
— Cozido delicioso, Considine.
— Ok. — Homem de poucas palavras.
— Recebi uma visita, hoje — falei. Ele levantou os olhos.
Me dei conta de que alguma coisa na forma como eu tinha dito aquela frase fez parecer que eu queria dizer que tinha ficado menstruada mas estava envergonhada de dizer diretamente. Muito rapidamente, emendei: — Uma jornalista veio me ver.
— O que ela queria?
— Ela queria... Ela disse... Sabe aquele namorado de que eu falei pra você, quer dizer, pra Chloe? Bem, ela disse que eu não fui a única que ele... você sabe... machucou. Ela queria que eu fosse a Dublin com outras mulheres pra... falar... com ele.
— Isso é ótimo!
— Não! Isso é terrível!
— Por quê?
— Porque tenho medo dele.
— Mas você não vai ficar sozinha com ele, vai? Outras mulheres vão estar lá.
Pausa longa. — Você acha que eu devo ir?
— Com certeza, eu acho que você deve ir!
— Mas e se for horrível?
— Qual é a pior coisa que pode acontecer?

Revirei meus sentimentos. A pior coisa? Ele me bater? Não. Me apaixonar por ele de novo? Ficar perturbada de desejo? Não. — Ele fazer piada de mim.

— Isso é tão ruim assim?

Era. Realmente era. Ele fez com que eu me sentisse tão... sem valor. Eu era... um nada. Inútil, sem a menor importância... Não quero me sentir assim agora. Não tô dizendo que eu me acho fantástica, mas... não quero voltar a ficar sem chão, sem esperança, voltar a ser a pessoa sem valor que eu era quando saía com ele e quando ele me largou.

— Ajudaria se você tivesse companhia? Se eu fosse com você?

Oferta gentil, gentil. Quem imaginaria isso, vindo do chato do Considine?

— Sabe o que eu queria? — disse. — Queria que a Chloe fosse comigo.

Silêncio pensativo, depois ele disse: — Se é disso que você precisa pra ir, Chloe vai com você.

— Não. — Pensei melhor. — Tô sendo boba. Esquece que eu disse isso. Mas você pode me dizer por que a Chloe tá fora do circuito no momento? Pensei que a Gillian tivesse batido o pé, mas não é isso, é?

— Não, não tem nada a ver com a Gillian. Só não me parece certo. Isso já aconteceu no passado. Às vezes, fico muito confortável com a Chloe. Outras vezes... não posso acreditar que sou um homem adulto me vestindo de mulher. É um sentimento justo, não?

— Não tem nada de errado num homem adulto se vestir de mulher. — Defesa corajosa. — Mas acho que entendo. Sua oferta foi muito generosa.

— Porque eu acho mesmo que você deve ir a Dublin. É uma boa oportunidade. Outras mulheres vão estar lá. Não tem por que não fazer isso. Se você não aproveitar essa chance, vai viver com medo de encontrar com o cara de novo. Não é bom estar sempre olhando por cima do ombro. É melhor enfrentar as coisas.

Homens. Tão práticos!

Descobri que estava reconsiderando minha recusa de ir a Dublin. A generosidade do Considine tinha me surpreendido e fizera com que eu reavaliasse minha recusa. Se ele estava preparado para se vestir de mulher, apesar de não estar mais nessa, então devia acreditar realmente que eu precisava ver o Paddy.

— Ok — eu disse, devagar. — Ouvi o que você disse. Mas, sem querer ofender, preciso de uma segunda opinião.

Pra quem eu podia perguntar? Bridie? Treese? Jem?

Não. Nenhum deles sabia o quanto as coisas tinham ficado ruins com o Paddy. Eu teria que explicar muita coisa. Demoraria muito. Teria que gastar muito tempo concordando que Paddy de Courcy era um maluco desgraçado. Perderia o objetivo de vista.

— Minha mãe — falei. — Ela está morta. — Mesmo depois de todos aqueles anos, ainda sentia um aperto na garganta quando dizia isso. — Normalmente, eu iria ao cemitério para pedir a opinião dela, mas demoraria muito.

— Entendi. — Considine recebeu a notícia das minhas conversas com minha mãe morta com serenidade. — Você precisa de um sinal dela, é isso?

— Isso. — Poderes de dedução impressionantes, os do Considine.

— Que tal...? Deixa eu ver. Tirar a sorte na moeda? — Ele sugeriu. Tirou uma moeda do bolso. — Cara, sua mãe diz sim? Coroa, sua mãe diz não?

Ideia maravilhosa. — Me dá só um segundo. — Andei até a janela às escuras no fundo da casa, olhei pro mar e perguntei: *Mãe, me diz o que devo fazer.*

Virei de volta pra sala. Considine tinha se afastado, estava perto da porta, dando a impressão de manter uma distância respeitosa. — Joga — falei.

— Joga?

— Isso. Joga.

Ele jogou a moeda no ar, ela rodopiou, depois caiu nas costas da mão do Considine. Ele colocou a palma da outra mão sobre ela.

Prendi a respiração.

— E aí? — perguntei. Ele tirou a mão. — Cara — disse ele.

Cara. Soltei o ar.

— Ok, parece que eu vou a Dublin. Obrigada pela sua oferta, mas vou sozinha. E vou agora, antes de perder a coragem. Nada de *Law and Order* pra mim hoje à noite.

20h59

Considine me levou até o carro e me desejou boa sorte na viagem. Fez café pra mim e colocou numa garrafa térmica. Gentil. E estava gostoso.

— Boa sorte — disse ele. — Dá um chute na bunda desse cara, ele merece. Dirige com cuidado.

Fiquei de pé, do lado de fora do carro, mas não entrei. Nossa despedida parecia incompleta.

— Me manda uma mensagem — falou.

— Ok. Tchau, Considine. Entra em casa, tá frio.

Ele se afastou, depois parou e se virou. — Espera um minuto. — Ele se aproximou como se tivesse visto alguma coisa em mim — presa na gola da minha blusa, na minha sobrancelha — e quisesse me ajudar a retirar.

Esperei e ele adentrou o meu espaço. Colocou a mão no meu pescoço.

— Tem alguma coisa presa? — perguntei.

— O quê? — Ele fez uma careta. O rosto estava muito perto do meu, dava pra ver tudo, o lugar onde a pele acabava e o cabelo começava.

— Folha no cabelo?

— O quê? Não. — Talvez fosse fazer outra careta, mas não consegui ver porque ele estava muito perto e minha visão ficou dupla. — Quero te mostrar uma coisa.

Sem dizer mais nada — na verdade, bastante de repente —, ele inclinou a cabeça e encostou a boca na minha. Tão quente naquela noite fria.

Então, era isso que faltava! Revelação — Rossa Considine beijava maravilhosamente bem. Um beijo lento e sexy. Beijava com a boca toda, não só com a língua dura, fazendo os movimentos de luta de espadas que muita gente acha que é beijar bem. Fiquei zonza, meus joelhos fraquejaram e — espera um minuto! *Déjà-vu!* Já tinha sido beijada assim antes. Só que da última vez o beijo tinha sido interrompido logo no começo, e agora não, ficava mais maravilhoso, mais lindo, dava mais arrepios, era mais vivo e...

Finalmente nos separamos. Considine quase trôpego. — Vai — disse ele, a voz grossa, engrolada. — Pelo amor de Deus, vai!

— Seu beijo é igual ao da Chloe!

Ele riu, cruzou o gramado de volta pra casa (demonstrando tremendo equilíbrio naquele solo irregular). — Volta logo, Lola. Mas dirige com cuidado.

22h12
Passei pelo pub Matt the Thrashers.
Liguei pra Grace Gildee do carro. (É, eu sei que é ilegal.)

— É Lola Daly. Vou com você encontrar o Paddy, mas com uma condição.

— Que é?

— Você deixar eu te vestir.

— Me vestir?

— Não pra sempre! Só uma vez. — *O que ela acha que eu sou? Uma alma caridosa?*

— Você tá falando de me emperiquitar toda, com salto e tudo?

— Exatamente.

— ... E vestido...?

— E vestido.

— ... Mas... por quê?

Porque era um desperdício uma mulher potencialmente atraente se vestir como ela. — Espero que você não se incomode de eu dizer isso — falei —, mas você não faz jus ao que é.

Ela riu. Não podia se importar menos com isso. Simplesmente não *dava a mínima! Esse mundo é um zoológico, mamãe costumava dizer.*

— Ok. Quando você vem pra Dublin?

— Já tô a caminho.

Grace

— É ela? — Marnie viu a mulher esperando na calçada.

— É ela. — Parei o carro. — Lola, sou eu, Grace. Entra.

Lola sentou no banco de trás. Nervosa, disse: — Você falou que seriam pelo menos três mulheres.

— Vão ser — confirmei. — Marnie, Lola, Lola, Marnie.

— Oi — disse Lola, baixinho.

— Oi. — Marnie se virou para olhar para Lola e, de repente, pareceu preocupada.

Bem, digo isso de mim mesma. Na verdade, eu passara o dia todo arrancando os cabelos com todo tipo de preocupação, além do medo da Marnie aparecer embriagada. Mas ela estava sóbria — era imaginação minha ou estava interessada *demais* na Lola?

Jesus! Que caixa de Pandora eu fui abrir?

Eu disse: — A gente só tem que passar para pegar a Dee.

— Ele bateu na Dee também? — Lola pareceu horrorizada.

— Não, não, ela vem para que a gente possa entrar no apartamento do Paddy. Mas não vai entrar conosco. — Dee e eu tínhamos discutido exaustivamente a melhor tática e, com relutância, ela concordara que seria melhor se ficasse de fora. As coisas tinham bastante potencial de se tornar confusas, e se ela estivesse lá, poderia piorar a situação.

— Grace. — A voz baixinha da Lola veio do banco de trás. — Vão ser pelo menos três mulheres, não vão? Porque não quero fazer isso se for só eu e a Marnie. Eu morro de medo.

— Lola, você precisa confiar em mim. — Fiz com que minha voz soasse afirmativa, até mesmo ligeiramente calma. Não podia deixar que ela se desesperasse agora!

* * *

Parei do lado de fora do escritório da Dee e enviei uma mensagem de texto, para que ela soubesse que já estávamos esperando. Alguns minutos depois, apareceu e entrou no carro, ao lado da Lola. Não estava com sua aparência leve e positiva de sempre. Ficara devastada quando, no meu carro, do lado de fora da casa do Christopher Holland, eu lhe contara o que sabia sobre o Paddy. Ficara tão impressionada que mal conseguia respirar.

— Meu Deus — disse ela, sem fôlego, o corpo para frente e para trás. Era como se chorasse, mas sem lágrimas. — Meu Deus! Eu sabia que Paddy era... era.. é como se eu *soubesse* que ele não era leal a ninguém além dele mesmo, sabia que era um cara ambicioso e sem limites... mas pensei que valia a pena engolir porque era popular com o eleitorado. — Respirou com dificuldade. — O preço que a gente tem que pagar. Mas... Grace, fui uma mulher que apanhou do marido. E nem imaginava que o Paddy pudesse ser esse tipo de homem.

Baixou a cabeça mais uma vez e soprou ar nas mãos. — Meu representante mais importante bate em mulheres. Eu, e tudo pelo que luto. Como pude acabar na cama com um deles?

Ela olhou para mim, o rosto vermelho, os olhos arregalados. — Não tenho tempo para psicologia de almanaque — disse ela, segura. — Não mesmo.

— Eu também não.

— Mas dizem que a gente repete padrões. Estou repetindo algum padrão? Sou atraída por homens violentos? Reconheço alguma coisa neles?

— Caramba, Dee, não sei o que dizer sobre isso...

Ela ficou em silêncio. Finalmente, disse: — O que devo fazer? Existe um ditado que diz que a tragédia não é uma escolha entre o certo e o errado, mas uma escolha entre dois acertos. — É, eu conhecia o ditado. Mamãe o repetia com frequência. Normalmente, quando tentava decidir o que fazer para o jantar. — Mas — continuou Dee — essa é uma escolha entre dois erros.

— Como assim?

— Se eu não fizer nada, Angus Sprott vai publicar a matéria dele e minha carreira estará acabada — e aí eu não poderei mais ajudar ninguém. Mas, se eu entregar o Paddy para a imprensa, vou cair com ele — e aí não poderei mais ajudar ninguém. Mas, se afasto o Paddy sem expor publicamente os motivos, os eleitores vão perder a confiança e não vão votar na gente nas eleições gerais — e aí eu não poderei mais ajudar ninguém. E se eu conseguir persuadir o Paddy a parar de me sabotar, e se continuarmos juntos, isso significa que compartilho o poder com um homem que sabidamente espanca mulheres.

— Na verdade, aí são quatro erros — ressaltei.

— Então é isso. Esse é o tamanho da tragédia.

Ela recostou a cabeça e fechou os olhos. Quase pude ouvir os pensamentos dentro da sua cabeça. Enquanto fazia várias considerações, contrastava um cenário indigerível com outro.

— A política é um negócio imundo — murmurou. — Eu só queria ajudar as pessoas. Mas, mesmo quando você pensa que é incorruptível, mesmo quando acha que os motivos são absolutamente puros, você acaba... suja.

Abriu os olhos e endireitou o corpo, parecendo tomada de uma nova energia. — Não sou o tipo de pessoa que finge que não vê o que está errado, Grace.

Comecei a sentir desconforto. Eu me daria mal nessa história, *sabia* disso.

— Qual é a alternativa menos pior? — Ela olhou para mim. Eu olhei de volta para ela. Seus olhos estavam cheios de propósito. E ela começou a me assustar: — A escolha menos pior é deixar minhas questões pessoais de lado e cuidar do Paddy.

— E cuidar do Paddy significa...

— Se ele entrar com a campanha sórdida dele, as mulheres vão a público com suas histórias...

— Mas você vai ter que convencê-las a fazer isso.

Ela olhou para mim, surpresa. — Eu, não. Você. Você vai convencê-las.

Droga. Droga, droga, droga...

— Você conhece essas mulheres, Grace! Sua irmã. A consultora de estilo...

— Vou tentar. Mas *não posso* prometer, Dee.
— Mas você vai fazer o possível? Jura?
Ah, pelo amor de Deus... — Juro.
Quando ela conseguiu extrair um voto solene de mim, voltou ao torpor. — Meu Deus, que depressão!
Posso dizer o mesmo.

O engraçado é que três de nós quatro sabiam o código do portão do condomínio do Paddy: Dee, por trabalhar com ele, Lola, da época em que estavam juntos, e eu, por causa da entrevista da Alicia.

Depois que entramos, estacionei a três prédios do Paddy, do outro lado da rua. Paddy e Alicia estavam em algum evento. Dee, conhecendo a agenda dele, previu que chegariam em casa por volta das 22h45.

Eram 22h38.

— Acho que estamos perto demais do prédio dele — disse Lola, ansiosa. — Ele pode ver a gente.

Nos afastamos mais uns dez metros. — Aqui está bom?
— Não — disse Marnie. — Agora não dá para ver nada.
Lutei contra um suspiro e voltei à vaga anterior.
— Tem alguém ali! — declarou Marnie.
— Um carro estacionou na frente da casa do Paddy e vimos a silhueta de um homem saltar pelo lado do motorista.
— É ele? — A voz da Lola tremia. — É o Paddy?
— Não — disse Dee. — É o Sidney Brolly, deixando o material de imprensa de amanhã.

Vimos a silhueta deixar um pacote na porta e voltar para o carro, fazer a volta cantando pneu e seguir na direção de onde viera.

Todas nós olhamos para o pacote.
— É seguro deixar tudo ali? — perguntou Lola.
— Ela tem razão — disse Marnie. — Qualquer um pode chegar e roubar.
— Você roubaria a correspondência do De Courcy? — perguntou Dee.
— Não.

— Então... caracas! Eles chegaram!
Eram 22h47.
Instintivamente, todas nos abaixamos nos bancos, como num programa policial dos anos 70, quando vimos o Saab do Paddy, dirigido por John Espanhol, diminuir a velocidade até parar.

Ficamos atentas, suadas de tensão (pelo menos eu estava, não sei se posso falar pelas outras), quando as portas do carro abriram e fecharam e cumprimentos foram pronunciados ao John Espanhol, que seguiu caminho em nossa direção, e passou por nós sem demonstrar o menor interesse.

Escondidas, vigiamos Paddy e Alicia entrarem.
— Vamos esperar dez minutos — comuniquei. — Depois a gente entra.
— Dez é óbvio demais — disse Marnie. — Acho melhor nove.
— Ou onze — sugeriu Dee.
— Tudo bem, onze — concordou Marnie.

Lola não disse nada. Achei que fosse vomitar. Ficava engolindo saliva e respirando fundo. Toda vez que eu olhava para ela, me sentia culpada por tê-la convencido a fazer aquilo.

— Por que ele faz isso? — perguntou Lola, de repente. — Por que é tão cruel?

— A mãe morreu quando ele tinha quinze anos. Talvez seja uma necessidade de punir todas as mulheres pela falta da mãe — disse Marnie para Lola. — Eu já fiz muita terapia — acrescentou.

— A mãe de um monte de gente morre quando os filhos ainda são adolescentes — disse Dee com desdém. — A maioria não vira espancador de mulheres.

— Minha mãe morreu quando eu tinha quinze anos — disse Lola. — E eu nunca bati em ninguém.

Ela não parecia capaz de matar uma mosca.

— E o pai dele era emocionalmente reprimido — complementou Marnie. — Talvez ele tenha herdado isso. Como eu disse...

— Muita terapia? — perguntou Dee.
— Isso.

Quando os onze minutos democraticamente definidos se passaram, eu disse: — Ok, vamos nessa.

Saltamos do carro e atravessamos a rua. Dee aproximou o rosto da câmera do interfone e apertou o botão do Paddy. — Paddy, é a Dee. Eu estava passando e me perguntei se a gente podia ter uma palavrinha rápida sobre amanhã.

(Uma emenda ou outra coisa seria votada no dia seguinte.)

— Claro, sobe.

A porta se abriu, nós quatro entramos. Dee nos desejou sorte, e Marnie, Lola e eu subimos as escadas até o apartamento.

Perfilamo-nos na porta do Paddy, eu, no centro e à frente, Marnie, ligeiramente atrás de mim, à minha esquerda, e Lola, ligeiramente atrás de mim, à minha direita.

— Tipo *As Panteras* — sussurrou Lola.

Mas *As Idiotas* estaria mais perto da verdade.

Eu não estava com medo. Estava mais do que apavorada. Tinha perdido completamente a fé na empreitada: nós três — Lola, Marnie e eu — não assustaríamos um cachorro faminto.

— O Paddy talvez não nos deixe entrar quando vir que somos nós — avisei, apesar de suspeitar que isso fosse improvável.

Então a porta se abriu e lá estava o Paddy. Houve um segundo, apenas um segundo, em que os olhos dele ficaram estranhos; piscaram em reconhecimento a nós três de uma vez só, e as pupilas fizeram aquele movimento de contrair ou dilatar, de acordo com o movimento que os seres humanos fazem quando percebem perigo. Depois, ele estava dando aquele sorriso de desfile dele. — Grace Gildee — disse. — Em carne e osso.

Pegou minha mão e se inclinou para me beijar, puxando-me para dentro do aconchego do seu lar. — E você trouxe a Marnie. Marnie, quantos anos! Muito tempo. — Um beijo no rosto de Marnie, um beijo no rosto de Lola, ele nos dava as boas-vindas. Parecia verdadeiramente contente.

Teria sido melhor se ele tentasse bater a porta na nossa cara e nós tivéssemos que arrombá-la; pelo menos assim teríamos o suporte de uma descarga de adrenalina.

— Entrem e sentem-se — disse ele. — Deixa eu avisar a Alicia antes que ela tire a maquiagem. Ficaria com ódio de mim se perdesse a visita de vocês.

Desapareceu no corredor e nós três esperamos na sala, Marnie na poltrona, Lola e eu na beirinha do sofá. — Ele está tentando nos desarmar, sendo gentil — lembrei a elas. — Não se esqueçam do que ele fez com vocês. Não percam isso de vista.

Os joelhos da Lola tremiam. Segurei a mão dela. — Você está indo muito bem.

— Desculpe — sussurrou ela. — Eu devia ter vestido jeans. Não sabia que ia ficar com tanto medo...

— E não esqueçam: eu falo. — Tinha ensaiado meu discurso com a Dee. Várias vezes. Ela fazia o meu papel, e eu fazia o papel do Paddy, depois ela fazia o papel do Paddy e eu fazia eu. Agora eu estava com medo de que Lola estivesse tão apavorada que pudesse sabotar toda a situação, cuidadosamente roteirizada, jogando-se aos pés do Paddy e implorando para que ele voltasse para ela.

— Alicia descerá num minuto. — Paddy reapareceu. — Agora, o que vocês querem beber?

— Nada, obrigada, Paddy — falei, tentando fazer com que minha voz soasse mais grave do que é. — Está tarde, a gente não quer tomar muito do seu tempo. Imagino que você esteja se perguntando o que nós três estamos fazendo aqui.

— É sempre um prazer ter três mulheres bonitas na minha casa. — disse ele com segurança.

Lenta e deliberadamente, com um ligeiro traço de ameaça, eu disse: — Paddy, a história que você plantou no *Press*, sobre a Dee Rossini acobertar ilegais, a gente quer que você não siga adiante com ela.

Num mundo ideal, ele revidaria: "Por que eu faria isso?", o que seria minha deixa para dizer: "Se você desistir do seu plano, a gente desiste do nosso."

Mas ele riu e disse: — Não faço a menor ideia do que vocês estão falando.

— Desiste, Paddy — falei, tentando voltar ao roteiro original. — E a gente também desiste.

Era para ele perguntar qual era o nosso plano, mas simplesmente esticou uma perna, ajeitou-se confortavelmente na poltrona e sorriu para mim; sorriu e passou os olhos pelo meu corpo, fixando-os nos meus seios, descendo até a minha virilha.

Longo silêncio.

De canto de olho, eu via os joelhos da Lola batendo um no outro com energia renovada.

A porta foi aberta, Alicia entrou na sala silenciosa, e seu sorriso gracioso congelou. Ansiosa, disse: — O que está acontecendo?

— Eu estava explicando ao Paddy que, se ele desistir do plano de envolver a Dee Rossini no acobertamento de ilegais, a gente desiste do nosso plano envolvendo o Paddy.

— E que plano é esse? — perguntou Alicia. Graças a Deus que alguém ali sabia suas falas.

— Paddy bate em mulheres. Soca, chuta e queima. Mas você não precisa que eu te diga isso, Alicia.

Ela empalideceu — pensava que era a única —, e eu tive certeza de que o plano ia funcionar.

— Que mulheres? — perguntou Alicia, rapidamente.

Indiquei Lola e Marnie.

Paddy deu um risinho. — Quem vai acreditar nessa maluca moderninha, de cabelo roxo?

Chocada, Lola prendeu a respiração. — Por que você é tão cruel? — Sua voz tremia.

— Lola, você não... Falando sério... Eu sou *político*... — Quase gentil, ele disse: — A gente se divertiu, não foi?

— Se divertiu? Eu sou um ser humano, Paddy, não um brinquedo.

— Então, por que se comportou como um brinquedo?

Eu tinha perdido a Lola. Alvo certeiro, derrubada em chamas. Paddy voltou sua atenção para Marnie.

— Marnie Gildee? Continua maluca, depois de todos esses anos?

— ... Eu...

— Você bateu na Marnie — eu disse.

Ele suspirou: — Qualquer um bateria na Marnie.

— Não...

— Ela estava me deixando louco. Os choros, as brigas, os telefonemas dia e noite para minha casa...

— Mas foi você quem causou tudo isso, e você fazia a mesma coisa.

— Depois transou com meu melhor amigo; ele era um irmão para mim.

— Mas não foi um dano permanente. Já que ele está agenciando acordos sujos com o *Globe* em seu nome.

Eu disse isso ao mesmo tempo que Marnie gritou: — Mas você transou com a Leechy. Você fez primeiro.

Paddy revirou os olhos e se voltou para mim, como se fôssemos os dois únicos adultos responsáveis na sala. — Isso foi há muito, muito tempo, Grace. Nós éramos crianças, crianças perturbadas. Ninguém vai comprar essa história. Isso é o melhor que você pode fazer? Essas duas?

— Na verdade, não, não são só essas duas — falei. Era hora da minha arma secreta.

Todo mundo — até o Paddy, preciso dizer, o que era gratificante — ficou espantado. Me levantei e agarrei as mãos da Alicia. Ergui as duas palmas, com uma certeza sólida de que uma delas teria uma pequena cicatriz circular. Mas não havia nada lá. As duas mãos não exibiam marcas. Levantei as mangas da camisa. Nenhum ferimento. Merda. Merda. Merda.

Imediatamente me afastei da Alicia, tentando fingir que nem tinha me aproximado dela. Que o exercício de olhar para as palmas fora uma tentativa espontânea, mas rápida, de ler seu futuro.

No centro da sala, todos os olhos em mim, meu coração batia tão forte que minhas costelas, minhas costelas de verdade, doíam. Eu tinha certeza sobre a Alicia. Agora, todas as minhas alternativas haviam desaparecido — não me restava nada. Minha visão estava turva de medo. Era como aquele pesadelo recorrente em que você está no colégio e, de repente, todos os coleguinhas estão rindo de você. Então você olha para baixo e... descobre que está nua.

Fiquei inquieta, procurando uma salvação. O único segredo que eu ainda tinha faria tão mal quanto bem se fosse revelado. A queda seria devastadora. Eu não podia arriscar. De qualquer maneira, quem era Dee para mim? Por mais que eu a admirasse, ela não merecia que eu arrasasse minha própria vida. Todos ainda me olhavam, com expectativa, como se fosse o momento da revelação do culpado. Tomada por mais uma onda de pânico, considerei a possibilidade de agarrar Lola e Marnie e sumir com elas porta afora, descer as escadas e atravessar a rua até o carro. Elas ficariam irritadas e confusas, claro, mas eu as levaria para comer pizza. Ao longo dos anos, percebi que pizzas parecem amenizar a dor da maioria das pessoas. Vinho também. Formam um belo par. Depois eu explicaria tudo. Bem, não tudo. Mas uma parcela do todo. Sem entregar ninguém. E se elas começassem a reclamar novamente quando terminasse a pizza, daria tiramisu para elas. E mais vinho. E, talvez, um café com licor...

Mas a coisa certa precisava ser feita.

E, mesmo que não fosse preciso, o orgulho não me deixaria desistir.

Suspirei — todos pareceram entrar em estado de alerta, ânimo renovado — e me entreguei ao que quer que acontecesse. — Tem mais uma pessoa — falei, as palavras como pedras na minha língua. — Uma terceira mulher. Que está preparada para contar a sua história.

— Quem? — perguntou Marnie.

— É, quem? — perguntou Lola.

Pobres Lola e Marnie, esperavam que eu tirasse algum coelho da cartola, ou que uma mulher entrasse na sala e declarasse, audaciosa: "Com certeza, você não se esqueceu da época em que me espancava, Paddy!"

— É, quem? — perguntou Alicia.

Paddy não disse nada. Assistia, sorriso discreto nos lábios.

— Eu — afirmei.

— *Você*?

— Por que ele bateria em *você*? — perguntou Marnie.

— Porque... — Eu não tinha saída. Tinha que contar: — Porque me recusei a transar com ele.

Minhas palavras caíram num silêncio de assombro. Paddy fechou os olhos e abriu um pequeno sorriso.

— O Paddy queria transar com você? — perguntou Marnie lentamente, como se ouvisse a si mesma perguntando.

Paddy abriu os olhos e disse, lascivo: — Com certeza.

Marnie ficou da cor da morte. — Você sempre foi a fim dela? — sussurrou. — Mesmo quando saía comigo?

— Isso. — Paddy se espichou, preguiçoso. — Sempre. Quando transava com você, eu pensava nela.

— Não, não é verdade! Não escutem o que ele está dizendo, ele só está tentando nos colocar uma contra a outra. — Pelo amor de Deus, já fazia quase quinze anos que a Marnie namorara o Paddy. Quando ela deixaria de se comportar como se o rompimento fosse recente?

— Paddy e eu estávamos trabalhando juntos na biografia dele e ele deu em cima de mim porque faz isso com todo mundo. E quando eu não topei, ele me deu um tapa, apagou um cigarro na minha mão e mandou John Espanhol tocar fogo no meu carro.

— Você estava trabalhando na biografia dele? — indagou Marnie, frágil.

— Fala sério, Grace — disse Paddy. — Você nem foi tão contra assim.

— Quando foi isso? — perguntou Marnie, a voz embargada.

— No verão passado, até setembro.

— Setembro? — falou Lola. — Mas ele ficou noivo da Alicia em agosto.

Marnie se virou para Alicia. — O que você achou disso, Leechy?

— Tanto faz — disse Alicia. — Porque nada disso é verdade. E não me chame de Leechy, sempre detestei.

— Mas ele acabou de *dizer* que queria transar com a Grace... — exclamou Lola, ao mesmo tempo que Marnie disse para Alicia:

— Bem, não fui *eu* que te apelidei de Leechy. Alguém... quem foi mesmo? Um certo bebê que não conseguia pronunciar Alicia...

— Minha irmã.

— Então, não se comporte como se *nós* tivéssemos resolvido mudar seu nome. Todo mundo te chamava de Leechy. Desde que a gente se conhece.

— Agora eu sou Alicia.

— Na verdade — disse Marnie, com petulância pouco característica —, Sanguessuga seria um apelido muito mais apropriado. Por que você vive grudada no Paddy.

Corríamos o risco de perder de vista nosso propósito comum...
— Marnie — pedi. — Por favor.

— Vocês *nunca* foram minhas amigas — disse Leechy. — Eu sempre ficava de fora. Era sempre você e a Grace, só depois vocês me encaixavam...

Isso não era verdade, mas, antes de eu morder a isca, Paddy se levantou. — Vou dormir.

— Espera, Paddy. — Interceptei sua passagem pela porta. — A gente ainda não terminou. — Tentei encontrar minha voz ligeiramente ameaçadora mais uma vez. — Como eu já disse, você desiste do seu plano e a gente desiste do nosso.

Ele riu levemente e balançou a cabeça. Não em recusa, mas como quem constata a fragilidade da situação. Não o culpava.

Falháramos. Espetacularmente.

Desnorteadas, saímos do apartamento e descemos as escadas, sem dar uma palavra, para comunicar a má notícia à Dee.

Marnie não queria entrar no carro. O rosto fechado e tenso de humilhação.

Dee e Lola, ao perceberem a fratura entre Marnie e mim, se afastaram, falando algo sobre pegar um táxi, e nos deixaram sozinhas.

— Por favor, Marnie, entra no carro — pedi.

— Era um relacionamento tão importante para mim — disse ela. — Você pode imaginar como eu me senti ao descobrir que ele queria transar com você?

— Ele não queria transar comigo quando estava com você. Ele *amava* você. — Dirigi lentamente até ela. — Por favor, Marnie, por favor, entra. Está tarde. Você não pode simplesmente ficar vagando por aí.

— Eu não vou ficar na sua casa.

— Então, vou deixar você na mamãe. Por favor, Marnie, não é seguro.

Finalmente, ela entrou e sentou rígida e em silêncio. Depois de dez minutos, perguntou, friamente: — O Damien sabe sobre você e o Paddy?

— Eu não transei com ele — afirmei. — O Damien não precisa saber de nada.

— Mas rolou alguma coisa?

É, alguma coisa tinha rolado.

— Você *quis* transar com ele? Você considerou essa possibilidade? Você ficou emocionalmente envolvida?

Eu não disse nada, e ela teve a resposta.

— Aposto que Damien não sabe disso — disse ela.

— Por favor, não conta para ele. — Minha voz estava embargada.

Ela não respondeu e eu soube que talvez o fizesse. Eu não acreditava que essa situação fosse possível. Marnie e eu, nossa lealdade sempre fora uma com a outra, antes de todo mundo — antes de qualquer um. Mas estava tudo estragado. Marnie estava ferida e, com a bebida e tudo o mais, era uma bala perdida. E Paddy de Courcy estava no meio, torcia e destruía tudo à sua volta. Quando chegamos à Yeoman Road, Marnie saltou do carro e subiu as escadas correndo sem se despedir de mim.

— Cadê a Marnie? — Damien, tenso e expectante, estava acordado, esperando por mim. — O que aconteceu com o De Courcy?

— Ah, meu Deus, Damien... — Eu não sabia por onde começar, porque não sabia onde ia acabar. Não podia contar tudo para ele, então tinha medo de contar qualquer coisa.

Abracei-o e passei meus braços em volta do seu pescoço. O terror de perdê-lo era tão grande que eu precisei me grudar fisicamente a ele. Damien me apertou e descansou a cabeça sobre a minha.

— Mais forte — pedi.

Obedientes, os braços dele ficaram ainda mais firmes nas minhas costas.

— Foi um desastre? — perguntou.

Fiz um gesto afirmativo por cima do ombro dele. — Um desastre. Mas acho que ele não vai ligar as coisas a você, acho que vai ficar tudo bem. — Eu realmente pensava que sim. — A gente pode ir para cama? — perguntei.

— Vem. — Ele me ajudou a subir as escadas, como se eu fosse alguém se recuperando de uma pneumonia. No quarto, tirei minha roupa, largando-a no chão, e me enfiei debaixo dos lençóis. Damien também, e me enrosquei nele, naquele corpo rígido e quente, como se fosse minha última chance. Fechei os olhos e fiquei bem parada, desejando que aquele momento durasse para sempre.

Depois, o Damien se afastou o suficiente para olhar para o meu rosto. — Você vai me contar o que aconteceu?

— Você se importaria...? A gente pode deixar para depois? Eu estou tão...

Ele pareceu desapontado, ferido...

— Desculpa. — Eu me arrependi. Eu não *podia* deixar de contar para ele. Não depois de tudo o que ele fizera para ajudar. — Onde é que eu estou com a cabeça? Claro que vou te contar. — Mas eu não podia contar tudo, o que me deixava insuportavelmente triste. E insuportavelmente assustada.

— Não, deixa pra lá — disse ele. — Você está derrubada. Vai dormir. Me conta de manhã.

— O engraçado é que, na verdade, não tem nada para contar. Ele humilhou a Marnie e a Lola, elas simplesmente se despedaçaram, não seriam boas personagens em nenhuma entrevista, e ele, obviamente, não encostou as mãos na Alicia. Foi um fiasco. É impossível assustá-lo.

— De Courcy. — Damien apagou a luz e suspirou no escuro. — É um erro se meter com ele.

— É. — Agora eu sabia.

* * *

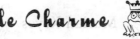

Quando imagino a situação — e não faço isso com frequência —, existe uma trilha sonora de fundo: uma orquestra de cordas, crescendo até o clímax e explodindo numa beleza total quando me viro e vejo o Paddy pela primeira vez.

Eu tinha quase dezessete anos, e Mick, o gerente, me apresentara ao barman na noite em que comecei a trabalhar no Boatman.

— Esse é o Jonzer — disse Mick. — Jonzer, cumprimenta a Grace.

Jonzer me olhou como se eu fosse o primeiro ser humano que ele já tivesse visto. Os braços pendurados na lateral do corpo, os punhos cerrados, além de um olho ser um pouco mais baixo que o outro. Banjos tocaram alguns acordes na minha cabeça.

— E aquele é o Whacker — disse Mick. — Whacker, Grace, nova bargirl. Mora na Yeoman Road.

Whacker abriu a boca e mostrou os dentes num sorriso.

— E aquele ali — disse Mick — é o Paddy.

Minha respiração, sempre rítmica, chovesse ou fizesse sol, parou de repente e fiquei paralisada pela combinação devastadora de beleza, força de vida e sorriso estonteante.

Fiquei tão perturbada que achei que o Paddy deveria ser o gerente do Boatman. Ele era, obviamente, tão superior, em todos os aspectos, ao desagradável Mick que tive uma rápida conversa comigo mesma, concordando que, se eu fosse a dona do Boatman, demitiria Mick e o substituiria por Paddy.

Graças à doutrinação da minha mãe, não acreditava em amor à primeira vista. Mas uma olhada no Paddy fora o suficiente para me transformar numa princesa de desenho animado, pior que a Leechy, oficialmente a garota mais (e confessa) melosa que eu e a Marnie conhecíamos. Eu queria o Paddy mais do que jamais quisera qualquer outra coisa e fiquei apavorada com a possibilidade de não tê-lo.

O normal seria falar sobre isso, mas eu estava tentando encontrar sentido no efeito cataclísmico que ele causara em mim, antes de contar para alguém. Não podia imaginar horas de análise com Marnie e Leechy, deitada na cama pensando em maneiras de fazer o

Paddy ficar a fim de mim. Minha necessidade em relação a ele era imensuravelmente mais visceral e adulta do que qualquer outra das paixonites que eu tivera, e eu tive certeza de uma coisa: rímel com brilho não era a resposta.

Outra razão para eu manter a boca fechada era que mamãe, papai e Bid — principalmente Bid — ririam de mim. Todo mundo achava que eu era extremamente forte — e se alguma vez eu fosse tola o suficiente para revelar qualquer fraqueza, a reação seria uma gargalhada. Ao longo dos anos, tinha aprendido a não me dar ao trabalho de chorar, porque tudo o que eu conseguia eram risos e um "olha só para você derramando lágrimas como se fosse uma idiota".

Mas minha obsessão por Paddy foi quase desmascarada quando perguntei para mamãe e para Bid: — Como a gente faz para um homem notar que a gente existe?

O conselho da mamãe foi: — Seja você mesma.

O conselho da Bid foi: — Não use sutiã.

Ser eu mesma. E quem eu era?

Eu era a descomplicada, a forte, então decidi fazer esse papel. Nada de artimanhas femininas para mim. Quando Paddy encheu uma bandeja com dez pints de cerveja e perguntou: "Precisa de alguma ajuda com isso, Grace?", eu disse, firme: "Imagina", e puxei a bandeja da bancada, os braços tremendo com o peso.

(Depois, com frequência, via a Marnie se recusar a carregar qualquer bandeja com mais de quatro copos em cima, e os garçons disputando para ajudá-la.)

Eu aceitava qualquer turno que me pedissem, na esperança de que coincidisse com o do Paddy. Quase tinha medo de considerar essa possibilidade, mas achava realmente que ele gostava de mim. Na noite em que deslizou um cubo de gelo pelas minhas costas e tivemos uma pequena luta, que me deixou sem fôlego e atiçada, tive quase certeza disso.

A coisa mais importante que eu precisava descobrir era se ele tinha ou não uma namorada. Eu ficava deitada na cama, maquinando e planejando. Pergunto ao Jonzer? Pergunto ao Whacker? Pergunto a qualquer um dos caras do bar?

Me dei conta de que bastava perguntar ao Paddy.

— Então, Paddy. — Tirei a tampa de uma garrafa de água tônica e joguei-a, por cima do ombro, dentro da lata de lixo. — Você tem namorada?

— Boa pontaria — disse ele. — Não. Por quê? É uma oferta?

— Quem te dera! — Peguei minha bandeja e passei por ele.

— Quem me dera mesmo! — disse ele, nas minhas costas.

Eu ri por cima do ombro. — Vai sonhando.

— Você está partindo meu coração!

Mais tarde, em casa, no quarto, desembrulhei aquelas palavras como se fossem joias preciosas, e as ouvi repetidamente:

Quem me dera mesmo!

Você está partindo meu coração!

Eu estava construindo algo com ele. Como quem constrói um castelo de cartas, tremendo de pânico cada vez que colocava uma carta nova, temendo derrubar todo o edifício.

Tínhamos muito em comum: ele se interessava por política; eu me interessava por política. Bem, na verdade, nem tanto, mas sabia de política. E éramos um par fisicamente óbvio — não são muitas as garotas que medem quase um e setenta e cinco. (Quando eu era descartada em favor de uma baixinha, me sentia um tronco de árvore que não conseguia passar pelas portas e quebrava cadeiras ao sentar.)

Na noite do meu aniversário, dezessete anos meus e da Marnie, acrescentei mais uma carta ao castelo, com a proposta de apresentá-lo à pessoa mais importante da minha vida.

— Minha irmã gêmea vai chegar mais tarde. É nosso aniversário.

— Sua irmã *gêmea*? Existem *duas* de você? Uma Grace Gildee é ruim o suficiente!

Borrifei água da torneira no rosto dele e ele se encolheu, rindo. — Vocês vão sair mais tarde para comemorar? Estou convidado?

— Por que a gente convidaria um idiota feito você?

— Ah, convida, vai, Grace.

— Não.

— Ah, por favor.

— Que parte da palavra "não" você não entende? (Eu estava quase feliz com essa fala em particular, achando que ela era o auge de uma paquera sofisticada.)

Depois, a Marnie chegou e, com um olhar, varreu tudo o que eu tinha construído, tão cuidadosamente, e agarrou o prêmio.

Houve um momento em que senti que tinha uma escolha, que, se propusesse uma luta, eu teria chance. Depois, me recolhi. Paddy queria Marnie. Mas, mesmo que não quisesse, Marnie o queria e eu era incapaz de negar qualquer coisa a ela.

Foi difícil. Via os dois no trabalho e via os dois em casa: não havia por onde escapar. Tinha que testemunhar os beijos, as mãos dadas, os risos em conjunto. Ouvi-la contar sobre o sexo fabuloso que faziam: "... E, depois, ele puxou minhas pernas em volta da cintura dele, e, Grace, juro por Deus..."

Mas eu me acostumei a pensar nele como sendo da Marnie. De vez em quando, me lembrava inesperadamente da conexão que pensara ter tido com ele, mas concluía que me iludira.

Eles estavam juntos há quase três anos e percebi que o Paddy tinha deixado de amar a Marnie antes que ela percebesse. Foi na primavera antes do nosso vigésimo aniversário. Paddy estava no último ano da faculdade. Começaria a estagiar como advogado em outubro. E era óbvio — para mim, é claro — que ele estava pronto para seguir adiante, rumo a uma nova etapa de sua vida.

Tentei avisar Marnie, mas ela era inalcançável. De certa forma, era tão ruim quanto se ele tivesse deixado de me amar. A dor dela era a minha também.

Depois, Sheridan me disse que havia algo mais acontecendo entre Paddy e Leechy do que as sessões platônicas de conforto. Eu não acreditei — Leechy era como uma irmã para Marnie e para mim. Mas Sheridan insistiu que era verdade. Insistiu com tanta veemência que — apesar de não ser da minha conta — pedi a Leechy que ficasse longe do Paddy.

Leechy estava sempre querendo agradar. Mas, em vez de baixar a cabeça, disse com firmeza surpreendente: — Não, Grace. Eu sou a nova namorada do Paddy.

Nova namorada? Fiquei espantada. — Mas ele já tem uma... — Olhei para ela e me dei conta da verdade. — Você está, você está... *transando* com ele?

— Não — enrubesceu.

— Está sim! Meu Deus! Meu Deus! Meu Deus! — exclamei, tomada de medo. O que Marnie diria? O que Marnie faria? — Leechy, por favor, para. Você tem que parar. Cadê sua lealdade?

— Normalmente, eu seria leal — disse ela. — Normalmente, eu nunca ficaria com o homem de uma amiga.

Tive vontade de dizer: normalmente, você não teria essa chance! Você não é exatamente Cindy Crawford.

— E a Marnie? — supliquei. — Ela é sua amiga desde quando você tinha cinco anos!

— Marnie e Paddy, isso já era — disse ela com bastante confiança. — Eu sou o tipo dele. Sou sensível, firme e gosto dos Carpenters. Marnie foi coisa de adolescente.

— Leechy, você está imaginando coisas... — Queria contar para ela que eu também já pensara que o tipo dele era uma mulher forte e inteligente. Que eu tinha certeza de que ele estava simplesmente usando as consequências de transar com ela para se retirar da vida da Marnie.

— Eu amo o Paddy, Grace — disse ela, com a confiança contínua, e encerrou o assunto.

Eu culpava o Paddy, mas culpava ainda mais Leechy. Se ela não tivesse transado com ele, Marnie não teria perdido a cabeça e não teria transado com Sheridan. E, se ela não tivesse transado com Sheridan, Paddy não a teria espancado até que ficasse inconsciente, um evento que mudou Marnie para sempre, na minha opinião.

Tinha acontecido havia quatro anos, quando voltei a vê-lo. Foi um evento do trabalho, o lançamento de alguma coisa num salão de hotel. De repente, lá estava ele, mais alto que os outros. Não parecia pobre nem selvagem como antes, as roupas eram novas e indicavam dinheiro, mas, definitivamente, era ele. Olhei meio segundo a mais, tempo suficiente para que ele me visse. O choque provocou espanto em seu rosto. Ele ficou branco e sua expressão congelou. Virei de costas para ele.

— Tenho que ir — disse ao grupo de pessoas com quem estava.

— Por quê?

Abandonei o copo numa bandeja e ziguezagueei entre a multidão a caminho da porta. Quando alcancei a saída, Paddy bloqueou minha passagem.

— Grace...

Baixei a cabeça e me esquivei, mas, com um movimento rápido e ágil, ele ficou mais uma vez na minha frente.

— Grace, é você? Não é?

Fui em outra direção, mas novamente ele foi mais rápido que eu.

— Grace, por favor... É assim que você trata um velho amigo?

— O quê? — Levantei a cabeça. — Você não é meu amigo.

Foi um erro olhar para ele. Era a imagem da angústia. — Grace, por favor. — Suplicante, ele disse: — Você e eu sempre fomos amigos.

— Amigos? — Eu estava enojada. — Depois do que você fez com a Marnie!

Minha indignação em voz alta atraiu olhares assustados. Paddy percebeu.

— A gente pode conversar? — perguntou, baixinho.

— Pode falar. — Cruzei os braços. — Sou toda ouvidos.

— Aqui, não. Vamos para um lugar um pouco mais... reservado. Onde eu possa me explicar.

Não existia uma explicação. Mas a curiosidade sempre foi o meu ponto fraco. Talvez *houvesse* alguma coisa que pudesse fazer sentido.

— Tem um bar privativo aqui no hotel — disse ele. — Você me daria dez minutos do seu tempo?

Ele facilitou tudo — se eu tivesse que ir a algum lugar distante na sua companhia, não teria acontecido. E o que eram dez minutos?

No conforto do bar de madeira, Paddy colocou um drinque na minha frente.

— Você só tem mais seis minutos — eu disse.

— Nesse caso, melhor eu ser rápido. Ok... Eu era jovem... e... estava perdido e com muita raiva. Minha mãe tinha morrido, meu pai era maluco...

— Isso não é desculpa.

— Eu não estou tentando me desculpar, só estou tentando explicar. — Ele baixou a cabeça. — Eu não tinha uma casa, é a única maneira de dizer. — Uma longa pausa se seguiu antes que ele falasse novamente: — Quando eu conheci a Marnie, ela se tornou a minha casa. Todos vocês, na verdade. Você, a Bid, seu pai e sua mãe. — Outro momento de silêncio. — Mas, quando me dei conta de que não amava mais a Marnie, eu a culpei. Pensei que tinha parado de amá-la porque ela era fraca. Se fosse uma pessoa diferente, eu ainda seria apaixonado por ela, mas ela não era, eu não era, e fiquei de novo, sem uma casa, um porto seguro...

Fiquei surpresa por sentir uma ligeira pena dele. Depois me lembrei do rosto inchado da Marnie, e a pena desapareceu.

— Já andei muito atormentado pela vergonha.

— Bom para você. E por que está me contando isso? Devia contar para Marnie.

Ele hesitou. — Pensei em fazer isso. Ainda penso. Mas, sabendo o que sei, *sabia*, sobre a Marnie, se entrasse em contato, acho que... talvez abrisse velhas feridas. Acho que teria piorado as coisas, em vez de melhorado.

A parte mais irritante é que ele estava certo. Se Marnie ouvisse falar dele agora, voltaria no tempo.

— Mas não tenho certeza, penso nisso de vez em quando e fico me perguntando...

— Só para lembrar, depois desse comentário fascinante... — Entornei o resto do meu drinque e me levantei. — Já passaram dez minutos.

— Como ela está? — perguntou ele.

— Marnie? Bem — respondi. — Bem melhor que você. Você foi... um merda na vida dela.

— Eu tive que ser. Era a única maneira de terminar. Ela nunca teria aceitado, se fosse de outra maneira.

Mais uma vez, ele estava certo.

— Ela é uma mulher muito especial — disse ele, melancólico. — Você vai tomar mais um drinque e me contar como ela está?

— Não.

— Por favor.

— Não. Ah, está bem.

Não podia fazer mais nada. Bem, foi assim que justifiquei a situação para mim mesma.

Paddy pediu mais bebida e continuou a falar com tanta delicadeza sobre a Marnie, com tanta tristeza sobre a sensibilidade dela, sobre como era difícil para ela ser feliz que — para minha vergonha eterna — concordei parcialmente com ele.

O barulho metálico da coqueteleira interrompeu a fluência das palavras de Paddy. — Meu Deus, isso me levou de volta ao passado. — O barman trocou de coqueteleira. — Lembra que a gente costumava fazer isso no Boatman?

Concordei, envergonhada ao lembrar que carregava coisas pesadas pelo bar na tentativa de impressioná-lo. Que idiota eu era...

— Você era a única garota que conseguia trocar a coqueteleira — disse ele. — Você parecia uma... amazona incrível. Espetacular. Nada te assustava.

Fiquei chocada. Sempre pensara que o fato de andar para cima e para baixo como uma estivadora fora o motivo do afastamento de Paddy.

— Nunca conheci uma mulher como você, antes — disse ele, encantado.

Eu não podia olhar para ele. Engoli a saliva tão alto que nós dois escutamos, e meu gogó subiu e desceu como se fosse um pistão.

— E não conheci outra desde então.

Jesus Cristo! Tentei olhar de canto de olho para ele e, quando nossos olhos se encontraram, uma emoção brotou entre nós. Por mais resistente que eu fosse — e eu era, tudo o que tinha de fazer era pensar no rosto espancado da Marnie —, senti que éramos íntimos, como se eu e ele realmente entendêssemos um ao outro. Como era antes de ele conhecer a Marnie.

— Mais um drinque? — ofereceu.

— Não. Eu vou embora.

— Tem certeza? Só mais um, vai?

Hesitei, depois cedi: — Tudo bem, só mais um.

Quando ele voltou do balcão, colocou nossas bebidas na mesa, virou-se para mim e disse: — Preciso dizer uma coisa, e se eu não disser agora, nunca vou dizer.

Eu tinha uma ideia bastante clara de onde aquilo ia dar.

— Eu errei — disse ele. — Escolhi a irmã errada.

Fechei os olhos. — Não faz isso.

Mesmo que ele não tivesse feito as coisas terríveis que fez com Marnie, se envolver com o ex-namorado da irmã — ou das amigas — era um tabu. Ele sempre seria dela.

— Vem para casa comigo — disse ele.

Fui tomada de desejo. Daria tudo por uma noite com Paddy. Uma noite do corpo dele nu, uma noite de sexo selvagem, carinhoso, enlouquecedor, em todas as posições possíveis, uma noite com ele dentro de mim, o rosto contorcido de desejo por mim, por mim, por mim...

— Não — respondi.

— Não?

— Não. — A imagem da Marnie no hospital não ia embora. Peguei minha bolsa e me levantei para partir.

— Você vai mudar de ideia — disse ele. — Vou te convencer.

— Não vai, não — respondi, perguntando-me o que ele faria para me convencer.

Mas nada aconteceu. Não tive mais notícias dele, nem uma palavra sequer por mais onze anos. Tempo suficiente para eu refletir sobre a minha recusa.

Depois, no verão passado, recebi um telefonema de Annette Babcock, da Palladian, editora especializada em biografias de celebridades. Eu havia trabalhado como ghost writer de alguns livros editados por eles num passado recente. (A vida de uma atleta e a vida atribulada de uma ex-miss Irlanda que fizera vinte e oito cirurgias plásticas para seguir com a carreira de modelo.)

Era o tipo de trabalho que jornalistas faziam paralelamente, devido ao fato de a maioria dos modelos, atletas — até mesmo políticos — ser semianalfabeta... Era um trabalho pesado, intenso, também destruidor da alma, uma vez que era preciso transformar uma vida sem graça e histórias entediantes em prosa legível e interessante. Mas a grana podia ser boa.

— Você pode vir aqui? — disse Annette. — Tenho um trabalho para você.

Quando eu estava sentada diante dela, ela disse: — A gente vai fazer um livro sobre Paddy de Courcy.

Jesus, eu pensei, Paddy de Courcy...

— Achamos que você é a escritora certa para ele. Isso significa que vai precisar passar bastante tempo com Paddy no próximo mês, mas isso não é difícil, é? É? — repetiu, na falta de resposta.

— O quê? Desculpe, eu estava pensando... — Pigarreei. Tinha muitas perguntas. Primeiro, e antes de tudo, por que eu?

— Não deixe isso subir à cabeça — disse Annette, ácida. Era claro que ela gostava dele. — Não é que ele tenha pedido que fosse você. Temos uma relação de escritores. Levamos vários nomes até ele. Ele disse que leu *A Corrida Humana*. (A biografia da atleta.) Disse que gostava do seu trabalho.

— Ele...?

A verdade é que eu me esquecera parcialmente da existência de Paddy de Courcy. Quer dizer, não completamente. Tinha sido difícil, já que Paddy sempre estava no noticiário ou seu rosto lindo estampava as colunas sociais. Às vezes, quando o via, sentia, surpresa, um nó na boca do estômago. Mas, na maior parte do tempo, não sentia nada.

— Bem? — perguntou Annette. — Você topa?

— Não sei...

— *O que foi?*

Eu estava confusa. Isso não seria arriscado para o Paddy? Eu sabia coisas sobre ele que provavelmente nenhum outro jornalista sabia. Mas talvez fosse esse o motivo para ele ter me escolhido — porque não teria que assumir ter mandado a Marnie para o hospital e chocar com a notícia. Talvez ele soubesse que teria que incluir isso no livro. Então talvez achasse que poderia fazer com que eu escrevesse uma versão mais limpinha e simpática.

Mas talvez eu estivesse pensando demais. Talvez Marnie já fosse um passado tão distante que ele mesmo já esquecera o que fizera?

Talvez ele realmente tivesse *gostado* de *A Corrida Humana*? Talvez isso fosse realmente só mais um trabalho?

— A grana é boa — disse Annette, ansiosa. Lançou o valor e, na verdade, ela estava certa. — Posso tentar conseguir mais uns dois mil.

— Tudo bem, mas...

Fiquei confusa. Por que eu ajudaria o Paddy? A ideia de trabalhar com ele, de deixar que se beneficiasse da minha redação, fazia com que eu me sentisse desleal e desconfortável. Depois, meu espírito desbravador assumiu o controle — talvez eu conseguisse justiça para Marnie depois de quinze anos do ocorrido. Pensei mais longamente sobre isso e a convicção de que alguma coisa boa poderia resultar da iniciativa se fortaleceu.

— Ok — respondi para Annette. — Eu faço.

— Um pouquinho mais de entusiasmo seria ótimo, se você não se importa — disse ela. — Pessoalmente, eu estaria me contorcendo só de pensar em passar essa quantidade de tempo com o Paddy.

Fechei os olhos. Ela precisava fazer esse comentário?

— Agora, me escuta, Grace. Esse é um projeto absolutamente confidencial, por causa do perigo de embargos antes do lançamento por parte de outros políticos. Você não pode contar para ninguém.

— Eu sou um túmulo.

Assim que cheguei em casa, contei para o Damien.

— *Autobiografia* dele? — Damien ficou altamente desconfiado. — Por quê? Ele não fez nada de excepcional, além de transar com modelos. Não é líder de um partido. Nem é ministro.

— O mundo das autobiografias de celebridades mudou. — Dei de ombros. — A pessoa não precisa ter feito alguma coisa, basta ser bonita.

Damien me observava, o rosto rígido, os olhos sombrios. — Por que você topou fazer, Grace? Depois de tudo o que ele fez com a Marnie?

— Foi exatamente por isso. Fiquei pensando se eu não posso... você sabe... fazer alguma coisa por ela. Quem sabe um pedido de desculpas...

— Isso já faz muito tempo — disse Damien. — A Marnie está casada, é mãe de duas meninas. Talvez não queira que nada disso venha a público. Talvez não queira nenhum envolvimento com ele.

— Pode ser o contrário.

— Talvez você devesse falar com ela antes de ir adiante.

— Eu já topei fazer.

Ele encolheu os ombros. — Você pode mudar de ideia. Já assinou alguma coisa?

— Não. Eu sei. Mas sinto que tenho que fazer isso... foi uma coisa tão importante que aconteceu comigo e com a Marnie — falei. — Sei que você não consegue entender, porque não estava lá, mas isso parece uma chance de, sei lá, de... Ah, eu não sei, Damien! — Suspirei pesadamente. — De desfazer uma coisa ruim.

Minhas palavras caíram no silêncio. Como poderia fazê-lo entender? O anzol estava cravado na minha carne. Apesar das minhas suspeitas e do meu medo de ser desleal, eu precisava fazer aquilo.

— Não fica com essa cara triste — implorei.

Damien riu, pesaroso — sabia da minha paixonite adolescente pelo Paddy.

— Ok — concordei. — Ok, ok. Se você realmente não quer que eu faça. Basta dizer e eu não faço.

— Grace...

Depois, senti vergonha. Damien nunca faria esse tipo de pedido, não era esse tipo de homem. Balançando a cabeça, ele se afastou.

— A grana é boa — gritei para ele.

— Ótimo. — A voz dele chegou a mim. — A gente vai comprar um monte de coisas.

Nossa primeira sessão, para discutir a estrutura do livro, aconteceu no escritório do Paddy. Tinha me esquecido como era ficar tão perto dele. Do tamanho dele. Daqueles olhos. Da presença... do carisma, chame como quiser. Uma presença física perfeita, poderosa. Havia tanto nele, tanta coisa concentrada num único ser humano — como num café realmente forte, num chocolate amargo. Era quase insuportável. Ele apertou minha mão e me beijou suavemente o rosto. — Vai ser um prazer enorme trabalhar com você.

— Deus, como você é político — reclamei. — Onde eu sento?

Onde você quiser. No sofá, se quiser.

— É onde você faz o teste do sofá?

— É apenas um *sofá*.

Escolhi uma cadeira de encosto duro, murmurando para mim mesma que aquela deveria ser mais segura. Paddy ficou atrás da sua mesa, e eu abri meu bloquinho amarelo. Desafiadora, eu disse: — Primeiro, o mais importante. A gente vai incluir o episódio em que você mandou minha irmã para o hospital?

— A mesma Grace de sempre — disse Paddy, sem rancor. — Sempre liderando uma causa. Mas acho melhor a gente deixar esse episódio juvenil de lado.

— Ah, entendi. Foi por *isso* que você pediu que fosse eu. — Como eu suspeitava. — Se você acha que vou te proteger, pode esquecer. — Levantei-me para ir embora.

— Não para me proteger. Senta, Grace, por favor? Para proteger a Marnie. Você acha que ela gostaria que isso fosse publicado num livro?

Exatamente o que Damien dissera...

— Gostaria? — perguntou novamente.

Eu não sabia. Não perguntara a ela.

Lentamente, voltei a me sentar. Mas, se eu não estava fazendo aquilo como uma defesa da Marnie, por que estava ali?

— O dinheiro é bom — disse Paddy, lendo meus pensamentos. — Sossega, Grace, nós dois temos um ótimo trabalho a fazer. Vamos fazer, só isso.

O dinheiro *era* bom. Eu comprara um carro recentemente e as prestações eram altas.

Peguei novamente minha caneta e, para minha surpresa, trabalhamos durante três horas com grande progresso. Era apenas um trabalho, percebi, e ficaria tudo bem.

Nossa segunda sessão aconteceu cinco dias depois e, mais uma vez, o trabalho foi produtivo. Falamos da infância dele e chegamos à morte da mãe — quando, de repente, Paddy parou de falar e baixou a cabeça. Quando levantou o olhar novamente, seus olhos estavam mareados. Normalmente, eu pensaria: um homem chorando, que *engraçado*! Mas talvez porque o conhecesse na época, tão perdido e revoltado, senti uma inesperada tristeza por ele.

Tirei um guardanapo do Burger King da bolsa e dei para ele, que limpou rapidamente os olhos. Segundos depois, era o mesmo novamente.

— Bem, isso foi constrangedor. — Ele riu. Olhou para o guardanapo. — Manchete do jornal: Grace Gildee foi gentil.

— Eu *sou* gentil — me defendi. — Com quem merece.

— Eu sei disso. Sabe, Grace — Ele me beneficiou com seus olhos azuis —, eu escolhi a Palladian por sua causa.

O quê? Que mudança abrupta de assunto!

— Sempre acompanhei seu progresso, sempre soube para que jornal você trabalhava, sempre li suas matérias.

— Por que você está me contando isso?

— Porque, em todos esses anos, nunca deixei de pensar em você.

Um arrepio involuntário percorreu meu corpo, dos dedos dos pés à raiz dos cabelos.

— Penso em você absolutamente todos os dias. Você é a única que combina perfeitamente comigo.

Eu não queria, mas fiquei lisonjeada. Excitada. Assim, de uma hora para outra, estava envolvida de novo.

Meu eu adolescente foi reativado e voltei a ser sonhadora e distraída, parcialmente cega de desejo por Paddy.

Naquela noite não consegui dormir. Não havia desculpa para a verdade: minha atração pelo Paddy era uma coisa ruim, terrível; perigosa e suja.

Foi há muito tempo, talvez ele tenha mudado.

E o Damien?

O que Damien e eu tínhamos era raro e bom.

Instintivamente, eu sabia o que devia ser feito: encerraria meu envolvimento com o projeto.

Mas, quando fui encontrar com Paddy para dizer que procurasse outro escritor, foi como se ele tivesse antecipado os acontecimentos. Antes de eu abrir a boca, ele fechou a porta do escritório e disse: — Não faz isso, Grace. Não me abandone.

— Mas...

— Por favor. Você é a única pessoa em quem confio para dizer a verdade. Preciso de você.

Não consegui evitar — ele fez com que eu me sentisse importante demais para desistir.

Aquele dia de trabalho e nossa sessão seguinte, dois dias depois, foram conduzidos sob tamanha tensão sexual que eu não conseguia pensar com clareza. Nosso progresso anterior tinha diminuído a quase nada, mas não me importava. Eu estava presa dentro de mim mesma, num processo de negociação constante. Eu só queria uma noite. Uma noite devida a onze anos antes. Ou dezoito anos antes. Não significava que não amasse Damien.

Em casa, Damien me observava sem dizer nada e eu consegui me convencer de que ele não percebera. Até uma noite, em casa, depois do trabalho, quando um catálogo *new age* chegou na correspondência e ficamos escolhendo os cursos que detestaríamos fazer.

— Tambor Tribal seria terrível — falei, rindo de me contorcer. — Imagina os alunos.

— Para mim — disse ele —, o pior seria... vamos ver... aqui! Libere suas Emoções Trancadas Através da Música. Um final de semana inteiro disso. Jesus!

— Agora eu já sei o que te dar de aniversário.

— Grace, só vou dizer uma coisa.

Alertada pela mudança repentina no tom de voz, olhei para ele.
— O que foi?

— Se um de nós traísse o outro. Nossa, detesto essa palavra — disse ele. — Talvez a gente fosse capaz de sobreviver, mas as coisas seriam diferentes para sempre. A confiança acabaria. A inocência.

— Eu... — A resposta óbvia seria perguntar o que suscitara aquele comentário. Mas eu não podia adentrar essa seara. Ele não me acusara de nada, era o que importava, e, na verdade, eu não fizera nada. — Tudo bem, Damien. Eu sei disso.

— Que bom, que bom... porque eu detestaria pensar... — Ele pareceu prestes a dizer algo mais, e desejei que não o fizesse. — Porque eu te amo, sabia?

Minha resposta usual quando ele dizia que me amava era perguntar se estava querendo alguma coisa com aquilo. Mas, daquela vez, eu disse simplesmente: — Eu sei que você me ama. — Depois, fui tomada por uma onda de amor e gratidão muito profunda, e disse: — Eu também te amo.

— Cuidado — disse ele. — A gente não quer virar o *Casal 20*.

Nós dois rimos, nervosos.

No dia seguinte, tive outro encontro com Paddy. O sol estava explodindo no céu e ele me esperava do lado de fora, observando-me enquanto eu estacionava o carro. Entrei de primeira, uma manobra suave e confiante, o carro absolutamente equidistante em relação às quatro linhas brancas, uma estacionada perfeita com meu carro perfeito naquele dia perfeito.

— Bom trabalho — disse Paddy, sem tentar esconder a admiração.

— É mérito do carro — ri.

— Você ama seu carro? — perguntou ele.

— Eu *amo* meu carro

No escritório, sentei à escrivaninha para começar o trabalho e Paddy disse: — E você e o Damien?

— O que tem? — Não consegui evitar parecer defensiva.

— Ainda apaixonados?

— Ainda.

— Você pensaria na possibilidade de romper com ele?

— Por que eu pensaria nisso?

— Para ser minha namorada. A gente seria um casal incrível. Olha. — Ele escreveu um número num pedaço de papel. — Este é o número do meu celular particular. Particular mesmo. Só o meu personal trainer tem. Pense bem no que eu disse. — Ele encolheu os ombros. — Se você decidir alguma coisa, me liga, a qualquer hora do dia ou da noite.

Não consegui dizer uma palavra. Que ousadia! Mesmo assim, me senti vergonhosamente lisonjeada. A menos que fosse um jogo...

— Estou falando sério — disse ele. — Sei que você não acredita, mas vou continuar dizendo até você acreditar: você é a única mulher que eu conheço que combina comigo.

Quase vomitei. De desejo e vergonha, de vergonha e desejo.

Três dias depois, soube da notícia de que Paddy ia se casar e — admito — senti como se tivesse sido apunhalada pelas costas. Ele não me devia nada, nenhuma promessa fora feita, mas se comportara como se...

O choque desconcertante fora acrescido da descoberta de que a noiva era Leechy.

Era o meu ego, disse para mim mesma. Era isso. Ferido porque eu achava que era especial para ele.

Paddy me ligou.

— É verdade? — perguntei.

— Grace...

— É verdade?

— É, mas...

Desliguei.

Ele ligou de novo. Desliguei o telefone.

Depois, descobri sobre a Lola. Enquanto entrevistava Marcia Fitzgibbon para a coluna "Meu Insulto Favorito", ela reclamou que sua consultora de estilo andava se drogando, esculhambando o trabalho, e insistia que Paddy de Courcy era namorado dela. — Se você visse a mulher — me disse Marcia. — Imagina, o cabelo dela é *roxo*!

Foi fácil localizar Lola. Ela não confirmou que saía com Paddy e — paradoxalmente — aquela era a prova da verdade.

Me sentindo cada vez mais estúpida, telefonei para a Palladian e disse que estava fora do projeto. Eles reclamaram, mas não puderam fazer nada, porque o contrato ainda não fora assinado.

Durante as duas ou três semanas seguintes, Paddy continuou telefonando, e eu continuei não atendendo — até o dia em que, por causa de algum capricho que nunca compreendi, atendi.

— Só quero que você me escute — disse ele e, apesar de não fazer ideia de como ele se sairia dessa, minha curiosidade — como sempre — foi maior.

— Meu escritório — sugeriu.
— Ok.
— Vou mandar John Espanhol te buscar.
— Vou andando.

O assistente dele me encaminhou a uma sala vazia. Ele nem estava me esperando; eu não devia ter ido. Acendi um cigarro, a chama do isqueiro tremendo, e decidi contar até dezesseis. (Por que dezesseis? Não faço ideia.) Se ele não aparecesse até lá, eu iria embora. Um, dois...

Lá estava ele. Fechou a porta com firmeza e sua presença tomou conta do ambiente.

— Parabéns. — Eu me levantei. — Pelo casamento.
— Olha só, eu sei. — Ele parecia acabado. — Mas isso não muda nada, Grace. Eu não amo a Leechy — disse.

Por mais que eu desprezasse a Leechy, me perguntei como alguém podia ser tão insensível.

— Eu sou político, Grace. Preciso de uma esposa adequada. Desculpe não ter te contado pessoalmente. O que aconteceu foi que pedi para ver uns anéis, o joalheiro deixou vazar a informação, e foi parar na imprensa antes que eu soubesse. A gente pode continuar como antes. — Ele se aproximou de mim e ficou perto o bastante para tirar o cigarro da minha mão e colocá-lo num cinzeiro. Suave, ele continuou: — Melhor que antes. Quando você vai acabar com o meu desespero? Eu te quero tanto, isso está me matando. Dorme comigo, Grace, dorme comigo.

Ele colocou as mãos nos meus quadris e, dobrando ligeiramente os joelhos, pressionou o membro ereto contra meu púbis, sussurrando na minha orelha: — É assim que eu fico perto de você. Sempre, o tempo todo — murmurou. — Pensa na gente na cama, Grace.

Como se eu pensasse em outra coisa ultimamente.

Era como se eu estivesse hipnotizada e, de repente, tive a certeza de que transaria com Paddy. O momento que eu fantasiara durante anos estava para acontecer. Mas por que agora? Justo agora que ele ia se casar com outra pessoa? Essa era, estranhamente, a razão. A novidade chocante me mostrara o quanto eu o queria.

Nos aproximamos. O calor do hálito do Paddy estava na minha boca. Ele ia me beijar... *Mas Damien*... meu corpo se abria em resposta ao desejo nos olhos do Paddy. Quase desmaiando diante daquela proximidade, fechei os olhos, e a língua dele entrou na minha boca, a minha boca estava na dele, nos beijamos... As mãos do Paddy nos meus seios, os dedos buscando meus mamilos, o corpo rijo e quente contra o meu... *Damien*... Meus joelhos tremiam de desejo — depois pensei na Marnie, o rosto inchado e roxo.

Abri os olhos e me afastei dele. — Não, Paddy, não posso fazer isso.

Veio do nada. Um tapa com a mão aberta no meu rosto, o anel do dedo dele acertando meu olho. A força do golpe me jogou no chão. Senti uma umidade debaixo do olho esquerdo e, por um minuto de humilhação, achei que estivesse chorando. Na verdade, foi um alívio passar a mão no rosto e descobrir que estava coberto de sangue.

— Acho que não vai precisar dar ponto — disse ele, quase como um pedido de desculpas.

— Como é que você sabe? — eu disse, a voz embargada. — Faz isso com frequência?

Minha intenção era ser sarcástica, mas, pela maneira como me encarava, como se avaliasse o grau de confiança que podia ter em mim, me dei conta de que, na verdade, sim, *fazia* com frequência. Marnie pode ter sido a primeira, mas outras vieram depois dela. Encarei-o, depois desviei o olhar, porque pensei ser mais seguro não olhar para ele.

— Se você contar para alguém — ameaçou. — Eu te mato. Ok? Ok? — disse, mais alto dessa vez.

Limpei o sangue do rosto, impressionada com a quantidade e a vermelhidão. — Ok.

Ele se ajoelhou do meu lado; pensei que fosse me ajudar a levantar e eu me preparei para afastá-lo. Com uma mão, pegou meu cigarro no cinzeiro, e com a outra segurou meu punho.

Nossos olhos se encontraram e, depois de um segundo de descrença, soube o que ele queria fazer.

— Não! — Enlouquecida, tentei arrastar meu corpo para trás no chão.

— Sim. — Ele me segurou, pressionando com o joelho meu braço, e levou a ponta em brasa do cigarro até o centro da minha palma.

Foi rápido e terrível, indizivelmente pior do que eu podia imaginar. E mais terrível que a dor física era o fato de que eu estava marcada por ele para sempre.

Mal me lembro de ter saído do escritório. Na rua, as pernas bambas, caminhei em direção à paz do parque Stephen Green. E lá, incapaz de fazer qualquer outra coisa, sentei num banco.

Tudo derretia. Meus pensamentos se arrastavam.

Estou em choque, percebi. Estou em choque.

Meu rosto ainda sangrava. Não tanto quanto antes, mas havia um filete ininterrupto que continuava pedindo lenços de papel. Pressionava um contra a face e, um pouco depois, olhava para ver se ainda saía sangue, depois pegava outro.

Estranho eu ter uma caixa de lenços de papel na bolsa, pensei, sentindo-me muito distante. Não sou nem um pouco o tipo de pessoa que carrega uma caixa de lenços de papel. Mas, quando procurei na bolsa, lá estava ela... como... como... um kit de primeiros socorros.

Minha mão pulsava de dor, uma dor chocante, de certa forma ameaçadora, tão grande que achei que fosse vomitar.

Depois, minha raiva entrou em foco, quente, enorme, quase viscosa. Merda de Paddy de Courcy. Eu estava... enojada, literalmente *enojada* pelo que ele fizera comigo. Era insuportavelmente humilhante. Ele usara força contra mim e eu não fora capaz de fazer nada. Simplesmente, fui obrigada a aguentar.

Mas ele estava ferrado agora. Assim que pudesse, eu entraria num táxi, pediria que me levasse à delegacia mais próxima — havia uma na Pearse Street — e o colocaria na cadeia por agressão. Ele vai se arrepender de ter se metido comigo, prometi a mim mesma, amargamente decidida. Ele vai se arrepender de ter pensado que podia se dar bem em cima de mim. Eu não era uma idiota qualquer, tão louca por ele que toleraria esse tipo de coisa.

Nunca te esqueci, sempre soube onde você trabalhava, sempre li seus artigos. Todas as coisas que ele dissera quando começamos a trabalhar no livro, que me haviam amolecido e me animado, mesmo que eu me perguntasse se ele não estaria somente dizendo o que eu queria ouvir, se haviam mostrado verdade. Mas, em vez de ficar lisonjeada, achei sinistro.

Talvez ele não ligasse para mim quando éramos adolescentes, mas agora eu sabia que naquela ocasião, onze anos atrás, quando não fui para a cama com ele, deixara uma marca. Paddy de Courcy provavelmente não era rejeitado com frequência. Desde então, ele certamente me tomava como uma história não terminada. Não uma prioridade — eu não era tão importante —, mas algo adormecido, um ressentimento a ser vingado, se a oportunidade se apresentasse...

E eu estava no meu último lenço de papel. Não podia mais ficar naquele banco. Era hora de levantar e me encaminhar à Pearse Street.

Fiquei de pé e, talvez porque finalmente me movia, coloquei meus pensamentos em ação e, de repente, compreendi que não podia entregar Paddy para a polícia. Todas as ameaças que eu imaginara eram bravatas, porque eu sabia exatamente que tipo de conversa teria à mesa do delegado.

— *Por que Paddy de Courcy agrediu a senhora?*

— *Porque estava com raiva de mim.*

— *E por que estava com raiva?*

— *Porque eu não quis ir para a cama com ele.*

— *E a senhora deu motivos ao Sr. De Courcy para achar que poderia ir para a cama com ele?*

— *Provavelmente. Sim.*

Não podia fazer isso. Não porque achasse que Paddy estava certo — muito longe disso —, mas porque Damien descobriria o que vinha acontecendo. E eu o perderia. E, se o perdesse, estaria perdida. Então eu teria que engolir. Que aguentar. Ficar de boca fechada.

Sentei novamente, sentindo-me como se fosse desmoronar de desesperança, frustração e desespero. Era isso que significava implodir, pensei. Essa sensação de explosão sem alívio. Levei minha mão esquerda — a que não estava queimada — até a boca e gritei dentro dela. Gritei até as lágrimas escorrerem dos meus olhos, até minha cabeça começar a clarear, e enxerguei o que precisava fazer.

Precisava voltar ao trabalho.

Sem grandes gestos. Nada de acenar para chamar um táxi. Nenhum movimento em direção à delegacia. Nada de declarar que queria denunciar um crime.

Eu só precisava agir normalmente e voltar ao trabalho.

Mas como vou explicar o meu rosto, a minha mão?
O que vou dizer às pessoas?
O que vou dizer ao Damien?

Tentei inventar uma história. Alguém esbarrara em mim? Alguém correndo na minha direção me derrubara? Mas eu teria caído de costas, não? E batido a parte de trás da cabeça e não a lateral do rosto.

Ok, que tal alguém me deu um encontrão por trás? Isso, melhor. Caíra de cara no chão.

Mas como explicar a queimadura na minha mão?

Pensei, pensei e, finalmente, concluí, ok, que tal assim: tropecei em uma pedra solta no chão, caí, bati o rosto, deixei o cigarro cair e minha mão buscou apoio exatamente em cima dele?

Era uma porcaria de história, mas teria que funcionar.

Pratiquei com a mulher que trabalhava na farmácia na Dawson Street.

— Essa calçada anda uma desgraça — disse ela. — Você, com certeza, levou um tombo e tanto. Esse machucado no seu rosto talvez merecesse um pontinho.

Não. Não era tão ruim. Eu não deixaria que fosse tão ruim.

— Você faria um curativo? — perguntei. — Um antisséptico e um esparadrapo? Só para parar de sangrar.

— Você que sabe. Estou falando isso porque eu não gostaria que ficasse uma cicatriz no rosto de uma mulher bonita como você.

Eu teria chorado diante de tanta gentileza, se fosse esse tipo de pessoa.

Ela passou um antisséptico qualquer no meu rosto. — Você é corajosa — disse ela. — Achei que fosse doer.

Doeu, mas não quis demonstrar, porque — é, eu sei que é uma idiotice — parecia que, se eu demonstrasse, Paddy venceria mais uma vez.

— Seu rosto — disse a mulher. — Obviamente foi uma pancada forte. Vai ficar um hematoma em um ou dois dias. Preto e azulado na semana que vem. Só para você saber. Pode cancelar qualquer sessão de fotos!

De volta ao trabalho, TC, Jacinta e o resto do pessoal não tiveram compaixão — acharam muito engraçado —, mas aceitaram com leveza a explicação da queda na calçada devido à pedra solta. Então, quando encontrei Damien em casa, de noite, a história já estava bem ensaiada e obviamente soava convincente, porque ele ficou preocupado. Fez o jantar, saiu e alugou um DVD, abriu uma garrafa de vinho e, depois de algumas taças, fiquei inesperadamente contente.

Damien e eu estávamos bem.

Damien e eu estávamos salvos.

Eu fora muito estúpida. Infectada por uma doença chamada De Courcy. Correra o risco mais idiota, inacreditável, mas estava encerrado agora, passara, Damien e eu estávamos salvos.

Não pensaria sobre o que o Paddy fizera comigo. Nem mesmo me permitiria ficar com raiva. Simplesmente agradeceria por ainda ter Damien.

O despertador tocou e acordei assustada, mergulhando imediatamente no horror da noite anterior — a falha espetacular no confronto com Paddy, a raiva gelada de Marnie, as perguntas do Damien...

Meu corpo inteiro, mesmo a sola dos meus pés, parecia ter sido espancado. A adrenalina dos últimos dias cobrava seu preço. Estendi meu braço frágil. O lado de Damien na cama estava vazio. Não estava nem mesmo morno. Obviamente, ele reprogramara o despertador e saíra milênios antes.

Parecia um mau presságio.

Na luz fria do dia, tive a certeza, absoluta e terrível, de que Damien descobriria sobre Paddy e mim. Tive essa certeza na noite anterior, mas parecia pior, mais verdadeira hoje.

Marnie estava com tanta raiva que provavelmente contaria para o Damien.

Jesus, já teria contado? Talvez tivesse ligado para ele no trabalho? Talvez, agora mesmo, ele já soubesse? Meu coração quase parou de bater quando pensei nisso.

E, se Marnie não contasse, De Courcy contaria. Talvez até já o tivesse feito. Depois da noite passada, ele certamente se vingaria de alguma forma. Encontraria uma maneira de me ferir — de me punir —, e a coisa mais fácil seria tirar de mim a pessoa que eu mais amava.

O cenário assustador se desdobrava na minha mente como um filme de terror — a dor do Damien, o sofrimento, a amargura por ter sido traído por mim. Ele não seria capaz de me perdoar, eu tinha certeza disso. Era um esforço tão grande para ele confiar nas pessoas que, uma vez que essa confiança frágil fosse quebrada, não poderia ser reparada. Eu estava ofegante, literalmente ofegante, de tanto medo. Isso não podia acontecer. Mas eu não tinha meios de evitar.

De uma coisa eu tinha certeza — não podia deixar que Damien ficasse sabendo por outra pessoa. Eu mesma teria de contar para ele.

Talvez hoje à noite?

Mas, meu Deus, só de pensar...

Eu estava presa num pesadelo. E, em toda essa situação, a culpa não era de ninguém, mas minha.

Fui eu que deixei acontecer, não foi? Além da minha história com Paddy, eu não precisava ter me envolvido quando Damien me contou sobre a matéria do *Press* denunciando a Dee, precisava? Não tinha que ter me designado como investigadora não oficial do caso. Não tinha que ter cercado as ex-namoradas do Paddy.

Mas fiz tudo isso.

Gostava da Dee, admirava-a, admirava o que ela era. Talvez fosse essa a razão para que eu tivesse pedido para entrevistá-la tantos meses atrás, a razão para ficar tão feliz com o convite para ir com

Damien jantar na casa dela. E para me envolver em toda essa sujeirada política.

Mas o que havia de errado comigo? Eu tivera a audácia de ficar irritada com a ligação infindável da Marnie com Paddy, mas, por acaso, eu era melhor? Eu *sabia* do que ele era capaz e, mesmo assim, achava que podia enfrentá-lo. E agora — grande surpresa — minha vida explodia na minha frente.

Noite passada, Dee tentara ser razoável diante do fracasso desastroso.

— A gente sempre pode aprender com os erros.

Mas eu não acreditava nesse tipo de coisa. Preferia não cometer erros em primeiro lugar. E, se os cometesse, melhor esconder a falha e fingir que não existia.

Deus, eu estava tão enganada em relação à Leechy. Tinha *certeza* de que teria a marca de uma queimadura de cigarro na mão. Como fora ela quem persuadira Christopher Holland a vender a história sobre a Dee, eu cometera o erro de achar que ela era só mais um dos lacaios do Paddy. Ela e Sheridan organizavam o mundo de acordo com a visão do Paddy, não eram melhores que John Espanhol.

Mas talvez Paddy tratasse Leechy de igual para igual, talvez tenham tido a ideia juntos, talvez fossem um time. Talvez Paddy tivesse encontrado a única mulher de quem não precisava abusar. Talvez realmente a amasse.

Cheguei quase uma hora atrasada ao trabalho e pensava na desculpa que inventaria para Jacinta. Quando atravessei o escritório até minha mesa, ela estava envolvida numa espécie de discussão com TC.

Ótimo. Talvez eu pudesse simplesmente me esgueirar e fingir que estivera ali o tempo todo.

— Não posso fazer isso — dizia TC, com a voz aguda e assustada.

— Você tem que fazer — insistiu Jacinta, a voz fria e calma.

TC me viu e seu rosto se encheu de esperança. — Grace!

Bem, meu disfarce acabara de ir para o espaço.

Ele saiu de trás da Jacinta. — Você faria isso, Grace? Por favor, Grace.

— Faria o quê?

— Entrevistaria Zara Kaletsky? Perdi a serenidade. Amo demais essa mulher.

— Eu... — Jesus, as coisas podiam piorar tanto?

— TC, você implorou para fazer a matéria — disse Jacinta, com uma espécie de desprezo divertido. — Então, vai lá e faz.

— Por favor, Grace? — TC jogou sua linda pasta vermelha para mim. — Eu faço todo o seu trabalho. Fico até mais tarde. Transo com Damien. Faço o que você quiser.

— Por onde você andou? — perguntou Jacinta para mim. Depois, voltou-se para o TC e gritou: — Por que a Grace faria a matéria? — Ela estava na sua zona de conforto, duas pessoas na frente dela com quem podia gritar ao mesmo tempo. Provavelmente algo tão agradável quanto as massagens a quatro mãos em que dois homens te esfregam ao mesmo tempo. (Não que eu tenha conhecimento da coisa.) — Pelo amor de Deus, TC — seu tom era tomado de escárnio —, seja homem.

Foi essa frase — o disparate desnecessário dela — que me fez mudar de ideia. Ela era tão implicante, e, naquele momento, eu era a mais preparada para brigar.

— Qual é o hotel? — perguntei para o TC. — Onde você marcou a entrevista?

— No Shelbourne.

Os biscoitos de lá eram ótimos. Eu não tinha tomado café. Seria bom comer alguma coisa doce.

— Eu faço. — Peguei a pasta vermelha e me encaminhei para a porta.

— Eu decido quem faz o quê aqui. — Ouvi Jacinta gritar atrás de mim, mas eu já estava longe.

Um corredor de hotel sombrio; jornalistas descontentes encostados nas paredes; o processo de seleção impenetrável de sempre. Sentei numa cadeira de plástico e me preparei para esperar. Ninguém falava. Segundos pareciam horas. Desespero, em vez de oxigênio, preenchia o ar. A sala de espera do inferno deve ser parecida, pensei.

TC compilara um volume de pesquisa capaz de rivalizar com *Guerra e Paz*, mas tudo parecia tão estúpido e sem sentido que só consegui vislumbrar coisas elementares sobre Zara Kaletsky. A vida dela era tão clichê, quase uma novela. Era uma modelo que tinha virado atriz. Alguns anos atrás, mudara-se para L.A. e desaparecera. Então, ganhara um papel num filme do Spielberg e, de repente, toda a imprensa irlandesa clamava por um pedacinho dela.

O horror da noite passada — o excesso de confiança, o fracasso, a raiva da Marnie, a vitória fácil do Paddy — havia me deixado totalmente arrasada, com a sensação de que a vida na Terra era algo de miserável, que o bem era sempre derrotado pelo mal, que aqueles com o poder nunca cederiam, que os pequenos jamais venceriam, nem mesmo a menor das vitórias. Achei imoral celebrar uma mulher que ganhava uma montanha descomunal de dinheiro de um mercado frívolo fingindo ser outra pessoa.

— Grace Gildee? Do *Spokesman*?

Levantei. Só esperara duas horas e dezessete minutos. Isso certamente contava como um recorde.

— Trinta minutos — disse a assistente de prancheta, malevolamente, quando passei por ela para entrar no quarto. — Nem mais um segundo.

— Ótimo — sussurrei de volta. Tomei mais um minuto para juntar saliva suficiente na boca — um sussurro irritado que se preze requer bastante saliva — e disse, como se fosse o ar saindo de um pneu: — Com ccccertezzzzza, ssssenhorita. Nem um sssssegundo exxxxxxtra. Agradeccccccccida pela assssssisssstêncccccia.

Fiquei feliz por ter conseguido pensar em tantas palavras com som sibilante. Sem muito esforço. De graça. Com um sorriso animado — mas, espero, desconcertante —, fechei a porta. Depois, simplesmente não pude evitar, abri a porta novamente, levantei o queixo para ela, fiz um movimento rápido e sonoro com a língua, como se fosse uma cobra, "Sssssss", e fechei a porta mais uma vez.

Ela pensaria ter imaginado aquilo.

Zara era branca como cera, tinha cabelo curto e brilhante, olhos bem escuros e profundos, quase pretos. Ela se levantou e sorriu. Altíssima e magérrima.

Fiz um sinal para que voltasse a se sentar. — Não precisa levantar. — Abri meu bloco de anotações e liguei o gravador.

— Não sei seu nome — disse ela.

— Ah. Grace. Mas isso não importa. A gente nunca mais vai se encontrar. E você não precisa terminar cada frase com meu nome para me convencer da sua sinceridade. Já me convenceu!

Ela pareceu um pouco alarmada.

— Não tem nenhum assessor de imprensa monitorando cada palavra que a gente disser? — perguntei.

— ... Não. Achei... acho... que isso deixa todo mundo desconfortável.

— Ótimo. — Prova de que ela não era propriamente aquele tipinho realmente esquisito e cheio de perversões. — Ok, Zara, vamos fazer um favor para nós duas. Você deve estar cansada de dar entrevistas e eu também não estou exatamente de bom humor. Vamos ser rápidas. Alergia a trigo?

— O quê?

— Alergia a trigo? — repeti, dessa vez mais alto. — Sim ou não?

— ... Não.

— Jura? Intolerância a lactose, então? — Anotei no bloco. — Não? Tem certeza? Ok. Talvez você deva dar uma pesquisada nisso, só estou te dando um toque. Ioga? Salvou sua vida?

— Na verdade, meditação.

— Mesma coisa — resmunguei. Eu nunca tinha feito nem uma nem outra, mas por que deixar os fatos se meterem no caminho?

Passei os olhos nas anotações do TC. — Filha do meio — eu disse. — Vamos ver se eu adivinho. Pais mais interessados nos outros irmãos, blablablá, você começou a cantar e dançar, blablablá, para atrair a atenção deles? Sim? Certo? Boa garota. Vamos ver. Muito alta aos doze anos, patinho feio, blablablá, virou cisne, rainha da beleza, miss Donegal, blablablá. Anorexia?

— ... Hum.

— Surto de anorexia? — perguntei. — Na adolescência? Sim? — concordei com ela. — Mas você é adulta agora, tem bom apetite, come muito, seu metabolismo é muito rápido. Boa genética.

Meu olhar correu para o final da página. — Ah, vamos ver, novela irlandesa. Grande sucesso. Humm, fez tudo que podia ser feito na Irlanda, é isso? Isso? Isso. Bom. Foi para L.A., na esperança de estourar? Muita luta no início, mas deu a sorte do Spielberg enxergar luz em você.

Me diz, por que essas pessoas se dão ao trabalho de ter uma vida? Se não são capazes de uma ação original? Se tudo já foi pré-roteirizado nas páginas da *Hello!*

— Não, espera, quase deixei isso passar. Você foi primeiro para a África do Sul, *depois* foi para L.A. Por que você foi para a África do Sul? Desde quando eles têm uma indústria cinematográfica?

— Eu queria mudar de cenário — disse ela, num fio de voz.

— Ótimo — respondi, desatenta. — Não precisa me contar, não me interessa. Seja qual for o motivo, falência, cirurgia plástica, seu segredo está seguro comigo. Sobre o que mais podemos falar? Homens? Deixa eu adivinhar. Ninguém especial, você só está se divertindo no momento, mas quer se assentar na idade avançada dos trinta anos. Isso?

— Eu já tenho trinta e três.

Tinha? Parecia muito bem. Devia ser a quantidade de veneno injetado naquela testa, presumi. — Você gostaria de ter dois filhos, um menino e uma menina. Mora em L.A. agora, mas a Irlanda vai ser sempre seu lar? Isso? Isso. Excelente! Vamos dar a entrevista por encerrada.

Fiquei de pé e estendi a mão. — Foi um prazer, Srta. Kaletsky.

Não apertou minha mão. Uma diva de nariz em pé.

— Vamos lá — tentei persuadi-la. — Sem ressentimentos. — Estendi novamente a mão para ela.

Zara olhou para minha mão, mas não a segurou, tentando fazer com que eu me envergonhasse.

— Como quiser — eu disse. — Foi um prazer...

— Onde você arrumou essa cicatriz?

— ... que cicatriz?

Foi então que me dei conta de que ela não estava se recusando a apertar minha mão, mas sua atenção fora atraída por alguma coisa. Pegou minha mão direita e esticou meus dedos. — Essa cicatriz.

Nós duas olhamos para o círculo rosado no meio da palma da minha mão. — Eu...

Depois nos olhamos. Algo se passou entre nós, uma informação articulada integralmente sem a necessidade de dizermos o nome dele. Meus dedos ficaram dormentes.

Com um movimento rápido, ela abriu os dedos da mão direita e mostrou sua cicatriz, como se fosse um documento de identidade.

Fiquei muda. Literalmente muda.

— Vamos ver — Zara me observou. — Sempre se considerou uma agitadora social. Isso? Editora do jornal da escola. Participou de algumas passeatas. Nada muito controverso. Decidiu não ir à universidade, mas aprender com a universidade da vida. Isso? Trabalhou com hardnews, mas descobriu que não tinha estômago para isso. Em algum momento, seu caminho cruzou com o de Paddy de Courcy, você achou que seria a mulher que poderia transformá-lo, mas acabou com a cara cheia de hematomas e uma mão queimada pela presunção. Isso?

Abri a boca. Frases flutuavam e dançavam na minha cabeça, mas nenhuma delas se transformou em som.

Finalmente, eu disse: — Ele é o motivo de você ter deixado a Irlanda?

— Cometi o erro de ir à polícia. Ele ficou com tanta raiva que achei que fosse me matar.

Ela foi à polícia?

— E ele foi *incriminado*? — Como ela conseguira manter isso longe da imprensa?

— De jeito nenhum. — Ela revirou os olhos. — Dois policiais imundos apareceram e, assim que chegaram à conclusão de que tinha sido "só" um acidente doméstico, disseram que a gente deveria se beijar e fazer as pazes, depois foram embora comprar hambúrguer e batata frita. Tudo o que eu podia fazer era um pedido de interdição, que levaria no mínimo doze semanas para sair. Mas eu resolvi ir embora antes.

— Por que África do Sul?

— Foi o lugar mais longe que me veio à cabeça.

Por que eu não pensara na Zara? Eu não sabia. Talvez imaginasse que Paddy não machucasse mulheres glamourosas, aquelas que podem ser escutadas.

Comecei a ficar animada. Uma ideia tomava forma...

— Não foi só comigo e com você — disse Zara.

— Eu sei...

— Tem a Selma Teeley.

— A alpinista?

— Aposentada. Paddy quebrou um osso da mão dela que nunca voltou ao normal.

— O quê? Jura?

— Ela me ligou quando comecei a sair com ele, tentou me avisar. Quando descobri que ela não era uma ex-namorada perseguidora e maluca, ele já tinha me feito parar de tomar pílula, eu estava grávida, me obrigou a abortar, depois me estuprou no mesmo dia. — Ela fez uma pausa, depois acrescentou: — Além de outras coisas, é claro. Mas essa foi a pior.

— Jesus — exclamei, quase sem ar.

— *Você* deu queixa? — perguntou Zara.

Envergonhada, balancei a cabeça.

— Como se eles fossem acreditar em você, de qualquer jeito — Zara revirou os olhos. — Já é difícil se você apanha de um cara qualquer, mas, se é do irresistível Paddy de Courcy, o queridinho das donas de casa, a esperança é zero. Não sei por que me dei ao trabalho. Quem acreditaria em mim, em vez de acreditar no Paddy? Eu, uma ex-modelo numa porcaria de novela?

— Mas você não é mais uma ex-modelo numa novela porcaria — eu disse. — Agora, você é uma estrela de Hollywood.
— Meu Deus, quando você fala assim, parece que sou mesmo.
— Você é poderosa agora, Zara. Mais poderosa que ele.
— Meu Deus, quando você fala assim, parece que sou mesmo.

Marnie

Estava deitada na cama do que fora seu quarto de adolescente, ouvindo um disco do Leonard Cohen que costumava escutar quando tinha quinze anos. O vinil original. Algumas pessoas ficariam excitadas com isso — garotos imbecis vestidos de preto.

Alguém estava na porta da frente — seu quarto era bem em cima, ela ouvia tudo o que se passava lá embaixo.

— Grace! — A voz da sua mãe chamou. — Que surpresa agradável! E no meio de um dia de trabalho!

— Cadê a Marnie? — A voz de Grace estava tensa.

— Lá em cima, no quarto antigo dela. Ouvindo aquela porcaria de disco do Cohen. Eu devia ter quebrado aquela droga no dia em que ela foi embora.

Um momento depois, batidas à porta do quarto e a voz de Grace chamou: — Marnie, posso entrar?

Marnie pensou em recusar o pedido: podia simplesmente mandar Grace embora sem vê-la. Mas passara a noite em claro, à mercê da sua imaginação: as imagens na sua cabeça eram bastante desagradáveis. O que exatamente acontecera entre Grace e Paddy? Ela precisava saber. — A porta está aberta — disse ela.

Grace entrou. Parecia abatida, mas havia algo que parecia guardar: uma energia, uma excitação. — Marnie, a gente precisa conversar. Tenho muita coisa para explicar pra você. E vou explicar. Mas aconteceu uma coisa, e não dá para esperar.

— Não quero saber — disse Marnie. — Seja lá o que for, vai *ter* que esperar. Eu quero saber o que aconteceu entre você e o Paddy. Agora. E — acrescentou com o máximo de hostilidade que conseguiu — não vem com uma versão para menores para que eu não volte a beber.

Grace se retraiu. Depois, disse: — Você está sóbria? Não faz muito sentido eu te contar uma história se você não vai se lembrar de nada depois.

— Estou sóbria. — Marnie cuspiu as palavras com uma frieza digna.

Olhou para Grace, esperando que a amargura que sentia estivesse estampada em seu rosto. Grace a encarou. Olharam-se por algum tempo, depois Grace baixou o olhar.

— Como foi que você conseguiu ficar sem beber? — perguntou.

A verdade era que Marnie não fazia ideia de por que não tinha bebido. A rejeição que experimentara na noite anterior, a humilhação, o ódio de si mesma, a sensação de ser uma idiota e de sempre ter sido uma idiota — esses eram exatamente os sentimentos que faziam com que chafurdasse no álcool. Acrescente raiva ao mix — a raiva de Grace e de Paddy — e uma bebedeira extrema poderia ser considerada certa. Em vez disso, ela se sentara na cozinha, conversara com a mãe, tomando chocolate quente e comendo bolo, reclamando das sementes de erva-doce que ficavam presas nos dentes.

— Talvez eu tenha envelhecido um pouco na noite passada — disse Marnie, com certa amargura. — Talvez meus ideais juvenis em relação às pessoas tenham desaparecido... — *Ou talvez eu simplesmente não tenha suportado a ideia de beber o vinho ruim do papai.* — Então, Grace, me conta sobre você e o Paddy, sobre o grande caso de amor de vocês. E não se esqueça, vou saber quando você estiver mentindo.

Um dos talentos dúbios da Marnie: a habilidade de reconhecer uma tentativa de enganá-la.

— Ok. — Grace se sentou, abriu a boca e contou a história, começando pela sua primeira noite de trabalho no Boatman. Às vezes, fazia uma pausa, escolhendo com muito cuidado as palavras, talvez — Marnie se perguntou — palavras que amenizassem as partes mais brutais? Mas, quando ela finalmente terminou,

Marnie soube, intuitivamente, que a irmã não deixara nada de fora.

Grace estava branca como leite depois da tarefa difícil. — Estou morrendo de vergonha, Marnie, e isso para dizer o mínimo. Desde o primeiro dia quis proteger você, e acabou que sou eu quem está te causando tanta dor...

— Para, Grace, para. Chega. — O caso não estava encerrado, mas Marnie não aguentava mais.

— Então, posso te contar o que está acontecendo? — perguntou Grace.

Marnie fez que sim, olhos fechados.

— Tem mais duas mulheres do Paddy, talvez existam muitas outras. A gente vai lá hoje à noite.

— Na casa do Paddy?

— É. Você vem?

Iria?

Por que ajudaria Grace? Por que voltaria ao palco da sua humilhação? Mas a verdade, Marnie percebeu, era que estava feliz com a oportunidade. *Por quê?* Será que buscava o sofrimento? A noite anterior fora muito confusa e agitada. Era a chance de fazer tudo de novo, melhor.

— Todas nós vamos testemunhar — disse Grace. — Vamos detalhar sob juramento tudo o que ele fez. Dee nos conseguiu um advogado. Você está dentro?

Marnie concordou.

— Estou organizando tudo. Posso te contar como estamos planejando nos comportar hoje à noite?

— Não. — Ela queria que Grace fosse embora. Estava exausta.

Depois que Grace saiu, a mãe entrou no quarto e sentou na cama.

— Desliga essa porcaria — pediu gentilmente. — Ele faria um palhaço querer se matar.

— Ok. — Marnie levantou a agulha do disco e, no meio de uma frase, Leonard Cohen parou de cantar.

— Assim é bem melhor — disse sua mãe. — Você vai me contar o que está acontecendo?

Marnie estava sobrecarregada pelo peso da situação. Sem esperanças, disse: — Paddy de Courcy...

— O que tem ele?

— É... eu... Grace... é muito complicado.

— Ele foi seu namorado na adolescência. Faz muito tempo. Você agora está casada, tem duas filhas.

— É, mas...

— "Se uma pessoa continua enxergando gigantes, significa que ainda vê o mundo com os olhos de uma criança" — disse sua mãe. — Anaïs Nin.

Marnie concordou.

— "As coisas não mudam" — continuou. — "A gente muda." Thoreau.

— Bom argumento.

— "Se você não acerta de primeira, está acima da média" — complementou. — MH Alderson.

Marnie parou de olhar para a mãe.

— "Quando a vida te dá um limão..."

— Chega, mãe, obrigada! — exclamou Marnie.

Era como uma reprise da noite anterior, fora o fato de serem dois carros desta vez. Marnie ficou esperando num deles com Zara e Selma. Grace, no outro, com Dee e Lola.

Eram dez para as onze e Paddy e Alicia chegariam a qualquer instante.

Selma olhou para Marnie e para Sara. Riu. — Definitivamente, o Paddy não tem um só tipo, não é?

Verdade. Marnie estava fascinada com as outras duas. O rosto de Zara era de uma beleza transcendental e tão fino que ela parecia uma pessoa normal que fora espichada duas vezes. Selma, em contraste, tinha a aparência magra e ossuda, cabelos louros e cacheados, o corpo pequeno de atleta. As batatas das pernas eram muito musculosas para o salto altíssimo que usava. Marnie pensou que ela parecia uma cômoda.

As personalidades também eram totalmente diferentes: Zara era lânguida e sarcástica, enquanto Selma era segura e falante.

Enquanto esperavam pela chegada de Paddy e Alicia, trocaram histórias de guerra.

Zara fora namorada dele por dois anos e meio. Selma, por *cinco* anos — e, de fato, vivera com ele durante três desses cinco. Zara engravidara — e depois fora estuprada por ele. Selma — quando ele quebrou o osso que nunca ficara completamente curado de sua mão — teve a carreira de atleta efetivamente encerrada por Paddy.

— Isso é terrível, Selma — disse Marnie. — Por que você não deu queixa? — As palavras saíram de sua boca antes que pensasse sobre elas.

Selma olhou-a, séria. — Por que *você* não fez isso?

— ... Desculpa, eu... — Era uma pergunta ridícula, considerando o que a própria Marnie passara com ele. Mas, quando você escuta outra pessoa contando que foi ferida por alguém, a resposta automática é sugerir que procure a polícia.

— Porque você amava o Paddy, não é isso? — Selma pressionou. — Você não queria que ele se envolvesse em confusão.

— Selma, desculpa. Eu não pensei antes... — Deus, ela estava assustada.

— Bem, eu também amava o Paddy — disse Selma. — Pelo menos achava que amava, mas a gente não vai entrar nesse mérito agora. Obviamente, eu estava fora de mim. De qualquer forma, eu dei queixa. Quatro vezes.

— Meu Deus! — exclamou Zara. — Incrível você ainda estar viva. E como ele se livrou das sentenças?

— Você sabe como ele é — disse Selma, com desdém. — Sempre conseguia me convencer a retirar a queixa, jurava pela memória da mãe que nunca mais ia tocar em mim, culpava o trabalho estressante. O *de sempre*. E a gracinha aqui aceitava toda vez. Continuava achando que as coisas seriam diferentes. A esperança é eterna. — Ela riu e, em seguida, acrescentou: — Depois, deixou de ser eterna. E, quando ele me largou, acho que então eu poderia ter ido à polícia, não tinha nada que me impedisse, mas... eu não era eu mesma naquele momento, vamos colocar assim.

— Confiança destruída? — perguntou Zara, com simpatia. Marnie escutava, sem acreditar.

— Eu estava totalmente derrotada — disse Selma. — Precisei de um ano inteiro antes de conseguir comer uma ervilha.

— *Ervilha?* — disse Marnie. — Por que ervilha?

— Porque minhas mãos tremiam tanto que eu não conseguia segurar um garfo.

— E como é que nunca saiu nada sobre ele nos jornais? — Marnie queria saber.

— Até alguém dar queixa efetivamente, não tem nada para ser divulgado.

— Mas e "Polícia foi chamada para averiguar confusão na casa de Paddy de Courcy"? Esse tipo de coisa!

Zara e Selma franziram o cenho e olharam para Marnie com uma espécie de pena apreensiva.

— Falta de evidências para uma matéria? — Zara levantou as sobrancelhas finas e escuras.

— Você está louca? — Selma interrompeu. — Ele abriria um processo contra o jornal tão rápido que muitas cabeças iam rolar.

— E ele tem a imprensa nas mãos — disse Zara.

— Ótimo relacionamento com editores e jornalistas. Eles amam o Paddy.

— Duh! — acrescentou Selma.

— Eu moro em Londres! — Marnie achou que precisava se defender. — Como poderia saber? — Ela prendeu a respiração. — Ah, meu Deus. Lá vem o carro dele.

As três se abaixaram no banco, ainda que o carro estivesse estacionado muito longe do prédio para que elas fossem vistas.

Selma não resistiu e esticou a cabeça para dar uma olhada. — Olha só para ele, o desgraçado — sussurrou, os olhos soltando faíscas.

***

Decidiram esperar três minutos desta vez; Dee concluíra que os onze minutos da noite anterior haviam sido excessivos. — Vocês têm que entrar rápido e com firmeza — recomendou. — O ideal é que ele não tenha tempo nem para fazer pipi. Ele não pode se sentir confortável.

Quando saltaram dos carros, dois grupos de três, e uniram forças, Marnie observou o andar de cômoda da Selma em direção a Grace e perguntou: — Depois do que aconteceu ontem, será que ele vai deixar a gente entrar?

— Vai — suspirou Grace. — Ele não tem o menor medo da gente.

Dee as encaminhou até a entrada. — *Courage, mes braves* — disse enquanto elas subiam as escadas. — Vou estar com vocês em espírito.

Grace foi na frente, depois Lola, Selma, Sarah e, no final, Marnie. As pernas tremiam de ansiedade enquanto atravessavam o hall e se reuniam do lado de fora do apartamento do Paddy.

— Você bate — disse Selma para Grace.

— Mas ele está esperando a Dee. De qualquer maneira, vai abrir a porta em um segundo.

— Bate — ordenou Selma. — Seja proativa.

Mas era tarde demais. Paddy já estava abrindo a porta e, quando as viu esperando, explodiu numa gargalhada. Uma gargalhada verdadeira, pensou Marnie. Não daquelas falsas que as pessoas às vezes dão numa tentativa de desvalorizar.

A gente demorou muito, ela se deu conta. Ele teve tempo de fazer pipi.

— Pelo amor de Deus! — declarou ele. — O que vocês querem agora?

— A gente pode entrar? — perguntou Grace.

Ele olhou para cima. — Se não for demorar. Não quero que vocês se habituem a fazer isso.

— Vai ser a última vez — disse Grace.

Quando passaram pela porta, ele as cumprimentou com elogios: — Lola, linda como sempre! Selma, você está ótima.

Foi só quando ele olhou para Zara que Marnie percebeu um ligeiro desconforto.

— ... A musa do Spielberg! Quanta honra! E Marnie, é claro.

Na sala, o mesmo local da noite anterior, todas se sentaram, menos Grace e Paddy. Marnie, de alguma maneira, acabou sentando no mesmo lugar da outra noite, o que ela temeu ser um mau sinal. Viu Grace estender a mão para entregar um envelope branco, grande e gordo para Paddy, mas ele o ignorou.

— Você quer que eu chame a Alicia? — perguntou, solícito, para Grace. — Vamos fazer um repeteco daquela cena esquisita de ontem à noite? Você levantando as mangas da roupa dela?

Grace enrubesceu e balançou a cabeça abruptamente. — Não precisa chamar a Alicia.

Mais uma vez, ela brandiu o envelope na frente dele, e dessa vez — para o alívio de Marnie —, ele o pegou. — Presente para você — disse Grace. — Cópia das declarações feitas por nós cinco, detalhando o que você fez com cada uma. Os originais estão num cofre.

Paddy sentou, abriu o envelope e folheou rapidamente os documentos, antes de colocá-los de lado como se não significassem nada.

— Uma única mulher fazendo acusações — disse Grace, de pé na sala —, você poderia desconsiderar como sendo uma maluca, até mesmo duas. Mas com três a história começa a ficar diferente. E, quando são cinco, começa a ficar muito ruim para você. Principalmente quando uma delas é a nova estrela do momento de Hollywood.

Paddy riu.

— E é só uma questão de tempo até a gente falar com mais ex suas. — acrescentou Grace.

Paddy tinha no rosto um sorriso distraído. — Grace Gildee, você fala demais. O tipo de coisa que você inventa.

Depois, ele se virou para Zara e disse: — Zara Kaletsky! Bem, preciso dizer que estou honrado com a sua presença na minha humilde residência. Quero que você me conte tudo sobre Los Angeles. É verdade o que dizem? Que as pessoas não comem nunca?

— Eu não vim aqui para discutir Los Angeles com você — disse Zara, friamente.

— Porque, se as pessoas não comem, isso combina perfeitamente com você. — Paddy piscou para ela. — Você e o seu... antigo problema.

Marnie tinha uma vaga lembrança de ter lido em algum lugar que Zara tivera anorexia na adolescência. Meu Deus, Paddy ia direto na jugular de todo mundo. Seria igualzinho à noite passada. Ele derrubaria cada uma individualmente, e todas tombariam.

— E Selma. — Ele sorriu calorosamente para ela. — Como anda sua carreira de consultora de esportes? Ah, eu esqueci. Acabou para você. Deve ter sido duro. Sem dinheiro entrando, a vida não é fácil... — Ele deu um grande sorriso para todas na sala. — Foi um prazer falar com vocês, meninas, mas eu tive um dia longo, então, se vocês me perdoam...

— Paddy, as declarações — disse Grace. — A gente esta falando sério.

Ele espichou os braços acima da cabeça e bocejou longa e sonoramente. — Sério em relação a quê?

— A gente vai para a imprensa.

— Agora vocês vão?

— A menos...

— A menos que o quê?

— A menos — Grace respirou e todos na sala ficaram paralisados e concentrados. Marnie percebeu que até mesmo Paddy, que fazia muito bem o papel de alguém que não podia estar menos interessado, escutava.

— A menos que você deixe o Nova Irlanda — informou Grace.

— Você anuncia que está optando pelo fim da sua carreira política na Irlanda. Aceita o cargo de professor numa universidade americana pelos próximos cinco anos, pelo menos. — Enquanto a lista seguia, Paddy abria um sorriso.

— Peça desculpas a cada uma de nós aqui, individualmente. Desista da história sobre as mulheres da Moldávia. Interrompa todos os outros planos para derrubar a Dee.

Grace terminou.

— Acabou? — perguntou Paddy, descontraído.

— Terminei. — Marnie ouviu um ligeiro tremor na voz de Grace. Talvez ninguém mais tenha escutado, mas ela conhecia tão bem a irmã...

— Você não está pedindo muito, não? — perguntou, sarcástico.

— A escolha é sua — disse Grace. — Isso ou vamos para a imprensa com as nossas histórias e você afunda, de qualquer jeito.

— Minha palavra contra a de vocês — disse ele.

— Nós somos cinco. *Pelo menos*. Então, o que vai ser?

Paddy recostou na poltrona e, observado por todas na sala, fechou os olhos.

Marnie parou de respirar.

Finalmente, Paddy se ajeitou e abriu os olhos. Olhou em volta, uma de cada vez.

A tensão de Marnie se intensificou; pensou que seu peito fosse explodir.

Paddy respirou fundo antes de falar: — Não — disse ele.

Não? Marnie enfiou as unhas na própria carne. Mais um desastre, pior do que o da noite anterior.

— Desistir da minha carreira política? — disse Paddy, com desdém. — Deixar o país? Dar aulas numa universidade estrangeira? Você pirou? Sem chance.

— Existe alguma coisa que você possa fazer por nós? — perguntou Grace.

O tremor na voz de Grace era absolutamente nítido agora, Marnie percebeu. Todo mundo — inclusive Paddy — seria capaz de notar. Marnie desejou que ela parasse de falar, estava humilhando todas elas.

Paddy riu. — Não. Não existe nada que eu possa fazer por vocês.

— Nem mesmo desistir da história das mulheres da Moldávia? Você cancela a matéria, a gente cancela o nosso plano. Com certeza isso seria justo, não acha?

— Tá bom, tá bom! — Ainda sorrindo, Paddy disse: — Não sei de onde você tirou a ideia de que eu tenho alguma influência na mídia irlandesa. Eu sou apenas um humilde funcionário do governo. Mas posso tentar alguma coisa, ver se, como um favor a mim, alguns dos jornalistas contra ela podem pegar mais leve. — Com um risinho, acrescentou: — E, tudo bem, você pode ter seu pedido de desculpas. — *Pelo que faz sentido*, foi a frase não dita que pairou no ar. — Mas é só — complementou. — É só o que posso oferecer.

— Você vai deixar a Dee em paz e pedir desculpas para a gente? — perguntou Grace, sem expressão. — É isso?

— É isso. É pegar ou largar.

— Aceita, Grace — disse Selma em voz baixa.

— Não! — exclamou Zara.

— Os minutos estão passando — falou Paddy.

— Aceita, Grace — repetiu Selma.

— Não! — disse Zara. — A gente pode conseguir mais.

— Mas ele já disse que não... — protestou Grace.

— Isso é o máximo que a gente vai conseguir — disse Selma.

— Não. — Claramente, Zara estava bastante irritada. — Espera. A gente é quem tem o poder aqui.

Marnie prestou atenção em Paddy observando a discussão do trio. O rosto dele se iluminou: obviamente, adorava esse tipo de coisa.

— O tempo está se esgotando, meninas — alertou.

— O que você acha, Lola? — perguntou Selma.

— Que a gente tem que conseguir algo mais — respondeu. — Pelo menos, que ele abandone a carreira política.

— Marnie? — Selma fez a pergunta.

Marnie se surpreendeu por perguntarem sua opinião. — Aceita, Grace. — Ela queria seu pedido de desculpas.

— Três... — disse Paddy. — Dois...

— Aceita!

— Não! — Zara fez mais uma tentativa de alterar a opinião das outras. — A gente pode conseguir mais.

— ... Um!

Com um suspiro pesado, Grace disse: — Que vença a maioria! — Virou-se para Paddy. — Ok, Paddy, a gente aceita.

— Sábia escolha, muito, muito sábia.

Marnie estava fascinada com o divertimento dele diante daquilo. Claramente, ele se regozijava com a situação. — E eu quero os originais das declarações de vocês. Podem mandar para mim amanhã.

— Ok — concordou Grace, parecendo vencida.

Se Marnie não soubesse que, de fato, Grace nunca chorava, não se surpreenderia se uma ou duas lágrimas rolassem pelo rosto da irmã.

— Pode continuar, então. — Grace suspirou e olhou para Paddy.

— Continuar o quê?

— As desculpas.

— Como assim? Quando?

— Agora.

— Você quer dizer... agora, agora?

— Quando você imaginava fazer isso?

— ... Bem... — Ele se remexeu na cadeira.

— Quando mais? — perguntou Grace. — Está todo mundo aqui.

Paddy puxou o corpo para frente na cadeira. Marnie assistia, fascinada: ele realmente não queria fazer aquilo. — Não precisa ser agora — disse ele.

— Acho que é melhor agora — disse Grace. — Pode demorar muito para juntar todas nós outra vez. Anda — disse Grace. — Pode começar pela Lola.

Paddy olhou para Lola. Parecia perdido, sem palavras... — Lola... eu... me...

Completamente desconfortável, Marnie pensou.

— Desculpa... — falou Grace para incentivá-lo.

— ... desculpa se machuquei você.

— ... e por ter dito que meu cabelo é roxo — disse Lola, com sua voz baixinha. — É bordô.

— Bordô — repetiu ele.

A próxima foi Zara. — Zara, desculpa se eu machuquei você.

Zara deu um sorriso sarcástico, e Paddy voltou-se para Selma. — Selma, desculpa se machuquei você.

— Marnie, desculpa se machuquei você.

Tudo aconteceu muito rápido. Marnie esperava palavras especiais, exclusivas, para ela, mas ele já se dirigia a Grace:

— Grace, desculpa se machuquei você.

Depois do último pedido de desculpas, Paddy suspirou de alívio evidente — e, depois de um segundo, gargalhadas explodiram no ambiente. Todas — menos Marnie — riram.

O que estava acontecendo? ela se perguntou.

— De que vocês estão rindo? — Paddy pareceu confuso.

— De você — disse Zara. — A gente está rindo de você.

— Por quê? — Paddy franziu o cenho, desconfiado.

— "Desculpa se machuquei você" — Selma o imitou. — Como você acha que é ter o punho quebrado?

— Ou uma ruptura de baço? — perguntou Zara.

— Um ombro deslocado!

— Você realmente acha que a gente esperava que você abandonasse a política e fosse para a América? — perguntou Grace, animada.

— Então por que você sugeriu? — perguntou Paddy.

Marnie finalmente compreendeu.

E, pela expressão fechada do rosto, Paddy também.

— O golpe mais antigo de todos — disse Grace. — Sempre peça mais do que quer. E você caiu porque pensou que só éramos um bando de mulheres imbecis. Tudo o que a gente queria era um comprometimento para você parar de sabotar a Dee.

— Você gostou do jeito que fizemos isso? — perguntou Selma, rindo. — Aceita, Grace! Não, não aceita, Grace!

Tudo fora ensaiado, Marnie se deu conta. Até o tremor na voz de Grace. Agora lembrava que mais cedo, naquele mesmo dia, Grace a convidara para participar de tudo, mas ela estava com raiva demais.

— Mas e as desculpas...? — perguntou Paddy num fio de voz.

— Isso era só para a gente rir um pouco!

— Como se as suas desculpas contassem alguma coisa! — disse Zara. — Como se a gente fosse te perdoar!

— A gente sabia que você detestaria ter que fazer isso — disse Grace. — Afinal, ser o Paddy de Courcy todo-poderoso significa nunca ter que pedir desculpas.

Paddy se levantou; os punhos cerrados.

— Uiiiiiii! — As cinco exclamaram, fingindo medo, como se fosse uma coreografia.

— Cuidado, Paddy — disse Grace. — Você não conhece a própria força. Pode acabar machucando alguém aqui!

— Melhor ele ficar longe de qualquer cigarro aceso! — disse Lola, e todas gargalharam novamente, com intensidade renovada.

Paddy voltou a sentar e seus olhos iam de uma mulher a outra; todas riam dele. Ele não esperava por isso, Marnie sabia. Aos seus olhos, Paddy realmente parecia assustado.

— A gente só queria que você pedisse desculpas, para ver sua cara de humilhação.

— E olha só para você — declarou Grace, mais uma vez explodindo de rir. — Você está com uma cara...

Animadas, saíram do apartamento e desceram as escadas, indo ao encontro da Dee.

— Foi um triunfo total! — exclamou Grace.

Todas falavam ao mesmo tempo — todas, com exceção de Marnie —, contando para Dee o que acontecera.

— ... a Grace fingindo que estava nervosa...

— ... e a Selma disse: "Aceita!" A Zara disse: "Não!"

— ... o Paddy rindo por dentro, crente que a mulherada ia se descabelar...

— ... ele ficou tão humilhado...

— Vamos para minha casa comemorar! — disse Dee. — Grace, liga para o seu marido, ele merece participar. Se não fosse por ele, nada disso teria acontecido.

Grace olhou ansiosa para Marnie e disse: — Não, Dee, está tarde, ele deve estar dormindo.

— Acorda ele! — Dee deu a ordem. — É uma comemoração!

— Não. Vamos deixar assim...

Marnie compreendeu. Grace tinha medo de que ela contasse para o Damien sobre ela e Paddy.

— Liga para ele — disse Marnie, baixinho. — Eu não vou contar nada.

Já causara destruição demais, principalmente a Daisy e Verity. O mundo já estava cheio de sofrimento, não precisava acrescentar mais à mistura. Ainda estava com raiva da Grace. Não a perdoara. *Talvez* nunca perdoasse. Esse pensamento era surpreendente. Interessante.

Apesar do incentivo de Marnie, Grace alegou não ter conseguido encontrar o Damien. — Ninguém atende — disse, desligando o celular.

— Tenta em casa — ordenou Dee.

— Já tentei.

— O celular.

— Já liguei.

— O escritório.

— Já fiz isso.

— Deixa um recado, explicando o que aconteceu. Talvez ele chegue mais tarde — disse Dee. — Ok! Vamos!

Marnie entrou no carro de Selma, mas pediu para ser deixada num ponto de táxi.

— Você não vai com a gente comemorar na casa da Dee? — Selma e Zara pareceram chocadas.

Marnie balançou a cabeça. Queria escapar. Queria poder voltar para Londres imediatamente, mas o último voo da noite já decolara.

— Se você tem certeza... — disse Selma.

— Certeza absoluta. — Marnie saltou e pegou um táxi de volta à casa dos pais.

Os eventos da noite estavam se acomodando dentro dela. Não havia como evitar a verdade, a verdade de que não representara *nada* na vida do Paddy — ninguém; uma coisa de adolescência que ele já esquecera. Tantas mulheres vieram depois dela, inclusive sua própria irmã. Mulheres que a encobriram, que ficaram com Paddy por mais tempo, que moraram com ele...

O rosto de Marnie se encheu de calor enquanto ela se dava conta de que tivera a esperança de que ele se comportasse como se a ligação deles tivesse transcendido a passagem do tempo; que, apesar de o amor ter sido incendiário demais para sobreviver, um carregasse o outro no coração ao longo de seus caminhos em separado.

Mas não fora uma grande paixão para ele. A verdade era que ela fora uma menina insegura e neurótica e ele a acompanhara por algum tempo, até mudar de ideia e decidir que, na verdade, queria ser um cara normal.

Sentiu-se humilhada e irada, mas de quem tinha raiva? Grace? Paddy? De si mesma?

Não sabia. Tudo o que sabia era que voltaria para Londres de manhã e que não estava sozinha.

O álcool lhe faria companhia.

Nunca a decepcionara.

Grace

O telefone tocou, me acordando de um sono profundo, e meu coração quase explodiu de susto, por causa do barulho. Eu ficara acordada quase a noite inteira, comemorando com Dee, Selma e Zara. Chegara em casa cambaleando, depois das cinco, rouca, confusa, e acordara Damien. — Onde você estava? — Pulei nele. — Te liguei mil vezes para comemorar com a gente.

— Eu estava cobrindo uma pauta – disse ele. — E tenho que levantar daqui a duas horas.

— Mas eu queria te contar da gargalhada que a gente deu do Paddy.

— Você me conta outra hora.

Agora, de acordo com o relógio, eram nove e dez. Eu estava sozinha na cama. Damien deve ter ido para o trabalho.

Atendi ao telefone só para interromper aquele barulho terrível. Meus nervos estavam em frangalhos. A adrenalina e o álcool da noite anterior me deixaram exausta e eu estava, novamente, aterrorizada com a possibilidade de Damien descobrir tudo sobre minha história com Paddy.

Hesitante, disse: — Alô?

Era Marnie. — Estou no aeroporto de Dublin, vou entrar no avião daqui a pouco.

Tão cedo?

— O que eu disse, ontem, era sério: não vou contar nada sobre você e o Paddy para o Damien.

— ... Obrigada. — Eu devia ficar animada, mas o tom de voz dela era desencorajadoramente hostil.

— E quero que você pare de ir para Londres nos fins de semana. Não quero ver você.

Fiquei chocada. *Precisava* continuar visitando a Marnie. Tantas coisas perigosas, talvez até fatais, poderiam acontecer quando ela bebia, e, realmente, não havia ninguém mais para cuidar dela.

E só Deus sabe como estava se sentindo depois dessa história toda do De Courcy. Na noite anterior, algumas mulheres renasceram visivelmente enquanto Paddy era reduzido a pó na frente delas. Lola, a consultora de estilo, principalmente. Era como se tivesse abolido o medo do De Courcy e, de repente, se visse inteiramente de pé, de cabeça erguida.

Mas não houve animação nem espírito coletivo no caso de Marnie. Durante o relato triunfante para Dee, ela ficou à margem do grupo, depois não foi beber com o resto — esperta, *fingiu* que iria, entrou no carro com Zara e Selma, mas quando elas chegaram à casa da Dee, Marnie já tinha abandonado o barco.

Eu não sabia o que Marnie pensava do Paddy agora — simplesmente não conseguia classificar, mas suspeitava ser um de dois extremos. Ou ela se dera conta de que o romance entre ela e Paddy não fora nada além de uma paixão adolescente, ou ainda se apegava à teoria de que ele era O *Amor da Minha Vida*. De um jeito ou de outro, suspeitei que sua maneira de lidar com o assunto seria bebendo muito.

— Fica longe de mim — repetiu e desligou.

Eu tinha de confessar para o Damien. A ideia era tão apavorante que chorei no travesseiro, mas era a coisa certa a fazer.

Mas uma vozinha covarde sussurrava: *E se não houver necessidade de contar?* E se De Courcy não tivesse planos contra mim? E se eu fosse adiante e contasse para o Damien quando não era necessário?

Talvez eu *não devesse* contar.

Mas conseguiria viver com a culpa? Aquele fantasma já abalava nosso relacionamento desde o último verão.

Talvez eu devesse simplesmente tomar coragem e contar para ele. Jesus...

Lola

Sábado, 24 de janeiro, 10h06
Voltando pra Knockavoy. O plano era empacotar as coisas que faltavam e voltar pra Dublin. De repente, eu estava cheia de vontade de encerrar esse assunto.

Muita coisa pra pensar enquanto dirigia.

Descobri que eu estava feliz de ter ido a Dublin. Não com a noite de confronto com Paddy, é claro. Quando ele disse "Quem vai acreditar nessa consultora de estilo de araque com cabelo roxo?", fiquei revoltada.

Eu tinha visto a luz – eu era apenas uma boneca de sexo pervertido para ele. Como se eu fosse menos que um ser humano. Sensação bastante ruim. Como deixei que ele me tratasse daquela maneira?

Sempre tinha achado que era porque ele amava a mãe morta e era muito sensível. Mas também desagradável. As pessoas podem ter muitas facetas.

Coisa útil de se saber.

Mas, a segunda noite, com Zara, Selma e muita gozação do Paddy, tinha sido uma libertação. Ele não parecia mais tão assustador. Ou – coisa interessante – tão bonito. Aquele cabelo bufante era realmente péssimo.

E também saber que ele tinha machucado outras mulheres foi útil. Não desejaria isso para minha pior inimiga (tecnicamente, Sybil O'Sullivan, mesmo que eu não conseguisse me lembrar o motivo da nossa briga), mas também não achava mais que a culpa era minha. Ele foi o primeiro – e seria o último – homem a bater em mim. De quem era a culpa? Isso, dele.

Ele tinha me pegado num momento vulnerável da vida: melhores amigas todas casadas; mãe morta; nenhuma figura paterna. Eu era um pouco como o Paddy, na verdade – mas pelo menos eu não saía dando tapa na cara das pessoas.

12h29
Chegada a Knockavoy.
Dois segundos depois que estacionei o carro, a porta do Considine foi aberta. Atravessei o gramado e entrei.

— Chá? — ele perguntou.

— Quero. Ok, pronto pra ouvir tudo?

Tinha mandado uma mensagem de texto para ele, muito superficial, sem detalhes.

Ele disse: — Pronto? A curiosidade é tanta que nem fui escalar hoje.

Sacrifício.

— Fiquei esperando ouvir o barulho do seu carro nas últimas três horas.

— Como se fosse um caipira solitário?

— Exatamente como um caipira solitário! — respondeu no mesmo tom.

— Na verdade, preciso te avisar, Considine, minha pessoa não se cobriu de glórias. Em nenhum momento coloquei o dedo na cara do Paddy e disse: "Há! Foi-se o tempo em que eu era louca por você, mas agora vejo o monstro de cabelo bufante que você é de verdade!".

— Que pena — disse ele, simpático. — Perdeu a chance. Mas, com certeza, você disse: "Já tô noutra." Não disse? Não? Não. — Ele fez um gesto compreensivo. — Muito drama?

— Exatamente, Considine! Muito drama. É exatamente isso!

— Apesar de você estar em outra.

— É, mas ninguém deve dizer isso.

— Dizer isso dá a sensação de que a pessoa não tá em outra — disse ele. — É um paradoxo.

— É verdade, Considine, é um paradoxo. Ok, vou contar tudo, do início ao fim.

E contei tudo. Mesmo os detalhes mais desagradáveis. — Na primeira noite, eu não disse quase nada e meus joelhos não paravam de tremer. Mas, na segunda, a história foi bem diferente. Me gabei um pouquinho. — Fiz aquele desgraçado engolir as palavras sobre o meu cabelo roxo! "Bordô!", eu disse. Fiz ele repetir!

— A melhor coisa que você poderia ter feito foi ter esse confronto — concluiu Considine. — Vai te fazer muito bem, não tenho a menor dúvida. Você não tá com medo de encontrar esse cara em Dublin, tá?

— Não. — Por outro lado, não estava tranquila quanto a isso também. Mas por que me apegar ao lado negativo?

Domingo, 25 de janeiro

Empacotei tudo, arrumei a casa. Me despedi de todo mundo na cidade. Preciso admitir, com um nó na garganta. Tinha chegado há cinco meses, em frangalhos. Agora voltava pra minha vida antiga, não exatamente nova em folha, porque nunca mais seria como antes de conhecer o Paddy, mas em estado bastante razoável.

Considine veio me ajudar a colocar a bagagem no carro. Não demorou muito.

— Tá tudo aí? — Ele bateu a porta da mala.

— Tá! — Bati a porta de trás. — Tudo aqui.

Nós dois tentando nos mostrar leves e corajosos, as mãos penduradas do lado do corpo, como se, de repente, fossem dez vezes maiores.

— Você volta? — perguntou ele.

— Volto, provavelmente num fim de semana, para alguma despedida de solteira.

Ele fez um gesto de concordância esquisito. Nós dois balançávamos as mãos de maneira anormal.

Depois de um silêncio, eu disse: — Obrigada, você foi muito gentil comigo durante minha estada aqui. Dividiu sua tevê. Me deu conselhos sobre De Courcy.

Ele concordou novamente: — Você também foi legal comigo. As noites dos travestis. Me emprestou coisas. A noite da bebedeira.

Mais um silêncio e eu perguntei: — Alguma chance de você ir a Dublin, para um desses seus trabalhos ecológicos?

— Não.

— Ah. Alguma chance de você ir a Dublin visitar amigos?

— Não.
— Ãhn?
— Não tenho amigos em Dublin.
— Eu não sou sua amiga? — perguntei, chocada. — Eu moro em Dublin.
— Nesse caso, talvez eu vá te visitar.
— Que bom! A gente faz uma noite de bebedeira por lá.
— Vou ficar esperando. Tchau, Lola.

Olhei pra ele. Olhos escuros. Despenteado. E, meu Deus, sabe de uma coisa....

Eu me aproximei dele, ele se aproximou de mim, levantei meu rosto, ele me segurou pelas costas e encostou a boca na minha, lábios contra lábios. Por alguns segundos, ficamos assim, imóveis, como se fosse um beijo de filme. Tremores — nós dois —, na verdade tremores de desejo — senti nele, senti em mim —, antes de nos entregarmos um ao outro. Devagar, com muita sensualidade, joelhos tremendo. O beijo do Considine era extremamente sexy.

18h44
Meu apartamento em Dublin.
Fui muito bem recebida por Bridie, Barry, Treese e Jem.
— Se despediu de todos os seus amigos de Knockavoy? — perguntou Bridie.
— Me despedi.
— Foi triste?
— Foi.
— A gente volta lá para uma visita qualquer hora dessas — prometeu. — A cabana do tio Tom deve ficar vazia daqui a uns sete anos.

Grace

O sábado passou sem que eu tivesse coragem de confessar para o Damien. Também passou sem que o De Courcy me entregasse para o Damien. O domingo também passou, sem incidentes. Depois, já era segunda-feira e Damien me ligou no trabalho.

— Charlie e Angus cancelaram a história da Dee. — A voz dele tremia de excitação.

Então, Paddy mantivera a palavra e pedira que sua fonte desistisse da matéria. Provavelmente a única coisa decente que fizera na vida. Só agora, depois de ele ter tomado essa iniciativa, eu acreditava. Mesmo durante o fim de semana, esperava ver a notícia sobre a Dee aparecer nos jornais.

— Você salvou a carreira da Dee — disse Damien.

— Você também.

— Sério. Vão pedir eleições gerais daqui a pouco. Se o Paddy tivesse feito as coisas do jeito dele, estaria concorrendo como líder do Nova Irlanda.

— Foi você quem arriscou seu emprego — Acrescentei, ansiosa: — Você não foi demitido?

Ele riu. — Não. Ninguém falou do vazamento de informações. Ninguém está dando muita importância. — Histórias caíam toda hora, era um acontecimento de rotina. — Ninguém vai rodar — me prometeu. — Vai ficar tudo bem.

Queria acreditar nele.

De um jeito ou de outro, haviam sido seis meses difíceis. Desde o verão, eu andava desesperada para ficar bem com o Damien, para o nosso relacionamento voltar ao normal

Talvez agora fosse possível. Talvez todo esse episódio terrível do De Courcy finalmente ficasse no passado.

Desafiando-me a ser esperançosa, mas ainda respirando com dificuldade, a segunda-feira terminou sem que Paddy arruinasse minha vida.

O mesmo ocorreu na terça.

Na quarta.

Na quinta, eleições gerais foram convocadas.

Essa era uma ótima notícia. Paddy estaria ocupado até a raiz dos cabelos com a campanha. E ia se casar em cinco semanas. Não teria tempo de se preocupar com alguém como eu.

Resolvi que era seguro voltar a respirar.

Lola

Segunda-feira, 2 de fevereiro
Voltei ao trabalho. Esperava um recomeço lento. Mas não! Aconteceu uma coisa engraçada. SarahJanc Hutchinson, de repente, foi elevada ao posto de rainha da sociedade. Uma combinação do novo e rico namorado com sua "ligação" com Zara Kaletsky, as duas coisas colocaram a mulher no topo. Apesar dos joelhos de cão de caça, todo mundo queria ser amigo dela. Todo mundo queria fazer parte do seu comitê. Todo mundo queria usar a consultora de estilo dela...

Isso! Fiquei com ela nos tempos difíceis. Uma vez na vida montei no cavalo certo e parece que é hora da recompensa, imaginando que eu era capaz de ficar firme e não queimar nenhum vestido caro numa sessão de fotos.

O telefone começou a tocar.

Primeira semana de fevereiro
Soterrada de trabalho.
Mudei de ideia quanto a refazer o guarda-roupa da Grace Gildee. As pessoas são do jeito que são. Não faz sentido tentar mudar ninguém.

Também não posso perder tempo.

Segunda-feira, 9 de fevereiro, 21h13
Noite de encontro.
Jem pediu um encontro de emergência num restaurante tailandês. Apesar de eu estar soterrada de trabalho, ele insistiu que eu fosse.

Cheguei quarenta e três minutos atrasada. Entrei esbaforida. — Desculpa, desculpa, mas eu tô...

— ... a gente já sabe: soterrada de trabalho.

Sentei. Olhei pra Treese, Bridie e Jem. — O que eu perdi?

— Ele não quis contar até você chegar — disse Bridie, rancorosa.

— Mil desculpas, mas eu...

— Chega, não precisa repetir.

— Agora que tá todo mundo aqui — disse Jem, com formalidade de dar medo —, eu tenho uma coisa pra contar.

Meu coração parou. Ele ia casar com a chata da Claudia e nós ficaríamos presos a ela pra sempre. Pior, teríamos que ir na despedida de solteira, talvez até mesmo organizar a festa. Não sou muito de despedidas de solteira. É muito perigoso.

— Conta, então — pediu Bridie.

Jem, de repente, ficou cheio de dedos. Fazendo movimentos com o copo em cima da mesa. — Eu... é... conheci uma pessoa.

Um momento pra digerirmos as palavras.

— Conheceu uma pessoa? Você tá falando de... uma mulher?

Ele fez que sim, ainda mexendo no copo como quem recebe mensagens do além.

— Mas você já tem uma mulher! A Claudia!

Com uma das mãos, Jem fez um gesto de mafioso na altura do pescoço. — Já era.

Claudia já era!

— E quem terminou com quem? — perguntei. Indignada. — Você?

Ele fez um gesto afirmativo. — Hoje, ela vai dormir com os rejeitados.

— O quê? Com todos? — perguntou Bridie.

Ele encolheu os ombros. — Eu não me espantaria.

— Então você simplesmente dispensa a mulher, como se fosse uma peça de roupa fora de moda? — perguntei.

— Por que você tá irritada? — Jem, surpreso. — Você detestava a Claudia. Todas vocês detestavam a Claudia.

Clamores de discordância. — Não odiava ela. Não, eu não detestava a Claudia. Na verdade, era fã dela.

— Ah, tá bom — admitiu Bridie. — Eu detestava a Claudia. Mas ela também me detestava.

— Treese? — perguntou Jem.

— Tá, eu detestava a Claudia — reconheceu Treese.

— Lola? — perguntou Jem.

— É, detestava. Claro. Desculpa, estava só tendo um momento de identificação com uma mulher largada. Passou. Tô felicíssima. Quem é a nova? Espero que seja um pouco melhor que a Claudia.

Eu me contentaria com o fato de ela gostar do Jem, coisa que Claudia nunca pareceu capaz de fazer.

O rosto do Jem se iluminou. — O nome dela é Gwen. Vocês vão conhecer. Vão adorar ela.

É, mas ele disse a mesma coisa da Claudia.

Grace

Quando mamãe me deu a notícia do diagnóstico final da Bid, eu poderia ter ligado para o trabalho do Damien, mas resolvi esperar e contar pessoalmente. Por causa das eleições próximas, ele trabalhava uma média de catorze horas por dia, vivia preso em viagens de ônibus, cobrindo os rastros das campanhas terríveis.

Eram dez para meia-noite quando ele chegou do trabalho.

— Estou aqui — gritei da sala.

Ele abriu a porta e eu disse, animada: — Adivinha?

O rosto dele ficou sombrio. Sentou no chão, devagar. (Ainda não tínhamos sofá novo, nem havíamos encomendado.) — Me conta logo, Grace.

Claramente, ele esperava uma notícia ruim. Mas eu estava tão pra cima...

Olhei para o rosto ansioso dele e fui tomada por um medo terrível de que eu e ele nunca mais voltássemos às boas.

A noite com Zara e Selma deveria ter consertado as coisas, mas lá estávamos nós, Damien e eu, ainda de humores desencontrados.

— O exame da Bid — eu disse. — Ela está limpa.

Não era o que ele esperava. Quase pude ver a nuvem de angústia desaparecer de cima dele. — Sério? — Damien começou a sorrir. — Meu Deus, ela é inacreditável, não é?

— A velha provavelmente vai viver mais que todo mundo.

— Pensei que ela não fosse sair dessa — admitiu Damien.

— Nem sei o que pensei — disse. Acho que simplesmente não me permitia pensar nada.

— Essa é uma notícia maravilhosa — disse Damien.

— Melhor ainda — eu disse. — A gente pode voltar a fumar. Seis meses sem cigarro, eu nunca poderia ter conseguido isso sem você. — Com pompa, eu disse: — Nosso sacrifício manteve a Bid viva. É claro, você sabe disso, não sabe?

Mas, em vez de rir, a animação dele pareceu desaparecer, e seu humor voltou a nublar. O que estava acontecendo?

— Preciso te contar uma coisa — disse Damien com uma fragilidade horrível.

Instantaneamente, mergulhei no terror. O medo horrível se intensificou quando ele disse: — Uma confissão.

Não permita que isto esteja acontecendo...

— Eu não quis te preocupar enquanto não saísse o resultado da Bid — disse ele. — Mas eu... te traí.

Que verbo horrível: trair.

— Eu fiz o possível, Grace. — Damien era a imagem do remorso. — Mas simplesmente não consegui resistir.

— Com a Juno? — Por que perguntei? Eu não sentira o cheiro dela na minha casa? Na minha própria cama?

Sabia que ela tinha estado ali. Sabia, no fundo eu sabia. Mas queria tanto estar errada que acreditei quando Damien disse que nada estava acontecendo.

— É, às vezes com a Juno.

— *Às vezes?* — Eu estava tomada de confusão e choque. — Você teve outras? — Isso era pior ou melhor? Era difícil saber, porque tudo era horrível.

— Grace, espera — disse Damien, com urgência. — Do que a gente está falando aqui?

— Você me diz.

— Eu venho fumando. Cigarros. Enquanto você fica em Londres com a Marnie.

Precisei de vários minutos para entender. — Você está *fumando?* Ele fez que sim.

— É isso?

Era esse o cheiro que eu sentira: um rastro de fumaça de cigarro. Confundira isso com infidelidade.

— A gente fez um pacto — disse ele. — E eu não honrei minha palavra.

— Tudo bem!

— Eu menti para você.

— E quem se importa com umas tragadas de nada? Você não me traiu com outra pessoa?

— Grace, essa porcaria de *palavra*. Não, eu não te traí.

— Meu Deus, Damien, eu pensei... estou tão aliviada, eu... — Eu deveria estar dando pulinhos de alívio, mas, de repente, alguma coisa entrou no caminho.

De onde viera?

Por que agora?

Então, compreendi que sempre estivera lá. Esperando sua hora.

— O que foi? — perguntei, na defensiva. A culpa estampada nos meus olhos e uma resposta esperando nos dele. Nenhum de nós falou e alguma coisa — qualquer coisa — teria que quebrar aquela atmosfera estranha. Pressionei meus pés contra o chão para me levantar, mas ele falou primeiro e eu fiquei paralisada:

— Grace, eu sei.

Eu não consegui falar.

— Sobre você e o De Courcy.

O medo que eu senti quando pensei que Damien transara com Juno não era nada comparado com o que eu sentia agora. Isso era infinitamente, indizivelmente, pior.

— Como? — A palavra saiu num fio de voz.

— Quando você trabalhou na biografia dele. Você não... deixaria passar.

Minha vida estava se esvaindo de mim. Minha existência inteira desaparecendo, dissolvendo-se, virando nada. Eu realmente não sentia mais os pés.

— Por favor... — Eu queria dizer a ele que nada acontecera com o Paddy. Mas isso só era verdade parcialmente, somente nas palavras, e eu respeitava demais o Damien para enganá-lo com essa bobagem.

— O machucado no seu rosto, a queimadura de cigarro na sua mão. A história de você tropeçar e cair na calçada. — Damien riu, desdenhoso, e balançou a cabeça.

Fiquei horrorizada. Pensei que ele tivesse acreditado em mim. Como eu podia ser tão ingênua?

— E por que você não disse nada?

— Se você estava mentindo para mim — disse ele —, que bem eu faria em dizer que sabia?

Foi o pior momento da minha vida. Mesmo enquanto acontecia, eu soube distinguir.

E a vergonha tomou conta de mim — vergonha pura, não aquele sentimento quente, explosivo, de quando a gente se defende fingindo não estar errada.

Eu *sabia* que estava errada. Damien não confiava em ninguém com facilidade, era uma coisa rara e preciosa, e eu tratara isso como uma cueca velha, um pedaço de pano para limpar as janelas.

— Isso aconteceu há seis meses. Como você conseguiu conviver comigo? — Era o que me impressionava. — Sem dizer nada?

— Porque eu te amava. Queria ficar com você. Queria consertar as coisas se fosse possível.

Jesus Cristo... Sucessivas ondas de vergonha tomaram conta de mim enquanto eu me lembrava de como Damien tentara tapar os buracos do estrago que eu fizera.

Ele conseguiu um empréstimo no banco para substituir o carro que Paddy queimara.

Incitara uma noite romântica para recriar uma conexão entre a gente.

Parara de fumar para manter minha tia viva.

Eu queria vomitar.

— Mas por que você não ficou com raiva de mim?

Ele olhou para mim. Pareceu surpreso — depois, quase desdenhoso.

— Eu tive raiva. Estou com raiva. — Ele cuspiu as palavras e, de repente, tive noção do tamanho da raiva dele. Ele não tentava mais esconder e era uma coisa terrível e cruel.

— Não se culpe por não ser capaz de esconder sua paixão pelo De Courcy — disse ele, friamente. — Mesmo que eu não tivesse adivinhado, o próprio teve o cuidado de me contar.

Fiquei chocada, muda.

— A noite com a Zara e a Selma — disse ele. — Assim que vocês saíram, ele me ligou.

Era por isso que ele não atendera meus telefonemas naquela noite.

— Damien... — Lágrimas começaram a escorrer pelo meu rosto.

Queria dizer para ele que eu andara temporariamente maluca, e que já estava melhor agora. Quis implorar por perdão, mas sabia que ele não poderia me perdoar.

A pior coisa, a parte mais insuportável, foi Damien ter me avisado que isso aconteceria. No verão passado, quando eu estava com minha paixonite pelo De Courcy, ele dissera que, se algum de nós traísse, talvez até superássemos, mas as coisas jamais seriam as mesmas.

— Eu destruí tudo, não destruí?

Ele não estava sendo duro gratuitamente, mas só podia responder uma coisa. — Destruiu.

Minha mãe abriu a porta da frente. — Grace? O que você está fazendo aqui?

— Preciso de dezesseis euros para pagar o táxi. — Indiquei o carro parado no meio-fio.

— Por que você veio de táxi? E por que não tem dinheiro para pagar?

— Não consegui encontrar a chave do carro. Nem minha carteira.

— Onde a gente vai arrumar dezesseis euros? A gente vai ter que quebrar o porquinho do seu pai. — Papai colecionava moedas de um centavo.

— Vou lá dizer para o homem que vai demorar um pouquinho. — Larguei a sacola na porta e desci a escada.

— Grace, está tudo bem? Você parece um pouco...

— Você lembra que uma vez me disse que sempre teria uma cama para mim?

Mamãe me olhou, o rosto mudando e se iluminando de choque, a compreensão dos fatos chegando.

— Vou aceitar a oferta — eu disse.

— O que aconteceu? — sussurrou ela.

— Paddy de Courcy.

— Paddy de Courcy?

Ele vencera.

Lola

Quinta-feira, 12 de fevereiro, 20h57
Horseshow House.
Bridie, Barry, Treese e eu esperando pra conhecer Gwen, a nova namorada do Jem.

— Por que a gente tá nessa porcaria de bar? — perguntou Bridie. — É longe à beça e cheio de gente esquisita do rúgbi.

— O Jem queria um lugar neutro pro "encontro" — explicou Treese. — Nada que remetesse à Claudia.

— Ele realmente disse o "encontro"? — perguntei.

— Disse.

— Caramba... como você acha que ela é? — perguntei. — Essa tal de Gwen?

— Bem, se ela não trair o Jem como a Claudia fazia, já é um adianto. — disse Bridie, sombria.

— É! — concordou Barry. — Isso mesmo. A gente vai ficar de olho.

— Shh! Lá vêm eles.

Jem se aproximou, sorrindo, sorrindo, sorrindo. Suando também. Esfregando uma mão na outra como se estivesse lavando.

Claramente sob estresse considerável.

Apresentou uma garota alta, de cabelo escuro. — Essa é a Gwen.

À primeira vista, os peitos não eram falsos.

— Oi, Gwen. — Todos a cumprimentamos. — É um prazer conhecer você. — Todos sorrindo, sorrindo, sorrindo, as bocas, porque os olhos brilhavam de curiosidade.

— É um prazer conhecer vocês também. — Gwen suava na testa. — Gim-tônica — disse ela pro Jem. Mais baixo, acrescentou: — Duplo.

Ligeira peninha dessa tal de Gwen. Poucas experiências na vida são piores que o "test-drive" com as velhas amigas do novo namorado. A gente se pergunta se vai ser aceita pela gangue ou rejeitada, lançada no buraco negro.

Mas eu não podia deixar meu coração amolecer demais. Ela podia ser uma piranha de peitos de silicone, exatamente como a Claudia. Ela não parecia uma, diga-se de passagem. Parecia legal.

Drinques, conversa, piadas. Com o pretexto falso de afabilidade, Bridie, Barry, Treese e eu observamos cada movimento da tão falada Gwen. Risada um pouco histérica da parte dela. Empertigada na pontinha do banco, as pernas cruzadas, dando mais ou menos umas três voltas uma na outra.

Jem prestando atenção na gente, olhos pedintes. *Por favor, gostem dela.*

Jem foi até o balcão — de novo — para trazer mais álcool pra gente e, enquanto estava fora da mesa, Gwen relaxou.

— Caraca. — Ela passou a mão na testa. — Isso é pior que uma entrevista de trabalho.

Explosão de compaixão por ela.

— Vocês eram amigos da antiga namorada do Jem — disse ela. — Vai ser difícil me aceitar. Mas me deem um tempinho.

Bridie, Barry e Treese também tomados de compaixão.

— Na verdade, a gente odiava a ex — confidenciou Bridie.

— Odiava — confirmou Treese.

— Odiava — eu disse.

De repente, todos nós estávamos às gargalhadas e éramos amigos de infância. É, Gwen é a mulher certa pro Jem. De certa forma, o nome deles quase rimava.

Todos verdadeiramente à vontade agora. Menos eu, é claro. Não é amargura. Não. Só estava observando.

Marnie

Subia, inexoravelmente, em direção à superfície.
   ... Ainda estou aqui... ainda estou viva...
   Desesperada por esquecimento, tentou arrastar-se de volta ao nada, mas ressurgia, irrompendo na realidade como garrafas plásticas sobre as ondas.
   Automaticamente, olhou em volta, procurando uma bebida. Uma das mesas de cabeceira estava caída no chão e seu conteúdo espalhava-se pelo carpete; teria que sair em caçada.
   Levantou-se. As pernas pareciam comandadas por outra pessoa, havia um zumbido em seus ouvidos e sua língua estava grossa e dormente, como se coberta por uma camada de cera de parafina.
   Ao descer as escadas, alguém coordenando os movimentos de suas pernas, passou pelo hall e viu a luz da secretária eletrônica piscando. Não sabia quando desenvolvera o pânico de ouvir mensagens, mas acontecera. (Podia-se dizer o mesmo da correspondência: mal podia olhar para ela, muito menos abrir envelopes e fazer pilhas organizadas.)
   Era melhor escutar os recados, estivera fora do ar aproximadamente quatro dias, alguma coisa poderia ter acontecido. Quando ouviu a voz da mãe, mordeu a língua adormecida para espantar o medo. Mas a notícia era boa: Bid estava melhor.
   Estava muito zonza, ainda dormente de ressaca, para ficar feliz. Mas sabia que sentia alívio, só estava anestesiada demais para materializar algum sentimento.
   Havia uma segunda mensagem. Mais uma vez da mãe. Damien e Grace haviam se separado. Grace saíra de casa e estava de volta ao quarto antigo na casa dos pais.

— Tem alguma coisa a ver com Paddy de Courcy — disse a mãe. — Ela não está bem.

A notícia era tão impactante que Marnie caiu no chão frio e escutou o recado novamente, para ter certeza de que ouvira direito.

Era difícil de acreditar. Grace e Damien pareciam tão... unidos. Tão inseparáveis.

Paddy de Courcy estava, claramente, ainda mais poderoso, mais destrutivo do que ela imaginava.

Devia ficar feliz. Feliz por Grace estar pagando o preço por se meter com quem não devia. E feliz por não ser a única arruinada por Paddy de Courcy — afinal, se podia acontecer com Grace, a forte, a destemida, podia acontecer com qualquer uma.

Mas surpreendeu-se ao perceber alguma coisa quebrar a dormência do campo de força em volta dos seus sentimentos. Pobre Grace, pensou, uma pontinha de compaixão aquecendo seu coração quase morto. Pobre, pobre Grace.

Grace

Abri a porta do meu quarto e encontrei Bid.
— Você está com uma cara péssima — disse ela.
— Bom dia para você também — respondi, frágil.
— Você não quer colocar um pouquinho de maquiagem? — perguntou. — Vai assustar as pessoas se sair assim. Não é justo com os outros.

Eu não parecia eu mesma, ela estava certa quanto a isso. Três noites atrás, na noite em que eu e Damien nos separamos, passei por uma espécie de transformação enquanto dormia. Parecia ter trinta e cinco anos quando fui para a cama, mas, quando acordei no dia seguinte, a área em volta dos meus olhos pareceu afundar, como se, de repente, eu tivesse andado vagando pela Terra por uns quatrocentos anos.

— Nem um corretivo sequer nessas olheiras? — sugeriu Bid.
— Eu não tenho. — A maior parte das minhas coisas ainda estava em casa.
— Você podia voltar lá e pegar.
— Hoje, não.
— Você pode pedir para o Damien empacotar parte das suas coisas.
— Hoje, não.

Eu não conseguia dar conta de nada do mundo organizado. Tudo o que era capaz de fazer eram as coisas mínimas para atravessar o dia.

Eu deixara a nossa casa — o meu *lar* — na noite de terça, e quando acordei na quarta-feira, tremendo, no quarto de hóspedes da mamãe, pensei: Tenho que sobreviver ao dia de hoje. A mesma coisa aconteceu na quinta. Agora era sexta-feira e, como um mantra dentro da minha cabeça, flutuavam as palavras "Basta atravessar o dia de hoje".

Eu sentia um aperto pavoroso no peito e ainda não conseguia sentir meus pés. Minha cabeça e meu rosto pareciam prestes a explodir e pedaços do meu crânio voariam para todos os lados, como num filme B.

Na cozinha, mamãe e papai se levantaram, preocupados, quando me viram. — Você vai trabalhar, Grace?

Que mais eu podia fazer?

— Você sabe que já está liberada para voltar a fumar? — disse mamãe.

Verdade, graças à cura do câncer da Bid, todo mundo podia fumar novamente. Mas mamãe, papai e Bid decidiram ficar livres da nicotina — não queriam correr o risco de uma reincidência. Também acho que gostaram da sobra de dinheiro. Mas continuavam me encorajando a voltar a fumar.

Eu não podia. Quando parara, em setembro, uma parte específica de mim ficara feliz por eu estar negando a mim mesma algo de que gostava. A ordem para parar de fumar fora dada mais ou menos uma semana depois de o Paddy ter me batido; estranhamente, pareceu-me apropriado sofrer alguma penalidade. Agora, parecia ainda mais.

— Eu não quero fumar. Bem, eu quero, mas não vou. Tenho que pagar pelo que fiz ao Damien.

Minha mãe gemeu. — Você não foi criada como católica.

— Ai! — disse meu pai. — Se você vive na Irlanda, não tem como escapar da culpa cristã. Acho que colocam isso na água, como se fosse flúor.

— Vou trabalhar — eu disse, fraca.

— Você vai ficar em casa de noite? — perguntou mamãe.

— Vou ficar aqui o resto da vida.

Passei pela sexta-feira, depois pelo final de semana, dormindo a maior parte do tempo. Marnie telefonou para oferecer condolências e, se eu não me sentisse tão mal, o fato de ela falar comigo teria me animado. Mas eu era incapaz de qualquer ânimo.

Depois, chegou a segunda-feira e, como eu me prometera que tudo o que tinha de fazer era passar pelo dia, a porta do meu quarto foi aberta e Bid jogou um tubo bege em cima de mim.

— O que é isso?

— Corretivo. A gente comprou para você. Fizemos uma vaquinha. Coloca um pouquinho.

Esfreguei um punhado daquilo no rosto e o produto suavizou minha palidez mórbida. Mas em segundos minha cor cinzenta se sobrepôs, apagando o bege cor de pele.

Passei pela segunda, pela terça e, na noite de quinta-feira, quando mamãe me desejou bons sonhos, eu disse: — Faz uma semana. Uma semana inteira.

— Você teve notícias dele? — Ela sabia que não. Acho que estava só puxando assunto. — Nada?

— Não. E não vou ter. Não tem volta. Acabou.

Eu sabia que ele não me perdoaria — mas aceitava isso.

Uma coisa era boa. Eu não sonhava com a possibilidade de ele vir me pedir para voltar. Não telefonei para ele nem fui até nossa casa para pedir que ele me perdoasse.

Eu conhecia o Damien. As qualidades que fizeram com que eu me apaixonasse por ele — sua independência, suas convicções, sua essencial falta de vontade de confiar em outro ser humano — se tornaram paredes de impedimento. Ele confiara em mim e eu traíra essa confiança. Não tinha conserto.

Deitei na cama, me lembrei daqueles dias do último verão e desejei com todas as minhas forças — a cara no travesseiro, os punhos cerrados com a força do meu desejo — poder voltar no tempo e mudar as coisas.

— O que você está fazendo? — perguntou mamãe. — Com o seu rosto?

— Desejando voltar no tempo e mudar as coisas. Eu realmente sinto falta dele — falei. — Sinto falta de conversar com ele. Desde o começo, fui apaixonada por ele. Até nas festas — nas poucas vezes em que consegui arrastar o Damien para alguma —, ele era a única pessoa com quem eu queria conversar.

— Você já disse isso para ele?

— Não. A gente não é assim. Mas ele sabe. Sabia.

— E por que você foi se envolver com o De Courcy, posso saber? — perguntou mamãe, quase exasperada.

— Eu não sei. — Eu realmente não entendia. Tédio? Curiosidade? Senso de direito? Todas, razões vergonhosas.

— Pessoas, seres humanos — eu disse, sem esperança —, a gente é um bando de desgovernados. Por que a gente faz o que faz? — Eu parecia a Marnie. Pela primeira vez, realmente compreendia o desespero que tomava conta dela como uma semente ruim.

— "Errar é humano" — citou mamãe.

— "Perdoar é divino" — complementei. — E eu não dou a mínima se o divino me perdoa ou não. Quero que Damien me perdoe, mas ele não vai me perdoar.

Mamãe demonstrou compreender e fechou a boca.

— Eu sei que todo mundo acha que ele é mal-humorado...

Ela manteve o silêncio diplomático.

— Mas ele é a minha pessoa preferida.

Finalmente, ela perguntou: — O que você pretende fazer?

— Com o quê? O resto da minha vida?

— ... É, acho que é isso. Ou até você superar isso.

— Eu não sei. O que as pessoas fazem? Esperam passar.

Mais fácil dizer que fazer.

Lola

Segunda-feira, 23 de fevereiro, 19h11
Apartamento da Bridie.
— Dança, irmãzinha, dança! — Bridie deu a ordem.

A *VIP* tinha feito uma edição especial pré-casamento do De Courcy. A Bridie arrancou todas as fotos do Paddy e espalhou no chão como se fossem azulejos.

— Anda, irmãzinha, dança!

— Irmãzinha? — Treese e eu trocamos um olhar. Talvez fosse a letra de uma música? Não sei onde a Bridie arruma essas frases.

Ela colocou um CD do Billy Idol — não sei onde a Bridie arruma CDs também —, todas nós dançamos e, preciso admitir, morri de prazer de sapatear em cima da cara sorridente do Paddy.

— Caramba, olha isso! — Tinha me sacudido com tanta energia que rasguei uma das páginas, e no verso tinha uma foto da Claudia, no lançamento de um talco novo. Os peitos em 3D dela quase saltaram do papel e me deram um soco. Ela estava posando de rostinho colado com o cara do tempo da TV3. Aparentemente, o novo namorado. A legenda dizia: "Claudia e Felix. Completamente apaixonados."

— A gente tem que parar de se ocupar dela agora — disse Treese. Muito seca.

Voltamos a dançar em cima do rosto do Paddy de Courcy.

— Qual é o perigo de você ter uma recaída no dia do casamento dele? — perguntou Bridie.

— O tempo vai dizer, eu acho — falei.

Bridie, desgostosa: — Claro que você não vai ter uma recaída!

— Então, por que você pergunta?

— Retórica, retórica. Você já superou. Na verdade, vamos penetrar na festa e você pode jogar arroz.

— Melhor não.

— Você não se sente bem o suficiente pra jogar arroz no casamento dele? — Os olhos da Bridie se estreitaram.

— Não exatamente, mas também não estou com vontade de jogar tomates podres.

— Então, qual é a vantagem de tér tido aquele entrevero adorável com ele?

— Encarar os medos e tudo o mais. Eu tô muito melhor do que estava. O trabalho está ótimo.

Quanta modéstia! Eu estava atolada de trabalho. Fiquei meio vacilante logo que voltei, mas agora estava a todo vapor. Tudo o que eu fazia dava certo — não estou me gabando, não, não mesmo, só dizendo a verdade. Podia escolher os trabalhos, ficando com os mais bem pagos, mais interessantes para mim, e passando o excesso para — isso — Nkechi. Por que não? Ela era uma consultora de estilo excelente.

Ela também tinha sofrido uma perda. Num movimento assustador, chocante, Rosalind Croft tinha abandonado o marido, o terrível Maxwell Croft. Sem precedentes. Esposas de sociedade *nunca* abandonam maridos de sociedade, é sempre o contrário. Rosalind Croft não precisava de consultora de estilo, porque não tinha mais como pagar por uma. Nkechi perdeu uma cliente muito lucrativa.

— Lembra da noite da sopa? — falou Bridie, rindo. — Quando você acampou do lado de fora da casa do Paddy e me pediu pra levar sopa? Meu Deus, você parecia uma maluca de carteirinha!

— Haha, é verdade.

— Eu passei uns meses — disse Bridie — pensando que você nunca mais fosse voltar ao normal!

— Eu também achei que nunca mais fosse voltar ao normal — eu disse, lembrando o meu estado lamentável.

— Mas — falou Treese, com firmeza — sua vida definitivamente voltou aos trilhos.

— Nunca achei que isso fosse acontecer, nunca achei que *pudesse* acontecer, mas o estrago feito pelo De Courcy parece estar curado. —

Falei: — Olha pra mim agora. — Passei a mão ao longo da minha própria pessoa, pra indicar o cabelo sedoso, o comportamento calmo, o telefone que não parava de tocar.

Eu não precisava entrar nesses detalhes com a Bridie, mas sabia que nunca voltaria a ser a pessoa que era antes de conhecer o Paddy. Era menos ingênua agora, confiava menos nas pessoas — mas talvez isso não fosse uma coisa ruim. Também era menos medrosa. Não estava assustada com minha volta a Dublin. Na verdade, era bom estar de volta ao meu próprio apartamento, com a minha televisão totalmente conectada, onde as coisas acontecem e homens brigam debaixo da minha janela às quatro da manhã.

A transição, naturalmente, não foi totalmente suave. Sentia falta de algumas coisas de Knockavoy: a paz, a limpeza, a brisa — apesar do efeito terrível no cabelo — e, é claro, os muitos, muitos amigos.

Pensava neles com frequência, com muita saudade. Lembranças constantes do Chefe, do Musgo e do Mestre, acompanhadas de um ligeiro medo de eles manterem a promessa de me visitarem em Dublin.

Pensava na Sra. Butterly todos os dias, principalmente quando ouvia a música de *Coronation Street*.

Também pensava em alguns outros todos os dias. Até duas vezes por dia. Ou até mais, se, por exemplo, escutasse *Achy Breaky Heart* no rádio (por sorte, acontecimento raro), ou passasse por um carro ecológico na rua.

Ou notasse um homem descabelado, ou ouvisse a palavra "escalar", ou usasse uma touca de banho, ou comesse nachos e deixasse as migalhas caírem no chão.

Ou bebesse Fanta, ou ouvisse alguém jogando cara-ou-coroa, ou prestasse atenção em *Law and Order* nas listas de programação da tevê.

Ou comprasse uma lâmpada nova pro abajur da mesinha de cabeceira, ou se me perguntasse se eu deveria fazer testes caseiros de colesterol, ou experimentasse um novo sabor de milk-shake. (Não são lembranças de Knockavoy, então não sei explicar esse fenômeno).

Considine mandava mensagens de texto com frequência, fazendo perguntas carinhosas sobre o meu progresso. Sempre respondia:

Lotada de trabalho, Considine.

De início, exagerava ligeiramente na quantidade de trabalho. Era importante pra ele pensar que eu estava indo bem. Ele tinha sido fundamental na minha reabilitação e merecia sentir o calor da satisfação.

Mas ele não mencionou uma visita a Dublin e — diferentemente de Chefe, Musgo e do Mestre —, eu realmente gostaria que ele viesse. Mas os homens são assim. Todos mentirosos.

Não é amargura, não. As coisas simplesmente são assim.

Grace

— Não se esquece de colocar o corretivo. — Bid entrou no meu quarto, como fazia todas as manhãs. Não existia privacidade naquela casa. Nem privacidade nem aquecimento nem biscoitos. — A gente não gastou o dinheiro da nossa pensão suada... Meu *Deus*, o que houve com o seu queixo? — A parte inferior do meu rosto estava ferida.

— Minha pele racha com o frio — eu disse baixinho.

— Isso não é rachadura de frio. — Bid estava impressionada. — Isso é uma espécie de doença. Tipo uma frieira. Você parece que está apodrecendo.

— É rachadura de frio — repeti. Eu tinha muito quando era adolescente. — Só que está muito ruim desta vez.

Bid gritou do topo da escada: — Você melhorou das rachaduras de frio? — Ela estava fingindo que não suportava entrar no quarto por causa da minha aparência.

— Não vai durar uns dez dias, já te falei, e hoje ainda é o quarto.

Mesmo assim, ela entrou. — Isso na sua sobrancelha também é uma rachadura de frio?

Eu levantei da cama e me olhei no espelho. — Não sei. Talvez seja só uma espinha.

— Um cisto, você quer dizer. Pela mãe do santo Cristo! Tem mais nas suas pernas

Olhei para baixo. Meu Deus! Uma porção de caroços de estilo medieval irrompera na minha pele na altura dos dois tornozelos.

Quase fiquei com medo de investigar, mas tinha que fazer isso. Arranquei a calça do pijama e confirmei a presença de várias erupções nas minhas coxas.

— Jesus do céu! — murmurou Bid, cobrindo os olhos com o casaco. — Você devia ter me avisado que ia me mostrar seu bicho cabeludo. Por que não se depila? E ainda pergunta por que ele se encheu de você?

Na manhã seguinte, quando acordei, escutei Bid andando de um lado para outro no patamar da escada.

— Bid! — chamei. — Bid!
— Qual é o problema de hoje?
— Bid! Estou cega.

Meu olho direito inchara e se fechara, por causa do cisto.

Mamãe foi chamada. — Chega disso — disse ela. — Vou te levar à Dra. Zwartkop. Você deve estar anêmica ou alguma outra coisa.

— Não estou. — Eu sabia o que havia de errado comigo. — Mãe, não vou ao médico. Eu tenho que trabalhar.

Mas ela ligou para a Jacinta e disse que eu me atrasaria — eu tinha trinta e cinco anos e minha mãe estava ligando para o meu trabalho para dizer que eu estava doente —, e eu deixei, porque não soube resistir. Esquecera como se fazia isso, era uma habilidade que eu já tivera, mas não tinha mais.

— Uma coisa interessante — dizia mamãe, enquanto estávamos no trânsito, a caminho do médico. — Algumas pessoas, Marnie para citar uma, ficam lindas quando estão com o coração partido. Estranhamente luminosas. — Depois ela tapou a boca com a mão. — Desculpe, Grace. Não pensei antes de falar!

A Dra. Zwartkop era uma mulher — mamãe não aceitaria nada diferente. E ela conhecia a médica o suficiente para chamá-la de Priscilla. Também o suficiente para insistir que me acompanharia durante a consulta, como se eu tivesse seis anos.

— Rachaduras de frio — disse Priscilla para mim. — Cistos. Furúnculos. Mais alguma coisa?

— Dor no peito — eu disse. — Dor no rosto e na cabeça.

Ela me olhou, perspicaz. — Você sofreu alguma perda recentemente?

— Meu companheiro, de dez anos. A gente se separou há duas semanas.

— Alguma chance de vocês voltarem?

— Nenhuma, Priscilla — respondeu mamãe, rapidamente.

— Eu posso fazer um pedido de exame de sangue.

— Mas vai voltar tudo ao normal — eu disse.

Priscilla concordou: — Acho que sim.

— Alguma coisa a mais que você queira sugerir? — perguntou mamãe.

— Antidepressivos?

— Antidepressivos? — mamãe me perguntou.

Balancei a cabeça.

— Alguma coisa para te ajudar a dormir? — sugeriu Priscilla.

— Uns comprimidinhos para dormir? — mamãe também sugeriu, gentil.

Balancei a cabeça mais uma vez. Eu não tinha problemas para dormir.

— Você podia cortar o cabelo. Ou... — Priscilla buscou mais uma sugestão para dar: — Ou ter um caso. Ou sair de férias. — Ela encolheu os ombros. — Ou, até mesmo, fazer as três coisas.

— Obrigada — eu disse. — Férias, talvez... Vamos, mãe. Eu tenho que ir para o trabalho.

Fiquei sem combustível no meio do caminho para o trabalho. Eu sabia que meu carro precisava ser abastecido, mas ultimamente as possibilidades no posto eram tantas — gasolina Premium, Super Premium, diesel, gás — que eu fugia, tentando me convencer de que tinha o suficiente para mais uma viagem.

Quando o motor engasgou e morreu, eu não dei a mínima. Simplesmente abandonei o carro e fui de ônibus para o trabalho, depois liguei para o meu pai e pedi que ele pegasse um galão de combustível, fosse até meu carro e desse um jeito.

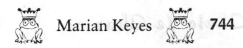

Quando finalmente cheguei no trabalho, era meio-dia. Entrei no escritório e morreram de rir quando viram o cisto no meu olho.

— A gente tem um presente para você — disse TC.

— O quê? — Por alguma razão, pensei que era um bolo. Com o estado do meu rosto e o meu carro sem combustível, pensei que eles podiam me dar um bolo gostoso.

Era um saco de papel. Grande o bastante para eu cobrir minha cabeça.

— A gente fez os buracos para os olhos — disse TC.

Tentei rir, mas — para horror de todos — lágrimas encheram meus olhos.

— Era só uma piada — disse Lorraine, ansiosa.

— Talvez você devesse tirar uns dias de folga — falou TC. — Quanto tempo de férias você tem?

— Duas semanas.

— Vai para algum lugar. Quem sabe um lugar que tenha sol?

Fui até Jacinta, que foi simpática. — Que tal as Ilhas Canárias? — sugeriu. — É barato nessa época do ano.

Mas eu não tinha ninguém para ir comigo.

Então, decidi que ia sozinha. Seria um bom exercício para o resto da minha vida.

Naquela noite, Marnie ligou para mamãe. Falaram durante horas, depois mamãe me passou o telefone. — Ela quer falar com você.

— Eu soube que você vai sair de férias — disse Marnie.

— Vou.

— Eu podia ir com você. — Era uma oferta de paz. — Eu não vou beber — prometeu.

Claro que ela beberia, mas era melhor do que ir sozinha.

Lola

Sábado, 7 de março
Paddy se casou. Saiu em todos os jornais. Eu não estava exatamente dando pulinhos pelo apartamento, jogando o chapéu pra cima, como se tivesse acabado de ganhar oito milhões de euros, mas não tive nenhuma recaída. Nenhuma necessidade de sopa sem caroço, nada de sair dirigindo pela cidade sem cuidado e atenção. O dia passou (em paz).

Domingo, 8 de março, 17h05h
O telefone toca. Bridie.
— Quer ir pra Knockavoy no próximo fim de semana? — pergunta. — Feriado de St. Patrick's.
— Achei que o primo Fonchy tinha reservado a casa. (Mais um parente de nome peculiar. Isso não acaba nunca?)
— Ele tinha, mas desistiu. Cegueira temporária. Não pode dirigir Vamos?

17h08
Mensagens de texto para vários amigos de Knockavoy, informando minha chegada.

Grace

Fomos para Tenerife. Alugamos um apartamento pequeno num resort decorado para parecer uma vila de pescadores. O lugar estava cheio — Marnie e eu éramos as únicas pessoas com menos de noventa anos. Todos os dias, cada uma deitava numa espreguiçadeira debaixo do sol fraquinho de março; eu lendo um livro de mistério atrás do outro, Marnie lendo biografias de pessoas que se mataram. Toda noite a gente jantava no mesmo restaurante, toda noite nós duas dormíamos doze horas.

Tomávamos conta uma da outra, encontrando livros e óculos perdidos, passando filtro solar uma na outra, alertando-nos para não tomarmos sol demais. Não houve nenhuma menção ao Paddy nem à briga que nós duas tivemos. Éramos duas velhas frágeis, convalescentes, uma fazendo pela outra o que não éramos capazes de fazer por nós mesmas.

Eu decidira que não me importaria se Marnie bebesse — mas, mantendo a palavra, ela não bebeu. Talvez isso fosse tudo de que ela precisava, pensei. Um descanso nas Canárias, para se curar do alcoolismo.

Conversamos bastante enquanto ficávamos deitadas de costas, olhando para o céu através dos nossos óculos de sol.

— Engraçado como nossas vidas se emparelharam — eu disse.

— Você está falando de nós duas termos sido abandonadas pelos nossos maridos?

— É, acho que sim.

— Você e o Damien se separaram por minha culpa? — perguntou. — Por causa do tempo que você passou comigo?

— Não, claro que não.

Mas entendi que, talvez, eu achasse bom passar alguns finais de semana em Londres com a Marnie, porque isso me afastava do desconforto da minha relação com o Damien na época.

Quando passamos da metade das nossas férias, eu tinha certeza de que Marnie não beberia. Então, no oitavo dia, ela recebeu um telefonema choroso da Daisy — e, de uma hora para outra, começou a beber sem parar.

Durante três dias, não tive ninguém com quem conversar. Simplesmente lia meus livros, deitava na espreguiçadeira, deixava o sol esquentar minhas pálpebras. De vez em quando, eu voltava ao apartamento para ver se a Marnie ainda estava viva.

A cada cinco ou seis horas, ela voltava a si, se levantava, saía, comprava mais vodca, voltava, bebia e desmaiava de novo. Responsável, eu despejava o que restasse nas garrafas, mas, quando ela voltava do seu coma, eu não tentava impedi-la de ir à loja comprar mais.

Depois de três dias, ela parou, como se a necessidade de se odiar para alimentar a bebedeira tivesse passado.

— Desculpa — sussurrou para mim.

— Tudo bem. Não precisa se preocupar. Você está se sentindo bem para sair para jantar hoje à noite?

— Talvez. Eu não sei

— Eu posso cozinhar. Você não come há dias. Precisa comer alguma coisa.

Ela ficou confusa. Em seu transe, perguntou: — Por que você está sendo tão legal comigo?

— Porque eu te amo. — As palavras saíram da minha boca antes que eu pensasse nelas. — Você ainda é minha irmã. Eu sempre te amei. Nunca vou deixar de te amar.

— Por que você não está com raiva de mim por causa da bebida? — perguntou Marnie.

Mais uma vez, as palavras saíram da minha boca sem a minha intenção: — Porque não posso fazer nada quanto a isso. — O que não significava que meu coração não ficasse partido, porque ficava.

Mas agora eu sabia que não havia nada que eu pudesse fazer para mudar as coisas.

— E, Marnie, você também não pode fazer nada. Você não tem escolha. Eu achava que tivesse, mas não tem. Você é impotente, tão impotente quanto eu.

Foi a sensação mais estranha — eu a perdoara. Ela não ia parar de beber, agora eu sabia disso. Nada faria com que parasse. Ela continuaria bebendo e — mais cedo ou mais tarde — isso talvez a matasse. Mas, mesmo por isso, eu já a perdoara.

Lola

Sábado, 14 de março, 18h59
Bridie, Barry, Treese, Jem, Gwen e eu chegamos à cabana do tio Tom. Todos juntos no carrão novo da Treese. (Presente do Vincent.) (Vincent não estava presente.)

19h03
Abrimos uma garrafa de vinho.

20h08
Batidas à porta.
— Deve ser o Considine. — Mas, quando abri, quem estava do outro lado? Chloe! Isso, Chloe! Olhos brilhando, cabelo sedoso, roupa mais fashion que nunca.

Abraços felizes. Apresentações orgulhosas. Interesse excessivo de Bridie, Barry, Jem e Gwen. Olhares menos descarados da Treese.

Drinques fortes. Muito ânimo. Fomos pra cidade. Knockavoy, lotada de visitantes. Gente por todo lado. Ninguém suspeitou que Chloe fosse uma traveca, simplesmente pensaram que ela era — talvez um pouco alta demais, um pouco corpulenta demais — uma garota de Dublin. Chloe fez um sucesso enorme com os meus amigos.

— Ela é cheia de vida e gargalhada. — Bridie ficava dizendo. (Não sei onde ela arrumou essa frase. Bridie tem propensão a frases estranhas.) — Não fiquei a fim dela. Diferente de você, Lola, não tenho nenhuma inclinação gay, mas ela é cheia de vida e gargalhada.

Bridie, tremendamente bêbada.

Todos nós tremendamente bêbados.
Noite ótima, ótima!

Domingo, 15 de março, 12h09
Bem mal. Jem e Gwen levaram o sofá pros fundos da casa pra mim — ressaca muito forte para fazer isso sozinha —, depois deitaram nele, abraçados embaixo das cobertas. Mantive o olho na casa do Considine, na esperança de ele aparecer e eu acenar para ele, mas isso não aconteceu. Escalando, sem dúvida.

14h14
Treese acordou.

14h22
Treese voltou pra cama.

17h01
Bridie desceu, ajudada por Barry. Estava vomitando desde que o sol nasceu.
— Derrubada — sussurrou.

20h27
Jem e Gwen fizeram o jantar. Garrafa de vinho aberta. Goles constantes. De repente, todo mundo começou a falar ao mesmo tempo, a cor de volta ao rosto.

21h19
Batidas à porta.
— Deve ser o Considine. — Mas, quando abri, quem estava do outro lado? Chloe! Isso, Chloe! De novo! Roupa diferente, mas tão incrível

quanto. Fiquei excitada. Isso, excitada, de ver a Chloe mais uma vez. Mas não conseguia entender certa pontinha de decepção.

Drinques fortes. Muita animação. Fomos pra cidade. Knockavoy estava lotada de visitantes. Gente pra todo lado. Mais uma vez, ninguém suspeitou que Chloe fosse uma traveca, simplesmente pensaram que ela era — talvez um pouco alta demais, um pouco corpulenta demais — uma garota de Dublin.

Mais uma vez, Chloe fez um sucesso enorme com meus amigos.

— Cheia de vida e gargalhada — Bridie continuava dizendo. Resolvi contar quantas vezes a Bridie disse "Cheia de vida e gargalhada". Mas perdi a conta depois de quarenta e oito.

Bridie tremendamente bêbada.
Todos nós tremendamente bêbados.
Noite ótima, ótima!
Na verdade, não gostei tanto assim.

Segunda-feira, 16 de março, 06h14

Só tinha dormido duas horas, mas acordei de novo. Pensando no Considine. Muito a fim de ver o Considine. Muito a fim. Precisava chegar nele antes que começasse a usar unhas postiças e esmalte, e se transformasse de novo na Chloe. Agora era uma hora tão boa quanto outra qualquer. Saí da cama e, ainda de pijama, atravessei o gramado até a casa dele.

Bati à porta.
Ninguém respondeu.
Bati de novo, mais forte.
Ninguém respondeu.
Bati de novo, dessa vez tão forte que quase não escutei os protestos dele. — Ainda é noite, caramba!

— Deixa eu entrar, seu mala sem alça! É a Lola.

Ele abriu a porta e eu passei por ele. O cabelo amassado e a cara de sono. Estava de calça de moletom azul e camiseta velha cinza. (Todos os traços de Chloe removidos. Fiquei aliviada.)

— Detonado? — perguntei com simpatia.

— Detonado. — Ele fez um gesto afirmativo. — Você?
— Também.
— Chá?
— Não.
— Alguma coisa?
— Não.
— Senta do meu lado?
Eu me mexi. Encorajada. — Posso colocar a cabeça no seu ombro?
— Pode. Posso te abraçar?
— Pode.
Ficamos lado a lado, num silêncio de ressaca. Absolutamente agradável.
— Considine — pigarreei. — Nunca pensei que fosse ouvir a minha pessoa dizer essas palavras, mas estou feliz de te ver. Tinha começado a pensar que não te veria o fim de semana todo.
— Achei que você gostasse da Chloe. Tirei a Chloe da aposentadoria especialmente pra você.
— Eu gosto da Chloe. Que gentil da sua parte se dar ao trabalho. Mas eu gosto de você também.
Ele passou a mão pelo maxilar com a barba por fazer. Ruído rústico. Sexy, verdade seja dita! — Também gosto de você, Lola — disse ele. Silêncio. — Gosto muito de você, muito. — Mais silêncio. Mas não era um silêncio normal. Era um silêncio cheio de emoções. — Muito mesmo. Venho sentindo a sua falta desde que você foi embora.
Pausa. Pesei as palavras. — Também senti sua falta.
— Penso em você o tempo todo.
Mais uma pausa. — Também penso em você o tempo todo.
Ele bocejou. Eu bocejei. Ele disse: — Melhor eu voltar pra cama. — Pareceu chocado com a ideia. Virou a cabeça e olhou pra mim: — Quer vir?
Olhei dentro dos olhos dele. — ... É... quero.
— Ótimo! — De repente, um sorriso nada característico do Considine, e ele me pegou nos braços — me carregou! Fiquei mortificada.
— Me bota no chão. Você vai machucar as costas. Eu tenho bunda grande.

— Bunda perfeita. — Ele já estava subindo a escada. Sem arfar.
— Como você é tão forte?
— Escaladas.
Ele chutou a porta do quarto, que vibrou com a força, depois me colocou no centro da cama. Eu, ainda com o calor do corpo dele. Tudo acontecendo muito rápido. Perdi a coragem. — A gente não dormiu, Considine. Vamos dar uma cochilada.
— Como você quiser.
Me enfiei embaixo das cobertas, mas fiquei de pijama. Ele também ficou vestido.
Me puxou pra perto dele, e puxou as cobertas em volta da gente. Comecei a pegar no sono, mas achei que ia entrar em combustão espontânea. — Estou com muito calor, Considine.
— Eu também.
— Vou tirar a blusa.
— Eu também.
Desabotoei a blusa do pijama. Ele tirou a camiseta. Pele quente e suave contra a minha. Músculos fortes. Abdômen definido. Ah, que delícia!
Fechei os olhos e voltei à posição de dormir. — Ainda tô com muito calor, Considine.
— Eu também.
Mas, depois que tiramos toda a roupa, parecia ainda mais quente. Braços livres, pernas entrelaçadas. Me virei e senti a ereção dele na minha coxa.
— Desculpa — disse ele. — Ignora isso.
— Preferia não ignorar. Se for tudo bem pra você...
— Tudo bem pra mim, com certeza. — Divertido.
Foi absolutamente fabuloso.
Nada de pornografia. Nada de prostitutas. Só uma posição. Concentrado. Intenso. Ele apoiado nos próprios braços, sem esforço, como se estivesse fazendo flexão, entrava e saía de mim devagar, sempre me olhando nos olhos. Pensei que fosse morrer.

15h01
Acordei com o bipe do telefone do Considine.
Ele leu o texto. Me passou o telefone. — É pra você.

Lola, tá se dando bem com o Considine?

Era da Bridie. Respondi com uma afirmativa. Mensagem de volta:

Terminei agora. Hora de ir pra casa. Treese quer evitar tráfego.

— Considine, eu tenho que ir.
— Fica — pediu.
— Não posso — respondi. — Tenho um trabalho enorme amanhã.
— ... Amanhã. Mas eu... — Ele não disse o que ia dizer. Fosse o que fosse. — Você ainda anda muito ocupada?
— Muito ocupada. — É, eu tinha muito trabalho, mas estava tentando parecer ainda mais ocupada.
— Nenhum sinal de diminuir o ritmo?
— Não.
— E você está se sentindo bem?
— Excelente.
— Feliz de ter voltado a Dublin?
— Muito feliz.
— ... OK. Bem, Lola, eu quero te dizer uma coisa, é importante.
— O que é?
— A Chloe vai estar aqui sempre que você quiser.
Chloe? Não era isso que eu esperava ouvir.
— Que gentil — falei. Dura. — Pode deixar que eu saio sozinha.

15h38
Dentro do carro.
— Então! — disse Bridie. — Você e o homem travesti!
— Não é nada — eu disse, irritada. — Romance de feriado.
— Quem sabe ele te visita em Dublin?

Fiquei de boca fechada. Considine não tinha mencionado nenhuma visita, nem eu.

— O que foi que deu em você? — perguntou Bridie.

— Nada.

Mas não era nada. Tinha ficado ferida pela oferta do Considine da amizade da Chloe. Ele não disse "Eu tô aqui sempre que você quiser". Estava preparado para oferecer seu *alter-ego* travesti, mas não a si mesmo.

Grace

Cheguei em casa no dia 19 de março, dia das eleições gerais.

— Parece que a expectativa é de que o partido da Dee Rossini se dê muito bem — informou minha mãe.

— Que bom, que bom! — Eu não estava nem aí. Não queria ouvir falar em Dee nem no Nova Irlanda, em nada que tivesse a ver com eles.

— Damien andou te procurando — disse mamãe.

Meu coração deu um pulo, depois sofreu uma queda dentro do peito. Ele deve estar querendo conversar sobre o que vamos fazer com a casa.

— Ligou quando você estava fora, mas não quis perturbar suas férias. Pediu para você ligar quando chegasse.

Eu esperaria alguns dias, decidi. Seria uma conversa dolorosa e eu queria adiá-la o máximo possível. Ele devia estar trabalhando como louco durante a eleição; essa podia ser minha desculpa. Esperaria até que esse período passasse e as coisas ficassem mais sossegadas.

Na manhã seguinte, fui acordada às sete e meia por vozes vindas do rádio da cozinha.

— Desliga isso! — gritei. — Desliga essa porcaria!

Mas ninguém me ouviu, então fui até lá embaixo.

— É um banho de sangue — grunhiu papai, sentado à mesa da cozinha. — Sua amiga, Dee Rossini, vai fazer picadinho dos partidos maiores. Todo mundo perdeu votos para o Nova Irlanda. Até os Peninhas. Parece que ela vai dobrar o número de representantes no Congresso. Os Peninhas vão ter que se esforçar para continuar coligados.

— Muito bom.

Girei o botão do rádio com tanta força que machuquei o pulso, depois fiz uma torrada e voltei para a cama. Comi e embarquei novamente naquele estado estranho, meio de sonho, e acordei com batidas à porta. Era minha mãe. — Visita para você — disse ela.

Meu coração deu pulos de esperança e sentei na cama, ansiosa.

— Não, não é o Damien — disse ela.

— Ah, tá, tudo bem. — Lentamente, voltei a deitar.

— Levanta — disse mamãe. — É a Dee Rossini.

Ah, não. Teria que fingir entusiasmo. — Mãe, diz para ela que eu não posso...

Mas minha mãe desapareceu pelo corredor; depois, praticamente fazendo mesuras, introduziu Dee.

-- O Nova Irlanda vai formar uma coligação de governo com os Peninhas. A Sra. Rossini acabou de ser nomeada ministra da Economia e primeira-ministra suplente — disse mamãe, cheia de orgulho. — Ela acabou de receber um telefonema, *neste minuto*. Um chanceler. *No celular*.

Um chanceler? Mamãe odiava Teddy Taft. *Odiava* o homem, sempre se referia a ele como *bandido* e dizia que o nariz dele parecia um pênis. Mas sempre falava chanceler com a pronúncia típica irlandesa: Chancelllleeeeerrrrrrrrr, como se fosse vomitar, mas não tivesse nada no estômago.

— Dee ainda não dormiu — disse mamãe, com admiração.

— Grace. — Dee veio na minha direção. Depois, me olhou atentamente. — Meu Deus! Grace! Você parece doente.

— Mil vezes obrigada! — eu disse. — Acabei de voltar de férias! Era para eu estar com a cara boa. Você devia ter me visto antes de eu ir.

— Tem certeza de que você não está doente?

— Absoluta. Eu fui ao médico. Ela me obrigou. — Indiquei minha mãe, que ainda estava no quarto.

Mamãe levou a mão ao peito e teve um ligeiro engasgo, como se ela também tivesse acabado de descobrir que ainda estava no quarto.

— Eu devia... — Ela pareceu desapontada. — Vocês devem ter assuntos particulares. Vou deixar as duas sozinhas. — Relutante, ela saiu.

— De qualquer maneira, Dee, parabéns! — Eu ainda me lembrava das boas maneiras. — Você foi muito bem, meu pai disse.

— Se não fosse você, Grace, eu nem seria líder do Nova Irlanda — acrescentou. — Desculpa ter causado tantas perdas para você.

Eu não sabia o que dizer.

— Vai ter uma comemoração hoje à noite — disse Dee. — Convidamos todos os membros do partido do país. Tudo feito um pouco às pressas. Você tem que estar lá.

— Dee, não... desculpa.

— Eu tenho uma surpresa para você.

Uma surpresa? Eu não queria uma surpresa.

— É sobre o Paddy.

— Argh! — Levantei a mão, como se quisesse evitar espíritos do mal. Não queria nem ouvir o nome dele.

— Vem. Por favor. Você vai ficar feliz de ter ido.

Marnie

Marnie acordou, na própria cama, no próprio quarto, sentindo-se extraordinariamente bem. Dormira a noite inteira, sem abrir os olhos uma só vez por causa de algum pesadelo. Os lençóis não estavam enrolados no seu corpo, encharcados de suor, e ela sentia uma esperança plena, em vez do pavor habitual.

Voltara de Tenerife na noite anterior. Fazia quatro dias que não bebia — desde o lapso durante as férias — e tomara uma decisão. Não era preciso anunciar ao mundo, mas ia — em silêncio — dar um fim ao seu problema com a bebida.

A pena de Grace foi o estopim. Depois de Marnie voltar do "lapso" durante as férias, preparara-se para aguentar a fúria de Grace. Mas a irmã respondera com uma falta de raiva assustadora. Havia um novo olhar em seus olhos — como simpatia, mas não tão bacana. Pena, Marnie finalmente reconheceu — e aquilo doera.

O interessante era que durante os finais de semana das visitas de Grace, em seu esforço de policiar as bebedeiras de Marnie, sua raiva não tivera efeito algum, fora, talvez, fazer com que se retraísse ainda mais no seu mundo alcoólico. Era como se Marnie visse Grace pronunciar as palavras de cólera, mas não pudesse ouvir o som delas.

Mas a pena de Grace, isso era bem diferente. Pena não era o mesmo que compaixão: uma veia terrível de desrespeito atravessava a pena.

De repente, ela se vira como Grace e os outros a viam: não como uma criatura inteligente, supersensível, como estava acostumada a ser vista e tratada, mas simplesmente como um fardo

Servira para lhe abrir os olhos. É isso que as pessoas pensam de mim, percebeu. Talvez até mesmo as minhas filhas.

Durante os três últimos dias das férias, palavras continuavam a flutuar na sua cabeça: lamentável, patética, trágico, triste.

Marnie sentiu-se — o quê? Incompreendida.

Não queria ser objeto de pena. Não era a pessoa impotente, covarde, que Grace parecia pensar que era.

Principalmente no que dizia respeito ao álcool.

Bebia porque escolhera beber. Por nenhuma outra razão.

E agora escolho não beber.

Saltou da cama e, com muita energia, começou a desfazer as malas. Sandálias foram jogadas no fundo do armário, cremes e filtros solares foram guardados em gavetas, à espera de mais um feriado, e a máquina de lavar foi abastecida de biquínis e cangas.

Com vigor, jogou a mala debaixo da cama, depois pegou o aspirador de pó. A casa estava empoeirada e tinha um cheiro um pouco estranho depois de ficar vazia por duas semanas. Como as meninas viriam depois do colégio — já eram quase três semanas sem vê-las —, tudo devia estar perfeito.

Enquanto limpava o hall, viu que a luz da secretária eletrônica piscava. Recados. Desligou o aspirador e, respirando fundo, apertou o *play*. Só quatro mensagens: nada mal. Na verdade, um número surpreendentemente — constrangedoramente? — pequeno para duas semanas. Andei fora de circulação, lembrou a si mesma, ligeiramente desconfortável.

O primeiro recado era do dentista: perdera a consulta anual e precisaria remarcar; o segundo era de um pobre coitado tentando vender seguro de carros; o terceiro era de Jules, Jules do AA. "Só dando um alô", disse Jules. "Queria saber como você anda. Me liga quando quiser."

E a quarta mensagem também era de Jules do AA. Marnie apagou o recado antes de ouvir tudo, depois rebobinou a fita e apagou o outro. Sentiu certo desconforto — quase uma mácula — por alguém dos Alcoólicos Anônimos telefonar para ela.

Certo, comida. Fora uma caixa de biscoitos quase vazia, não havia nada em casa. Precisava de tudo — queijo, pão, agrados para as crianças, alguma coisa para o jantar. Ela cozinharia, talvez Nick quisesse ficar.
Sinto falta do Nick..
Bem, quem sabe, ela pensou, quase feliz. É um sentimento normal. Tudo está voltando ao normal outra vez Tudo vai ficar bem.

Fez rapidamente uma lista de compras, satisfeita por se sentir tão eficiente e dona de casa, vestiu-se, entrou no carro e foi em direção ao supermercado. Alguns minutos depois, surpreendeu-se ao estacionar na frente da loja de bebidas.

O que estou fazendo aqui?
Desligara o motor do carro.
Liga o carro, liga o carro e vai embora.
Mas não fez isso.
Eu não quero beber hoje. Não quero entrar aqui.
Olhou para a chave, na ignição.
Vai embora.
Estava abrindo a porta do carro.
Posso comprar chocolate para as meninas aqui.
Estava atravessando a rua.
Posso ir ao supermercado depois daqui.
Abriu a porta da loja e ouviu o barulho dela se fechando.

— Estava viajando? — perguntou Ben.
— É. — Pegou duas garrafas de vodca.
— Só duas, hoje? — perguntou, animado, só para puxar conversa
— E doze barras de chocolate.

Depois, voltou para o carro, as barras de chocolate e as garrafas de vodca no banco do passageiro.

Olhou para a bebida e pensou: Não quero isso. Principalmente hoje. Quero ver Daisy e Verity. Não quero estar bêbada quando chegarem. Amo minhas meninas. Quero que as coisas estejam adoráveis para elas. Não quero que me vejam incapacitada. Amo Nick. Não quero que fique desapontado mais uma vez.

Não quero acordar gelada e suada, tentando lembrar o que aconteceu, me perguntando que dia é hoje.

Mas sabia o que ia acontecer. Em algum momento, pegaria uma garrafa e beberia. Beberia, beberia e beberia, até perder-se.

Não havia escolha.

— Eu não quero — disse em voz alta. — Por favor, alguma coisa, alguém, eu não quero.

Chorava, agora, com medo, sem esperança, as lágrimas quentes descendo por seu rosto.

Por que estou fazendo isso?

Não havia a quem culpar. Deixara de culpar Paddy.

Então, por que estou fazendo isso? Eu não quero.

Alicia

— Senhoras e senhores do Nova Irlanda, com vocês, Dee Rossini!

Numa explosão de luzes, Dee subiu ao palco e todas as três mil pessoas presentes se levantaram para aplaudir com fervor. A multidão estava em polvorosa — militantes do partido, patrocinadores, simpatizantes, jornalistas e equipes de televisão locais e estrangeiras.

Dee tomou o lugar no púlpito, Paddy e quatro outros membros-chave do Nova Irlanda se posicionaram atrás dela em cadeiras de espaldar alto.

— Quero agradecer a todos — disse Dee. — Mas, principalmente, aos militantes do partido. O trabalho de vocês, dedicado e sem descanso, deu ao Nova Irlanda essa vitória sem precedentes. — Um sorriso iluminou seu rosto. — O Nova Irlanda concordou em formar uma aliança com o governo, com o Partido Nacionalista da Irlanda. Talvez vocês queiram saber que me ofereceram, e eu aceitei, o cargo de ministra da Economia.

Todos sabiam disso, estava em todos os noticiários, mas se manifestaram como se tivessem acabado de descobrir.

— E... — Dee não cabia em si de tanto prazer. — O cargo de primeira-ministra suplente.

Todos sabiam disso também, mas aplaudiram novamente com alegria esfuziante.

— Nosso sucesso nos deu uma excelente plataforma para garantir que as políticas e projetos que apresentamos ao eleitorado durante a campanha farão parte do programa de governo. Prometo cumprir...

Blablablá. Alicia queria se desligar, mas tinha que escutar. Tinha que assistir Dee e todo aquele espetáculo, além de estar pronta para Paddy, caso ele precisasse. Agora, esse era seu novo trabalho

— Como vocês sabem, nosso líder, Paddy de Courcy, se casou recentemente.

Cumprimentos, assovios e comoção se seguiram. Paddy levantou-se da cadeira e agradeceu com uma pequena mesura.

De sua posição na primeira fila, Alicia ficou enlevada. Meu Deus, como ele era bonito, ela pensou. A altura, os ombros, o sorriso, o brilho dos olhos, a gravata de nó gordo.

E era todo dela. Depois daqueles dias terríveis, tanto tempo atrás, quando ela teve que endurecer o coração contra Marnie, a espera desesperadora quando ele desapareceu, a solidão da sua vida quando Marnie e Grace se afastaram dela, os acordos bizarros durante seu casamento com Jeremy — tudo valera a pena. Ela o conquistara no final.

Diga-se de passagem, nada de lua de mel. Ela realmente desejara uma de verdade dessa vez, sem que tivessem que ir a bares gays, mas, com as eleições acontecendo duas semanas depois do casamento, a lua de mel fora adiada por tempo indeterminado.

— Mas o ganho de Alicia é a perda do Nova Irlanda — continuou Dee. Houve um eco no microfone e suas palavras foram repetidas segundos depois de serem pronunciadas. Tempo suficiente para Alicia se perguntar: O que Dee quis dizer com isso?

— Paddy — disse Dee — decidiu dar um tempo na vida política.

O quê? O quê? Alicia pensou ter ouvido mal, certamente tinha alguma relação com o eco.

Mas um murmúrio em meio à audiência lhe dizia que outras pessoas haviam escutado a mesma coisa.

Do que Dee estava falando? Alicia não compreendia. Estaria falando da lua de mel? Havia uma lua de mel planejada sem que ela soubesse?

— Esta noite — continuou Dee —, na verdade, logo antes de subirmos neste palco, tive a triste incumbência de aceitar o pedido de afastamento do Paddy de Courcy do Nova Irlanda.

Triste incumbência...? Afastamento...? Alicia inclinou a cabeça para olhar para o Paddy. O que estava acontecendo? Isso fora planejado? Por que ele não lhe contara?

Paddy estava afundado na cadeira, a boca congelada num sorriso idiota. De repente, seu rosto apareceu, no alto, nos monitores. Gotas de suor — suor, Paddy de Courcy suando! — amontoavam-se nas suas têmporas, e seus olhos estavam irrequietos, como se ele fosse um animal acuado se perguntando qual seria a melhor saída.

Ele não fazia ideia, Alicia percebeu.

Dee Rossini estava demitindo Paddy. Publicamente. Na frente da imprensa do mundo inteiro. E ele não sabia de nada. Paddy, que sempre sabia de tudo.

Alicia tentou pensar, mas estava completamente chocada. Como a Dee Rossini ousa? Que audácia! Como podia ser tão fria? Tão sem piedade?

Dee sabia que Paddy tentara sabotá-la. Mas Alicia pensava que estava tudo resolvido, era passado, que Dee e Paddy mais uma vez seguiam adiante, pontos de vista compartilhados. Não esperava que Dee Rossini guardasse mágoas, como se fosse uma mafiosa. Meio italiana, Alicia se lembrou — Dee era meio italiana. Diga-se de passagem, os irlandeses eram campeões em guardar mágoas. Provavelmente piores que os italianos.

Dee apareceu nas telas enormes e Alicia ficou feliz. Talvez ninguém mais tivesse percebido a confusão de Paddy, talvez ela só percebesse porque o conhecia bem demais, mas era melhor não arriscar.

— Você foi um grande amigo e um grande colega durante esses anos todos. — Dee estava fazendo o discurso tradicional de despedida, cheio de frases feitas.

O que a gente vai fazer?

O pânico tomou conta de Alicia e ela tentou estabelecer uma conexão com Paddy, queria que ele olhasse para ela, mas seu ser estava absolutamente congelado naquele sorriso imbecil.

Depois, percebeu que o humor da multidão mudou da euforia para algo mais sorumbático e, num surto de esperança, pensou: o partido, fiel, não vai aceitar isso. Eles amam o Paddy.

Mas também amavam Dee, e ela acabara de ter uma vitória sem precedentes. Era primeira-ministra suplente. Era ministra da Economia. Era mais poderosa do que jamais fora.

— ... você foi responsável por mudanças importantes e duradouras na Irlanda...

O que a gente vai fazer?

Alicia se forçou a pensar. O que isso significava para o Paddy? Se o partido não se manifestasse, não se revoltasse, o que aconteceria? Talvez não fosse o desastre que parecia. O plano a longo prazo sempre fora que Paddy finalmente se filiasse ao Partido Nacionalista da Irlanda.

Mas não era o momento certo, compreendeu com pesar. Não poderia ser pior. Paddy queria entrar no partido numa posição de poder, num cargo ministerial. Agora teria que ir de maneira submissa em igualdade de posições.

E pensar que, se as coisas tivessem dado certo, se ele tivesse conseguido derrubar a Dee com aquela história das garotas da Moldávia, seria o líder do Nova Irlanda agora. Logo, seria ministro. Na verdade, seria a figura política de liderança no país.

Ficara fora de si quando o golpe dera errado... só Deus sabe como ficaria agora.

— Paddy — Dee estava encerrando o discurso —, você deixa o Nova Irlanda com sua integridade intacta.

Por que ele não sairia com a integridade intacta? Alicia pensou. Como Dee Rossini ousava indicar que Paddy fosse qualquer coisa senão um homem limpo? E como era estranho agradecer a alguém que se julga desleal.

Aquela frase foi o suficiente. Alicia sentiu a mudança de humor na plateia, como se um vendaval acometesse um trigal. Com o canto dos olhos, viu pessoas levantando as sobrancelhas e se voltando para quem estava ao seu lado. Integridade? Engraçado ela dizer isso... Nunca confiei nele de verdade... Bonito demais... Charmoso demais... Sedutor demais...

Ninguém podia provar nada, Alicia pensou. E ninguém poderia provar que fora demitido. Haveria rumores, mas ele daria a volta por cima. Paddy dava a volta por cima de qualquer coisa.

— Desejamos a você e a Alicia toda a felicidade do mundo.

Automaticamente, Alicia preparou um sorriso no rosto, mas, por dentro, pensava: A gente devia ter previsto. A gente devia ter um plano.

Mas eles pensaram, sinceramente, que Dee precisava demais do Paddy.

Um pensamento terrível surgiu na cabeça de Alicia — ele não a culparia por isso, culparia? Pelo fato de terem se casado, que dera a Dee um motivo conveniente para se livrar dele?

— Tenho certeza de que ainda ouviremos falar de você. — Dee piscou para Paddy, ainda afundado em sua cadeira, como um bicho acuado. — Senhoras e senhores — Ela olhou mais uma vez para a multidão —, vamos juntos agradecer a De Courcy e desejar a ele tudo de bom na sua nova vida fora da política.

Alicia começou a aplaudir. Teriam todo o tempo do mundo agora para a lua de mel, deu-se conta. Mas ela não queria isso. Estariam pisando em ovos, Paddy estaria enfurecido como um leão enjaulado e não teriam nenhum plano a executar. Nenhuma trama. Não, "plano" era uma palavra melhor. "Trama" soava um pouco sinistro.

Nos monitores, ela viu grupos de pessoas da plateia se levantarem. Estavam ovacionando Paddy de pé! Graças a Deus! Mas com o passar dos segundos, a maioria das pessoas permaneceu sentada e aqueles que haviam se levantado voltaram a sentar, parecendo um pouco envergonhados.

Merda!

Mas Alicia não demonstraria seu desapontamento. Sorriu e sorriu – porque nunca se sabe quando uma câmera está apontando para você. E aplaudiu com ainda mais força, juntando as palmas efusivamente. Sua mão estava quase boa agora. Quase não doía.

Grace

Olhei para o palco, de boca aberta. Estava absolutamente chocada. Dee Rossini acabara de demitir Paddy de Courcy na frente da imprensa do mundo inteiro. Não só isso, mas conseguira deixar implícito que ele não era íntegro. Foi tão surpreendente e incrível que eu quase gargalhei.

Como eu não previra? Dee era uma sobrevivente de violência doméstica; criara seu próprio partido político e fizera dele um sucesso sem precedentes — ela era de aço. De repente, ficou óbvio que não havia como dividir o poder com alguém que tentara derrubá-la, como Paddy fizera. Ou com alguém que tratava as mulheres como Paddy fazia.

Mesmo assim, fiquei chocada com sua brutalidade. Chocada de admiração.

Ela era política, ponto final — tão impiedosa quanto todos os outros.

Agora, eu estava feliz por ter vindo. Quase não fora, mas minha mãe me perturbou até eu sair de casa só para fugir dela.

Os aplausos começaram a diminuir — nem chegaram a ovacionar Paddy de pé! Meu Deus, isso era engraçado.

Eu não podia nem imaginar quanta raiva ele devia estar sentindo e me perguntei que forma essa raiva ganharia. Mas me senti segura. As asas do Paddy haviam sido cortadas e ele fora alijado de quase todo o poder. E, mesmo que ainda estivesse no auge da sua influência, não havia nada que pudesse fazer para me ferir.

Bem, teoricamente, claro que havia. Ele podia mandar queimar meu carro novamente. É provável que ainda tivesse influência suficiente para fazer com que me demitissem. Mas o pior já me acontecera. Comparado à perda do Damien, nada mais me causaria dor.

A felicidade que irrompera dentro de mim pelo fato de Paddy ter sido tão abruptamente derrubado desapareceu. Acontecesse o que acontecesse com Paddy, eu ainda estava sem o Damien.

De uma hora para outra, o entusiasmo foi embora e eu voltei ao meu corpo, de volta ao peso. A dor no peito mais uma vez latejava.

As pessoas se levantaram para ir embora e eu decidi ir também. Queria voltar para casa. Por sorte, como chegara tarde, tinha ficado nos fundos do salão.

Me virei em direção à saída — e de pé, exatamente atrás de mim, esperando pela minha atenção, estava Damien. Foi tão inesperado que eu tropecei.

Era inevitável que nossos caminhos se cruzassem mais cedo ou mais tarde. Pensei que estava preparada, mas, julgando pela maneira como o vômito subiu pelo meu esôfago, eu não estava. (Pensei num daqueles parques de diversões, naquele brinquedo que a gente bate numa plataforma com um martelo e o marcador sobe na balança.)

— O Sr. Brolly me disse onde eu poderia te encontrar. — Damien, aproveitando a vantagem, sorria, e o sorriso se congelou quando ele olhou para mim com mais atenção. — Jesus, Grace. Você está horrível!

— Você é sempre um amor — consegui dizer, depois fiquei sem palavras.

Depois de alguns segundos, ele disse: — É isso? É só isso que você vai dizer?

O que ele queria de mim? — Você também não está com uma cara muito boa — experimentei.

— Isso! Você me deixou preocupado por alguns minutos. Então, você andou doente?

— Não, só... destruída. Sabe do que eu estou falando?

— Sei. — O olhar dele falava por si. — Sei bem.

Realmente, ele *não* parecia muito bem, como alguém que não dormia há alguns anos.

— Eu te liguei — disse ele.

— Minha mãe me disse. Achei melhor esperar até depois das eleições. Eu sabia que você estaria ocupado.

— Grace, não chora.

Eu estava chorando? Levei a mão ao rosto, estava molhado. Como aquilo tinha acontecido?

— Vamos lá fora fumar um cigarro? — ele fez a oferta.

— Ainda estou sem fumar.

— Sério? — Damien franziu a testa. — Tenho fumado uns oitenta por dia desde que você foi embora. Como consegue estar se saindo tão bem, enquanto estou essa miséria?

— Mas eu não estou. — Engasguei. Minhas lágrimas estavam mais rápidas, as pessoas olhavam para mim e eu não estava nem aí. — Estou em frangalhos. Tão mal que às vezes até a Bid é legal comigo. — Baixei a cabeça e passei a mão no meu rosto encharcado. Eu tinha que me recompor. — Damien, é melhor eu ir. — Era muito doloroso estar na presença dele.

— Volta para mim, Grace.

Uma eternidade de segundos se passou. — Você não está falando sério.

— Quando foi que eu disse alguma coisa que eu não quisesse dizer?

— Quando você disse que a minha bunda não ficava enorme dentro desse jeans.

— Um homem diz uma mentira à toa... para agradar... — Então ele disse: — Desculpa, Grace.

— Por que você está pedindo desculpa? Fui eu que estraguei tudo.

— Eu não devia ter deixado você ir embora.

— Eu não podia ficar, eu não merecia.

— Você está me assustando agora. Por favor, Grace, volta, vamos tentar fazer isso funcionar. A gente pode tentar terapia, sei lá.

— Terapia? — Consegui sorrir.

— É, talvez não.

— Você nunca vai conseguir me perdoar — falei. — Mesmo que a gente tentasse de novo, a mancha sempre estaria lá. Eu estraguei uma coisa linda.

— Eu *já* te perdoei.

— Como? — Como era possível?

— Para ser honesto, não sei.

Mas o perdão acontecera. Eu sabia. Eu perdoara a pobre da Marnie. Eu vira como a raiva pode existir, quente e perigosa, depois se dissolver, se transformar em nada. Isso poderia ter acontecido com o Damien?

— E eu te amo muito — disse Damien. — Isso ajudou.

Olhei para o rosto dele, buscando a verdade. Eram só palavras que não poderiam ser apoiadas por ações? Seria doloroso demais tentar novamente e falhar. Melhor nem tentar.

— E eu não vou dizer que eu gostaria de transar com ele, nem nada desse tipo — disse Damien. — Mas, de certa forma, consigo entender que você tenha se apaixonado pelo De Courcy. Ele tem carisma, seja lá qual for a palavra, é uma coisa quase desumana. — Suspirou. — Com certeza, disseram a mesma coisa do Hitler.

Ri alto. Foi uma surpresa. Eu passara trinta e oito dias pensando que nunca mais riria.

— Então, Deslumbrante? Você vai voltar para mim?

Hesitei.

— É a melhor oferta que você vai conseguir — disse ele, e era tão a cara do Damien dizer aquilo que, de repente, eu tive a certeza de que tudo ficaria bem.

— Acho melhor eu aceitar — eu disse. — Quer dizer, quem mais vai te aguentar?

Marnie

A chorumela estava a todo vapor enquanto Marnie, escoltada por Jules, entrava na sala.

— ... tão feliz com a vida limpa, decente, que tenho hoje...

— ... pensava que eu era um espírito livre, uma rebelde, que gostava de beber, e fazer loucuras, sem trabalho, sem amarras, mas eu era prisioneira do álcool, poderia ter uma casa no subúrbio e minhas duas meninas.

Steve apontou duas cadeiras vazias e pessoas cumprimentaram Marnie ao vê-la passar.

Ulla trouxe o chá. — Três pedrinhas de açúcar, não é?

Marnie fez um sinal de agradecimento. Tomou um gole e olhou em volta. A australiana Des sorria para ela. E a respeitável Maureen. Sexy Charlotte apontou para os pés de Marnie. — Gostei do sapato — murmurou com tanta angústia que Marnie riu.

Marnie se ajeitou na cadeira e escutou, enquanto tomava seu chá, confortada pelo calor nas mãos.

— ... ainda tenho os sentimentos extremos que sempre tive, talvez não tão intensos ou ruins, mas em vez de beber, venho às reuniões...

— ... quando comecei a vir aqui, vocês me diziam que eu não devia beber nunca mais...

Como sempre, depois de um intervalo, viraram-se para ela. — Marnie, você gostaria de dizer alguma coisa?

Todos giraram as cadeiras na direção dela. Já sorriam. Era sempre recebida com carinho total, apesar de manter uma distância resoluta.

* * *

— Olha, meu amor, olha — disse Nick, com urgência.

Ela se virou na toalha e gemeu: — Eu estava quase dormindo.

— Você vai gostar de ver. Olha só a Verity.

Marnie sentou-se à beira do rio, protegeu os olhos dos raios de sol e lá estava Verity, com seu biquíni de sereia, empurrando o corpinho dentro da água.

— Mãe, pai! — gritou Verity. — Olha só! Eu tô nadando!

— Vai, filha! — Nick gritou de volta, a voz cheia de orgulho.

— Olha só para você! — Marnie acenou para Verity, que parou de nadar para acenar de volta, e quase afundou na água.

— Ui. — Ela riu. — Eu quase bebi um pouco do rio.

Ela era diferente naquela época, bem mais forte que a criatura nervosa que era hoje.

— Rápido, mãe, me seca! — Daisy veio correndo na sua direção, água pingando de seu corpinho esguio. — Você viu a Verity? Ela não tem mais medo.

— Eu vi. Vem cá. — Desenrolou a toalha de Mickey enorme, pediu que Daisy segurasse uma das pontas, depois enrolou a filha, que ficou parecendo um carpete enrolado.

— Me seca! — Daisy bateu os pés no chão e estremeceu dramaticamente. — Tô congelando!

— Nossa, que dramática! — exclamou Marnie.

— Fico me perguntando a quem ela puxou. — Nick lançou um olhar divertido.

Ela revirou os olhos. — Certamente não foi a mim, bonitão.

Ágil, esfregou a toalha em Daisy, nos ombros, nos braços, nas costas e nas pernas, tão compridas e magrinhas, lindas, quase engraçadas.

— Meu Deus, Daisy, como você é linda!

— Você também, mamãe.

— É, você também, mamãe. — Nick puxou a alça do biquíni dela e os dois se olharam por tanto tempo que Daisy exclamou: — Que nojo!

Cheio de Charme

De repente, Marnie estava de volta à reunião do AA, mas a doçura da lembrança permaneceu com ela.

Virou-se e sorriu para Jules, ao seu lado. Jules, que era tão gentil, que fora vê-la imediatamente depois do seu telefonema, naquela manhã, em frente à loja de bebidas. — Espere aí — dissera Jules. — Não saia daí. Chego em dez minutos.

Marnie fechou os olhos. A lembrança daquele dia à beira do rio havia tomado conta dela. Fora um dia maravilhoso. Cheio de amor, em cada palavra, em cada gesto, em cada pensamento. Tudo o que ela sempre quisera estivera ali.

Mas onde estava agora? Ao se despedir da lembrança, Marnie se deu conta de que não reconhecia aquele rio. Na verdade, tinha certeza de nunca ter estado naquele lugar. E as meninas pareciam mais velhas do que eram agora. Daisy estava sem dois de seus dentes de leite; a vesguice de Verity desaparecera. Mesmo ela e Nick estavam diferentes. Ela engordara um pouco, tinha o cabelo mais comprido; o de Nick estava mais grisalho. Como podia ser?

Mas acontecera, estava certa disso. Não era um sonho nem uma fantasia, apenas uma lembrança.

Depois, compreendeu tudo. Era uma lembrança, claro que era uma lembrança. Só não acontecera, *ainda*.

Abriu os olhos. Todos na sala sorriam para ela.

— Meu nome é Marnie.

Os sorrisos se alargaram. — Oi, Marnie.

— E eu sou alcoólatra.

Lola

Sábado, 21 de março, 7h01
O interfone tocando. Cedo *demais*. As crianças da vizinhança são sempre espalhafatosas. Brincadeiras animadas da juventude. Vamos acordar aquela idiota de cabelo roxo! Normalmente, consigo rir dessa animação toda, mas hoje não. Muito cansada. Não dormi direito a semana *toda* – desde a última ida a Knockavoy. A coisa toda com Considine/Chloe foi muito confusa, estressante, desanimadora. Tinha dado muito em que pensar.

O interfone tocou de novo. Cobri a cabeça com o cobertor.

Tocou de novo. Pelo amor de Deus! Joguei o cobertor pro lado com ódio repentino, fui pisando firme até o interfone, de pijama, e disse, irritada: — Vão pro quinto dos infernos, suas crianças chatas, eu quero dormir. (Elas respeitam linguagem de baixo calão.)

— Desculpa te acordar — disse uma voz. Não era a voz de uma criança da vizinhança! Em vez disso, era uma voz sexy de homem, a voz do Considine!

— ... O que você está fazendo aqui? Você acha Dublin uma porcaria.

— E é uma porcaria — disse ele.

— Então, por que você está aqui?

— Não vai me obrigar a dizer, vai, Lola? — resmungou, sexy. — Não no meio da rua. Tem uma gangue de desajustados rindo do meu carro.

— Obrigar você a dizer o quê? — Mística.

Pausa. Longo suspiro. Mais resmungos sensuais. — Eu te amo, Lola Daly.

Essa admissão curta – francamente espantosa – foi acompanhada da explosão de gargalhadas e piadinhas – só posso concluir isso –

das crianças da vizinhança. Uma voz estridente e anônima gritou: — O caipira do carro porcaria acha que tem uma parada com a Lola.

— Isso é verdade? — perguntei. Era muito cedo, tudo muito inesperado, o sono distorcia a realidade. Podia ser uma notícia maravilhosa, mas tive medo de acreditar...

— É! O carro do caipira é uma porcaria!

Chega dessa conversa de três pontas! Essas crianças são cruéis. Precisava salvar Considine. Pobre caipira!

— Considine — eu disse —, pode subir. Quando ouvir o barulho do interfone, empurra a porta. Não é pra puxar, é pra empurrar...

— Tudo bem, Lola. Eu sei como funciona. — Adendo sarcástico. — Li sobre isso num livro.

Rá! O velho mala não estava totalmente morto e enterrado.

Pressionei o botão, abri a porta da frente. Considine apareceu. Despenteado, cansado, sexy. No meu apartamento. Masculinidade, músculos, toda aquela testosterona deliciosa. Puxei-o pra mim.

Olhei pro rosto dele. A boca perto da minha.

— Aquilo que você disse — falei. — Diz de novo, por favor?

— Que Dublin é uma porcaria? — Mas ele riu. Muito, muito gato quando ri. Ah, muito gato. — Ou você tá falando da parte que eu disse que te amo?

— É, dessa parte.

— Eu te amo, Lola Daly.

— Essa é uma notícia surpreendente — admiti. — Chloe...

— É, mal-entendido — disse ele. — Queria te convencer a voltar pra Knockavoy com a Chloe. Achei que você amava a Chloe.

— Eu amo a Chloe. Mas — e não entendo isso, Considine — amo você mais.

Nós dois meio que chocados. Olhando um pro outro em choque. Finalmente, ele disse: — Não quero te assustar, mas você acabou de usar a palavra "amo".

Repassei a frase na cabeça. — É, usei.

— Era sério?

Pensei no assunto, na falta que senti dele desde que fui embora de Knockavoy, em janeiro, em cada pequena coisa que me fazia lembrar dele. — É, Considine, parece que falei sério.

Cheio de Charme

Ele me abraçou mais forte. — Lola, Lola — suspirou, como se estivesse aliviado. — Caramba, você não faz ideia... — Balançou a cabeça. — Não consegui parar de pensar em você desde que você foi embora na segunda-feira; nenhuma novidade até aí, eu penso em você o tempo todo, dia e... noite. — Gostei do jeito que ele falou "noite". A palavra soou sensual.

— Eu sabia que tinha feito alguma coisa errada — disse ele. — Entendi errado o que você queria. Pirei. Foi uma semana péssima. Não conseguia dormir. Ontem à noite resolvi: chega! Tinha que pegar o carro e te encontrar. Dirigi a noite inteira. — A frase soou muito sensual.

— Se você dirigiu a noite toda — eu disse —, deve ter vindo via Marrocos. Viagem de só três horas e meia.

Ele riu. De novo! Isso tinha virado um festival de comédia!

— Você tá falando sério? — perguntei.

— Mais sério que... tô tentando pensar em alguma coisa muito séria.

— Câncer de intestino? Anna Wintour? Elevação do nível do mar?

— Tudo isso.

Impressionante. Anna Wintour, editora-chefe da *Vogue*, é algo muito sério, eu acho.

— Vem comigo. — Peguei as chaves do carro.

— Pra onde?

— Ver a minha mãe.

— Tenho que ir de gravata?

Considine riu. Jeans, casaco preto, botas. — Não, você tem seu charme.

No cemitério, três meninos barulhentos jogavam futebol em volta de um túmulo. Que desrespeito! Até eu perceber que o morto era o irmão mais novo deles e tinha virado goleiro daquela partida.

A vida é tão, tão preciosa.

Atravessamos as sepulturas, até chegar à da mamãe.

— Mãe, esse é o Considine.

— É um prazer conhecer a senhora, Sra. Daly. — Considine disse pro túmulo.

Acho que minha mãe disse: — É um prazer conhecer você também — mas foi difícil escutar, por causa dos meninos gritando: "Isso!" e "Não!", além de outras expressões do futebol.

— Ela disse que também é um prazer conhecer você — falei (porque ela provavelmente disse isso, era muito educada). — Agora, Considine, preciso ter uma conversinha particular com ela.

— Eu tenho que ir embora?

— Não, é uma conversa em silêncio. Você pode ficar.

Nós dois sentamos na calçadinha e, dentro da minha cabeça, eu disse: — Dá só uma olhada nele, mãe. Não é culpa sua ter morrido e me deixado, mas eu realmente preciso de um conselho seu. Tenho medo de confiar no meu julgamento depois do De Courcy. O que você acha desse travesti aborrecido que mora do outro lado do país?

Sua voz na minha cabeça respondeu: — Ele não é aborrecido.

— É, mas...

— Ele também não é travesti.

— Verdade...

— Ok, ele mora do outro lado do país, mas o país é muito pequeno.

— Por favor, não vai falar da estrada de Kildare.

— Você ama esse homem?

— Amo, mãe.

Momento de dúvida. Só estava dizendo a mim mesma o que queria ouvir?

— Mãe, você tá mesmo aí?

— Isso! — Um dos garotos gritou. Minha ansiedade se dispersou — não tinha imaginado aquela voz — e, ao mesmo tempo, o sol se libertou de uma nuvem e lançou uma luz intensa, de repente, sobre a gente.

— Mãe, fala francamente, vai ficar tudo bem?

— Isso! — gritou o menino de novo.

— Tem certeza?

— Isso, isso, isso!